STEVEN ERIKSON

Das Spiel der Götter 8

Buch

Auf einem Kontinent weit entfernt vom Einflussbereich des malazanischen Imperiums liegt das Königreich Lether, eine vergessene Kolonie des lange vergangenen Ersten Imperiums. Doch in diesem Königreich herrscht kein Stillstand – ganz im Gegenteil: Das Königreich Lether breitet sich immer weiter aus und hat beinahe alle umliegenden Gebiete erobert, deren Bewohner getötet oder versklavt. Und nun, da ein lange prophezeites Ereignis naht, in dessen Verlauf das alte Imperium wiedergeboren und eine neue Epoche anbrechen wird, richten die Letherii ihre Blicke gen Norden, wo die einzigen Nachbarn leben, die sie noch nicht unterworfen haben: die Tiste Edur. Doch diese Stämme der Kinder von Vater Schatten sind inzwischen unter der Herrschaft eines neuen Königs vereint und längst nicht mehr so schwach wie einst – vor allem, da der König offensichtlich auf die Macht eines geheimnisvollen Verbündeten zurückgreifen kann. Der Konflikt scheint unausweichlich, doch weder die Letherii noch die Tiste Edur ahnen, dass nicht sie es sind, die den Gang der Ereignisse bestimmen, sondern dass hier weit größere Mächte am Werk sind – Mächte, die ihre Wurzeln in sehr weit entfernter Vergangenheit haben …

Autor

Steven Erikson, in Kanada geboren, lebte viele Jahre in der Nähe von London, ehe er kürzlich in seine Heimat nach Winnipeg zurückkehrte. Der Anthropologe und Archäologe hat sich mit seiner Fantasy-Saga »Das Spiel der Götter« weltweit eine riesige Fangemeinde erobert.

Bereits erschienen:

DAS SPIEL DER GÖTTER: 1. Die Gärten des Mondes (24932), 2. Das Reich der Sieben Städte (24941), 3. Im Bann der Wüste (24940), 4. Die eisige Zeit (24997), 5. Der Tag des Sehers (24998), 6. Der Krieg der Schwestern (24271), 7. Das Haus der Lügen (24292), 8. Kinder des Schattens (24298)

Weitere Bände sind in Vorbereitung

Steven Erikson

Kinder des Schattens

Das Spiel der Götter 8

Roman

Ins Deutsche übertragen
von Tim Straetmann

BLANVALET

Die Originalausgabe erschien unter dem Titel
»Midnight Tides. A Tale of the Malazan Book of the Fallen.«
(Books 1 & 2)
bei Bantam Press London.

Umwelthinweis:
Alle bedruckten Materialien dieses Taschenbuches
sind chlorfrei und umweltschonend.

Der Blanvalet Verlag ist ein Unternehmen
der Verlagsgruppe Random House.

1. Auflage
Deutsche Erstveröffentlichung September 2005

This edition is published by arrangement with Transworld
Publishers, a division of The Random House.
Umschlaggestaltung: Design Team München
Umschlagillustration: Luserke/Ivanchenko
Satz: deutsch-türkischer fotosatz, Berlin
Druck: GGP Media GmbH, Pößneck
Verlagsnummer: 24298
Redaktion: Sigrun Zühlke
UH · Herstellung: Heidrun Nawrot
Printed in Germany
ISBN 3-442-24298-3
www.blanvalet-verlag.de

Für Christopher Porozny

Danksagungen

Herzlichen Dank der alten Mannschaft – Rick, Chris und Mark – für ihre frühzeitig geäußerten Kommentare zu diesem Roman. Und an Courtney, Cam und David Keck für ihre Freundschaft. Dank auch wie immer an Clare und Bowen, an Simon Taylor und seine Landsleute bei Transworld; an Steve Donaldson, Ross und Perry; an Peter und Nicky Crowther, Patrick Walsh und Howard Morhaim. Und an das Team von Tony's Bar Italia, die nun schon den zweiten Roman mit ihrem Kaffee befeuert haben.

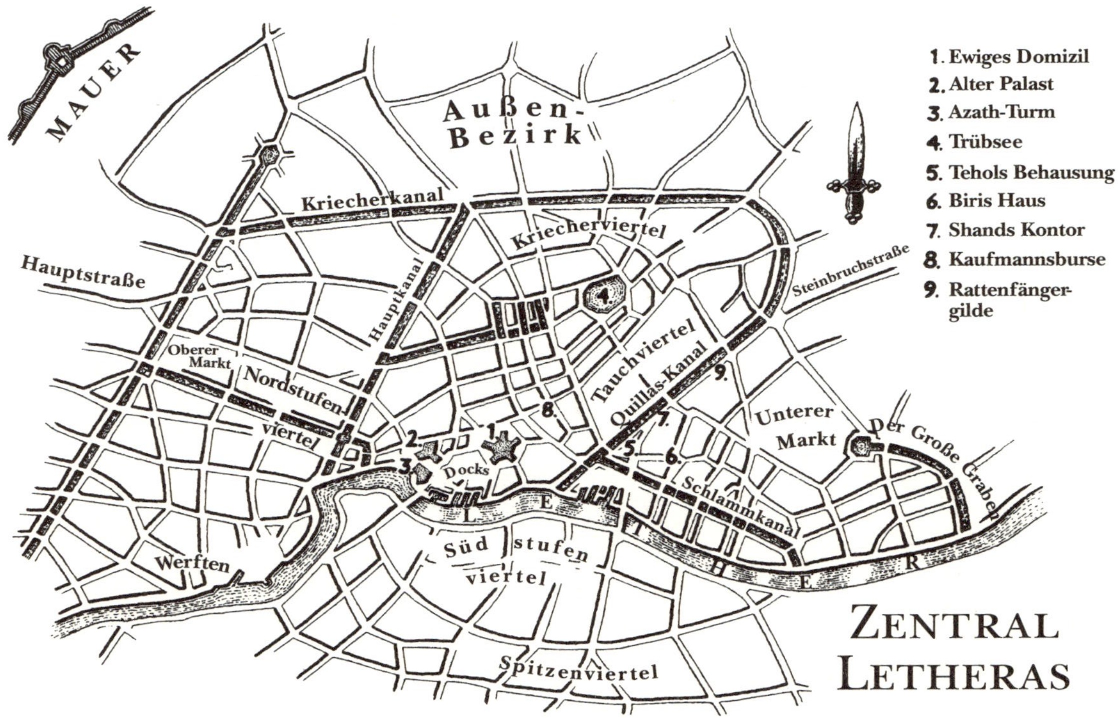
1. Ewiges Domizil
2. Alter Palast
3. Azath-Turm
4. Trübsee
5. Tehols Behausung
6. Biris Haus
7. Shands Kontor
8. Kaufmannsburse
9. Rattenfänger-
gilde
MAUER
Außen-
Bezirk
Kriecherkanal
Kriecherviertel
Hauptstraße
Hauptkanal
Steinbruchstraße
Tauchviertel
Quillas-Kanal
Oberer
Markt
Nordstufen-
viertel
Unterer
Markt
Der Große Graben
Docks
Schlammkanal
L E T H E R
Süd stufen
viertel
Werften
Spitzenviertel
ZENTRAL
LETHERAS

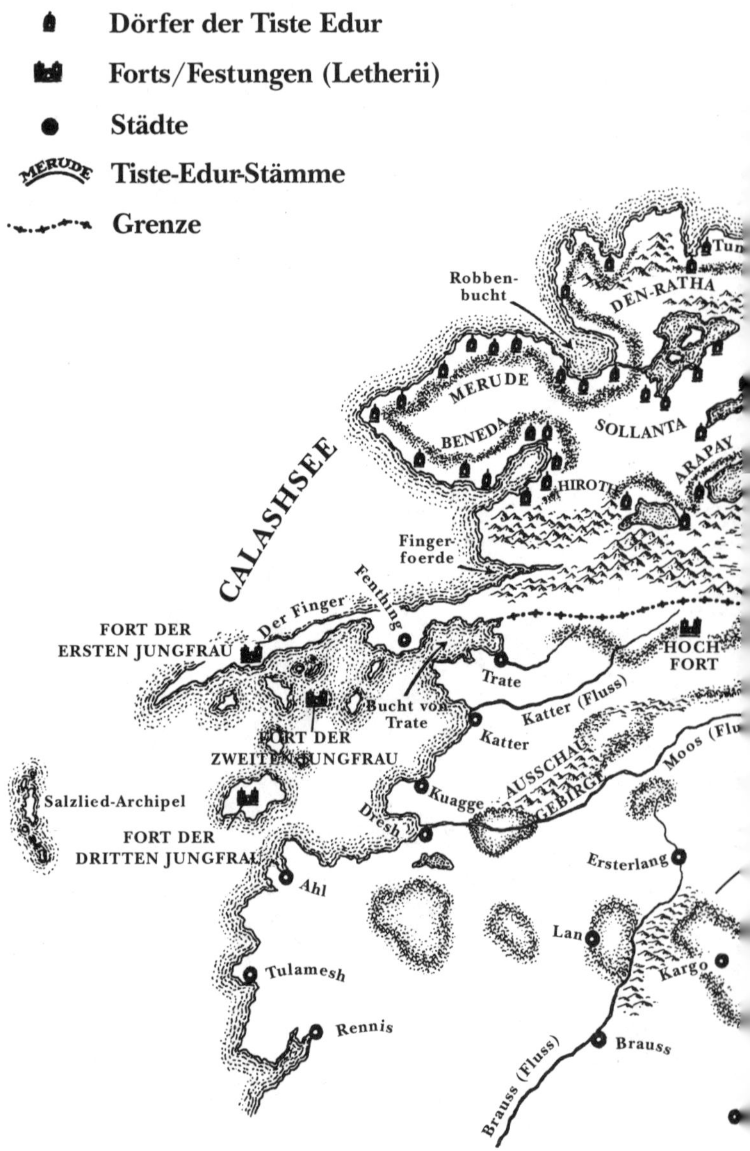
Dörfer der Tiste Edur
Forts/Festungen (Letherii)
Städte
MERUDE
Tiste-Edur-Stämme
Grenze
Robbenbucht
DEN-RATHA
MERUDE
BENEDA
SOLLANTA
ARAPAY
HIROTH
CALASHSEE
Fingerfoerde
Fenthing
Der Finger
FORT DER ERSTEN JUNGFRAU
HOCH FORT
Trate
Bucht von Trate
Katter (Fluss)
Katter
FORT DER ZWEITEN JUNGFRAU
AUSSCHAU GEBIRGE
Moos (Fluss)
Salzlied-Archipel
Kuagge
Dresh
FORT DER DRITTEN JUNGFRAU
Ersterlang
Ahl
Lan
Kargo
Tulamesh
Rennis
Brauss
Brauss (Fluss)

LÄNDER/GEBIETE der *TISTE EDUR* und *NORDGRENZE* von *LETHER*

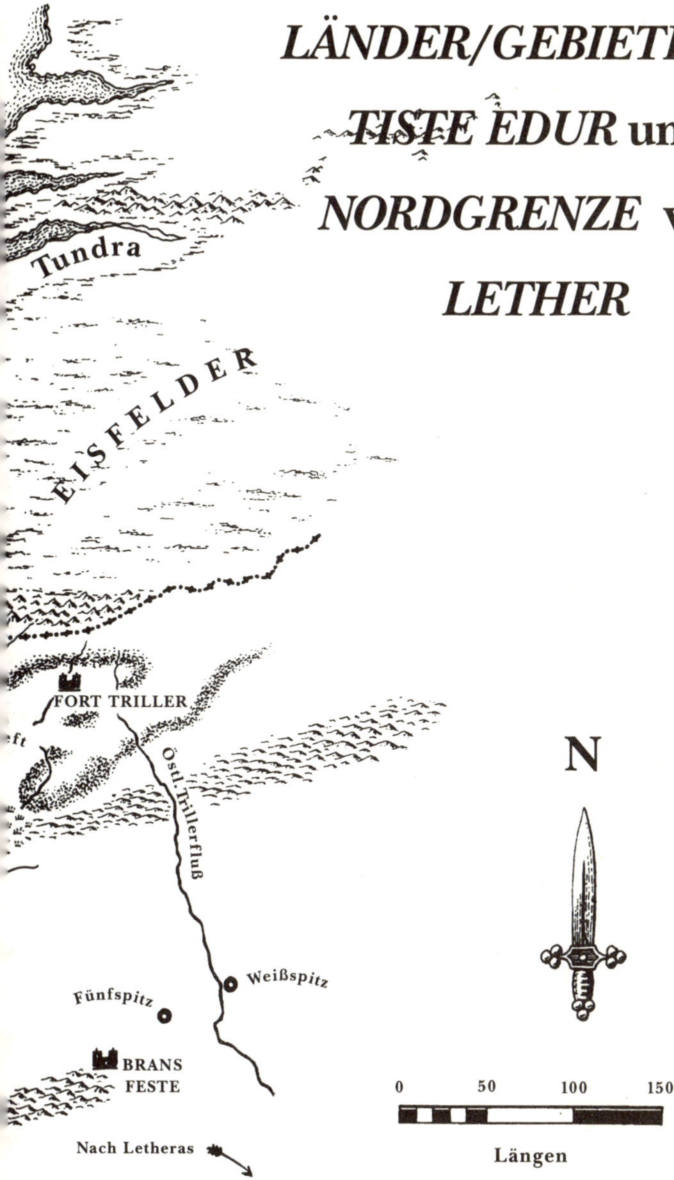

Prolog

Die Ersten Tage des Zerbrechens von Emurlahn
Die Edur-Invasion, das Zeitalter des
Scabandari Blutauge
Die Zeit der Älteren Götter

Aus den wirbelnden, rauchgeschwängerten Wolken regnete es Blut. Die letzten Himmelsfestungen hatten den Himmel preisgegeben, in Flammen gehüllt und schwarzen Rauch hinter sich herziehend. Sie hatten tiefe Furchen in den Boden gerissen, als sie mit donnerndem Widerhall zur Erde gestürzt waren und im Auseinanderbrechen blutbespritzte Felsbrocken über die zuhauf herumliegenden Leichen geworfen hatten, die das Land von Horizont zu Horizont bedeckten.

Die großen Schwarmstädte hatten sich in aschebedeckte Trümmerhaufen verwandelt, und die gewaltigen Wolken, die sich über ihnen auftürmten – Wolken voller Trümmer, Fleischfetzen und Blut, die bei der Zerstörung himmelwärts geschossen waren –, wirbelten jetzt in Hitzestürmen und schickten sich an, den ganzen Himmel auszufüllen.

Inmitten der ausgelöschten Armeen sammelten sich die Legionen der Eroberer auf der zentralen Ebene – die zumindest dort, wo keine herabgestürzten Himmelsfestungen tiefe Gräben gezogen hatten, sauber mit auserlesenen Steinen gepflastert war – auch wenn die zahllosen Kadaver der Besiegten die Wiederherstellung der Formationen behinderte. Und die Erschöpfung. Die Legionen gehörten zwei unterschiedlichen, in diesem Krieg verbündeten Armeen an, und es war nicht zu übersehen, dass es der einen weitaus besser ergangen war als der anderen.

Der blutige Nebel legte sich auf Scabandaris gewaltige, eisenfarbene Schwingen, als er durch die brodelnden Wolken herabglitt und dabei mit den Nickhäuten blinzelte, um durch seine eisblauen Drachenaugen etwas sehen zu können. Während der Drache sich zum Landeanflug in die Kurve legte, neigte er den Kopf und blickte auf seine siegreichen Kinder herab. Die grauen Banner der Tiste Edur wogten unstet über den sich sammelnden Kriegern hin und her, und Scabandari schätzte, dass noch mindestens achtzehntausend seiner Schattenverwandten übrig waren. Dennoch würde heute Nacht in den Zelten der Ersten Landung getrauert werden. Zu Tagesbeginn waren mehr als zweihunderttausend Edur auf diese Ebene hinausmarschiert. Doch … es waren immer noch genug.

Die Edur waren auf die östliche Flanke der Armee der K'Chain Che'Malle gestoßen, und ihrem Angriff waren Wogen aus vernichtender Zauberei vorausgegangen. Die Streitkräfte des Feindes hatten mit einem Frontalangriff gerechnet und hatten, entsprechend formiert, tödlich lange gebraucht, um sich der Bedrohung an ihrer Flanke zuzuwenden. Wie ein Dolch waren die Legionen der Edur bis ins Herz der feindlichen Armee vorgestoßen.

Als er tiefer ging, konnte Scabandari hier und da verstreut die mitternachtsschwarzen Banner der Tiste Andii sehen. Eintausend Krieger waren noch übrig, vielleicht sogar noch weniger. Bei diesen mitgenommenen Verbündeten von einem Sieg zu sprechen, war mehr als fragwürdig. Sie hatten die K'ell-Jäger angegriffen, die Eliteeinheiten aus Blutsverwandten der drei Matronen. Vierhunderttausend Tiste Andii gegen sechzigtausend Jäger. Zusätzliche Gruppen von Andii und Edur hatten die Himmelsfestungen angegriffen, doch diese Krieger hatten gewusst, dass sie in den Tod gingen; ihr Opfer war von zentraler Bedeutung für den Sieg des heutigen Tages gewesen, denn sie hatten die Himmelsfestungen daran gehindert, den Armeen auf der Ebene zu Hilfe zu kommen. Die Angriffe selbst hatten den vier Himmelsfestungen nur geringen Schaden zugefügt. Obwohl die Kurzschwänze nicht besonders zahlreich gewesen waren, hatte sich ihre Wildheit doch als verheerend erwiesen. Mit dem Blut der angreifenden Tiste war für Scabandari und seinen Verbündeten – einen Wechselgänger, der sich wie er in einen Drachen verwandeln konnte –, genügend Zeit erkauft worden, damit sie sich auf die fliegenden Festungen stürzen und einen Sturm der Gewirre gegen sie entfesseln konnten: Starvald Demelain, Kurald Emurlahn und Kurald Galain.

Der Drache glitt zu jener Stelle hinunter, wo ein wahrer Berg aus kreuz und quer übereinander liegenden K'Chain Che'Malle-Kadavern den Platz kennzeichnete, an dem eine der Matronen sich zu ihrem letzten Gefecht gestellt hatte. Kurald Emurlahn hatte die Verteidiger niedergemetzelt, und noch immer huschten wilde Schatten wie Gespenster über den Leichenberg. Scabandari spreizte die Schwingen, stand einen Augenblick reglos in der dampfenden Luft und ließ sich dann auf den reptilienartigen Leichnamen nieder.

Einen Augenblick später nahm er wieder seine Tiste-Edur-Gestalt an. Haut in der Farbe gehämmerten Eisens, lange, offen herabfallende graue Haare, ein hageres Adlergesicht mit eng beieinander stehenden Augen. Ein breiter Mund mit herabgezogenen Mundwinkeln, der aussah, als hätte er noch nie gelacht. Eine hohe, faltenfreie Stirn, auf der diagonale Narben verliefen, die sich hell gegen seine dunkle Haut abzeichneten. Er trug einen ledernen Harnisch, an dem sein zweihändiges Schwert befestigt war, und einen Gurt mit Langmessern um die Hüfte. Von seinen Schultern hing ein schuppiger Umhang – die Haut einer Matrone, so frisch, dass die natürlichen Öle sie noch immer glänzen ließen.

Da stand er nun – eine große, von zahllosen Blutspritzern gesprenkelte Gestalt, und schaute zu, wie sich die Legionen neu formierten. Offiziere der Edur sahen in seine Richtung und machten sich daran, ihren Truppen Anweisungen zu erteilen.

Jetzt blickte Scabandari gen Nordwesten, starrte aus zusammengekniffenen Augen in die aufgeblähten Wolken. Einen Augenblick später brach ein riesiger, knochenweißer Drache aus ihnen hervor, der fast noch größer wirkte als Scabandari in seiner Drachengestalt. Auch er war blutverschmiert – und viel von diesem Blut stammte von ihm selbst, denn Silchas Ruin hatte an der Seite seiner Andii-Verwandten gegen die K'ell-Jäger gekämpft.

Scabandari beobachtete, wie sein Verbündeter näher kam, trat nur einen Schritt zurück, als der gewaltige Drache sich auf der Hügelkuppe niederließ und sich dann schnell verwandelte – in ein Wesen, das mehr als einen Kopf größer war als der Wechselgänger aus dem Volk der Tiste Edur. Doch er war entsetzlich hager, die Muskelstränge zeichneten sich wie Seile unter seiner glatten, beinah durchsichtigen Haut ab. In den dichten, langen weißen Haaren des Kriegers schimmerten die Krallen eines Raubtiers. Seine roten Augen leuchteten so hell, dass sie fiebrig wirkten. Silchas Ruin war verwundet: Spuren mehrerer Schwerthiebe zogen sich über seinen Körper. Der größte Teil der Rüstung, die seinen Oberkörper bedeckt hatte, war abgefallen, so dass das sich verzweigende Geflecht aus Adern und Arterien unter der dünnen Haut seiner haarlosen Brust deutlich zu erkennen war. Auch seine Beine waren blutverschmiert, ebenso wie seine Arme. Die beiden Schwertscheiden an seinen Hüften waren leer; beide Waffen waren abgebrochen – trotz der eingewobenen Schutzzauber, mit denen sie ausgestattet gewesen waren. Er hatte einen verzweifelten Kampf gefochten.

Scabandari neigte grüßend den Kopf. »Silchas Ruin, mein Bruder im Geiste. Treuester aller Verbündeten. Seht Euch die Ebene an – wir haben gesiegt!«

Das farblose Gesicht des Albino-Tiste-Andii verzog sich zu einem stummen Grinsen.

»Meine Legionen sind Euch spät zu Hilfe gekommen«, sagte Scabandari. »Deswegen brechen mir Eure Verluste das Herz. Dennoch – jetzt halten wir das Tor, oder? Der Weg, der auf diese Welt führt, gehört uns, und die Welt selbst liegt vor uns – wartet darauf, dass wir sie plündern und Reiche errichten, die unserer Völker würdig sind.«

Ruins langfingrige, blutbefleckte Hände zuckten, und er wandte sich der Ebene unter ihm zu. Die Legionen der Edur hatten sich zu einem groben Ring formiert, der die wenigen überlebenden Andii umschloss. »Tod verseucht die Luft«, knurrte Silchas Ruin. »Ich kann kaum Luft zum Sprechen holen.«

»Später wird noch genügend Zeit sein, um neue Pläne zu schmieden«, sagte Scabandari.

»Mein Volk ist hingeschlachtet worden. Jetzt umringt Ihr uns, doch Euer Schutz kommt viel zu spät.«

»Jetzt ist er eben eher symbolisch gemeint, mein Bruder. Es gibt noch andere Tiste Andii auf dieser Welt – das habt Ihr selbst gesagt. Ihr müsst nur jene erste Welle finden, und Ihr werdet wieder stark sein. Außerdem werden andere kommen. Meine wie Eure Art, wir sind auf der Flucht vor unserer Niederlage.«

Silchas Ruins Stirnrunzeln vertiefte sich. »Der Sieg dieses Tages ist eine bittere Alternative.«

»Die K'Chain Che'Malle sind fast dahin – so viel wissen wir. Wir haben die vielen anderen verlassenen Städte gesehen. Jetzt ist nur noch Morn übrig, und das liegt auf einem weit entfernten Kontinent – und in ebendiesem Augenblick zerbrechen dort die Kurzschwänze ihre Ketten in blutiger Rebellion. Ein Feind, der uneins ist, ist ein Feind, der bald fallen wird, mein Freund. Wer auf dieser Welt hat sonst noch die Macht, sich uns entgegenzustellen? Die Jaghut? Sie leben weit verstreut und sind nur wenige. Die Imass? Was können Waffen aus Stein gegen unseren Stahl ausrichten?« Er schwieg einen Augenblick und fuhr dann fort: »Die Forkrul Assail scheinen nicht willens, über uns ein Urteil zu fällen. Und sie scheinen sowieso von Jahr zu Jahr weniger zu werden. Nein, mein Freund, durch den Sieg, den wir an diesem Tag errungen haben, liegt uns diese Welt zu Füßen. Hier werdet Ihr nicht unter den Bürgerkriegen leiden, die Kurald Galain heimsuchen. Und ich und meine Gefolgsleute, wir werden der Spaltung entfliehen, die nun Kurald Emurlahn bedrängt ...«

Silchas Ruin stieß ein Schnauben aus. »Eine Spaltung, die Ihr mit eigenen Händen herbeigeführt habt, Scabandari.«

Er betrachtete noch immer die Streitkräfte der Tiste unten auf der Ebene und konnte daher das Aufflackern von Wut nicht sehen, das auf seine lässig dahingeworfene Bemerkung folgte, um einen Augenblick später wieder zu verschwinden. Erneut breitete sich Gelassenheit auf Scabandaris Gesichtszügen aus. »Eine neue Welt für uns, Bruder.«

»Da drüben im Norden steht ein Jaghut auf einem Gebirgsgrat«, sagte Silchas Ruin. »Ein Zeuge des Krieges. Ich habe mich ihm nicht genähert, denn ich habe den Beginn eines Rituals gespürt. Omtose Phellack.«

»Fürchtet Ihr diesen Jaghut, Silchas Ruin?«

»Ich fürchte, was ich nicht kenne, Scabandari ... Blutauge. Und es gibt über diese Sphäre und ihre Eigenarten noch viel zu lernen.«

»Blutauge.«

»Ihr könnt Euch selbst nicht sehen«, sagte Ruin, »aber ich gebe Euch diesen Namen angesichts des Blutes, das nun Eure ... Sicht befleckt.«

»Köstlich, dass ausgerechnet Ihr das sagt, Silchas Ruin.« Dann zuckte Scabandari die Schultern und trat vorsichtig über die leicht verrutschenden Körper hinweg an den nördlichen Rand des Leichenbergs. »Ein Jaghut, habt Ihr gesagt ...« Er drehte sich um, doch Silchas Ruin, der noch immer auf die Ebene mit seinen wenigen überlebenden Gefolgsleuten hinabstarrte, kehrte ihm den Rücken zu.

»Omtose Phellack, das Gewirr des Eises«, sagte Ruin, ohne sich umzudrehen. »Was beschwört er, Scabandari Blutauge? Ich frage mich ...«

Der Wechselgänger aus dem Volk der Edur kehrte zu Silchas Ruin zurück.

Er griff zur Außenseite seines linken Stiefels hinunter und zog einen Dolch heraus, um dessen Schneide Schatten wallten. Magische Energien spielten über die Klinge.

Ein letzter Schritt – und er rammte Silchas Ruin den Dolch in den Rücken.

Der Tiste Andii zuckte krampfartig zusammen, schrie laut auf – während sich die Legionen der Edur schlagartig auf die Andii stürzten und von allen Seiten ins Zentrum des weiten Rings stürmten, um das letzte Gemetzel dieses Tages zu Ende zu bringen.

Magie wob sich windende Ketten um Silchas Ruin, und der Albino aus dem Volk der Tiste Andii brach zusammen.

Scabandari Blutauge kauerte sich über ihn. »So ist es eben unter Brüdern, leider«, murmelte er. »Einer muss herrschen. Zwei können es nicht. Du weißt, dass das wahr ist. So groß diese Welt auch sein mag, Silchas Ruin, früher oder später hätte es Krieg zwischen den

Edur und den Andii gegeben. Unser Blut hätte es gefordert. Und so wird nur einer über das Tor herrschen. Nur die Edur werden hindurchgehen. Wir werden die Andii zur Strecke bringen, die bereits hier sind – was für einen Kämpen könnten sie denn aufbieten, der in der Lage wäre, mich herauszufordern? Sie sind schon so gut wie tot. Und so muss es sein. Ein Volk. Ein Herrscher.« Er richtete sich wieder auf, während die letzten Schreie der sterbenden Andii-Krieger von der Ebene zu ihnen heraufdrangen. »Ich kann dich nicht auf der Stelle töten – dafür bist du zu mächtig. Daher werde ich dich an einen geeigneten Ort bringen und dich dort zurücklassen – auf dem durchwühlten Boden inmitten von Wurzeln, Erde und Steinen …«

Er verwandelte sich in seine Drachengestalt. Ein gewaltiger, mit riesigen Krallen versehener Fuß schloss sich um den reglosen Silchas Ruin, und mit mächtigen Flügelschlägen schraubte sich Scabandari Blutauge in den Himmel.

Der Turm lag keine dreihundert Meilen im Süden; nur die übel zugerichtete niedrige Mauer, die den Hof umschloss, offenbarte, dass das Gebäude nicht von den Jaghut stammte, sondern sich aus eigenem Antrieb neben den drei Türmen der Jaghut erhoben hatte, einem Gesetz folgend, das für Götter wie Sterbliche gleichermaßen unergründlich war. Dass es sich erhoben hatte, um die Ankunft jener Wesen zu erwarten, die es für alle Ewigkeit in seinem Innern gefangen halten würde. Geschöpfe von tödlicher Macht.

Geschöpfe wie Silchas Ruin, den Wechselgänger aus dem Volk der Tiste Andii, den dritten und letzten der drei Söhne von Mutter Dunkel.

Und auf diese Weise würde auch der letzte würdige Gegner Scabandari Blutauges unter den Tiste aus dem Weg von geräumt werden.

Die drei Kinder von Mutter Dunkel.

Drei Namen …

Andarist, der als Reaktion auf einen unstillbaren Kummer seine Macht schon vor langer Zeit aufgegeben hat. Ohne zu wissen, dass die Hand, die ihm diesen Kummer zugefügt hatte, die meine war …

Anomandaris Irake, der mit seiner Mutter und seiner Art gebrochen hat. Der dann verschwunden ist, bevor ich mich um ihn küm-

mern konnte. Der verschwunden ist und vermutlich nie wieder auftauchen wird.

Und nun Silchas Ruin, der schon bald das ewige Gefängnis des Azath kennen lernen wird.

Scabandari Blutauge war erfreut. Für sein Volk. Für sich. Er würde diese Welt erobern. Nur die ersten Andii-Siedler konnten sich seinem Herrschaftsanspruch entgegenstellen.

Ein Kämpe der Tiste Andii in dieser Sphäre? Mir fällt keiner ein, keiner, der die Macht hätte, sich mir entgegenzustellen …

Es kam Scabandari Blutauge nicht in den Sinn, sich zu fragen, wo denn derjenige der drei Söhne von Mutter Dunkel, der verschwunden war, hingegangen sein mochte.

Doch das war nicht einmal sein größter Fehler …

Auf einer Gletscherberme im Norden begann der einsame Jaghut die Zauberei von Omtose Phellack zu weben. Er war Zeuge der Verwüstung gewesen, die die beiden Wechselgänger-Eleint und ihre Armeen angerichtet hatten. Er hatte nur wenig für die K'Chain Che'Malle übrig. Sie waren ohnehin im Aussterben begriffen, aus Myriaden von Gründen, von denen keiner den Jaghut allzu sehr beunruhigte. Genauso wenig wie ihm die Eindringlinge Sorgen machten. Er hatte schon vor langer Zeit die Fähigkeit verloren, sich Sorgen zu machen. Zusammen mit seiner Furcht. Und – wie er zugeben musste – dem Staunen.

Er hatte den Verrat gespürt und auch gefühlt, wie sich magische Energien in der Ferne entfaltet hatten und das Blut eines Aufgestiegenen vergossen worden war. Und jetzt waren die beiden Drachen zu einem geworden.

Typisch.

Und dann, kurze Zeit später, während einer Ruhepause zwischen den einzelnen Schritten seines Rituals, spürte er, wie sich ihm jemand von hinten näherte. Ein Älterer Gott, den der gewaltsam erschaffene Riss zwischen den Sphären auf den Plan gerufen hatte. Wie er es erwartet hatte. Aber … welcher Gott war es? K'rul? Draconus? Die Schwester der Kalten Nächte? Osserc? Kilmandaros?

Sechul Lath? Trotz all seiner einstudierten Gleichgültigkeit zwang ihn die Neugier schließlich doch, sich nach dem Neuankömmling umzudrehen.

Oh, unerwartet … aber interessant.

Mael, der Ältere Gott der Meere, war breit und untersetzt gebaut, mit tiefblauer Haut, die an der Kehle und seinem nackten Bauch zu einem hellen Goldton verblasste. Glattes, blondes Haar hing offen von seinem breiten, beinah schon flachen Schädel herab. Und Maels bernsteinfarbene Augen loderten voller Wut.

»Gothos«, sagte Mael krächzend, »was für ein Ritual vollziehst du da?«

Der Jaghut warf ihm einen finsteren Blick zu. »Sie haben eine Sauerei angerichtet. Ich habe vor, diesen Ort wieder zu säubern.«

»Mit Eis«, schnaubte der Ältere Gott. »Die Antwort der Jaghut auf alles.«

»Und wie würde deine Antwort aussehen, Mael? Eine Flut, oder … eine Flut?«

Der Ältere Gott schaute gen Süden. Seine Kiefermuskeln traten hervor. »Ich werde eine Verbündete haben. Kilmandaros. Sie kommt von der anderen Seite des Spalts.«

»Es ist nur noch ein Wechselgänger der Tiste übrig«, sagte Gothos. »Anscheinend hat er seinen Kameraden niedergestreckt und übergibt ihn wohl genau in diesem Augenblick dem Gewahrsam des Azath inmitten seines überfüllten Hofs.«

»Er ist voreilig. Glaubt er, die K'Chain Che'Malle sind die Einzigen in dieser Sphäre, die ihm Widerstand leisten können?«

Der Jaghut zuckte die Schultern. »Vermutlich.«

Mael schwieg einige Zeit. Schließlich seufzte er und sagte: »Zerstöre nicht all das hier mit deinem Eis, Gothos. Stattdessen bitte ich dich, es zu … *erhalten.*«

»Warum?«

»Ich habe meine Gründe.«

»Das freut mich für dich. Wie sehen sie aus?«

Der Ältere Gott warf ihm einen düsteren Blick zu. »Unverschämter Kerl.«

»Warum etwas ändern?«

»In den Meeren wird die Zeit sichtbar, Jaghut. In den Tiefen gibt es Strömungen, die unermesslich alt sind. In den Untiefen flüstert die Zukunft. Und zwischen ihnen fließen die Gezeiten hin und her, in nie endendem Austausch. So ist meine Sphäre. So ist mein Wissen. Versiegle diese Verwüstung mit deinem verdammten Eis, Gothos. Friere an diesem Ort die Zeit selbst ein. Wenn du das tust, werde ich akzeptieren, dass ich dir etwas schuldig bin – und das könntest du eines Tages vielleicht nützlich finden.«

Gothos dachte einen Augenblick über die Worte des Älteren Gottes nach und nickte dann. »Schon möglich. Also gut, Mael. Geh zu Kilmandaros. Schlage diesen Tiste-Eleint nieder und zerstreue sein Volk. Aber tu es schnell.«

Mael kniff die Augen zusammen. »Warum?«

»Weil ich spüre, wie in der Ferne jemand erwacht – aber leider nicht in so großer Ferne wie es dir lieb wäre.«

»Anomander Rake.«

Gothos nickte.

Mael zuckte die Schultern. »Das war vorauszusehen. Osserc wird sich ihm in den Weg stellen.«

Der Jaghut lächelte und entblößte dabei seine kräftigen Hauer. »Wieder?«

Der Ältere Gott konnte ein Grinsen nicht verbergen.

Doch obwohl beide lächelten, herrschte keine fröhliche Stimmung auf der Gletscherberme.

Das Jahr 1159 von Brands Schlaf
Das Jahr der Weißen Adern im Ebenholz
Drei Jahre vor der Siebten Schließung der Letherii

Er erwachte nackt, die Nase voller Salz und halb im Sand vergraben inmitten der Trümmer, die der Sturm zurückgelassen hatte. Möwen kreischten über seinem Kopf, ihre Schatten huschten über den geriffelten Strand. Seine Eingeweide zogen sich in Krämpfen zusammen; er stöhnte und rollte sich langsam herum.

Es lagen noch mehr Leichen am Strand, wie er sah. Und Wrackteile. Unterschiedlich große Brocken von schnell schmelzendem Eis knisterten im Flachwasser. Tausende von Krabben flitzten hin und her.

Der große Mann richtete sich auf Hände und Knie auf. Und erbrach bittere Flüssigkeit. Hämmernde Schmerzen zuckten durch seinen Schädel, so stark, dass sie ihn beinah blind machten, und es dauerte einige Zeit, bis er sich schließlich wieder hinsetzte und einmal mehr mit düsterem Blick umschaute.

Ein Ufer, wo kein Ufer sein sollte.

Und in der Nacht zuvor waren Berge aus Eis aus den Tiefen aufgestiegen, und einer davon – der größte all dieser Eisberge – hatte die Oberfläche direkt unter der riesigen, treibenden Stadt der Meckros erreicht. Hatte sie zerbrochen, als wäre sie ein aus wenigen Zweigen zusammengebundenes Floß. Die Geschichtsschreibung der Meckros wusste von keinem einzigen Ereignis, das auch nur annähernd der Verwüstung nahe gekommen wäre, die er erlebt hatte. Die plötzliche und praktisch vollständige Auslöschung einer Stadt, die zwanzigtausend Bewohnern eine Heimat gewesen war. Und ihm wurde schmerzhaft klar, dass er es so richtig immer noch nicht glauben konnte – als ob seine eigenen Erinnerungen aus unmöglichen Bildern bestünden, Phantastereien eines fiebernden Gehirns.

Doch er wusste, dass er sich nichts eingebildet hatte. Er hatte nur zugesehen.

Und irgendwie überlebt.

Die Sonne war warm, aber nicht heiß. Der Himmel über ihm war eher milchig weiß als blau. Und die Möwen, das sah er jetzt, waren etwas völlig anderes: Reptilien mit blassen Schwingen.

Er richtete sich taumelnd auf. Die Kopfschmerzen ließen allmählich nach, doch stattdessen durchfuhren ihn Schauer, und sein Durst war wie ein rasender Dämon, der versuchte, ihm die Kehle aufzureißen.

Die Schreie der fliegenden Echsen veränderten sich und wurden schriller. Er drehte sich zum Landesinnern um.

Drei Kreaturen waren aufgetaucht, kletterten durch die farblosen

Grasbüschel oberhalb der Flutlinie. Sie reichten ihm kaum bis zur Hüfte, waren schwarzhäutig, haarlos, mit vollkommen runden Köpfen und spitzen Ohren. Bhoka'ral. Er erinnerte sich an sie – damals, in seiner Jugendzeit, war ein Handelsschiff von Nemil zurückgekehrt –, aber die hier schienen wesentlich muskulöser zu sein und waren mindestens doppelt so schwer wie die Schoßtierchen, die die Händler mit in die schwimmende Stadt gebracht hatten. Sie kamen genau auf ihn zu.

Er blickte sich nach etwas um, das er als Waffe benutzen könnte, und fand ein Stück Treibholz, das eine Art Keule abgab. Diese Keule wog er in der Hand, während er wartete, dass die Bhoka'ral näher kamen.

Sie blieben stehen und starrten ihn aus gelb gesprenkelten Augen an.

Dann machte der Mittlere eine Bewegung.

Komm. Es gab keinen Zweifel an der Bedeutung dieses allzu menschlich wirkenden Zeichens.

Der Mann ließ erneut seine Blicke den Strand entlangschweifen – keiner der Körper, die er sehen konnte, bewegte sich, und die Krabben hielten ungestört ihr Festmahl. Er starrte noch einmal zu dem merkwürdigen Himmel hinauf und ging schließlich den drei Kreaturen entgegen.

Sie wichen zurück und führten ihn die grasbewachsene Böschung hoch.

Die Gräser waren vollkommen anders als alles, was er jemals zuvor gesehen hatte – lange dreieckige Röhren, deren Kanten rasiermesserscharf waren. Das fand er allerdings erst heraus, nachdem er sich durch sie hindurchgezwängt hatte und feststellen musste, dass seine Beine kreuz und quer von Schnittwunden überzogen waren. Hinter der Böschung erstreckte sich eine flache Ebene ins Landesinnere, nur hier und da mit Grasbüscheln derselben Art bestanden. Der Boden zwischen ihnen war salzverkrustet und unfruchtbar. Ein paar Felsbrocken sprenkelten die Ebene; keine zwei glichen einander, und alle waren sie merkwürdig eckig, kein bisschen verwittert.

In der Ferne stand ein einzelnes Zelt.

Als sie näher kamen, sah er Rauchfäden von der Spitze und der geschlitzten Zeltklappe aufsteigen, die den Eingang kennzeichnete.

Seine Eskorte machte Halt, und ein zweites Winken bedeutete ihm, sich zum Eingang zu begeben. Schulterzuckend kauerte er sich hin und kroch ins Innere.

Im Zwielicht saß eine verhüllte Gestalt, deren Gesichtszüge durch eine Kapuze verborgen waren. Vor ihr stand eine Kohlenpfanne, von der berauschende Dämpfe aufstiegen. Neben dem Eingang stand eine Kristallflasche, und daneben lagen ein paar getrocknete Früchte und ein Laib dunkles Brot.

»In der Flasche befindet sich Quellwasser«, krächzte die Gestalt in der Sprache der Meckros. »Bitte, lass dir Zeit und erhole dich von deinen Strapazen.«

Er brummte ein Dankeschön und griff rasch nach der Flasche. »Ich danke dir, Fremder«, murmelte er, dann schüttelte er den Kopf. »Dieser Rauch lässt dich vor meinen Augen verschwimmen.«

Ein abgehacktes Keuchen, das auch ein Lachen gewesen sein könnte, dann etwas, das entfernt an ein Schulterzucken erinnerte. »Immer noch besser als zu ertrinken. Leider brauche ich es, denn es macht mir meine Schmerzen erträglicher. Ich werde dich nicht lange hier behalten. Du bist Withal, der Schwertfeger.«

Der Mann zuckte zusammen und legte die Stirn in Falten. »Ja, ich bin Withal, aus der Dritten Stadt der Meckros – die es nun nicht mehr gibt.«

»Ein tragisches Ereignis. Du bist der einzige Überlebende ... dank meiner Anstrengungen, auch wenn es meine Kräfte sehr beansprucht hat, mich da einzumischen.«

»Was ist das hier für ein Ort?«

»Das Nirgendwo, im Herzen des Nirgendwo. Ein Bruchstück, das dazu neigt zu wandern. Ich gebe ihm das Leben, das ich mir vorstellen kann, heraufbeschworen aus Erinnerungen an meine Heimat. Meine Stärke kehrt zurück, wenn auch die Agonie in meinem zerschmetterten Körper nicht nachlässt. Aber hör doch nur, ich habe gesprochen und nicht gehustet. Das ist schon etwas.« Eine verstümmelte Hand schob sich aus einem zerfetzten Ärmel und verteilte Samen auf den glühenden Kohlen. Sie sprotzelten und platzten auf, und der Rauch wurde dichter.

»Wer bist du?«, wollte Withal wissen.

»Ein gefallener Gott … der deine Fähigkeiten braucht. Ich habe mich auf deine Ankunft vorbereitet, Withal. Eine Wohnung, eine Schmiede, all die Rohmaterialien, die du brauchen wirst. Kleidung, Nahrungsmittel, Wasser. Und drei eifrige Diener, die du bereits kennen gelernt hast …«

»Die Bhoka'ral?« Withal schnaubte. »Was können…«

»Das sind keine Bhoka'ral, Sterblicher. Auch wenn sie vielleicht mal welche waren. Das sind Naechts. Ich habe sie Rind, Mape und Pule genannt. Sie sind wie Jaghuts und können alles lernen, was du von ihnen verlangst.«

Withal erhob sich. »Ich danke Euch für die Rettung, Gefallener, aber ich werde Euch jetzt verlassen. Ich möchte in meine eigene Welt zurückkehren …«

»Du hast mich nicht richtig verstanden, Withal«, zischte die Gestalt. »Du wirst tun, was ich dir sage, oder du wirst schon bald um deinen Tod betteln. Du gehörst jetzt mir, Schwertfeger. Du bist mein Sklave, und ich bin dein Herr. Die Meckros besitzen Sklaven, ja? Arme Seelen, die ihr auf euren Raubzügen aus irgendwelchen Inseldörfern raubt. Also dürfte das Konzept dir vertraut sein. Doch du solltest nicht verzweifeln, denn wenn du das, worum ich dich bitte, fertig gestellt hast, wirst du gehen können, wohin du willst.«

Withal umklammerte noch immer die Keule, die in seinem Schoß lag. Er dachte nach.

Ein Husten, dann ein Lachen, dann noch mehr Husten; während des Hustenanfalls hob der Gott eine Hand. Als der Anfall schließlich vorüber war, sagte er: »Ich rate dir, dich nicht widerspenstig zu zeigen, Withal. Ich habe dich für genau diese Aufgabe aus dem Meer gefischt. Hast du all deine Ehre verloren? Gehorche mir in dieser Sache, denn du würdest es zutiefst bedauern, wenn du meinen Zorn zu spüren bekämest.«

»Was soll ich für Euch tun?«

»Schon besser. Was du für mich tun sollst, Withal? Nun, nur das, was du am besten kannst. Mach mir ein Schwert.«

Withal grunzte. »Das ist alles?«

Die Gestalt beugte sich nach vorn. »Oh, nun, mir schwebt da ein ganz besonderes Schwert vor …«

Buch Eins

Gefrorenes Blut

Da ist ein Speer aus Eis, der erst vor kurzem ins Herz des Landes gestoßen wurde. Die Seele in seinem Inneren sehnt sich danach zu töten. Wer den Speer ergreift, wird den Tod erleiden. Wieder und wieder wird er den Tod erleiden.

Hannan Mosags Vision

Kapitel Eins

Hört! Die Meere flüstern und träumen davon
Durch das Zerkrümeln von Steinen
Wahrheiten zu zerbrechen

Hantallit von Bergmannsschleuse

Das Jahr des Späten Frosts
Ein Jahr vor der Siebten Schließung der Letherii
Das Aufsteigen der Leeren Feste

Hier ist nun also die Geschichte. Zwischen dem Rauschen der Gezeiten, als Riesen niederknieten und zu Bergen wurden. Als sie überall auf das Land fielen wie die Ballaststeine des Himmels, sich jedoch nicht gegen die aufgehende Dämmerung behaupten konnten. Zwischen dem Rauschen der Gezeiten werden wir über einen solchen Riesen sprechen. Denn die Geschichte verbirgt sich in seiner eigenen Geschichte.

Und sie ist unterhaltsam.

Also.

In der Dunkelheit schloss er die Augen. Er hatte sich entschieden, sie nur bei Tag zu öffnen, denn er war zu folgendem Urteil gelangt: die Nacht trotzt dem Sehen – welcher Sinn liegt also darin zu versuchen, die Dunkelheit zu durchdringen, wenn kaum etwas zu erkennen ist?

Betrachtet außerdem dies. Er kam an den Rand des Landes und entdeckte das Meer, und er war von der geheimnisvollen Flüssigkeit fasziniert. Eine Faszination, die im Verlauf jenes einen schicksalsträchtigen Tages zur Besessenheit wurde. Er konnte sehen, wie die Wellen sich bewegten, auf und ab entlang der Küste, eine unaufhörliche Bewegung, die immer wieder drohte, das ganze Land zu umschließen, und der es doch nicht gelang. Er betrachtete das Meer während der hohen Winde des Nachmittags, wurde Zeuge, wie es sich weit oben an den sanft geneigten Strand warf; manchmal kam es in der Tat sehr weit, doch immer zog es sich träge wieder zurück.

Als die Nacht kam, schloss er die Augen und legte sich zum Schlafen hin. Morgen, beschloss er, würde er noch einmal auf dieses Meer hinausblicken.

In der Dunkelheit schloss er die Augen.

Die Flut kam des Nachts und wirbelte um den Riesen herum. Die Flut kam und ertränkte ihn, während er schlief. Und das Wasser ließ Mineralien in sein Fleisch einsickern, bis es wie Felsgestein wurde, ein knorriger Grat am Strand. Und dann kam die Flut Nacht für Nacht – Tausende von Jahren lang – um ihm seine Gestalt zu nehmen. Seine Form.

Aber nicht vollständig. Um ihn noch richtig zu sehen – sogar bis zum heutigen Tag –, muss man während der Dunkelheit schauen. Oder im hellsten Sonnenlicht die Augen zu Schlitzen zusammenkneifen. Man muss von der Seite her schauen oder sich auf alles andere konzentrieren, nur nicht auf den Stein selbst.

Von all den Geschenken, die Vater Schatten seinen Kindern gegeben hat, ist dieses Talent das größte. Schau weg, um zu sehen. Vertraue darauf, und du wirst in den Schatten geführt. Wo sich alle Wahrheiten verbergen.

Schau weg, um zu sehen.

Schau also jetzt weg.

Als der dunklere Schatten über den Schnee glitt, den die Abenddämmerung bereits bläulich eingefärbt hatte, spritzten die Mäuse auseinander. Voller Panik rasten sie davon, doch das Schicksal einer unter ihnen war bereits besiegelt. Ein einziger, mit Federbüschelchen besetzter Fuß zuckte nach unten, lange Krallen bohrten sich in den bepelzten Körper und zermalmte winzige Knochen.

Vollkommen lautlos hatte die Eule sich am Rande der Lichtung von ihrem Zweig fallen lassen, war im Segelflug über den hart gefrorenen Schnee und die darauf verstreuten Samen hinweggeglitten.

Nachdem ihre Flugbahn, als sie die Maus vom Boden pflückte, kurz den tiefsten Punkt erreicht hatte, stieg sie jetzt wieder nach oben und strebte mit heftigen Flügelschlägen auf einen nahe stehenden Baum zu. Dort landete sie auf einem Bein und begann einen Augenblick später zu fressen.

Die Gestalt, die ein Dutzend Herzschläge später über die Lichtung trabte, erblickte nichts Widriges. Die Mäuse waren alle verschwunden, der Schnee so hart, dass sie darauf keine Spuren hinterlassen hatten, und die Eule erstarrte in ihrer Höhlung zwischen den Zweigen der Fichte zur Bewegungslosigkeit und beobachtete die Gestalt auf ihrem Weg über die Lichtung aus weit geöffneten Augen. Als sie vorüber war, fraß die Eule weiter.

Die Dämmerung gehörte den Jägern, und der Raubvogel war für heute Abend noch nicht fertig.

Während Trull Sengar den Windungen des Pfads auf dem gefrorenen Boden folgte, waren seine Gedanken weit weg, so dass er dem Wald, der ihn umgab, keinerlei Beachtung schenkte und, völlig untypisch für ihn, von allen Zeichen und Einzelheiten, die sich ihm boten, abgelenkt war. Er hatte noch nicht einmal Halt gemacht, um Sheltatha Lore, Tochter Duster, der höchstgeschätzten der Drei Töchter von Vater Schatten, ein Opfer zu bringen – obwohl er das morgen bei Sonnenuntergang wiedergutmachen würde. Ganz im Gegenteil hatte er sich zuvor schon gedankenlos durch Sprengsel aus noch vorhandenem Licht bewegt, die den Pfad getüpfelt hatten, und dadurch riskiert, die Aufmerksamkeit der launischen Sukul Ankhadu zu erregen, der Tochter der Tücke, die auch als Dippel bekannt war.

Die Calach-Bänke wimmelten von Robben. Sie waren früh gekommen, hatten Trull überrascht, der oberhalb der Wasserlinie unbearbeitete Jade gesammelt hatte. Die Ankunft der Robben hätte normalerweise nichts als freudige Erregung in dem jungen Tiste Edur geweckt, doch mit den Robben waren noch andere gekommen, in Schiffen, die sich ringsum in der Bucht verteilten, und sie hatten bereits begonnen, die Ernte einzubringen.

Letherii, das weißhäutige Volk aus dem Süden.

Er konnte sich vorstellen, wie wütend die Bewohner des Dorfes, dem er sich jetzt näherte, sein würden, sobald er seine Entdeckung mitgeteilt hätte – und er teilte diese Wut. Dieser Übergriff auf das Territorium der Edur war unverschämt, der Raub der Robben, die rechtmäßig seinem Volk zustanden, eine arrogante Herausforderung der alten Übereinkünfte.

Es gab Dummköpfe bei den Letherii, genau wie es bei den Edur Dummköpfe gab. Trull konnte sich nicht vorstellen, dass diese Tat von höherer Stelle gebilligt sein konnte. Das Große Treffen war nur noch zwei Mondzyklen entfernt. Keiner der beiden Seiten nutzte es etwas, jetzt Blut zu vergießen. Wobei es keine Rolle spielte, dass die Edur das Recht auf ihrer Seite hätten, wenn sie die Schiffe der Eindringlinge angriffen und zerstörten; die Delegation der Letherii würde aufgebracht sein, wenn ihre Mitbürger einem Blutbad zum Opfer fielen, selbst wenn es Bürger waren, die gegen die Gesetze verstoßen hatten. Die Chancen, einen neuen Vertrag zu schließen, waren gerade winzig klein geworden.

Und das beunruhigte Trull Sengar. Die Edur hatten gerade erst einen langen, grausamen Krieg beendet; der Gedanke, dass schon bald ein anderer beginnen würde, war kaum zu ertragen.

Er hatte seine Brüder während der Unterwerfungskriege nicht in Verlegenheit gebracht; an seinem breiten Gürtel befand sich eine Reihe aus einundzwanzig rotfleckigen Nieten, die jeweils eine bravouröse Tat symbolisierten, und von diesen waren wiederum sieben mit weißer Farbe umgeben – ein Hinweis auf echte Tötungen. Von den männlichen Nachkommen Tomad Sengars wies nur der Gürtel seines älteren Bruders mehr Trophäen auf, und das war angesichts der herausragenden Position, die Forcht Sengar unter den Kriegern der Hiroth innehatte, auch richtig so.

Natürlich waren Kämpfe gegen die fünf anderen Stämme der Edur an strenge Regeln und Verbote gebunden, und selbst in großen, langwierigen Schlachten hatte es nie mehr als eine Hand voll Tote gegeben. Dennoch waren die Eroberungszüge anstrengend gewesen. Wenn es aber gegen die Letherii ging, gab es keine Regeln, an die die Krieger der Edur sich halten mussten. Dann ging es nicht mehr um Bravourstückchen, sondern nur noch ums Töten. Dieser Feind musste auch keine Waffe in der Hand halten – selbst die Hilflosen und Unschuldigen würden Bekanntschaft mit der Klinge machen. Ein solches Gemetzel zeichnete Krieger und Opfer gleichermaßen.

Doch Trull wusste nur zu gut, dass er dem bevorstehenden Töten zwar mit Abscheu entgegensah, dies aber nur sich selbst gegenüber zugeben und an der Seite seiner Brüder dahinschreiten würde, das Schwert in der Hand, um das Strafgericht der Edur auf die Eindringlinge herabzubringen. Es bestand keine andere Möglichkeit. Wenn man dieses Verbrechen nicht ahndete, würden noch mehr folgen, in niemals endenden Wellen.

Sein gleichmäßiger Laufschritt führte ihn an den Gerbereien mit ihren Trögen und steingefassten Gruben vorbei zum Waldrand. Ein paar Letherii-Sklaven schauten in seine Richtung und neigten voller Ehrerbietung schnell den Kopf, bis er vorbei war. Die hoch aufragende Palisade aus Zedernstämmen erhob sich auf der Lichtung vor ihm, und darüber hingen lang gezogene Schwaden aus Holzrauch. Felder mit fruchtbarer, schwarzer Erde erstreckten sich zu beiden Seiten des schmalen, erhöhten Wegs, der zum entfernten Tor führte. Der Winter hatte gerade erst begonnen, seinen eisigen Griff um die Erde zu lockern, und bis zur ersten Aussaat würden noch Wochen vergehen. Im Hochsommer würde es beinahe dreißig verschiedene Arten von Pflanzen auf diesen Feldern geben, die als Nahrung, Heilmittel, Fasern und Viehfutter dienten, und viele dieser dreißig verschiedenen Pflanzen würden Blüten tragen und die Bienen anlocken, die wiederum für Honig und Wachs sorgten. Die Frauen des Stammes würden die Sklaven bei der Ernte beaufsichtigen. Die Männer würden sich in kleinen Gruppen in den Wald begeben, um Holz zu schlagen oder zu jagen, während andere sich in die Knarriboote setzen würden, um Robben und Fische zu fangen.

So würde es zumindest sein, wenn Frieden unter den Stämmen herrschte. In den letzten zwölf Jahren waren mehr Kriegstrupps als andere Gruppen aufgebrochen, und so hatten die Angehörigen seines Volkes gelegentlich gelitten. Vor dem Krieg hatte es bei den

Edur niemals Hungersnöte gegeben. Trull wünschte sich ein Ende dieser Raubzüge. Hannan Mosag, der Hexenkönig der Hiroth, war jetzt oberster Herrscher über alle Stämme der Edur. Aus einem Haufen sich bekriegender Stämme war ein Bund geschaffen worden – obwohl Trull Sengar sehr wohl wusste, dass dieser Bund nur dem Namen nach bestand. Hannan Mosag hielt die erstgeborenen Söhne der unterworfenen Häuptlinge als Geiseln – sie bildeten seinen K'risnan-Kader – und herrschte als Diktator. Ein mit Waffengewalt erzwungener Friede also, aber dennoch ein Friede.

Vom Palisadentor kam ihm ein Mann entgegen, den er kannte, er näherte sich der Gabelung, an der Trull nun Halt machte. »Ich grüße dich, Binadas«, sagte er.

Auf dem Rücken seines jüngeren Bruders war ein Speer befestigt, und an einer Hüfte ruhte ein Lederbündel, das über eine Schulter geschlungen war; auf der anderen Seite befand sich ein einschneidiges Langschwert in einer lederumwickelten, hölzernen Scheide. Binadas war einen halben Kopf größer als Trull, sein Gesicht so wettergegerbt wie seine Wildlederkleidung. Von Trulls drei Brüdern war Binadas der unnahbarste, am wenigsten fassbare, weshalb seine Handlungen schwer vorauszusagen und noch weniger zu verstehen waren. Er hielt sich nur unregelmäßig im Dorf auf, schien die Wildnis der westlichen Wälder und die Berge im Süden vorzuziehen. Er hatte sich den anderen auf ihren Raubzügen nur selten angeschlossen, doch wenn er zurückkehrte, brachte er häufig die Trophäen von Bravourstückchen mit, und niemand zweifelte an seiner Tapferkeit.

»Du bist außer Atem, Trull«, bemerkte Binadas, »und ich sehe wieder einmal Sorge in deinem Gesicht.«

»Auf der Höhe der Calach-Bänke liegen Letherii-Schiffe vor Anker.«

Binadas runzelte die Stirn. »Dann sollte ich dich nicht aufhalten.«

»Wirst du lange wegbleiben, Bruder?«

Der Angesprochene zuckte die Schultern, schritt dann an Trull vorbei und folgte der westlichen Gabelung des Pfads.

Trull Sengar setzte seinen Weg fort, durch das Tor und in das Dorf.

Vier Schmieden beherrschten dieses zum Landesinneren hin gelegene Ende des geräumigen, von einer Mauer umgebenen Innenbereichs. Jede einzelne war von einem tiefen, steil abfallenden Graben umgeben, die ihrerseits in einen abgedeckten Kanal mündeten, der vom Dorf und den umliegenden Feldern wegführte. Jahrelang hatten die Ambosse fast unablässig gedröhnt, während Waffen auf ihnen gehämmert wurden, und dichter, beißender Rauch hatte die Luft mit seinem Gestank erfüllt und die nahe stehenden Bäume mit einer weißen Rußkruste überzogen. Als Trull jetzt an den Schmieden vorbeiging, sah er, dass nur zwei besetzt waren, und das knappe Dutzend Sklaven, das zu sehen war, arbeitete gemächlich vor sich hin.

Hinter den Schmieden verliefen die länglichen, mit Backsteinen verkleideten Lagerräume, eine Reihe in Segmente unterteilter Gebäude in der Form von Bienenstöcken, in denen sich überschüssiges Korn, geräucherter Fisch, Robbenfleisch, Walöl und geerntete Faserpflanzen befanden. Ähnliche Bauwerke gab es auch noch mitten im Wald, der jedes Dorf umgab; die meisten von ihnen waren allerdings im Augenblick leer, eine Folge der Kriege.

Nachdem Trull die Lagerräume hinter sich gelassen hatte, kam er zu den Steinhäusern der Weber, Töpfer, Holzschnitzer, geringeren Schreiber, Waffenschmiede und anderer verschiedenartiger Handwerker des Dorfs. Rufe wurden laut, um ihn zu begrüßen, denen er so kurz und knapp antwortete, wie es der Anstand erlaubte; dies machte seinen Bekannten deutlich, dass er nicht stehen bleiben und sich mit ihnen unterhalten konnte.

Der Edur-Krieger eilte jetzt durch die Straßen mit den vornehmeren Wohnhäusern. Die Letherii-Sklaven bezeichneten Dörfer wie dieses als *Städte*, doch die Edur, die hier lebten, sahen keine Notwendigkeit, ihre Wortwahl zu ändern – dies war bei ihrer Geburt ein Dorf gewesen, und daher würde es auch immer ein Dorf bleiben; es spielte keine Rolle, dass mittlerweile fast zwanzigtausend Edur und dreimal so viele Letherii in diesem Dorf lebten.

Das vornehmere Wohnviertel wurde von Schreinen beherrscht, die dem Vater und seiner Auserwählten Tochter geweiht waren – erhöhte Plattformen, die von lebenden, heiligen Schwarzholzbäumen umgeben waren. Die Oberfläche der Steinscheiben war mit Bildern und Schriftzeichen bedeckt. Unablässig spielte Kurald Emurlahn innerhalb der von Bäumen umgebenen Kreise, sich kräuselnde Halbschatten tanzten über die Piktogramme, zauberische Emanationen, die durch die Opfer erweckt worden waren, die den Anbruch der Abenddämmerung begleiteten.

Trull Sengar erreichte die Allee des Hexers, den geheiligten Weg, der zu der gewaltigen Zitadelle führte, die gleichermaßen Tempel wie Palast und Sitz des Hexenkönigs Hannan Mosag war. Zedern mit schwarzer Rinde säumten den Weg. Die Bäume waren tausend Jahre alt und überragten das ganze Dorf, und sie hatten nur noch hoch oben Zweige. Eingelagerte Zauberei durchflutete jeden Ring ihres mitternachtsschwarzen Holzes, und sie strömte nun heraus und hüllte die ganze Straße in einen Schleier aus Düsternis.

Am hinteren Ende der Straße umschloss eine etwas niedrigere Palisade die Zitadelle; sie bestand aus dem gleichen schwarzen Holz, und in die Stämme waren unzählige Schutzzauber eingeritzt. Das Haupttor war ein Tunnel aus lebenden Bäumen, ein Durchgang aus ungelindertem Schatten, und er führte zu einer Brücke, die einen Kanal überspannte, in dem ein Dutzend K'orthan-Langboote vertäut lagen. Die Brücke öffnete sich auf einen großen, gepflasterten Hof, der von Truppenunterkünften und Lagerhäusern gesäumt wurde. Dahinter standen die aus Stein und Holz gebauten Langhäuser der adligen Familien – derjenigen, die durch Blutsbande mit Hannan Mosags Familie verbunden waren – mit ihren Dächern aus Holzschindeln und den Firstbalken aus Schwarzholz. Eine Verlängerung der Prachtstraße, die zu einer weiteren Brücke und damit zur eigentlichen Zitadelle führte, teilte den Wohnbezirk säuberlich in zwei Hälften.

Krieger übten auf dem Innenhof, und Trull sah die große, breitschultrige Gestalt seines älteren Bruders Forcht, der mit einem halben Dutzend Helfern dabeistand und die Waffenübungen beobachtete. Trull verspürte einen Stich der Sympathie für die jungen Krieger. Er hatte während der Jahre seiner Ausbildung selbst unter dem kritischen, unerbittlichen Blick seines Bruders gelitten.

Er hörte einen Willkommensgruß und richtete seine Aufmerksamkeit zur anderen Seite des Hofs, wo er Rhulad, seinen jüngsten Bruder, und Midik Buhn entdeckte. Wie es schien, hatten sie gerade einen Übungskampf hinter sich und einen Augenblick später sah Trull den Grund für ihren untypischen Eifer – Mayen, Forchts Verlobte, war mit vier jüngeren Frauen im Schlepptau aufgetaucht; angesichts des knappen Dutzends Sklaven, die sie begleiteten, waren sie vermutlich auf dem Weg zum Marktplatz. In Anbetracht der komplizierten Regeln des Werbens war es natürlich unumgänglich, dass sie stehen geblieben waren, um der plötzlichen, zweifellos aus dem Stegreif inszenierten Zurschaustellung kriegerischer Künste zuzuschauen. Schließlich wurde von Mayen erwartet, dass sie alle Brüder Forchts mit angemessenem Respekt behandelte.

Auch wenn an der Szene, die Trull beobachtete, nichts Unziemliches war, verspürte er dennoch ein leichtes Unbehagen. Rhulads Eifer, sich vor der zukünftigen Ehefrau seines ältesten Bruders zu brüsten, ging an die Grenzen dessen, was als schickliches Verhalten galt. Trull war der Ansicht, dass Forcht Rhulad gegenüber viel zu viel Nachsicht zeigte.

Wie wir alle. Natürlich gab es Gründe dafür.

Rhulad hatte seinen Freund aus Kindertagen in dem Scheinkampf ganz eindeutig besiegt, wie an seinem vor Stolz geröteten, hübschen Gesicht unschwer zu erkennen war. »Trull!« Er schwenkte sein Schwert. »Ich habe heute Blut vergossen, und jetzt dürstet es mich nach mehr! Komm, kratz den Rost von dem Schwert, das du an deiner Seite trägst!«

»Ein andermal, Bruder«, rief Trull zurück. »Ich muss unverzüglich mit unserem Vater sprechen.«

Rhulads Grinsen war durchaus freundlich, keine Frage, aber selbst aus zehn Schritt Entfernung konnte Trull erkennen, wie seine klaren grauen Augen triumphierend aufblitzten. »Dann ein andermal«, sagte er und winkte ein letztes Mal zum Abschied mit dem Schwert, während er sich wieder zu den Frauen umdrehte.

Doch Mayen hatte ihren Begleiterinnen einen Wink gegeben, und die Gruppe hatte sich bereits wieder in Bewegung gesetzt.

Rhulad machte den Mund auf, um etwas zu ihr zu sagen, doch Trull sprach als Erster: »Bruder, ich lade dich ein, mich zu begleiten. Die Neuigkeiten, die ich unserem Vater überbringen muss, sind von großer Bedeutung, und ich hätte gerne, dass du dabei bist, so dass auch deine Worte zu der Diskussion beitragen, die sich anschließen wird.« Solch eine Einladung erging normalerweise nur an Krieger, die Jahre des Kampfes hinter sich hatten, und Trull sah, wie die Augen seines Bruders voller Stolz aufleuchteten.

»Ich bin geehrt, Trull«, sagte er und schob sein Schwert in die Scheide.

Rhulad ließ Midik stehen, der sich um eine Schwertwunde an seinem Handgelenk kümmerte, und trat an Trulls Seite; gemeinsam machten sie sich zum Langhaus ihrer Familie auf.

Die äußeren Mauern waren mit Trophäen bestückt – erbeutete Schilde, von denen viele jahrhundertealt und von der Sonne gebleicht waren. Walknochen hingen unter dem vorspringenden Dach. Totems, die rivalisierenden Stämmen gestohlen worden waren, bildeten einen chaotischen Bogen über dem Eingang; die Fellstreifen, mit Perlen verzierten Lederteile, Muschelschalen, Krallen und Zähne sahen aus wie ein in die Länge gezogenes Vogelnest.

Sie gingen hinein.

Die Luft war kühl, roch leicht beißend nach Holzrauch. Zwischen Wandteppichen und aufgespannten Fellen standen Öllampen in Wandnischen. Der traditionelle Herdstein in der Mitte des Raums, an dem einst jede Familie ihre Mahlzeiten zubereitet hatte, war immer noch mit Asche gefüllt, obwohl die Sklaven mittlerweile in Küchen arbeiteten, die hinter dem eigentlichen Langhaus lagen, um das Risiko eines Brandes zu verringern. Schwarzholzmöbel kennzeichneten die verschiedenen Räume, obwohl keine Trennwände vorhanden waren. Dutzende von Waffen hingen an Haken von den Kreuzbalken; einige davon stammten noch aus den frühesten Tagen, aus jener dunklen Zeit unmittelbar nach dem Verschwinden von Vater Schatten, als die Kunst, Eisen zu schmieden, verloren gewesen war, und die grobe Bronze dieser Waffen war zerfressen und verbogen.

Direkt hinter dem Herdstein erhob sich der Stamm eines lebenden Schwarzholzbaumes, aus dem knapp über Mannshöhe das obere Drittel eines Langschwerts nach draußen und in die Höhe ragte: eine echte Emurlahn-Klinge, deren Stahl auf eine Weise bearbeitet war, die die Schmiede erst wiederentdecken mussten. Das Schwert der Familie Sengar, Symbol ihrer adligen Abstammung; normalerweise waren diese usprünglichen Waffen der adligen Familien, die am Stamm befestigt wurden, wenn der Baum noch ein Schössling war, nach Jahrhunderten nicht mehr zu erkennen, da sie sich im Innern des Stamms, dicht beim Kernholz befanden. Doch auf irgendeine Weise hatte sich dieser besondere Baum verdreht, so dass die Waffe aus dem Innern herausgetrieben worden und die schwarz-silberne Klinge wieder zum Vorschein gekommen war. Ungewöhnlich, aber nicht einzigartig.

Beide Brüder streckten die Hand aus und berührten die Klinge, als sie vorübergingen.

Sie sahen Uruth, ihre Mutter, die flankiert von Sklaven an den Wandteppichen arbeitete, auf denen die Geschichte ihres Geschlechts aufgezeichnet war; sie beendete gerade die letzten Szenen von der Teilnahme der Sengars am Vereinigungskrieg. Sie war voll und ganz mit ihrer Arbeit beschäftigt und blickte nicht auf, als ihre Söhne an ihr vorbeischritten.

Tomad Sengar saß mit drei anderen adligen Patriarchen um ein Spielbrett herum, das aus einem großen schaufelförmigen Geweih gefertigt war; die geschnitzten Spielfiguren bestanden aus Elfenbein und Jade.

Trull blieb am Rand des Kreises stehen. Er legte seine rechte Hand auf den Schwertknauf, womit er andeutete, dass die Worte, die er überbrachte, sowohl dringend als auch möglicherweise gefährlich waren. Er hörte, wie Rhulad hinter ihm scharf die Luft einsog.

Obwohl keiner der älteren Männer aufblickte, erhoben sich Tomads Gäste alle gleichzeitig, als wären sie ein einziges Wesen, während Tomad sich daranmachte, die Spielfiguren wegzupacken. Die drei Älteren gingen schweigend, und einen Moment später stellte Tomad das Spielbrett beiseite und ließ sich wieder auf seinen Platz sinken.

Trull setzte sich ihm gegenüber. »Sei gegrüßt, Vater. Eine Flotte der Letherii jagt auf den Calach-Bänken. Die Robbenherden sind früh gekommen, und jetzt werden sie abgeschlachtet. Ich habe das alles mit eigenen Augen gesehen und bin ohne Halt zu machen zurückgekehrt.«

Tomad nickte. »Dann bist du also drei Tage und zwei Nächte lang gerannt.«

»Das bin ich.«

»Und die Letherii hatten bereits mit dem Töten angefangen?«

»Vater, heute Morgen zur Zeit der Dämmerung wird Tochter Menandore gesehen haben, dass die Laderäume der Schiffe bis zum Bersten gefüllt waren und ihre Segel sich im Wind bauschten und ein jedes Schiff einen Strom aus Blut im Kielwasser hinter sich ließ.«

»Und neue Schiffe werden angekommen sein, um die Plätze der vorigen einzunehmen!«, zischte Rhulad.

Tomad runzelte angesichts des ungehörigen Verhaltens seines jüngsten Sohnes die Stirn, und seine folgenden Worte zeigten seine Missbilligung nur allzu deutlich: »Rhulad, überbringe diese Neuigkeiten Hannan Mosag.«

Trull spürte, wie sein Bruder zusammenzuckte, doch Rhulad nickte. »Wie du befiehlst, Vater.« Er drehte sich um und stapfte davon.

Tomads Stirnrunzeln vertiefte sich. »Du hast einen ungebluteten Krieger zu diesem Gespräch eingeladen?«

»Das habe ich, Vater.«

»Warum?«

Trull antwortete nicht. Er wollte nicht antworten, denn er hatte nicht vor, seine Besorgnis über Rhulads unschickliches Gebaren gegenüber Forchts Verlobter in Worte zu fassen.

Nach einem kurzen Augenblick seufzte Tomad tief. Er schien seine großen, narbigen Hände zu betrachten, die auf seinen Oberschenkeln ruhten. »Wir sind selbstgefällig geworden«, brummte er.

»Vater, ist es selbstgefällig, diejenigen, mit denen man Umgang hat, für ehrenwert zu erachten?«

»In Anbetracht der vorangegangenen Ereignisse – ja.«

»Und warum hat der Hexenkönig dann einem Großen Treffen mit den Letherii zugestimmt?«

Der Blick aus Tomads dunklen Augen flackerte auf und heftete sich auf Trulls Gesicht. Von sämtlichen Söhnen Tomads konnte nur Forchts Blick sich perfekt und unerschütterlich mit dem seines Vaters messen – seine Augen hatten die gleiche Farbe und manchmal lag in ihnen auch die gleiche Härte. Wider Willen spürte Trull, wie er unter dem verächtlichen Blick seines Vaters etwas zusammenschrumpfte.

»Ich ziehe meine dumme Frage zurück«, sagte er und brach den Blickkontakt ab, um seine Bestürzung zu verbergen. *Ein Kräftemessen von Feinden. In Anbetracht der unausweichlichen Reaktion der Edur wird dieser Verstoß – ganz egal, was sein ursprüngliches Ziel gewesen sein mag – zu einer zweischneidigen Klinge werden. Und zwar zu einer, die beide Völker ergreifen werden.* »Die ungebluteten Krieger werden zufrieden sein.«

»Die ungebluteten Krieger werden eines Tages in der Ratsversammlung sitzen, Trull.«

»Ist das nicht die Belohnung, die der Frieden bringt, Vater?«

Darauf antwortete Tomad nicht. »Hannan Mosag wird die Ratsversammlung einberufen. Du musst dabei sein, um zu berichten, was du gesehen hast. Darüber hinaus hat der Hexenkönig mich ersucht, ihm meine Söhne für eine besondere Aufgabe zur Verfügung zu stellen. Ich glaube nicht, dass diese Entscheidung durch die Neuigkeiten, die du überbringst, in irgendeiner Weise beeinflusst werden wird.«

Trull musste erst einmal seine Überraschung über diese Worte verarbeiten, ehe er sagte: »Als ich auf dem Weg ins Dorf war, ist mir Binadas begegnet ...«

»Er weiß Bescheid und wird binnen eines Mondwechsels zurück sein.«

»Weiß Rhulad von diesen Dingen?«

»Nein, auch wenn er euch begleiten wird. Ein Ungebluteter ist ein Ungebluteter.«

»Wie du meinst, Vater.«

»Und jetzt ruhe dich aus. Du wirst rechtzeitig zur Ratsversammlung geweckt werden.«

Eine weiße Krähe hüpfte von einer vom Salzwasser gebleichten Wurzel herunter und fing an, im Abfall herumzupicken. Zuerst hatte Trull sie für eine Möwe gehalten, die sich im dämmrigen Abendlicht am Strand herumtrieb, doch dann hatte sie gekrächzt und war mit einer Muschelschale im hellen Schnabel vom Abfallhaufen zur Wasserlinie hinuntergeglitten.

Zu schlafen hatte sich als unmöglich erwiesen. Die Ratsversammlung war für Mitternacht einberufen worden. Ruhelos, während die Nerven in seinen erschöpften Beinen kribbelten, war Trull zum nördlich des Dorfs und der Flussmündung gelegenen Kiesstrand gegangen.

Und jetzt, während die Dunkelheit mit den trägen Wogen heranrollte, hatte er bemerkt, dass er den Strand mit einer weißen Krähe teilte. Sie hatte ihre Beute bis zu jener Stelle getragen, wo die Wellen ausliefen, und jedes Mal, wenn das Meer flüsternd heranglitt, tauchte der Vogel die Muschelschale ins Wasser. Sechsmal.

Eine wählerische Kreatur, bemerkte Trull, während er zusah, wie die Krähe auf einen nahe gelegenen Felsblock hüpfte und an der Schale herumzupicken begann.

Weiß war natürlich böse. Das war allgemein bekannt. Das Erröten der Knochen, Menandores abscheuliches Licht im Morgengrauen. Auch die Segel der Letherii waren weiß, was nicht sonderlich überraschend war. Und das klare Wasser der Calach-Bucht würde den Blick auf ein weißes Schimmern am Meeresgrund freigeben – die Knochen abertausender abgeschlachteter Robben.

Diese Jahreszeit hätte für die sechs Stämme eine Rückkehr zum Überschuss bedeutet, man hätte beginnen können, die erschöpften Vorräte zum Schutz vor Hungersnöten wieder aufzufüllen. Gedanken, die ihn dazu brachten, diese unrechtmäßige Jagd auf andere Weise zu betrachten. Die Tat war im passenden Augenblick erfolgt, genau rechtzeitig, um den Stammesbund zu schwächen. Ein Trick, um die Position der Edur beim bevorstehenden Großen Treffen zu untergraben. *Das Argument der Unvermeidlichkeit. Das gleiche Argument, das uns zum ersten Mal entgegengeschleudert wurde, als es um die Siedlungen am Ufer des Fingers ging. »Das Königreich Lether breitet sich aus, es muss wachsen. Eure Lager am Ufer haben schließlich nur zu bestimmten Jahreszeiten bestanden, und während des Krieges habt ihr sie alle aufgegeben.«*

Es war unvermeidlich, dass immer mehr unabhängige Schiffe kommen würden, um die reichen Gewässer vor der Nordküste zu befahren. Man konnte sie nicht alle überwachen. Die Edur brauchten sich nur die anderen Stämme anzusehen, die einst außerhalb der Grenzen von Lether gelebt hatten – wie sie dafür belohnt worden waren, dass sie König Ezgara Diskanar von Lether Lehenstreue geschworen hatten. *Aber wir sind nicht wie die anderen Stämme.*

Die Krähe oben auf ihrem steinernen Thron krächzte und schleuderte die Muschelschale mit einer ruckartigen Kopfbewegung davon, breitete dann die geisterhaften Flügel aus und schwang sich in die Nachtluft. Ein letztes, lang gezogenes Krächzen aus der Dunkelheit. Trull machte eine abwehrende Geste.

Hinter sich hörte er Steine unter einer Sohle knirschen, und als er herumfuhr, sah er seinen älteren Bruder auf sich zukommen.

»Ich grüße dich, Trull«, sagte Forcht leise. »Die Worte, die du gesprochen hast, haben die Krieger aufgebracht.«

»Und was ist mit dem Hexenkönig?«

»Der hat noch nichts gesagt.«

Trull wandte sich wieder den dunklen Wellen zu, die zischelnd am Strand ausliefen. »Ihre Augen sind auf die Schiffe gerichtet«, sagte er.

»Hannan Mosag weiß, wie man wegschaut, Bruder.«

»Er hat nach den Söhnen von Tomad Sengar verlangt. Was weißt du davon?«

Forcht stand jetzt neben ihm, und Trull spürte sein Schulterzucken. »Seit seiner Kindheit wurde der Hexenkönig von Visionen geleitet«, sagte Forcht nach einem kurzen Augenblick. »Sein Blut bewahrt Erinnerungen, die bis zu den Dunklen Zeiten zurückreichen. Bei jedem Schritt, den er macht, breitet sich Vater Schatten vor ihm aus.«

Der Hinweis auf die Visionen ließ ein unbehagliches Gefühl in Trull aufsteigen. Er zweifelte nicht an ihrer Macht – oh nein, ganz im Gegenteil. Die Dunklen Zeiten waren mit der Spaltung der Tiste Edur gekommen, mit dem Angriff von Zauberei und fremden Armeen und dem Verschwinden von Vater Schatten. Und auch wenn die Magie von Kurald Emurlahn den Stämmen noch zugänglich war, so war das Gewirr selbst verloren: Es war zerschmettert, und seine Bruchstücke wurden von falschen Königen und Göttern beherrscht. Trull vermutete, dass Hannan Mosags Ehrgeiz weit darüber hinausging, einfach nur die sechs Stämme zu vereinigen.

»Du bist voller Widerwillen, Trull. Du verbirgst es gut, aber ich kann sehen, was andere nicht sehen können. Du bist ein Krieger, der lieber nicht kämpfen würde.«

»Das ist kein Verbrechen«, murmelte Trull – und fügte einen Herzschlag später hinzu: »Von allen Sengars tragen nur Vater und du mehr Trophäen als ich.«

»Deine Tapferkeit habe ich nicht in Frage gestellt, Bruder. Aber Mut ist das geringste unter den Dingen, die uns verbinden. Wir sind Edur. Wir waren einst die Herren der *Hunde*. Wir besaßen den Thron von Kurald Emurlahn. Und wir besäßen ihn immer noch, wenn wir nicht verraten worden wären – zuerst von den Verwandten Scabandari Blutauges, dann von den Tiste Andii, die mit uns auf diese Welt gekommen sind. Wir sind ein bedrängtes Volk, Trull. Die Letherii sind nur ein Feind unter vielen. Der Hexenkönig weiß das.«

Trull betrachtete das Sternenlicht, das sich in den ruhigen Wassern der Bucht spiegelte. »Ich werde nicht zögern, gegen die zu kämpfen, die unsere Feinde sein wollen, Forcht.«

»Das ist gut, Bruder. Es reicht, um Rhulad zum Schweigen zu bringen.«

Trull versteifte sich. »Er spricht gegen mich? Dieses ungeblutete … *Hündchen*?«

»Wenn er Schwäche sieht …«

»Was er sieht und was wahr ist, sind verschiedene Dinge«, sagte Trull.

»Dann zeige ihm, dass es anders ist«, sagte Forcht. Seine Stimme war wie immer tief und ruhig.

Trull schwieg. Er hatte sich offen ablehnend über Rhulad und seine unaufhörlichen Herausforderungen und Posen geäußert; das war in Anbetracht der Tatsache, dass Rhulad ungeblutet war, sein gutes Recht. Viel schwerer wog jedoch, dass seine Gründe wie ein Schutzwall um das Mädchen herum errichtet waren, das Forcht heiraten würde. Natürlich wäre es unziemlich, diese Dinge jetzt auszusprechen, denn in seinen Worten würden Gehässigkeit und Bosheit mitschwingen. Schließlich war Mayen mit Forcht verlobt, nicht mit Trull, und es war Forchts Aufgabe, sie zu schützen.

Die Dinge wären einfacher, dachte er mit leisem Bedauern, wenn er Mayen besser einschätzen könnte. Sie ermutigte Rhulad nicht zu seinen Aufmerksamkeiten, doch sie zeigte ihm auch nicht die kalte Schulter. Sie schritt am äußersten Rand der Schicklichkeit entlang, so selbstbewusst, wie jedes Mädchen es tun würde – und auch tun sollte –, die das Privileg hatte, bald den Waffenmeister der Hiroth zu heiraten. Und es ging ihn, wie er sich erneut ermahnte, überhaupt nichts an. »Ich werde Rhulad nicht zeigen, was er längst sehen sollte«, brummte Trull. »Er hat nichts getan, was rechtfertigen würde, dass ich ihm meine Beachtung schenke.«

»Rhulad fehlt das feine Empfinden, in deinem Widerstreben etwas anderes als Schwäche zu sehen …«

»Das ist sein Fehler, nicht meiner!«

»Erwartest du, dass ein blinder alter Mann einen Strom ohne Hilfe überquert und die Trittsteine von allein findet? Nein, du führst ihn, bis er mit seinem geistigen Auge schließlich das sehen kann, was alle anderen sehen können.«

»Wenn alle anderen es sehen können«, erwiderte Trull, »vermögen Rhulads Worte nichts auszurichten, und dann tue ich recht daran, nicht auf sie zu achten.«

»Rhulad ist nicht der Einzige, dem es an Feinsinn mangelt, Bruder.«

»Möchtest du, Forcht, dass unter Tomad Sengars Söhnen Feindschaft herrscht?«

»Rhulad ist weder dein Feind noch der Feind irgendeines anderen Edur. Er ist jung, und er dürstet nach Blut. Du warst einst genauso, darum bitte ich dich, dich daran zu erinnern, wie du damals warst. Dies ist nicht der geeignete Zeitpunkt, um anderen Wunden zuzufügen, von denen ganz sicher Narben zurückbleiben werden. Und einem ungebluteten Krieger fügt Verachtung die tiefste aller Wunden zu.«

Trull verzog das Gesicht zu einer Grimasse. »Ich erkenne die Wahrheit in deinen Worten, Forcht. Ich werde mich bemühen, meine Gleichgültigkeit zu zügeln.«

Sein Bruder reagierte nicht auf den Sarkasmus. »Der Rat versammelt sich in der Zitadelle, Bruder. Möchtest du die Halle des Königs an meiner Seite betreten?«

Trull gab sich geschlagen. »Ich fühle mich geehrt, Forcht.«

Sie wandten sich vom schwarzen Wasser ab, und so konnten sie den Schemen mit den bleichen Flügeln nicht sehen, der ein kurzes Stück vom Ufer entfernt über die trägen Wogen glitt.

Dreizehn Jahre zuvor war Udinaas ein junger Seemann im dritten Jahr des Lehrvertrags gewesen, den seine Familie mit dem Kaufmann Intaros aus Trate geschlossen hatte, der nördlichsten Stadt des Königreichs Lether. Er hatte sich an Bord des Walfängers *Dicker Brummer* auf dem Heimweg von den Gewässern der Beneda befunden. Sie waren im Schutz der Dunkelheit hineingeglitten, hatten drei Walkühe getötet und die Kadaver in die neutralen Kanäle westlich der Calach-Bucht geschleppt, als fünf K'orthan-Boote der Hiroth gesichtet worden waren, die sie verfolgten.

Die Gier des Kapitäns hatten ihnen den Untergang gebracht, denn er wollte die getöteten Wale nicht aufgeben.

Udinaas erinnerte sich noch gut an die Gesichter der Offiziere des Walfängers – darunter auch des Kapitäns –, als man sie an eine der toten Walkühe gebunden hatte, um sie den Haien und Dhenrabi zu überlassen, während die einfachen Seeleute mitsamt jedem Fitzelchen Eisen und allem anderen, woran die Edur Gefallen fanden, vom Schiff geschleppt worden waren. Dann wurden Schattengespenster auf die *Dicker Brummer* losgelassen, die das tote Holz, aus dem das Letherii-Schiff bestand, zerfetzten und verzehrten. Nachdem sie die beiden anderen Walkühe ins Schlepptau genommen und den dritten Wal den Schlächtern in der Tiefe überlassen hatten, waren die fünf K'orthan-Boote aus Schwarzholz schließlich aufgebrochen.

Schon damals war Udinaas das grässliche Schicksal des Kapitäns und seiner Offiziere ziemlich gleichgültig gewesen. Er war als Schuldner geboren worden wie sein Vater und dessen Vater zuvor. Lehrvertrag und Sklaverei waren zwei Worte für die gleiche Sache. Außerdem war sein Leben als Sklave der Hiroth nicht besonders hart. Gehorsam wurde mit Schutz und Kleidung sowie einer Unterkunft belohnt, die Zuflucht vor Regen und Schnee gewährte – und bis vor kurzem hatte es auch noch reichlich zu essen gegeben.

Zu den vielen Aufgaben, die Udinaas im Haushalt der Sengars zu erledigen hatte, gehörte es auch, die Netze der vier als Knarri bezeichneten Fischerboote zu reparieren, die der adligen Familie gehörten. Da er Seemann gewesen war, war es ihm nicht gestattet, das Festland zu verlassen, und er kam niemals näher an das offene Meer heran als dann, wenn er unten am Strand südlich der Flussmündung Netze knüpfte und Steingewichte an ihnen befestigte. Nicht, dass er den Edur hätte entfliehen wollen. Es gab eine Menge Sklaven im Dorf – alles Letherii natürlich –, daher mangelte es ihm nicht an Gesellschaft von seinesgleichen, so erbärmlich sie oft auch sein mochte. Abgesehen davon, waren die Annehmlichkeiten von Lether auch nicht bedeutend genug, um etwas praktisch Unmögliches zu versuchen; er erinnerte sich daran, zwar vielerlei wunderbare Dinge gesehen zu haben, doch er hatte niemals Anteil an ihnen gehabt. Zu guter Letzt kam hinzu, dass Udinaas das Meer voller Inbrunst hasste, wie schon damals, als er noch Seemann gewesen war.

Im schwächer werdenden Licht hatte er die beiden ältesten Söhne von Tomad Sengar am gegenüberliegenden Flussufer gesehen und war nicht erstaunt gewesen, als er die leisen, nicht zu unterscheidenden Worte mitbekommen hatte, die sie ausgetauscht hatten. Wieder einmal hatten Schiffe der Letherii zugeschlagen – die

Neuigkeit hatte schon unter den Sklaven die Runde gemacht, noch bevor der junge Rhulad auch nur den Eingang zur Zitadelle erreicht hatte. Eine Ratsversammlung war einberufen worden – was zu erwarten gewesen war –, und Udinaas vermutete, dass es schon bald ein Gemetzel geben würde, jene tödliche, schreckliche Verbindung aus Klingen schwingender Raserei und Zauberei, die jeden Zusammenprall mit den Letherii aus dem Süden kennzeichnete. Und, um die Wahrheit zu sagen, Udinaas wünschte seinen Herren eine gute Jagd. Denn dadurch, dass die Letherii Robben raubten, kam es bei den Edur zu Hungersnöten, und in Zeiten des Hungers waren die Sklaven die Ersten, die litten.

Udinaas verstand sein eigenes Volk nur zu gut. Für die Letherii war Gold alles, was zählte. Gold und Gold zu besitzen bestimmte ihre Welt. Macht, Status, Selbstwertgefühl und Respekt – alles Ware, die man mit klingender Münze erwerben konnte. In der Tat banden Schulden das gesamte Königreich, definierten jede Beziehung, waren das Motiv, das seinen Schatten auf jede Handlung und jede Entscheidung warf. Diese unredliche Robbenjagd war der Eröffnungszug in einem Spiel, das die Letherii unzählige Male und immer auf die gleiche Weise gespielt hatten, mit jedem Stamm jenseits ihrer Grenzlande. Für die Letherii waren die Edur nicht anders als diese Stämme. *Aber sie sind anders, ihr Narren.*

Trotzdem – der nächste Zug würde beim Großen Treffen erfolgen, und Udinaas befürchtete, dass der Hexenkönig und seine Berater, so schlau sie auch waren, mit Blindheit geschlagen in die Verhandlungen gehen würden. Und er machte sich um all das Sorgen, was dann folgen würde.

Wie zu Zeiten der Flut geborene Jungtiere rannten die Völker zweier Königreiche Hals über Kopf ins tiefe, tödliche Wasser.

Drei Sklaven aus dem Haushalt der Buhns trotteten an ihm vorbei, auf den Schultern Bündel aus getrocknetem Seetang. Einer rief Udinaas zu: »Federhexe wird heute Nacht die Fliesen werfen, Udinaas! Genau dann, wenn der Rat sich versammelt.«

Udinaas machte sich daran, das Netz zum Trocknen auf das dafür vorgesehene Gestell zu legen. »Ich werde da sein, Hulad.«

Die drei verließen den Strand, und Udinaas war wieder allein. Er blickte gen Norden und sah Forcht und Trull den Hang hinauf auf das Seitentor der äußeren Mauer zugehen.

Nachdem er mit dem Netz fertig war, packte er seine Werkzeuge in den kleinen Korb und klappte den Deckel zu, dann richtete er sich auf.

Er hörte Flügelschlagen hinter sich und drehte sich um, überrascht, so lange nach Sonnenuntergang noch einen Vogel fliegen zu hören. Ein blasser Schatten streifte die Wasserlinie und verschwand.

Udinaas blinzelte, strengte die Augen an, um ihn noch einmal zu sehen und redete sich dabei ein, dass es nicht war, nach was es ausgesehen hatte. Das nicht. Alles andere, nur das nicht. Er machte ein paar Schritte nach links, auf einen freien Flecken Sand. Dort kauerte er sich hin und zeichnete mit dem kleinen Finger seiner linken Hand rasch ein Beschwörungszeichen in den Sand, während er seine rechte Hand an den Kopf führte, die ersten beiden Finger an die Augen legte, für einen kurzen Moment die Lider herunterzog und dabei ein Gebet flüsterte: »Die Knöchelchen sind geworfen, Retter, blicke in dieser Nacht auf mich herab. Abtrünniger! Blicke auf uns alle herab!«

Er nahm seine rechte Hand wieder herunter und senkte den Blick auf das Zeichen, das er in den Sand geritzt hatte.

»Fort mit dir, Krähe!«

Das Seufzen des Windes, das Murmeln der Wellen. Dann ein entferntes Krächzen.

Erschauernd schoss Udinaas hoch, schnappte sich seinen Korb und rannte auf das Tor zu.

Die Ratshalle des Königs war ein großer, runder Raum, dessen Dach von Schwarzholzbalken gebildet wurde, die sich weit oben verborgen von der rauchgeschwängerten Luft zu einer Spitze vereinten. Ungeblutete Krieger von adliger Geburt standen am Rand, bildeten den äußersten Ring all derjenigen, die hier waren, um der Ratsversammlung beizuwohnen. Als Nächstes kamen die Matronen, die verheirateten und verwitweten Frauen, die auf Bänken mit Rückenlehnen saßen. Dann kamen die Unverheirateten und die Verlobten, die wiederum mit gekreuzten Beinen auf Fellen kauerten. Einen Schritt vor ihnen senkte sich der Fußboden des Raums eine Armeslänge tief ab und bildete eine zentrale Grube aus festgestampfter Erde, in der die Krieger hockten. Genau im Zentrum befand sich ein erhöhtes Podest von fünfzehn Schritt Durchmesser, auf dem Hannan Mosag, der Hexenkönig, stand; um ihn herum saßen mit nach außen gewandten Gesichtern die fünf als Geiseln dienenden Prinzen.

Als Trull und Forcht in die Grube hinunterstiegen, um ihre Plätze inmitten der gebluteten Krieger einzunehmen, starrte Trull zu seinem König empor. Hannan Mosag war von durchschnittlicher Größe und Statur und wirkte auf den ersten Blick unsympathisch. Seine Gesichtszüge waren ebenmäßig, seine Haut war einen Stich blasser als die der meisten Edur und es sah immer aus, als würde er die Augen weit aufreißen, wodurch er stets etwas überrascht wirkte. Seine Macht war also nicht körperlicher Natur. Sie lag ganz und gar in seiner Stimme. Voll und tief klang sie – eine Stimme, der man einfach zuhören musste, ungeachtet ihrer Lautstärke.

Wie er jetzt einfach nur schweigend dastand, sah es aus, als wäre Hannan Mosag durch einen bloßen Zufall an seine Königswürde gekommen, als wäre er einfach nur in die Mitte des großen Raums geschritten und würde sich nun mit einem leicht verwirrten Gesichtsausdruck umsehen. Seine Kleidung unterschied sich nicht von der der anderen Krieger, abgesehen davon, dass er keine Trophäen am Gürtel trug; seine Trophäen saßen schließlich um ihn herum auf dem Podest – die erstgeborenen Söhne der fünf unterworfenen Häuptlinge.

Betrachtete man den Hexenkönig genauer, so zeigte sich ein anderes Zeichen seiner Macht. Hinter ihm erhob sich sein Schatten. Riesig und ungeschlacht. Mit langen, undeutlich erkennbaren, aber tödlichen Schwertern in den gepanzerten Fäusten. Er trug einen Helm, und seine Schultern wirkten unter der Plattenrüstung kantig. Hannan Mosags Leibwächter schlief niemals. Und in der breitbeinigen Haltung des Schattengespensts lag so gar nichts Nachdenkliches, dachte Trull.

Nur wenige Hexer waren in der Lage, eine solche Kreatur zu beschwören, indem sie auf die Lebenskraft ihrer eigenen Schatten zurückgriffen. In jenem stummen, immer wachsamen Wächter floss Kurald Emurlahn ungemindert und brutal.

Trulls Blick fiel auf die Geiseln, die ihrerseits ihn ansahen. Die K'risnan. Sie verkörperten nicht nur ihre Väter, sondern waren auch Hannan Mosags Lehrlinge in Sachen Zauberei. Ihre eigenen Namen waren ihnen genommen worden, und die neuen waren heimlich von ihrem Herrn ausgewählt und mit Zaubersprüchen gebunden worden. Eines Tages würden sie als Häuptlinge zu ihren Stämmen zurückkehren. Ihre Loyalität ihrem König gegenüber würde absolut sein.

Genau gegenüber von Trull befand sich die Geisel vom Stamm der Merude. Die Merude waren der größte der sechs Stämme – und der letzte, der sich ergeben hatte. Sie hatten stets darauf gepocht, dass ihnen von Rechts wegen die herausragende Stellung unter den Edur gebührte, da ihre Zahl sich der Hunderttausend näherte – und davon waren vierzigtausend geblutete Krieger oder solche, bei denen dies bald der Fall sein würde. Sie verfügten über die meisten Schiffe und die meisten Krieger und wurden von einem Häuptling angeführt, der mehr Trophäen an seinem Gürtel trug, als man es seit Generationen gesehen hatte. Die Vorherrschaft gehörte den Merude.

Sie hätte ihnen wohl auch gehört, wenn Hannan Mosag nicht so außergewöhnlich meisterhaft mit den Bruchstücken von Kurald Emurlahn hätte umgehen können, aus denen man Macht ziehen konnte. Häuptling Hanradi Khalag hingegen war als Krieger weit fähiger denn als Hexer, er konnte besser mit dem Speer umgehen als mit Zauberei.

Niemand außer Hannan Mosag und Hanradi Khalag kannte die Einzelheiten jener letzten Kapitulation. Die Merude hatten den Kriegern der Hiroth und den an ihrer Seite kämpfenden Kontingenten der Arapay, Sollanta, Den-Ratha und Beneda lange und tapfer Widerstand geleistet. Die rituelle Zurückhaltung im Kriege hatte schnell nachgelassen, und an ihre Stelle war eine erschreckende, aus Verzweiflung geborene Brutalität getreten. Die alten Gesetze waren kurz davor gewesen, zerschmettert zu werden.

Eines Nachts war Hannan Mosag in das Dorf des Häuptlings gegangen – irgendwie war es ihm gelungen, dabei ungesehen zu bleiben – und hatte das Langhaus des Häuptlings betreten. Und als das erste fahle Licht von Menandores grausamem Erwachen kündete, hatte Hanradi Khalag sein Volk übergeben.

Trull wusste nicht, was er von den Geschichten halten sollte, die immer wieder erzählt wurden – dass Hanradi keinen Schatten mehr werfen würde. Er hatte den Häuptling der Merude nie gesehen.

Und jetzt saß der erstgeborene Sohn jenes Mannes vor ihm. Sein Kopf war kahl geschoren, um die Trennung von seinen Ahnen anzuzeigen, und ein Gewirr aus tief eingeschnittenen, breiten Narben überzog sein Gesicht mit streifigen Schatten. Seine Augen blickten ausdruckslos und wachsam, als rechnete er damit, dass jemand versuchen könnte, den Hexenkönig hier, in seiner eigenen Halle, zu ermorden.

Die Öllampen, die von der hohen Decke herunterhingen, flackerten alle gleichzeitig. Alle Anwesenden verstummten und richteten die Blicke auf Hannan Mosag.

Obwohl er seine Stimme nicht hob, drang sie tief und volltönend bis in den letzten Winkel, so dass niemand sich anstrengen musste, um ihn zu verstehen. »Rhulad, der ungeblutete Krieger und Sohn von Tomad Sengar, hat mir eine Nachricht seines Bruders Trull Sengar überbracht. Dieser Krieger war zur Calach-Bucht gewandert, um an ihrem Ufer nach Jade zu suchen. Er wurde Zeuge eines grässlichen Ereignisses und ist ohne Pause drei Tage und zwei Nächte lang gelaufen.« Hannan Mosags Augen richteten sich auf Trull. »Tritt an meine Seite, Trull Sengar, und erzähle deine Geschichte.«

Trull schritt die Gasse entlang, die die anderen Krieger für ihn freimachten, und sprang mit einem Satz auf das erhöhte Podest; seine Beine waren so erschöpft, dass er bei dieser Anstrengung fast zusammengebrochen wäre, und er musste alle Kraft aufwenden, sich nichts anmerken zu lassen. Er richtete sich auf, trat zwischen zwei K'risnan hindurch und stellte sich rechts neben den Hexenkönig.

Dann ließ er den Blick über die vielen, nach oben gewandten Gesichter schweifen und sah, dass das, was er gleich sagen würde, den meisten bereits bekannt war. Er sah Gesichter, die dunkel vor Wut waren und in denen der Wunsch nach Rache zu lesen stand. Und da und dort auch ein Stirnrunzeln, das auf Besorgnis oder Bestürzung hindeutete.

»Dies möchte ich der Ratsversammlung mitteilen: Die Stoßzähnigen Robben haben die Paarungsgebiete früh aufgesucht. Jenseits der Untiefen habe ich unzählige Haie springen gesehen. Und in ihrer Mitte … neunzehn Schiffe der Letherii …«

»Neunzehn!«

Der Schrei erklang einstimmig aus einem halben Hundert Kehlen. Ein untypischer Verstoß gegen die Schicklichkeit, der aber deshalb nicht weniger verständlich war. Trull wartete einen Augenblick, dann nahm er den Faden wieder auf. »Ihre Laderäume müssen beinahe voll sein, denn sie lagen tief im Wasser, das um sie herum von Blut und Abfällen rot gefärbt war. Ihre Jagdboote lagen längsseits der großen Schiffe. In den fünfzig Herzschlägen, die ich dagestanden und sie beobachtet habe, konnte ich sehen, wie Hunderte von Robbenkadavern an Haken hochgezogen und wartenden Händen übergeben wurden. Am Ufer selbst warteten zwanzig Boote in den Untiefen. Siebzig Mann waren an Land, sind zwischen den Robben …«

»Haben sie dich gesehen?«, fragte einer der Krieger.

Es schien, als wäre Hannan Mosag bereit, die Regeln außer Acht zu lassen – zumindest im Augenblick.

»Das haben sie, und sie haben in ihrem Gemetzel innegehalten – einen Moment lang. Ich habe gesehen, wie ihre Lippen sich bewegten, auch wenn ich die Worte bei dem Gebrüll und Geschrei der Robben nicht hören konnte, und ich habe gesehen, wie sie gelacht haben …«

Wut brach unter den Versammelten aus. Krieger sprangen auf.

Blitzschnell hob Hannan Mosag eine Hand.

Augenblicklich herrschte wieder Stille.

»Trull Sengar hat seine Geschichte noch nicht zu Ende erzählt.«

Trull räusperte sich und nickte. »Ihr seht mich jetzt hier vor euch stehen, Krieger, und diejenigen von euch, die mich kennen, kennen auch meine Lieblingswaffe – den Speer. Wann habt ihr mich jemals ohne meinen eisenbeschlagenen Schlächter unzähliger Narren gesehen? Leider habe ich ihn zurücklassen müssen – in der Brust des Mannes, der als Erster gelacht hat.«

Lautes Gebrüll antwortete seinen Worten.

Hannan Mosag legte Trull eine Hand auf die Schulter, und der junge Krieger trat beiseite. Der Hexenkönig musterte die Gesichter vor ihm einen Augenblick lang, dann begann er zu sprechen. »Trull Sengar hat getan, was jeder Krieger der Edur getan hätte. Seine Tat hat mir das Herz erwärmt. Doch nun steht er hier vor euch – waffenlos …«

Trull versteifte sich unter dem Gewicht der Hand.

»Und so komme ich nun aufgrund wohlüberlegter Erwägungen, wie ein König sie anstellen muss«, fuhr Hannan Mosag fort, »zu dem Schluss, dass ich meinen Stolz beiseite schieben und einen Blick über diese Tat hinauswerfen muss. Dass ich mir ansehen muss, was all diese Dinge zu bedeuten haben. Ein geworfener Speer. Ein toter Letherii. Ein waffenloser Edur. Und jetzt sehe ich in den Gesichtern meiner hoch geschätzten Krieger eintausend geworfene Speere, eintausend tote Letherii. Eintausend waffenlose Edur.«

Niemand sprach. Niemand gab die offensichtliche Antwort: *Wir haben viele Speere.*

»Ich sehe den Durst nach Rache. Die Letherii-Plünderer müssen niedergemacht werden. Und zwar als Auftakt zum Großen Treffen. Es war *gewünscht*, dass sie getötet werden. Die Letherii haben unsere Reaktion vorausgesehen, denn genau dies sind die Spiele auf Leben und Tod, die sie gerne mit uns spielen möchten. Sollen wir tun, was sie erwarten? Natürlich. Auf diese Missetat kann es nur eine Antwort geben. Und indem wir auf vorhersehbare Weise handeln, folgen wir einem unbekannten Plan, der sich zweifellos beim Großen Treffen enthüllen wird.«

Tiefes Stirnrunzeln allerseits. Unverhüllte Verwirrung. Hannan Mosag hatte sie in die unvertrauten Gefilde komplexer Gedankengänge geführt. Er hatte sie an den Rand eines unbekannten Pfads gebracht, und jetzt würde er sie vorwärts führen, langsam und vorsichtig – einen Schritt nach dem anderen.

»Die Plünderer werden sterben«, fasste der Hexenkönig noch einmal zusammen, »aber keiner von euch soll ihr Blut vergießen. Wir tun, was sie erwarten, aber auf eine Art und Weise, die sie sich nicht ausmalen konnten. Es wird die Zeit kommen, da es ein Gemetzel an den Letherii gibt, aber diese Zeit ist nicht jetzt. Ja, ich verspreche euch Blut, meine Krieger. Aber nicht jetzt. Den Plünderern soll nicht die Ehre erwiesen werden, durch eure Hände zu sterben. Ihr Schicksal wird sich in Kurald Emurlahn erfüllen.«

Wider Willen erschauerte Trull Sengar.

Einmal mehr herrschte Schweigen in der Halle.

»Eine vollständige Enthüllung durch meine K'risnan«, fuhr Hannan Mosag mit grollender Stimme fort. »Keine Waffe, keine Rüstung wird den Letherii etwas nützen. Ihre Magier werden blind und verloren sein, unfähig, sich dem entgegenzustellen, das über sie kommen wird. Die Plünderer werden schmerzvoll und entsetzt sterben. Von Furcht besudelt, weinend wie Kinder – und dieses Schicksal wird in ihren Gesichtern geschrieben stehen, sichtbar für diejenigen, die sie finden werden.«

Trulls Herz hämmerte wild, sein Mund war staubtrocken. Eine vollständige Enthüllung. Über welche lang verlorene Macht war Hannan Mosag gestolpert? Das letzte Mal war Kurald Emurlahn von Scabandari Blutauge vollständig enthüllt worden, von Vater Schatten höchstpersönlich. Das war, bevor das Gewirr zerrissen worden war. Und jene Wunde war noch nicht geheilt. Sie würde, wie Trull vermutete, *niemals* geheilt werden. Doch auch so waren manche Bruchstücke größer und mächtiger als andere. Hatte der Hexenkönig ein neues Fragment entdeckt?

Verblasst, mitgenommen und angeschlagen lagen die Keramikfliesen vor Federhexe. Das Werfen war bereits erfolgt, als Udinaas in die stauberfüllte Scheune stolperte, um von dem Omen zu erzählen – um die junge Sklavin davor zu warnen, die Festen zu betrachten. Zu spät. *Zu spät.*

Hundert Sklaven hatten sich aus diesem Anlass hier versammelt, weniger als gewöhnlich, doch das war nicht weiter überraschend, denn vermutlich hatten viele Edur-Krieger ihren Sklaven aufgetragen, sich um die Vorbereitungen für das erwartete Geplänkel zu kümmern. Köpfe drehten sich, als Udinaas den Kreis betrat. Doch er hielt den Blick auf Federhexe gerichtet.

Ihre Seele war den Pfad zu den Festen bereits ein gutes Stück entlanggeschritten. Sie ließ den Kopf hängen, das Kinn befand sich zwischen ihren vorstehenden Schlüsselbeinen, ihr dichtes, blondes Haar hing lang herunter, und ein rhythmisches Zittern lief durch ihren kleinen, kindlichen Körper. Federhexe war vor achtzehn Jahren im Dorf geboren worden; sie war eine der seltenen Wintergeburten – selten in dem Sinne, dass sie überlebt hatte –, und ihre Gabe war bekannt geworden, noch bevor sie vier Jahre alt war, als ihre Träume in die Vergangenheit zurückgewandert waren und sie mit den Stimmen der Vorfahren gesprochen hatte. Die alten Fliesen mit den Festen waren aus dem Grab des letzten Letherii im Dorf geholt worden, der über diese Gabe verfügt hatte, und dann dem Kind überreicht worden. Es hatte niemanden gegeben, der sie die Geheimnisse der Fliesen hätte lehren können, doch wie sich herausstellte, brauchte sie keine Unterweisung von Sterblichen – das hatten geisterhafte Vorfahren übernommen.

Sie war eine Magd von Mayen, und durch Mayens Hochzeit mit Forcht würde sie in den Haushalt der Sengars übergehen. Und Udinaas liebte sie.

Hoffnungslos, natürlich. Federhexe würde einen Ehemann aus dem Kreis der höher geborenen Letherii-Sklaven bekommen, einen Mann, dessen Familie zu Hause in Letheras über Titel und Macht verfügte. Ein Schuldner wie Udinaas konnte sich keine Hoffnung machen, solch eine Frau zu heiraten.

Während er noch dastand und sie anstarrte, packte ihn sein Freund Hulad am Handgelenk. Mit sanfter Gewalt zog er Udinaas nach unten, bis er wie alle anderen Zuschauer im Schneidersitz dasaß.

Hulad beugte sich zu ihm. »Was hast du denn, Udinaas?«

»Sie hat die Fliesen geworfen ...«

»Stimmt. Und jetzt warten wir, während sie umherwandert.«

»Ich habe eine weiße Krähe gesehen.«

Hulad zuckte zusammen.

»Unten am Strand. Ich habe den Abtrünnigen angefleht, aber es hat nichts genützt. Die Krähe hat über meine Worte nur gelacht.«

Ihr leiser Wortwechsel war von den anderen gehört worden, und Gemurmel breitete sich unter ihnen aus.

Es verstummte jedoch, als Federhexe plötzlich aufstöhnte und langsam den Kopf hob. Alle Blicke richteten sich nun auf sie.

Ihre Augen waren leer, nur das Weiße war zu sehen, klar wie Eis auf einem Gebirgsbach, während die Iris und die Pupille verschwunden waren, als hätte es sie nie gegeben. Und hinter diesem durchscheinenden Weiß schwammen, verwischt vor der Schwärze des Abgrunds, Doppelspiralen aus schwachem Licht.

Entsetzen verzerrte ihre einst schönen Gesichtszüge, das Entsetzen der Ursprünge, nun, da ihre Seele vor dem Vergessen stand. Vor einem Ort, an dem eine solche Einsamkeit herrschte, dass anscheinend nur Verzweiflung blieb. Doch es war auch ein Ort, an dem Macht erdacht wurde, und Gedanken flackerten ihrer Schöpfer beraubt durch den Abgrund, geboren aus Fleisch, das erst noch entstehen musste – denn nur der Geist konnte zurück in die Vergangenheit reichen, nur seine Gedanken konnten dort hausen. Sie war in der Zeit vor dem Anbeginn der Welten und musste jetzt vorwärts schreiten.

Um mitzuerleben, wie die Festen sich erhoben.

Genau wie alle anderen Letherii kannte auch Udinaas die einzelnen Abfolgen und Formen. Zuerst würden die drei Angelpunkte kommen, die als die Schöpfer der Sphäre bekannt waren. Feuer, der stumme Schrei des Lichts, das Wirbeln der Sterne selbst. Dann Dolmen, kahl und wurzellos, der ziellos in der Leere trieb. Und den Weg dieser beiden Mächte kreuzte der Abtrünnige. Als Träger seiner eigenen, unbekannten Gesetze würde er Feuer und Dolmen in heftige Kriege verwickeln. Es würde riesige Schlachtfelder der Zerstörung geben, Beispiele um Beispiele gegenseitiger Auslöschung.

Doch gelegentlich – selten – würde zwischen den beiden Streitenden Frieden geschlossen werden. Feuer würde baden, aber nicht brennen, und Dolmen würde sein Umherwandern aufgeben und Wurzeln schlagen.

Dann würde der Abtrünnige seinen geheimnisvollen Strang weben und die Festen erschaffen. Eis. Eleint. Azath. Tier. Und in ihrer Mitte würden die übrigen Angelpunkte auftauchen. Axt, Knöchelchen, Klinge, die Meute, Gestaltfinder und Weiße Krähe.

Dann, wenn die Sphären Gestalt annahmen, würde das spiralige Licht schärfer werden, und die letzte Feste würde enthüllt. Die Feste, die ungesehen schon ganz am Anfang existiert hatte. Die Leere Feste – das, was die Letherii am meisten verehrten –, die sich genau im Zentrum der riesigen Spirale der Sphären befand. Heimat des Throns, der keinen König kannte, Heimat des Wandernden Ritters und der Gebieterin, die allein in ihrem Bett aus Träumen noch immer wartete. Heimat des Beobachters, der alles sah, und des Wanderers, der an Grenzen patrouillierte, die nicht einmal er sehen konnte. Heimat des Erlösers, dessen ausgestreckte Hand niemals ergriffen wurde. Und schließlich auch Heimat des Verräters, dessen liebende Umarmung alles vernichtete, was er berührte.

»Geht mit mir zu den Festen.«

Die Zuschauer seufzten gemeinsam wie ein einziges Wesen, unfähig, dieser schwülen, schleppenden Einladung zu widerstehen.

»Wir stehen auf Dolmen. Ein zerbrochener Felsklotz, von Narben übersät, die von zerschmetterten Verwandten stammen; seine Oberfläche wimmelt vor Leben, das so klein ist, dass es sich unseren Blicken entzieht. Leben, das in ewige Kriege verstrickt ist. Klinge und Knöchelchen. Wir sind inmitten der Tiere. Ich kann die Knochenstange sehen, schlüpfrig von Blut und umgeben von den Schichten geisterhafter Erinnerungen zahlloser Usurpatoren. Ich sehe den Älteren, noch immer gesichtslos, noch immer blind. Und Scharteke, die die Schäden des flüchtigen Vorbeiziehens von Ungeheuern abschätzt. Und Seher, der zu den Gleichgültigen spricht. Ich sehe den Schamanen, der die Wahrheit inmitten der Toten sucht. Und den Jäger, der nur für den Augenblick lebt und nicht über die Folgen des

Tötens nachdenkt. Und den Fährtensucher, der die Zeichen der Unbekannten sieht und den endlosen Pfad der Tragödie entlangschreitet. Die Feste des Tiers, hier in diesem Tal, das kaum mehr als ein Kratzer auf Dolmens harter Haut ist.

Es ist niemand auf der Knochenstange. Das Chaos schärft jede Waffe, und das Töten geht immer weiter und weiter. Aus dem Mahlstrom erheben sich mächtige Kreaturen, und das Abschlachten übersteigt jedes Maß.

Solche Mächte können nicht unbeachtet bleiben. Der Abtrünnige kehrt zurück und wirft den Samen in die blutgetränkte Erde. Und so erhebt sich die Feste des Azath.

Ein tödlicher Schutz für die Tyrannen – oh, wie leicht sind sie zu ködern. Und so wird das Gleichgewicht erlangt. Doch es bleibt ein grimmiges Gleichgewicht, ja? Kein Ende der Kriege, obwohl sie deutlich abgenommen haben, so dass, endlich, ihre grausamen Wege in den Blickpunkt rücken.«

Ihre Stimme war wie entfesselte Zauberei. Ihr rauer Singsang verzückte, verschlang, enthüllte ganze Panoramen in den Köpfen all derer, die diese Stimme hörten. Federhexe war vom Entsetzen der Urspünge fortgewandert, und in ihren Worten war keine Furcht.

»Doch das Dahinschreiten der Zeit ist selbst ein Gefängnis. Wir sind durch das Voranschreiten gebunden. Und so kehrt der Abtrünnige noch einmal zurück, und die Feste des Eises erhebt sich, mit ihren begleitenden Dienern, die durch die Sphären reisen, um Krieg gegen die Zeit zu führen. Schreiter, Jägerin, Former, Träger, Kind und Samen. Und auf dem Thron aus Eis sitzt der Tod, verhüllt von einer Kapuze und mit Rauhreif überzogen, der Dieb des Mitgefühls, um die ängstlichen Fesseln des sterblichen Lebens zu zerschmettern. Es ist ein Geschenk, aber ein kaltes Geschenk.

Und dann, um das Gleichgewicht wiederherzustellen, wird die Eleint geboren, und dem Chaos wird ein Körper gegeben, und dieser Körper ist der eines Drachen. Beherrscht von der Königin, die wieder und wieder von jedem Kind, das sie gebiert, erschlagen werden muss. Und ihr Galan, der nur sich selbst liebt. Dann der Lebensmann, gleichermaßen Diener und Wächter und zu ewigem Versagen verdammt. Der Ritter, das Schwert des Chaos' selbst – hütet euch, seinen Weg zu kreuzen! Und das Tor, das der Atem ist. Wyrm, die Brut der Drachen, und die Herrin, die Schwester, Blut-Trinker und Pfad-Former. Die tödlichen Drachen.

Eine Feste bleibt übrig …

Udinaas sagte es zusammen mit den anderen, als sie flüsterten: »Die Leere Feste.«

Plötzlich neigte Federhexe den Kopf, eine tiefe Falte bildete sich auf ihrer Stirn. *»Etwas kreist über dem Leeren Thron. Ich kann es nicht sehen, aber es … kreist. Eine farblose Hand, abgetrennt und tanzend … nein, es ist …«*

Sie versteifte sich, dann spritzte rotes Blut aus Wunden auf ihren Schultern, und sie wurde vom Boden hochgehoben.

Schreie. Die Zuschauer sprangen auf, drängten mit ausgestreckten Armen nach vorn.

Doch es war zu spät, denn unsichtbare Krallen packten immer fester zu, und unsichtbare Flügel peitschten dröhnend die staubige Luft der Scheune. Trugen Federhexe in die Schatten unter dem gewölbten Dach. Sie kreischte.

Udinaas, dem das Herz in der Brust hämmerte, drängte sich durch die durcheinander wimmelnden Sklaven zu der hölzernen Treppe, die zum Speicher führte. Splitter gruben sich in seine Hände, als er sich die steilen, roh behauenen Stufen hinaufzog. Federhexes Schreie erfüllten die Luft, während sie im Griff der unsichtbaren Krallen zappelte. *Aber Krähen haben keine Krallen …*

Er erreichte den Speicher, rutschte aus, während er über die unebenen Holzbalken rannte, den Blick unverwandt auf Federhexe gerichtet – und stürzte sich dann, einen Schritt von der Kante entfernt, in die Luft. Mit ausgestreckten Armen flog er über die Köpfe der Menge hinweg.

Sein Ziel war die wirbelnde Luft über ihr, der Ort, an dem die unsichtbare Kreatur schwebte. Und als er jene Stelle erreichte, prallte er hart gegen etwas Festes, Schuppiges. Lederne Schwingen peitschten wild auf ihn ein, während er sich fest an einen feuchtkalten, muskulösen Körper klammerte. Er hörte ein wildes Zischen, dann schnappte ein Kiefer nach seiner linken Schulter. Nadelspitze Zähne bohrten sich durch seine Haut und gruben sich tief in sein Fleisch.

Udinaas stöhnte auf.

Ein Wyrm, Brut der Eleint …

Mit der linken Hand tastete er nach dem Netzhaken an seinem Gürtel.

Das Tier riss an seiner Schulter, und Blut schoss hervor.

Er fand den abgenutzten hölzernen Griff des Werkzeugs, zog die gekrümmte Klinge heraus. Ihre innere Schneide war scharf geschliffen; sie wurde zum Trimmen von Knoten benutzt. Er drehte sich herum, biss die Zähne zusammen und versuchte, die Kiefer der Echse zu ignorieren, die wieder und wieder auf seiner Schulter herumkauten, bis nur noch Fetzen übrig waren. Udinaas schlug nach unten, dorthin, wo – wie er dachte – eines der Beine des Wyrm sein musste. Treffer. Er riss die innere Schneide der Klinge gegen die Sehnen.

Die Kreatur schrie auf.

Und ließ Federhexe los.

Sie stürzte in die hoch erhobenen Arme der Menge.

Krallen hämmerten gegen Udinaas' Brust, durchdrangen Haut und Fleisch.

Er schlug zu, schnitt tief. Das Bein zuckte zurück.

Die Kiefer ließen ihn los, schnappten dann noch einmal zu, schlossen sich um seinen Nacken.

Der Netzhaken fiel ihm aus der zuckenden Hand. Plötzlich war Blut in seinem Mund und seiner Nase.

Dunkelheit wirbelte durch sein Gesichtsfeld – und er hörte den Wyrm erneut schreien, dieses Mal vor Entsetzen und Schmerz; die Laute kamen aus den Nasenlöchern der Kreatur und liefen Udinaas in heißen Wogen über den Rücken. Die Kiefer ließen ihn los.

Udinaas fiel.

Und verlor das Bewusstsein.

Als die anderen hinausmarschierten, berührte Hannan Mosag Trull an der Schulter. »Bleib noch«, murmelte er. »Deine Brüder auch.«

Trull schaute zu, wie seine Kameraden in kleinen Gruppen die Halle verließen. Sie waren besorgt, und mehr als ein verhärtetes Gesicht verriet einen Anflug von Bestürzung, als die Männer sich ein letztes Mal dem Hexenkönig und seinen K'risnan zuwandten. Forcht war zu ihm getreten, stand jetzt neben ihm, und Rhulad folgte ihm auf dem Fuß. Forchts Gesichtsausdruch wirkte verschlossen – was nicht sonderlich überraschend war –, während Rhulad nicht in der Lage schien, still zu stehen; ständig wandte er den Kopf in diese oder jene Richtung, und seine Hand tanzte über den Knauf des Schwerts an seiner Hüfte.

Ein Dutzend Herzschläge später waren sie allein.

Hannan Mosag ergriff das Wort. »Sieh mich an, Trull Sengar. Ich möchte, dass du etwas verstehst – ich hatte nicht vor, deine Tat zu kritisieren. Auch ich hätte jenem Letherii zur Antwort auf seinen Scherz meinen Speer in die Brust getrieben. Ich habe dich auf üble Weise benutzt, und dafür entschuldige ich mich ...«

»Dazu besteht keine Notwendigkeit, Höherer«, erwiderte Trull. »Ich bin erfreut, dass du in meiner Tat einen Angelpunkt gefunden hast, um die Gefühle der Versammlung zu verändern.«

Der Hexenkönig neigte den Kopf. »Ein Angelpunkt.« Er lächelte, doch es wirkte angestrengt. »Dann werden wir nicht mehr davon sprechen, Trull Sengar.« Nun richtete er seine Aufmerksamkeit auf Rhulad, und seine Stimme klang etwas härter, als er sagte: »Rhulad Sengar, Ungebluteter, du bist nun hier, weil du ein Sohn von Tomad bist und weil ich alle seine Söhne brauche, auch dich. Ich erwarte, dass du zuhörst, aber nicht sprichst.«

Rhulad, der plötzlich blass geworden war, nickte.

Hannan Mosag trat zwischen zwei seiner K'risnan – die ihre wachsame Haltung noch immer nicht aufgegeben hatten – und führte Tomads drei Söhne vom Podest. »Wie ich gehört habe, wandert Binadas wieder einmal umher. Er kennt keinen Anker, nicht wahr? Nun gut, das bedeutet keine Herabsetzung. Wenn euer Bruder zurückkehrt, werdet ihr ihn über all das in Kenntnis setzen müssen, was ich euch heute Nacht erzähle.«

Sie betraten das private Gemach des Hexenkönigs. Es war keine

Frau zugegen, und auch keine Sklaven. Hannan Mosag lebte einfach; seine einzige Gesellschaft war sein Schattenwächter. Der Raum war spärlich eingerichtet, und alles war so ordentlich, dass es streng wirkte.

»Vor drei Monaten reiste meine Seele umher, während ich schlief, und ich hatte eine Vision«, begann der Hexenkönig und drehte sich zu den drei Sengars um. »Ich war auf einer Ebene aus Schnee und Eis. Jenseits der Lande der Arapay, nordöstlich des Hungrigen Sees. Doch in dem Land, das immer reglos ist, hatte sich etwas erhoben. Eine gewaltsame Geburt, eine fordernde, unnachgiebige Präsenz. Ein spitzer Turm aus Eis. Vielleicht auch ein Speer – ich konnte nicht nahe herankommen –, er ragte hoch über dem Schnee auf, glitzernd und blendend hell von all dem Sonnenlicht, das er eingefangen hatte. Doch in seinem Inneren wartete etwas Dunkles.« Hannan Mosags Augen schienen in unbestimmte Fernen zu blicken, und Trull wurde plötzlich schaudernd klar, dass sein König wieder an jenen kalten, verlassenen Ort zurückgekehrt war. »Ein Geschenk. Für die Edur. Für den Hexenkönig.« Er verstummte.

Niemand sagte ein Wort.

Plötzlich streckte Hannan Mosag den Arm aus und packte Forcht an der Schulter, richtete den Blick auf Trulls älteren Bruder. »Die vier Söhne von Tomad Sengar sollen zu jenem Ort reisen. Um das Geschenk zu holen. Ihr könnt noch zwei andere mitnehmen – in meiner Vision habe ich die Spuren von sechs Männern gesehen, die zu jenem Turm aus Eis geführt haben.«

»Theradas und Midik Buhn«, sagte Forcht.

Der Hexenkönig nickte. »Ja, gut gewählt. Forcht Sengar, ich ernenne dich zum Anführer dieser Expedition. Du bist mein Wille, und alle müssen dir gehorchen. Weder du noch irgendein anderer aus eurer Gruppe darf das Geschenk berühren. Euer Fleisch darf nicht damit in Berührung kommen, habt ihr das verstanden? Holt es aus dem Turm, wickelt es in Felle, wenn das möglich ist, und kehrt dann hierher zurück.«

Forcht nickte. »Es wird geschehen, wie du befiehlst, Höherer.«

»Gut.« Der Hexenkönig musterte die drei Brüder. »Viele unseres Volkes – vielleicht gehört auch ihr dazu – sind der Überzeugung, dass die Vereinigung der Stämme mein einziges Ziel als Anführer der Hiroth gewesen ist. Söhne von Tomad, ihr sollt wissen, dass das erst der Anfang ist.«

Plötzlich war eine neue Präsenz im Raum, die sowohl der König als auch die Brüder gleichzeitig wahrnahmen, und sie drehten sich alle zum Eingang um.

Ein K'risnan stand auf der Schwelle.

Hannan Mosag nickte. »Die Sklaven sind heute Nacht eifrig gewesen«, murmelte er. »Kommt mit, ihr alle.«

Schattengespenster hatten sich um seine Seele versammelt, denn er war nur noch Seele, reglos und verletzlich; obwohl er keine Augen mehr hatte, konnte er sehen, und obwohl er keinen Körper mehr hatte, konnte er spüren, wie die verschwommenen, tierischen Dinge näher kamen, nach ihm schnappten, ihn umkreisten wie Hunde eine Schildkröte.

Sie waren hungrig, diese Schattengeister. Doch etwas hielt sie zurück, ein tief verwurzeltes Verbot. Sie stöberten herum und zupften und rupften an ihm, aber sonst taten sie nichts.

Sie verteilten sich widerwillig, als sich etwas – jemand – näherte, und Udinaas spürte, wie sich eine warme, beschützende Präsenz an seiner Seite niederließ.

Federhexe. Sie war heil, ihr Gesicht war klar; ihre grauen Augen funkelten spöttisch, als sie ihn musterte. »Sohn der Schuld«, sagte sie und seufzte. »Sie sagen, du hättest mich losgeschnitten. Während der Wyrm dich gepackt hatte. Doch das hätte dich nicht gekümmert.« Sie musterte ihn erneut, ehe sie fortfuhr: »Deine Liebe verbrennt meine Augen, Udinaas. Was soll ich mit diesem Wissen anfangen?«

Er stellte fest, dass er sprechen konnte. »Nichts, Federhexe. Ich weiß, was niemals sein kann. Ich werde diese Last nicht ablegen.«

»Nein, das wirst du nicht. Das kann ich erkennen.«

»Was ist geschehen? Liege ich im Sterben?«

»Du hast im Sterben gelegen. Uruth, Tomad Sengars Frau, ist als Antwort auf … unser Elend gekommen. Sie hat auf Kurald Emurlahn zurückgegriffen und den Wyrm vertrieben. Und jetzt ist sie gerade dabei, uns beide zu heilen. Wir liegen nebeneinander auf der blutgetränkten Erde, Udinaas. Bewusstlos. Sie wundert sich darüber, dass wir so widerstrebend zurückkehren.«

»Widerstrebend?«

»Sie hat das Gefühl, sie müsste sich mühen, um unsere Wunden zu heilen – ich widersetze mich ihr, um unser beider willen.«

»Warum?«

»Weil ich beunruhigt bin. Uruth spürt nichts. Ihre Macht fühlt sich für sie rein an. Doch sie ist … befleckt.«

»Das verstehe ich nicht. Du hast gesagt, dass sie auf Kurald Emurlahn …«

»Stimmt. Aber es hat seine Reinheit verloren. Ich weiß nicht, wie das geschehen ist oder was genau geschehen ist, aber es hat sich verändert. Es hat sich bei allen Edur *verändert.*«

»Was sollen wir tun?«

Sie seufzte. »Zurückkehren, jetzt. Ihren Befehlen gehorchen. Ihr unsere Dankbarkeit schenken, für ihr Eingreifen, für die Heilung unseres zerfetzten Fleisches. Und was die vielen Fragen angeht, die sie haben wird, so können wir darauf nur wenig sagen. Alles war wirr und undeutlich. Ein Kampf mit einem unbekannten Dämon. Chaos. Und von dieser Unterredung hier werden wir gar nichts sagen. Hast du verstanden?«

»Ja.«

Sie griff nach unten, und er spürte, wie sich ihre Hand um die seine schloss – plötzlich war er wieder heil – und ihre Wärme strömte durch ihn hindurch.

Jetzt konnte er sein Herz hören, das als Reaktion auf die Berührung laut klopfte. Und dann noch ein anderes Herz, weiter entfernt, doch es kam schnell näher, und es schlug im richtigen Takt. Aber es war nicht ihr Herz, und in Udinaas breitete sich Entsetzen aus.

Seine Mutter trat zurück, und langsam glättete sich ihre gerunzelte Stirn wieder. »Sie kommen«, sagte sie.

Trull starrte auf die beiden Sklaven hinunter. Udinaas aus seinem eigenen Haushalt. Und die andere, eine von Mayens Dienerinnen, die wegen ihrer prophetischen Kräfte Federhexe genannt wurde. Die Löcher in ihren Hemden waren noch immer mit Blutflecken besudelt, doch die Wunden selbst hatten sich geschlossen. Eine andere Art von Blut war auf Udinaas' Brust gespritzt – goldenes Blut, das noch feucht schimmerte.

»Ich sollte das Werfen der Fliesen für ungesetzlich erklären«, brummte Hannan Mosag. »In unserer Mitte Letherii-Zauberei zuzulassen ist gefährlich und nachlässig.«

»Doch sie hat auch etwas Gutes, Hochkönig«, sagte Uruth. Trull konnte erkennen, dass sie noch immer beunruhigt war.

»Und was soll das Gutes sein, Frau von Tomad?«

»Sie wirkt wie ein Weckruf, Hochkönig, und wir täten gut daran, ihn zu beachten.«

Hannan Mosag verzog das Gesicht zu einer Grimasse. »Auf dem Hemd des Mannes ist Wyrmblut. Hat er sich angesteckt?«

»Möglicherweise«, räumte Uruth ein. »Der größte Teil von dem, was als die Seele eines Letherii gilt, bleibt meinen Künsten verborgen, Hochkönig.«

»Eine Schwäche, die uns alle heimsucht, Uruth«, sagte der Hexenkönig. Indem er ihren wahren Namen benutzte, erwies er ihr eine große Ehre. »Der hier muss die ganze Zeit unter Beobachtung bleiben«, fuhr er, den Blick auf Udinaas gerichtet, fort. »Wenn Wyrmblut in ihm ist, wird es schließlich sichtbar werden. Wem gehört er?«

Tomad Sengar räusperte sich. »Er gehört mir, Hexenkönig.«

Hannan Mosag runzelte die Stirn, und Trull wusste, dass er an seinen Traum dachte – und an seine Entscheidung, die Familie Sengar in seine Geschichte zu weben. Es gab nicht viele Zufälle auf der Welt. Als er wieder sprach, klang die Stimme des Hexenkönigs härter. »Diese Federhexe, sie gehört Mayen, nicht wahr? Sag mir, Uruth, hast du ihre Macht spüren können, als du sie geheilt hast?«

Trulls Mutter schüttelte den Kopf. »Sie ist nicht besonders beeindruckend. Es sei denn …«

»Es sei denn was?«

Uruth zuckte die Schultern. »Es sei denn, sie hat sie trotz ihrer Wunden gut verborgen. Wenn das der Fall ist, übertrifft ihre Macht die meine.«

Unmöglich. Sie ist eine Letherii. Eine Sklavin und noch immer eine Jungfrau.

Hannan Mosags Grunzen deutete an, dass er ähnliche Gedanken hegte. »Sie wurde von einem Wyrm angegriffen, einer Kreatur, die zu beherrschen ihre Fähigkeiten ganz eindeutig bei weitem übersteigt. Nein, das Kind stolpert. Schlecht unterrichtet, ohne eine Ahnung von der Größe all dessen zu haben, womit sie spielt. Seht, erst jetzt erlangt sie das Bewusstsein zurück.«

Federhexes Augen öffneten sich flatternd; ihr Blick war verständnislos, wurde aber schnell von kreatürlichem Entsetzen abgelöst.

Hannan Mosag seufzte. »Sie wird einige Zeit lang nicht von Nutzen für uns sein. Überlasst sie der Obhut von Uruth und den anderen Frauen.« Er blickte Tomad Sengar an. »Wenn Binadas zurückkommt …«

Tomad nickte.

Trull warf Forcht einen Blick zu. Hinter ihm knieten die Sklaven, die dem Werfen der Fliesen beigewohnt hatten, die Köpfe gegen den Boden gepresst und vollkommen reglos, wie sie es seit Uruths Ankunft gewesen waren. Es schien, als wären Forchts harte Augen auf etwas gerichtet, das sonst niemand sehen konnte.

Wenn Binadas zurückkommt … werden Tomads Söhne aufbrechen. In die eisige Einöde.

Ein schwaches Stöhnen von Udinaas.

Der Hexenkönig achtete nicht darauf, als er die Scheune verließ, flankiert von seinen K'risnan, während sein Schattenwächter einen Schritt hinter ihm dahinglitt. An der Schwelle machte das monströse Gespenst aus eigenem Antrieb Halt, um einen einzigen Blick zurückzuwerfen – auch wenn es unmöglich zu sagen war, wem der Blick aus den formlosen Augen galt.

Udinaas stöhnte ein zweites Mal auf, und Trull sah, dass die Arme und Beine des Sklaven zitterten.

Das Gespenst auf der Schwelle war verschwunden.

Kapitel Zwei

Gebieterin dieser Fußspuren,
Geliebte des Kielwassers, wo er gerade
vorbeigezogen ist,
denn der Pfad, den er beschreitet
ist zwischen uns allen.

Der süße Geschmack des Verlusts
nährt jeden Gebirgsbach,
Schmelzwasser, das warm wie Blut
und unsere Träume ausdünnend
hinab zu den Meeren fließt.

Denn dort, wo er sie hinführt,
gibt es keine Knochen mehr,
und der Pfad, den er entlangschreitet,
ist Fleisch ohne Leben
und das Meer erinnert sich an nichts.

Die Ballade von den Alten Festen
Fisher kel Tath

Ein Blick zurück. Weit unten im Westen glitzerte der innerste Teil der Fingerfoerde im nebligen Dunst, jener durch und durch blassen Reflexion des Himmels, die das schwarze, unergründliche Wasser tarnte. Abgesehen von dem steinigen Pfad unmittelbar hinter Seren Pedac ragten auf allen anderen Seiten ringsum zerklüftete Berge in den Himmel, deren schneebedeckte Gipfel von einer Sonne vergoldet wurden, die sie von ihrem Standpunkt am südlichen Ende des Sattelpasses aus nicht sehen konnte.

Der Wind, der an ihr vorbeifauchte, stank nach Eis, wie der nach kaltem Verfall riechende, verweilende Atem des Winters. Sie zog ihre Felle enger um sich und drehte sich um, versuchte abzuschätzen, wie der Tross auf dem Pfad unter ihr vorankam.

Drei mit kräftigen Rädern versehene Wagen, die schwankten und knirschten. Gruppen von Nerek mit nackten Oberkörpern liefen um jeden Wagen herum; die vorne mühten sich an Seilen ab, während die am hinteren Ende die Haltekeile vorwärts schoben, um das unhandliche Gefährt am Zurückrollen zu hindern.

In den Wagen befanden sich neben anderen Handelsgütern auch neunzig Barren Eisen, dreißig in jedem Wagen. Dabei handelte es sich natürlich nicht um den berühmten Letheriistahl, der jenseits der Grenzen nicht verkauft werden durfte, sondern um welchen vom nächstniedrigeren Qualitätsgrad, mit Kohlenstoff gehärtet und praktisch frei von Unreinheiten. Jeder Barren war so lang wie Serens Arm und doppelt so dick.

Die Luft war bitterkalt und dünn. Dennoch arbeiteten die Nerek halb nackt; Schweiß dampfte auf ihrer glatten Haut. Wenn ein Haltekeil versagte, würde der nächststehende Stammeskrieger sich selbst vor das Rad werfen.

Und dafür zahlte ihnen Buruk der Bleiche zwei Stummel am Tag.

Seren Pedac war Buruks Freisprecherin, gewährte ihm Zutritt zu den Landen der Edur; sie war eine von sieben, die bei den letzten Verhandlungen als solche gebilligt worden waren. Kein Händler durfte das Territorium der Edur betreten, wenn er nicht von einem Freisprecher oder einer Freisprecherin geführt wurde. Die Gebote für Seren Pedac und die sechs anderen waren hoch gewesen. Buruk hatte für Seren am höchsten geboten, und jetzt gehörte sie ihm. Oder besser, ihm gehörten ihre Dienste als Führerin und Spurenleserin – ein Unterschied, dessen er sich immer weniger bewusst zu sein schien.

Doch dies war das sechste Jahr des Kontrakts. Es blieben nur noch vier.

Vielleicht.

Sie drehte sich erneut um und musterte den vor ihnen liegenden, immer noch ansteigenden Pass. Sie waren keine hundert Höhenschritt mehr von der Baumgrenze entfernt. Kniehohe, jahrhundertealte Zwergeichen und Fichten säumten den unebenen Pfad. Moose und Flechte bedeckten die gewaltigen Felsbrocken, die in lang vergangenen Zeitaltern von Flüssen aus Eis heruntergerissen worden waren. Noch immer hielten sich verharschte Schneeflächen an schattigen Stellen. Hier bewegte der Wind nichts – weder die drahtigen Fichten noch die knorrigen, kahlen Zweige der Eichen. Angesichts solch unbeweglicher Unerschütterlichkeit konnte er nur heulen.

Der erste Wagen ratterte hinter ihr auf ebenes Gelände; die Nerek stießen laute Rufe aus, während sie ihn schnell vorwärts und an ihr vorbeirollten und schließlich abstellten. Dann eilten die Stammesangehörigen zurück, um ihren Kameraden zu helfen, die sich noch immer auf der Steigung befanden.

Eine Tür quietschte, und Buruk der Bleiche kletterte aus dem ersten Wagen. Er stellte sich breitbeinig hin, als müsse er sich erst wieder daran erinnern, wie es war, das Gleichgewicht zu halten; zusammenzuckend wandte er sich von dem eisigen Wind ab, griff nach seiner pelzgesäumten Kapuze und schlug sie hoch, während er Seren Pedac einen Blick zuwarf.

»Ich werde mir diesen Anblick in die Knochen meines Schädels meißeln, gepriesene Freisprecherin! Wo natürlich schon ein ganzer Haufen anderer Bilder ist. Der dunkelbraune Pelzumhang, die erhabene, urzeitliche Anmut, mit der Ihr dasteht. Die von Wind und Wetter gezeichnete Majestät Eures Profils, das von diesen Höhen so geschickt geprägt wurde.

Du da – Nerek! Suche deinen Aufseher – wir werden hier lagern. Das Essen muss zubereitet werden. Ladet die Holzbündel ab, die sich im dritten Wagen befinden. Ich will ein Feuer, da, an der üblichen Stelle. Na los, beeilt euch!«

Seren Pedac setzte ihren Packen ab und ging den Pfad entlang. Schon nach wenigen Augenblicken hatte der Wind Buruks Worte verschluckt. Dreißig Schritt weiter kam sie zu einer Stelle, an der der Pfad sich verbreiterte und zum ersten alten Schrein. Ebene Streifen zerschrammten Felsgesteins erstreckten sich zu beiden Seiten, und die Wände der flankierenden Berge waren glatt abgeschnitten worden. Auf jeder dieser ebenen Flächen waren Felsbrocken so angeordnet worden, dass sie die Umrisse eines Schiffs nachbildeten, mit spitz zulaufendem Bug und Heck, die jeweils durch aufrecht stehende Menhire gekennzeichnet waren. Die Steine am Bug waren behauen worden, so dass die dargestellte Gestalt Vater Schatten, dem Gott der Edur ähnelte, doch der Wind hatte die Details längst abgeschliffen. Was auch immer ursprünglich in diesen beiden flankierenden Schiffen gewesen war, war längst verschwunden, auch wenn der felsige Grund in ihrem Innern mit merkwürdigen Flecken übersät war.

Nur die steilen Felswände hatten sich noch etwas von ihrer alten Macht bewahrt. Glatt und schwarz waren sie, und halb durchsichtig, wie dünner, rauchiger Obsidian. Und hinter ihnen bewegten sich schemenhafte Umrisse. Als wären die Berge ausgehöhlt worden und jeder Abschnitt ein Fenster, das den Blick in eine geheimnisvolle ewige Welt in ihrem Innern gewährte. Eine Welt, die nichts von dem beachtete, was jenseits ihrer Grenzen aus undurchdringlichem Stein und dieser merkwürdigen Abschnitte lag – weil sie es entweder nicht sah oder aber es ihr vollkommen gleichgültig war.

Der halb durchsichtige Obsidian widersetzte sich den Versuchen Serens, die Umrisse genauer zu betrachten, die sich auf der anderen Seite bewegten, genauso wie es auch die letzen knapp zwei Dutzend Male gewesen war, als sie diesen Ort besucht hatte. Doch dieses Geheimnis an sich stellte schon eine unwiderstehliche Verlockung dar, zog sie wieder und wieder hierher.

Vorsichtig trat sie um das Heck des Schiffes aus Felsbrocken herum und näherte sich dem Abschnitt auf der Ostseite. Sie zog den pelzbesetzten Handschuh von ihrer Rechten, streckte den Arm aus und legte die Hand auf den glatten Stein. Er war warm, sog die Steifheit aus ihren Fingern und nahm die Schmerzen aus ihren Gelenken. Dies war ihr Geheimnis – heilende Kräfte, die sie entdeckt hatte, als sie den Felsen zum ersten Mal berührt hatte.

Das Leben in diesem harten Land raubte dem Körper die Geschmeidigkeit. Knochen wurden spröde und verformten sich vor Schmerzen. Der ewige harte Felsboden unter den Füßen schickte schon bald bei jedem Schritt Erschütterungen durch das Rückgrat. Die Nerek – der Stamm, der im östlichsten Zipfel der Bergkette gelebt hatte, ehe er sich dem König der Letherii unterworfen hatte – hielten sich für die Kinder einer Verbindung zwischen einer Frau und einer Schlange, und sie glaubten, die Schlange hause noch immer im Innern ihrer Körper – in Gestalt des sanft geschwungenen Rückgrats, der aufeinander gestapelten Knöchelchen, die sich nach oben erstreckten, um ihren Kopf in der Mitte des Gehirns zu verstecken. Doch die Berge verachteten jene Schlange, wollten sie wieder zurück auf den Boden ziehen, sie auf ihren Bauch zurückzwingen, damit sie erneut in Spalten dahinglitt und sich unter Felsen zusammenrollte. Und so wurde die Schlange im Laufe ihres Lebens gezwungen, sich zu biegen, zu beugen und zu verdrehen.

Die Nerek begruben ihre Toten unter flachen Steinen.

Zumindest hatten sie es getan, bis das Edikt des Königs sie dazu gezwungen hatte, den Glauben an die Festen anzunehmen.

Jetzt lassen sie die Leichname ihrer Verwandten einfach da liegen, wo sie gestorben sind. Das geht sogar so weit, dass sie ihre Hütten aufgeben. Es war Jahre her, doch Seren Pedac erinnerte sich noch immer schmerzhaft deutlich daran, wie sie über einen Grat gekommen war und das erste Mal das riesige Plateau gesehen hatte, auf dem die Nerek lebten. Die Dörfer hatten jede Unterscheidbarkeit verloren, hatten sich zu einem chaotischen, mutlosen Durcheinander vermischt. Jede dritte oder vierte Hütte war zerfallen – Behelfsgrabmale für Verwandte, die an Krankheiten, Altersschwäche, zu viel Alkohol, weißem Nektar oder Durhang gestorben waren. Kinder wanderten umher, ohne dass man sich um sie kümmerte, verfolgt von wilden Felsenratten, die sich mittlerweile unkontrolliert vermehrten und viel zu viele Krankheiten in sich trugen, als dass man sie noch hätte essen können.

Das Volk der Nerek war zerstört, und aus dieser Grube würde es kein Entkommen mehr geben. Ihr Heimatland war ein gigantischer Friedhof, und die Städte der Letherii versprachen nichts als Schulden und Vernichtung. Es wurde ihnen keinerlei Sympathie entgegengebracht. Die Lebensweise der Letherii war hart, doch es war die wahre Lebensweise, die zivilisierte Art zu leben. Was sich leicht beweisen ließ: die Letherii blühten und gediehen, während andere Völker ins Straucheln gerieten oder schwach und arrogant blieben.

Der bittere Wind konnte Seren Pedac jetzt nichts mehr anhaben. Die Wärme des Steins strömte durch sie hindurch. Mit geschlossenen Augen lehnte sie die Stirn an die angenehme Oberfläche.

Wer geht da drinnen umher? Sind das die Ahnen der Edur, wie die Hiroth es behaupten? Wenn dem so war, warum konnten sie sie dann nicht deutlicher sehen als Seren selbst? Verschwommene Umrisse, die hin und her gingen – genauso verloren wie die Nerek-Kinder in ihren sterbenden Dörfern.

Sie hatte ihre eigenen Überzeugungen, und auch wenn sie unangenehm waren, hielt sie an ihnen fest. *Sie sind die Wächter der Sinnlosigkeit. Die Freisprecher des Absurden. Spiegelbilder unserer selbst, die wir für immer in planloser Wiederholung gefangen sind. Für immer verschwommen, denn das ist das Einzige, was wir wahrnehmen, wenn wir uns selbst, wenn wir unser Leben betrachten. Gefühle, Erinnerungen und Erfahrungen, der fruchtbare Boden, in dem Gedanken Wurzeln schlagen. Blasse Blumen unter einem leeren Himmel.*

Wenn sie gekonnt hätte, wäre sie in diese Mauer aus Felsen eingedrungen. Um eine Ewigkeit lang inmitten jener formlosen Umrisse dahinzuschreiten und vielleicht dann und wann hinauszublicken, dabei aber nicht die verkrüppelten Bäume, Moose und Flechten oder die gelegentlich vorbeikommenden Reisenden zu sehen. Nein, um nichts als den Wind zu sehen. Den ewig heulenden Wind.

Sie konnte ihn schon kommen hören, lange bevor er in den flackernden Feuerschein trat. Das Geräusch seiner Schritte weckte auch die Nerek auf, die in einem groben Halbkreis unter zerfetzten Fellen zusammengekauert am Rande des Feuerscheins schliefen. Sie richteten sich rasch auf und wandten sich der Richtung zu, aus der das gleichmäßige Tappen sich näherte.

Seren Pedac hielt den Blick weiterhin starr auf die Flammen gerichtet, eine zügellose Verschwendung von Holz, die Buruk den Bleichen warmhielt, während er dank einer Mischung aus Wein und weißem Nektar immer betrunkener wurde. Sie kämpfte gegen das Zucken eines ihrer Mundwinkel an, gegen das ungebetene und unwillkommene ironische Lächeln, das bittere Erheiterung angesichts der bevorstehenden Vereinigung gebrochener Herzen ausdrückte.

Buruk der Bleiche trug geheime Anweisungen bei sich, eine Liste, die lang genug war, eine ganze Schriftrolle zu füllen, und die von anderen Händlern, Spekulanten und Amtsdienern stammte – und, wie sie vermutete, auch aus dem Königlichen Haushalt. Und was immer diese Anweisungen nach sich zogen – sie brachten den Mann um. Er hatte seinen Wein schon immer gemocht, aber ohne dass weißer Nektar, dieser verführerische Zerstörer, daruntergemischt wurde. Das war der neue Brennstoff, den die erlöschenden Gluten von Buruks Seele auf dieser Reise benötigten, und er würde ihn so sicher ertränken wie das tiefe Wasser der Fingerfoerde.

Noch vier Jahre. Vielleicht.

Die Nerek fielen lärmend über ihren Besucher her, Dutzende von Stimmen vermischten sich zu einem unheimlichen Gemurmel, wie Gläubige, die einen besonders verwirrenden Gott anflehten, und obwohl das Ereignis selbst in der Dunkelheit außerhalb des Lichtscheins verborgen war, konnte Seren Pedac es gut genug vor ihrem geistigen Auge sehen. Er gab sich alle Mühe, und nur seine Augen verrieten sein Unbehagen angesichts der endlosen Umarmungen, als er versuchte, jedem von ihnen mit etwas – irgendetwas – zu antworten, das nicht fälschlicherweise für eine Segnung gehalten werden konnte. Er würde sagen wollen, dass er kein Mann war, der einer solchen Ehrerbietung wert war. Er würde sagen wollen, dass er ein schäbiger, besonders großer Fehlschlag war – genau wie sie. Sie alle waren verloren, hier, in dieser kaltherzigen Welt. Er würde sagen wollen – aber nein, Hull Beddict sagte niemals etwas. Zumindest nichts, das von so unerschrockener ... Verletzlichkeit war.

Der Tumult hatte Buruk den Bleichen dazu gebracht, den Kopf zu heben, und jetzt blinzelte er mit trüben Augen. »Wer kommt da?«

»Hull Beddict«, antwortete Seren Pedac.

Der Händler leckte sich die Lippen. »Der alte Wächter?«

»Ja. Obwohl ich Euch rate, diesen Titel nicht zu verwenden. Er hat den Pfeil des Königs schon vor langer Zeit zurückgegeben.«

»Und so die Letherii verraten, stimmt.« Buruk lachte. »Der arme, ehrenvolle Narr. Ehre erfordert unehrenhaftes Verhalten – nun, das ist eine amüsante Vorstellung, oder? Habt Ihr jemals einen Eisberg im Meer gesehen? Er kalbt wieder und wieder unter den unaufhörlich nagenden Zähnen des Salzwassers. Einfach so.« Er setzte die Flasche an, und Seren schaute zu, wie sich sein Kehlkopf beim Schlucken bewegte.

»Macht Euch unehrenhaftes Verhalten durstig, Buruk?«

Er setzte die Flasche ab und starrte Seren düster an. Dann ein befreiendes Lächeln. »Ich bin am Verdursten, Freisprecherin. Wie ein Ertrinkender, der Luft schluckt.«

»Nur ist es keine Luft, sondern Wasser.«

Er zuckte die Schultern. »Eine kurzfristige Überraschung.«

»Und dann kommt Ihr darüber hinweg.«

»Ja. Und in jenen letzten Augenblicken schwimmen die Sterne in nie gesehenen Strömungen.«

Hull Beddict hatte sich so gut es ging um die Nerek gekümmert, und jetzt trat er in den Lichtschein. Ein Mann, beinahe so groß wie ein Edur. In den weißen Pelz eines Nordlandwolfs gehüllt, mit einem langen Zopf, der beinahe ebenso hell war. Die Sonne und die Höhenwinde hatten seinem Gesicht den Farbton gegerbten Leders verliehen. Seine Augen waren von einem blassen Grau, und es schien, als wäre der Mann hinter ihnen immer woanders. Und dieser Ort, das wusste Seren Pedac genau, war nicht sein Heim.

Nein, er ist genauso verloren wie sein Fleisch und seine Knochen, wie dieser Körper, der hier vor uns steht. »Gönn dir ein bisschen Wärme, Hull Beddict«, sagte sie.

Er musterte sie auf seine zerstreute Weise – ein scheinbarer Widerspruch, den nur er zustande brachte.

Buruk der Bleiche lachte. »Wozu? Sie wird ihn durch die Pelze niemals erreichen. Habt Ihr Hunger, Beddict? Oder Durst? Nein?

Das habe ich mir gedacht. Wie wäre es mit einer Frau? Ich könnte Euch ein Nerek-Halbblut überlassen – die Schätzchen warten in meinem Wagen.« Er nahm geräuschvoll einen Schluck aus seiner Flasche und streckte sie dem Neuankömmling entgegen. »Etwas hiervon? Gute Güte, er kann seinen Abscheu kaum verbergen.«

Den Blick auf den ehemaligen Wächter gerichtet, fragte Seren: »Bist du den Pass heruntergekommen? Ist der Schnee weg?«

Hull Beddict warf einen Blick zu den Wagen hinüber. Als er antwortete, kamen seine Worte unbeholfen, als wäre es einige Zeit her, seit er das letzte Mal gesprochen hatte. »Es müsste klappen.«

»Wohin gehst du?«

Er blickte sie erneut an. »Mit euch.«

Seren zog die Brauen hoch.

Lachend wedelte Buruk wild mit seiner Flasche – die bis auf ein paar letzte Tropfen, die zischend ins Feuer fielen, leer war. »Oh, Ihr seid in der Tat willkommene Gesellschaft! Auf alle Fälle! Die Nerek werden entzückt sein.« Er stand schwankend auf, torkelte gefährlich nahe am Feuer entlang und stolperte schließlich nach einem letzten Winken auf seinen Wagen zu.

Seren und Hull schauten ihm nach, wie er davonging, und Seren sah, dass die Nerek an ihre Schlafplätze zurückgekehrt waren, doch sie alle saßen noch wach da, und ihre Augen glitzerten im Feuerschein, während sie den früheren Wächter beobachteten, der jetzt näher ans Feuer trat und sich dann langsam hinsetzte. Er streckte arg mitgenommene Hände der Hitze entgegen.

Sie konnten sanfter sein als sie aussahen, erinnerte sich Seren. Die Erinnerung tat allerdings kaum mehr, als längst erloschene Asche aufzuwirbeln. Sie schob ein weiteres Holzscheit in das hungrige Feuer vor ihnen und schaute zu, wie die Funken in die Dunkelheit sprangen.

»Hat er vor, bis zum Großen Treffen Gast der Hiroth zu bleiben?«

Sie warf ihm einen Blick zu und zuckte dann die Schultern. »Ich nehme es an. Bist du deswegen zu dem Entschluss gekommen, uns zu begleiten?«

»Dieses Treffen wird nicht so wie die anderen Verhandlungen werden«, sagte Hull Beddict. »Die Edur sind nicht mehr uneins. Der Hexenkönig herrscht uneingeschränkt.«

»Alles hat sich geändert, ja.«

»Und so schickt Diskanar Buruk den Bleichen.«

Sie schnaubte, stieß ein verirrtes Holzscheit, das beiseite gerollt war, mit dem Fuß zurück in die Flammen. »Eine armselige Wahl. Ich bezweifle, dass er nüchtern genug bleibt, um irgendetwas ausspionieren zu können.«

»Sieben Handelshäuser und achtundzwanzig Schiffe sind über die Calach-Bänke hergefallen«, sagte Hull Beddict und bewegte seine Finger.

»Ich weiß.«

»Diskanars Delegation wird behaupten, dass die Jagd nicht gebilligt war. Sie werden das Gemetzel kleinreden. Und dann werden sie es benutzen, um zu beweisen, dass die alten Verträge fehlerhaft sind, dass sie überarbeitet werden müssen. Was den Verlust der Robben angeht, werden sie sich großmütig geben – indem sie Hannan Mosag Gold vor die Füße werfen.«

Sie sagte nichts. Schließlich hatte er Recht. Hull Beddict kannte die Gedankengänge von König Ezgara Diskanar – oder die des königlichen Haushalts, was nicht immer ganz das Gleiche war – besser als die meisten anderen Menschen. »Ich habe den Verdacht, da steckt noch mehr dahinter«, sagte sie nach einem kurzen Augenblick.

»Wie kommst du darauf?«

»Ich nehme an, du hast noch nicht gehört, wer der Anführer der Delegation sein wird?«

Er gab ein säuerliches Brummen von sich. »In dieser Hinsicht sind die Berge sehr schweigsam.«

Sie nickte. »Nifadas wird die Interessen des Königs vertreten.«

»Gut. Der Erste Eunuch ist kein Dummkopf.«

»Nifadas wird sich den Befehl mit Prinz Quillas Diskanar teilen.«

Hull Beddict drehte sich langsam zu ihr um. »Dann hat sie es also tatsächlich ziemlich weit gebracht.«

»Das hat sie. Und auch wenn es viele Jahre her ist, seit du zuletzt den Weg ihres Sohns gekreuzt hast ... nun, Quillas hat sich kaum geändert. Die Königin hält ihn an der kurzen Leine, und der Kanzler ist stets in der Nähe, um ihn mit süßen Genüssen zu füttern. Es geht das Gerücht, dass die Person, die die höchsten Schuldverschreibungen an den sieben Handelshäusern hält, die den Vertrag gebrochen haben, niemand anderes als Königin Janall persönlich ist.«

»Der Kanzler wagt es nicht, den Palast zu verlassen«, sagte Hull Beddict, und sie konnte den spöttischen Unterton in seiner Stimme deutlich hören. »Und daher schickt er Quillas. Ein Fehler. Der Prinz ist blind für taktische Feinheiten. Er weiß um seine eigene Unwissenheit und Dummheit, und daher ist er anderen gegenüber immer misstrauisch, vor allem, wenn sie Dinge sagen, die er nicht versteht. Man kann nicht verhandeln, wenn man ein Spielball seiner eigenen Gefühle ist.«

»Das ist wohl kaum ein Geheimnis«, erwiderte Seren Pedac. Und wartete.

Hull Beddict spuckte ins Feuer. »Es ist ihnen egal. Die Königin hat ihn die Leine abstreifen lassen; und ihm erlaubt, wild um sich zu schlagen und Hannan Mosag plumpe Beleidigungen ins Gesicht zu schleudern. Ist das pure Arroganz? Oder wollen sie wirklich, dass es zum Krieg kommt?«

»Ich weiß es nicht.«

»Und was ist mit Buruk dem Bleichen – von wem stammen die Anweisungen, die er mit sich führt?«

»Ich bin mir nicht sicher. Aber er ist nicht glücklich.«

Danach verfielen sie beide in Schweigen.

Vor zwölf Jahren hatte König Ezgara Diskanar Hull Beddict, den beliebtesten Preda seiner Garde, mit der Position eines Wächters betraut. Er sollte zur nördlichen Grenze reisen und dann darüber hinaus. Seine Aufgabe war es, die Stämme zu studieren, die noch immer wild in den Bergen und in den Hochgebirgswäldern lebten. Hull Beddict war zwar ein begabter Krieger gewesen, aber auch naiv. Was er als Reise auf der Suche nach Wissen freudig begrüßt hatte, als ersten Schritt zu einem friedlichen Miteinander, war in Wirklichkeit nichts anderes als das Vorspiel zu einer Eroberung gewesen.

Seine ausführlichen Berichte über Stämme wie die Nerek, die Faraed und die Tarthenal hatten die Speichellecker um Kanzler Triban Gnol ins Grübeln gebracht. Man hatte die Beschreibungen sehr gründlich studiert und dabei besonderes Augenmerk auf die Schwächen der genannten Völker gelegt. Und sie anschließend in einer Reihe von Unterjochungsfeldzügen brutal ausgebeutet.

Hull Beddict, der mit jenen wilden Stämmen Blutsbrüderschaft geschlossen hatte, musste miterleben, wie seine Begeisterung Früchte trug. Geschenke, die alles andere als Geschenke waren, einschließlich der Schuldscheine, die gegen Land eingetauscht wurden. Das tödliche Labyrinth aus Händlern, Kaufleuten, Verführern, die falsche Bedürfnisse weckten, Lieferanten, die zerstörerische Gifte mitbrachten. Widerstand wurde mit Auslöschung beantwortet. Stolz, politische und wirtschaftliche Unabhängigkeit wurden verschlungen. Alles in allem ein Krieg, der so kalt und herzlos geführt wurde und so durch und durch zynisch war, dass eine ehrenvolle Seele ihn kaum mit ansehen und dabei überleben konnte. Vor allem, wenn diese Seele dafür verantwortlich war. *Für alles, was geschehen war.*

Und bis zum heutigen Tag verehrten die Nerek Hull Beddict. Genauso wie das halbe Dutzend verschuldeter Bettler, die alles waren, was noch von den Faraed übrig war. Die verstreuten Überreste der Tarthenal, die groß und schwankend betrunken durch die Bergwerkssiedlungen außerhalb der Städte im Süden torkelten, trugen immer noch die Tätowierung mit den drei Streifen unter ihrer linken Schulter – ein Ebenbild derjenigen auf Hulls Rücken.

Jetzt saß er schweigend neben ihr, den Blick auf die ersterbenden Flammen des erlöschenden Feuers gerichtet. Einer seiner Männer war mit dem Pfeil des Königs zur Hauptstadt zurückgekehrt. Der Wächter war kein Wächter mehr. Und er würde auch nicht in die Südlande zurückkehren. Er war in die Berge gegangen.

Vor acht Jahren war sie ihm zum ersten Mal begegnet, einen Tagesmarsch vom Hochfort entfernt; damals war er kaum mehr als ein Tier gewesen, das sich in der Wildnis herumtrieb.

Sie hatte ihn zurückgebracht. Zumindest ein Stück des Weges. *Oh, aber diese Tat war bei weitem nicht so großmütig, wie es zuerst den Anschein gehabt hatte. Vielleicht wäre es das gewesen. Wirklich großmütig. Wenn ich ihn dann nicht auf üble Weise benutzt hätte.*

Sie hatte ihren eigenen, selbstsüchtigen Bedürfnissen nachgegeben, und daran war gar nichts Glorreiches.

Seren fragte sich, ob er ihr wohl jemals vergeben würde. Und dann fragte sie sich, ob sie sich wohl selbst jemals vergeben würde.

»Buruk der Bleiche weiß alles, was ich wissen muss«, sagte Hull Beddict.

»Möglicherweise.«

»Er wird es mir sagen.«

Nicht aus eigenem Entschluss, nein, das würde er nicht tun. »Ungeachtet seiner Anweisungen«, sagte sie, »ist er doch nur ein kleiner Fisch in diesem Spiel, Hull. Oberhaupt eines Handelshauses, das praktischerweise in Trate sitzt und beträchtliche Erfahrung im Umgang mit den Hiroth und den Arapay hat.« *Und außerdem durch mich offiziellen Zutritt in die Lande der Edur.*

»Hannan Mosag wird seine Krieger den Schiffen hinterherschicken«, sagte Hull Beddict. »Die Anteile, die die Königin an jenen Handelshäusern hält, werden in Bälde Schaden erleiden.«

»Ich nehme an, dass sie den Verlust einkalkuliert hat.«

Der Mann neben ihr war nicht mehr der gutgläubige Junge, der er einst gewesen war. Doch er hatte seit langer Zeit nichts mehr mit den komplizierten Intrigen und tödlichen Taschenspielertricks zu tun, die das Lebenselixier der Letherii bildeten. Sie konnte spüren, wie er sich mit der in mehrfacher Hinsicht vorhandenen Doppelbödigkeit abmühte, die hier am Werk war. »Allmählich kann ich den Pfad erkennen, den sie einschlägt«, sagte er nach einer Weile, und die unverhüllte Verzweiflung in seiner Stimme klang so schrecklich, dass sie blinzelnd den Blick abwandte.

Er fuhr fort. »Dies ist dann also unser Fluch: dass wir so sehr dazu neigen, nach vorne zu blicken, immer nur nach vorne. Als würde sich der Weg vor uns irgendwie von dem hinter uns unterscheiden.«

Stimmt, und es zahlt sich aus, dass ich mich daran erinnere, wann immer ich zurückblicke.

Ich sollte wirklich damit aufhören.

»Mit fünf Flügeln kannst du dir einen Kriecher kaufen«, murmelte Tehol Beddict von seinem Bett aus. »Hast du niemals darüber nachgedacht, wie merkwürdig das ist? Natürlich, jeder Gott sollte einen Thron haben, aber sollte daraus nicht auch folgen, dass jeder Thron, der für einen Gott erbaut wurde, auch besetzt ist? Und wenn er es nicht ist, wie kann dann jemand, der bei vollem Verstand ist, zu dem Entschluss kommen, dass es der Mühe wert sei, einen leeren Thron zu verehren?«

Bagg, der auf einem niedrigen dreibeinigen Schemel am Fußende des Bettes saß, hörte zu stricken auf. Er hielt das grobe Wollhemd, an dem er arbeitete, von sich weg und musterte es, wobei er prüfend ein Auge zukniff.

Tehols Blick flackerte zu seinem Diener. »Ich bin mir ziemlich sicher, dass die Länge meines linken Arms der meines rechten ziemlich ähnlich – wenn nicht sogar gleich – ist. Warum machst du mit dieser Farce weiter? Du hast keine Begabung, die der Rede wert wäre, eigentlich für nichts, wenn man es genauer bedenkt. Wahrscheinlich habe ich dich deshalb so gern, Bagg.«

»Nicht halb so sehr, wie Ihr Euch selbst gern habt«, erwiderte der alte Mann und strickte weiter.

»Nun, ich sehe keinen Sinn darin, das zu bestreiten.« Tehol Beddict seufzte, wackelte unter der fadenscheinigen Decke mit den Zehen. Der Wind war erfrischend; er war angenehm kühl und roch nur schwach nach den Stinkenden Niederungen am linken Ufer. Das Bett und der Schemel waren die einzigen Möbelstücke auf dem Dach von Tehols Haus. Bagg schlief trotz der drückenden Hitze noch immer unten und kam nur hier herauf, wenn er etwas tat, wozu er Licht brauchte. Es spart Lampenöl, sagte sich Tehol. Schließlich war Öl schrecklich teuer geworden, seit es immer weniger Wale gab.

Er griff nach einer von dem halben Dutzend getrockneter Feigen auf dem angelaufenen Tablett, das Bagg neben ihm abgestellt hatte. »Oh, noch mehr Feigen. Dann erwartet mich also wieder ein demütigender Marsch zu den öffentlichen Aborten.« Er kaute abwesend, während er die Arbeiter beobachtete, die affengleich auf der Kuppel des Ewigen Domizils herumkletterten. Dieser hervorragende, ungehinderte Blick auf den in einiger Entfernung gelegenen Palast, der sich im Herzen Letheras' erhob, ergab sich rein zufällig und war dadurch umso befriedigender, besonders die Art, wie die nahe gelegenen Türme und Brücken der Dritten Anhöhe König Ezgara Diskanars Dünkel so trefflich umrahmten. »Das Ewige Domizil, in der Tat. Ewig unvollendet.«

Die Kuppel hatte sich als eine solche Herausforderung für die königlichen Architekten erwiesen, dass vier von ihnen während des Baus Selbstmord begangen hatten, und ein weiterer auf tragische, wenn auch irgendwie rätselhafte Weise in einem Abflussrohr umgekommen war. »Siebzehn Jahre und immer noch nicht fertig. Sieht ganz so aus, als ob sie das mit dem fünften Flügel endgültig sein lassen. Was glaubst du, Bagg? Ich schätze deine fachmännische Meinung.«

Baggs Fachkenntnis belief sich darauf, den Herd in der Küche unter ihnen neu aufzubauen. Zweiundzwanzig gebrannte Ziegel, annähernd würfelförmig aufeinander geschichtet; tatsächlich wäre das Ding richtig würfelförmig gewesen, hätten nicht drei der Ziegel vom örtlichen Friedhof – genauer gesagt von einem eingestürzten Mausoleum – gestammt. Steinmetze, die Grabsteine anfertigten, klammerten sich an absonderliche Ideen, welche Abmessungen ein Ziegel haben sollte, fromme Bastarde, die sie nun einmal waren.

Als Antwort auf Tehols Frage blickte Bagg auf und blinzelte mit beiden Augen.

Fünf Flügel hatte der Palast, und in der Mitte erhob sich die Kuppel. Jeder Flügel hatte vier Ebenen, außer dem an der Uferseite, wo nur zwei Ebenen gebaut worden waren. Die Arbeit war unterbrochen worden, als man entdeckt hatte, dass der Lehm unter dem Fundament dazu neigte, nach den Seiten wegzuglitschen – etwa so, wie wenn man die Faust um einen Butterbarren schloss. Der fünfte Flügel sackte ab.

»Kies«, sagte Bagg und machte sich wieder ans Stricken.

»Was?«

»Kies«, wiederholte der alte Mann. »Man muss tiefe Löcher in den Lehm bohren, alle paar Schritte oder so, und sie mit Kies füllen und das Ganze mit Rammen verdichten. Obendrauf kommt ein Deckel, und darauf kann man dann die Säulen des Fundaments bauen. Wenn kein Gewicht auf dem Lehm lastet, hat er auch keinen Grund, sich davonzumachen.«

Tehol starrte auf seinen Diener hinunter. »In Ordnung. Wie im Namen des Abtrünnigen bist du darauf gekommen? Und erzähl mir jetzt bloß nicht, du bist darüber gestolpert, als du versucht hast, unseren Herd vom Umherwandern abzuhalten.«

Bagg schüttelte den Kopf. »Nein, so schwer ist er nicht. Aber wenn er es wäre, hätte ich genau das getan.«

»Ein Loch gebohrt? Wie tief?«

»Bis zum Grundgestein natürlich. Anders klappt es nicht.«

»Und es mit Kies gefüllt.«

»Der gut festgestampft wird, ja.«

Tehol nahm sich eine weitere Feige von dem Tablett, wischte den Staub ab – Bagg hatte wieder einmal Überreste vom Markt ergattert. Und dabei die Ratten und Hunde ausgetrickst. »Das würde eine wirklich beeindruckende Kochstelle abgeben.«

»Das würde es.«

»Man könnte sicher und zufrieden kochen, in dem Wissen, dass die flache Steinplatte sich niemals bewegen wird, außer bei einem Erdbeben ...«

»Oh nein, sie würde auch mit einem Erdbeben klarkommen. Kies, richtig? Beweglich, versteht Ihr?«

»Wirklich außergewöhnlich.« Tehol spuckte ein Samenkorn aus. »Was meinst du? Sollte ich heute das Bett verlassen?«

»Ihr habt keinen Grund dazu ...« Der Diener unterbrach sich und neigte nachdenklich den Kopf. »Da fällt mir ein, vielleicht habt Ihr doch einen.«

»Ach? Du solltest mit diesen Dingen lieber nicht meine Zeit vergeuden.«

»Heute morgen sind drei Frauen hier gewesen.«

»Drei Frauen.« Tehol ließ den Blick zur nächsten Brücke der Dritten Anhöhe schweifen und beobachtete, wie sich Menschen und Karren über sie hinwegbewegten. »Ich kenne keine drei Frauen, Bagg. Aber *wenn* dem so wäre, wäre ihre gleichzeitige Ankunft ein Grund, entsetzt zu sein, statt ein beiläufiges ›Ach übrigens‹ von sich zu geben.«

»Stimmt, aber Ihr kennt sie nicht. Keine einzige von ihnen. Glaube ich zumindest. Für mich sind es jedenfalls neue Gesichter.«

»Neue Gesichter? Du hast sie noch nie zuvor gesehen? Nicht einmal auf dem Markt? Oder im Hafenviertel?«

»Nein. Sie könnten aus einer der anderen Städte sein, vielleicht auch aus einem Dorf. Hatten einen seltsamen Akzent.«

»Und als sie nach mir gefragt haben, da haben sie meinen Namen genannt?«

»Nun, nicht so richtig. Sie wollten wissen, ob das hier das Haus des Mannes ist, der auf dem Dach schläft.«

»Wenn sie das fragen mussten, dann sind sie tatsächlich aus einem krötenverseuchten Dorf. Was wollten sie sonst noch wissen? Deine Haarfarbe? Was du angehabt hast, als du vor ihnen gestanden hast? Wollten sie auch ihre eigenen Namen wissen? Sag mir, sind es Schwestern? Haben sie alle die gleichen Augenbrauen?«

»Nicht, dass es mir aufgefallen wäre. Hübsche Frauen, soweit ich mich erinnere. Jung und üppig. Klingt allerdings, als wärt Ihr nicht interessiert.«

»Diener sollten keine Vermutungen anstellen. Hübsch. Jung und üppig. Bist du dir sicher, dass es Frauen waren?«

»Oh ja, ganz sicher. Nicht einmal Eunuchen haben so große Brüste, noch dazu so vollkommen und … ja, in der Tat, so hoch gereckt, dass die Schätzchen darauf ihr Kinn ruhen lassen …«

Tehol stellte fest, dass er neben dem Bett stand. Er war sich nicht ganz klar darüber, wie er dahin gekommen war, aber es fühlte sich richtig an. »Bist du fertig mit dem Hemd, Bagg?«

Der Diener hielt es noch einmal auf Armeslänge von sich. »Ich glaube, Ihr solltet den einen Ärmel einfach hochrollen.«

»Endlich kann ich wieder hinaus in die Öffentlichkeit. Verknote die Fäden da, oder was auch immer du sonst mit ihnen machst, und gib es her.«

»Aber mit der Hose habe ich noch nicht einmal angefangen …«

»Das ist egal«, unterbrach ihn Tehol, wickelte sich die Bettdecke um den Bauch – einmal, zweimal, dreimal – und stopfte den Zipfel an einer Hüfte fest. Dann hielt er inne, und ein merkwürdiger Ausdruck stahl sich auf sein Gesicht. »Bagg, um des Abtrünnigen willen, eine Weile keine Feigen mehr, in Ordnung? Und wo sind diese so überreich ausgestatteten Schwestern jetzt?«

»In der Roten Gasse. Bei Huldo.«

»In den Gruben oder auf dem Hof?«

»Auf dem Hof.«

»Das ist zumindest schon mal etwas. Glaubst du, dass Huldo es vergessen hat?«

»Nein. Aber beim Tauchfest verbringt er immer eine Menge Zeit unten am Ufer.«

Tehol lächelte und rieb sich dann mit einem Finger über die Zähne. »Hat er gewonnen oder verloren?«

»Verloren.«

»Hah!« Er strich sich mit einer Hand durchs Haar und nahm eine lässige Pose ein. »Wie sehe ich aus?«

Bagg reichte ihm das Hemd. »Ich bin immer wieder verblüfft, wie Ihr es schafft, diese Muskeln zu behalten, wo Ihr doch nichts tut«, sagte er.

»Das ist ein Merkmal der Beddicts, mein teurer, trauriger Günstling. Du solltest mal Brys sehen, ohne diese ganze Rüstung. Doch im Vergleich zu Hull sieht sogar er dürr aus. Als mittlerer Sohn repräsentiere ich natürlich das vollkommene Gleichgewicht. Geist, Körperkraft und eine Vielzahl von Begabungen, die meiner natürlichen Anmut entsprechen. Das alles in Verbindung mit meinem außergewöhnlichen Talent, alles zu vergeuden, macht mich, so wie ich hier vor dir stehe, zum auserlesenen Gipfel der Familie, verstehst du?«

»Eine schöne und gefühlvolle Ansprache«, sagte Bagg nickend.

»Nicht wahr? Ich werde mich jetzt auf den Weg machen.« Tehol wedelte mit der Hand, während er zur Leiter ging. »Mach sauber. Es könnte sein, dass wir heute Abend Gäste haben.«

»Das werde ich, wenn ich Zeit dafür finde.«

Tehol blieb stehen. Direkt vor ihm verlief eine gezackte Kante –

hier war ein Teil des Dachs eingestürzt. »Ach, ja, du musst ja noch die Hose machen. Hast du denn genug Wolle?«

»Nun, ich kann entweder ein Bein normal lang machen, oder beide kurz.«

»Wie kurz?«

»Ziemlich kurz.«

»Mach das eine Bein lang.«

»In Ordnung, Herr. Und dann muss ich etwas zu essen für uns finden. Und zu trinken.«

Tehol drehte sich um, die Hände in die Hüften gestemmt. »Haben wir nicht buchstäblich alles verkauft, bis auf ein Bett und einen einzigen Hocker? Wie viel Aufwand erfordert es dann noch, aufzuräumen und sauber zu machen?«

Bagg blinzelte. »Nicht viel«, gab er zu. »Was wollt Ihr heute Abend essen?«

»Etwas, das gekocht werden muss.«

»Heißt das nun, etwas, das besser schmeckt, wenn es gekocht wird, oder etwas, das unbedingt gekocht werden muss?«

»Das ist egal.«

»Wie steht es mit Holz?«

»Ich esse doch kein Holz ...«

»Für den Herd.«

»Ach, richtig. Nun, sieh zu, dass du welches auftreiben kannst. Schau dir den Hocker an, auf dem du sitzt – der braucht doch eigentlich gar nicht alle drei Beine, oder? Wenn es sich nicht mehr lohnt, etwas zusammenzuklauben, ist es an der Zeit, sich etwas einfallen zu lassen. Ich werde jetzt aufbrechen, um mein dreigestaltiges Schicksal zu treffen, Bagg. Bete darum, dass der Abtrünnige in die andere Richtung schaut, ja?«

»Natürlich.«

Tehol kletterte die Leiter hinunter, wobei er in einem Anflug von Panik entdeckte, dass nur noch jede dritte Sprosse vorhanden war.

Der Raum im Erdgeschoss war bis auf eine dünne Matratze, die vor der Wand zusammengerollt war, leer. Ein einziger, ziemlich mitgenommener Topf stand auf der Abdeckplatte des Herds, der sich unter dem nach vorne hinausgehenden Fenster befand; gleich daneben standen zwei hölzerne Löffel und Schüsseln auf dem Fußboden. Alles in allem wirkte der Raum in seiner Kargheit doch elegant, dachte Tehol.

Er schlug den zerfressenen Vorhang beiseite, der als Tür diente, und nahm sich vor, Bagg zu sagen, dass er die Türklinke aus der Asche herausfischen sollte. Ein bisschen poliert würde sie vielleicht ein oder zwei Stummel bei Cusp, dem Kesselflicker, bringen. Tehol trat nach draußen.

Er befand sich in einem engen Durchgang, der so schmal war, dass er gezwungen war, sich seitwärts hinaus auf die Straße zu schlängeln, wobei er bei jedem Schritt Müll beiseite trat. *Üppige Frauen ... Ich wünschte, ich hätte gesehen, wie sie sich zu meiner Tür durchgequetscht haben.* Eine Einladung zum Essen schien ihm jetzt unbedingt erforderlich. Und als der aufmerksame Gastgeber, der er war, könnte er sich so hinstellen, dass er freie Sicht besaß. Das Vergnügen, das sie möglicherweise auf seinem Gesicht erblicken würden, mochten sie dann für ein freundliches Willkommen halten.

Die Straße hinter dem Durchgang war leer, abgesehen von drei Nerek, einer Mutter mit ihren Mischlingskindern, die in einer zurückgesetzten Nische in der Wand gegenüber ein neues Zuhause gefunden hatten und nichts anderes zu tun schienen als eng zusammengekauert zu schlafen. Er schritt an ihnen vorbei, kickte eine Ratte weg, die sich näher herangeschoben hatte, und schlängelte sich zwischen den hoch aufgestapelten hölzernen Kisten hindurch, die dieses Ende der Straße buchstäblich blockierten. Biris Lagerhaus war ständig überfüllt, und Biri betrachtete den hintersten Bereich der Cul-Straße auf dieser Seite des Quillas-Kanals als seinen persönlichen Hinterhof.

Chalas, der Hofwächter, lag – den lederumwickelten Schlagstock quer auf den Schenkeln – lässig hingestreckt auf einer Bank auf der anderen Seite, wo sich die Cul-Straße auf den Burl-Platz öffnete. Rot geäderte Augen richteten sich auf Tehol. »Nettes Hemd«, sagte der Wächter.

»Du beflügelst meine Schritte, Chalas.«

»Stets bemüht, Euch einen Gefallen zu tun, Tehol.«

Tehol blieb mit in die Hüften gestemmten Händen stehen und ließ den Blick über den überfüllten Platz schweifen. »Die Stadt blüht und gedeiht.«

»Hat sich nichts verändert … abgesehen vom letzen Mal.«

»Oh, das war nur eine kleine Abweichung, wie das mit Strömungen eben so ist.«

»Bei Biri hört sich das ganz anders an. Er will immer noch Euren Kopf einpökeln und in einem Fass runter zum Meer rollen.«

»Biri ist schon immer auf der Stelle getreten.«

Chalas grunzte. »Es ist Wochen her, seit Ihr das letzte Mal runtergekommen seid. Gibt's 'nen besonderen Grund?«

»Ich bin mit drei Frauen verabredet.«

»Braucht Ihr meinen Knüppel?«

Tehol musterte die mitgenommene Waffe. »Ich möchte dich nicht deiner Verteidigungsmittel berauben.«

»Mein Gesicht verjagt sie. Nur die Nerek da drüben nicht. Die sind an mir vorbeigekommen.«

»Haben sie dir Ärger gemacht?«

»Nein. Tatsächlich gibt's hier seither viel weniger Ratten. Aber Ihr kennt ja Biri.«

»Besser als er sich selbst kennt. Erinnere ihn daran, Chalas, wenn er vorhat, ihnen Ärger zu machen.«

»Das tue ich.«

Tehol ging weiter, schlängelte sich durch die brodelnde Menge auf dem Platz. Der Untere Markt wucherte von drei Seiten auf ihn hinaus; Tehol hatte noch nie eine armseligere Ansammlung von nutzlosen, zum Verkauf stehenden Gegenständen gesehen. Und die Menschen kauften wie verrückt, einen lieben langen Tag nach dem anderen. *Unsere Zivilisation gedeiht auf Dummheit.* Und es brauchte nur einen Splitter Klugheit, diese blödsinnige Ader anzuzapfen und ordentlich von den Reichtümern zu trinken. Tröstlich, wenn auch ein wenig bedrückend. Wie die meisten grausamen Wahrheiten.

Er erreichte die andere Seite, betrat die Rotgasse. Dreißig Schritt weiter und er stand vor dem bogenförmigen Eingang zu Huldos Taverne. Den schattigen Gehweg hinunter und zurück in den sonnenbeschienenen Hof. Ein halbes Dutzend Tische, alle besetzt. Erholung für die glückseligen Unwissenden oder jene, die nicht genug Geld hatten, um die Gruben in Huldos innerem Heiligtum auszuprobieren, wo Tag und Nacht verschiedene schmutzige Aktivitäten stattfanden, wobei besagte Aktivitäten gelegentlich einer künstlerischen Darstellung des Absurden nahe kamen. Ein weiteres Beispiel, überlegte Tehol, für was Menschen bezahlten, wenn sie die Gelegenheit dazu bekamen.

Die drei Frauen am Tisch in der hinteren Ecke fielen nicht nur durch ihre offensichtliche Einzigartigkeit auf – sie waren die einzigen anwesenden Frauen – sondern durch einen ganzen Haufen feinsinnigerer Unterschiede. *Hübsch ist ... genau das richtige Wort.* Wenn sie Schwestern waren, dann nur ihrer Gesinnung nach und weil alle drei anscheinend eine Vorliebe für eine bestimmte Art martialischen Auftretens hatten, was sich angesichts ihrer Muskeln und des Bündels aus Rüstungen und zugedeckten Waffen, das neben dem Tisch aufgeschichtet war, unschwer erkennen ließ.

Die auf der linken Seite war rothaarig, ihre feurigen, sonnengebleichten Locken fielen in widerspenstigen Wellen auf ihre breiten Schultern. Sie trank aus einer Flasche mit Tonmantel und verschmähte den mitgebrachten Becher – vielleicht wusste sie aber auch nur nicht, wozu er diente. Ihr Gesicht war das einer Heldenstatue, die eine Kolonnade hätte säumen können, streng und glatt und vollkommen, ihre blauen Augen hatten den starren Blick und die heitere Gleichgültigkeit aller solcher Statuen. Neben ihr stützte sich eine Frau mit beiden Unterarmen auf die kleine Tischplatte, in deren Adern angesichts ihrer honigfarbenen Haut und ihrer leicht schräg stehenden schwarzen Augen ein bisschen Faraed-Blut kreisen musste. Ihre Haare waren entweder dunkelbraun oder schwarz und straff zurückgebunden, so dass ihr herzförmiges Gesicht gut zu erkennen war. Die dritte Frau saß zurückgelehnt auf ihrem Stuhl, das linke Bein leicht nach außen gestellt, während das rechte unaufhörlich auf und ab wippte – schöne Beine, bemerkte Tehol, in enges, fast weiß gegerbtes Rohleder gekleidet. Ihr Kopf war geschoren, die blasse Haut glänzte. Weit auseinander stehende, hellgraue Augen musterten träge die anderen Gäste, und schließlich blieb ihr Blick an Tehol hängen, der auf der Schwelle zum Hof stand.

Er lächelte.

Sie grinste spöttisch.

Urul, Huldos Oberster Servierer, löste sich aus einem nahe gelegenen Schatten und winkte Tehol heran.

Er trat so nah zu ihm wie möglich. »Du siehst ... gut aus, Urul. Ist Huldo da?«

Uruls Unlust, ein Bad zu nehmen, war legendär. Die Gäste gaben ihre Bestellungen so knapp wie möglich auf und riefen Urul nur selten zu sich, um sich Wein nachschenken zu lassen, ehe das Mahl vorbei war. Er stand jetzt vor Tehol, seine Stirne glänzte vor öligem Schweiß, während er an der weißen Schärpe um seinen Bauch herumfingerte. »Huldo? Nein, der Abtrünnige sei gepriesen. Er ist unten auf dem Tiefen Weg, beim Tauchfest. Tehol, diese Frauen da – sie sind schon den ganzen Morgen hier! Sie machen mir Angst – die Art und Weise, wie sich mich finster ansehen, sobald ich in ihre Nähe komme.«

»Ich werde mich um sie kümmern, Urul«, sagte Tehol und wagte es, dem Mann auf die feuchte Schulter zu klopfen.

»Ihr?«

»Warum nicht?« Mit diesen Worten rückte Tehol seinen Rock zurecht, überprüfte seine Ärmel und schlängelte sich zwischen den Tischen hindurch. Als er vor den drei Frauen stand, schaute er sich nach einem Stuhl um. Er entdeckte einen, zog ihn heran und ließ sich mit einem Seufzen nieder.

»Was wollt Ihr?«, fragte die Kahlköpfige.

»Das war eigentlich *meine* Frage. Mein Diener hat mich davon unterrichtet, dass Ihr heute Morgen mein Haus aufgesucht habt. Ich bin Tehol Beddict ... der Mann, der auf seinem Dach schläft.«

Drei Augenpaare starrten ihn an.

Das würde glatt einen strammen Kriegsherrn umhauen. Aber mich? Bei mir hat das nicht viel Wirkung.

»Ihr?«

Tehol starrte die kahlköpfige Frau finster an. »Warum fragt man mich das andauernd? Ja, ich. Nun, Eurem Akzent nach würde ich zu behaupten wagen, dass Ihr von den Inseln kommt. Ich kenne niemanden von den Inseln. Folglich kenne ich auch Euch nicht. Was natürlich nicht heißen soll, dass ich es nicht gerne würde. Euch kennen lernen, meine ich. Zumindest glaube ich das.«

Die rothaarige Frau setzte ihre Flasche hart auf der Tischplatte ab. »Wir haben einen Fehler gemacht.«

»Es tut mir Leid, das zu hören ...«

»Nein«, sagte die kahlköpfige Frau zu ihrer Kameradin. »Nein, das ist nur Getue. Wir hätten mit einem gewissen Grad von ... Possenspiel rechnen müssen.«

»Er trägt keine Hose.«

»Und seine Arme sind ungleich lang«, fügte die dunkelhaarige Frau hinzu.

»Das ist nicht ganz richtig«, sagte Tehol zu ihr. »Eigentlich sind nur die Ärmel ein bisschen schief.«

»Ich mag ihn nicht«, verkündete sie und verschränkte die Arme.

»Das brauchst du auch nicht«, sagte die kahlköpfige Frau. »Beim Abtrünnigen, wir wollen schließlich nicht mit ihm ins Bett, oder?«

»Ich bin am Boden zerstört.«

»Das wäret Ihr so oder so«, sagte die rothaarige Frau mit einem unangenehmen Lächeln.

»Mit ihm ins Bett? Auf dem Dach? Du musst verrückt sein, Shand.«

»Wie kann es unwichtig sein, ob wir ihn mögen oder nicht?«

Die kahlköpfige Frau namens Shand seufzte und rieb sich die Augen. »Hör zu, Hejun. Hier geht es ums Geschäft. Bei Geschäften ist kein Platz für Gefühle – das habe ich dir schon einmal gesagt.«

Hejun hatte noch immer die Arme verschränkt, und jetzt schüttelte sie den Kopf. »Wen man nicht mag, dem kann man auch nicht trauen.«

»Natürlich kann man das!«, sagte Shand blinzelnd.

»Mich betrübt vor allem sein Ruf«, meinte die dritte, bis jetzt noch namenlose Frau.

»Ach, Rissarh«, sagte Shand und seufzte erneut. »Sein Ruf ist der Grund, weswegen wir hier sind.«

Tehol klatschte in die Hände. Einmal und laut genug, dass die drei Frauen aufschreckten. »Hervorragend. Rissarh mit den roten Haaren. Hejun, mit Faraed-Blut in den Adern. Und Shand, die gar keine Haare hat. Nun«, er legte die Hände auf den Tisch und stand auf, »das genügt mir. Lebt wohl ...«

»Setzt Euch!«

Die geknurrten Worte klangen so bedrohlich, dass Tehol schnell wieder Platz nahm. Er spürte, wie ihm unter seinem Wollhemd der Schweiß ausbrach.

»Schon besser«, sagte Shand in einem etwas sanfteren Ton. Sie beugte sich vor. »Tehol Beddict, wir wissen alles über Euch.«

»Ach?«

»Wir wissen sogar, warum geschehen ist, was geschehen ist.«

»Tatsächlich.«

»Und wir wollen, dass Ihr es noch einmal tut.«

»Das wollt Ihr?«

»Ja. Nur werdet Ihr dieses Mal den Mut haben, die Sache richtig durchzuziehen – bis zum Ende.«

»Werde ich das?«

»Ja, denn wir – ich, Hejun und Rissarh –, wir werden Euer Mut sein. Dieses Mal. Und jetzt lasst uns hier verschwinden, bevor der Servierer wiederkommt. Wir haben ein Gebäude gekauft. Dort können wir uns unterhalten. Es riecht nicht.«

»Nun, das ist eine Erleichterung«, sagte Tehol.

Die drei Frauen standen auf.

Er blieb sitzen.

»Ich habe es dir gesagt«, wandte Hejun sich an Shand. »Es wird nicht funktionieren. Sieh ihn dir doch an – da ist nichts mehr übrig.«

»Es wird funktionieren«, sagte Shand.

»Hejun hat leider Recht«, sagte Tehol. »Das wird es nicht.«

»Wir wissen, wo das Geld abgeblieben ist«, sagte Shand.

»Das ist kein Geheimnis. Reichtümer zu Lumpen. Ich habe es verloren.«

Doch Shand schüttelte den Kopf. »Nein, das habt Ihr nicht. Wie ich schon gesagt habe, wir *wissen Bescheid*. Und wenn wir reden ...«

»Ihr sagt andauernd, dass Ihr irgendetwas wisst«, sagte Tehol schulterzuckend.

»Wie Ihr gesagt habt, kommen wir von den Inseln«, erwiderte sie lächelnd.

»Aber doch nicht von *den* Inseln.«

»Natürlich nicht – wer würde da schon hingehen? Und darauf habt Ihr gebaut.«

Tehol stand auf. »Es heißt, fünf Flügel bringen einem einen Kriecher. In Ordnung, Ihr habt ein Gebäude gekauft.«

»Ihr werdet es tun«, beharrte Shand. »Denn wenn es herauskommt, wird Hull Euch umbringen.«

»Hull?« Endlich konnte Tehol lächeln. »Mein Bruder hat keine Ahnung davon.«

Und dann kostete er das Vergnügen aus zu sehen, dass er die drei Frauen aus dem Gleichgewicht gebracht hatte. *So, nun merkt ihr auch mal, wie sich so was anfühlt.*

»Hull könnte sich als Problem erweisen.«

Brys Beddict war nicht in der Lage, den Mann, der vor ihm stand, lange anzusehen. Die sanften kleinen Augen, die zwischen Falten von rosafarbenem Fleisch hervorspähten, schienen in gewisser Weise nicht ganz menschlich zu sein, denn sie waren so reglos, dass der Finadd der Königlichen Garde das Gefühl hatte, in die Augen einer Schlange zu blicken. *Eine Kobra, mitten auf der Flussstraße zusammengerollt, ein paar Tage vor Anbruch der Regenzeit. Sie ist vom Fluss raufgekommen, dreimal so lang wie ein Mann groß ist, und ihr Kopf ruht auf den armdicken Windungen ihres Körpers. Möge das dahinstapfende Vieh sich vorsehen, das die Karren die Straße entlangzieht. Möge der Viehtreiber sich vorsehen, der so dumm ist, sich ihr zu nähern.*

»Finadd?«

Brys zwang sich dazu, den großen Mann wieder anzusehen. »Erster Eunuch, ich weiß nicht, was ich darauf antworten soll. Ich habe meinen Bruder seit Jahren weder gesehen noch mit ihm gesprochen. Und ich werde auch die Delegation nicht begleiten.«

Der Erste Eunuch Nifadas drehte sich um und schritt geräuschlos zu dem hochlehnigen hölzernen Stuhl hinter dem wuchtigen Schreibtisch, der sein Arbeitszimmer beherrschte. Er setzte sich in einer langsamen, gleichmäßigen Bewegung. »Beruhigt Euch, Finadd Beddict. Ich habe großen Respekt vor Eurem Bruder Hull. Ich bewundere seine lautere Gesinnung und verstehe voll und ganz die Beweggründe für die … Entscheidung, die er in der Vergangenheit getroffen hat.«

»Vergebt mir, aber dann seid Ihr schon sehr viel weiter als ich, Erster Eunuch. Ich verstehe meinen Bruder – meine *Brüder* – ganz und gar nicht. Das ist leider schon immer so gewesen.«

Nifadas blinzelte schläfrig, dann nickte er. »Familien sind seltsame Gebilde, nicht wahr? Was meine eigenen Erfahrungen betrifft, so bleiben mir natürlich viele der mit diesem Thema verbundenen Feinheiten verschlossen. Doch mein Ausgeschlossensein – wenn man es denn so nennen will – hat mir in der Vergangenheit einen gewissermaßen objektiven Standpunkt erlaubt, von dem aus ich häufig die Mechanismen solch bedeutungsschwangerer Beziehungen klarsichtig beobachten konnte.« Er schaute auf und fixierte Brys erneut mit seinem Blick. »Gestattet Ihr mir eine Bemerkung … oder vielleicht auch zwei?«

»Ich bitte um Vergebung, Erster Eunuch …«

Nifadas wedelte mit einer plumpen Hand und brachte ihn so zum Schweigen. »Das ist nicht nötig. Ich war anmaßend. Und ich habe mich auch nicht erklärt. Wie Ihr wisst, sind die Vorbereitungen bereits weit fortgeschritten. Das Große Treffen rückt bedrohlich näher. Man hat mich informiert, dass Hull Beddict sich auf dem Weg in die Lande der Hiroth Buruk dem Bleichen und Seren Pedac angeschlossen hat. Weiterhin nehme ich als sicher an, dass Buruk einen Haufen Anweisungen mit sich herumträgt – wobei keine einzige davon von mir stammt, wie ich hinzufügen möchte. Mit anderen Worten, es ist wahrscheinlich, dass besagte Anweisungen die Interessen des Königs nicht nur nicht widerspiegeln, sondern sogar im Widerspruch zu den Wünschen unserer Majestät stehen.« Er blinzelte erneut, langsam und gemessen. »Das ist zugegebenermaßen bedenklich. Und auch unwillkommen. Meine Befürchtung sieht folgendermaßen aus: Hull könnte ... die Sachlage ... missverstehen ...«

»Indem er annimmt, dass Buruk im Namen von König Diskanar handelt, meint Ihr.«

»Ganz genau.«

»Und dann würde er versuchen, den Absichten des Kaufmanns entgegenzuwirken.«

Nifadas gab einen zustimmenden Seufzer von sich.

»Was für sich betrachtet nicht notwendigerweise schlecht sein muss«, fuhr Brys fort.

»Das stimmt, für sich betrachtet, muss es nicht notwendigerweise schlecht sein.«

»Es sei denn, Ihr als offizieller Repräsentant des Königs und nomineller Anführer der Delegation hättet vor, den Absichten des Kaufmanns auf Eure eigene Weise entgegenzuwirken. Von den Interessen abzuweichen, die Buruk den Edur zu präsentieren beauftragt wurde.« Um den kleinen Mund des Ersten Eunuchen spielte die Andeutung eines Lächelns.

Nichts weiter, doch Brys hatte verstanden. Sein Blick wanderte zu dem Fenster hinter Nifadas. Wolken schwammen trübe durch das blasige, gewellte Glas. »Nicht gerade Hulls Stärke«, sagte er.

»Nein, darin sind wir uns einig. Sagt mir, Finadd, was wisst Ihr von dieser Freisprecherin, Seren Pedac?«

»Ich kenne nur ihren Ruf. Aber es heißt, sie besäße hier in der Hauptstadt ein Haus. Obwohl ich nie gehört habe, ob sie ihm auch gelegentlich einen Besuch abstattet.«

»Selten. Das letzte Mal vor sechs Jahren.«

»Ihr Name ist makellos«, sagte Brys.

»In der Tat. Aber man muss sich fragen ... Sie ist schließlich nicht blind. Und, wie ich folgere, auch nicht gedankenlos.«

»Ich würde vermuten, dass das nur die wenigsten Freisprecher sind, Erster Eunuch.«

»So ist es. Nun, ich danke Euch für Eure Zeit, Finadd. Sagt mir«, fügte er hinzu, während er langsam aufstand und dadurch andeutete, dass die Audienz zu Ende war, »habt Ihr Euch schon damit angefreundet, der Kämpe des Königs zu sein?«

»Äh, recht gut, Erster Eunuch.«

»Dann ist die Bürde für jemandem, der so jung und gesund ist wie Ihr, also leicht zu tragen?«

»Nicht leicht. Das würde ich nicht behaupten.«

»Es ist nicht bequem, aber möglich.«

»Eine treffende Beschreibung.«

»Ihr seid ein ehrlicher Mann, Brys. Als einer der Ratgeber des Königs bin ich mit meiner Wahl zufrieden.«

Aber du hast das Gefühl, ich sollte daran erinnert werden. Warum? »Das Vertrauen des Königs ehrt mich, Erster Eunuch – und natürlich auch das Eure.«

»Ich möchte Euch nicht länger aufhalten, Finadd.«

Brys nickte, drehte sich um und verließ das Arbeitszimmer.

Ein Teil von ihm sehnte sich nach den alten Zeiten zurück, als er nur einfach ein Offizier der Palastgarde gewesen war. Als er noch kein politisches Gewicht besessen hatte und die Anwesenheit des Königs immer mit einem gewissen Abstand verbunden gewesen war, während Brys und seine Kameraden bei offiziellen Audienzen und Treffen entlang einer Wand Haltung angenommen hatten. Andererseits, dachte er weiter, während er den Korridor entlangschritt, hatte der Erste Eunuch ihn wegen seines Blutes zu sich gerufen, nicht wegen seiner neuen Position als Kämpe des Königs.

Hull Beddict. Er war wie ein ruheloser Geist, verflucht dazu, ihn heimzusuchen, ganz egal, wo er auch hinging, ganz egal, was er auch tat. Brys erinnerte sich daran, wie er seinen ältesten Bruder gesehen hatte, strahlend in seiner Wächteruniform, den Pfeil des Königs an seinem Gürtel. Ein letztes und folgenschweres Bild für den jungen, leicht zu beeindruckenden Burschen, der er vor all den Jahren gewesen war. Dieser Moment hatte sich ihm eingeprägt, war zu einer in der Zeit erstarrten Szene geworden, in die er sich in seinen Träumen oder in nachdenklichen Augenblicken wie diesem begab. Ein gemaltes Bild. Brüder, ein Mann und ein Junge, alle beide zersprungen und vergilbt unter dem Staub. Dann pflegte er den naiven, gutgläubigen Gesichtsausdruck des Jungen zu mustern, als wäre er ein Fremder, und er folgte dessen erhobenen Blick und verlagerte schließlich, unbehaglich und misstrauisch gegenüber dem Stolz des Soldaten geworden, seinen eigenen.

Unschuld war eine ruhmreiche Klinge, doch sie konnte beide Seiten blind machen.

Er hatte zu Nifadas gesagt, er verstünde Hull nicht. Doch er tat es. Nur zu gut sogar.

Er verstand auch Tehol, wenn auch vielleicht ein kleines bisschen weniger gut. Die Belohnungen in Gestalt unermesslichen Reichtums hatten sich als kalt erwiesen; nur das hungrige Verlangen nach diesem Reichtum zischte vor Hitze. Und diese Tatsache gehörte zur Welt der Letherii, war die spröde Schwachstelle im Herzen des goldenen Schwerts. Tehol hatte sich selbst in dieses Schwert gestürzt und schien es zufrieden zu sein zu verbluten, langsam und mit liebenswürdiger Fassung. Was für eine letzte Botschaft er auch immer mit seinem Tod übermitteln wollte, es war Zeitverschwendung, denn niemand würde in seine Richtung blicken, sollte jener Tag kommen. Niemand wagte es. *Und das ist der Grund – wie ich vermute –, warum er lächelt.*

Seine Brüder hatten ihren Höhepunkt schon vor langer Zeit erreicht – zu früh, wie sich herausgestellt hatte – und schlitterten jetzt ihren persönlichen Pfad der Vernichtung hinunter und dem Tod entgegen. *Und was ist mit mir? Ich bin zum Kämpen des Königs ernannt worden. Gelte als der beste Schwertkämpfer im Königreich. Ich glaube, dass ich hier und jetzt auf dem höchsten Punkt stehe.* Es war nicht nötig, diesem Gedankengang weiter zu folgen.

Er erreichte eine T-förmige Kreuzung und wandte sich nach rechts. Zehn Schritt voraus fiel aus einer Seitentür ein Lichtschein in den Korridor. Als er auf gleicher Höhe mit der Tür war, rief ihn eine Stimme aus dem Zimmer.

»Finadd! Kommt schnell.«

Brys lächelte innerlich und drehte sich um. Mit drei Schritten war er in dem von Gewürzdüften erfüllten Raum mit der niedrigen Decke. Zahllose Lichtquellen ließen einen Krieg der Farben über die Schränke toben, wie auch über die Oberflächen der Tische, die von Werkzeugen, Schriftrollen und Bechern überquollen.

»Ceda?«

»Hier drüben. Kommt her und seht, was ich geschaffen habe.«

Brys schob sich an einem Bücherschrank vorbei, der rechtwinklig von einer Wand in den Raum ragte, und fand den Zauberer des Königs dahinter auf einem Schemel hocken. An der Seite des Mannes befand sich ein abgeschrägter Tisch mit einem geraden unteren Brett, auf dem unzählige Scheiben aus geschliffenem Glas lagen.

»Seit Ihr der Kämpe des Königs geworden seid«, sagte Kuru Qan, »hat sich Euer Schritt verändert, Finadd.«

»Das war mir noch gar nicht bewusst geworden, Ceda.«

Kuru Qan drehte sich auf seinem Hocker um und hielt einen merkwürdigen Gegenstand vor sein Gesicht. Zwei Linsen aus Glas, mit Drähten neben- und aneinander befestigt. Die breiten, markanten Gesichtszüge des Ceda wirkten durch den vergrößernden Effekt der Linsen noch breiter und markanter. Kuru Qan setzte sich das Ding vor die Augen und band es fest; seine Augen wirkten riesig, als er Brys jetzt zublinzelte.

»Ihr seid, wie ich es mir vorgestellt habe. Hervorragend. Das Verschwimmen verliert an Bedeutung. Klarheit steigt auf, erlangt unter all den wichtigen Dingen die Vorherrschaft. Was ich höre, spielt jetzt weniger eine Rolle als das, was ich sehe. Und so verändert sich die Perspektive. Die Welt verändert sich. Das ist wichtig, Finadd. Sehr wichtig.«

»Diese Linsen haben Euch Eure Sehkraft wieder zurückgegeben? Das ist wunderbar, Ceda!«

»Der Schlüssel lag darin, etwas zu suchen, das als Gegensatz zur Zauberei funktioniert. Schließlich habe ich mein Augenlicht verloren, als ich die Leere Feste angestarrt habe. Das ließ sich nicht durch das gleiche Mittel korrigieren. Aber dieses Detail ist noch nicht von Bedeutung. Ich bete tatsächlich darum, dass es das auch nie werden wird.«

Ceda Kuru Qan konzentrierte sich niemals nur auf eine einzige Sache, ob es sich nun um ein Gespräch oder einen Vortrag handelte. Irgendwie so hatte er es einst zumindest erklärt. Während dies viele als enttäuschend und anstrengend empfanden, war Brys immer wieder entzückt.

»Bin ich der Erste, der Eure Entdeckung zu Gesicht bekommt, Ceda?«

»Ihr könnt ihre Bedeutung besser erkennen als die meisten anderen. Ein Schwertkämpfer, der mit Raum, Entfernung und Zeit tanzt, mit allen materiellen Wahrheiten. Ich muss sie noch besser anpassen.« Er nahm das komische Ding ab und beugte sich darüber; winzige Werkzeuge blitzten in seinen gewandten Händen auf. »Ihr wart im Arbeitszimmer des Ersten Eunuchen. Kein rundherum erfreuliches Gespräch für Euch. Aber im Augenblick unwichtig.«

»Ich wurde in den Thronraum gerufen, Ceda.«

»Das stimmt. Aber es ist nicht schrecklich dringend. Die Preda wünscht Euch in Kürze zu sehen. Der Erste Eunuch hat nach Eurem ältesten Bruder gefragt?«

Brys seufzte.

»Ich habe es vermutet«, sagte Kuru Qan. Er blickte auf, ein breites Lächeln im Gesicht. »Euer Unbehagen hat Euren Schweiß besudelt. Nifadas ist im Augenblick ziemlich besessen.« Er setzte sich die Linsen erneut vor die Augen. Richtete seinen Blick auf die Augen des Finadd, was beunruhigend war, da er das noch nie zuvor getan hatte. »Wer braucht Spione, wenn es einem die eigene Nase ermöglicht, alle Wahrheiten aufzustöbern?«

»Ich hoffe, Ihr verliert durch Eure neue Erfindung diese Gabe nicht, Ceda.«

»Oh, sieh an! Ein wahrer Schwertkämpfer. Ihr wisst sehr wohl, wie wichtig jeder einzelne Sinn ist! Was für eine messbare Freude – hier, lasst es mich Euch zeigen.« Er rutschte von dem Hocker und trat an einen Tisch, wo er eine klare Flüssigkeit in einen halb durchsichtigen Becher goss. Nachdem er sich tief hinuntergebeugt hatte, um die Füllhöhe zu überprüfen, nickte er. »Messbar, wie ich es vermutet habe.« Er nahm den Becher aus dem Ständer, stürzte den Inhalt hinunter und leckte sich schmatzend die Lippen, als er fertig war. »Aber jetzt suchen Euch beide Brüder heim.«

»Ich bin nicht immun gegen Ungewissheit.«

»Es ist zu hoffen, dass Ihr das nicht seid! Ein wichtiges Eingeständnis. Wenn die Preda mit Euch fertig ist – es sollte nicht lange dauern –, kommt zu mir zurück. Ihr und ich, wir beide haben eine Aufgabe vor uns.«

»In Ordnung, Ceda.«

»Es ist an der Zeit, ein paar Anpassungen vorzunehmen.« Er nahm die Linsen noch einmal ab. »Für uns beide«, fügte er hinzu.

Brys dachte kurz nach und nickte schließlich. »Dann also bis später, Ceda.«

Er verließ das Zimmer des Zauberers.

Nifadas und Kuru Qan, sie stehen an der einen Seite von König Diskanar. Ich wollte, es gäbe keine andere Seite.

Der Thronraum trug eigentlich den falschen Namen; schließlich war der König gerade dabei, den Sitz der königlichen Macht ins Ewige Domizil zu verlegen, nun, da die undichten Stellen in seinem luftigen Dach in Ordnung gebracht worden waren. Ein bisschen was war noch übrig, einschließlich des alten Teppichs, der zum Podest führte, und des stilisierten Torbogens über der Stelle, an der einst der Thron gestanden hatte.

Als Brys dort ankam, war nur seine alte Vorgesetzte da, Preda Unnutal Hebaz. Wie immer eine alles beherrschende Erscheinung, ganz egal, wie erhaben ihre Umgebung auch sein mochte. Sie war größer als die meisten Frauen – fast so groß wie Brys – und hellhäutig, mit einem brünetten Stich in ihren blonden Haaren und haselnussbraunen Augen. Als er sich näherte, drehte sie sich zu ihm um. Obwohl bereits in den Vierzigern, war sie noch eine außergewöhnliche Schönheit, und die Linien, die Wind und Wetter in ihr Gesicht gegraben hatten, unterstrichen dies nur.

»Finadd Beddict, Ihr kommt spät.«

»Ich hatte kurzfristige Audienzen beim Ersten Eunuchen und dem Ceda …«

»Wir haben nur ein paar Augenblicke«, unterbrach sie ihn. »Stellt

Euch an die Wand, als wärt Ihr ein einfacher Wächter. Möglicherweise erkennen sie Euch, aber vielleicht halten sie Euch auch nur für einen meiner Unterlinge, vor allem bei dem schlechten Licht, das nun, da die Leuchter entfernt worden sind, hier herrscht. Wie auch immer, Ihr sollt einfach nur Haltung annehmen und nichts sagen.«

Stirnrunzelnd schritt Brys zu der Nische, in der er als Gardist immer gestanden hatte, drehte sich um, so dass er das Gesicht wieder dem Zimmer zuwandte, und wich dann zurück in den Schatten, bis er den harten Stein an seinen Schultern spürte. Er sah, dass die Preda ihn noch einen Augenblick musterte, dann nickte und sich dem Eingang in der hinteren Ecke der Wand hinter dem Podest zuwandte.

Oh, dies ist ein Treffen mit der anderen Seite ...

Die Tür flog auf, aufgestoßen von der gepanzerten Faust eines Leibgardisten des Prinzen, und dann kam der behelmte und voll gerüstete Mann argwöhnisch ins Zimmer geschritten. Sein Schwert steckte noch in der Scheide, doch Brys wusste, dass Moroch Nevath es binnen eines Herzschlags ziehen konnte. Er wusste auch, dass Moroch der Kandidat des Prinzen für die Position des Kämpen des Königs gewesen war. *Und zwar wohlverdientermaßen. Moroch Nevath besitzt nicht nur die Fähigkeiten, er hat auch die entsprechende Ausstrahlung ...* Und Brys stellte fest, dass ihn dieses dreiste Verhalten auf unbestimmte Weise ärgerlich machte, er ihn jedoch gleichzeitig darum beneidete.

Der Leibgardist des Prinzen musterte das Zimmer; sein Blick verharrte hier und da an schattigen Nischen, einschließlich der, in welcher Brys stand – doch es war Sache eines Augenblicks und sollte anscheinend nur der Feststellung dienen, dass einer der Wächter der Preda zugegen war. Schließlich richtete Moroch seine Aufmerksamkeit auf Unnutal Hebaz.

Ein kurzes, zustimmendes Nicken, dann trat Moroch zur Seite.

Prinz Quillas Diskanar betrat das Zimmer. Hinter ihm kam Kanzler Triban Gnol. Und dann tauchten zwei Gestalten auf, die Brys zusammenzucken ließen. Königin Janall und ihr Erster Galan, Turudal Brizad.

Beim Abtrünnigen, tatsächlich die ganze verkommene Brut.

Quillas starrte Unnutal Hebaz mit gebleckten Zähnen an, als wäre er ein Hund am Ende seiner Kette. »Ihr habt Finadd Gerun Eberict für Nifadas' Gefolge freigestellt. Ich will, dass Ihr das rückgängig macht, Preda. Wählt jemand anderen.«

Unnutals Stimme klang ruhig. »Gerun Ebericts Fähigkeiten sind über jeden Zweifel erhaben, Prinz Quillas. Man hat mich unterrichtet, dass der Erste Eunuch mit dieser Wahl sehr zufrieden ist.«

Auch die Stimme von Kanzler Triban Gnol, der sich jetzt zu Wort meldete, klang sachlich. »Euer Prinz ist anderer Meinung, Preda. Es ist Eure Pflicht, dieser Meinung den geziemenden Respekt zu erweisen.«

»Die Überzeugungen des Prinzen sind seine Sache. In dieser Angelegenheit habe ich Anweisungen von seinem Vater, dem König, bekommen. Im Hinblick darauf, was ich respektiere und was nicht, Kanzler, würde ich mit allem Nachdruck vorschlagen, dass Ihr Eure Herausforderung zurückzieht.«

Moroch Nevath knurrte und machte einen Schritt vorwärts.

Die Hand der Preda zuckte zur Seite – nicht in Richtung des prinzlichen Leibgardisten, sondern in Richtung der Nische, in der Brys stand, und stoppte ihn einen halben Schritt von seiner ursprünglichen Position entfernt. Das Schwert war bereits in seiner Hand; es war ebenso lautlos wie rasch aus der Scheide geglitten.

Morochs Blick zuckte zu Brys, sein überraschter Gesichtsausdruck wich der Erkenntnis. Das Schwert des Gardisten steckte noch zur Hälfte in der Scheide.

Ein trockenes Kichern der Königin. »Oh, damit erklärt sich die Entscheidung der Preda für nur einen einzigen Wächter. Tretet doch bitte vor, Kämpe.«

»Das wird nicht nötig sein«, sagte Unnutal.

Brys nickte und trat langsam wieder zurück, schob dabei sein Schwert wieder in die Scheide.

Königin Janall hob angesichts des brüsken Gegenbefehls der Preda missbilligend die Augenbrauen. »Teure Unnutal Hebaz, Ihr erhebt Euch weit über Eure Position.«

»Die Anmaßung liegt nicht auf meiner Seite, Königin. Die Königliche Garde gehorcht nur dem König und sonst niemandem.«

»Nun, vergebt mir, wenn es mir Vergnügen bereitet, diesen überholten Dünkel in Frage zu stellen.« Janall wedelte mit einer dünnen Hand. »Stärken unterliegen stets der Gefahr, zu Schwächen zu werden.« Sie trat dicht an ihren Sohn heran. »Gib Acht auf den Rat deiner Mutter, Quillas. Es war dumm, auf den Sockel der Preda einzuschlagen, denn er hat sich noch nicht in Sand verwandelt. Hab Geduld, mein Lieber.«

Der Kanzler seufzte. »Dem Ratschlag der Königin ...«

»*Gebührt geziemender Respekt*«, äffte Quillas ihn nach. »Dann also wie Ihr wollt. Wie Ihr alle wollt. Moroch!«

Mit seinem Leibwächter im Schlepptau schritt der Prinz aus dem Zimmer.

Das Lächeln der Königin war sanft, als sie sagte: »Preda Unnutal Hebaz, wir bitten um Vergebung. Dieses Treffen war nicht unsere Idee, doch mein Sohn hat darauf bestanden. Sowohl der Kanzler als auch ich haben von dem Augenblick an, da wir uns auf den Weg hierher gemacht haben, versucht, ihn davon abzubringen.«

»Leider vergeblich«, sagte der Kanzler und seufzte erneut.

Der Gesichtsausdruck der Preda veränderte sich nicht. »Sind wir fertig?«

Königin Janall drohte ihr stumm und warnend mit dem Finger, winkte dann ihrem Ersten Galan und hakte sich bei ihm unter, als sie gingen.

Triban Gnol blieb einen Augenblick länger. »Meinen Glückwunsch, Preda«, sagte er. »Finadd Gerun Eberict war eine vorzügliche Wahl.«

Unnutal Hebaz sagte nichts. Fünf Herzschläge später waren sie und Brys wieder allein im Zimmer.

Die Preda drehte sich zu ihm um. »Eure Geschwindigkeit, Kämpe, raubt mir jedes Mal den Atem. Ich habe Euch nicht gehört, nur ... geahnt. Hätte ich das nicht getan, wäre Moroch jetzt tot.«

»Möglicherweise, Preda. Und wenn auch nur, weil er meine Anwesenheit nicht bemerkt hat.«

»Und Quillas könnte nur sich selbst die Schuld dafür geben.«

Brys sagte nichts.

»Ich hätte Euch nicht aufhalten sollen.«

Er schaute ihr nach, als sie hinausging.

Gerun Eberict, du armer Bastard.

Plötzlich erinnerte sich Brys daran, dass der Ceda noch einmal etwas von ihm wollte, und daher drehte er sich um und verließ das Zimmer.

Ohne dass Blut vergossen worden war.

Und er wusste, dass Kuru Qan seine Erleichterung darüber in jedem seiner Schritte hören würde.

Der Ceda hatte vor seiner Tür gewartet; als Brys ankam, schien er gerade die Absicht zu haben, einen Tanzschritt zu üben.

»Waren es ein paar schlimme Augenblicke?«, fragte Kuru Qan, ohne aufzublicken. »Unwichtig. Im Moment. Kommt.«

Fünfzig Schritte weiter, Steinstufen hinunter, durch staubige Korridore hindurch, und Brys ahnte, wo sie hingingen. Er spürte, wie ihm das Herz sank. Ihr Ziel war ein Ort, von dem er zwar schon gehört hatte, den er aber noch nie zuvor aufgesucht hatte. Anscheinend hatte der Kämpe des Königs die Erlaubnis hinzugehen, wo ein einfacher Finadd nicht hingehen durfte. Dieses Mal jedoch war es ein fragwürdiges Privileg.

Sie kamen an ein Paar wuchtiger, kupferbeschichteter Türen, die grün, moosbewachsen und ohne jegliche besondere Kennzeichen waren und keinen Schließmechanismus aufwiesen. Als der Ceda sich dagegen lehnte, öffneten sie sich knirschend und quietschend.

Dahinter führten schmale Stufen in die Höhe zu einem Laufgang, der an Ketten von der Decke hing und kniehoch über dem Fußboden schwebte. Der Raum war rund, und in den Boden waren spiralenförmig leuchtende Fliesen eingelassen. Der Laufgang endete auf einer Plattform in der Mitte des Raums.

»Bestürzung, Finadd? Verdientermaßen.« Mit einer Geste führte Kuru Qan Brys auf den Laufgang.

Der schwankte beunruhigend.

»Hier ist das Streben nach Gleichgewicht offenkundig«, sagte der Ceda, wobei er die Arme seitlich ausstreckte. »Man muss den passenden Rhythmus für seine Schritte finden. Das ist wichtig … und schwierig, da wir ja zu zweit sind. Nein, blickt nicht hinunter auf die Fliesen – wir sind noch nicht bereit. Erst zur Plattform. Da sind wir. Tretet an meine Seite, Finadd. Schaut Euch mit mir zusammen die erste Fliese der Spirale an. Was seht Ihr?«

Brys musterte die leuchtende Fliese. Sie war groß, nicht ganz quadratisch. Zwei Handspannen lang, etwas weniger breit.

Die Festen. Das Cedarium. Kuru Qans Zimmer der Weissagung. In ganz Letheras gab es Menschen, die die Fliesen warfen, die die Festen lesen konnten. Natürlich waren ihre Nachbildungen klein, wie flache Würfel. Nur der Zauberer des Königs besaß Fliesen wie diese. Deren Oberflächen sich ständig veränderten. »Ich sehe ein Hügelgrab in einem Hof.«

»Oh, dann könnt Ihr wirklich sehen. Gut. Ein zerrütteter Verstand würde sich in diesem Augenblick selbst enthüllen, und seine Vision wäre von Angst und Bosheit vergiftet. Das Hügelgrab, die drittletzte der Fliesen der Feste des Azath. Sagt mit, was spürt Ihr?«

Brys runzelte die Stirn. »Rastlosigkeit.«

»Ah ja. Verstörend, einverstanden?«

»Einverstanden.«

»Aber das Hügelgrab ist stark, nicht wahr? Es wird seinen Anspruch nicht abtreten. Und doch – lasst uns einen Augenblick nachdenken. Irgendetwas ist rastlos, da, unter dieser Erde. Und jedes Mal, wenn ich in den letzten Monaten hierher gekommen bin, war diese Fliese die erste in der Spirale.«

»Oder die letzte.«

Kuru Qan neigte den Kopf. »Möglicherweise. Der Geist eines Schwertkämpfers wendet sich dem Unerwarteten zu. Ist das wichtig? Wir werden sehen, nicht wahr? Anfänge … oder Enden. So. Wenn das Hügelgrab nicht in Gefahr ist nachzugeben, warum ist diese Fliese dann immer noch an Ort und Stelle? Vielleicht sehen wir nur das, was ist, während die Rastlosigkeit das verheißt, was *sein wird*. Beunruhigend.«

»Ceda, habt Ihr den Sitz des Azath besucht?«

»Das habe ich. Sowohl der Turm selbst wie der Grund, auf dem er steht, sind unverändert. Die Manifestation der Feste bleibt unerschütterlich und gebändigt. Und jetzt richtet Euren Blick nach vorn, Finadd. Die nächste?«

»Ein Tor, geformt aus dem weit aufklaffenden Maul eines Drachen.«

»Die Fünfte in der Feste des Drachen. Tor. Wie verhält es sich zum Hügelgrab des Azath? Geht das Tor voraus oder folgt es nach? In meinem ganzen Leben ist dies das erste Mal, dass ich eine Fliese der Drachenfeste im Muster gesehen habe. Wir sind Zeugen eines bedeutsamen Ereignisses – oder wir werden es bald sein ...«

Brys blickte den Ceda an. »Wir nähern uns der Siebten Schließung. Das *ist* bedeutsam. Das Erste Imperium wird wiedergeboren werden. König Diskanar wird verwandelt werden – er wird *aufsteigen* und den alten Titel des Ersten Imperators annehmen.«

Kuru Qan schlang sich die Arme um den Oberkörper. »Die weit verbreitete Interpretation, ja natürlich. Aber die richtige Prophezeiung ist ein kleines bisschen ... unklarer, Finadd.«

Die Reaktion des Ceda beunruhigte Brys. Und er hatte auch nicht gewusst, dass die allgemeine Interpretation nicht ganz zutreffend war. »Unklarer? In welcher Hinsicht?«

»›Der König, der während der Siebten Schließung herrscht, wird verwandelt und so der wiedergeborene Erste Imperator werden.‹ So. Doch da werden Fragen aufgeworfen. Verwandelt – wie? Und wiedergeboren – körperlich? Der Erste Imperator wurde zusammen mit dem Ersten Imperium in einem fernen Land vernichtet. Dadurch blieben die Kolonien hier sich selbst überlassen. Wir haben lange Zeit in Abgeschiedenheit gelebt, Finadd. Länger als Ihr es vielleicht glaubt.«

»Fast siebentausend Jahre.«

Der Ceda lächelte. »Die Sprache verändert sich im Lauf der Zeit. Bedeutungen werden verzerrt. Und mit jeder Abschrift werden die Fehler schlimmer. Selbst die Zahlen, die unentwegten Wächter der Vollkommenheit, können in einem einzigen unbedachten Augenblick gründlich verändert werden. Soll ich Euch sagen, was ich glaube, Finadd? Was würdet Ihr zu meiner Idee sagen, dass einige Nullen fallen gelassen wurden? Am Anfang dieser Siebten Schließung.«

Siebzigtausend Jahre? Siebenhunderttausend?

»Beschreibt mir die nächsten vier Fliesen.«

Brys, der sich etwas aus dem seelischen Gleichgewicht gebracht fühlte, richtete seine Aufmerksamkeit mit einiger Anstrengung wieder auf den Fußboden. »Die nächste erkenne ich. Der Verräter, von der Leeren Feste. Und die Fliese, die darauf folgt: die Weiße Krähe, von den Angelpunkten. Die dritte ist mir unbekannt. Eissplitter, von denen einer vom Boden in die Höhe ragt und im Licht hell aufleuchtet.«

Kuru Qan seufzte und nickte. »Samen, die letzte der Fliesen der Feste des Eises. Eine weitere noch nie da gewesene Erscheinung. Und die vierte?«

Brys schüttelte den Kopf. »Sie ist leer.«

»Ganz recht! Die Weissagung bricht ab. Vielleicht ist sie von Ereignissen blockiert, die erst noch geschehen müssen, von Entscheidungen, die erst noch getroffen werden müssen. Oder sie kennzeichnet den Anfang, das Fließen, das *jetzt* ist, in genau diesem Augenblick. Und zum Ende führt, zur letzten Fliese – dem Hügelgrab. Ein einzigartiges Geheimnis. Ich habe keine Ahnung.«

»Hat das sonst noch irgendjemand gesehen, Ceda? Habt Ihr mit irgendjemandem darüber gesprochen, dass Ihr Euch in einer Sackgasse befindet?«

»Der Erste Eunuch ist informiert, Brys Beddict. Um sicherzustellen, dass er nicht in das Große Treffen geht und dabei den Vorzeichen gegenüber blind ist, die dort möglicherweise erscheinen. Und jetzt Ihr. Wir drei, Finadd.«

»Warum ich?«

»Weil Ihr der Kämpe des Königs seid. Es ist Eure Aufgabe, sein Leben zu schützen.«

Brys seufzte. »Er schickt mich immer noch andauernd weg.«

»Ich werde ihn noch einmal daran erinnern«, sagte Kuru Qan. »Er muss seine Liebe zum Alleinsein aufgeben oder so weit kommen, niemanden zu sehen, wenn er in Eure Richtung blickt. Und jetzt erzählt mir, wozu die Königin ihren Sohn aufgestachelt hat – was sollte er im alten Thronraum tun?«

»Wozu sie ihn aufgestachelt hat? Sie hat genau das Gegenteil behauptet.«

»Unwichtig. Erzählt mir, was Eure Augen gesehen und Eure Ohren gehört haben. Erzählt mir, was Euer Herz geflüstert hat, Brys Beddict.«

Brys starrte auf die leere Fliese hinunter. »Hull könnte sich als Problem erweisen«, sagte er mit dumpfer Stimme.

»Das hat Euch Euer Herz zugeflüstert?«

»Ja.«

»Beim Großen Treffen?«

Er nickte.

»Wie?«

»Ceda, ich fürchte, dass er Prinz Quillas Diskanar töten könnte.«

Das Gebäude hatte einst im Erdgeschoss die Werkstatt eines Zimmermanns beherbergt und verfügte im Obergeschoss über eine bescheidene Anzahl von Wohnräumen mit niedriger Decke, die mittels einer herunterklappbaren Treppe erreichbar waren. Die Vorderseite ging zum Quillas-Kanal hinaus, gegenüber einer Anlegestelle, auf der vermutlich das Material des Zimmermanns angeliefert worden war.

Tehol Beddict marschierte in der geräumigen Werkstatt umher; er bemerkte die Löcher im Fußboden aus Hartholz, wo Maschinen eingebaut gewesen waren, sah die Haken an den Wänden, an denen Werkzeuge gehangen hatten, deutlich erkennbar an den verblassten Umrissen, die sie hinterlassen hatten. Die Luft roch noch immer nach Sägemehl und Beizmitteln, und links vom Eingang verlief an der ganzen Wand entlang ein Werktisch aus einem Stück. Die Vorderwand bestand, wie er sah, aus lauter Platten, die vollständig entfernt werden konnten. »Ihr habt das einfach so gekauft?«, fragte er und blickte die drei Frauen an, die am Fuß der Treppe beieinander standen.

»Die Geschäfte des Besitzers sind gewachsen«, sagte Shand, »genauso wie seine Familie.«

»Zum Kanal hin ... Dieses Haus war einiges wert ...«

»Zweitausend Drittel. Wir haben auch den größten Teil seiner Möbel im Obergeschoss gekauft. Und einen Tisch bestellt, der letzte Nacht geliefert worden ist.« Shand machte eine Geste mit einer Hand, die das gesamte Untergeschoss umfasste. »Dieser Bereich gehört Euch. Ich würde vorschlagen, ein oder zwei Wände einzuziehen, so dass ein Korridor von der Tür zur Treppe bleibt. Das Tonrohr da drüben ist der Abfluss der Küche. Wir haben den Teil, der zur oberen Küche führte, herausgeschlagen, da wir davon ausgehen, dass Euer Diener uns alle vier versorgt. Der Abort ist draußen im Hinterhof, er ergießt sich in den Kanal. Außerdem gibt es noch einen Kälteschuppen mit einer wasserdichten Eiskiste, die groß genug ist, als dass eine ganze Nerek-Familie darin leben könnte.«

»Ein reicher Zimmermann, der zudem noch viel Zeit hatte«, sagte Tehol.

»Er hat Talent«, sagte Shand schulterzuckend. »Und jetzt folgt mir. Das Arbeitszimmer ist oben. Wir haben einiges zu besprechen.«

»Das klingt aber nicht so«, erwiderte er. »Es klingt eher so, als wäre schon alles entschieden. Ich kann mir vorstellen, wie sehr sich Bagg über die Neuigkeiten freuen wird. Ich hoffe, Ihr mögt Feigen.«

»Ihr könntet das Dach nehmen«, sagte Rissarh mit einem süßen Lächeln.

Tehol verschränkte die Arme und begann, auf den Fersen zu wippen. »Mal sehen, ob ich das alles richtig verstanden habe. Ihr droht mir, meine schrecklichen Geheimnisse zu enthüllen, und bietet mir dann eine Art Partnerschaft für ein Vorhaben an, das zu beschreiben Ihr Euch bisher noch nicht die Mühe gemacht habt. Ich kann förmlich sehen, wie diese Beziehung angesichts solch fruchtbaren Bodens tiefe Wurzeln schlägt.«

Shand blickte ihn finster an.

»Wir sollten ihn zuerst bewusstlos prügeln«, sagte Hejun.

»Es ist ganz einfach«, meinte Shand, ohne auf Hejuns Vorschlag einzugehen. »Wir haben dreißigtausend Drittel, und wir wollen, dass Ihr zehn daraus macht.«

»Zehntausend Drittel?«

»Zehn Spitzen.«

Tehol starrte sie an. »Zehn Spitzen. Zehn *Millionen* Drittel. Ich verstehe. Und was genau wollt Ihr mit dem ganzen Geld machen?«

»Wir wollen, dass Ihr den restlichen Teil der Inseln kauft.«

Tehol strich sich mit der Hand durchs Haar und begann, auf und ab zu gehen. »Ihr seid verrückt. Ich habe mit hundert Stummeln angefangen und wäre bei dem Versuch, eine einzige Spitze daraus zu machen, beinahe draufgegangen ...«

»Nur weil Ihr leichtsinnig wart, Tehol Beddict. Ihr habt ein Jahr dafür gebraucht, aber Ihr habt jeden Monat nur einen oder zwei Tage *gearbeitet*.«

»Nun, die Tage waren aber auch mörderisch.«

»Lügner. Ihr habt niemals einen falschen Schritt getan. Kein einziges Mal. Ihr habt hier gezupft und dort gedrückt, während alle anderen hinter Euch hergeeiert sind. Und dafür haben sie Euch angebetet.«

»Bis Ihr ihnen allen ein Messer in die Brust gestoßen habt«, sagte Rissarh, und ihr Lächeln wurde noch breiter.

»Euer Rock rutscht«, bemerkte Hejun.

Tehol rückte ihn wieder zurecht. »Es war nicht direkt ein Messer. Was für schreckliche Bilder Ihr heraufbeschwört. Ich habe meine Spitze gemacht. Ich war nicht der Erste, der jemals eine Spitze gemacht hat, nur der Schnellste.«

»Mit hundert *Stummeln*. Es ist schon mit hundert Höhen ziemlich schwierig. Aber Stummel? Als ich ein Kind war, habe ich alle drei Monate hundert Stummel verdient, indem ich Oliven und Trauben gepflückt habe. Niemand fängt mit Stummeln an. Niemand außer Euch.«

»Und jetzt geben wir Euch dreißigtausend Drittel«, sagte Rissarh. »Arbeitet damit, Beddict. Zehn Millionen Drittel? Warum nicht?«

»Wenn Ihr glaubt, dass es so einfach ist, warum tut Ihr es dann nicht selbst?«

»So klug sind wir nun auch wieder nicht«, meinte Shand. »Wir lassen uns aber auch nicht leicht ablenken. Wir sind über Eure Spur gestolpert und ihr gefolgt – und hier sind wir nun.«

»Ich habe keine Spur hinterlassen.«

»Keine, die die meisten Menschen hätten sehen können, das stimmt. Aber wie ich schon gesagt habe, wir lassen uns nicht so leicht ablenken.«

Tehol schritt weiter auf und ab. »Laut den Listen der Kaufmannsburse liegt der Gesamtwert von Letheras zwischen zwölf und fünfzehn Spitzen, dazu kommen noch etwa fünf, die vergraben …«

»Ist Eure schon dabei?«

»Meine wurde abgeschrieben, habt Ihr das vergessen?«

»Nachdem eine Menge Blut gepisst worden ist. Zehntausend Flüche, die an Stummel auf dem Grunde des Kanals gebunden wurden, und auf allen steht Euer Name.«

Hejun schien überrascht. »Tatsächlich, Shand? Vielleicht sollten wir uns die Baggerrechte sichern …«

»Zu spät«, erklärte Tehol ihr. »Die hat Biri schon.«

»Biri ist ein Strohmann«, sagte Shand. »Ihr habt diese Rechte bekommen, Tehol. Kann sein, dass Biri es nicht weiß, aber er arbeitet für Euch.«

»Nun, das ist eine Situation, aus der ich erst noch etwas machen muss.«

»Warum?«

Er zuckte die Schultern. Dann blieb er stehen und starrte Shand an. »Das konntet Ihr unmöglich wissen.«

»Ihr habt Recht. Ich habe es nur vermutet.«

Seine Augen weiteten sich. »Mit so einem Instinkt könntet Ihr tatsächlich zehn Spitzen machen, Shand.«

»Ihr habt alle hereingelegt, weil Ihr keinen falschen Schritt macht, Tehol Beddict. Niemand glaubt daran, dass Ihr Eure Spitze vergraben habt – jetzt nicht mehr, dafür lebt Ihr schon zu lange wie eine Ratte unter den Docks. Ihr habt es tatsächlich verloren. Wo? Das weiß niemand. Irgendwo eben. Und darum haben sie den Verlust abgeschrieben, stimmt's?«

»Geld ist nur ein Taschenspielertrick«, sagte Tehol nickend. »Außer man hat Diamanten in der Hand. Dann ist es mehr als eine Idee. Wenn Ihr wissen wollt, wo der Schwindel ist, der hinter dem ganzen Spiel steckt – nun, Schätzchen, genau da liegt er. Selbst wenn Geld nur eine Idee ist, so hat es doch Macht. Nur ist es keine wirkliche Macht. Sondern das *Versprechen* von Macht. Aber dieses Versprechen reicht aus, so lange alle so tun, als wäre es wirklich. Hört auf, so zu tun als ob, und alles fällt auseinander.«

»Es sei denn, Ihr habt die Diamanten in der Hand«, sagte Shand.

»Richtig. Dann ist es *wirkliche* Macht.«

»Und Euch kam irgendwann genau dieser Verdacht, stimmt's? Also seid Ihr hingegangen und habt es ausprobiert. Und alles kam ins Stolpern und drohte auseinander zu fallen.«

Tehol lächelte. »Stellt Euch mein Entsetzen vor.«

»Ihr wart nicht entsetzt«, sagte sie. »Euch ist einfach nur klar geworden, wie tödlich eine Idee sein kann, wenn sie in die falschen Hände gerät.«

»Es sind immer die falschen Hände, Shand. Auch meine eigenen.«

»Und deshalb seid Ihr weggelaufen.«

»Und ich werde nicht zurückkehren. Macht mit mir, was Ihr wollt. Lasst es Hull wissen. Reißt alles nieder. Was abgeschrieben ist, kann wieder dazugeschrieben werden. Die Burschen an der Burse sind gut darin. Tatsächlich werdet Ihr einen Aufschwung auslösen. Alle werden erleichtert seufzen, wenn sie sehen, dass es am Ende doch die ganze Zeit im Spiel war.«

»Das wollen wir nicht«, sagte Shand. »Ihr habt es immer noch nicht begriffen. Wenn wir den Rest der Inseln kaufen, Tehol, tun wir es auf die gleiche Weise, wie Ihr es getan habt. Zehn Spitzen … die einfach *verschwinden*.«

»Das ganze Wirtschaftssystem wird zusammenbrechen!«

Bei diesen Worten nickten die drei Frauen.

»Ihr seid Fanatikerinnen!«

»Schlimmer«, sagte Rissarh, »wir sind rachsüchtig.«

»Ihr seid alles Mischlinge, stimmt's?« Er brauchte keine Antwort auf diese Frage. Es war offensichtlich. Nicht jedes Halbblut musste wie ein Halbblut *aussehen.* »Faraed-Blut bei Hejun. Und Ihr beide? Tarthenal?«

»Tarthenal. Letheras hat uns zerstört. Und jetzt machen wir uns daran, Letheras zu zerstören.«

»Und Ihr«, sagte Rissarh und begann wieder zu lächeln, »werdet uns zeigen, wie.«

»Denn Ihr hasst Euer eigenes Volk«, sagte Shand. »Den ganzen habgierigen, kaltblütigen Haufen. Wir wollen diese Inseln, Tehol Beddict. Wir wissen von den Überresten der Stämme, die Ihr auf jene Inseln befördert habt, die Ihr gekauft habt. Wir wissen, dass sie sich da draußen verstecken und versuchen, alles wieder aufzubauen, was sie verloren haben. Aber das ist nicht genug. Geht durch die Straßen dieser Stadt, und Ihr werdet den Beweis offen vor Euch liegen sehen. Ihr habt es für Hull getan. Ich hatte keine Ahnung, dass er nichts davon weiß – damit habt Ihr mich wirklich überrascht. Aber ich glaube, Ihr solltet es ihm erzählen.«

»Warum?«

»Weil er geheilt werden muss.«

»Das kann ich nicht.«

Shand trat dicht an Tehol heran und legte ihm eine Hand auf die Schulter. Die Berührung ließ seine Knie weich werden, so unerwartet war ihr Mitgefühl. »Ihr habt Recht, Ihr könnt es nicht. Denn wir wissen beide, *dass es nicht genug war.*«

»Erzählt es ihm auf unsere Weise«, sagte Hejun. »Tehol Beddict, macht es dieses Mal richtig.«

Er machte sich frei und musterte sie. Diese drei verdammten Frauen. »Es ist der Fluch des Abtrünnigen, Pfade zu beschreiten, die er schon zuvor beschritten hat. Doch dieser eine Charakterzug – dass Ihr Euch nicht ablenken lasst –, der macht Euch auch anderen Dingen gegenüber blind, fürchte ich.«

»Was meint Ihr damit?«

»Ich meine, dass Lether kurz davor steht zu fallen, Shand – und nicht durch meine Taten. Findet Hull und fragt ihn – ich bin mir sicher, dass er irgendwo da oben im Norden ist. Es ist schon ziemlich komisch, wie hart er für Euer Volk gekämpft hat, für jeden der

Stämme, die Lether dann verschlungen hat. Denn nun, da er weiß, was er weiß, wird er noch einmal kämpfen. Nur wird er dieses Mal nicht für einen Stamm kämpfen – nicht für die Tiste Edur. Dieses Mal wird er für Lether kämpfen. Weil er nämlich weiß, teure Freundinnen, dass wir in diesen verdammten Bastarden unseren Meister gefunden haben. Dieses Mal werden die Edur diejenigen sein, die jemanden verschlingen.«

»Wie kommt Ihr denn auf so etwas?«, wollte Shand wissen, und er sah ihren ungläubigen Gesichtsausdruck.

»Weil sie nicht das Spiel spielen«, sagte er.

»Und was ist, wenn Ihr Euch irrt?«

»Das ist möglich. Wie auch immer, es wird auf jeden Fall blutig werden.«

»Dann lasst es uns den Tiste Edur leichter machen.«

»Shand, Ihr sprecht von Verrat.«

Sie presste ihre Lippen zu einem dünnen Strich zusammen.

Rissarh stieß ein bellendes Lachen aus. »Blödmann. Das tun wir schon die ganze Zeit.«

Der Abtrünnige soll mich holen – sie hat Recht. »Ich bin noch nicht davon überzeugt, dass ein Haufen barbarischer Edur-Oberherren es irgendwie besser machen wird.«

»Wir sprechen nicht darüber, was besser ist«, sagte Shand. »Wir sprechen von Rache. Denkt an Hull, denkt an das, was man ihm angetan hat. Zahlt es ihnen heim, Tehol.«

Ich glaube nicht, dass Hull es so sehen würde. Nicht ganz. Und wenn, dann erst viel, viel später. »Euch ist doch wohl hoffentlich klar, dass ich sehr hart daran gearbeitet habe, meine Gleichgültigkeit zu kultivieren. Tatsächlich scheint das nun endlos Früchte zu tragen.«

»Ja, der Rock verbirgt nicht viel.«

»Meine Instinkte sind möglicherweise ein bisschen schwerfällig geworden.«

»Lügner. Sie haben sich einfach nur zurückgezogen, und das wisst Ihr. Wo fangen wir an, Tehol Beddict?«

Er seufzte. »In Ordnung. Als Allererstes vermieten wir dieses Erdgeschoss. Biri braucht den Lagerraum.«

»Was ist mit Euch?«

»Zufällig mag ich meine Behausung und habe nicht vor, sie aufzugeben. Was alle anderen betrifft, so bin ich immer noch nicht wieder im Spiel. Ihr drei seid die Investoren. Also legt die verdammten Waffen beiseite; wir befinden uns jetzt in einem weit tödlicheren Krieg. Vor meinem Haus kampiert eine Nerek-Familie, eine Mutter mit zwei Kindern. Heuert sie als Köchin und Boten an. Dann geht runter zur Kaufmannsburse, und lasst Euch in die Listen eintragen. Ihr macht Geschäfte mit Liegenschaften, Bauarbeiten und Transporten. Keine anderen Unternehmungen. Noch nicht. Nun, um den fünften Flügel des Ewigen Domizils herum stehen sieben Liegenschaften zum Verkauf. Sie werden billig sein.«

»Weil sie absinken.«

»Richtig. Und wir werden das in Ordnung bringen. Sobald wir das getan haben, rechnet damit, dass der königliche Verwalter Euch mitsamt einem bunten Haufen hoffnungsvoller Architekten einen Besuch abstatten wird. Meine Damen, bereitet Euch darauf vor, reich zu werden.«

Ihr seid auf der Suche nach einem festen Unterbau? Baggs Bauunternehmen hat eine Antwort für Euch.

Bis die Flut die ganze Welt fortschwemmt, heißt das.

»Können wir Euch ein paar Kleidungsstücke kaufen?«

Tehol blinzelte. »Warum?«

Seren starrte in die Tiefe. Unter ihnen erstreckte sich das Tal, dessen steile Hänge von dichtem Wald bedeckt waren – eine Decke aus sattem, reglosem Grün. Ein rasch dahinströmender Fluss schlängelte sich glitzernd durch die Schatten am Fuß des Einschnitts. Blut der Berge nannten die Edur diesen Fluss. *Tis'forundal.* Sein Wasser war durch ausgespültes Eisen rot gefärbt.

Die Route, die sie nehmen würden, kreuzte diesen Fluss wieder und wieder.

Der einsame Tiste Edur weit unter ihnen war, wie es schien, aus dem roten Strom aufgetaucht. Er schritt zum Anfang des Pfads und machte sich dann an den Aufstieg.

Als wüsste er, dass wir hier sind.

Buruk der Bleiche ließ sich Zeit auf dieser Reise, er ordnete kurz nach Mittag eine Pause an. Die Wagen würden sich nicht vor dem nächsten Morgen auf den felsigen, abhältigen Pfad hinab ins Tal begeben. Vorsicht oder trunkene Gleichgültigkeit, das Ergebnis war das gleiche.

Hull stand an ihrer Seite. Beide beobachteten, wie der Edur näher kam.

»Seren.«

»Ja?«

»Du weinst nachts.«

»Ich dachte, du würdest schlafen.«

Er sagte einen Augenblick nichts, dann meinte er: »Dein Weinen hat mich immer aufgeweckt.«

Und das ist so nah, wie du dich traust, ja? »Ich wollte, deines hätte mich aufgeweckt.«

»Ich bin mir sicher, Seren, dass hätte es auch, wenn ich geweint hätte.«

Und das macht meine Schuld leichter? Sie nickte in Richtung auf den entfernten Tiste Edur. »Erkennst du ihn?«

»Ja.«

»Wird er uns Ärger machen?«

»Nein, das glaube ich nicht. Ich glaube, er wird unsere Eskorte in die Lande der Hiroth sein.«

»Ist er von adliger Abstammung?«

Hull nickte. »Es ist Binadas Sengar.«

Sie zögerte kurz, ehe sie fragte: »Hast du Fleisch für ihn geschnitten?«

»Ja, das habe ich. So wie er es für mich getan hat.«

Seren Pedac zog sich ihren Pelzumhang enger um die Schultern. Der Wind hatte nicht nachgelassen, auch wenn seine peitschenden Böen jetzt etwas von dem feuchten Verwesungsgeruch aus dem Tal mitbrachten. »Hull, fürchtest du dieses Große Treffen?«

»Ich muss nur zurückblicken, um zu sehen, was vor uns liegt.«

»Bist du dir dessen so sicher?«

»Wir werden den Frieden erkaufen, doch für die Edur wird es ein tödlicher Friede sein.«

»Aber immer noch ein Friede, Hull.«

»Freisprecherin, du kannst es ruhig erfahren, denn dann weißt du ganz genau, was ich tun will. Ich habe vor, diese Versammlung zu zerschlagen. Ich habe vor, die Edur zum Krieg gegen Letheras aufzustacheln.«

Sie starrte ihn wie betäubt an.

Hull Beddict wandte sich ab. »Und nun mach mit diesem Wissen, was immer du willst«, sagte er.

Kapitel Drei

Das Gesicht dem Licht zugewandt
vom Dunkel verraten
liegt Vater Schatten
blutend
ungesehen und nicht sehend
verloren da
bis seine Kinder
den letzten Pfad beschreiten
und in der Einöde
von Fremden umgeben
erneut erwachen

Gebet der Tiste Edur

Drückende Stille, die sich in dem dichten, undurchdringlichen Nebel wohl zu fühlen schien. Das Wasser, aus dem die Schwarzholzpaddel gezogen worden waren, war so dick wie Blut und rann erst in Rinnsalen, dann in Tröpfchen die polierten Schäfte hinab, um schließlich in einer Patina aus Salz in der kühlen, vollkommen reglosen Luft zu trocknen. Und jetzt galt es nur noch zu warten.

Tochter Menandore hatte an diesem Morgen ein grimmiges Omen überbracht: Den Leichnam eines Benada-Kriegers. Einen aufgeblähten, von Zauberei verbrannten Körper, dessen Haut vom unstillbaren Hunger des Meeres abgeschält worden war. Das flüsternde Summen von Fliegen, in die Flucht geschlagen bei der Ankunft der Edur, deren Sklaven den Krieger gefunden hatten.

Letherii-Zauberei.

Der Krieger hatte keine Schwertscheide und keine Rüstung getragen. Er war beim Fischen gewesen.

Kurz nach der Entdeckung waren vier K'orthan-Langboote von der Flussmündung aufgebrochen. Im vordersten Boot saßen Hannan Mosag und sein K'risnan-Kader, zusammen mit fünfundsiebzig gebluteten Kriegern. Mannschaften zu jeweils einhundert Mann folgten in drei weiteren Booten.

Eine Weile hatten die Gezeiten sie nach draußen getragen. Schon bald war deutlich geworden, dass in Küstennähe kein Wind auf sie wartete, daher waren die drei auf jedem Boot vorhandenen dreieckigen Segel gar nicht erst aufgezogen worden; stattdessen hatten die jeweils fünfunddreißig Krieger auf jeder Bootsseite zu paddeln begonnen.

Bis der Hexenkönig ihnen das Zeichen zum Anhalten gegeben hatte.

Nebel umhüllte die vier Langboote. In keine Richtung konnte man weiter als zwanzig Paddelschläge sehen. Trull Sengar saß auf der Bank hinter Forcht. Er hatte sein Paddel beiseite gelegt und griff nun nach dem eisenbeschlagenen Speer, den sein Vater ihm gegeben hatte.

Die Schiffe der Letherii waren nah, wusste er; sie trieben in der gleichen Weise dahin wie die Langboote der Edur. Doch sie waren ausschließlich auf ihre Segel angewiesen und konnten daher nichts als warten, solange der Wind nicht auffrischte.

Und Hannan Mosag hatte dafür gesorgt, dass es keinen Wind geben würde.

Schattengespenster flackerten rastlos umherstreifend über das Deck, Hände mit langen Klauen streckten sich nach unten, als sie sich auf alle viere niederließen. Sie strichen umher, als könnten sie es kaum erwarten, das Langboot zu verlassen. Trull hatte nie zuvor so viele von ihnen gesehen, und er wusste, dass sie auch auf den anderen Langbooten waren. Dennoch würden sie die Letherii nicht abschlachten. Für diese Aufgabe hatte der Hexenkönig etwas anderes beschworen.

Er konnte es spüren. Wie es unter ihnen wartete. Mit unermesslicher Geduld in den Tiefen schwebte.

In der Nähe des Bugs hob Hannan Mosag langsam eine Hand,

und als Trull an dem Hexenkönig vorbeischaute, sah er den Rumpf eines der Letherii-Schiffe langsam aus dem Nebel auftauchen. Mit zusammengerollten Segeln und Laternen, die an den Enden von nach außen ragenden Stangen angebracht waren und ein gedämpftes, gelbes Licht verströmten.

Und dann ein zweites Schiff, das mittels eines dicken Taus mit dem ersten verbunden war.

Haifischflossen durchschnitten die klare Wasseroberfläche um die Schiffe herum.

Und dann waren die Flossen plötzlich verschwunden.

Was auch immer in der Tiefe gewartet hatte, stieg auf.

Tauchte unsichtbar mit einem Erzittern des Wassers auf.

Ein Augenblick, verschwommen und unbestimmt.

Dann Schreie.

Trull ließ seinen Speer fallen und hielt sich die Ohren zu – und er war nicht der Einzige, der so reagierte, denn die Schreie aus unzähligen hilflosen Kehlen wurden lauter, steigerten sich zu einem schrillen Kreischen. Magische Energien blitzten kurz im Nebel auf und verschwanden wieder.

Die Schiffe der Letherii waren jetzt überall um sie herum. Doch von dem, was auf ihnen geschah, war nichts zu sehen. Der Nebel, der sie einhüllte, hatte sich verdunkelt, kräuselte sich wie Rauch, und aus der undurchdringlichen Düsternis fanden nur die Schreie einen Weg nach draußen, wie Fetzen von Entsetzen, sich windende Seelen.

Trotz all seiner Anstrengungen, die Geräusche abzublocken, waren sie in Trulls Kopf. Hunderte von Stimmen. Aberhunderte …

Dann Stille. Hart und vollkommen.

Hannan Mosag gestikulierte.

Der weiße Mantel aus Nebel verschwand schlagartig.

Das ruhige Meer wiegte sich nun in einem gleichmäßigen Wind. Über ihnen schien die Sonne von einem strahlend blauen Himmel.

Die schwarze Ausdünstung, die die Letherii-Schiffe eingehüllt hatte, war verschwunden.

Die Schiffe schlingerten im Wasser, ausgebrannte Laternen tanzten wild hin und her.

»Paddelt.«

Hannan Mosags Stimme schien von einer Stelle direkt neben Trull zu kommen. Er zuckte zusammen, dann griff er wie alle anderen nach unten, nach seinem Paddel. Er richtete sich wieder auf, drückte seine Hüfte gegen die Bordwand und stieß sein Paddel ins Wasser.

Das Langboot schoss vorwärts.

Wenige Augenblicke später hielten sie ihre Paddel still ins Wasser, um ihr Boot längsseits eines der Schiffe zum Stillstand zu bringen.

Schattengespenster schwärmten die rot gefleckte Bordwand hinauf.

Und Trull sah, dass das Schiff nicht mehr so tief im Wasser lag. Der Laderaum war jetzt leer, wie ihm klar wurde.

»Forcht«, zischte er. »Was geht da vor? Was ist geschehen?«

Sein Bruder drehte sich um, und Trull erschrak über Forchts blasses Gesicht. »Sie ist nicht für uns, Trull«, sagte er und drehte sich wieder um.

Sie ist nicht für uns. Was meint er damit? Was ist nicht für uns?

Tote Haie wälzten sich in den Wellen um sie herum. Ihre Kadaver waren aufgerissen, als ob sie geplatzt wären. Das Wasser war mit klebrigem Schaum gesprenkelt.

»Wir kehren jetzt zurück«, sagte Hannan Mosag. »Bemannt die Segel, meine Krieger. Wir haben es gesehen. Jetzt müssen wir fort.«

Im Namen von Vater Schatten – was *haben wir gesehen?*

An Bord der Letherii-Schiffe entfalteten sich knallend die Segel und blähten sich auf.

Die Gespenster werden sie hinbringen. Bei Duster, dies ist nicht einfach eine Zurschaustellung von Macht. Dies – dies ist eine Herausforderung. Eine Herausforderung von enormer Arroganz, weit größer als die dieser Letherii-Jäger und ihrer närrischen, selbstmörderischen Jagd auf die Stoßzähnigen Robben. Und als Trull dies klar wurde, während er den anderen Kriegern dabei zusah, wie sie sich um die Segel kümmerten, kam ihm ein neuer Gedanke. *Wer von den Letherii würde die Mannschaften von neunzehn Schiffen wissentlich in den Tod schicken? Und warum haben diese Mannschaften dem Vorhaben überhaupt zugestimmt?*

Es hieß, dass bei den Letherii nur Gold allein zählte. Aber welches Wesen, das seine Sinne noch beisammen hatte, würde nach Reichtum streben, wenn das den sicheren Tod bedeutete? Die Letherii mussten gewusst haben, dass keine Flucht möglich sein würde. *Andererseits – was wäre gewesen, wenn ich nicht zufällig über sie gestolpert wäre? Was, wenn ich mir nicht gerade den Calach-Strand ausgesucht hätte, um nach Jade zu suchen?* Aber nein, jetzt war er derjenige, der arrogant war. Wenn nicht er, dann hätte ein anderer sie entdeckt. Die Tat wäre niemals unbemerkt geblieben. Das Verbrechen hatte *niemals unbemerkt bleiben sollen.*

Er war ebenso verwirrt wie seine Kameraden. Etwas war hier ... falsch. Sowohl mit den Letherii wie auch mit ... *uns. Mit Hannan Mosag. Unserem Hexenkönig.*

Unsere Schatten tanzen. Letherii und Edur tanzen sich durch ein Ritual – aber dies sind keine Tanzschritte, die ich kenne. Vater Schatten, vergib mir, aber ich habe Angst.

Neunzehn Totenschiffe segelten gen Süden, während vier K'orthan-Langboote sich ostwärts bewegten. Vierhundert Edur-Krieger, die einmal mehr in unerbittlichem Schweigen durch das Wasser glitten.

Es fiel den Sklaven zu, sich um die Vorbereitungen zu kümmern. Der Leichnam des Beneda wurde auf dem Fußboden eines großen, aus Stein erbauten Nebengebäudes der Zitadelle auf ein Bett aus Sand gelegt, damit er trocknen konnte.

Die Augenhöhlen, die Ohren, die Nasenlöcher und der weit geöffnete Mund wurden gereinigt und mit flüssigem Wachs gefüllt. Die Stellen, an denen der Leichnam angenagt worden war, wurden mit einer Mischung aus Lehm und Öl verstopft.

Unter der Aufsicht von sechs Edur-Witwen stellte man eine große flache Eisenschale in einen mit Kohlen gefüllten Graben, den man neben dem Leichnam ausgehoben hatte. Auf dieser Schale befanden sich Kupfermünzen, die knackten und pufften, als die Schwitzwassertröpfchen auf ihnen brodelten und zischten, um dann zu verschwinden.

Udinaas kauerte neben dem Graben, weit genug entfernt, um sicherzustellen, dass sein Schweiß nicht auf die Münzen tropfte – eine Blasphemie, die augenblicklich den Tod des unachtsamen Sklaven zur Folge gehabt hätte –, und beobachtete die Münzen, schaute zu, wie sie immer dunkler wurden, bis sie schließlich rauchschwarz waren. Dann, als der erste glühende Punkt im Zentrum der Münzen auftauchte, benutzte er eine Zange, um sie von der Schale zu nehmen und auf eine Reihe von Platten aus gebranntem Ton zu legen, die – jeweils eine vor jeder Witwe – nebeneinander standen.

Die Witwe, die vor der Platte kniete, nahm mit einer zierlicheren Zange die Münze auf, drehte sich um und beugte sich über den Leichnam.

Die erste Münze kam in die linke Augenhöhle. Ein knisterndes Zischen war zu hören; Rauchfäden stiegen auf, als die Frau die Münze mit der Zange nach unten drückte, um sie an Ort und Stelle zu halten, bis sie sich mit dem Fleisch verbunden hatte und nicht mehr ohne weiteres wieder entfernt werden konnte. Dann folgte die rechte Augenhöhle. Danach die Nase, dann die Stirn und die Wangen, wobei jede Münze die angrenzenden berührte.

Nachdem sie mit der Vorderseite und den Seiten des Leichnams einschließlich aller Gliedmaßen fertig waren, wurde flüssiges Wachs über den mit Münzen ummantelten Körper gegossen. Und nachdem das Wachs abgekühlt war, drehte man den Leichnam um. Noch mehr Münzen, bis der ganze Körper – mit Ausnahme der Fußsohlen und der Handteller – bedeckt war. Dann folgte eine weitere Schicht flüssiges Wachs.

Das Ummanteln des Leichnams dauerte fast einen ganzen Tag, und die Abenddämmerung war nicht mehr fern, als Udinaas endlich aus dem Nebengebäude stolperte und mit gesenktem Kopf stehen blieb, während die kühle Luft an seiner schweißnassen Haut zupfte. Er spuckte aus, in dem Versuch, den fauligen Geschmack in seinem Mund loszuwerden. Die stickige Luft in den überhitzten Räumen des Nebengebäudes stank nach verbranntem, verwesendem Fleisch und verschmorten Haaren. Auch noch so viel Duftöl und langes Scheuern konnte nicht vertreiben, was in seine Poren gesickert war. Es würde Tage dauern, bis Udinaas diesen widerlichen, schrecklichen Geschmack los war.

Er starrte auf den Boden zwischen seinen Füßen. Seine Schulter schmerzte noch immer von der Zwangsheilung, die Uruth an ihm vorgenommen hatte. Seit damals hatte er keine Gelegenheit mehr gehabt, mit Federhexe zu sprechen.

Seinen Herren hatte er nichts erklärt. Sie hatten ihn, um die Wahrheit zu sagen, auch nicht allzu sehr bedrängt. Ganz im Gegenteil schienen sie allzu schnell mit den unbeholfenen, kraftlosen Antworten zufrieden gewesen zu sein, die er ihnen auf ihre Hand voll Fragen gegeben hatte. Udinaas fragte sich, ob Uruth bei ihrer Befragung von Federhexe ähnlich desinteressiert gewesen war. Die Tiste Edur nahmen nur selten viel Notiz von ihren Sklaven, und für ihre Bräuche zeigten sie sogar noch weniger Verständnis. Natürlich war es ebenso ein Privileg von Eroberern, sich so zu verhalten, wie es das allgemeine Schicksal von Eroberten war, unter dieser Gleichgültigkeit zu leiden.

Doch Persönlichkeiten blieben bestehen. Auf einer individuellen Ebene. Freiheit war nicht viel mehr als ein zerfetztes Netz, das über einen Haufen unbedeutender, selbst auferlegter Bindungen drapiert war. Sie abzustreifen, änderte nicht viel, beeinflusste vielleicht lediglich die tröstlichen Selbsttäuschungen des Wunschbilds. *Der Geist ist an das Selbst gebunden, das Selbst an das Fleisch, das Fleisch an die Knochen. Nach dem Willen des Abtrünnigen sind wir ein Flechtwerk aus Käfigen, und was auch immer in ihnen flattert, kennt nur eine einzige Freiheit, und die ist der Tod.*

Eroberer pflegten anzunehmen, dass sie die Persönlichkeit eroberten. Die Wahrheit hingegen war, dass die Persönlichkeit nur von innen getötet werden konnte, und sogar diese Gebärde war nicht mehr als ein Hirngespinst. Einsamkeit hatte viele Kinder, und Zersetzung war nur eines unter ihnen – allerdings war der Pfad zu ihr individuell, denn er begann, wenn die Persönlichkeit zurückgelassen wurde.

Aus dem Gebäude hinter ihm erklang der Trauergesang, die Edur-Kadenz des Kummers. *Hunh, hunh, hunh, hunh ...* Ein

Klang, der Udinaas immer frösteln ließ. *Als würde ein Gefühl gegen die gleiche Wand stoßen, wieder und wieder und wieder. Die Stimme der Gefangenen, der Gehinderten. Eine Stimme, die durch die harten Tatsachen dieser Welt überwältigt ist.* Die Edur trauerten weniger um das, was sie verloren hatten, als vielmehr darum, verloren zu sein.

Geschieht dies, wenn man hunderttausend Jahre lebt?

Schließlich tauchten die Witwen auf; sie umringten den Leichnam, der in Hüfthöhe auf dichten, wirbelnden Schatten dahintrieb. Eine Gestalt aus Kupfermünzen. Die einzige Art, wie die Edur Geld gebrauchten. Kupfer, Zinn, Bronze, Eisen, Silber und Gold – das war die Rüstung der Toten.

Zumindest ist das ehrlich. Die Letherii benutzen Geld, um das Gegenteil zu erlangen. Nun, nicht ganz. Eher so etwas wie die Illusion des Gegenteils. Reichtum als die Rüstung des Lebens. Stellungen, Festungen, Zitadellen, eine ewig wachsame Armee. Doch der Feind kümmert sich um das alles nicht, denn der Feind weiß, dass ihr wehrlos seid.

»Hunh, hunh, hunh, hunh ...«

Dies war die Stunde von Tochter Sheltatha Lore, in der alle materiellen Dinge unsicher wurden. Besudelt vom Rückzug des Lichts, wenn die Luft ihre Klarheit verlor und ihre Splitter und Körner enthüllte, die hellen und die dunklen Unzulänglichkeiten, die zu anderen Zeiten so perfekt getarnt waren. Wenn sichtbar wurde, dass der Thron leer war.

Warum sollte man Geld nicht *anbeten? Zumindest sind seine Belohnungen offensichtlich und erfolgen unverzüglich.* Aber nein, das war eine zu starke Vereinfachung. Der Anbetungskult der Letherii war feinsinniger, seine Ethik an die Charakterzüge und Verhaltensweisen gebunden, die dem Erwerb von Reichtum besonders dienlich waren. Fleiß, Disziplin, harte Arbeit, Optimismus, die Versinnbildlichung der Herrlichkeit. Und die entsprechenden schlechten Eigenschaften: Faulheit, Verzweiflung und die Anonymität des Versagens. Die Welt war brutal genug, das eine vom anderen zu trennen und keinen Raum für Zweifel oder blasse Ausflüchte zu lassen. Auf diese Weise konnte Anbetung zu praktischem Denken werden, und praktisches Denken war ein kalter Gott.

Abtrünniger, mache unseren Gott zu einem kalten Gott, so dass wir ohne Zurückhaltung handeln können. Ein angemessenes Gebet der Letherii, auch wenn niemand es so dreist ausdrücken würde. Federhexe sagte, jede Tat, die man vollbrachte, sei ein Gebet, und auf diese Weise diene man im Laufe eines Tages einem ganzen Haufen Götter. Wein und Nektar und Rostlaub und das daraus gewonnene Getränk sei ein Gebet an den Tod, sagte sie. Liebe sei ein Gebet an das Leben. Rache sei ein Gebet an die Dämonen der Rechtschaffenheit. Einen Geschäftsvertrag zu besiegeln sei, so sagte sie mit einem schwachen Lächeln, ein Gebet an den Flüsterer der Illusionen. Was dem einen gegeben wurde, wurde schließlich immer einem anderen genommen. Ein Spiel, das mit zwei Händen gespielt wurde.

»Hunh, hunh, hunh, hunh …«

Er schüttelte sich. Seine nass geschwitzte Tunika brachte ihn zum Frösteln.

Ein Ruf vom Meer her. Die K'orthan-Langboote kehrten zurück. Udinaas schritt über den Hof, auf das Haus der Sengars zu. Er sah Tomad Sengar und seine Frau Uruth herauskommen und fiel auf die Knie, presste die Stirn auf den Boden, bis sie vorüber waren. Dann stand er wieder auf und eilte in das Langhaus.

Der kupferummantelte Leichnam würde in den ausgehöhlten Stamm eines Schwarzholzbaums gelegt, und die Enden würden mit Zedernholzscheiben versiegelt werden. In sechs Tagen – von heute an – würde der Stamm im Wald vergraben werden, in einem der geweihten Haine, von denen es ein gutes Dutzend gab. Bis zu jenem Augenblick würde die Totenklage nicht abreißen, bei der die Witwen sich darin abwechselten, die schrecklichen, dumpfen Laute hervorzubringen.

Er begab sich zu der kleinen Nische, in der sein Lager auf ihn wartete. Die Langboote würden eines nach dem anderen im körnigen Dämmerlicht in den Kanal einfahren. Sie würden nicht versagt haben. Das taten sie nie. Die Mannschaften von neunzehn Letherii-

Schiffen waren jetzt tot – dieses Mal brachten die Krieger keine Sklaven mit. Und auf beiden Seiten des Kanals standen die adligen Frauen und Väter und begrüßten die Heimkehrenden schweigend.

Schweigend.

Weil etwas Schreckliches geschehen ist.

Er legte sich auf den Rücken, starrte zur schrägen Decke hoch und spürte, wie ihm etwas auf seltsame, zermürbende Weise die Kehle zuschnürte. Und während ihm das Blut in den Ohren rauschte, konnte er hinter seinem Herzschlag ein schwaches Echo hören. Einen doppelten Schlag. *Hunh, Hunh, huh, huh. Hunh, hunh, huh, huh …*

Wer bist du? Worauf wartest du? Was hast du mit mir vor?

Trull kletterte, den kalten Schaft seines Speers in der Rechten, auf die Anlegestelle; das mit Eisen ummantelte hintere Ende schlug Funken aus den Pflastersteinen, als er sich vom Rand des Kanals entfernte, um neben Forcht stehen zu bleiben. Ihnen gegenüber, aber immer noch fünf Schritte entfernt, standen Tomad und Uruth. Rhulad war nirgendwo zu sehen.

Genauso wenig wie Mayen, wie ihm einen Moment später klar wurde.

Ein Blick aus dem Augenwinkel verriet ihm, dass Forcht die Menge musterte, die ihnen ihr Willkommen entbot. Sein Gesichtsausdruck veränderte sich nicht, doch er schritt auf Tomad zu.

»Mayen ist mit den anderen Maiden im Wald«, sagte Tomad. »Sie sammeln Morok. Theradas und Midik und Rhulad sind zu ihrem Schutz mitgegangen.«

»Mein Sohn.« Uruth trat näher an ihn heran, ihre Blicke glitten forschend über Forchts Gesicht. *»Was hat er getan?«*

Forcht schüttelte den Kopf.

»Sie sind ohne Ehre gestorben«, sagte Trull. »Wir konnten die Hand nicht sehen, die ihnen den Tod brachte, aber es war … ungeheuerlich.«

»Und was ist mit ihrer Beute?«, fragte Tomad.

»Die wurde mitgenommen, Vater. Von der gleichen Hand.«

Uruths Augen blitzten ärgerlich auf. »Das war kein vollständiges Enthüllen von Emurlahn. Das war eine *dämonische* Beschwörung.«

Trull runzelte die Stirn. »Ich verstehe nicht, Mutter. Da waren Schatten …«

»Und eine Dunkelheit«, unterbrach ihn Forcht. »Aus den Tiefen … *Dunkelheit.*«

Sie verschränkte die Arme und wandte den Blick ab. Trull hatte Uruth noch niemals so beunruhigt gesehen.

Und im Innern spürte er sein eigenes wachsendes Unbehagen. Volle drei Fünftel der Tiste Edur gebrauchten Zauberei, benutzten eines der unzähligen Bruchstücke des zerrissenen Gewirrs Kurald Emurlahn. Die Macht des Schattens entfaltete sich auf vielfältige Weise – und jede davon hatte einen eigenen Geschmack. Von Uruths Söhnen folgte nur Binadas dem Pfad der Zauberei. Dennoch hatten Forchts Worte Trull etwas erkennen lassen. Jeder Tiste Edur verstand schließlich die Seinen. Ganz egal, ob er selbst Magie gebrauchte oder nicht.

»Mutter, Hannan Mosag hat für seine Zauberei nicht auf Kurald Emurlahn zurückgegriffen.« Er musste nicht in ihre Gesichter blicken, um zu begreifen, dass er der Letzte war, dem diese Tatsache klar geworden war. Er schnitt eine Grimasse. »Vergib mir meine dummen Worte …«

»Dumm sind sie nur, wenn man sie laut ausspricht«, sagte Uruth. »Forcht, nimm Trull und Rhulad. Geht zur Steinschüssel …«

»Hör auf damit. Sofort.« Tomads Stimme klang hart, sein Gesichtsausdruck war finster. »Forcht. Trull. Kehrt ins Haus zurück und wartet dort auf mich. Uruth, kümmere dich um die Bedürfnisse der Witwen. Ein gefallener Krieger sieht seiner ersten Abenddämmerung inmitten seiner Verwandten entgegen. Es müssen Sühneopfer dargebracht werden.«

Einen Augenblick lang dachte Trull, sie würde sich ihm widersetzen. Doch stattdessen nickte sie mit zu einer schmalen Linie zusammengepressten Lippen und schritt davon.

Forcht gab Trull ein Zeichen, dann gingen sie zum Langhaus und ließen ihren Vater allein am Kanal zurück.

»Dies sind unangenehme Zeiten«, sagte Trull.

»Muss es sein«, fragte Forcht, »dass du zwischen Rhulad und Mayen stehst?«

Trull presste die Lippen zusammen. Die Frage hatte ihn zu sehr aus dem Gleichgewicht gebracht, um seinen Bruder mit einer entwaffnenden Antwort abzulenken.

Forcht nahm das Schweigen als Antwort. »Und wenn du zwischen ihnen stehst – wem wendest du dich zu?«

»Ich ... Es tut mir Leid, Forcht. Deine Frage hat mich überrascht. Du fragst, ob es sein muss. Meine Antwort lautet: Ich weiß es nicht.«

»Oh, ich verstehe.«

»Sein großspuriges Auftreten ... ärgert mich.«

Forcht antwortete nicht.

Sie kamen zum Eingang. Trull musterte seinen Bruder. »Forcht, diese Steinschüssel – was ist das? Ich habe noch nie davon ...«

»Es spielt keine Rolle«, antwortete sein Bruder und ging ins Haus.

Trull blieb auf der Schwelle stehen. Er fuhr sich mit einer Hand durchs Haar, drehte sich um und warf einen Blick zurück. Jene, die dort gestanden hatten, um sie willkommen zu heißen, waren fort, genauso wie die anderen Krieger. Hannan Mosag und sein K'risnan-Kader waren nirgendwo zu sehen. Nur eine einzige einsame Gestalt war zurückgeblieben. Tomad.

Unterscheiden wir uns so sehr von allen anderen?

Ja. Denn der Hexenkönig hat nach Tomads Söhnen gefragt. Um einer Vision zu folgen.

Er hat uns zu seinen Dienern gemacht. Aber ... ist er der Herr?

In seinem Traum kniete Udinaas auf einer Ascheschicht. Er hatte Schnittwunden und blutete. An den Händen. An den Beinen. Die Asche schien mit leidenschaftlichem Hunger an seinen Wunden zu nagen. Die Enge in seiner Kehle ließ ihn keuchend nach Luft ringen. Er griff nach der Luft, als er sich taumelnd aufrichtete. Er wankte – und der Himmel brüllte auf und kam von allen Seiten herangerast.

Feuer. Ein Feuersturm.

Er schrie.

Und stellte fest, dass er wieder auf den Knien hockte.

Abgesehen von seinen keuchenden Atemzügen herrschte Stille. Udinaas hob den Kopf. Der Sturm war fort.

Gestalten auf der Ebene. Sie schritten dahin, und hinter ihnen stiegen Staubwolken wie vom Wind umhergefegte Schleier auf. Waffen ragten aus ihren Körpern. Glieder hingen an zerfetzten Sehnen und Muskeln. Blinde Augen und Gesichter, auf denen sich ängstliches Erkennen abzeichnete – Gesichter, die ihren eigenen Tod sahen, die seiner Anwesenheit gegenüber blind waren, während sie an ihm vorübermarschierten.

In seinem Innern stieg ein Gefühl unermesslichen Verlusts auf. Trauer, dann das bittere Flüstern von Verrat.

Für das hier wird jemand bezahlen. Oh ja, jemand wird bezahlen.

Jemand.

Jemand.

Es waren nicht seine Worte, und die Gedanken gehörten einem anderen, doch die Stimme im Innern seines Schädels – diese Stimme war seine.

Ein toter Krieger kam dicht an ihn heran. Groß, schwarzhäutig. Ein Schwerthieb hatte ihm den größten Teil seines Gesichts geraubt. Knochen glänzten; der harte Schlag hatte sie mit einem feinen Netz aus roten Rissen überzogen.

Eine Bewegung.

Eine metallumhüllte Hand krachte seitlich gegen Udinaas' Kopf. Blut spritzte. Er lag inmitten einer Wolke aus grauer Asche auf dem Boden. Blinzelte gegen brennendes Feuer an.

Er spürte, wie sich gepanzerte Finger um seinen linken Knöchel schlossen. Sein Bein wurde gewaltsam nach oben gerissen.

Und dann begann der Krieger, ihn hinter sich herzuziehen.

Wo gehen wir hin?

»Die Lady ist streng.«

Die Lady?

»Ist streng.«

Wartet sie am Ende der Reise auf uns?

»Sie ist keine, die wartet.«

Während er weitergezogen wurde, drehte er sich um, starrte zurück auf die Furche, die er in der Asche zurückließ. Eine Spur, die bis zum Horizont reichte. Schwarzes Blut quoll in der Rille nach oben. *Wie lange zieht er mich schon? Wen verwunde ich?*

Das Donnern von Hufen.

»Sie kommt.«

Udinaas drehte sich wieder auf den Rücken, versuchte, den Kopf zu heben.

Ein durchdringender Schrei.

Dann fuhr ein Schwert durch den Krieger hindurch, der Udinaas hinter sich herzog. Zerteilte ihn in zwei Hälften. Die Hand ließ seinen Knöchel los, und er rollte zur Seite, während eisenbeschlagene Hufe an ihm vorbeidonnerten.

Sie strahlte in blendendem Weiß. In der einen Hand flackerte ein Schwert auf wie ein Blitz. In der anderen hielt sie eine doppelklingige Axt, von der etwas Geschmolzenes tropfte. Das Pferd ...

Nichts als Knochen, die durch Feuer zusammengehalten wurden.

Das riesige, knöcherne Tier warf den Kopf hoch, als es herumwirbelte. Die Frau trug eine flache, konturlose Goldmaske. Eine Kopfbedeckung aus nach oben strebenden goldenen Schuppen krönte ihren Kopf wie ein gesträubter Kamm aus Federn. Sie hielt die Waffen hoch erhoben.

Und Udinaas starrte in ihre Augen.

Er schrak zusammen, wich zurück, mühte sich auf die Beine und begann zu rennen.

Hinter ihm trommelten Hufe auf den Boden.

Tochter Dämmer. Menandore ...

Vor ihm lagen die Krieger verstreut, die an der Seite desjenigen geschritten waren, der ihn hinter sich hergezogen hatte. Flammen leckten an Wunden, träge Rauchfahnen stiegen von zerfetztem Fleisch auf. Kein einziger bewegte sich. *Sie sterben immer noch, oder? Wieder und wieder. Sie sterben immer noch ...*

Er rannte.

Und wurde getroffen. Eine Mauer aus gefurchten Knochen krachte gegen seine rechte Schulter, schleuderte ihn durch die Luft. Er prallte wieder auf den Boden und überschlug sich mit wedelnden Armen und Beinen.

Seine Augen starrten nach oben, in den wirbelnden Staub; über ihm drehte sich der Himmel.

Eine Gestalt erschien im Zentrum seines Blickfelds, und ein Stiefel mit harter Sohle stellte sich auf seine Brust.

Als sie sprach, klang ihre Stimme, als würden tausend Schlangen gleichzeitig zischen. »Das Blut eines Locqui-Wyrm ... im Körper eines Sklaven. Welches Herz willst du beherrschen, Sterblicher?«

Er bekam keine Luft. Der Druck ihres Stiefels nahm zu, drohte seine Brust zu zermalmen. Er griff danach.

»Lass deine Seele antworten. Bevor du stirbst.«

Ich beherrsche, was ich schon immer beherrscht habe.

»Das ist die Antwort eines Feiglings.«

Ja.

»Ein Augenblick bleibt dir noch. Damit du noch einmal nachdenken kannst.«

Schwärze umschloss ihn. Er konnte Blut in dem Dreck schmecken, der seinen Mund füllte. *Wyrm! Ich beherrsche den Wyrm!*

Der Stiefel rutschte zu einer Seite.

Eine gepanzerte Hand streckte sich aus und griff nach dem Seil, das er als Gürtel benutzte. Die Faust schloss sich, dann wurde er hochgehoben und krümmte sich, während sein Kopf hin und her pendelte. Die Welt vor ihm stand plötzlich auf dem Kopf. Und er wurde weiter hochgehoben, bis seine Hüften die Innenseite ihrer Schenkel berührten.

Er spürte, wie seine Tunika bis zum Bauch hochgeschoben wurde. Eine Hand riss sein Lendentuch weg. Kalte eiserne Finger schlossen sich um ihn.

Er stöhnte.

Und wurde hineingeschoben.

Feuer in seinem Blut. Fürchterliche Schmerzen in seinen Hüften und im Unterleib, während sie ihn mit einer Hand wieder und wieder hineintrieb.

Bis er zuckte.

Die Hand ließ ihn los, und er fiel zitternd zurück auf den Boden.

Er hörte nicht, wie sie wegging.

Er hörte nichts. Nichts – außer den beiden Herzen in seinem Innern. Deren Schläge näher rückten, immer näher.

Nach einiger Zeit ließ sich jemand neben Udinaas nieder.

»Schuldner.«

Jemand wird bezahlen. Er hätte beinahe gelacht.

Er spürte eine Hand auf seiner Schulter. »Udinaas. Wo ist dieser Ort?«

»Ich weiß es nicht.« Er drehte den Kopf, starrte nach oben, in die ängstlichen Augen von Federhexe. »Was sagen dir die Fliesen?«

»Ich habe sie nicht.«

»Denk an sie. Wirf sie in Gedanken.«

»Was weißt du von solchen Dingen, Udinaas?«

Er setzte sich langsam auf. Die Schmerzen waren fort. Keine Prellungen, nicht einmal ein Kratzer unter der Schicht aus Asche. Er zog seine Tunika herunter, um seine Blöße zu bedecken. »Nichts«, erwiderte er.

»Man braucht keine Weissagung«, sagte sie, »um zu wissen, was hier gerade geschehen ist.«

Sein Lächeln war bitter. »Ich weiß es. Dämmer. Die am meisten gefürchtete Tochter der Edur. Menandore. Sie war hier.«

»Die Götter der Tiste Edur statten den Letherii keine Besuche ab …«

»Mir schon.« Er schaute weg. »Sie … äh … sie hat mich benutzt.«

Federhexe stand auf. »Das Blut des Wyrm hat von dir Besitz ergriffen. Du bist von Visionen vergiftet, Schuldner. Von Wahnsinn. Von Träumen, die davon handeln, dass du mehr bist als der Mann, den alle anderen sehen.«

»Schau dir die Leichen um uns herum an, Federhexe. Sie hat sie niedergehauen.«

»Sie sind schon lange tot.«

»Stimmt, und doch sind sie *gewandelt*. Sieh dir diese Spur an – einer von ihnen hat mich hinter sich hergeschleift, und das da ist die Schleifspur. Und da sind die Spuren, die die Hufe ihres Pferds hinterlassen haben.«

Doch sie sah nicht hin; stattdessen schaute sie unverwandt Udinaas an. »Dies ist eine Welt, die du selbst heraufbeschwörst«, sagte sie. »Dein Geist ist von falschen Visionen erfüllt.«

»Wirf deine Fliesen.«

»Nein. Dies ist ein toter Ort.«

»Das Blut des Wyrm ist lebendig, Federhexe. Das Blut des Wyrm bindet uns an die Tiste Edur.«

»Unmöglich. Die Wyrm sind Abkömmlinge der Eleint. Sie sind Mischlinge mit Drachenblut, und selbst die Drachen beherrschen sie nicht. Sie gehören zur Feste, doch sie sind wild.«

»Ich habe eine weiße Krähe gesehen. Am Strand. Das hatte ich dir sagen wollen – ich hatte gehofft, dich zu erreichen, bevor du die Fliesen wirfst. Ich habe versucht, die Krähe zu verscheuchen, und sie hat gelacht. Als du angegriffen wurdest, dachte ich, es wäre die Weiße Krähe. Aber verstehst du nicht? Weiß, das Gesicht von Menandore, von Dämmer. *Das* haben die Angelpunkte uns gezeigt.«

»Ich werde mich nicht von deinem Wahnsinn verschlingen lassen, Schuldner.«

»Du hast mich gebeten, Uruth und die anderen Edur anzulügen. Ich habe getan, worum du mich gebeten hast, Federhexe.«

»Aber jetzt hat der Wyrm von dir Besitz ergriffen. Und bald wird er dich töten, und nicht einmal die Edur können etwas dagegen tun. Sobald ihnen klar wird, dass du tatsächlich vergiftet bist, werden sie dir das Herz herausschneiden.«

»Hast du Angst, dass ich zu einem Wyrm werde? Ist das mein Schicksal?«

Sie schüttelte den Kopf. »Dies ist nicht der Kuss eines Wechselgängers, Udinaas. Es ist eine Krankheit, die dein Gehirn angreift. Sie vergiftet das klare Blut deiner Gedanken.«

»Bist du tatsächlich hier, Federhexe? Hier, in meinem Traum?«

Bei dieser Frage wurde ihre Gestalt durchsichtig, begann zu wogen und zerbröselte schließlich wie Sand, der vom Wind davongeweht wurde.

Er war wieder allein.

Werde ich jemals wieder aufwachen?

Eine Bewegung am Himmel zu seiner Rechten veranlasste ihn, sich umzudrehen.

Drachen. Knapp zwei Dutzend dieser Kreaturen, die auf fernen Luftströmungen dicht oberhalb des ungewissen Horizonts dahinglitten. Um sie herum schwärmten Wyrm, wie Mücken.

Und plötzlich verstand Udinaas etwas.

Sie ziehen in den Krieg.

Morokblätter bedeckten den Leichnam. Im Verlauf der nächsten paar Tage würden diese Blätter zu faulen beginnen, und in das bernsteinfarbene Wachs würde ein bläulicher Farbton sickern, bis der von Münzen umhüllte Körper darunter zu einem verschwommenen Umriss würde und aussähe, als sei er in Eis eingeschlossen.

Der Schatten im Wachs, der den Beneda-Krieger für alle Zeiten umgeben würde. Ein Zufluchtsort für wandernde Gespenster in dem ausgehöhlten Baumstamm.

Trull stand neben dem Leichnam. Der Schwarzholzstamm wurde immer noch in einem unbeleuchteten Gebäude neben der Zitadelle vorbereitet. Lebendes Holz sträubte sich gegen Hände, die seine Form ändern wollten. Doch es liebte den Tod und konnte daher überredet werden.

Ferne Schreie aus dem Dorf, als Stimmen sich zu einem letzten Gebet zu Tochter Duster erhoben. In wenigen Augenblicken würde es Nacht sein. Vor ihnen lagen die leeren Stunden, in denen selbst der Glaube sich still verhalten musste. Die Nacht gehörte dem Verräter. Der versucht hatte, Vater Schatten im Augenblick ihres Triumphs zu töten und beinahe Erfolg damit gehabt hätte.

Es war verboten, in dieser Zeitspanne ernste Gespräche zu führen. In der Dunkelheit streifte die Falschheit umher, ein unsichtbarer Hauch, den jeder einatmen und sich daran anstecken konnte.

Und unter den Schwellen von Häusern, in denen Maiden lebten, wurden keine Schwerter vergraben. Jetzt eine Heirat zu besiegeln, bedeutete, sie dem Untergang zu weihen. Ein Kind, das jetzt auf die Welt kam, wurde getötet. Liebende berührten einander nicht. Der Tag war tot.

Allerdings würde schon bald der Mond aufgehen und die Schatten würden zurückkehren. Genau wie Scabandari Blutauge aus der Dunkelheit zurückgekehrt war, tat dies auch die Welt. *Den Verräter erwartet das Scheitern.* Es konnte nicht anders sein, denn sonst versänke die Sphäre im Chaos.

Er starrte auf den Berg aus Blättern hinunter, unter dem der Leichnam des Kriegers lag. Er hatte sich freiwillig gemeldet, in dieser ersten Nacht Wache zu stehen. Kein Leichnam der Edur wurde jemals unbeaufsichtigt gelassen, wenn die Dunkelheit herumschlich, denn sie scherte sich nicht darum, ob ihr Atem in warmes oder kaltes Fleisch drang. Ein Leichnam konnte genauso leicht grässliche Ereignisse entfesseln wie die Handlungen eines Lebendigen. Er brauchte weder eine eigene Stimme noch eigene Gesten. Stets waren andere begierig darauf, an seiner statt zu sprechen, das Schwert oder den Dolch zu ziehen.

Hannan Mosag hatte dies als die größte Schwäche der Edur bezeichnet. Alte Männer und Tote waren die Ersten, die das Wort *Rache* flüsterten. Alte Männer und Tote standen vor der gleichen Mauer, und während die Toten dieser Mauer zugewandt waren, kehrten die alten Männer ihr den Rücken zu. Hinter der Mauer lag das Vergessen. Alte Männer und Tote sprachen von den Endzeiten aus, und beide hatten das Bedürfnis, die Jungen auf die gleichen Pfade zu führen – und sei es nur, um all dem, was sie einst gekannt und was sie einst getan hatten, Bedeutung zu verleihen.

Mittlerweile waren Fehden verboten. Verbrechen aus Rache verurteilten die ganze Familie zu einer schmachvollen Hinrichtung.

Von seinem Platz beim Baum aus, unter dem Trull Sengar – vor sich die Leiche – im Zwielicht stand, hatte er beobachtet, wie sein Bruder in den Wald gegangen war. In diesen Stunden – den dunklen Stunden – hatte Rhulad sich heimlichtuerisch verhalten, hatte sich wie ein Gespenst vom Rand des Dorfes weggestohlen.

In den Wald hinein und auf den Nordpfad.

Der zu dem Friedhof führte, der für die Bestattung des Beneda-Kriegers ausgewählt worden war.

Wo eine einsame Frau Nachtwache hielt.

Es könnte ein Versuch sein, der fehlschlagen wird. Oder die Wiederholung eines Treffens, das schon zuvor, schon viele Male stattgefunden hat. Sie ist undurchschaubar. So wie alle Frauen undurchschaubar sind. Aber er ist es nicht. Er wurde zu spät geboren, um mit in den Krieg zu ziehen, und so ist sein Gürtel leer. Er wird auf andere Weise Blut vergießen wollen.

Denn Rhulad muss gewinnen. Er muss immer gewinnen. Das ist der schmale Grat, auf dem sein Leben verläuft, der dünne Strang, den er mit jeder wahrgenommenen Kränkung selbst spinnt – unabhängig davon, ob sie wirklich oder nur eingebildet ist –, mit jedem stummen Augenblick, der ihm angesichts der gewaltigen Hohlheit seiner Taten Verachtung entgegenbrüllt.

Rhulad. Alles, was es wert ist, dass darum gekämpft wird, wird kampflos errungen. Jedes Ringen ist ein Ringen mit dem Zweifel. Ehre ist nichts, das man verfolgen könnte, denn wie alle anderen Lebenskräfte besitzt sie einen eigenen Antrieb, jagt geradewegs auf dich zu. Und im Augenblick des Zusammenpralls wird die Wahrheit über dich offenbar.

Es war ein Versuch. Den sie zurückweisen würde, mit empört funkelnden Augen.

Oder sie schlangen in diesem Moment bereits ihre Arme umeinander, und es gab jetzt dort in der Dunkelheit Hitze und Schweiß. Und Verrat.

Und er konnte sich nicht von der Stelle rühren, konnte seine eigene Nachtwache bei diesem unbekannten Beneda-Krieger nicht aufgeben.

Sein Bruder Forcht hatte ein Schwert geschmiedet, wie es Brauch war. Er hatte vor Mayen gestanden, während die Klinge auf seinen Handrücken ruhte. Alle hatten gesehen, wie sie vorgetreten war und die Waffe angenommen hatte. Sie zurück in ihr Haus getragen hatte.

Verlobung.

Ein Jahr nach jenem Tag – von heute an keine fünf Wochen mehr – würde sie mit dem Schwert aus dem Eingang treten. Dann würde sie mit ihm vor der Schwelle einen Graben ausheben und es anschließend in die Erde legen und vergraben. Eisen und Erde, Waffe und Heim, Mann und Frau.

Hochzeit.

Bis zu jenem Tag, an dem Forcht Mayen das Schwert dargeboten hatte, hatte Rhulad sie kein einziges Mal angesehen. War es die Gleichgültigkeit der Jugend? Nein, die Edur waren nicht wie die Letherii. Ein Jahr bei den Letherii war wie ein Tag bei den Edur. Unter den Maiden der adligen Haushalte gab es eine Hand voll hübscherer Frauen. Doch er hatte sein Augen danach auf sie gerichtet.

Und das machte es zu dem, was es war.

Er könnte diese Nachtwache aufgeben. Ein Beneda-Krieger war schließlich kein Hiroth-Krieger. Ein vom Meer angenagter Leichnam, der in Kupfer, nicht in Gold gehüllt war. Er könnte jenen Pfad beschreiten und sich durch die Dunkelheit schleichen.

Um was zu finden? Gewissheit, die scharfen Zähne hinter all dem, was an seinen Gedanken nagte.

Und was wäre das wert?

Es sind diese dunklen Stunden …

Trull Sengars Augen weiteten sich langsam. Am Waldrand gegenüber war eine Gestalt aufgetaucht. Mit klopfendem Herzen starrte er sie an.

Das Wesen schritt vorwärts. Es hatte schwarzes Blut im Mund. Seine Haut war eine bleiche, trübe Spiegelung des Mondlichts, mit Dreck verschmiert, und an einigen Stellen mit etwas befleckt, das wie Schimmel aussah. Von seinen Hüften baumelten zwei leere Scheiden aus poliertem Holz. Fetzen einer Rüstung hingen an ihm. Es war groß, doch seine Schultern waren gebeugt, als wäre die Größe an sich schon zu einer Bürde geworden.

Augen wie ersterbende Kohlen.

»Oh«, murmelte es und blickte auf den Haufen aus Blättern hinunter, »was haben wir denn hier?« Es sprach die Sprache der Nacht, die mit der der Edur eng verwandt war.

Zitternd zwang sich Trull vorzutreten, wobei er den Speer mit beiden Händen packte, so dass die eiserne Spitze über dem Leichnam schwebte. »Er ist nicht für dich«, sagte er. Seine Kehle war plötzlich wie ausgedörrt und seltsam zugeschnürt.

Die Augen glommen einen kurzen Moment heller, als die weißhäutige Erscheinung Trull anblickte. »Tiste Edur, kennst du mich?«

Trull nickte. »Du bist der Geist der Dunkelheit. Der Verräter.«

Ein gelbes und schwarzes Grinsen.

Trull zuckte zusammen, als das Wesen einen Schritt näher trat und dann auf der anderen Seite des Blätterhaufens in die Hocke ging. »Fort von hier, Geist«, sagte der Edur.

»Oder du tust was?«

»Alarm schlagen.«

»Wie? Deine Stimme ist nun kaum mehr als ein Flüstern. Deine Kehle ist zugeschnürt. Du hast Mühe zu atmen. Ist es Verrat, der dich würgt, Edur? Aber das ist nicht wichtig. Ich bin weit gewandert und habe nicht den Wunsch, die Rüstung dieses Mannes zu tragen.« Das Wesen stand wieder auf. »Tritt zurück, Krieger, wenn du Luft holen willst.«

Trull blieb stehen, wo er war. Zischend drang die Luft durch seine zugeschnürte Kehle, und er konnte spüren, wie seine Knie weich wurden.

»Nun, Feigheit war nie eine Schwäche der Edur. Dann sollst du also deinen Willen haben.« Die Gestalt drehte sich um und ging auf den Waldrand zu.

Ein gesegneter Atemzug füllte Trulls Lunge, dann noch einer. Ihm war schwindlig, und er stellte seinen Speer auf den Boden und stützte sich darauf. »Warte!«

Der Verräter blieb stehen, wandte sich erneut zu ihm um.

»So etwas … so etwas ist noch nie zuvor geschehen. Die Nachtwache …«

»Wird nur von hungrigen Erdgeistern angefochten.« Der Verräter nickte. »Oder, was sogar noch armseliger ist, von den Geistern der entwurzelten Schwarzholzbäume, die ins Fleisch eindringen, um … was zu tun? Nichts, so wie es auch war, als sie noch gelebt haben. Es gibt Myriaden von Kräften in dieser Welt, Tiste Edur, und die Mehrzahl von ihnen ist schwach.«

»Vater Schatten hat dich eingesperrt ...«

»Das hat er, und dort bleibe ich auch.« Erneut das gespenstische Lächeln. »Außer, wenn ich träume. Mutter Dunkels widerwillig gegebenes Geschenk, das mich immer daran erinnert, dass Sie nicht vergisst. Und mich außerdem daran erinnert, dass auch ich niemals vergessen darf.«

»Dies hier ist kein Traum«, sagte Trull.

»Sie wurden zerschmettert«, sagte der Verräter. »Vor langer Zeit. Bruchstücke, die auf einem Schlachtfeld zerstreut waren. Warum sollte irgendjemand sie haben wollen? Diese Scherben können nie wieder zusammengefügt werden. Sie sind jetzt alle, wirklich alle in sich selbst zusammengefaltet. Daher frage ich mich: *Was hat er mit ihnen gemacht?*«

Die Gestalt schritt in den Wald und war verschwunden.

»Dies hier«, flüsterte Trull, »ist kein Traum.«

Udinaas schlug die Augen auf. Der Gestank des verschmorten Leichnams war noch immer in seiner Nase und in seinem Mund, hing schwer in seiner Kehle. Dicht über ihm war das schräge Dach des Langhauses, raue schwarze Borke und vergilbte Ritzen. Reglos blieb er unter seiner Decke liegen.

War es kurz vor der Morgendämmerung?

Er hörte nichts, konnte keinerlei Stimmen aus den umliegenden Zimmern vernehmen. Doch das besagte nicht viel. Die Stunden, bevor der Mond aufging, waren still. Genau wie die Stunden, in denen alle schliefen, natürlich. Am folgenden Tag musste er Netze reparieren. Und Seilstränge flechten.

Vielleicht ist das die Wahrheit über den Wahnsinn, wenn ein Verstand als Beweis seiner geistigen Gesundheit nichts anderes mehr tun kann als endlose Listen der alltäglichen Aufgaben zu erstellen, die auf ihn warten. Flicke diese Netze. Flechte jene Seile. *Siehst du? Ich habe den Sinn meines Lebens nicht vergessen.*

Das Blut des Wyrm war weder heiß noch kalt. Es wütete nicht.

Udinaas fühlte sich in seinem Körper nicht anders als sonst. *Aber das klare Blut meiner Gedanken, oh, das ist tatsächlich befleckt.* Er schlug die Decke zurück und stand auf. *Das ist dann also der Pfad, und ich muss auf ihm bleiben. Bis der Augenblick kommt.*

Flicke die Netze. Flechte die Seile.

Grabe das Loch für den Benada-Krieger, der gerade seine Augen geöffnet hätte, wenn er denn welche hätte. Der nicht die Schwärze der ihn umschließenden Münzen gesehen hätte. Nicht das blaue Wachs und auch nicht die Morokblätter, die auf das Wachs reagieren und feucht und schwarz werden. Der stattdessen ein Gesicht gesehen hätte … das Gesicht von etwas anderem.

Wyrm umkreisten fliegende Drachen. Er hatte es gesehen. Wie Hunde, die ihren Herrn umringen, kurz bevor die Jagd beginnt. *Ich weiß jetzt, warum ich dort bin, wo ich angekommen bin. Das wann ist eine Antwort, die die Nacht noch flüstern muss – nein, nicht flüstern, sondern heulen. Denn der Aufruf zur Jagd kommt von der Dunkelheit selbst.*

Udinaas wurde klar, dass er von Feinden umgeben war. Nicht als Letherii, der zu einem Leben als Sklave verurteilt war. Das war nichts im Vergleich zu der Gefahr, die sein neues Blut spürte, hier mitten im Herzen von Edur und Kurald Emurlahn.

Federhexe wäre die bessere Wahl gewesen, vermute ich, doch Mutter Dunkel macht selbst bei Dingen wie diesen überraschende Züge.

Er begab sich ins Hauptzimmer.

Und stand plötzlich Uruth gegenüber.

»In diesen Stunden sollte man nicht herumgehen, Sklave«, sagte sie.

Er sah, dass sie zitterte.

Udinaas sank auf den Fußboden und presste seine Stirn gegen die abgenutzten Dielen.

»Bereite die Umhänge von Forcht, Trull und Rhulad vor. Du musst fertig sein, bevor der Mond aufgeht, denn sie werden noch diese Nacht zu ihrer Reise aufbrechen. Und pack Essen und Getränke für eine Morgenmahlzeit dazu.«

Er stand schnell auf, um zu tun, was sie ihm aufgetragen hatte, wurde aber von einer ausgestreckten Hand aufgehalten.

»Udinaas«, sagte Uruth. »Du kümmerst dich alleine darum und erzählst niemandem ein Wort.«

Er nickte.

Schatten krochen aus dem Wald. Der Mond war aufgegangen – das Gefängnis von Menandores wahrem Vater, der in ihm gefangen war. Vater Schattens Kämpfe in alter Zeit hatten diese Welt erschaffen und sie dabei in vielerlei Art geformt. Scabandari Blutauge, unentwegter Verteidiger gegen die fanatischen Diener der unerbittlichen Gewissheit, gleichgültig, ob diese Gewissheit blendend weiß loderte oder von alles verschlingender Schwärze war. Die Siege, die ihm gelungen waren – das Begraben von Bruder Dunkel und die Einschließung von Bruder Licht dort in jener fernen, vergitterten Welt am Himmel –, waren ein Geschenk, und zwar nicht nur für die Edur, sondern für alle, die geboren wurden und nur lebten, um eines Tages zu sterben.

Das Geschenk der Freiheit, des freien Willens, sofern man sich nicht selbst in Ketten schlug – die unzähligen, stets rasselnden Angebote der sich zusammendrängenden Menge, die alle versprachen, Rettung aus der Verwirrung zu bieten – und diese als Rüstung trug.

Trull Sengar sah Ketten an den Letherii. Er sah das undurchdringliche Netz, das sie band, die Verbindungen aus Folgerungen, die zu einer chaotische Masse verwoben waren, in der man weder einen Anfang noch ein Ende finden konnte. Er verstand, warum sie einen leeren Thron anbeteten. Und er wusste, auf welche Art und Weise sie alles rechtfertigen würden, was sie taten. Fortschritt war notwendig, Wachstum war Gewinn. Gegenseitigkeit war etwas für Narren, und Schulden waren die bindende Kraft der gesamten Natur, sämtlicher Völker und sämtlicher Zivilisationen. Schulden waren eine Sprache für sich, in der Worte benutzt wurden wie Verhandlung, Entschädigung und Berechtigung, und Rechtmäßigkeit war ein Geflecht aus Falschheit, das die Augen der Gerechtigkeit blind machte.

Ein leerer Thron. Auf einem Berg aus Goldmünzen.

Vater Schatten hatte eine Welt gesucht, in der die Ungewissheit ihr heimtückisches Gift gegen diejenigen einsetzen konnte, welche Unnachgiebigkeit zu ihrer Waffe erkoren hatten – mit der sie die Weisheit in Schach hielten. In der jede Festung schließlich von innen zusammenstürzte, niedergedrückt vom schieren Gewicht jener Ketten, die sie so starr umarmten.

In Gedanken stritt er mit dem Geist – dem Verräter. Demjenigen, der Scabandari Blutauge vor tausenden von Jahren zu ermorden versucht hatte. Er erklärte, dass jede Gewissheit ein leerer Thron war. Dass diejenigen, die nur einen einzigen Pfad kannten, dazu kommen würden, diesen zu verehren, selbst wenn er zum Rand einer Klippe führte. Er führte Gründe an, und in der gleichgültigen Stille, mit der der Geist auf seine Worte reagierte, begann er plötzlich zu erkennen, dass er selbst – mit hitzigem Eifer – vom Fuße eines leeren Throns aus sprach.

Scabandari Blutauge hatte jene Welt niemals erschaffen. Er war in dieser Welt verschwunden, war auf einem Pfad verloren gegangen, dem niemand anderes folgen konnte.

Trull Sengar stand vor dem Leichnam und dem Hügel aus faulenden Blättern und fühlte sich im tiefsten Innern verlassen. Eine Vielzahl von Pfaden wartete auf ihn, und sie waren alle schäbig und durchtränkt von Verzweiflung.

Schritte auf dem Pfad. Er drehte sich um.

Forcht und Rhulad kamen heran. Sie trugen ihre Umhänge. Forcht hielt Trulls Umhang in den Händen, und auf seinem Rücken hing ein kleiner Packsack.

Rhulads Gesicht war gerötet, und Trull konnte nicht sagen, ob vor Angst oder vor Aufregung.

»Ich grüße dich, Trull«, sagte Forcht und reichte ihm den Umhang.

»Wohin gehen wir?«

»Unser Vater verbringt diese Nacht im Tempel. Er betet um Führung.«

»Zur Steinschüssel«, sagte Rhulad. Seine Augen glänzten. »Mutter schickt uns zur Steinschüssel.«

»Warum?«

Rhulad zuckte die Schultern.

Trull blickte Forcht an. »Was ist diese Steinschüssel? Ich habe noch nie von ihr gehört.«

»Ein alter Ort. In der Kaschan-Rinne.«

»Hast du von diesem Ort gewusst, Rhulad?«

Sein jüngerer Bruder schüttelte den Kopf. »Erst seit heute Nacht, als Mutter ihn beschrieben hat. Wir sind alle schon am Rand der Rinne entlanggegangen. Die Dunkelheit in ihrem Innern ist natürlich undurchdringlich – wie hätten wir darauf kommen sollen, dass sich eine heilige Stätte darin verbirgt?«

»Eine heilige Stätte? In vollkommener Dunkelheit?«

»Was das zu bedeuten hat, wird schon bald ersichtlich werden, Trull«, sagte Forcht.

Sie setzten sich in Bewegung, der älteste Bruder vorneweg. In den Wald, auf einen Pfad, der in nordwestliche Richtung führte. »Forcht«, sagte Trull, »hat Uruth schon früher einmal mit dir über die Steinschüssel gesprochen?«

»Ich bin der Waffenmeister«, erwiderte Forcht. »Es galt Riten zu befolgen …«

Wozu auch zählte, wie Trull wusste, alle Schlachten auswendig zu lernen, die die Edur jemals gefochten hatten. Und dann fragte er sich, wieso ihm als Antwort auf Forchts Worte ausgerechnet dieser Gedanke gekommen war. Welche verborgenen Verbindungen versuchte sein eigener Verstand zu enthüllen, und warum war er nicht in der Lage, sie zu erkennen?

Sie gingen weiter, vermieden jene Teiche aus Mondlicht, die nicht von Schatten durchzogen wurden. »Tomad hat uns diese Reise verboten«, sagte Trull nach einiger Zeit.

»In Fragen der Zauberei steht Uruth höher als Tomad«, sagte Forcht.

»Und dies ist eine Frage der Zauberei?«

Rhulad, der hinter Trull ging, schnaubte verächtlich. »Du hast mit uns im Langboot des Hexenkönigs gestanden.«

»Das habe ich«, stimmte Trull zu. »Forcht, würde Hannan Mosag dem, was wir tun – was Uruth uns aufgetragen hat – zustimmen?«

Forcht sagte nichts.

»Du bist zu sehr von Zweifeln erfüllt, Bruder«, sagte Rhulad. »Sie halten dich fest …«

»Ich habe gesehen, wie du den Pfad zum auserwählten Friedhof entlanggegangen bist, Rhulad. Nachdem Duster fort war, und ehe der Mond aufgegangen ist.«

Falls Forcht auf diese Worte reagierte, konnte man es von hinten nicht erkennen, und er kam auch nicht aus dem Tritt.

»Ja, und?«, fragte Rhulad. Sein Tonfall war zu locker, zu beiläufig.

»Meine Worte sollten nicht vorlaut beantwortet werden, Bruder.«

»Ich habe gewusst, dass Forcht damit beschäftigt war, die Rückgabe der Waffen in die Waffenkammer zu beaufsichtigen«, sagte Rhulad. »Und ich habe gespürt, dass etwas Feindseliges in der Dunkelheit umherstreifte. Daher habe ich im Verborgenen seine Verlobte bewacht, die ganz allein auf dem Friedhof war. Ich mag noch ungeblutet sein, Bruder, doch es mangelt mir nicht an Mut. Ich weiß, dass du Unerfahrenheit für den Boden hältst, in den sich die Wurzeln trügerischen Muts senken. Aber in mir ist nichts trügerisch, was immer du auch denkst. Für mich ist Unerfahrenheit ungepflügter Boden, der noch nicht reif für Wurzeln ist. Ich habe dort an Stelle meines Bruders gestanden.«

»Etwas Feindseliges in der Nacht, Rhulad? Wessen Feindseligkeit?«

»Ich konnte es nicht mit Sicherheit sagen. Aber ich habe es gespürt.«

»Forcht«, wandte Trull sich an seinen ältesten Bruder, »hast du in dieser Angelegenheit keine Fragen an Rhulad?«

»Nein«, erwiderte Forcht trocken. »Dazu besteht keine Notwendigkeit … solange du in der Nähe bist.«

Trull presste die Lippen zusammen und war dankbar, dass die Nacht sein Erröten verbarg.

Danach herrschte einige Zeit lang Schweigen.

Der Pfad begann anzusteigen, wand sich um Granitblöcke

herum, die mit Flechten bewachsen waren. Dann und wann kletterten sie über umgestürzte Bäume und steile Felsrutsche hinweg. Das Mondlicht wurde diffuser, und als sie den höchsten Punkt des Pfads erreichten, hatte Trull das Gefühl, als wäre die Morgendämmerung nicht mehr fern.

Der Pfad führte nun an einem Grat aus umgestürzten Bäumen und zerbrochenen Felsblöcken entlang landeinwärts – nach Osten. Wasser, das sich in Vertiefungen im Felsboden gesammelt hatte, bildete unergründliche Teiche, die bis quer über den Pfad leckten. Über ihnen begann der Himmel heller zu werden.

Dann führte Forcht sie vom Pfad herunter gen Norden, über wirres Geröll und zwischen verkrümmten Bäumen hindurch. Kurze Zeit später lag die Kaschan-Rinne vor ihnen.

Die Schlucht war riesig – wie die Schnittwunde eines Messers im Felsgestein, mit steilen Wänden, an denen Wasser hinabrann – und verlief in einer zackigen Linie von einer Stelle unterhalb der Hasanafoerde einen halben Tagesmarsch im Westen bis weit nach Osten, wo sie schließlich mehr als eine Tagesreise entfernt wieder im Felsgestein verschwand. Hier befanden sie sich an der breitesten Stelle; das Gelände auf der gegenüberliegenden, etwa zweihundert Schritt entfernten Seite lag etwas höher, unterschied sich ansonsten jedoch nicht von dem, auf dem sie standen – verstreute Felsen, die aussahen, als wären sie aus der Schlucht herausgeschleudert worden, und verstümmelte Bäume, die irgendein unsichtbarer Hauch aus der Tiefe krank zu machen schien.

Forcht löste seinen Umhang, ließ seinen Packsack fallen und trat an einen der missgestalteten steinernen Hügel. Er schob einige abgestorbene Zweige beiseite, und Trull sah, dass der Hügel eine Art Steinhaufen war. Forcht entfernte den Schlussstein, griff in die darunterliegende Höhlung und zog eine Rolle Knotenseil hervor.

»Legt eure Umhänge und Waffen ab«, sagte er, während er das Seil an den Rand der Schlucht trug.

Er fand das eine Ende und band seinen Packsack, seinen Umhang, sein Schwert und seinen Speer daran. Trull und Rhulad traten mit ihrer Ausrüstung zu ihm, und auch diese wurde an das Seil gebunden. Dann machte Forcht sich daran, alles an der Schluchtwand hinunterzulassen.

»Trull, nimm das andere Ende und bringe es an eine schattige Stelle – eine Stelle, an der sich der Schatten den ganzen Tag lang gegen die Sonne behaupten kann.«

Trull nahm das Seilende und schritt zu einem großen, zur Seite geneigten Felsblock. Als er das Seil in die Schatten an seinem Fuß schob, spürte er, wie zahllose Hände danach griffen. Trull trat zurück. Das Seil war jetzt straff gespannt.

Er kehrte zur Kante zurück und sah, dass Forcht bereits mit dem Abstieg begonnen hatte. Rhulad stand da und starrte in die Tiefe.

»Wir sollen warten, bis er den Grund erreicht hat«, sagte sein jüngster Bruder. »Er wird dreimal am Seil rucken. Er hat darum gebeten, dass ich als Nächster gehe.«

»Sehr gut.«

»Sie hat unglaublich süße Lippen«, murmelte Rhulad; dann schaute er auf und begegnete Trulls Blick. »Willst du das von mir hören? Damit du endlich einen Beweis für deinen Verdacht hast?«

»Ich habe so manchen Verdacht, Bruder«, erwiderte Trull. »Wir haben sonnenverbrannte Gedanken, wir haben vom Dunkel verschluckte Gedanken. Aber die Schatten-Gedanken sind diejenigen, die sich heimlich bewegen, die bis an den äußersten Rand der miteinander wetteifernden Sphären kriechen – wenn auch nur, um zu sehen, was es zu sehen gibt.«

»Und wenn sie nichts sehen?«

»Sie sehen niemals nichts, Rhulad.«

»Und wenn es Trugbilder sind? Was, wenn sie nur das sehen, was ihre Einbildungskraft heraufbeschwört? Optische Täuschungen? Gestalten in der Dunkelheit? Wird nicht gerade auf diese Weise ein Verdacht zu Gift? Aber zu einem Gift wie Weißer Nektar, bei dem jeder Schluck dich nach mehr dürsten lässt.«

Trull schwieg mehrere Herzschläge lang. Dann sagte er: »Forcht hat vor noch nicht allzu langer Zeit mit mir gesprochen. Darüber, wie man wahrgenommen wird – im Gegensatz zu dem, wie man wirklich ist. Dass die Macht des Ersteren die des Letzteren überwältigen kann. Dass die Wahrnehmung in der Tat die Wahrheit formt, so wie Wellen einen Stein.«

»Was willst du von mir, Trull?«

Er blickte Rhulad direkt an. »Hör auf, vor Mayen herumzustolzieren.«

Ein seltsames Lächeln. »Also gut, Bruder.«

Trulls Augen weiteten sich leicht.

Das Seil ruckte dreimal.

»Ich bin dran«, sagte Rhulad. Er packte das Seil und geriet schnell außer Sicht.

Die Knoten dieser Worte waren alles andere als locker. Trull holte tief Luft und ließ sie dann langsam wieder entweichen; er wunderte sich noch immer über jenes Lächeln. Darüber, wie eigentümlich es gewesen war. Ein Lächeln, das Schmerz hätte sein können, aus einer Verletzung heraus geboren sein mochte. Dann richtete er seine Aufmerksamkeit auf sich selbst und überprüfte, was er fühlte. Es war nicht leicht zu erkennen, aber ... *Vater Schatten, vergib mir. Ich fühle mich ... befleckt.*

Die drei Rucke schreckten ihn auf.

Trull nahm das schwere Seil in die Hand; er spürte das Bienenwachs, mit dem die Fasern eingerieben worden waren, um zu verhindern, dass sie verfaulten. Ohne die Knoten, die Händen und Füßen Halt gaben, wäre der Abstieg in der Tat tückisch. Er schritt über den Rand hinaus, richtete den Blick auf die Felswand und machte sich auf den Weg nach unten.

Glitzernde Rinnsale liefen an dem rauen Stein vor ihm hinunter. Hier und da waren rotfleckige Kalkausblühungen zu sehen. Die Schrammen, die Rhulad und Forcht verursacht hatten, glänzten im schwächer werdenden Licht – rohe Furchen, die alles verwundeten, was sich an den Felsen klammerte.

Knoten um Knoten stieg er am Seil in die Tiefe, während sich die Dunkelheit um ihn herum mehr und mehr verdichtete. Die Luft wurde erst kühl und feucht, dann kalt. Schließlich stießen seine Füße gegen bemooste Felsbrocken, und Hände streckten sich ihm entgegen, um ihn zu stützen.

Er versuchte angestrengt, die Umrisse seiner Brüder auszumachen. »Wir hätten eine Laterne mitnehmen sollen.«

»Die Steinschüssel strahlt Licht ab«, sagte Forcht. »Ein älteres Gewirr. Kaschan.«

»Dieses Gewirr ist tot«, sagte Trull. »Zerstört von Vater Schattens eigener Hand.«

»Seine Kinder sind tot, Bruder, aber die Zauberei besteht fort. Haben sich eure Augen an die Dunkelheit gewöhnt? Könnt ihr den Boden vor euch sehen?«

Ein Durcheinander von Felsbrocken, und dazwischen glitzerte fließendes Wasser. »Ja.«

»Dann folgt mir.«

Sie entfernten sich von der Felswand. Der Untergrund war trügerisch und zwang sie, langsam zu gehen. Tote Zweige, auf denen Pilze und Moos wucherten. Trull sah ein bleiches, haarloses Tier, das einen langen Schwanz hinter sich herzog – eine Art Nagetier –, in eine Spalte zwischen zwei Felsen schlüpfen. »Dies ist die Sphäre des Verräters«, sagte er.

Forcht gab ein Brummen von sich. »Mehr als du ahnst, Bruder.«

»Da vorne ist etwas«, flüsterte Rhulad.

Große, hoch aufragende Umrisse. Menhire, auf denen weder Flechten noch Moos wuchsen, und deren Oberfläche merkwürdig beschaffen war – bearbeitet, wie Trull beim Näherkommen klar wurde, um der Rinde von Schwarzholzbäumen zu ähneln. Dicke Wurzeln ringelten sich am Fuß eines jeden Obelisken, breiteten sich aus, um sich mit denen der nächststehenden Steine zu verflechten. Dahinter fiel der Grund zu einer breiten Senke ab, aus der Licht herausströmte, als wäre es Nebel.

Forcht führte sie zwischen die Menhire, und sie blieben am Rand der Grube stehen.

Die Wurzeln wanden sich abwärts, und in sie eingewoben waren Knochen. Tausende und Abertausende. Trull sah Kaschan, die gefürchteten alten Feinde der Edur, mit reptilienartigen Schnauzen und glänzenden Fängen. Und Knochen, die eindeutig von Tiste stammten. Dazwischen fein gekrümmte Flügelknochen der Wyrm und an der tiefsten Stelle den massiven Schädel eines Eleint; der breite, flache Stirnknochen war einwärts zerschmettert, als wäre er von einer gigantischen, gepanzerten Faust getroffen worden.

Aus dem chaotischen Wirrwarr an den Hängen wuchs kahles Gestrüpp, dessen Äste und Zweige grau und zusammengeballt wirkten. Dann stieß Trull zischend den Atem aus. Das Gestrüpp war aus Stein, doch es wuchs nicht wie Kristalle, sondern wie lebendes Holz.

»Kaschan-Zauberei«, sagte Forcht nach einiger Zeit, »wird aus Geräuschen geboren, die unsere Ohren nicht hören können, und zu Worten geformt, die die Bindungen lockern, die alle Materie zusammen- und am Boden hält. Aus Geräuschen, die das Licht beugen und strecken, wie einen Flutwelle, die vom Meer einen Flusslauf hinauf wogt und im Augenblick des Umschlagens auseinander gerissen wird. Mit Hilfe dieser Zauberei haben sie steinerne Festungen erschaffen, die wie Wolken am Himmel dahinglitten. Mit Hilfe dieser Zauberei haben sie die Dunkelheit gegen sich selbst gerichtet, aus einem Hunger heraus, dem sich niemand, der zu nahe kam, widersetzen konnte, einem alles verschlingenden Hunger, der zuerst und in erster Linie sich selbst verzehrte.« Seine Stimme klang merkwürdig gedämpft. »Kaschan-Zauberei wurde wie eine Seuche in das Gewirr von Mutter Dunkel geschickt. So wurde das Tor von Kurald Galain gegen jede andere Sphäre versiegelt. So wurde Mutter Dunkel in den allerletzten Winkel des Abgrunds getrieben, Zeugin eines endlosen Lichtwirbels, der sie umgab – all das, was sie eines Tages verschlingen würde, bis der letzte Fetzen Materie in ihr verschwindet. Und Mutter Dunkel auslöscht. Und so haben die Kaschan, die schon lange tot sind, Mutter Dunkel ein Ritual auferlegt, das mit ihrem gewaltsamen Tod enden wird. Wenn alles Licht verschwunden ist. Wenn es nichts mehr geben wird, das noch Schatten werfen kann. Und damit ist auch Schatten zum Sterben verdammt.

Als Scabandari Blutauge entdeckte, was sie getan hatten, war es bereits zu spät. Das Ende, der *Tod* des Abgrunds, kann nicht abgewendet werden. Die Reise all dessen, was existiert, wiederholt sich in jeder Größenordnung, Brüder. Von jenen Sphären, die zu klein sind, als dass wir sie wahrnehmen könnten, bis zum Abgrund selbst. Die Kaschan haben alle Dinge der Sterblichkeit unterworfen, sie in den unbarmherzigen Sturz der Auslöschung entgegen eingebunden. Dies war ihre Rache. Vielleicht aus Verzweiflung geboren. Vielleicht aber auch aus dem brennendsten Hass, den man sich vorstellen kann. Im Angesicht ihrer eigenen Auslöschung zwangen sie alles andere, ihr Los zu teilen.«

Seine Brüder schwiegen. Die dumpfen Echos von Forchts letzten Worten verklangen.

Dann räusperte sich Rhulad. »Ich sehe nichts, was auf diese letzte Konvergenz hindeutet, Forcht.«

»Ja, denn es ist ein Tod, der in weiter Ferne liegt. Viel weiter weg, als man sich vorstellen kann. Doch er wird kommen.«

»Und was bedeutet das für uns?«

»Die Invasionen der Tiste haben die Kaschan zu ihrer letzten Tat getrieben. Vater Schatten hat sich die Feindschaft aller Älteren Götter und aller Aufgestiegenen zugezogen. Aufgrund des Kaschan-Rituals muss das ewige Spiel zwischen Dunkel, Licht und Schatten eines Tages enden. Und mit ihm alles, was existiert.« Er blickte seine Brüder an. »Ich teile euch dieses geheime Wissen mit, damit ihr besser versteht, was hier geschehen ist, was getan wurde. Und warum Hannan Mosag von Feinden spricht, die weit über die sterblichen Letherii hinausgehen.«

In Trull erwachten erste glimmende Funken der Erkenntnis zum Leben. Er wandte den Blick von Forchts dunklen Augen ab, wich seinem gehetzten Blick aus und schaute hinunter in die Grube. Zum tiefsten Punkt – dorthin, wo der Schädel des erschlagenen Drachen lag. »Sie haben ihn getötet.«

»Sie haben seine körperliche Existenz vernichtet, ja. Und seine Seele eingesperrt.«

»Scabandari Blutauge … kann nicht tot sein«, sagte Rhulad und schüttelte den Kopf, als wollte er alles leugnen, was er sah. »Das da ist nicht sein …«

»Doch, er ist es«, sagte Forcht. »Sie haben unseren Gott getötet.«

»Wer?«, wollte Trull wissen.

»Alle. Ältere Götter. Und Eleint. Die Älteren Götter befreiten das Blut in ihren Adern. Die Drachen brachten ein Kind hervor, dem unbeschreibliches Entsetzen innewohnte, um Scabandari Blutauge aufzuspüren und zu jagen. Vater Schatten wurde zur Strecke gebracht. Ein Älterer Gott namens Kilmandaros zerschmetterte seinen Schädel. Dann schufen sie ein Gefängnis aus ewiger Qual, aus Agonie jenseits aller Vorstellungskraft, für Blutauges Geist – ein Gefängnis, das Bestand haben wird, bis der Abgrund selbst verschlungen wird. Hannan Mosag will unseren Gott rächen.«

Trull runzelte die Stirn. »Die Älteren Götter sind verschwunden, Forcht. Genau wie die Eleint. Hannan Mosag herrscht über sechs Stämme der Tiste Edur und ein in Bruchstücke zerfallenes Gewirr.«

»Vierhundertzwanzigtausend Edur«, sagte Rhulad. »Und all unseren endlosen Erkundungsreisen zum Trotz haben wir keine Verwandten in den Bruchstücken von Kurald Emurlahn gefunden. Forcht, Hannan Mosag sieht durch befleckte Gedanken. Es ist eine Sache, mit heraufbeschworenen Dämonen und – falls notwendig – stählernen Klingen gegen die Vorherrschaft der Letherii anzukämpfen. Aber sollen wir jetzt gegen alle Götter in dieser Welt Krieg führen?«

Forcht nickte langsam. »Ihr seid hier«, sagte er zu ihnen, »und euch wurde erzählt, was bekannt ist. Nicht, um zu sehen, wie ihr ein Knie beugt und den Namen des Hexenkönigs lobpreist. Er sucht nach Macht, Brüder. Er *braucht* Macht, und ihr Ursprung ist ihm ebenso gleichgültig wie ihr Makel.«

»Deine Worte sind treulos«, sagte Rhulad, und Trull hörte einen seltsam freudigen Unterton in der Stimme seines Bruders.

»Sind sie das?«, fragte Forcht. »Wir sollen in Hannan Mosags Auftrag eine gefährliche Reise unternehmen. Um ein Geschenk für ihn abzuholen. Und es ihm dann zu übergeben. Ein Geschenk von wem, meine Brüder?«

»Wir können uns ihm nicht widersetzen«, sagte Trull. »Denn er wird einfach andere suchen, die an unserer Stelle gehen. Und wir werden einer Strafe entgegensehen – oder Schlimmerem.«

»Natürlich werden wir uns ihm nicht widersetzen, Trull. Aber wir dürfen auch nicht wie blinde alte Männer reisen.«

»Was ist mit Binadas?«, fragte Rhulad. »Was weiß er hiervon?«

»Alles«, erwiderte Forcht. »Vielleicht sogar mehr als Uruth.«

Trull starrte erneut zu dem schimmelüberwucherten Drachenschädel am tiefsten Punkt der Grube hinunter. »Wieso bist du dir so sicher, dass das da Scabandari Blutauge ist?«

»Weil die Witwen ihn hierher gebracht haben. Das Wissen wurde unter den Frauen von Generation zu Generation überliefert.«

»Und Hannan Mosag?«

»Uruth weiß, dass er hier gewesen ist – hier, an diesem Ort. *Wie* er die Wahrheit entdeckt hat, bleibt ein Geheimnis. Uruth hätte mir und Binadas niemals etwas erzählt, wenn sie nicht so verzweifelt gewesen wäre. Der Hexenkönig greift auf tödliche Mächte zurück. Sind seine Gedanken befleckt? Selbst wenn sie es vorher nicht waren, so sind sie es jetzt.«

Trull starrte noch immer auf den Schädel hinab. Dieser Schlag mit der gepanzerten Faust war eine rohe, brutale Hinrichtung gewesen. »Wir sollten lieber hoffen«, flüsterte er, »dass die Älteren Götter tatsächlich fort sind.«

Kapitel Vier

Unter jeder Flut gibt es weitere Fluten
Und die Wasseroberfläche
Bedeutet nichts

Sprichwort der Tiste Edur

Die Nerek glaubten, die Tiste Edur seien Kinder von Dämonen. In ihrem Blut war Asche, die ihre Haut befleckte. Einem Edur in die Augen zu sehen, bedeutete, das Grauwerden der Welt zu sehen, das Verschmieren der Sonne und die raue Haut der Nacht selbst.

Als der Hiroth-Krieger namens Binadas auf die Gruppe zuschritt, begannen die Nerek zu wehklagen. Sie schlugen sich mit den Fäusten ins Gesicht und auf die Brust und fielen auf die Knie.

Buruk der Bleiche stapfte zu ihnen, fluchte lauthals und brüllte sie an, doch sie waren ihm gegenüber taub. Schließlich drehte sich der Händler zu Seren Pedac und Hull Beddict um und fing an zu lachen.

Hull runzelte die Stirn. »Das wird vorübergehen, Buruk«, sagte er.

»Ach, wird es das? Und die Welt an sich, wird die auch vorübergehen? Wie ein tödlicher Wind, in dem unsere Leben wie Staub in seinem ungestümen Brausen dahinwirbeln? Nur, um sich schließlich tot und gefühllos in seinem Kielwasser niederzulassen – so dass das wilde Herumtollen bar jeder Bedeutung ist? Hah! Ich wollte, ich hätte Faraed angeheuert!«

Seren Pedacs Aufmerksamkeit war noch immer auf den näher kommenden Edur gerichtet. Ein Jäger. Einer, der zu töten verstand. Einer, der wahrscheinlich auch lange zu schweigen vermochte. Sie konnte sich vorstellen, wie dieser Binadas irgendwo in der Wildnis mit Hull Beddict am Lagerfeuer hockte. Im Verlauf eines Abends, einer Nacht und des folgenden Morgens hatten sie vielleicht ein halbes Dutzend Worte gewechselt. Und, wie sie vermutete, eine tiefe und unergründliche Freundschaft besiegelt. Dies waren die Geheimnisse der Männer, die auf Frauen so verwirrend wirkten. Wo Schweigen dazu diente, Pfade zu vereinen. Wo eine Hand voll belangloser Worte den Geist zweier Wesen in unaussprechlichem gegenseitigen Einvernehmen miteinander verband. Hier waren Mächte am Werk, die sie spüren, ja, sogar sehen konnte, von denen sie aber doch immer ausgeschlossen bleiben würde. Verwirrt und enttäuscht und halb ungläubig.

Bei Frauen wirkten Worte den Strang. Und die Sprache der Gesten und des Mienenspiels, die sich alle miteinander zu einem Geflecht verwoben, das – wie jede Frau wusste – nur aus einem Grund reißen konnte: durch absichtliche und bösartige Bemühungen. In einer Freundschaft unter Frauen gab es nur einen einzigen Feind, und der hieß Böswilligkeit.

Also je mehr Worte, desto straffer das Geflecht.

Seran Pedac hatte den größten Teil ihres Lebens in Gesellschaft von Männern verbracht, und wenn sie jetzt ihr Heim in Letheras besuchte – was ohnehin selten genug vorkam –, wurde sie von den Frauen, die sie kannten, mit Unbehagen betrachtet. Als hätte ihre Entscheidung ihre Loyalität in Frage gestellt und böte Anlass zu Misstrauen. Und sie hatte sich in der Gesellschaft dieser Frauen auf eine unangenehme Weise unsicher gefühlt. Sie woben andere Fäden auf anderen Rahmen und in einander widersprechenden Rhythmen. Sie kam sich zwischen ihnen schwerfällig und ungehobelt vor, gefangen in ihrem eigenen Schweigen.

Worauf sie mit Flucht reagierte – aus der Stadt, vor ihrer Vergangenheit. Vor Frauen.

Doch bei der Begegnung zweier Männer mit ihrem fast gleichgültigen Austausch von Grußworten wurde sie binnen eines winzigen Augenblicks beinahe körperlich spürbar einen Schritt zurückgeworfen und ausgeschlossen. Sie stand auf dem gleichen Grund und Boden, auf dem gleichen Pfad mit seinen Felsen und Bäumen, und war doch in einer anderen Welt.

Es war zu einfach, daraus mit einem heimlichen, höhnischen Lächeln den Schluss zu ziehen, dass Männer schlicht waren. Zugegeben, wären sie Fremde gewesen, hätte es durchaus sein können, dass sie gerade jetzt umeinander herumgeschlichen wären und einander am Hintern geschnüffelt hätten. Womit sie zu Schlussfolgerungen förmlich eingeladen hätten, die alle Vorstellungen von Komplexität beiseite wischten und an ihre Stelle einen Haufen tröstlicher Verallgemeinerungen setzten. Doch die Begegnung zweier Männer, die Freunde waren, machte solche Verallgemeinerungen zunichte und widersetzte sich der darin enthaltenen Geringschätzung, was unausweichlich dazu führte, dass eine Frau wütend wurde.

Und den merkwürdigen, boshaften Wunsch verspürte, zwischen sie zu treten.

An einem Kiesstrand schaut ein Mann nach unten und sieht einen Stein, dann noch einen und noch einen. Eine Frau schaut nach unten und sieht … Steine. Aber vielleicht ist sogar diese Sichtweise schon zu stark vereinfacht. Männer als Einzahl und Frauen als Mehrzahl. Wahrscheinlicher ist, dass wir ein bisschen von beidem sind, etwas vom einen im anderen steckt.

Wir geben es nur nicht gern zu.

Er war größer als Hull, seine Schultern waren auf Augenhöhe des Letherii. Seine Haare waren braun und zu fingerlangen Zöpfen geflochten. Augen in der Farbe von nassem Sand. Eine Haut wie verschmierte Asche. Jugendliche Gesichtszüge, lang und schmal, abgesehen von dem breiten Mund.

Seren Pedac kannte den Namen der Familie Sengar. Wahrscheinlich hatte sie bei den Delegationen, mit denen sie auf ihren drei offiziellen Besuchen bei Hannan Mosags Stamm verhandelt hatte, schon Verwandte dieses Mannes gesehen.

»Hiroth-Krieger«, begann Buruk der Bleiche. Er schrie, um sich trotz der jammernden Nerek verständlich zu machen. »Ich heiße Euch als Gast willkommen. Ich bin …«

»Ich weiß, wer Ihr seid«, erwiderte Binadas.

Bei seinen Worten verstummten die Nerek, so dass einen Augenblick lang nur der Wind zu hören war, der heulend den Pass heraufwehte, und das gleichmäßige Plätschern von Schmelzwasser aus den höheren Regionen.

»Ich bringe den Hiroth«, setzte Buruk ein zweites Mal an, »Eisenbarren ...«

»Und wollt prüfen«, unterbrach ihn Hull Beddict, »wie dick das Eis ist.«

»Die Jahreszeit hat gewechselt«, wandte sich Binadas an Hull. »Das Eis ist von Rissen durchzogen. Es gab eine unrechtmäßige Jagd auf Stoßzähnige Robben. Hannan Mosag wird darauf reagiert haben.«

Seren Pedac drehte sich zu dem Kaufmann um. Musterte das Gesicht von Buruk dem Bleichen. Alkohol, weißer Nektar und der raue Wind hatten die Blutgefäße an seinen Wangen und der Nase bis dicht unter die Haut treten lassen. Seine Augen waren trübe und rot gerändert. Er zeigte keinerlei Reaktion auf die Worte des Edur. »Wie bedauerlich. Ja, es ist in der Tat bedauerlich, dass einige meiner Kaufmannskollegen sich entschlossen haben, die Vereinbarungen nicht zu beachten. Der Lockruf des Goldes. Eine Flut, der niemand widerstehen kann.«

»Das Gleiche kann man auch von Rache sagen«, erklärte Binadas.

Buruk nickte. »Ja. Alle Schulden müssen zurückgezahlt werden.«

Hull Beddict schnaubte. »Gold und Blut sind nicht das Gleiche.«

»Ach nein?«, fragte Buruk herausfordernd. »Hiroth-Krieger, die Kreise, die ich vertrete, würden sich jetzt und immer an verpflichtende Abmachungen halten. Leider ist Lether ein vielköpfiges Tier. Am sichersten könnte man die gierigeren Elemente durch ein Bündnis unter Kontrolle halten – ein Bündnis zwischen den Edur und denjenigen Letherii, die sich an die Worte halten, die unsere beiden Völker binden.«

Binadas wandte sich ab. »Spart Euch Eure Worte für den Hexenkönig auf«, sagte er. »Ich werde Euch ins Dorf geleiten. Das ist alles, was wir voneinander wissen müssen.«

Schulterzuckend stapfte Buruk der Bleiche zu seinem Wagen zurück. »Auf die Beine, Nerek! Von hier aus geht's bergab, das ist nur recht und billig!«

Seren schaute zu, wie der Kaufmann in den Wagen kletterte und aus ihrem Blickfeld verschwand, während die Nerek hin und her zu hasten begannen. Ein kurzer Seitenblick zeigte ihr, dass Hull und Binadas einander ansahen. Der Wind trug ihr die Worte, die sie wechselten, zu.

»Ich werde mich gegen Buruks Lügen aussprechen«, sagte Hull. »Er wird versuchen, euch mit schönen Zusicherungen und Versprechungen einzulullen, die allesamt keinen Stummel wert sind.«

Binadas zuckte die Schultern. »Wir haben die Fallen gesehen, die ihr den Nerek und den Tarthenal gestellt habt. Jedes Wort ist ein Knoten in einem unsichtbaren Netz. Dagegen waren die Schwerter der Nerek zu stumpf. Die Tarthenal haben zu lange gebraucht, um wütend zu werden. Die Faraed konnten vor Verwirrung nur lächeln. Wir sind nicht wie diese Stämme.«

»Ich weiß«, sagte Hull. »Mein Volk glaubt an das Aufstapeln von Goldmünzen, mein Freund. Immer eine auf die andere, höher und höher hinauf zu ruhmreichen Höhen. Dieses Höhersteigen kündet von Fortschritt, und der Hang zum Fortschritt ist allen Zivilisationen eigen. Fortschritt, Binadas, ist die Überzeugung, aus der die Vorstellung von Schicksal erwächst. Die Letherii glauben an das Schicksal – an ihr eigenes Schicksal. Sie glauben, einen Anspruch auf alles zu haben, aufgrund der Tugenden, zu denen sie sich bekennen. Der leere Thron ist stets bereit, in Besitz genommen zu werden.«

Binadas lächelte bei Hulls Worten, doch es war ein gequältes Lächeln. Plötzlich wandte er sich an Seren Pedac. »Freisprecherin. Gesellt Euch bitte zu uns. Beeinträchtigen alte Wunden Hull Beddicts Blick auf Lether?«

»Das Schicksal fügt uns allen Wunden zu«, erwiderte sie, »und wir Letherii tragen die Narben mit Stolz. Die meisten von uns«, fügte sie mit einem entschuldigenden Seitenblick auf Hull hinzu.

»Ist das eine Eurer Tugenden?«

»Ja, wenn Ihr es so nennen wollt. Wir verfügen über die Gabe, Gier unter dem Mantel der Freiheit zu verbergen. Was in der Vergangenheit liegende verwerfliche Taten angeht, so ziehen wir es vor, sie nicht weiter zu beachten. Schließlich bedeutet Fortschritt, stets nach vorne zu blicken, und was auch immer wir unterwegs niedergetrampelt haben, sollte man am besten vergessen.«

»Dann«, sagte Binadas, der noch immer lächelte, »kennt der Fortschritt kein Ende.«

»Unsere Wagen rollen unaufhörlich den Hügel hinunter, Hiroth. Schneller und schneller.«

»Bis sie gegen eine Mauer prallen.«

»Durch die meisten brechen wir einfach hindurch.« Das Lächeln verblasste, und Seren glaubte einen traurigen Ausdruck in den Augen des Edur entdeckt zu haben, ehe er sich abwandte. »Wir leben in verschiedenen Welten.«

»Und ich würde mich für eure entscheiden«, sagte Hull Beddict.

Binadas warf ihm einen Blick zu, sein Gesichtsausdruck war seltsam. »Würdest du das, mein Freund?«

Etwas im Tonfall des Hiroth sorgte dafür, dass sich Seren Pedacs Nackenhaare aufstellten.

Hull runzelte die Stirn, was darauf hindeutete, dass er diese Frage ebenfalls etwas merkwürdig fand.

Danach wurden keine weiteren Worte mehr gewechselt, und Seren Pedac erlaubte Hull und Binadas, die Gruppe auf dem Pfad anzuführen, wobei sie ihnen so viel Abstand ließ, dass sie sich ungestört unterhalten konnten. Dennoch schienen sie nicht geneigt, miteinander zu sprechen. Sie beobachtete sie, ihre aufeinander abgestimmten Schritte, die Art, wie sie gingen. Und sie wunderte sich.

Hull war so offensichtlich verloren. Er versuchte, die Tiste Edur als Werkzeug für seine eigene Rache zu benutzen. Er würde sie in den Krieg treiben, wenn er könnte. Doch Zerstörung brachte nur Hader, und sein Traum, im Blutbad und der Asche eines Gemetzels seinen Seelenfrieden zu finden, erregte ihr Mitleid. Allerdings durfte sie nicht zulassen, dass dies sie blind für die Gefahr machte, die er darstellte.

Seren Pedac mochte ihr eigenes Volk nicht sonderlich. Der gierige Hunger der Letherii sowie ihre Unfähigkeit, auch einmal einen Standpunkt einzunehmen, der nicht ihren eigenen Zwecken diente, waren im Grunde verantwortlich für einen ganzen Haufen blutiger

Zusammenstöße mit jeder fremden Macht, auf die sie trafen. Und eines Tages würden sie ihren Meister finden. *Die Wagen werden an einer Mauer zerschellen, die fester ist als alle, die wir bisher gesehen haben. Werden es die Tiste Edur sein?* Das schien ihr nicht sehr wahrscheinlich. Klar, sie verfügten über gewaltige Zauberei, und grimmigere Kämpfer waren den Letherii auch noch nicht begegnet. Doch alle Stämme zusammengenommen zählten weniger als eine Viertel Million Köpfe. Allein König Diskanars Hauptstadt war die Heimat von mehr als einhunderttausend Menschen, und es gab in Lether ein halbes Dutzend weiterer Städte, die fast genau so groß waren. Mit den Protektoraten jenseits der Drachensee und im Osten konnte die Hegemonie sechshunderttausend Soldaten ausheben und ins Feld schicken, vielleicht sogar mehr. Und bei jeder Legion würde sich ein Meister der Zauberei befinden, der vom Ceda Kuru Qan persönlich ausgebildet worden war. Die Edur würden zerschmettert werden. Ausgelöscht.

Und Hull Beddict …

Es kostete sie einige Mühe, ihre Gedanken von ihm abzuwenden. Letzten Endes musste er seine Entscheidung selbst treffen. Abgesehen davon, vermutete sie, würde er sowieso nicht auf ihre Warnungen hören.

Seren Pedac gestand sich ein, dass sie selbst unsicher und verwirrt war. Würde sie einen Frieden um jeden Preis befürworten? Was war der Lohn einer Kapitulation? Für die Letherii Zugriff auf die Reichtümer, die derzeit noch von den Edur beansprucht wurden. Alles, was das Meer hergab. *Und die Schwarzholzbäume …*

Natürlich. Wir hungern nach dem lebenden Holz, nach Baumaterial für Schiffe, die sich selbst heilen können, die die Wellen schneller durchschneiden als unsere schlankesten Galeeren, die jeder Magie widerstehen, die auf sie losgelassen wird. Darum geht es in Wirklichkeit bei diesem Spiel.

Doch König Diskanar war kein Narr – von ihm gingen diese Bestrebungen nicht aus. Dafür hätte Kuru Qan gesorgt. Nein, dies war das Spiel der Königin. Welch ein Dünkel, zu glauben, die Letherii könnten das lebende Holz beherrschen und die Edur würden ihre

Geheimnisse so leicht preisgeben, die geheimnisvollen Künste, mit denen sie den Willen der Schwarzholzbäume beschwatzten und deren Macht an ihre eigene banden.

Die Jagd auf die Stoßzähnigen Robben war eine Finte. Der finanzielle Verlust war Teil eines weitaus größeren Plans, eine Investition mit dem Ziel, politische Gewinnanteile einzustreichen, die wiederum die Verluste hundertfach ausgleichen würden. Und nur Leute, die so reich waren wie die Königin oder Kanzler Triban Gnol konnten solche Verluste auffangen. Schiffe, mit Schuldnern bemannt, denen in Aussicht gestellt wurde, dass ihre Schulden im Falle ihres Todes gelöscht würden. Die ihr Leben zugunsten ihrer Kinder und Enkel aufgaben. Es war bestimmt nicht schwierig gewesen, die Schiffe zu bemannen. Blut und Gold also.

Sie konnte nicht wissen, ob ihr Verdacht wirklich zutraf, doch es schien alles zu passen, und die Sache an sich kam ihr ebenso bitter und widerwärtig vor wie anscheinend auch Buruk dem Bleichen. Die Tiste Edur würden das Schwarzholz niemals abtreten. Und so stand das Ergebnis schon von vornherein fest. Es würde Krieg geben. *Und Hull Beddict wird sich zum eifrigsten Befürworter dieses Krieges machen. Ein ahnungsloser Agent der Königin. Kein Wunder, dass Buruk nichts gegen seine Anwesenheit hat.*

Und welche Rolle würde sie spielen? *Ich gebe diesem wirren Wahnsinn das Geleit. Nichts weiter. Halte Abstand, Seren Pedac.* Sie war Freisprecherin. Sie würde das tun, womit sie betraut worden war. Sie würde Buruk den Bleichen abliefern.

Nichts wird entschieden werden. Nicht von uns. Das Ende des Spiels wird erst beim Großen Treffen kommen.

Könnte sie in diesem Gedanken doch nur Trost finden!

Ein Stück voraus wurden Hull Beddict und Binadas Sengar vom Wald verschluckt. Und mit jedem Schritt, den sie machte, rückten Dunkelheit und Schatten näher heran.

Jedem Verbrecher, der mit einem Sack voller Stummel auf dem Rücken durch den Kanal schwimmen konnte, wurde die Freiheit geschenkt. Die Zahl der Münzen hing von der Art seines Vergehens ab. Diebstahl, Entführung, Zahlungsverweigerung, Beschädigung fremden Eigentums und Mord führten zur Höchststrafe von fünfhundert Stummeln. Unterschlagung, grundlose Angriffe, Flüche auf den Leeren Thron, den König oder die Königin in der Öffentlichkeit erforderten dreihundert Stummel als Wiedergutmachung. Das geringste Bußgeld, einhundert Stummel, wurde für Herumlungern, das Verrichten der Notdurft in der Öffentlichkeit und Respektlosigkeit verhängt.

Dies waren die Bußgelder für Männer. Frauen, die wegen solcher Vergehen verurteilt wurden, wurden jeweils mit dem halben Gewicht belastet.

Konnte jemand das Bußgeld bezahlen, tat er das, und damit wurde sein Strafregister gelöscht.

Auf die, die nicht bezahlen konnten, wartete der Kanal.

Das Tauchfest war mehr als ein öffentliches Spektakel, es war das wichtigste Ereignis in einem Haufen von Aktivitäten, durch die in Letheras täglich Schicksale entschieden wurden. Da nur wenige Verbrecher es jemals schafften, mit ihrer Last den Kanal zu durchqueren, wurden auf die zurückgelegte Strecke und die Anzahl der Schwimmzüge Wetten abgeschlossen. Genauso wie auf Auftauchen, Fuchteln, Zappeln und Untergehen.

An den Verbrechern waren Seile befestigt, die es ermöglichten, die Münzen zurückzuholen, sobald der Tod durch Ertrinken bestätigt worden war. Der Leichnam wurde zurück in den Fluss geworfen. *Schuldig wie Schlamm.*

Brys Beddict fand Finadd Gerun Eberict auf der Zweiten Stufe, die Aussicht auf den Kanal gewährte, inmitten einer Menge ähnlich privilegierter Zuschauer des morgendlichen Tauchfests. Buchmacher schwärmten durch das Gewühl, verteilten Zahlungsfliesen und nahmen Wetten an. Einzelne Stimmen hallten durch die Luft, übertönten das Summen erregter Unterhaltungen. Ganz in der Nähe kreischte eine Frau, lachte dann. Männerstimmen antworteten.

»Finadd.«

Das flache, narbige Gesicht, das praktisch jeder Bürger kannte, wandte sich Brys zu; dünne Augenbrauen hoben sich, als der Mann ihn erkannte. »Kämpe des Königs. Ihr kommt genau rechtzeitig. Gleich wird Ublala Pung schwimmen gehen. Ich habe achthundert Stummel auf den Scheißkerl gesetzt.«

Brys Beddict lehnte sich auf die Brüstung. Er musterte die Wachen und Amtsdiener auf der in den Kanal führenden Rampe unter ihnen. »Ich habe den Namen schon gehört«, sagte er, »aber ich kann mich nicht mehr an sein Verbrechen erinnern. Ist er das?« Er deutete nach unten auf eine in einen Umhang gehüllte Gestalt, die die Umstehenden deutlich überragte.

»Das ist er. Ein Tarthenal-Halbblut. Deshalb haben sie seinem Bußgeld noch zweihundert Stummel hinzugefügt.«

»Was hat er getan?«

»Was hat er nicht getan? Drei Morde, Zerstörung von Eigentum, tätliche Bedrohung, zwei Entführungen, Fluchen, Betrug, Zahlungsverweigerung und Verrichten der Notdurft in der Öffentlichkeit. Alles binnen eines Nachmittags.«

»Der Krawall bei Urums Pfandhaus?« Der Verbrecher hatte seinen Umhang abgeworfen. Er trug nur einen Lendenschurz. Seine blanke Haut war mit den Narben von Peitschenbieben übersät. Die Muskeln darunter waren gewaltig.

»Ja, genau.«

»Und was hat man ihm dafür aufgebrummt?«

»Viertausenddreihundert.«

Erst jetzt sah Brys den ungeheuerlichen, doppelt gefütterten Sack, der behelfsmäßig auf dem Rücken des riesigen Mannes befestigt wurde. »Beim Segen des Abtrünnigen, er wird keinen einzigen Schwimmzug schaffen.«

»Das ist die allgemeine Meinung«, sagte Gerun. »Alle wetten auf Fuchteln, Zappeln und Untergehen. Keine Schwimmzüge, kein Auftauchen.«

»Und Eure Quote?«

»Siebzig zu eins.«

Brys runzelte die Stirn. Solche Gewinnchancen konnten nur eines bedeuten. »Ihr glaubt, er wird es schaffen!«

Bei diesem Ausruf drehten sich Köpfe, das Stimmengewirr um sie herum wurde lauter.

Gerun lehnte sich auf die Brüstung, sog tief die Luft zwischen den Zähnen hindurch ein und gab dabei das mittlerweile berüchtigte, pfeifende Geräusch von sich. »Die meisten Mischlinge mit Tarthenal-Blut in den Adern bekommen die miesesten Charakterzüge ab«, murmelte er und grinste dann plötzlich. »Aber bei Ublala Pung ist das anders.«

Ein Aufschrei der Menge, die den Laufgang und die Stufen säumte, wie auch vom gegenüberliegenden Kanalufer. Die Wachen führten den Verbrecher die Rampe entlang. Ublala ging vornübergebeugt, er mühte sich unter dem Gewicht des Sacks. An der Wasserlinie stieß er die Wachen beiseite und drehte sich um.

Er zog seinen Lendenschurz herunter. Und urinierte in hohem Bogen.

Irgendwo schrie eine Frau auf.

»Sie werden den Leichnam rausfischen«, sagte ein Händler ehrfürchtig, »unten bei den Wirbeln. Ich habe gehört, es gibt Ärzte, die können …«

»Und dafür würdest du doch glatt eine Spitze zahlen, was, Zöllchen«, unterbrach ihn sein Begleiter.

»Mir fehlt nichts, Hulbat – kümmere dich lieber um dich! Ich habe nur *gesagt* …«

»Und zehntausend Frauen *träumen* jetzt!«

Es wurde schlagartig still, als Ublala Pung sich zum Kanal umdrehte.

Und dann vorwärts ins Wasser schritt. Bis zu den Hüften, der Brust, den Schultern.

Einen Augenblick später verschwand sein Kopf im trüben, fauligen Wasser.

Kein Fuchteln, kein Zappeln. Diejenigen, die auf Untergehen gesetzt hatten, jubelten triumphierend. Die Menge begann sich zu zerstreuen, einzelne Gestalten umringten die Buchmacher.

»Brys Beddict, wie weit ist es bis zur anderen Seite?«

»Einhundert Schritt.«

»Stimmt.«

Sie lehnten sich immer noch auf die Brüstung. Nach einem kurzen Moment warf Brys dem Finadd einen spöttischen Blick zu. Gerun nickte in Richtung der Rampe. »Seht Euch die Leine an, mein Junge.«

Um die Rückholleine herum herrschte eine gewisse Unruhe, und Brys sah – ungefähr zum gleichen Zeitpunkt, da lauter werdende Stimmen darauf hindeuteten, dass auch andere es sahen –, dass die Rolle sich immer noch abwickelte. »Er geht am Grund entlang!«

Brys stellte fest, dass er den Blick nicht von dem sich abwickelnden Seil lassen konnte. Ein Dutzend Herzschläge. Zwei Dutzend. Ein halbes Hundert. Und noch immer schlängelte sich das Seil ins Wasser.

Die Rufe und Schreie erreichten eine ohrenbetäubende Lautstärke. Tauben flatterten von den nahe gelegenen Dächern in die Luft auf und stoben voller Panik auseinander. Wettende stritten sich mit Buchmachern um Zahlungsfliesen. Jemand fiel von der Dritten Stufe – und verfehlte dabei den Kanal unglücklicherweise um gerade mal zwei Schritt. Er prallte auf die Pflastersteine und rührte sich nicht mehr; ein Kreis von Schaulustigen drängte sich um seinen Körper.

»Das war's«, seufzte Eberict.

Eine Gestalt tauchte auf der gegenüberliegenden Rampe auf. Schlamm strömte an ihr herunter.

»Vier Lungenflügel, mein Junge.«

Achthundert Stummel. Bei siebzig zu eins. »Ihr seid ein reicher Mann, der gerade eben noch reicher geworden ist, Finadd.«

»Und Ublala Pung ist ein freier Mann. Ach übrigens, ich habe vorhin Euren Bruder gesehen. Tehol. Drüben, auf der anderen Kanalseite. Er hatte einen Rock an.«

»Stellt Euch nicht so dicht neben mich, Shand – nein, etwas näher, damit Ihr verstehen könnt, was ich sage, aber nicht *zu* nah. Nicht so, dass es aussieht, als würden wir einander kennen.«

»Ihr habt den Verstand verloren«, erwiderte sie.

»Vielleicht. Aber egal. Seht Ihr den Mann?
»Welchen?«
»Den Verbrecher natürlich. Das Halbblut, das Urums Pfandhaus zerlegt hat – der Wucherer hat es nebenbei bemerkt verdient …«
»Tarthenal haben vier Lungenflügel.«
»Er auch. Ich nehme an, Ihr habt nicht gewettet?«
»Ich verachte Glücksspiele.«
»Sehr witzig, Schätzchen.«
»Was ist mit ihm?«
»Heuert ihn an.«
»Mit Vergnügen.«
»Und dann kauft ihm etwas zum Anziehen.«
»Muss ich das tatsächlich?«
»Er wird nicht wegen seiner körperlichen Attribute eingestellt – nun, zumindest nicht wegen *dieses* Attributs. Ihr drei braucht einen Leibwächter.«
»Er kann meinen Leib bewachen, wann immer er will.«
»Das war's für heute, Shand. Mehr habe ich Euch nicht zu sagen.«
»Nein, das war's noch nicht, Tehol. Heute Abend. In der Werkstatt. Und bringt Bagg mit.«
»Alles läuft wie geplant. Es besteht kein Grund …«
»Seid da.«

Vor vier Jahren hatte Finadd Gerun Eberict ganz allein einen Mordanschlag auf König Diskanar vereitelt. Er war spät in der Nacht zum Palast zurückgekehrt und vor der Tür zu den privaten Gemächern des Königs auf die Leichen zweier Wachen gestoßen. Ein Angriff mittels Zauberei hatte ihre Lungen mit Sand gefüllt, so dass sie erstickt waren. Die Leichen waren noch warm und die Tür stand weit offen.

Der Finadd der Palastgarde hatte sein Schwert gezogen. Er stürmte ins Schlafzimmer des Königs, wo er drei Gestalten vorfand, die sich über den schlafenden Ezgara Diskanar beugten. Ein Magier und zwei Assassinen. Gerun tötete den Zauberer zuerst, mit einem Hieb in den Nacken, der das Rückenmark durchtrennte. Dann musste er den Angriff des näheren Assassinen aufhalten, wobei sich seine Schwertspitze knapp unterhalb des linken Schlüsselbeins in die Brust des Mannes grub. Eine, wie sich erweisen sollte, tödliche Wunde. Der zweite Assassine schleuderte seinen Dolch auf das Gesicht des Finadd. Wahrscheinlich hatte er auf eines von Geruns Augen gezielt, doch der Finadd warf den Kopf zurück, und die Messerspitze traf seinen Mund, durchschnitt beide Lippen, krachte dann hart gegen seine Vorderzähne. Schob sie auseinander, wo die Klinge stecken blieb.

Das Schwert in Geruns Hand hackte nach unten, zerschmetterte den ausgestreckten Arm des Assassinen. Drei weitere wilde Hiebe töteten ihn.

Dieses letzte Handgemenge war von dem inzwischen erwachten König mit weit aufgerissenen Augen beobachtet worden.

Zwei Wochen später kniete Finadd Gerun Eberict, dessen Atem nun durch die neue Lücke zwischen seinen Vorderzähnen pfiff, im Thronraum vor Ezgara Diskanar, wo ihm vor der versammelten Menge der Königliche Freibrief verliehen wurde. Für den Rest seines Lebens war er immun gegen jeden Schuldspruch. Es stand ihm, kurz gesagt, frei zu tun, was ihm beliebte und mit wem es ihm beliebte; hiervon war nur die Familie des Königs ausgenommen.

Es kam nie heraus, wer hinter dem Attentat gesteckt hatte.

Seit damals war Gerun Eberict auf einem privaten Kreuzzug. Ein einsamer, unerbittlicher Rächer. Es war bekannt, dass er persönlich einunddreißig Bürger ermordet hatte, einschließlich zweier reicher, hoch angesehener und politisch mächtiger Kaufleute, und darüberhinaus wurde er mit mindestens einem Dutzend weiterer geheimnisvoller Todesfälle in Verbindung gebracht. Er war, kurz gesagt, der gefürchtetste Mann von ganz Letheras geworden.

Und er war in dieser Zeit auch reich geworden.

Doch trotz alledem blieb er ein Finadd in der Garde des Königs und war somit an die üblichen Verpflichtungen gebunden. Brys Beddict hatte den Verdacht, dass die Entscheidung, Gerun Eberict mit der Delegation mitzuschicken und gleichzeitig die Stadt von seiner Anwesenheit zu befreien, ein Zeichen für die Königin und den

Prinzen sein sollte. Und Brys fragte sich, ob der König sein Dekret mittlerweile bedauerte.

Die beiden Palastwachen schritten Seite an Seite über die Sulanbrücke und betraten das Proviantmeister-Viertel. Der Tag war heiß, fedrige weiße Wolken standen hoch am Himmel. Sie betraten das »Rilds«, ein Etablissement, das für seine Fischgerichte ebenso bekannt war wie für ein alkoholisches Getränk, das aus Orangenschalen, Honig und dem Sperma Stoßzähniger Robben hergestellt wurde. Sie setzten sich in den Innenhof, an Geruns persönlichen Tisch.

Sobald sie etwas zu essen und zu trinken bestellt hatten, lehnte sich Gerun Eberict auf seinem Stuhl zurück und schaute Brys neugierig an. »Seid Ihr heute als Kämpe des Königs mein Gast?«

»In gewisser Weise«, räumte Brys ein. »Mein Bruder Hull begleitet Buruk den Bleichen. Man geht davon aus, dass Buruk bis zum Großen Treffen bei den Edur bleiben wird. Man macht sich Sorgen wegen Hull.«

»Was für Sorgen?«

»Nun, Ihr habt ihn vor vielen Jahren gekannt.«

»Das habe ich. Sogar ziemlich gut, in der Tat. Er war damals mein Finadd. Und als ich befördert wurde, haben wir uns bei Porul fürchterlich betrunken und wahrscheinlich ein Dutzend Bastarde mit einer Gruppe Blumentänzerinnen aus Trate gezeugt, die gerade zu Besuch waren. Wie auch immer, die Gruppe wurde so etwa zehn Monate später aufgelöst, wie wir gehört haben.«

»Nun, äh, ja. Er ist nicht mehr derselbe wie damals, müsst Ihr wissen.«

»Ach?«

Die Getränke kamen – bernsteinfarbener Wein für Brys, Stoßzahnmilch für Gerun.

»Ja«, beantwortete Brys die Frage seines Gegenübers. »Ich gehe zumindest davon aus.«

»Hull glaubt an eines, und das ist Loyalität. Das einzige Geschenk, das es seiner Meinung nach wert ist, gegeben zu werden. Zugegeben, sie wurde auf übelste Weise missbraucht, und dabei ist eine neue Liste herausgekommen, die Euer Bruder im Kopf hat und auf der die Namen all jener Männern und Frauen stehen, die ihn verraten haben.« Gerun kippte sein Getränk hinunter und bestellte mit einem Wink ein neues. »Der einzige Unterschied zwischen mir und ihm ist der, dass ich auf *meiner* Liste Namen durchstreichen kann.«

»Und was ist«, sagte Brys leise, »wenn der Name des Königs auf Hulls Liste steht?«

Geruns Blick wurde plötzlich ausdruckslos. »Wie ich schon sagte, ich bin der Einzige, der Namen durchstreicht.«

»Und warum ist Hull dann bei Buruk dem Bleichen?«

»Buruk ist kein Mann des Königs, Brys. Ganz im Gegenteil. Ich freue mich schon darauf, ihm endlich einmal zu begegnen.«

Ein kalter Schauder durchfuhr Brys.

»Wie auch immer«, fuhr Gerun fort, »Euer anderer Bruder interessiert mich sehr viel mehr.«

»Tehol? Sagt mir jetzt nicht, dass er auf Eurer Liste steht.«

Gerun lächelte, entblößte dabei seine schiefen Vorderzähne. »Und wenn ich Euch sagen würde, dass dem so wäre? Aber entspannt Euch, er steht nicht darauf. Noch nicht, jedenfalls. Aber er hat irgendetwas vor.«

»Das kann ich mir kaum vorstellen. Tehol hat schon vor langer Zeit aufgehört, irgendetwas vorzuhaben.«

»Das glaubt Ihr.«

»Ich weiß von nichts, das auf etwas anderes hindeuten könnte, aber mir scheint, Ihr schon.«

Geruns zweites Getränk kam. »Habt Ihr gewusst«, sagte der Finadd und tauchte einen Finger in die dickflüssige, trübe Flüssigkeit, »dass Tehol immer noch Unmengen von Anteilen besitzt? An Liegenschaften, Lizenzen, kaufmännischen Beteiligungen und Frachtunternehmen? Er hat eine ziemlich gute Fassade errichtet, ausreichend, um sicherzustellen, dass niemand darauf kommt, er könnte immer noch aktiv sein.«

»Aber mir scheint, sie war doch nicht gut genug.«

Gerun zuckte die Schultern. »In vielerlei Hinsicht ist Tehol den Weg des Königlichen Freibriefs lange vor mir gegangen – ohne die offizielle Billigung.«

»Tehol hat niemals irgendjemanden getötet …«

Geruns Lächeln bekam etwas Wildes. »Brys, an dem Tag, an dem die Burse zusammengebrochen ist, hat ein knappes Dutzend Finanziers Selbstmord begangen. Und der Zusammenbruch war einzig und allein Tehols Werk. Zu einem perfekt, ja, in der Tat brillant berechneten Zeitpunkt. Er hatte seine eigene Liste, nur hat er ihnen kein Messer in die Kehle gestoßen; stattdessen hat er sie alle zu Geschäftspartnern gemacht. Und sie samt und sonders in den Ruin getrieben …«

»Aber er hat sich dabei auch ruiniert.«

»Aber er hat sich deswegen nicht umgebracht, oder? Hat Euch das nicht stutzig gemacht? Nun, das hätte es tun sollen.«

»Nur, dass es ihm nichts ausgemacht hat.«

»Genau. Brys, sagt mir, wer ist Tehols größter Bewunderer?«

»Ihr?«

»Nein. Oh, ich bin angemessen beeindruckt. So sehr, dass ich nun, wo er wieder anfängt, im Topf herumzurühren, so misstrauisch bin wie die Grube des Abtrünnigen. Nein, ich meine jemand anderen.«

Brys schaute weg. Er versuchte, sich darüber klar zu werden, ob er den Mann mochte, der ihm hier gegenübersaß. Ob er ihm sympathisch genug war, um diese Art von Unterhaltung mit ihm zu führen. Er wusste, dass er das Thema hasste.

Ihr Essen kam.

Nachdem Gerun Eberict eine dritte Stoßzahnmilch bestellt hatte, richtete er seine Aufmerkamkeit auf das gegrillte Filet auf dem silbernen Teller vor ihm.

Brys kam plötzlich in den Sinn, dass er noch niemals eine Frau gesehen hatte, die dieses besondere Getränk trank.

»Ich spreche nicht mit Tehol«, sagte er nach einiger Zeit, den Blick auf seinen eigenen Teller gerichtet, während er langsam das weiße Fleisch auseinander zog, die Reihe von Wirbeln und das Rückgrat freilegte.

»Ihr verachtet, was er getan hat?«

Brys runzelte die Stirn, schüttelte dann den Kopf. »Nein. Aber das, was er danach getan hat.«

»Und das wäre?«

»Nichts.«

»Das Wasser musst sich erst mal wieder klären, mein Junge. Damit er sich in aller Ruhe erneut umschauen und sehen konnte, was noch übrig war.«

»Damit deutet Ihr an, dass er ein bösartiger Genius ist, Gerun.«

»Ja, das tue ich. Tehol hat alles, was Hull nicht hat. Wissen allein reicht nicht. Niemals. Es geht um die Fähigkeit, etwas aus diesem Wissen zu machen. Und das perfekt zu machen. Zum bestmöglichen Zeitpunkt. Mit vernichtenden Konsequenzen. Das ist die Fähigkeit, über die Tehol verfügt. Hull, der Abtrünnige möge ihn beschützen, verfügt nicht darüber.«

Brys blickte auf und schaute dem Finadd in die hellen Augen. »Wollt Ihr andeuten, dass *Hull* Tehols größter Bewunderer ist?«

»Tehol ist Hulls ureigene Inspiration. Und deshalb ist Euer ältester Bruder mit Buruk dem Bleichen unterwegs.«

»Habt Ihr vor, Euch ihm beim Großen Treffen in den Weg zu stellen?«

»Dann könnte es schon zu spät sein, Brys. Vorausgesetzt, das wäre meine Absicht.«

»Dann ist sie es nicht?«

»Ich habe mich noch nicht entschieden.«

»Wollt Ihr, dass es Krieg gibt?«

Geruns Blick blieb gleichmütig. »Diese besondere Flut wühlt den tiefsten Schlamm auf und raubt allen die Sicht. Ein Mann mit einem Ziel kann in dieser Wolke eine ganze Menge erledigen. Und schließlich setzt sich der Schlamm wieder.«

»Und siehe da«, sagte Brys, unfähig, seine Bitterkeit zu verbergen, »plötzlich hat sich die Welt verändert.«

»Möglicherweise.«

»Krieg als Mittel …«

»Zu einem friedlichen Ergebnis …«

»Das in Euren Augen zufrieden stellend ist.«

Gerun schob den Teller von sich und lehnte sich wieder zurück. »Was wäre das Leben ohne Ziele, Brys?«

Brys stand auf. Das Essen auf seinem Teller war nur noch eine chaotische Masse. »Darauf könnte Tehol Euch eine bessere Antwort geben als ich, Finadd.«

Gerun blickte lächelnd zu ihm auf. »Teilt Nifadas und Kuru Qan mit, dass mir die Verwicklungen in Bezug auf das bevorstehende Große Treffen sehr wohl bewusst sind. Und ich bin auch nicht blind gegenüber der Notwendigkeit, mich einige Zeit aus der Stadt zu entfernen. In Erwartung meiner triumphalen Rückkehr habe ich natürlich dafür gesorgt, dass für meine Abwesenheit ein Ausgleich geschaffen wurde.«

»Ich werde Eure Worte übermitteln, Finadd.«

»Ich bedauere, dass Ihr keinen Appetit hattet, Brys. Der Fisch war hervorragend. Das nächste Mal werden wir über Belangloses reden. Ich respektiere und bewundere Euch, Kämpe.«

»Oh, dann stehe ich also nicht auf Eurer Liste.«

»Noch nicht. Das war ein Witz, Brys«, fügte er hinzu, als er den Gesichtsausdruck des Kämpen sah. »Außerdem würdet Ihr mich in Stücke hauen. Wie könnte ich das nicht bewundern? Ich sehe die Sache so: Die Geschichte dieses Jahrzehnts – für unser teures Letheras – lässt sich am prägnantesten verstehen, indem man die Geschichte der drei Beddict-Brüder wahrheitsgetreu erzählt. Und eines ist ganz klar: diese Geschichte ist noch nicht zu Ende.«

So scheint es. »Ich danke Euch für Eure Gesellschaft und die Einladung, Finadd.«

Gerun beugte sich vor und griff nach dem Teller des Kämpen. »Nehmt bitte den Hinterausgang«, sagte er und hielt Brys den Teller hin. »In dem Gässchen dahinten lebt ein Hungerleider. Denkt daran, dass er den silbernen Teller zurückbringen muss – sorgt dafür, dass ihm das klar ist. Sagt ihm, dass Ihr mein Gast wart.«

»In Ordnung, Finadd.«

»Probiert die mal an.«

Tehol starrte die wollene Hose zunächst nur an, dann griff er nach ihr. »Sag mir eins, Bagg – hat es irgendeinen Sinn, dass du weitermachst?«

»Sprecht Ihr von dieser Hose oder meinem armseligen Dasein?«

»Hast du die Mannschaft angeheuert?« Er legte den Rock ab und begann, die Hose anzuziehen.

»Zwanzig der jämmerlichsten Unzufriedenen, die ich finden konnte.«

»Klagen sie?«

»Allesamt, und ich bin mir ziemlich sicher, dass jede einzelne Klage berechtigt ist. Zugegeben, ein paar sind vermutlich zu Recht aus ihren Gilden ausgeschlossen worden.«

»Meist hat die Rücknahme von Beglaubigungen politische Gründe, Bagg. Vergewissere dich einfach nur, dass sie auch wirklich geeignet sind. Alles, was wir von ihnen wollen, ist, dass sie ein Geheimnis bewahren, und dafür ist Missgunst gegenüber den Gilden der beste Beweggrund.«

»Ich bin noch nicht ganz überzeugt. Außerdem haben wir Warnungen von den Gilden bekommen.«

»Von jemandem persönlich?«

»Es waren überbrachte Sendschreiben. Bis jetzt. Euer linkes Knie wird warm bleiben.«

»Warm? Ganz egal, was deine alten rheumatischen Knochen dir auch sagen, Bagg – da draußen ist es *heiß*.«

»Nun, es ist eine Hose für jede Jahreszeit.«

»Tatsächlich? Beruhige die Gilden, dass wir nicht vorhaben, sie zu unterbieten. Ganz im Gegenteil. Und wir zahlen unseren Leuten auch keine höheren Löhne. Und es gibt auch sonst keine Zuwendungen ...«

»Abgesehen von einer Beteiligung am Unternehmen.«

»Davon sagst du nichts, Bagg. Sieh dir die Haare auf meinem rechten Oberschenkel an. Sie stehen zu Berge.«

»Sie mögen den Unterschied nicht.«

»Die Gilden?«

»Nein, Eure Haare. Die Gilden wollen einfach nur wissen, wo beim Abtrünnigen ich eigentlich hergekommen bin. Und wie ich es wagen kann, eine Firma eintragen zu lassen.«

»Mach dir darüber keine Sorgen, Bagg. Sobald sie herausfinden, was du behauptest tun zu können, werden sie von deinem sicheren Scheitern überzeugt sein und dich fortan nicht mehr beachten. Das heißt natürlich, bis du Erfolg hast.«

»Ich habe meine Zweifel.«

»In Bezug auf was?«

»Zieht den Rock wieder an.«

»Ich neige dazu, dir zuzustimmen. Treibe noch ein bisschen Wolle auf. Vorzugsweise in der gleichen Farbe, obwohl ich annehme, dass es darauf nicht unbedingt ankommt. Wie auch immer, wir haben heute Abend ein Treffen mit den drei Schätzchen.«

»Das ist gefährlich.«

»Wir müssen vorsichtig sein.«

»In jeder Hinsicht. Ich habe die Wolle gestohlen.«

Tehol wickelte sich einmal mehr das Betttuch um die Hüften. »Ich werde später herunterkommen und dich mitnehmen. Mach hier ein bisschen sauber, ja?«

»Wenn ich die Zeit dafür finde.«

Tehol kletterte die Leiter zum Dach hinauf.

Das Licht der Sonne wurde schwächer, während sie sich auf den Horizont zubewegte, und tauchte die umliegenden Gebäude in einen warmen Schimmer. Zwei Künstler hatten ihre Staffeleien auf der Dritten Stufe aufgestellt und wetteiferten nun miteinander darum, Tehol und sein Bett unsterblich zu machen. Er winkte ihnen zu, was zu einem lautstarken Streit zu führen schien, und ließ sich dann auf die von der Sonne erwärmte Matratze sinken. Dann starrte er hinauf in den dunkler werdenden Himmel.

Er hatte seinen Bruder Brys beim Tauchfest gesehen. Auf der anderen Kanalseite, im Gespräch mit Gerun Eberict. Es ging das Gerücht, dass Gerun die Delegation zu den Tiste Edur begleiten sollte. Was nicht sonderlich überraschend war. Der König wollte diesen gefährlichen Mann unbedingt aus der Stadt haben.

Das Problem mit Gold war die Art und Weise, wie es sich ausbreitete. An Stellen, wo nichts anderes hingelangte. Es sickerte aus Geheimnissen und blühte in Spalten, die eigentlich hätten leblos sein sollen. Es stolzierte herum, während es doch verborgen, unbemerkt von anderen hätte bleiben sollen. Es war dreist wie irgendwelches Unkraut zwischen den Pflastersteinen, und wenn man Lust hatte, konnte man die Wurzeln das ganze Stück zurückverfolgen. Verwandte von toten Mietlingen, die schlagartig viel Geld auszugeben hatten, und dann schnell – aber nicht schnell genug – durch ihr plötzliches, unerklärliches Ableben von sich reden machten. Eine merkwürdige Durchtrennung aller persönlichen Bande, so dass die Inquisitoren des Königs niemanden mehr hatten, den sie hätten befragen, den sie hätten foltern können, um die Quelle der Verschwörung ausfindig zu machen. Attentatsversuche waren schließlich keine Kleinigkeit, vor allem, wenn der König höchstpersönlich das Ziel war. Und diese Attentäter waren außergewöhnlich, fast schon unglaublich weit gekommen – immerhin waren sie bis in Diskanars Schlafzimmer vorgedrungen, hatten sich bereits über den König gebeugt, den nur noch Herzschläge vom Tod getrennt hatten. Der fragliche Zauberer hatte nie zuvor sonderlich große Fähigkeiten in den einschlägigen Künsten an den Tag gelegt. Sand zu beschwören, um die Lungen zweier Männer damit zu füllen, war höchste Zauberei.

Natürliche Neugier und ein möglicher Vorteil, das waren Tehols Motive gewesen, und er war viel schneller gewesen als die königlichen Inquisitoren. Wie er entdeckt hatte, war ein Vermögen für die Verschwörung ausgegeben worden, die Ersparnisse eines ganzen Lebens.

Offensichtlich hatte nur Gerun Eberict den Plan in vollem Umfang gekannt. Seine Mietlinge hatten bestimmt nicht vorausgesehen, dass ihr Auftraggeber sie angreifen würde. Dass er sie töten würde. Sie hatten sich gewehrt, und einer hätte es sogar beinah geschafft, den Spieß umzudrehen. Der Finadd trug noch immer die Narben an den Lippen und die schiefen Zähne, um zu zeigen, wie knapp die Sache ausgegangen war.

Seine Belohnung war Immunität vor jeglicher Strafverfolgung gewesen. So dass Gerun Eberict nun losziehen und tun und lassen konnte, was er wollte. So dass er andere Menschen für echte und eingebildete Verbrechen, für große und kleine Vergehen zur Rechenschaft ziehen konnte – als Richter und Henker in einer Person. In gewisser Weise bewunderte Tehol den Mann. Das hieß, seine Entschlossenheit, nicht jedoch seine Methoden. Und er bewunderte ihn dafür, dass er sich einen Plan ausgedacht und alles auf eine Karte gesetzt hatte – einen Plan, dessen außerordentliche Kühnheit einem schier den Atem raubte.

Zweifellos hatte Brys offiziell etwas mit dem Mann zu besprechen. Schließlich war er der Kämpe des Königs.

Dennoch fand Tehol es beunruhigend. Es war nicht gut, dass sein jüngerer Bruder so vertraut mit Gerun Eberict umging.

Denn wenn Tehol einen echten Feind besaß, einen Widersacher, der es mit seiner eigenen Klugheit aufnehmen konnte und ihn – wie es schien – an Gemeinheit noch übertraf, dann war das Finadd Gerun Eberict, der Mann mit dem Königlichen Freibrief.

Und dieser Mann hatte herumgeschnüffelt, hatte Leute unter Druck gesetzt. Daher war es sicherer, davon auszugehen, dass Gerun wusste, dass Tehol nicht so verarmt war, wie die meisten glaubten. Dass er nicht vollkommen … untätig war.

Und so galt es in diesem zerknitterten, wirren Gobelin eine neue Falte zu berücksichtigen.

Gerun war unantastbar. Doch das bedeutete nicht, dass er keine Feinde hatte. Zugegeben, er konnte hervorragend mit dem Schwert umgehen, und es war bekannt, dass er über ein Dutzend verschworene, mittels Blut an ihn gebundene Leibwächter verfügte, die ihn beschützten, wenn er schlief. Es ging das Gerücht, sein Anwesen sei uneinnehmbar und verfüge nicht nur über eine eigene Rüstkammer, sondern auch über eine eigene Apotheke mit einem im Haus wohnenden Alchemisten, der sich mit Giften und Gegengiften auskannte, sowie über große Vorratslager und eine unabhängige Wasserversorgung. Alles in allem hatte Gerun buchstäblich für alle möglichen Fälle vorgesorgt.

Außer dem ganz besonderen, dass ein gewisser Tehol Beddict ihm seine ganze Aufmerksamkeit widmen könnte.

Manchmal war die einzige Lösung auch die einfachste und naheliegendste. *Wenn man Unkraut zwischen den Pflastersteinen sieht … reißt man es heraus.*

»Bagg!«

Eine schwache Stimme erklang von unten. »Was ist?«

»Wer hat heute nachmittag Geruns Fliesen für diese Wette gehalten?«

Der grauscheckige Kopf seines Dieners tauchte in der Dachluke auf. »Das wisst Ihr bereits, denn der Bastard gehört Euch. Turbl. Vorausgesetzt, er ist nicht an einer Herzattacke gestorben – oder hat Selbstmord begangen.«

»Turbl? Niemals. Ich vermute, der Bursche packt gerade. Für eine überraschende Reise zu den Äußeren Inseln.«

»Er wird es niemals bis zum Stadttor schaffen.«

»Was wohl bedeutet, dass Gerun hinter dem armen Kerl her ist.«

»Wärt Ihr das nicht? Bei dem Ergebnis?«

Tehol runzelte die Stirn. »Mittlerweile glaube ich, Turbl könnte angesichts des traurigen Zustands seiner Angelegenheiten auch zu dem Schluss gekommen sein, dass Selbstmord eine gute Lösung wäre. Das kommt unerwartet, stimmt, und ist darum nur umso erschreckender. Er hat keine Verwandten, soweit ich mich erinnere. Daher stirbt die Schuld mit ihm.«

»Und Gerun hat achthundert Stummel verloren.«

»Es könnte sein, dass er deswegen zusammenzuckt, aber nicht so sehr, dass du es bemerken würdest. Der Mann ist eine Spitze wert, vielleicht auch mehr.«

»Ihr wisst es nicht?«

»In Ordnung, ich habe ein bisschen verallgemeinert. Natürlich weiß ich es, bis auf den letzten Stummel. Nein, bis auf das letzte Bürschchen. Jedenfalls habe ich gerade gesagt – oder, genauer, darauf hingewiesen –, dass der Verlust von achthundert Stummeln Gerun nicht sonderlich kränken wird. Im Vergleich zu der Tatsache, dass ihm jemand *entkommen ist*. Auf dem einzigen Pfad, dem noch nicht einmal Gerun hartnäckig folgen kann – zumindest nicht willentlich. Also muss Turbl Selbstmord begehen.«

»Ich bezweifle, dass er einwilligen wird.«

»Nein, vermutlich wird er das nicht. Aber bring die Sache in Gang. Geh runter zu den Strudeln. Besorge uns einen geeigneten

Leichnam. Frisch und noch nicht verschrumpelt. Lass dir als Gegenleistung von Turbl zwei oder drei Krüge mit seinem Blut geben ...«

»Was wird es sein? Feuer? Wer bringt sich schon mit Feuer um?«

»Das Feuer wird die unglückliche Folge einer unbeaufsichtigten Öllampe sein. Unbeaufsichtigt wegen des Selbstmords. Leider ist der Leichnam bis zur Unkenntlichkeit verbrannt, aber die Schreiber werden beim Blut des Mannes schwören, von dem es stammt. So arbeiten sie doch, oder?«

»Die Adern eines Mannes lügen nie.«

»Stimmt. Nur – sie können es.«

»Stimmt. Wenn man verrückt genug ist, einen Leichnam ausbluten zu lassen und anschließend neues Blut in ihn hineinzupumpen.«

»Eine grässliche Tätigkeit, Bagg. Ich bin froh, dass du dazu bereit bist.«

Das verschrumpelte Gesicht in der Dachluke verfinsterte sich. »Und was ist mit Turbl?«

»Wir schmuggeln ihn auf dem üblichen Weg nach draußen. Er wollte doch schon immer Angeln gehen. Schick jemanden in den Tunnel, nur für den Fall, dass er früher abhaut als wir erwarten. Geruns Beobachter werden unsere besten Zeugen sein. Oh, was wird der Finadd spucken vor Wut!«

»Ist dies klug?«, fragte Bagg.

»Wir haben keine andere Wahl. Er ist der einzige Mann, der mich aufhalten kann. Also muss ich ihn zuerst erwischen.«

»Wenn er auch nur ahnt, dass Ihr dahinter steckt ...«

»Dann bin ich ein toter Mann.«

»Und ich bin arbeitslos.«

»Unsinn. Die Mädels werden weitermachen. Außerdem bist du mein Begünstigter – inoffiziell, natürlich.«

»War es klug, mir das zu sagen?«

»Wieso nicht? Es war eine Lüge.«

Baggs Kopf verschwand.

Tehol ließ sich wieder auf sein Bett sinken. *Und jetzt muss ich einen Dieb finden. Einen guten.*

Oh! Ich weiß, wer da die Richtige ist. Armes Schätzchen ...

»Bagg!«

Shurq Elalles Schicksal hatte sich zum Schlechten gewendet. Es hatte nichts mit ihrem Gewerbe zu tun, denn ihre Fähigkeiten in der Kunst des Diebstahls waren unter den Gesetzlosen legendär. Nein, nur ein Streit mit ihrem Vermieter, der sich traurigerweise zu einem Mordversuch seinerseits ausgewachsen hatte, woraufhin sie natürlich – in aller Rechtmäßigkeit – reagierte, indem sie ihn aus dem Fenster warf. Der Sturz des glücklosen Mannes wurde unglücklicherweise von einem Kaufmann aufgehalten, der die Straße entlangwatschelte. Der Vermieter brach sich das Genick. Genau wie der Kaufmann.

Unachtsame Selbstverteidigung, die zum Tode eines Unschuldigen geführt hatte, so hatte die Anklage gelautet. Vierhundert Stummel, und davon die Hälfte. Normalerweise hätte Shurq das Bußgeld bezahlen können, und das wäre es dann gewesen. Leider hatte sich der Streit mit ihrem Vermieter an der Tatsache entzündet, dass ein gewisser Goldvorrat auf unerklärliche Weise aus ihrem Versteck verschwunden war. Ohne einen einzigen Stummel in der Tasche war sie runter zum Kanal marschiert.

Trotz alledem – sie war eine gesunde Frau und gut in Form. Zweihundert Stummel wären wahrscheinlich zu schaffen gewesen – hätte sich das Rückholseil nicht an den Stacheln eines einundvierzig Steine schweren Wolfsfischs verfangen, der an die Oberfläche gekommen war, um einen Blick auf die Schwimmerin zu werfen, und danach wieder zum Grund hinabgetaucht war, wobei er Shurq mit sich gerissen hatte.

Wolfsfische waren selten im Kanal, und sie fraßen nur Männer. Niemals Frauen. Niemand wusste, warum das so war.

Shurq Elalle ertrank.

Doch, wie sich herausstellte, konnte man tot sein und man konnte tot sein. Ohne dass Shurq es wusste, war sie von einem ihrer früheren Opfer verflucht worden. Ein Fluch, der voll bezahlt und vom Leeren Tempel geweiht worden war. Obwohl ihre Lungen sich also mit fauligem Wasser gefüllt hatten, ihr Herz stehen geblieben war und Körper und Geist auch alle anderen sichtbaren Tätigkeiten eingestellt hatten, stand sie schließlich, nachdem man sie aus dem Kanal zurückgeholt hatte, schlammverschmiert und mit trüben Augen, deren Weiß von aufgeplatzten Blutgefäßen und totem Blut bräunlich verfärbt war, einfach so da – alles in allem eine absolut jämmerliche und traurig verwirrte Gestalt.

Von da an gingen ihr selbst die Gesetzlosen und die Obdachlosen aus dem Weg. Genauer gesagt, alle Lebenden. Sie gingen an ihr vorbei, als wäre sie tatsächlich ein Geist, eine tote Erinnerung.

Ihr Fleisch verweste nicht, auch wenn ihre Blässe auffallend ungesund aussah. Auch ihre Reaktionen und Fertigkeiten waren keineswegs schlechter als früher. Sie konnte sprechen. Sehen. Hören. Denken. Doch all das vermochte ihre Stimmung nicht merklich zu verbessern.

Bagg fand sie dort, wo sie nach Tehols Meinung zu finden sein sollte. In einer Gasse hinter einem Bordell. Wo sie, wie jede Nacht, auf die Laute der Lust lauschte – echte und vorgetäuschte –, die aus den Fenstern über ihr drangen.

»Shurq Elalle.«

Teilnahmslose, trübe Augen richteten sich auf ihn. »Ich schenke kein Vergnügen«, sagte sie.

»Das tue ich in diesen Tagen leider auch nicht. Ich bin hier, um Euch einen unbeschränkten Kontrakt meines Herrn zu überbringen.«

»Und wer soll das sein?«

»Kann ich noch nicht sagen. Es geht um Diebstahl, Shurq.«

»Was brauche ich noch an Reichtum?«

»Nun, das dürfte von der Art des Reichtums abhängen, würde ich vermuten.«

Sie trat aus der im Schatten liegenden Nische, in der sie gestanden hatte. »Und was glaubt dein Herr, was ich mir wünsche?«

»Darüber lässt sich verhandeln.«

»Weiß er, dass ich tot bin?«

»Natürlich. Und er lässt Euch sein Bedauern übermitteln.«

»Tatsächlich?«

»Nein, das habe ich mir ausgedacht.«

»Niemand heuert mich mehr an.«

»Aus diesem Grund wusste er, dass Ihr verfügbar sein würdet.«

»Niemand mag meine Gesellschaft.«

»Nun, ein Bad könnte nicht schaden, aber er ist darauf vorbereitet, Euch Zuschüsse zu gewähren.«

»Ich werde mit ihm sprechen.«

»Sehr gut. Er hat Eure Wünsche vorhergesehen. Um Mitternacht.«

»Wo?«

»Ein Dach. Mit einem Bett.«

»Er?«

»Ja.«

»In seinem Bett?«

»Oh … ich bin mir nicht sicher, ob er das im Sinn hatte …«

»Freut mich zu hören. Ich mag ja tot sein, doch ich bin nicht leicht zu haben. Ich werde da sein. Von Mitternacht bis Viertel nach. Nicht länger. Wenn er mich in dieser Zeitspanne überzeugen kann, schön und gut. Wenn nicht – sein Pech.«

»Das sollte mehr als ausreichen, Shurq.«

»Du bist ein Narr, darauf zu vertrauen.«

Bagg lächelte. »Ach, tatsächlich?«

»Wo ist Bagg?«

»Er wird herkommen.« Tehol schritt hinüber zum Sofa und ließ sich darauf nieder, zog die Beine an, bis er sich bequem zurücklehnen konnte. Er beäugte die drei Frauen. »Nun, was ist so wichtig, dass ich riskieren muss, wegen dieses leichtsinnigen Treffens entdeckt zu werden?«

Shand strich sich mit der schwieligen Hand über den kahlen Schädel. »Wir wollen wissen, was Ihr im Schilde führt, Tehol.«

»Genau«, sagte Rissarh.

Hejun hatte die Arme verschränkt, und sie blickte finster drein, als sie hinzufügte: »Wir brauchen keinen Leibwächter.«

»Oh, den habe ich ganz vergessen. Wo ist er?«

»Er hat gesagt, er wollte ein paar Habseligkeiten zusammensuchen«, sagte Shand. »Er müsste eigentlich jeden Augenblick hier auftauchen. Nein, die anderen sind ihm noch nicht begegnet.«

»Ach, deshalb haben sie Zweifel an Eurer Begeisterung.«

»Sie ist dafür bekannt, dass sie übertreibt«, sagte Rissarh.

»Außerdem«, schnappte Hejun, »was hat das alles damit zu tun, dass er ein Leibwächter ist? Es ist mir egal, wie groß sein ...«

Die Tür zum Lagerhaus quietschte, und alle wandten den Kopf.

Ublala Pungs rundes Gesicht spähte furchtsam herein; es befand sich knapp unter dem Dachvorsprung.

»Werter Herr!«, rief Tehol. »Bitte, komm herein!«

Das Halbblut zögerte. Der Blick seiner hellen Augen flackerte zwischen Shand, Rissarh und Hejun hin und her. »Da sind ... drei ...«, sagte er.

»Drei was?«

»Frauen.«

»Ja, in der Tat«, sagte Tehol. »Und ...?«

Ublala runzelte die Stirn und schürzte die Lippen; es sah aus, als zöge er einen Flunsch.

»Mach dir keine Sorgen.« Tehol wedelte einladend mit einer Hand. »Ich verspreche dir, dich vor ihnen zu beschützen.«

»Wirklich?«

»Aber ja. Komm herein, Ublala Pung, und sei willkommen.«

Der große Mann stieß die Tür weiter auf und schob sich herein.

Zu Ublalas Habseligkeiten zählten offensichtlich weder eine Hose noch ein Lendenschurz. Er war genauso nackt, wie er es unten am Kanal gewesen war. Nicht, dass irgendeine Art von Kleidung viel von seinen Attributen verborgen hätte, schloss Tehol nach einem Augenblick verzagten Nachdenkens. *Nun, da sollte ich mir besser nichts draus machen.* »Hast du Hunger? Durst? Entspanne dich, mein Freund. Stell deine Tasche ab ... ja, da ist es gut. Setz dich – nein, auf die Bank, nicht auf den Stuhl. Es würde damit enden, dass du ihn tragen würdest, was mir nun, wo ich darüber nachdenke ... nein, vermutlich nicht. Ublala, diese Frauen brauchen einen Leibwächter. Ich gehe davon aus, dass du Shands Angebot angenommen hast ...«

»Ich dachte, es geht nur um sie.«

»Und ändert das etwas?«

»Es macht es schwieriger.«

»Zugegeben. Aber die meiste Zeit wirst du hier sein …« Tehols Stimme verklang, als ihm endlich klar wurde, dass Shand, Rissarh und Hejun sich seit Ublalas Ankunft weder bewegt noch ein Wort gesagt hatten. *Oh … also wirklich …*

Nisall war seit drei Jahren die Erste Konkubine des Königs. Mit diesem Titel war keine offizielle Macht verbunden, abgesehen von der, welche die Frau, die ihn trug, aus eigener Kraft erreichen konnte. Im Laufe der Geschichte hatte es beträchtliche Unterschiede gegeben, oft ebenso abhängig von der Kraft des jeweiligen Königs, wie von der der Königin und des Kanzlers.

Im Augenblick gab es sechs Konkubinen. Die anderen waren junge unbedeutende Töchter mächtiger Familien, die eher als Investitionen in die Zukunft dienten. Sie sollten die Aufmerksamkeit des Prinzen ebenso erregen wie die des Königs. Wie die vier Galane der Königin waren sie in einem abseits gelegenen, abgeschlossenen Teil des Palasts untergebracht. Nur dem Ersten Galan Turudal Brizad und der Ersten Konkubine war es erlaubt, mit irgendjemand anderem als der königlichen Familie Kontakt zu haben.

Brys Beddict verbeugte sich vor Nisall und salutierte dann Preda Unnutal Hebaz. Er war nicht überrascht, die Erste Konkubine im Arbeitszimmer der Preda zu finden. Nisall hatte schon vor langer Zeit entschieden, wem ihre Loyalität galt.

»Kämpe.« Die junge Frau lächelte. »Unnutal und ich haben gerade über Euch gesprochen.«

»Genauer gesagt«, fügte die Preda hinzu, »haben wir Mutmaßungen über den Inhalt des Gesprächs angestellt, das Ihr heute morgen mit Finadd Gerun Eberict geführt habt.«

»Preda, ich bedauere, dass ich Euch verspätet Bericht erstatte.«

»Einen mittlerweile gut einstudierten Bericht«, sagte Nisall, »in Anbetracht der Tatsache, dass Ihr bereits aufgefordert wurdet, ihn dem Ersten Eunuchen und Ceda Kuru Qan zu übermitteln. Daher werden wir Euch einen gewissen Mangel an Feuer hinsichtlich des Vortrags nachsehen.«

Brys runzelte, den Blick auf seine Vorgesetzte gerichtet, die Stirn. »Preda, mir kommt gerade der Gedanke, dass Gerun Eberict noch immer einer Eurer Offiziere ist, unabhängig vom Königlichen Freibrief. Ich bin überrascht, dass er Euch die Einzelheiten der heutigen Unterhaltung noch nicht mitgeteilt hat.«

»Und wer sagt, dass er das nicht getan hat?«, entgegnete Unnutal. Dann winkte sie ab. »Eine unfreundliche Antwort von mir. Ich entschuldige mich, Brys. Heute war ein langer Tag.«

»Es ist keine Entschuldigung erforderlich, Preda. Ich habe eine unpassende Bemerkung gemacht ...«

»Brys«, unterbrach ihn Nisall. »Ihr seid jetzt der Kämpe des Königs. Ihr *könnt* keine unpassende Bemerkung mehr machen. Nicht einmal Ezgara gegenüber. Vergebt der Preda ihr schroffes Verhalten. Gespräche mit Gerun führen häufig dazu, dass man hinterher aufgebracht ist.«

»Ihn umgibt ein gewisser Hochmut«, sagte Brys.

»Arroganz«, schnappte Unnutal. »Er hat Euch keinen Grund gegeben, ihn herauszufordern?«

»Nein.«

»Wie bedauerlich«, seufzte Nisall.

»Obwohl ich glaube, dass ich gewarnt wurde.«

Beide Frauen schauten ihn an.

Brys zuckte die Schultern. »Er hat mich daran erinnert, dass er seine Liste beliebig verlängern kann.«

»Er denkt darüber nach, Buruk den Bleichen zu töten.«

»Davon gehe ich aus. Der Erste Eunuch ist bereits auf diese Möglichkeit hingewiesen worden.«

»Nun«, sagte Nisall und begann, im Raum auf und ab zu gehen, »sollte der König über diese Entwicklung unterrichtet werden, könnte er geneigt sein, Gerun wieder aus der Delegation abzuberufen. Was die Königin und der Kanzler als Sieg auffassen würden.«

»Auffassungen können in die Strategie einbezogen werden«, sagte Brys.

»Ihr habt als Duellant gesprochen«, sagte Nisall. »Aber die Vorteile, die der Königin aus Geruns Abwesenheit erwachsen würden, könnten vielleicht die Vorteile, die wir erlangen könnten, überwiegen. Außerdem wissen wir, dass Buruk der Bleiche nach Anweisungen aus ihrem Lager vorgeht, daher wird uns sein Verlust nicht schmerzen.«

Brys dachte darüber nach; er fühlte sich unbehaglich angesichts der Tatsache, wie unbekümmert hier über den möglichen Tod eines Mannes gesprochen wurde. »Wie kommt Buruk mit seiner Bürde klar?«

»Wir haben natürlich einen Spion ganz in seiner Nähe«, sagte die Preda. »Buruk wird von seinem Gewissen geplagt. Er betäubt es mit Weißem Nektar und Alkohol und zügellosen sexuellen Exzessen.«

»Die Königin ...«

»Will einen Krieg«, beendete Nisall den Satz mit einem kräftigen Nicken. »Diese verantwortungslose, gierige, kurzsichtige Seekuh. Sie passt wirklich hervorragend zum stumpfsinnigsten Kanzler in der Geschichte Letheras'. Und dazu noch ein dummer, leicht zu leitender Prinz, der ungeduldig darauf wartet, den Thron zu besteigen.«

Brys trat unbehaglich von einem Bein aufs andere. »Wenn Buruk von Gewissensbissen geplagt wird, kann er ja vielleicht zu einem Kurswechsel gebracht werden.«

»Unter den Falkenaugen von Moroch Nevath? Das ist nicht besonders wahrscheinlich.«

Der Kämpe blickte Nisall aus zusammengekniffenen Augen an. Dies alles schien irgendwohin zu führen – er konnte nur noch nicht genau erkennen, wohin.

Die Preda seufzte. »Gerun muss einen weiteren Namen auf seine Liste setzen.«

»Moroch Nevath?«

»Und das wird schwierig werden.«

»Das wird es. Der Mann ist einzigartig. In jeder erdenklichen Hinsicht. Er ist unbestechlich, mit einer Geschichte, die ihresgleichen sucht.«

»Und wem ist er verschworen?«

»Nun, dem Prinzen natürlich. Aber der Freibrief des Königs beinhaltet nicht, Mitglieder der königlichen Familie töten zu dürfen.«

»Aber *seine* Geschichte ist weit weniger makellos.«

»Offen wird Gerun nichts gegen den Prinzen unternehmen können«, fügte Nisall hinzu. »Er müsste verdeckt angreifen.«

»Erste Konkubine, Gerun Ebericts Beweggründe sind mir ein ziemliches Rätsel. Ich verstehe sein Anliegen nicht.«

»Ich schon«, sagte die Preda. »Ich weiß genau, was er vorhat. Und ich glaube, wir können es hinbekommen, dass er seine Liste ein wenig erweitert.«

»Die Frage ist«, sagte Nisall, »welche Rolle sein alter Finadd – Hull Beddict – spielen wird, solange dies alles vonstatten geht.«

Brys schaute beiseite. Er fand Gespräche wie dieses allmählich zermürbend. Wenn es nicht um den einen Bruder ging, dann ging es um den anderen. »Ich werde darüber nachdenken.«

»Aber nicht zu lange, Finadd«, sagte Unnutal Hebaz.

»Einen Tag, vielleicht auch zwei.«

»Einverstanden. Bis dann, Brys.«

»Gute Nacht Preda, Erste Konkubine.«

Er verließ das Arbeitszimmer.

Im Korridor, fünf Schritt von den beiden Wachen entfernt, die an der Tür standen, durch die er gerade gekommen war, verlangsamten sich seine Schritte, und er blieb stehen. Ohne auf die neugierigen Blicke in seinem Rücken zu achten, stand der Kämpe des Königs reglos da.

In den Köpfen der beiden Wachen schwirrten drei Titel herum – Meister des Schwerts, Finadd und Kämpe des Königs –, die alle drei Anlass zu Neid und Bewunderung boten. Vielleicht wunderten sie sich in diesem Moment allerdings auch nur über ihn. Über die Art, wie er dastand, als wäre er ganz allein in einer großen, überwältigenden Welt, die Augen offensichtlich auf eine Art innerer Landkarte gerichtet. Über die Müdigkeit in seinen Schultern. Vielleicht wunderten sie sich, doch auch wenn dem so war, handelte es sich dabei nur um einen kurzen, flüchtigen Augenblick voller Einfühlungsvermögen, der schnell von härteren Gefühlen – eben Neid und Bewunderung – abgelöst wurde. Und von der schroffen Erklärung, dass überlegene Fähigkeiten einem vieles bescherten, darunter auch Einsamkeit. Und der Mann konnte verdammt gut damit leben.

»Hier ist kein Platz für Feingefühl«, sagte Tehol, »tut mir Leid, das sagen zu müssen. Letheras ist nachtragend. Wir können es uns nicht erlauben, Fehler zu machen. Um des Abtrünnigen willen, Ublala, entspanne dich. Du läufst ja schon blau an. Sei's drum, wie ich schon gesagt habe, Shand, es ist leichtsinnig, leichtsinning zu sein. Mit anderen Worten: Wir können uns nicht wieder auf diese Weise treffen.«

»Übt Ihr Euch?«, fragte Rissarh.

»Worin?«

Bagg räusperte sich. »Ich habe morgen ein Treffen mit den königlichen Architekten.«

»Endlich!« Shand, die am Tisch saß, seufzte und rieb sich die Augen, ehe sie fortfuhr: »Was uns angeht, so können wir nicht sagen, dass irgendetwas geschehen wäre.«

»Nun«, sagte Tehol, »das ist genau der Eindruck, den wir erwecken wollen.«

»Schön, aber das ist der *äußere* Eindruck. Bei uns sollte das anders sein, Idiot. Wenn wir nicht in den Plan eingeweiht sind, dann ist das niemand.«

»Vorbereitungen, Shand. Die Grundlage. So etwas darf man nicht überstürzen. Und jetzt muss ich gehen.«

»Was?«

»Es ist spät. Mein Bett ruft. Gebt Ublala ein Zimmer. Besorgt ihm was zum Anziehen. Vielleicht sogar eine Waffe, mit der er umgehen kann.«

»Lasst mich nicht hier zurück!«, stöhnte Ublala.

»Hier geht es nur um deine Aufgabe«, beruhigte ihn Tehol. »Du bist hier sicher. Das ist er doch, Shand?«

»Natürlich«, murmelte sie.

»Lasst den Blödsinn. Oder ich werde einen Leibwächter für unseren Leibwächter anheuern.«

»Vielleicht hat Ublala ja einen Bruder.«

Tehol winkte Bagg, ihm zu folgen, während er sich zur Tür wandte. »Ich nehme an, Treffen wie dieses sind sinnvoll. Dann und wann.«

»Zweifellos«, erwiderte Bagg.

Sie traten auf die Straße hinaus. Die nächtliche Menge war geschäftig. Im Sommer blieben die Geschäfte lange geöffnet, um aus der Hektik dieser Jahreszeit Vorteil zu ziehen. Hitze sorgte für Ruhelosigkeit, die wiederum für eine gewisse Unersättlichkeit sorgte. Im Hochsommer, wenn die Temperaturen unerträglich wurden, würden alle entkräftet sein – und Schulden haben.

Tehol und Bagg verließen die breite Straße, die dem Kanal gegenüberlag, und schritten durch eine Anzahl von Gassen, wobei sie nach und nach die Geld ausgebende Menge hinter sich ließen und sich schließlich inmitten der Armen wiederfanden. Stimmen riefen aus den Schatten. Zerzauste Kinder folgten den beiden Männern; ein paar von ihnen streckten schmutzige Hände aus, um an Tehols Rock zu zupfen, bevor sie lachend davonrannten. Es dauerte nicht lange, und auch die Kinder waren verschwunden, und der Weg lag wieder leer vor ihnen.

»Ach, die willkommene Ruhe unserer Nachbarschaft«, sagte Tehol, während sie auf ihr Haus zuschritten. »Dieses unbesonnene Losstürmen beunruhigt mich immer wieder. Als ob die Gegenwart kein Ende hätte.«

»Ist dies Euer besinnlicher Augenblick?«, fragte Bagg.

»Er war es. Dankenswerterweise ist er bereits vorbei.«

Sie gingen hinein und Tehol marschierte schnurstracks auf die Leiter zu. »Mach morgen früh ein bisschen sauber.«

»Vergesst nicht, dass Ihr heute Nacht eine Besucherin erwartet.«

»Nicht einfach nur in meinen Träumen?«

Tehol kletterte auf das Dach. Er schloss die Luke, stellte sich hin und betrachtete die Sterne am Himmel, bis sie plötzlich von der Seite her aus der Dunkelheit auftauchte und zu sprechen begann. »Ihr seid spät dran.«

»Nein, das bin ich nicht. Wir hatten Mitternacht vereinbart. Und bis dahin ist es noch ein viertel Glockenschlag.«

»Tatsächlich? Oh.«

»Und – wie ist das Leben, Shurq Elalle? Tut mir Leid, ich konnte einfach nicht widerstehen.«

»Und ich habe nie zuvor eine solche Stichelei gehört. Es ist eine armselige Art zu existieren. Tag für Tag, Nacht für Nacht. Einen Schritt vor den anderen, weiter und immer weiter, ohne ein bestimmtes Ziel.«

»Und tot zu sein, hat das alles verändert?«

»Bringt mich nicht zum Lachen, Tehol Beddict. Ich huste Zeug aus, wenn ich lache. Ihr wollt mir einen Kontrakt anbieten. Damit ich was tue?«

»Nun, eigentlich wollte ich Euch einen Allgemeinen Kontrakt anbieten.«

»Fortdauernde Beschäftigung. Als ich noch am Leben war, habe ich Allgemeine Kontrakte stets abgelehnt. Warum sollte ich das jetzt ändern?«

»Wegen der Sicherheit Eures Arbeitsplatzes natürlich. Ihr seid nicht mehr jung.« Er ging hinüber zu seinem Bett, setzte sich hin und schaute sie an. »In Ordnung. Denkt über die Herausforderungen nach, die ich Euch biete. Ich habe Ziele im Kopf, mit denen sich kein lebender Dieb befassen würde. Tatsächlich könnte nur ein Hohemagier oder jemand, der tot ist, die Schutzzauber überwinden, ohne eine Spur zu hinterlassen. Hohemagiern traue ich nicht, also bleibt nur noch Ihr übrig.«

»Es gibt noch andere.«

»Zwei andere, um es genau zu sagen. Und keiner von beiden ist ein erfahrener Dieb.«

»Woher habt Ihr gewusst, dass es noch zwei andere gibt?«

»Ich weiß vieles, Shurq Elalle. Das eine ist eine Frau, die ihren Mann betrogen hat, der im Gegenzug seine ganzen Ersparnisse für den Fluch gegen sie verbraucht hat. Das andere ist ein Kind, und der Ursprung des Fluchs ist natürlich unbekannt – ein Mädchen, das auf dem Gelände des alten Turms hinter dem Palast haust.«

»Ja. Ich besuche sie gelegentlich. Sie weiß nicht, wer sie verflucht hat. Tatsächlich hat das Kind überhaupt keine Erinnerung an sein Leben.«

»Möglicherweise ein Zusatz zu dem ursprünglichen Fluch«, sinnierte Tehol. »Aber es ist in der Tat merkwürdig.«

»Das ist es. Der Marktpreis für den Fluch belief sich auf eine halbe Spitze. Wieviel würde eine Zauberei kosten, mit der man Erinnerungen stehlen kann?«

»Noch einmal die Hälfte, würde ich annehmen. Das ist eine ganze Menge, wenn man bedenkt, dass es sich um ein zehnjähriges Mädchen handelt. Warum sie nicht einfach umbringen und an einem abgelegenen Ort verscharren oder im Kanal versenken?« Er beugte sich vor. »Ich sage Euch was, Shurq Elalle – wir werden die Aufdeckung dieses Geheimnisses in unseren Kontrakt mit einbeziehen – ich vermute, es interessiert Euch ungemein.«

»Es würde mir nichts ausmachen, demjenigen, der das Kind verflucht hat – wer immer es auch gewesen sein mag –, ein Messer ins Auge zu stoßen. Aber ich habe keinerlei Hinweise.«

»Oh, aber dann seid Ihr nicht vollständig teilnahmslos gewesen.«

»Das habe ich auch nie gesagt, Tehol. Aber weil ich nie auch nur den geringsten Hinweis gefunden habe, ist, wie ich zugeben muss, mein Antrieb etwas erlahmt.«

»Ich werde sehen, was ich tun kann.«

Die tote Frau neigte den Kopf und betrachtete ihn einen Augenblick lang schweigend. »Ihr wart einst ein Genie.«

»Das ist wohl wahr.«

»Dann habt Ihr alles verloren.«

»Das ist richtig.«

»Und damit ist vermutlich auch ein Verlust von Selbstvertrauen einhergegangen.«

»Ach, wohl kaum, Shurq Elalle.«

»Das ist alles nur Teil Eures boshaften Plans.«

»Jeder lohnende Plan ist boshaft.«

»Bringt mich nicht zum Lachen.«

»Das versuche ich gar nicht, Shurq. Haben wir eine Abmachung?«

»Das Geheimnis, wer das Kind verflucht hat, war nicht das, was Ihr mir ursprünglich für meine Dienste zahlen wolltet, Tehol. Was dann?«

»Ich bin für Vorschläge offen. Wollt Ihr, dass der Fluch aufgehoben wird? Sehnt Ihr Euch nach der ewigen Nacht? Dem verstohlenen endgültigen Abgang Eurer umherschleichenden Seele? Oder wollt Ihr etwa wieder zum Leben erweckt werden? Soll Euch noch einmal das Leben geschenkt werden? Wollt Ihr Euch an demjenigen rächen, der Euch verflucht hat?«

»Das habe ich schon getan.«

»In Ordnung. Ich muss zugeben, dass mich das nicht sonderlich überrascht. Wer wurde dafür verantwortlich gemacht?«

»Gerun Eberict.«

»Ah, das ist schlau. Aber wo wir gerade von ihm sprechen ...«

»Ist er eines Eurer Ziele?«

»Ganz genau.«

»Ich mag Attentate nicht – aus Prinzip. Außerdem hat er mehr als einen Schurken getötet.«

»Ihr sollt ihn nicht töten, Shurq. Sondern einfach nur sein Vermögen stehlen.«

»Gerun Eberict wird allmählich immer unverschämter, das stimmt.«

»Ein echter Passivposten.«

»Vorausgesetzt, man betrachtet es als lohnendes Unterfangen, den gegenwärtigen Zustand aufrechtzuerhalten.«

»Ihr solltet keine Vermutungen anstellen, Shurq. Es geht mehr darum, wer die Beseitigung des besagten gegenwärtigen Zustands kontrolliert. Der Finadd hat seine eigenen Gelüste nicht mehr unter Kontrolle.«

»Seid Ihr eines seiner Ziele, Tehol?«

»Nicht, dass ich wüsste, zumindest im Moment noch nicht.«

»Es wäre eine ganz schöne Herausforderung, die Schutzvorrichtungen seines Anwesens zu überwinden.«

»Das wäre es, da bin ich mir sicher.«

»Was meinen Allgemeinen Kontrakt angeht, so bin ich nicht

daran interessiert, wieder zu leben. Und auch nicht daran, endgültig zu sterben. Nein, was ich will, ist, dass mir der *Anschein* von Leben gewährt wird.«

Tehols Brauen schoben sich in die Höhe.

»Ich möchte, dass meine Haut vor offensichtlicher Vitalität strotzt. Ich möchte Augen, in denen eine gewisse dunkle Verlockung liegt. Meine Haare müssen in Form gebracht werden. Neue Kleider, ein Blütenduft, der hinter mir zurückbleibt. Und ich möchte wieder Lust spüren können.«

»Lust?«

»Sexuelle Lust.«

»Vielleicht liegt es ja nur an der Gesellschaft, in der Ihr Euch herumgetrieben habt.«

»Bringt mich nicht zum Lachen.«

»Sonst hustet Ihr Zeug aus.«

»Ihr würdet das nicht mitbekommen wollen, Tehol Beddict. Vielleicht können wir ja auch dagegen etwas tun. Das Flusswasser ist mittlerweile drei Jahre alt.«

»Ich bin neugierig. Wie könnt Ihr sprechen, ohne zu atmen?«

»Ich weiß es nicht. Ich kann Luft in meine Kehle ziehen. Nach einer Weile fängt sie an auszutrocknen.«

»Das habe ich bemerkt. In Ordnung, ein paar von diesen Dingen lassen sich leicht bewerkstelligen, auch wenn wir vorsichtig sein müssen. Manch anderes – wie zum Beispiel das Wiedererwecken der Lust – wird deutlich schwieriger werden. Aber ich bin mir sicher, dass man auch da etwas tun kann …«

»Es wird nicht billig werden.«

»Ich bin davon überzeugt, dass Gerun Eberict hocherfreut sein wird, dafür zu bezahlen.«

»Was ist, wenn alles dafür draufgeht, was er hat?«

Tehol zuckte die Schultern. »Meine Liebe, das Geld spielt bei diesem Spiel nicht die geringste Rolle. Ich hatte daran gedacht, es im Fluss zu versenken.«

Sie musterte ihn erneut einen Augenblick lang schweigend, dann sagte sie: »Ich könnte es mitnehmen.«

»Bringt bitte *mich* nicht zum Lachen, Shurq. Im Ernst.«

»Warum?«

»Weil es ein sehr ansteckendes Lachen ist.«

»Oh. Ein Punkt für Euch.«

»Und was ist mit dem Allgemeinen Kontrakt?«, fragte Tehol.

»Der ist angenommen. Vermutlich wollt Ihr nicht, dass ich hier in der Gegend rumhänge.«

»Mitternächtliche Treffen wie dieses sollten eigentlich ausreichen. Kommt morgen Nacht, und wir werden eine neue Frau aus Euch machen.«

»Hauptsache, ich *rieche* gut.«

»Macht Euch keine Sorgen. Ich kenne genau die richtigen Leute für diese Aufgabe.«

Die Diebin verschwand, indem sie die Außenwand des Gebäudes hinunterkletterte. Tehol stand am Rand des Daches und schaute ihr hinterher; als sie die Straße erreicht hatte, gestattete er es sich, die Augen zu verdrehen. Er drehte sich um und schritt auf sein Bett zu.

Wobei er plötzlich Stimmen von unten hörte. Überraschte Ausrufe von Bagg, aber keine Warnung. Allerdings laut genug, um Tehol zu warnen – für den Fall, dass Shurq noch da gewesen wäre.

Tehol seufzte. Ein paar Wochen zuvor war das Leben noch deutlich besser – einfacher – gewesen. Als er keine Pläne gemacht, keine Komplotte ausgeheckt, keine Ziele gehabt hatte. Als er – kurz gesagt – ohne jeden Sinn dahingelebt hatte. Eine leichte Bewegung hatte ausgereicht – und plötzlich wollten alle ihn treffen.

Ein Knirschen von der Leiter, dann kam eine dunkle Gestalt in sein Blickfeld geklettert.

Es dauerte einen Moment, bis Tehol sein Gegenüber erkannte, und er zog kurz die Brauen hoch, bevor er einen Schritt vortrat. »Nun, damit habe ich nicht gerechnet.«

»Dein Diener schien sicher zu sein, dass du noch wach bist. Wie kommt das?«

»Mein lieber Bruder, Baggs Begabungen sind wirklich außerordentlich.«

Brys trat an das Bett heran und betrachtete es einen Augenblick. »Was ist, wenn es regnet?«

»Dann bin ich leider gezwungen, mich in den Raum da unten zurückzuziehen. Um dort unter Baggs unaufhörlichem Schnarchen zu leiden.«

»Hat dich das dazu getrieben, auf dem Dach zu schlafen?«

Tehol lächelte, doch dann wurde ihm klar, dass es nicht sehr wahrscheinlich war, dass Brys dieses Lächeln in der Dunkelheit sehen konnte. Und daraufhin kam er zu dem Schluss, dass das auch besser so war. »Kämpe des Königs. Ich habe dir noch nicht einmal gratuliert. Also: Herzlichen Glückwunsch.«

Brys rührte sich nicht. »Wie oft gehst du eigentlich in die Krypta? Gehst du überhaupt hin?«

Tehol verschränkte die Arme und richtete den Blick auf den Kanal unter ihnen. Ein verwaschener Streifen reflektierten Sternenlichts, der durch die Stadt kroch. »Es ist Jahre her, Brys.«

»Seit du zuletzt dort warst?«

»Seit sie gestorben sind. Wir alle halten ihr Andenken auf ganz unterschiedliche Weise in Ehren. Die Familiengruft?« Er zuckte die Schultern. »Ein von steinernen Wänden umgebener, unterirdischer Raum, in dem sich nichts von Bedeutung befindet.«

»Ich verstehe. Tehol, ich bin neugierig – *wie* hältst du denn eigentlich ihr Andenken in diesen Tagen in Ehren?«

»Du hast keine Ahnung.«

»Nein, das habe ich nicht.«

Tehol rieb sich die Augen; erst jetzt merkte er, wie müde er eigentlich war. Zu denken, erwies sich als überaus kräftezehrend – er musste sich eingestehen, dass er anscheinend vollkommen aus der Übung war. Aber es ging natürlich nicht nur ums Denken. Das Gehirn tat auch noch andere Dinge, die sogar noch anstrengender waren. Das Wiedersehen mit Geschwistern, mit Verwandten, denen man sich schon lange entfremdet hatte, sorgte dafür, dass alte, blank polierte Rüstungen wieder angelegt wurden, dass wieder nach Waffen gegriffen wurde, dass alte Haltungen wieder angenommen wurden, von denen man eigentlich gedacht hatte, sie längst aufgegeben zu haben. Dabei hatten sie nur geschlummert. »Ist heute ein Festtag, Brys? Habe ich etwas verpasst? Wenn wir Vettern und Kusinen, Onkel und Tanten, Neffen und Nichten hätten, könnten wir uns versammeln und die immer gleichen alten, ausgetretenen Familienpfade beschreiten. Immer und immer wieder um die leeren Stühle herum, auf denen unsere Mutter und unser Vater einst gesessen haben. Wir könnten unsere Sprache zu etwas Unausgesprochenem machen und so eine andere Wahrheit nachahmen – dass die Toten durch ihr Schweigen sprechen und uns auf diese Weise niemals in Frieden lassen ...«

»Ich brauche deine Hilfe, Tehol.«

Er blickte auf, konnte den Gesichtsausdruck seines Bruders in der Dunkelheit jedoch nicht erkennen.

»Es geht um Hull«, fuhr Brys fort. »Er ist dabei, in seinen eigenen Tod zu laufen.«

»Sag mir eines«, meinte Tehol. »Hast du dich jemals gefragt, warum keiner von uns eine Frau gefunden hat?«

»Ich habe gesagt, dass Hull ...«

»Es ist ganz einfach. Wirklich. Bedanke dich dafür bei unserer Mutter, Brys. Sie war zu schlau. Hol uns der Abtrünnige, was für eine Untertreibung. Es war nicht Vater, der die Investitionen verwaltet hat.«

»Und du bist ihr Sohn, Tehol. Weit mehr als Hull und ich es sind. Das wird mir jedes Mal klar, wenn ich dich ansehe, jedes Mal, wenn ich dir zuhöre, wenn ich mich bemühe, deinen Gedankengängen zu folgen. Aber ich verstehe nicht, wie das ...«

»Unsere Erwartungen hausen in den Wolken, Brys. Oh, wir versuchen es. Wir alle haben es versucht, nicht wahr?«

»Verdammt, Tehol, worauf willst du hinaus?«

»Auf Hull natürlich. Deswegen bist du doch hergekommen, oder? Um über ihn zu sprechen. Also. Er ist einer Frau begegnet – einer Frau, die auf ihre Art so klug wie unsere Mutter war. Genauer gesagt, sie hat ihn gefunden. Das größte Geschenk, das Hull jemals erhalten hat, doch er hat es nicht als das erkannt, was es war – nicht einmal, als er es in den Händen gehalten hat.«

Brys trat näher. Er hob die Hände, als wollte er seinen Bruder an der Kehle packen: »Du verstehst es nicht«, sagte er. Seine Stimme war so voller Gefühl, dass sie brüchig klang. Nach einem Augenblick sanken seine Hände wieder herunter. »Der Prinz wird ihn töten lassen. Und wenn nicht der Prinz, dann der Erste Eunuch – sollte Hull seine Stimme gegen den König erheben. Aber warte mal!« Er stieß ein humorloses Lachen aus. »Da ist ja auch noch Gerun Eberict! Der auch dort sein wird! Habe ich irgendjemanden vergessen? Ich bin mir nicht sicher. Spielt es eine Rolle? Hull wird an den Verhandlungen teilnehmen. Er ist der Einzige, dessen Motive niemand – überhaupt niemand – kennt. Man kann sein eigenes Spiel nicht durchziehen, wenn im letzten Moment ein Fremder dazutritt, oder?«

»Beruhige dich, Bruderherz«, sagte Tehol. »Ich wollte sehr wohl zur Sache kommen.«

»Tja, ich kann es nicht erkennen.«

»Nicht so laut, bitte. Hull hat sie gefunden – und dann hat er sie wieder verloren. Aber sie ist immer noch da – das zumindest ist offensichtlich. Seren Pedac, Brys. Sie wird ihn beschützen …«

Brys schnaubte und wandte sich ab. »So, wie Mutter Vater beschützt hat?«

Tehol zuckte zusammen, dann seufzte er tief. »Mildernde Umstände …«

»Und Hull ist der Sohn unseres Vaters!«

»Du hast mich gerade eben gefragt, wie ich das Andenken unserer Eltern in Ehren halte. Dazu kann ich dir eines sagen, Brys. Wenn ich dich sehe. Wie du dastehst. Deine tödliche Anmut – deine Fähigkeiten, die du von seiner Hand gelernt hast –, also, ich brauche keine Erinnerungen. Er steht vor mir – jetzt, in diesem Augenblick. Mehr, als es bei Hull der Fall ist. Viel mehr. Und ich würde behaupten, es ist so, wie du sagst – ich bin *ihr* sehr ähnlich. Und so kommt es«, er breitete hilflos die Arme aus, »dass du mich um Hilfe bittest, aber nicht hören willst, was ich dir sage. Brauchen wir Gedächtnisstützen, um uns an das Schicksal unserer Eltern zu erinnern? Brauchen wir Erinnerungen, Brys? Du und ich, wir stehen hier und spielen wieder einmal die alten Familienqualen nach.«

»Wenn das so ist«, sagte Brys heiser, »beschreibst du unseren Untergang.«

»Sie hätte ihn retten können, Brys. Wenn wir nicht gewesen wären. Wenn da nicht ihre Angst um uns gewesen wäre. Das ganze raffiniert geknüpfte Netz aus Schuld, in dem Vater gefangen war – sie hätte es in Stücke gerissen, aber sie konnte – genau wie ich – nichts von der Welt erkennen, die sich aus der Asche erheben würde. Und weil sie nichts erkennen konnte, *hatte sie Angst.*«

»Dann hätte sie ihn also gerettet, wenn wir nicht gewesen wären – sie hätte ihn vor jenem Augenblick höchster Feigheit bewahrt?«

Brys blickte ihn jetzt an, seine Augen glänzten.

»Ich nehme es an«, erwiderte Tehol. »Und von ihnen haben wir unsere Lektionen für das Leben erhalten. Du hast dich für die Königliche Garde und den Schutz entschieden, den sie bietet – und jetzt für die Position des Kämpen des Königs. Wo du niemals zum Schuldner werden wirst. Was Hull angeht ... Er hat sich abgewandt – vom Gold, seinen tödlichen Fallstricken – und Ehre darin gesucht, Menschen zu retten. Und selbst wenn das fehlgeschlagen ist ... kannst du dir ernsthaft vorstellen, Hull würde auch nur darüber nachdenken, sich umzubringen? Die Feigheit unseres Vaters war Verrat, Brys. Von der übelsten Sorte.«

»Und was ist mit dir, Tehol? Welche Lektion lebst du jetzt?«

»Der Unterschied zwischen mir und unserer Mutter ist der, dass ich keine Bürde trage. Ich habe keine Kinder. Und daher, Bruder, glaube ich, dass ich schließlich genau das erreichen werde, was sie trotz ihrer Liebe zu Vater nicht geschafft hat.«

»Indem du dich in Lumpen kleidest und auf dem Dach schläfst?«

»Unsere Erwartungen werden von dem geprägt, was wir wahrnehmen, Brys.« Er glaubte, ein schiefes Lächeln über das Gesicht seines Bruders huschen zu sehen.

»Immerhin hat sich Gerun Eberict nicht so täuschen lassen, wie du vielleicht glaubst, Tehol. Wie es – wie ich zugeben muss – bei mir der Fall war.«

»Bis heute Nacht?«

»Ich nehme es an.«

»Geh nach Hause, Brys«, sagte Tehol. »Seren Pedac steht hinter Hull, und das wird sie auch weiterhin tun, ganz egal, wie wenig sie mit dem einverstanden ist, was er vorhat. Sie kann nicht anders. Sogar Genies haben ihre Schwächen.«

Noch ein Lächeln. »Ist das bei dir auch so, Tehol?«

»Nun, ich habe ein bisschen verallgemeinert, um dich zu beruhigen. Mich selbst schließe ich in meine Verallgemeinerungen nie ein. Ich bin immer die Ausnahme von der Regel.«

»Und wie schaffst du das?«

»Nun, natürlich, indem ich die Regeln aufstelle. Das ist mein ganz besonderes Spiel, Bruder.«

»Beim Abtrünnigen, manchmal hasse ich dich, Tehol. Hör zu. Unterschätze Gerun Eberict nicht ...«

»Ich werde mich um Gerun kümmern. Also – vermutlich ist man dir hierher gefolgt?«

»Daran habe ich überhaupt nicht gedacht. Ja, wahrscheinlich hast du Recht. Glaubst du, dass man unsere Stimmen unten hören kann?«

»Nicht durch die Schutzzauber, die Bagg jede Nacht wirkt, bevor er sich schlafen legt.«

»Bagg?«

Tehol tätschelte seinem Bruder die Schulter und führte ihn zur Luke. »Er ist nur meistens nutzlos. Wir spüren immer wieder verborgene Begabungen auf, eine Übung, die für nicht endende Erheiterung sorgt. Zumindest bei mir.«

»Hat er nicht unsere Eltern einbalsamiert? Der Name ...«

»Ja, das war Bagg. Damals bin ich ihm zum ersten Mal begegnet, und sein Mangel an jeglicher Begabung ist mir sofort ins Auge gefallen. Der Eingang kann nur von einer einzigen Stelle aus heimlich beobachtet werden, Brys. Normalerweise kann man sich dieser Stelle nicht nähern, ohne entdeckt zu werden. Aber dann gäbe es eine Verfolgungsjagd, und das ist eine ziemlich schmutzige Sache und kann zudem leicht schief gehen. Du wirst den Mann töten müssen – er gehört zu Gerun, vermute ich. Aber tue es nicht in einem Duell. Sondern unverzüglich – wie eine Hinrichtung. Schaffst du das, Brys?«

»Natürlich. Aber du hast gesagt, dass man sich der Stelle nicht nähern kann, ohne …«

»Oh, nun, ich habe vergessen, unseren Tunnel zu erwähnen.«

Brys verharrte einen Augenblick bei der Luke. »Du hast einen Tunnel.«

»Bagg zu beschäftigen, ist eine immerwährende Aufgabe.«

Fünf Schritt von dem Bereich der Wand des Lagerhauses entfernt, der im Schatten lag und die einzige Möglichkeit bot, sich mit freier Sicht auf den Eingang von Tehols Haus zu verbergen, blieb Brys Beddict stehen. Seine Augen hatten sich gut an die Dunkelheit gewöhnt, und er konnte sehen, dass niemand da war.

Aber er konnte Blut riechen. Metallisch und dickflüssig.

Mit gezogenem Schwert ging er näher heran.

Kein Mensch konnte so viel Blut verlieren und noch am Leben sein. Es bildete eine schwarze Lache auf den Pflastersteinen, schien nur zögernd in die Spalten zwischen den festen Steinen zu sickern. Eine Kehle war durchtrennt worden, und man hatte den Leichnam ausbluten lassen, ehe er weggezogen worden war. Die Schleifspur war deutlich zu erkennen – sie zog sich an der Wand des Warenhauses entlang, um die Ecke herum und geriet damit außer Sicht.

Der Finadd dachte darüber nach, der Spur zu folgen.

Doch als er einen einzelnen Fußabdruck sah, der sich als getrockneter Staub auf dem Staub abzeichnete, änderte er seine Meinung.

Der Fußabdruck stammte von einem Kind. Einem barfüßigen Kind. Das den toten Mann weggezerrt hatte.

Jede Stadt hatte ihre Dunkelheit, ihre Bewohner, die nur bei Nacht umherschlichen und ihr eigenes Spiel von Jäger und Beute spielten. Brys wusste, dass dies nicht seine Welt war, und er hatte auch nicht vor, ihren Geheimnissen nachzujagen. Diese Stunden gehörten der Weißen Krähe, und sie konnte sie gern behalten.

Er wandte sich in die andere Richtung und machte sich daran, zum Palast zurückzugehen.

Anscheinend war der beachtliche Verstand seines Bruders nicht müßig gewesen, war seine Gleichgültigkeit nichts weiter als eine

Finte. Was aus Tehol einen sehr gefährlichen Mann machte. *Dem Abtrünnigen sei Dank, dass er auf meiner Seite ist …*

Er ist *doch auf meiner Seite – oder?*

Der alte Palast, der schon bald zugunsten des Ewigen Domizils vollkommen aufgegeben werden würde, hockte auf einem eingesunkenen Hügel, wobei das eigentliche Gebäude hundert Schritt von den zu bestimmten Jahreszeiten unsicheren Ufern des Flusses entfernt lag. Reste einer hohen Mauer deuteten darauf hin, dass sich hier einst vom Palast bis zum Fluss hin eine Einfriedigung erstreckt hatte, die eine Ansammlung von Gebäuden erfolgreich vom Rest der Stadt abgetrennt hatte.

Nicht unbedingt, um einen Eigentumsanspruch zu erheben, denn die fraglichen Bauwerke waren älter als selbst das Erste Imperium. Vielleicht hatten die ursprünglichen Erbauer in gewisser Weise etwas wiedererkannt – etwas, das diesem Grund und Boden etwas beinahe Geweihtes verlieh, auch wenn es den Kolonisten natürlich nicht heilig gewesen war. Eine andere Möglichkeit war, dass die ersten Letherii über ein vollständigeres geheimes Wissen verfügt hatten – Geheimnisse, die seither längst verloren gegangen waren –, das sie dazu inspiriert hatte, die Behausungen der Jaghut und den einzelnen, sich auf merkwürdige Weise von ihnen unterscheidenden Turm in ihrer Mitte zu ehren.

Die Wahrheit war mit den Mauern der Einfriedigung in sich zusammengefallen, und Antworten fand man nicht dadurch, dass man den Staub des zerbröckelten Mörtels oder die Fetzen abblätternden Schiefers durchsiebte. Dieses Gelände war zwar nicht mehr unzugänglich, wurde aber aus Gewohnheit weiterhin gemieden. Das Land selbst war wertlos, kraft einer sechs Jahrhunderte alten königlichen Proklamation, die den Abbruch der alten Bauten und eine nachfolgende Wiederbesiedlung untersagte. Jeder legale Widerspruch gegen diese Proklamation – ja, selbst eine einfache Nachfrage – wurde kurzerhand abgewiesen, ohne dass auch nur die Gerichte bemüht wurden.

Alles schön und gut. Wer mit den Fliesen umgehen konnte, auf denen die Festen aufgezeichnet waren, wusste nur zu gut um die Bedeutung des flachen, quadratischen, geneigten Turms inmitten des zerwühlten, überwucherten Geländes. Und natürlich auch um die der Jaghut-Behausungen, die die Feste des Eises verkörperten. Viele glaubten, dass der Azath-Turm das allererste echte Gebäude der Azath auf dieser Welt war.

Seit sie die Welt mit anderen Augen sah, war Shurq Elalle nicht mehr so skeptisch, wie sie es früher vielleicht gewesen wäre. Das Gelände, das den arg mitgenommenen grauen Steinturm umgab, übte eine geheimnisvolle Anziehungskraft auf die tote Diebin aus. Dort waren Verwandte – aber keine Blutsverwandten. Nein, dies war die Familie der Untoten, derjenigen, die entweder nicht fähig oder nicht willens waren, sich dem Vergessen hinzugeben. Was diejenigen anging, die in der klumpigen, von Lehm durchzogenen Erde rund um den Turm begraben worden waren, so waren ihre Gräber Gefängnisse. Der Azath gab seine Kinder nicht auf.

Sie spürte außerdem, dass dort lebendige Kreaturen begraben waren, von denen die meisten angesichts der Jahrhunderte, die sie in Wurzeln gefesselt verbracht hatten, dem Wahnsinn verfallen waren. Andere blieben geheimnisvoll stumm und reglos, als warteten sie auf das Ende der Ewigkeit.

Die Diebin näherte sich dem verbotenen Gelände hinter dem Palast. Sie konnte den Azath-Turm sehen, dessen drittes und oberstes Stockwerk über die geschwungenen Wände der Jaghut-Behausungen hinausragte. Kein einziges Bauwerk stand völlig gerade. Alle waren in irgendeiner Weise geneigt; entweder war der unter der Oberfläche gelegene Lehm von dem enormen Gewicht zur Seite gedrückt worden oder unterirdische Wasseradern hatten Sandlinsen ausgewaschen. Reben hatten sich an den Wänden hochgerankt und bildeten chaotische Netze, obwohl diejenigen, die sich zum Azath hin gestreckt hatten, abgestorbenen waren und inmitten gelber Gräser verdorrt vor den Grundmauern lagen.

Sie brauchte die Blutspur nicht zu sehen, um ihr zu folgen. Der Geruch hing schwer in der schwülen Nachtluft, unsichtbare Schlieren schwebten in den Luftströmungen, und sie folgte in ihrem Kielwasser, bis sie zu der niedrigen, krummen Mauer kam, die den Azath-Turm umgab.

Direkt dahinter, am Fuß eines krummen Baums, saß das Mädchen namens Kessel. Es war neun oder zehn Jahre alt, und zwar für immer. Nackt, die bleiche Haut verschmiert, die langen Haare verklebt mit geronnenem Blut. Der Leichnam vor ihr war bereits halb unter der Erde und wurde weiter hinab in die Dunkelheit gezogen.

Um den Azath zu füttern? Oder irgendwelche gefräßigen Bewohner? Shurq hatte keine Ahnung. Und es kümmerte sie auch nicht. Der Boden verschluckte Leichen, und das war nützlich.

Kessel blickte auf – schwarze Augen, in denen sich matt das Sternenlicht spiegelte. Da waren Schimmelpilze, die – wenn man sich nicht um sie kümmerte – blind machen konnten, und sie lagen wie ein dicker Film über den toten Augen des Mädchens. Es stand langsam auf und kam herüber.

»Warum willst du nicht meine Mutter sein?«

»Das habe ich dir schon gesagt, Kessel. Ich bin niemandes Mutter.«

»Ich bin dir heute Nacht gefolgt.«

»Du folgst mir immer«, sagte Shurq.

»Gleich nachdem du das Dach verlassen hattest, ist ein anderer Mann zu dem Haus gekommen. Ein Soldat. Und er wurde verfolgt.«

»Und welchen von den beiden hast du getötet?«

»Den, der dem anderen gefolgt ist, natürlich. Ich bin ein gutes Mädchen. Ich passe auf dich auf. Genauso, wie du auf mich aufpasst …«

»Ich passe auf niemanden auf, Kessel. Du warst schon lange vor mir tot. Hast hier auf diesem Gelände gelebt. Ich habe dir immer Leichen gebracht.«

»Niemals genug.«

»Ich töte nicht gern. Nur, wenn ich keine andere Wahl habe. Außerdem war ich nicht die Einzige, die deine Dienste in Anspruch genommen hat.«

»Doch, das warst du.«

Shurq starrte das Mädchen einen langen Augenblick an. »War ich das?«

»Ja. Und du wolltest meine Geschichte hören. Alle anderen laufen vor mir weg, genauso, wie sie jetzt vor dir weglaufen. Abgesehen von dem Mann auf dem Dach. Ist er auch jemand, der nicht wie alle anderen ist?«

»Ich weiß es nicht, Kessel. Aber ich arbeite jetzt für ihn.«

»Ich bin froh. Erwachsene sollten arbeiten. Es hilft, ihren Geist zu füllen. Ein leerer Geist ist schlecht. Gefährlich. Er füllt sich selbst. Mit schlechten Dingen. Keiner von ihnen ist glücklich.«

Shurq neigte den Kopf. »Wer ist nicht glücklich?«

Kessel wedelte mit einer schmuddeligen Hand in Richtung des zerwühlten Hofs. »Sie sind ruhelos. Alle. Ich weiß nicht, warum. Der Turm schwitzt jetzt die ganze Zeit.«

»Ich werde dir ein bisschen Salzwasser bringen«, sagte Shurq. »Für deine Augen. Du musst sie auswaschen.«

»Ich kann genug sehen. Denn ich sehe jetzt mit mehr als meinen Augen. Meine Haut sieht. Und kostet. Und träumt von Licht.«

»Was meinst du damit?«

Kessel schob sich ein paar blutige Strähnen aus dem herzförmigen Gesicht. »Fünf von ihnen versuchen herauszukommen. Ich mag die fünf nicht – ich mag die meisten von ihnen nicht, aber die fünf mag ich ganz besonders nicht. Die Wurzeln sterben. Ich weiß nicht, was ich tun soll. Sie flüstern davon, wie sie mich in Stücke reißen werden. Bald. Ich will nicht in Stücke gerissen werden. Was soll ich tun?«

Shurq schwieg einige Zeit. Dann fragte sie: »Wie viel spürst du von den Vergrabenen, Kessel?«

»Die meisten sprechen nicht mit mir. Sie haben den Verstand verloren. Andere hassen mich, weil ich ihnen nicht helfe. Manche betteln und flehen. Sie sprechen durch die Wurzeln.«

»Gibt es welche, die dich um gar nichts bitten?«

»Manche schweigen immer.«

»Sprich mit ihnen. Finde jemand anderen, mit dem du sprechen kannst, Kessel. Jemanden, der dir vielleicht helfen kann.« *Jemanden, der deine Mutter sein will ... oder dein Vater.* »Frage sie nach ihren Meinungen zu allen möglichen Dingen. Wenn dann einer übrig bleibt, der nicht versucht, dir zu gefallen, der nicht versucht, deine Wünsche zu verdrehen, damit du ihn befreist, und der den anderen gegenüber nicht loyal ist, dann wirst du mir von genau diesem erzählen. Alles, was du weißt. Und ich werde dir Ratschläge geben, so gut ich kann – nicht als Mutter, sondern als Freundin.«

»In Ordnung.«

»Gut. Nun, ich bin aus einem anderen Grund hierher gekommen, Kessel. Ich möchte wissen, wie du den Spion getötet hast.«

»Ich habe ihm die Kehle durchgebissen. Es geht am schnellsten, und ich mag das Blut.«

»Warum magst du das Blut?«

»Wegen meiner Haare, um sie mir aus dem Gesicht zu halten. Und es riecht nach Leben, nicht wahr? Ich mag den Geruch.«

»Wie viele tötest du?«

»Viele. Der Boden braucht sie.«

»Warum braucht der Boden sie?«

»Weil er stirbt.«

»Weil er stirbt? Und was wird geschehen, wenn er stirbt, Kessel?«

»Alle werden herauskommen.«

»Oh.«

»Mir gefällt es hier.«

»Kessel, von jetzt an werde ich dir sagen, wen du töten sollst«, sagte Shurq. »Mach dir keine Sorgen, es sollten genug sein.«

»In Ordnung. Das ist nett von dir.«

Von den hunderten von Kreaturen, die im Boden des Azath begraben waren, war nur eine in der Lage, dem Gespräch der beiden Untoten oben an der Oberfläche zu lauschen. Der Azath verzichtete auf seinen Griff um diesen Bewohner, nicht aus Schwäche, sondern aus Notwendigkeit. Der Wächter war alles andere als bereit. Ja, möglicherweise, war er niemals bereit gewesen. Die Entscheidung an sich war ein Fehler gewesen, ein weiteres Zeichen nachlassender

Macht, des Alters, das herankroch, um Anspruch auf das älteste steinerne Bauwerk in dieser Sphäre zu erheben.

Der Azath-Turm starb in der Tat. Und Verzweiflung drängte dazu, auf noch nie da gewesenen Pfaden herumzustreunen.

Unter allen Gefangenen war eine Entscheidung getroffen worden. Und Vorbereitungen waren im Gange, langsam, wie das Vordringen von Wurzeln in Stein, aber ebenso unerbittlich. Doch es war nur noch so wenig Zeit.

Die drängende Not war ein stummer Schrei, der Blut aus dem Azath-Turm herausdrückte. Fünf miteinander verwandte Kreaturen, die in der Zeit der K'Chain Che'Malle gefangen und seither festgehalten worden waren, waren fast schon in Reichweite der Oberfläche.

Und das war nicht gut, denn es waren Toblakai.

Kapitel Fünf

Wie Donner gegen die Vertiefung
Wo das Selbst zwischen den Augen haust,
Unter dem Schlag zerbarst der Knochen
Und die Seele wurde hervorgezerrt
Um sich im Griff unerlöster
Rache zu winden …

Blutauges Letzte Nacht
Autor unbekannt
(zusammengetragen von Gelehrten der
Tiste Andii aus Schwarz-Korall)

Das Lachen des Schattens war leise – ein Geräusch, das allen, die es vernahmen, Wahnsinn versprach. Udinaas ließ das Netz aus den Fingern gleiten und lehnte sich gegen den von der Sonne erwärmten Felsen. Er blinzelte zum strahlenden Himmel hoch. Er war allein am Strand, vor ihm erstreckten sich die kabbeligen Wellen der Bucht. Allein – abgesehen von dem Gespenst, das ihn nun in jedem wachen Augenblick heimsuchte.

Beschworen – und dann vergessen. Es wanderte herum, ewig auf der Flucht vor der Sonne, doch es gab immer Orte, an denen es sich verstecken konnte.

»Hör auf damit«, sagte Udinaas und schloss die Augen.

»Aber warum denn? Ich rieche dein Blut, Sklave. Es wird kälter. Einst kannte ich eine Welt aus Eis. Nachdem ich getötet wurde, ja, hinterher. Selbst die Dunkelheit hat Schwachstellen, und so haben sie mich gestohlen. Aber ich habe Träume.«

»Das sagst du andauernd. Dann folge ihnen, Gespenst, und lass mich in Ruhe.«

»Ich habe Träume, und du begreifst nichts, Sklave. War ich glücklich damit, zu dienen? Niemals. Nie, nie, niemals. Ich folge dir.«

Udinaas öffnete die Augen und starrte nach unten auf den schmalen Schattenstreifen zwischen zwei Felsen, von dem die Stimme ausging. Sandflöhe hüpften und sprangen auf dem angrenzenden Stein herum, aber von dem Gespenst selbst war nichts zu sehen. »Warum?«

»Warum ständig ›warum‹? Der Schatten, den du wirfst, lockt mich, Sklave. Du weckst in mir die Hoffnung auf eine würdige Reise – träumst du von Gärten, Sklave? Ich weiß, dass du es tust – ich kann es riechen. Halb tot und überwuchert, warum auch nicht? Es gibt keine Flucht. Und so, was meine Träume betrifft, hilft es mir zu helfen. Es hilft zu helfen. War ich nicht einst ein Tiste Andii? Ich glaube, das war ich. Ich wurde getötet und in den Schlamm geworfen, bis das Eis kam. Und dann, nach so langer Zeit, losgerissen, um meinen Schlächtern zu dienen. Meinen Sklavenhaltern, deren Eifer dann ins Wanken kam. Sollen wir von Verrätern sprechen, Sklave?«

»Bietest du mir einen Handel an?«

»Wenn du mich rufst, Diesseitiger, dann ruf Verblichener. Ich habe Träume. Gib mir das, was du wirfst. Gib mir deinen Schatten, und ich werde dein Schatten werden. Deine Augen hinter dir, die niemand sehen oder hören kann, außer sie haben eine Vermutung und Macht, aber warum sollten sie so eine Vermutung haben? Du bist ein Sklave. Du bist der Brave. Sei weiter der Brave, Sklave – bis zu jenem Moment, an dem du den Verrat begehst.«

»Ich dachte, die Tiste Andii wären mürrisch und traurig gewesen. Und bitte, Verblichener, keine Reime mehr.«

»Einverstanden, sobald du mir deinen Schatten gibst.«

»Können andere Gespenster dich sehen? Hannan Mosags …«

»Der Dummkopf? Ich werde mich in deinem natürlichen Schatten verstecken. Verborgen bleiben. Niemals gefunden werden. Siehst du – keine Reime. Wir waren kühn in jenen Tagen, Sklave. Soldaten in einem Krieg, einer Invasion. Getränkt mit dem kalten Blut der K'Chain Che'Malle. Wir folgten dem jüngsten Kind Mutter Dunkels. Und wir haben es mit angesehen.«

»Was?«

»Blutauges Verrat an unserem Anführer. Den Dolch, der unserem Lord in den Rücken gestoßen wurde. Ich selbst bin durch eine Klinge gefallen, die von einem Tiste Edur geschwungen wurde. Unerwartet. Plötzliches Gemetzel. Wir hatten keine Chance. Nicht die geringste Chance.«

Udinaas verzog das Gesicht und musterte die hin und her geworfenen Wogen, die gegen die hinausdrängende Strömung des Flusses ankämpften. »Die Edur behaupten, es sei genau andersherum gewesen, Verblichener.«

»Aber wenn wir sie an jenem Tag hinterhältig überfallen hätten – warum bin ich dann tot, und sie sind am Leben?«

»Woher soll ich das wissen? Nun, wenn du vorhast, dich in meinem Schatten zu verkriechen, Verblichener, musst du lernen, still zu sein. Es sei denn, ich spreche mit dir. Sei still und wachsam und sonst nichts.«

»Aber zuerst musst du etwas für mich tun, Sklave.«

Udinaas seufzte. Die meisten adligen Edur waren bei der Bestattungszeremonie für den ermordeten Fischer, zusammen mit einem halben Dutzend Verwandten vom Stamm der Benada, da sich schließlich doch noch herausgestellt hatte, um wen es sich bei dem Mann handelte. In dem Hof hinter ihm befanden sich weniger als ein Dutzend Krieger. Schattengespenster schienen zu solchen Zeiten kühner zu werden, sie tauchten vermehrt auf und flitzten über den Boden, zwischen Langhäusern hindurch und an den Palisaden entlang.

Er hatte sich oft darüber gewundert. Jetzt hatte er seine Antwort – vorausgesetzt, man konnte Verblichener glauben. *Diese Gespenster sind keine Ahnen, keine Verwandten der sterblichen Edur. Es sind Tiste Andii, die gebundenen Seelen der Erschlagenen. Und ich habe verzweifelt nach Verbündeten gesucht …* »Also gut, was soll ich tun, Verblichener?«

»Bevor die Meere sich an diesem Ort erhoben haben, war die Hasanafoerde ein See, Sklave. Im Süden und Westen erstreckte sich das Land, war mit dem westlichsten Zipfel des Fingers verbunden. Eine

große Ebene, auf der die Letzten meines Volkes niedergemacht wurden. Geh die Küstenlinie vor dir entlang, Sklave. Richtung Süden. Da ist etwas, das mir gehört – wir müssen es finden.«

Udinaas stand auf und klopfte sich den Sand von seiner groben, wollenen Hose. Er schaute sich um. Unten an der Flussmündung waren drei Sklaven aus der Zitadelle des Hexenkönigs und schlugen Kleider gegen die Felsen. Und draußen auf dem Wasser – aber weit entfernt – war ein einsames Fischerboot. »Wie weit werde ich gehen müssen?«

»Es ist ganz in der Nähe.«

»Wenn man bemerkt, dass ich zu weit herumstreune, werde ich auf der Stelle getötet werden.«

»Nicht weit, Sklave …«

»Ich werde Udinaas genannt, und so wirst du mich auch ansprechen.«

»Du beanspruchst das Vorrecht, stolz zu sein?«

»Ich bin mehr als ein Sklave, Verblichener, wie du nur zu gut weißt.«

»Aber du musst dich verhalten, als wärest du nichts weiter. Ich nenne dich ›Sklave‹, um dich daran zu erinnern. Wenn du einen Fehler machst, werden sie sich auf die Suche nach all dem begeben, was du vor ihnen verbergen willst, und dabei werden sie dir unermessliche Schmerzen zufügen …«

»Das reicht.« Er ging zur Wasserlinie hinunter. Hinter ihm malte die Sonne seinen Schatten auf den Boden, in die Länge gezogen und monströs.

Die Wellen hatten eine bucklige Decke aus Sand über die Steine geworfen, auf der verfilzte Stränge aus Seetang und verstreute Abfälle herumlagen. Einen Schritt landeinwärts von dieser länglichen Erhöhung befand sich eine mit glatt geschliffenen Kieseln und Felsbrocken gefüllte Senke. »Wo soll ich suchen?«

»Zwischen den Steinen. Noch ein bisschen weiter. Drei, zwei Schritte. Ja. Da.«

Udinaas starrte nach unten und musterte das Gelände. »Ich sehe nichts.«

»Grabe. Nein, zu deiner Linken – die Felsen da, roll sie zur Seite. Den da. Und jetzt tiefer. Da, zieh es heraus.«

Ein missgestalteter Klumpen, der schwer in seiner Hand lag. Das metallische Objekt in seinem Innern war fingerlang und lief an einem Ende spitz zu und war vollständig von dicken Kalkablagerungen überkrustet. »Was ist das?«

»Eine Pfeilspitze, Sklave. Hunderttausende von Jahren an diesen Strand gekrochen. Das Vergehen der Zeitalter wird durch den Zufall gemessen. Das tiefe Heranrollen der Wogen, die Abfolge von unberechenbaren Stürmen. So bewegt sich die Welt …«

»Hunderttausende von Jahren? Da dürfte überhaupt nichts mehr übrig sein …«

»Eine Klinge aus einfachem Eisen ohne eingewobene Zauberei wäre in der Tat verschwunden. Die Pfeilspitze gibt es noch, Sklave, weil sie nicht aufgeben wird. Du musst alles entfernen, was sie umgibt. Du musst sie wieder zum Leben erwecken.«

»Warum?«

»Ich habe meine Gründe, Sklave.«

In dieser Antwort lag nichts Angenehmes, doch Udinaas richtete sich wieder auf und stopfte den Klumpen in seine Gürteltasche. Er kehrte zu seinen Netzen zurück. »Ich werde nicht die Hand deiner Rache sein«, murmelte er.

Verblicheners Lachen folgte ihm, während unter seinen Schritten die Steine knirschten.

Rauch hing über den Niederungen, wie heruntergezogene Wolken, die jetzt von den Baumwipfeln zerfetzt wurden.

»Eine Bestattung«, sagte Binadas.

Seren Pedac nickte. Es hatte keine Stürme gegeben, und außerdem war der Wald zu feucht, um einem Waldbrand Nahrung zu bieten. Zu den Bestattungsbräuchen der Edur gehörte auch der Bau eines Grabhügels, der dann ummantelt wurde, um einen Scheiterhaufen zu bilden. Die enorme Hitze buk den mit Münzen verkleideten Leichnam, als wäre er aus Ton, und fleckte die Steine des Grabhügels rot. Schattengespenster tanzten inmitten der Flammen, wanden sich mit dem Rauch himmelwärts; auch lange nachdem die Trauernden gegangen waren, würden sie immer noch dort sein.

Seren zog ihr Messer und bückte sich, um sich den Schlamm von den Stiefeln zu kratzen. Auf dieser Seite der Berge kroch das Wetter täglich vom Meer heran und warf in bösartigen Wogen Regen und Nebel ab. Ihre Kleider waren durchnässt. Seit dem Morgen waren die schwer beladenen Wagen dreimal vom Weg gerutscht; einmal war dabei einer der Nerek unter den wuchtigen, eisenbeschlagenen Rädern zermalmt worden.

Sie richtete sich wieder auf, wischte das Messer zwischen zwei in Handschuhen steckenden Fingern ab und schob es wieder in die Scheide an ihrer Seite.

Die Stimmung war schlecht. Buruk der Bleiche hatte seinen Wagen seit zwei Tagen nicht mehr verlassen, genauso wenig wie seine drei Konkubinen. Doch der Abstieg war jetzt endlich geschafft, und vor ihnen lag ein breiter, größtenteils eben verlaufender Pfad, der zu Hannan Mosags Dorf führte.

Binadas stand am Wegesrand und schaute zu, wie der letzte Wagen den Hang herunterschaukelte, und Seren spürte die Ungeduld des Edur. Das war verständlich – schließlich war in seinem Dorf jemand gestorben. Sie warf Hull Beddict einen Blick zu, konnte jedoch nichts spüren. Er hatte sich tief in sich selbst zurückgezogen, als sammelte er in Erwartung dessen, was kommen würde, innerlich seine Kräfte. Oder – was ebenso wahrscheinlich war – als bemühte er sich, seine nachlassende Entschlossenheit künstlich aufrechtzuerhalten. Sie schien ihre Fähigkeit verloren zu haben, in ihn hineinzusehen. Ein ununterbrochen und lange vor sich hergetragener Schmerz konnte selbst zur Maske werden.

»Binadas«, sagte Seren, »die Nerek müssen sich ausruhen. Der Weg vor uns ist frei. Ihr müsst uns nicht unbedingt noch weiter Geleit geben. Geht zu Eurem Volk.«

Er blickte sie aus zusammengekniffenen Augen an, offensichtlich misstraute er ihrem Vorschlag.

Sie fügte nichts mehr hinzu. Letztlich würde er glauben, was er glauben wollte, unabhängig davon, wie aufrichtig ihr Angebot war.

»Sie sagt die Wahrheit«, mischte Hull sich ein. »Wir möchten dich nicht festhalten, Binadas.«

»Also gut. Ich werde Hannan Mosag von Eurer bevorstehenden Ankunft unterrichten.«

Sie schauten dem Edur nach, als er den Pfad entlangging. Binnen weniger Augenblicke hatte der Wald ihn verschluckt.

»Hast du es gesehen?«, fragte Hull sie.

»Ich habe nur einander widerstreitende Wünsche und Pflichten gesehen«, erwiderte Seren und wandte sich ab.

»Also nur das, was du sehen wolltest.«

Serens Schulterzucken wirkte müde. »Ach, Hull, das ist doch bei uns allen so.«

Er trat dicht an sie heran. »Aber so muss es nicht sein, Freisprecherin.«

Überrascht schaute sie ihm in die Augen, wunderte sich über die unerwartete Ernsthaftigkeit, die sich in ihnen spiegelte. »Wie soll ich deiner Meinung nach darauf reagieren?«, fragte sie. »Wir sind alle wie Soldaten, kauern uns hinter die Schutzwälle, die wir selbst errichtet haben. Du wirst tun, Hull, was du glaubst, tun zu müssen.«

»Und was ist mit dir, Seren Pedac? Welcher Weg wartet auf dich?«

Immer der gleiche Weg. »Du darfst dich der Tiste Edur nicht bedienen. Es mag sein, dass sie dir zuhören, aber sie müssen dir nicht folgen.«

Er wandte sich ab. »Ich habe keine Erwartungen, Seren, nur Ängste. Wir sollten unsere Reise fortsetzen.«

Sie warf einen Blick zu den Nerek hinüber. Sie saßen oder kauerten in der Nähe der Wagen; ihre Rücken dampften. Ihre Gesichter waren schlaff, sie wirkten merkwürdig gleichgültig ihrem toten Verwandten gegenüber, den sie in seinem behelfsmäßigen Grab aus Schlamm, Felsbrocken und Wurzeln zurückgelassen hatten. Wie viel konnte man einem Volk rauben, bevor es sich selbst beraubte? Der Weg den steilen Hang zur Auflösung hinunter begann mit einem leichten Rutschen, nur um schließlich zu einem kopflosen Bergabstürzen zu werden.

Die Letherii glaubten an kaltherzige Wahrheiten. Schwung war eine Lawine, und niemand besaß das Vorrecht, beiseite treten zu können. Die Grenze zwischen Leben und Tod wurde im zunehmenden Drängeln um Positionen inmitten eines alles verschlingenden Fortschritts gemessen. Niemand konnte sich Mitleid leisten. Entsprechend erwartete es auch niemand von anderen.

Wir leben in feindseligen Zeiten. Andererseits – die Zeiten sind immer feindselig.

Es begann erneut zu regnen.

Weit im Süden, jenseits der Berge, die sie gerade überquert hatten, wurde der Untergang der Tiste Edur ausgeheckt. Und sie vermutete, dass Hull Beddicts Leben verwirkt war. Sie konnten sich das Risiko, das er bedeutete, nicht erlauben, konnten den Verrat, den zu begehen er praktisch versprochen hatte, nicht einfach hinnehmen. Die Ironie lag darin, dass sie das Gleiche wollten. Beide wollten schließlich den Krieg. Nur das Gesicht des Sieges sah jeweils anders aus.

Doch Hull verfügte über zu wenig von jenem Scharfsinn, den es brauchte, um dieses besondere Spiel zu spielen *und* zu überleben.

Und sie hatte angefangen darüber nachzudenken, ob sie irgendwie versuchen würde, ihn zu retten.

Ein Schrei aus Buruks Wagen. Müde rappelten sich die Nerek auf. Seren zog sich den Umhang enger um die Schultern, musterte mit zusammengekniffenen Augen den vor ihnen liegenden Weg. Sie spürte, wie Hull an ihre Seite trat, blickte aber nicht auf.

»In welchem Tempel bist du ausgebildet worden?«

Sie schnaubte, schüttelte dann den Kopf. »Thurlas, bei den Verschleierten Schwestern des Leeren Throns.«

»Gleich gegenüber dem Kleinen Kanal. Ich erinnere mich an ihn. Was für eine Art Kind warst du, Seren?«

»Du hast ganz offensichtlich ein Bild im Kopf.«

Sie sah sein Nicken aus dem Augenwinkel, und er sagte: »Eifrig. Übertrieben ordentlich. Ernst.«

»Es gibt Hauptbücher, in denen die Namen bemerkenswerter Schüler und Schülerinnen festgehalten werden. Du wirst meinen

Namen darin finden, wieder und wieder. Zum Beispiel hat man mir den Titel der Schülerin mit den meisten Bestrafungen binnen eines Jahres verliehen. Zweihunderteinundsiebzig. Die Unbeleuchtete Zelle war mir vertrauter als mein eigenes Zimmer. Ich war auch angeklagt, einen Priester, der zu Besuch war, verführt zu haben. Und bevor du fragst – ja, ich war schuldig. Aber der Priester hat das Gegenteil geschworen, um mich zu schützen. Er wurde exkommuniziert. Später habe ich gehört, dass er sich umgebracht hat. Hätte ich noch immer irgendeine Art von Unschuld gehabt, dann hätte ich sie spätestens in jenem Moment verloren.«

Er machte ein paar Schritte, um sich vor sie zu stellen, während der erste Wagen von den Nerek vorbeigezogen wurde. Sie war gezwungen, ihn anzusehen. Erst zögerte sie, dann schenkte sie ihm ein gequältes Lächeln. »Erschüttert dich das, Hull Beddict?«

»Das Eis unter mir ist gebrochen.«

Ärger wallte in ihr auf, bis ihr auffiel, dass er sich mit diesem Geständnis selbst verspottete. »Wir sind nicht unschuldig, wenn wir geboren werden, sondern einfach nur ohne jedes Gefühl für Grenzen.«

»Und vermutlich auch grenzenlos.«

»Zumindest ein paar Jahre lang. Bis die Außenwelt sich der Innenwelt aufdrängt – dann beginnt der brutale Krieg. Aber wir sind auch nicht zum Mitleid geboren – ungeachtet unserer Blauäugigkeit und unseres süßen Benehmens.«

»Und du hast frühzeitig erkannt, welchen Krieg du führen musst.«

Seren zuckte die Schultern. »Mein Feind war nicht die Autorität, auch wenn es vielleicht so ausgesehen haben mag. Es war die Kindheit an sich. Die bedrohlich wirkenden Erwartungen der Erwachsenen, die Gier zu *vergeben*. Es hat mich krank gemacht …«

»Weil es ungerecht war.«

»Das Gefühl eines Kindes für Ungerechtigkeit dient immer ihm selbst, Hull. Ich konnte mich mit einer solchen Empörung nicht hinters Licht führen. Warum reden wir überhaupt darüber?«

»Weil ich vergessen habe, diese Fragen zu stellen. Damals. Ich glaube, ich war damals selbst noch ein Kind. Alles innen, nichts außen.«

Sie zog die Brauen hoch, sagte aber nichts.

Hull verstand es auch so. »Du könntest Recht haben. Mit einigen Dingen, heißt das. Aber nicht, was die Edur betrifft.«

Der zweite Wagen rollte vorbei. Seren musterte den Mann, der vor ihr stand. »Bist du dir dessen so sicher?«, fragte sie. »Denn ich sehe, dass du von deinen eigenen Bedürfnissen getrieben wirst. Die Edur sind das Schwert, doch die Hand, die es führt, ist deine eigene, Hull. Wo bleibt da das Mitgefühl?«

»Du täuschst dich, Seren. Ich habe vor, das Schwert zu sein.«

Das Kältegefühl in ihren Gliedern wurde durchdringender. »Inwiefern?«

Doch er schüttelte den Kopf. »Ich kann dir nicht vertrauen, Seren. Du wirst warten müssen, genau wie alle anderen. Nur eines noch. Stell dich mir nicht in den Weg. Bitte.«

Ich kann dir nicht vertrauen. Worte, die sie in der Seele schmerzten. Andererseits stand die Frage des Vertrauens auf beiden Seiten des Pfades, oder etwa nicht?

Der dritte Wagen blieb neben ihnen stehen. Der Vorhang des Türfensters wurde beiseite gezogen, und Buruks totenbleiches Gesicht spähte nach draußen. »Das soll Führung sein? Wer bahnt hier den Weg? Sind wir jetzt dazu verdammt, verloren herumzuwandern? Erzählt mir bloß nicht, Ihr seid wieder ein Liebespaar geworden! Seren, Ihr seht ausgesprochen *bedrängt* aus. Das ist der Fluch der Liebe – ach, mein Herz weint um Euch!«

»Das reicht, Buruk«, sagte Seren. Sie wischte sich den Regen aus dem Gesicht und schritt, ohne noch weiter auf Hull zu achten, den Pfad entlang. Die Nerek traten zur Seite, um sie durchzulassen.

Der Waldweg wurde von Schwarzholzbäumen gesäumt, die gepflanzt worden waren, um den Anspruch der Edur auf dieses Land deutlich zu machen. Raue, mitternachtsschwarze Rinde, die durch die in jeder Furche und jedem Riss der zerklüfteten Oberfläche hängenden Schattengespenster zu alptraumhaften Bildern und geheimnisvollen Schriftzeichen verzerrt worden war. Gespenster, die sichtbar wurden, als sie sich jetzt erhoben, um Seren und diejenigen, die ihr folgten, zu beobachten.

Es schienen mehr als gewöhnlich zu sein. Ruhelos wogten sie wie schwarzer Nebel zwischen den riesigen Stämmen hin und her. Erst Dutzende, dann Hunderte, die sich auf beiden Seiten des Pfads drängten. Serens Schritte wurden langsamer.

Sie konnte die Nerek hören, ein leises Seufzen hinter ihr; das Klacken der Wagen wurde langsamer und erstarb, als sie anhielten.

Hull trat neben sie. »Sie haben eine Armee ausgehoben«, flüsterte er.

Dunkle Befriedigung schwang in seiner Stimme mit.

»Sind sie tatsächlich die Vorfahren der Edur?«

Sein Blick zuckte zu ihr, fiebrig glänzend. »Natürlich. Was sollten sie sonst sein?«

Sie schüttelte sich. »Bring die Nerek dazu weiterzugehen, Hull. Auf dich werden sie hören. Es sind nur noch zwei Tage, bis…« Und dann verstummte sie.

Denn eine Gestalt stand auf dem Pfad. Ihre Haut hatte die Farbe von gebleichtem Leinen, und sie war so groß wie die Edur; das Gesicht war nur undeutlich zu erkennen, denn dunkle Striemen zogen sich von oben nach unten, als wäre jemand mit blutigen Fingern über die eingefallenen Wangen gefahren. Eine Erscheinung, denn die tief in ihren Höhlen liegenden Augen, die trüb rot brannten, waren tot. Schimmel hing in Fetzen von der verrotteten Rüstung. Zwei Schwertscheiden, beide leer.

Gespenster schwärmten um die Füße der Gestalt, als beteten sie sie an.

Eine Wagentür knirschte; Buruk kam herausgeklettert, in eine Decke gehüllt, die er über den Boden hinter sich herschleifte, als er an Serens Seite trat.

»Hügelgrab und Wurzel!«, zischte der Kaufmann. »Die Fliesen haben nicht gelogen!«

Seren machte einen Schritt vorwärts.

Hull streckte einen Arm aus. »Nein …«

»Sollen wir ewig hier stehen bleiben?«, stieß sie hervor und schüttelte seine Hand ab. Trotz ihrer mutigen Worte war sie entsetzt. Geister fanden sich in Kindergeschichten und Legenden, und gelegentlich in den aufgeregten Gerüchten der Hauptstadt. Sie hatte nur halbherzig an solche Erscheinungen geglaubt, an eine Vorstellung, die sich eigensinnig manifestierte. Eine geflüsterte Vision von Geschichte, auferstanden als Vorbote, als stumme Warnung. Eine Idee also, die ebenso symbolisch wie wirklich war.

Und selbst da hatte sie sich etwas weitaus … Flüchtigeres vorgestellt. Etwas, das keine individuellen Merkmale aufwies, ein Gesicht voll verzweifelter Andeutungen, Gesichtszüge, die durch das Verschwinden ihrer Bedeutung verschwammen. Halb sichtbar in den Strömungen der Dunkelheit, einen Augenblick da, im nächsten schon verschwunden.

Doch die große Erscheinung, die da jetzt vor ihr stand, verfügte über eine gewisse Greifbarkeit, machte ein körperliches Beharren geltend. In dem langen, blassen Gesicht waren unzählige Details eingraviert, und die ausdruckslosen, von einem Häutchen überzogenen Augen beobachteten voller Verstand, wie sie näher trat. *Als hätte er sich gerade aus einem der Hügelgräber in diesem Wald freigegraben. Aber er ist kein … kein Edur.*

»Einst hat sich ein Drache diesen Pfad entlanggeschleppt«, sagte die Erscheinung in der Sprache der Tiste. »Damals gab es noch keinen Wald. Nichts als Zerstörung. Blut in der aufgewühlten Erde. Der Drache, Sterbliche, hat diesen Pfad *geschaffen*. Spürst du es? Unter dir sind Erinnerungen verstreut, die die Wurzeln beiseite schieben, die die Bäume auf beiden Seiten beugen. Ein Drache.« Die Gestalt drehte sich um, starrte den Pfad hinter sich an. »Der Edur – er ist ohne zu sehen gedankenlos dahingerannt. Ein Verwandter des Verräters. Und doch … ein Unschuldiger.« Er blickte sie erneut an. »Aber du, Sterbliche, du bist nicht annähernd so unschuldig, nicht wahr?«

Seren war so verblüfft, dass sie schwieg.

Hinter ihr meldete sich Hull Beddict zu Wort: »Wessen klagst du sie an, Geist?«

»Vielerlei. Tausender und Abertausender Missetaten. Sie. Dich.

Eure Art. Die Götter sind nichts. Dämonen weniger als Kinder. Jeder Aufgestiegene ein unbeholfener Komödiant. Verglichen mit euch. Ich frage mich, ob es wohl immer so ist? Dass das Verderben in den Blütenblättern der Blume gedeiht, wenn ihre Zeit gekommen ist. Die geheime Saat des Verfalls, verborgen unter blühendem Glanz. Wir alle, hier in eurem Kielwasser, wir sind *nichts*.«

»Was willst du?«, wollte Hull wissen.

Die Gespenster waren davongeglitten, zurück zwischen die Bäume. Doch eine neue Woge war gekommen und umschwärmte die zerfetzten Stiefel des Geists. Mäuse – eine wogende Masse, die auf dem Pfad heranströmte. Knöcheltief erreichten die ersten Serens Füße, taumelten darum herum. Eine graue und braune Woge in hirnloser Bewegung. *Eine Vielzahl winziger Wesen, ergriffen von einem unbekannten und nicht zu erkennenden Gebot. Von hier ... nach dort.*

Sie hatten etwas Schreckliches, etwas Entsetzliches an sich. Tausende, Zehntausende – der Pfad voraus war von Mäusen bedeckt, so weit ihr Auge reichte.

»Das Land wurde zerschmettert«, sagte die Erscheinung. »Nicht ein Baum blieb stehen. Es gab nichts als Leichen. Und die winzigen Kreaturen, die an ihnen nagten. Die Legion des Vermummten. Die schäbige Woge des Todes, Sterbliche, mit pelzigen Rücken, die sich erhoben. Es wirkt so ... leicht.« Der Untote schien sich zu schütteln. »Ich will nichts von euch. Die Reisen haben alle begonnen. Bildet ihr euch etwa ein, der Pfad vor euch habe noch niemals Schritte vernommen?«

»So blind sind wir nicht, das zu glauben«, sagte Seren Pedac. Sie kämpfte gegen den Wunsch an, die Mäuse, die um ihre Knöchel herumwimmelten, wegzutreten, fürchtete, in Hysterie zu verfallen. »Wenn du diesen Pfad nicht freimachen willst – oder kannst –, dann haben wir keine andere Wahl ...«

Die Erscheinung legte den Kopf schief. »Ihr würdet unzählige kleine Kreaturen töten? Im Namen von was? Im Namen der Nützlichkeit?«

»Ich sehe das Ende für deine Kreaturen nicht gekommen, Geist.«

»Meine? Sie sind nicht mein, Sterbliche. Sie gehören einfach nur in meine Zeit. In das Zeitalter ihrer verkommenen Vorherrschaft über dieses Land. Eine Vielzahl von Tyrannen, um über die Asche und den Staub zu herrschen, die wir hinter uns zurückgelassen hatten. Sie sehen ein Versprechen in meinem Geist.«

»Und«, fragte Hull grollend, »sollen wir das Gleiche sehen?«

Die Erscheinung hatte begonnen, sich aufzulösen, die Farben verblassten. »Wenn es euch gefällt«, kam die leise, spöttische Antwort. »Natürlich könnte es sein, dass der Geist, den sie sehen, eurer ist – nicht meiner.«

Dann war das Gespenst verschwunden.

Die Mäuse begannen, den Pfad nach beiden Seiten zu verlassen und in den Wald auszuschwärmen. Als wären sie plötzlich verwirrt, einmal mehr blind gegenüber der wie auch immer gearteten größeren Macht, die sie benutzt hatte. Sie strömten in den Mulch, die Schatten und das verfaulende Holz umgestürzter Bäume. Einen Augenblick noch da, im nächsten schon fort.

Seren drehte sich zu Buruk dem Bleichen um. »Was habt Ihr gemeint, als Ihr gesagt habt, die Fliesen würden nicht lügen? Hügelgrab und Wurzel, das sind Fliesen, die zur Feste des Azath gehören, nicht wahr? Ihr wart bei einer Beschwörung zugegen, bevor Ihr Euch auf diese Reise begeben habt. In Trate. Wollt Ihr das abstreiten?«

Er konnte ihr nicht in die Augen sehen. Sein Gesicht war blass. »Die Festen erwachen, Freisprecherin. *Alle*.«

»Wer war er also?«, fragte Hull Beddict.

»Ich weiß es nicht.« Abrupt runzelte Buruk die Stirn und wandte sich ab. »Spielt es denn eine Rolle? Der Schlamm ist aufgewühlt, und es kommen Dinge ans Tageslicht, das ist alles. Die Siebte Schließung rückt näher – aber ich fürchte, alles wird ganz anders werden, als man es uns einst gelehrt hat. Die Geburt eines Reiches, oh ja, doch wer soll darüber herrschen? Die Prophezeiung ist auf bösartige Weise vage. Der Pfad ist frei, lasst uns weiterziehen.«

Er kletterte in seinen Wagen zurück.

»Müssen wir verstehen, was das alles zu bedeuten hat?«, fragte Hull.

Seren zuckte die Schultern. »Prophezeiungen sind genau wie die Fliesen, Hull. Man kann in ihnen sehen, was man will.« Das Entsetzen hatte einen sauren Geschmack in ihrem Mund zurückgelassen, und ihre Beine fühlten sich wackelig und schwach an. Plötzlich müde, löste sie ihren Kinnriemen und nahm den Helm ab. Der feine Regen fühlte sich auf ihrer Stirn wie Eis an. Sie schloss die Augen.

Ich kann ihn nicht retten. Ich kann niemanden von uns retten.

Hull Beddict sprach mit den Nerek.

Seren schlug blinzelnd die Augen auf und schüttelte sich. Sie befestigte ihren Helm an ihrem Packsack.

Die Reise ging weiter. Begleitet vom Knirschen und Ächzen der Wagen und dem schweren Atmen der Nerek. Die Luft war reglos, und der Nebel fiel durch sie hindurch wie der Atem eines erschöpften Gottes.

Noch zwei Tage. Dann ist es vorbei.

Dreißig Schritt voraus segelte – von niemandem bemerkt – eine Eule auf ihren breiten, dunklen Schwingen quer über den Pfad. Der Vogel hatte Blut an den Krallen und am Schnabel.

Plötzliche Beute wurde nicht in Frage gestellt. Eine Ausschweifung, die es nicht wert war, gefeiert zu werden. Der Jäger kannte nur die Jagd, und ihm war die Furcht der Beute gleichgültig. Genauso gleichgültig wie die weiße Krähe, die in seinem Kielwasser dahinglitt.

Ein zufälliges Drehen des Windes trieb die letzten Rauchfahnen des Scheiterhaufens ins Dorf. Er hatte einen Tag und eine Nacht lang gebrannt, und als Trull Sengar am darauf folgenden Morgen das Langhaus seines Vaters verließ, schmeckte der Nebel, der durch den Hof trieb, bitter.

Er bedauerte die neue Welt, die er gefunden hatte. Enthüllungen ließen sich nicht ungeschehen machen. Jetzt wusste er um Geheimnisse, und die Wahrheit war, dass er lieber ohne dieses Wissen weitergelebt hätte. Einst vertraute Gesichter hatten sich verändert. Was wussten sie? Wie weitreichend und heimtückisch war diese Täuschung? Wie viele Krieger hatte Hannan Mosag in seine ehrgeizigen

Pläne einbezogen? In welchem Ausmaß hatten sich die Frauen gegen den Hexenkönig zusammengeschlossen?

Seit jenem Gespräch in der Senke, wo der eingeschlagene Drachenschädel der einzige Zeuge von etwas gewesen war, das die meisten Verrat nennen würden, hatten die Brüder kein einziges Wort mehr über die Angelegenheit gewechselt. Die Vorbereitungen für die bevorstehende Reise waren in vollem Gange. Schließlich würden sie nicht von Sklaven begleitet werden. Hannan Mosag hatte Gespenster in die Dörfer vorausgeschickt, die zwischen hier und den Eisfeldern lagen, also würde Proviant sie erwarten, was die Notwendigkeit verringerte, allzu viele Vorräte mitzuschleppen – zumindest bis fast zum Schluss.

Ein von einem halben Dutzend Sklaven gezogener Wagen war über die Brücke gerollt; auf ihm lagen neu geschmiedete Waffen. Bündelweise Speere mit eisernen Spitzen, deren Schäfte auf halber Länge mit Kupfer beschlagen waren. Schwerter mit Parierstangen und Anderthalb-Griff-Heften und Scheiden aus gekochtem Leder. Hippen, um Reiter aus den Sätteln zu heben, langschäftige Pfeile mit ledernen Befiederungen. Wurfbeile, wie die Arapay sie bevorzugten. Breite Krummsäbel im Stil der Merude.

Einmal mehr dröhnten die Schmieden vom Getöse des Krieges.

Trull sah Forcht und Rhulad auf den Wagen zugehen, noch mehr Sklaven im Schlepptau, und Forcht begann gleich damit, Anweisungen zur Lagerung der Waffen zu geben.

Rhulad warf Trull einen Blick zu, als der sich ihm näherte. »Brauchst du mehr Speere, Bruder?«, fragte er.

»Nein, Rhulad. Ich sehe hier Waffen der Arapay und Merude – und der Beneda und Den-Ratha …«

»Ja. Es sind Waffen von allen Stämmen. So ist es jetzt in allen Schmieden, in allen Dörfern. Ein Austausch von Fertigkeiten.«

Trull warf einen Blick zu Forcht hinüber. »Und wie denkst du darüber, Bruder? Wirst du von nun an die Hiroth-Krieger an neuen Waffen ausbilden?«

»Ich habe ihnen beigebracht, sich gegen diese Waffen zu verteidigen, Trull. Der Hexenkönig hat vor, eine echte Armee zu schaffen, eine Armee wie die Letherii sie haben. Das bedeutet, dass es auch spezialisierte Einheiten geben wird.« Forcht musterte Trull ein, zwei Herzschläge lang, ehe er hinzufügte: »Ich bin der Waffenmeister der Hiroth, und nun, auf Befehl des Hexenkönigs, der Waffenmeister aller Stämme.«

»Du wirst also diese Armee anführen?«

»Wenn es zum Krieg kommen sollte, werde ich sie in die Schlacht führen, ja.«

»So werden die Sengars geehrt«, sagte Rhulad. Sein Gesicht war so ausdruckslos wie seine Stimme.

So werden wir *belohnt.*

»Binadas ist im Morgengrauen zurückgekehrt«, sagte Forcht. »Heute wird er sich ausruhen. Dann werden wir aufbrechen.«

Trull nickte.

»Es kommt eine Handelskarawane der Letherii«, sagte Rhulad. »Binadas ist ihnen auf dem Pfad begegnet. Die Freisprecherin ist Seren Pedac. Und Hull Beddict ist bei ihnen.«

Hull Beddict – der Wächter, der die Nerek und die Tarthenal und die Faraed betrogen hatte. Was wollte er? Nicht alle Letherii waren gleich, das wusste Trull. Unterschiedliche Sichtweisen prallten klirrend wie Schwertklingen aufeinander. Unter den habgierigen Massen in den riesigen Städten waren Treuebrüche gang und gäbe – ja, wenn die Gerüchte wahr waren, sogar im Palast des Königs. Der Händler hatte den Auftrag, die Worte des Mannes oder der Frau zu übermitteln, der – oder die – ihn gekauft hatte. Während Seren Pedac in Ausübung ihres Berufs als Freisprecherin weder ihre eigene Meinung kundtun noch sich in die Vorhaben der anderen einmischen würde. Bei ihren früheren Besuchen hatte er sich nie im Dorf aufgehalten und konnte daher kein weiterreichendes Urteil abgeben. Was hingegen Hull anging, den ehemaligen Wächter – es hieß, er sei so immun gegen Bestechlichkeit, wie es nur ein Mann sein konnte, der einst verraten worden war.

Trull schaute schweigend zu, wie die Sklaven die Waffenbündel vom Wagen zerrten und in die Rüstkammer trugen.

Selbst seine Brüder schienen irgendwie ... anders zu sein. Als ob sich – unsichtbar für alle anderen – Schatten zwischen ihnen spannten, die mit schwerfälligem Zittern den Wind zum Summen brachten. Dann also Dunkelheit im Blut von Brüdern. Nichts von alledem war gut für die Reise, die sie bald antreten würden. Nichts.

Ich war immer derjenige, der sich Sorgen gemacht hat. Ich sehe nicht zu viel, ich sehe einfach das Falsche. Und so liegt der Fehler bei mir, in mir. Das darf ich niemals vergessen. Es ist wie bei meinen Vermutungen über Rhulad und Mayen. Falsche Dinge, falsche Gedanken … Sie scheinen … niemals müde zu werden …

»Binadas hat erzählt, dass Buruk Letherii-Stahl mitbringt«, sagte Rhulad und durchbrach damit Trulls Grübeln. »Das wird sich als nützlich erweisen. Bei Dippel, die Letherii sind doch tatsächlich Narren …«

»Das sind sie nicht«, sagte Forcht. »Sie sind gleichgültig. Sie sehen keinen Widerspruch darin, uns in einem Augenblick Stahl zu verkaufen und im nächsten einen Krieg gegen uns anzufangen.«

»Das Gleiche gilt für die Jagd auf die Stoßzähnigen Robben«, fügte Trull nickend hinzu. »Sie sind eine Nation von zehntausend habgierigen Händen, und niemand kann sagen, welche die wahren sind, welche denjenigen gehören, die über Macht verfügen.«

»König Ezgara Diskanar ist nicht wie Hannan Mosag«, sagte Forcht. »Er herrscht über sein Volk nicht mit absoluter …«

Trull blickte auf, als die Stimme seines Bruders erstarb.

Forcht drehte sich um. »Mayen ist heute Abend bei uns zu Gast«, sagte er. »Es könnte sein, dass Mutter will, dass ihr euch an den Vorbereitungen zum Abendessen beteiligt.«

»Und das werden wir auch tun«, sagte Rhulad. Er blickte ganz kurz Trull an, ehe er seine Aufmerksamkeit wieder auf die Sklaven richtete.

Absolute Macht … Nein, darüber sind wir hinaus, nicht wahr? Und vielleicht hat sie auch niemals wirklich existiert. Schließlich sind die Frauen …

Als Udinaas ins Langhaus kam und sich zu seinem Schlafplatz begab, waren die anderen Sklaven noch beschäftigt und huschten eifrig über die Strohbündel. Er musste heute Abend bedienen, daher war ihm eine kurze Ruhepause im Voraus gestattet. Er sah Uruth in der Nähe der zentralen Feuerstelle stehen, doch im allgemeinen Durcheinander gelang es ihm, unbemerkt vorbeizuschlüpfen – er war einfach nur ein weiterer Sklave im Zwielicht.

Federhexes Behauptungen hallten immer noch in ihm nach, schnürten ihm bei jedem Atemzug die Brust zu. Wenn die Edur entdeckten, was wirklich in seinen Adern kreiste, würden sie ihn töten. Er wusste, dass er sich verstecken musste – doch er wusste nicht, wie.

Er ließ sich auf seiner Matratze nieder. Geräusche und Gerüche aus den anderen Zimmern trieben über ihn hinweg. Er legte sich hin und schloss die Augen.

Heute Abend würde er neben Federhexe arbeiten. Sie hatte ihn jenes eine Mal besucht, in seinem Traum. Davon abgesehen hatte er noch keine Gelegenheit gehabt, mit ihr zu sprechen. Und er vermutete, dass sie auch gar keinen Wert darauf legte, sich mit ihm zu unterhalten. Zum einen war es wegen ihres Klassenunterschieds unschicklich, und zum anderen hatte sie in ihm das Blut des Wyrm gesehen – zumindest hatte sie das im Traum behauptet. *Es sei denn, das war gar nicht sie. Sondern nur eine Hervorbringung meines eigenen Geists, eine Neuformung von Staub.* Wenn es möglich war, würde er mit ihr sprechen – egal, ob sie ihn dazu aufforderte oder nicht.

Teppiche waren nach draußen geschleppt und über Gestelle gehängt worden. Als die Sklaven begannen, den Staub herauszuklopfen, drangen die Schläge wie ferner Donner an sein Ohr.

Noch ein vorbeihuschender Gedanke, unbestimmte Verwunderung darüber, wohin wohl das Schattengespenst verschwunden sein mochte, dann übermannte ihn der Schlaf.

Er war ohne Form, nichts als eine körperlose Ansammlung seiner Sinne. Irgendwo im Eis. Eine blaue, trübe Welt, dazwischen schmierige Streifen aus Grün, das Knirschen von Dreck und Sand, der Geruch von Kälte. Aus der Ferne heranwehende ächzende Geräusche, feste Flüsse, die sich gegeneinander schoben. Linsen aus Sonnenlicht schickten Hitze in die Tiefen, wo sie sich aufstaute, bis ein donnerndes Krachen die Welt erschütterte.

Udinaas glitt durch diese gefrorene Landschaft, die für alle Augen in der jenseitigen Welt erstarrt, die reglos und zeitlos war. Und nichts war von dem Druck zu bemerken, von dem schweren Gewicht und den auseinander strebenden Kräften – erst in jenem allerletzten, explosiven Augenblick, als die Dinge *zerbrachen*.

Es gab Gestalten im Eis. Körper, die vom Boden tief unten hochgehoben und in unbeholfenen Positionen gehalten wurden. Richtige Körper, mit halb offenen Augen. Blüten aus Blut, in reglosen Wolken um Wunden schwebend. Ströme von Galle und Ausscheidungen. Udinaas stellte fest, dass er durch das Szenario eines Gemetzels reiste. Tiste Edur und dunkelhäutigere Verwandte. Gewaltige, reptilienartige Tiere, die manchmal Klingen statt Hände hatten. In unermesslicher Zahl.

Er kam an eine Stelle, wo die reptilienartigen Leichen beinah so etwas wie eine feste Masse bildeten. Während er zwischen ihnen dahinglitt, schauderte er plötzlich zurück. Ein senkrechter Strom aus Schmelzwasser stieg vor ihm durch das Eis auf, strebte in die Höhe und weg von den aufgehäuften Leichen. Das Wasser war rosa, von Schlamm durchzogen, und es pulsierte, während es nach oben stieg, als würde es von einem tiefen, unterirdischen Herzen getrieben.

Und dieses Wasser war Gift.

Udinaas stellte fest, dass er durch das Eis floh, mit Leichen zusammenstieß, auf Körper so hart wie Felsen prallte. Dann weiter, in von Spalten durchzogene Bereiche ohne Leichen. Feste Kanäle hinab. Rasend, immer schneller, während die Düsternis ihn verschlang.

Gewaltige, braun bepelzte Kreaturen, die aufrecht stehend gefangen worden waren, mit grünen Pflanzen im Maul. Herden, die über schwarzer Erde schwebten. Stoßzähne aus Elfenbein und glitzernde Augen. Büschel herausgerissenen Grases. Lang gestreckte Umrisse – graue Wölfe mit hochgezogenen Schultern, die im Sprung erwischt worden waren oder während sie neben einem gewaltigen, gehörnten Tier dahingerannt waren. Dies war nur ein anderes Szenario, ein anderes Gemetzel, Leben, die in einem Augenblick katastrophaler Veränderung gestohlen worden waren – die Welt aus der Bahn geworfen, das Rauschen der Meere, atemlose Kälte, die sich bis in die Knochen einbrannte.

Die Welt … Die Welt selbst begeht Verrat. Hol uns der Abtrünnige, wie kann das sein?

Udinaas hatte viele gekannt, für die Gewissheit ein Gott gewesen war – der einzige Gott –, ganz egal, wie seine Gesichtszüge geschnitten gewesen waren. Und er hatte gesehen, wie dieser Glaube die Welt einfach machte, zu einem Ort, an dem sich durch scharfe, kalte Beurteilung alles spalten ließ, so dass danach kein Zusammenfügen mehr möglich war. Er hatte diese Art von Gewissheit gesehen, sie jedoch nie geteilt.

Doch er hatte die Welt an sich nie … hinterfragt. Nicht, dass er sie für statisch gehalten hätte –, nein, das nicht –, aber doch grundsätzlich verständlich. Zweifellos war sie gelegentlich grausam und tödlich … *aber man konnte es fast immer kommen sehen.* Kreaturen, die mitten im Sprung zu Eis erstarrt waren. Die im Stehen plötzlich erstarrt waren, während ihnen noch Grasbüschel aus dem Maul hingen. Das überstieg jegliches Vorstellungsvermögen. *Zauberei. Das muss Zauberei gewesen sein.* Doch selbst wenn dem so war, erschien ihm die Macht, die hierfür notwendig war, unvorstellbar, denn es war ein Grundsatz, dass die Welt und alles, was auf ihr lebte, von Natur aus der Magie widerstand. Natürlich, denn andernfalls hätten Magier und Götter längst alles umgeformt und das Gleichgewicht aller Dinge wahrscheinlich zerstört. Und daher musste das Land sich widersetzt haben. Die Tiere, die in diesem Land hausten, mussten sich widersetzt haben. Die Strömungen in der Luft und im Wasser, die wachsenden Pflanzen und die summenden Insekten – sie alle mussten sich widersetzt haben.

Doch sie hatten versagt.

Dann, unten in der Tiefe, ein Umriss. Geduckt auf dem Grundgestein, ein steinerner Turm. Ein hoher, enger Spalt deutete auf einen Eingang hin, und Udinaas stellte fest, dass er durch das feste Eis darauf zuglitt.

Hinein in das schwarze Portal.

Etwas zerbarst, und plötzlich war er wieder körperlich, sank stolpernd auf die Knie. Der Fels war so kalt, dass er ihm die Haut von den Knien und Handflächen brannte. Er richtete sich taumelnd auf, und seine Schulter stieß gegen etwas, das unter dem Aufprall schwankte.

Die Kälte war unmenschlich, machte ihn blind, die kalte Luft ließ seine Lunge erbeben. Durch gefrierende Tränen sah er inmitten eines schwachen bläulichen Schimmers eine große Gestalt. Eine Haut wie gebleichtes Pergament, die Gliedmaßen zu lang und zu knochig, mit zu vielen Gelenken. Schwarze, gefrorene Augen, ein Ausdruck leichter Überraschung auf den schmalen, geschwungenen Gesichtszügen. Die Kleidung, die das Wesen trug, bestand aus nichts weiter als einem Harnisch aus Lederriemen. Das Wesen war unbewaffnet. Ein Mann, aber gleichzeitig auch alles andere als ein Mann.

Und dann sah Udinaas die Leichen, die verkrümmt auf dem Fußboden um die Gestalt herumlagen. Leichen mit dunkler, grünlicher Haut und Hauern. Ein Mann, eine Frau, zwei Kinder. Ihre Körper waren zerschmettert, gebrochene Knochen ragten aus zerfetztem Fleisch. So, wie sie dalagen, deutete alles darauf hin, dass der weißhäutige Mann ihr Mörder gewesen war.

Udinaas zitterte unkontrolliert. Seine Hände und Füße waren taub. »Verblichener? Schattengespenst? Seid ihr hier?«

Stille.

In seiner Brust begann sein Herz zu hämmern. Das hier fühlte sich nicht wie ein Traum an. Es war zu wirklich. Er hatte nicht das Gefühl, eigentlich gar nicht hier zu sein, und er hörte auch keine Stimme, die ihm flüsternd versicherte, dass sein Körper auf einer Schlafpritsche in einem Edur-Langhaus lag.

Er *war* hier, und er erfror hier.

Hier. In den Tiefen des Eises, in dieser Welt der Geheimnisse, in der die Zeit aufgehört hat zu existieren.

Er drehte sich um und musterte den Eingang.

Und bemerkte erst jetzt die Fußspuren auf den frostüberzogenen

Pflastersteinen. Sie führten nach draußen. Bloße Füße, menschliche Füße – die Füße eines Kindes.

Jenseits der Türöffnung war kein Eis zu sehen. Nichts als undurchsichtiges Silber, als wäre ein Vorhang über den Eingang gefallen.

Mit vor Kälte allmählich taub werdenden Gliedern folgte Udinaas den Fußspuren. Sie führten hinter die stehende Gestalt. Wo er nach einem schockierten Augenblick sah, dass dem Mann der Hinterkopf eingeschlagen worden war. Noch immer klebten Haut und Haare an den Schädelknochen, die bis zum Nacken herunterhingen. Etwas wie eine Faust hatte in den Kopf der Gestalt gegriffen und das graue Fleisch des Gehirns zerfetzt.

Die Verletzung wirkte unerklärlicherweise frisch.

Kleine Fußspuren deuteten darauf hin, dass das Kind hinter der Gestalt gestanden hatte – nein, dass es hinter der Gestalt *erschienen* war, denn andere Fußspuren gab es nicht. Es war erschienen, *um was zu tun? In den Schädel eines toten Mannes zu greifen?* Doch die Gestalt war so groß wie ein Edur. Das Kind hätte klettern müssen.

Seine Gedanken verlangsamten sich. Das Nachdenken über dieses entsetzliche Geheimnis wurde von einer angenehmen Trägheit begleitet. Und er wurde schläfrig. Was ihn erheiterte. Ein Traum, der ihn schläfrig machte. *Ein Traum, der mich umbringen wird.* Würden sie einen gefrorenen Leichnam auf der Pritsche finden? Und würde das als Omen betrachtet werden?

Nun gut, dann heißt das also, den Fußspuren zu folgen … in diese silberne Welt. Was blieb ihm anderes übrig?

Nach einem letzten Blick auf die erstarrte Szenerie aus längst vergangenem Mord und erst kürzlich erfolgter Schändung stolperte Udinaas langsam auf den Eingang zu.

Das Silber umschloss ihn, und Geräusche drangen von allen Seiten auf ihn ein. Die Geräusche einer Schlacht. Lautes Gebrüll, das Klirren von Waffen. Doch er konnte nichts sehen. Hitze wogte von links über ihn hinweg, trug eine Kakophonie unmenschlicher, schriller Schreie heran.

Seine Füße verloren den Kontakt zum Boden, und die Geräusche verebbten, kamen bald nur noch von weit unten. Der Wind heulte, und Udinaas begriff, dass er flog, in der Luft gehalten von ledrigen Schwingen. Andere seiner Art segelten auf den gepeinigten Luftströmungen dahin – er konnte sie jetzt sehen, wie sie aus der Wolke auftauchten. Graue, schuppige Körper, groß wie Ochsen, muskelstrotzende Hälse, mit Krallen versehene Hände und Füße. Lange, sich neigende Köpfe, deren Lefzen Reihen dolchähnlicher Zähne und helles Zahnfleisch enthüllten. Augen in der Farbe von Lehm, die Pupillen senkrechte Schlitze.

Locqui Wyrm. Das ist unser Name. Brut von Starvald Demelain, die verkommenen Kinder, die niemand die seinen nennt. Wir sind wie Fliegen, die sich um ein verwesendes Festmahl versammeln, in einer Sphäre nach der anderen. D'isthal Wyvalla, Enkar'al, Trol – wir sind die dämonische Geißel in tausend Pantheons.

Wildes Frohlocken. Es gab noch andere Dinge als die Liebe, von denen man leben konnte.

Eine Woge aus Luft stieß gegen ihn – schob ihn und seine Artgenossen zur Seite. Tierische Schreie seiner Verwandten, als etwas bedrohlich ins Gesichtsfeld rückte.

Eleint! Wechselgänger, aber, oh, so viel Drachenblut. Tiams Blut.

Knochenweiße Schuppen, mit Blut verschmiert wie mit nebelhafter Farbe, von monströser Größe – so dräute der Drache, dem die Wyrm sich zu folgen entschieden hatten, neben ihnen.

Und Udinaas kannte seinen Namen.

Silchas Ruin. Ein Tiste Andii, der sich im Gefolge seines Bruders genährt hatte – sich von Tiams Blut genährt hatte, und er hatte viel getrunken. Weit mehr als Anomander Rake. Dunkelheit und Chaos. Er hätte die Last, ein Gott zu sein, auf sich genommen, hätte man ihm die Gelegenheit dazu gegeben.

Udinaas wusste jetzt, was er gleich zu sehen bekommen würde. Das Erscheinen auf der Hügelkuppe weit unter ihnen. Den Verrat. Schattens Mord an der Ehre durch den Bruch der Eide. Ein Messer im Rücken und die Schreie der Wyrm hier oben, in den brodelnden Lüften über dem Schlachtfeld. Das Schattengespenst hatte nicht gelogen. Das Vermächtnis der Tat war die anhaltende brutale Versklavung der Geister der Tiste Andii durch die Edur. Vertrauen erwies sich als Lüge, und in der Unwissenheit lag Schwäche. Die Rechtschaffenheit der Edur war auf Treibsand gebaut.

Silchas Ruin. Den Waffen aus jenen Tagen wohnte eine schreckliche Macht inne, doch seine waren zerschmettert worden. Vom Todesschrei einer Matrone der K'Chain Che'Malle.

Das silberne Licht flackerte. Ein körperlicher Ruck – und er fand sich auf seiner Pritsche im Langhaus der Sengars wieder.

An seinen Handflächen und Knien hatte es ihm die Haut abgezogen. Seine Kleider waren feucht von geschmolzenem Eis.

Eine Stimme murmelte aus den Schatten. *»Ich habe versucht, dir zu folgen, doch ich konnte nicht. Du bist weit gereist.«*

Verblichener. Udinaas rollte sich auf die Seite. »Der Ort, an dem ihr niedergemetzelt worden seid«, flüsterte er. »Ich war dort. Was willst du von mir?«

»Was wollen wir alle, Sklave? Fliehen. Vor der Vergangenheit, vor unserer *Vergangenheit. Ich werde dich auf den Pfad führen. Das Blut des Wyrm wird dich schützen ...«*

»Vor den Edur?«

»Überlass die Bedrohung durch die Edur mir. Und jetzt mach dich fertig. Du hast heute Abend eine Aufgabe zu erfüllen.«

Er hatte geschlafen, doch er fühlte sich erschöpfter und zerschlagener als zuvor. Er verzog das Gesicht zu einer Grimasse und stand mühsam auf.

Von zwei ihrer erwählten Sklavinnen begleitet, trat Mayen über die Schwelle und blieb nach zwei weiteren Schritten im Hauptraum stehen. Sie war gertenschlank, und ihre Haut hatte eine etwas dunklere Tönung als bei den meisten anderen. Grüne Augen, von langem, dunkelbraunem Haar eingerahmt, in dem Perlen aus Onyx glitzerten. Eine traditionelle Tunika aus silbernem Robbenfell und ein breiter Gürtel aus perlmuttfarbenen Muscheln. Reifen aus Walelfenbein an Handgelenken und Knöcheln.

Trull Sengar konnte in ihren Augen lesen, dass sie sich ihrer Schönheit mehr als bewusst war, und in dem Blick unter den schweren Lidern hervor lag Dunkelheit, als wäre sie nicht abgeneigt, diese Schönheit einzusetzen, um die Vorherrschaft zu erlangen, und damit eine möglicherweise unerfreuliche Freiheit, in der sie sich ihren Wünschen hingeben könnte.

In diesem Blick lagen alle Arten von Vergnügen und Formen des Hungers, die nichts mit Tugend zu tun hatten, sondern nur mit Verderbtheit. Doch wieder einmal wurde Trull von Selbstzweifeln erschüttert, als er sah, wie seine Mutter vor Mayen hintrat und sie im Namen des Haushalts willkommen hieß. Vielleicht sah er einmal mehr durch Schatten, die er selbst geworfen hatte.

Er lehnte sich zurück, bis sein Rücken die Wand berührte, und warf Forcht einen Blick zu. Verunsicherter Stolz. Im Gesicht seines Bruders war ebenfalls Unbehagen zu erkennen, doch das konnte alle möglichen Gründe haben – die Reise, die sie morgen früh beginnen würden, die Zukunft ihres Volkes. Und gleich hinter ihm stand Rhulad, der Mayen mit seinen Blicken verschlang, als würde allein schon ihre Anwesenheit seinen schrecklichen Appetit stillen.

Mayen ihrerseits ließ den Blick nicht von Uruth.

Sie saugt auf. Sie saugt diese sich überschlagenden Wogen der Aufmerksamkeit in sich auf und nährt sich von ihnen. Duster beschütze mich, bin ich verrückt, dass auf einmal solche Gedanken von den dunklen Orten in meine eigene Seele strömen?

Die formelle Begrüßung war beendet. Uruth trat zur Seite, und Mayen glitt vorwärts, auf den Schwarzholztisch zu, auf dem der erste Gang bereits aufgetragen war. Sie würde am nächsten Ende ihren Platz einnehmen, gegenüber von Tomad, der am Kopfende des Tischs saß. Zu ihrer Linken Forcht, zu ihrer Rechten Uruth. Binadas neben Uruth, und Trull neben Forcht. Rhulad zur Rechten von Binadas.

»Mayen«, sagte Tomad, nachdem sie sich hingesetzt hatte, »willkommen am Herd der Familie Sengar. Es bekümmert mich, dass diese Nacht auch für einige Zeit die letzte sein wird, in der alle meine Söhne hier sind. Sie werden eine Reise für den Hexenkönig unternehmen, und ich bete um ihre sichere Rückkehr.«

»Man hat mich glauben gemacht, dass die Eisfelder Kriegern der

Edur nicht allzu gefährlich werden können«, erwiderte Mayen. »Doch ich sehe Ernst und Sorge in deinen Augen, Tomad Sengar.«

»Nichts anderes als die Besorgnis eines betagten Vaters«, sagte Tomad mit einem dünnen Lächeln.

Rhulad ergriff das Wort. »Die Arapay begeben sich nur selten auf die Eisfelder hinaus, aus Furcht vor Heimsuchungen. Außerdem kann das Eis blind machen, und die Kälte kann das Leben stehlen wie eine unsichtbare Wunde, an der man verblutet. Es heißt, es gäbe auch Tiere ...«

Forcht schnitt ihm das Wort ab. »Mein Bruder sucht nachhallenden Ruhm im Unbekannten, Mayen, damit du uns voller Ehrfurcht und Verwunderung anblicken kannst.«

»Ich fürchte, er lässt mich mit nichts als Angst zurück«, sagte sie. »Jetzt muss ich mir um euer Schicksal Sorgen machen.«

»Wir sind allem gewachsen, was uns angreifen könnte«, sagte Rhulad schnell.

Abgesehen von der brabbelnden Zunge eines ungebluteten Narren.

Weinkelche wurden erneut aufgefüllt, und nachdem einige Augenblicke schweigend verstrichen waren, ergriff Uruth das Wort. »Wenn man nicht genau weiß, was man sucht, ist Vorsicht die beste Rüstung.« Sie blickte Binadas an. »Du bist der Einzige von uns, der sich über die Gebiete der Arapay hinaus weiter nach Osten gewagt hat. Welche Gefahren lauern auf den Eisfeldern?«

Binadas runzelte die Stirn. »Alte Zauberei, Mutter. Doch meist scheint sie zu schlafen.« Er machte eine Pause, dachte nach. »Ein Stamm von Jägern, die auf dem Eis leben – ich habe nie etwas anderes als Spuren gesehen. Die Arapay sagen, sie jagen bei Nacht.«

»Und was jagen sie?«, fragte Trull.

Sein Bruder zuckte die Schultern.

»Wir werden zu sechst sein«, sagte Rhulad. »Theradas und Midik Buhn, und alle können Theradas' Fähigkeiten bezeugen. Obwohl Midik noch ungeblutet ist«, fügte er hinzu, »ist er mit dem Schwert fast so gut wie ich. Hannan Mosag hat gut gewählt, als er Tomad Sengars Söhne ausgewählt hat.«

Die letzte Feststellung hing irgendwie merkwürdig in der Luft, als wäre sie voll möglicher Bedeutungen, die alle in unterschiedliche Richtungen auseinander taumelten. So wirkte das Gift des Misstrauens. Die Frauen hatten ihre Überzeugungen, wie Trull wohl wusste, und wenn sie jetzt die fraglichen sechs Krieger betrachteten, fragten sie sich vermutlich nach Hannan Mosags Absichten und Gründen, ausgerechnet diese Männer auszuwählen. Und Forcht würde genauso an seinen eigenen Gedanken festhalten, da er wusste, was er wusste – *so wie wir Sengars es nun alle wissen.*

Trull spürte die Unsicherheit und machte sich seine eigenen Gedanken. Schließlich war Forcht der Waffenmeister aller Stämme und hatte tatsächlich die Aufgabe erhalten, die militärische Struktur der Edur neu zu formen. Dann also vom Waffenmeister zum Kriegsmeister. Es schien unüberlegt, Forcht Sengar so aufs Spiel zu setzen. Und Binadas galt bei den meisten als einer der beachtlichsten Zauberer der vereinigten Stämme. Zusammen hatten Forcht und Binadas während der Eroberungsfeldzüge eine entscheidende Rolle gespielt, während Theradas Buhn nicht seinesgleichen fand, wenn es um Überfälle vom Meer her ging. *Die einzig entbehrlichen Mitglieder dieser Expedition sind ich selbst, Rhulad und Midik.* War das Ganze dann also eine Frage des Vertrauens?

Was genau *war* dieses Geschenk, das sie holen sollten?

»Es hat in letzter Zeit eine Reihe unglücklicher Vorfälle gegeben«, sagte Mayen mit einem Blick auf Uruth.

Trull sah das Stirnrunzeln seines Vaters, doch Mayen musste Zustimmung in Uruths Gesicht gelesen haben, denn sie fuhr fort: »In der Nacht der Wache streiften Geister durch die Dunkelheit. Sie waren von unwillkommener Erscheinung, Eindringlinge an unseren heiligen Orten – die Gespenster sind geflohen, als sie sich genähert haben.«

»Das ist das erste Mal, dass ich von solchen Dingen höre«, sagte Tomad.

Uruth griff nach ihrem Weinkelch und hielt ihn einem Sklaven zum Nachfüllen hin. »Sie sind nichtsdestoweniger bekannt, Mann. Hannan Mosag und seine K'risnan haben tiefe Schatten aufgewühlt.

Die Flut der Veränderung steigt – und schon bald wird sie uns hinwegschwemmen, wie ich fürchte.«

»Aber wir sind es doch, die mit dieser Flut steigen«, sagte Tomad, dessen Gesicht sich verdunkelte. »Es ist eine Sache, die Niederlage in Zweifel zu ziehen, aber eine ganz andere, am Sieg zu zweifeln, Weib.«

»Ich spreche nur von dem Großen Treffen, das bald stattfinden wird. Haben nicht unsere eigenen Söhne von der Beschwörung des Wesens aus der Tiefe berichtet, das die Seelen der Robbenjäger gestohlen hat? Was glaubst du, wie die Letherii reagieren werden, wenn die Schiffe in den Hafen von Trate zurückkehren? Wir haben mit dem Tanz des Krieges begonnen.«

»Wenn dem so wäre«, gab Tomad zurück, »dann wäre es nicht besonders sinnvoll, mit ihnen zu verhandeln.«

»Es sei denn«, mischte Trull sich ein, der sich an die Worte seines Vaters erinnerte, als er von den Calach-Bänken zurückgekehrt war, »um sie einzuschätzen.«

»Das ist schon vor langer Zeit geschehen«, sagte Forcht. »Die Letherii werden versuchen, mit uns das Gleiche zu machen, was sie mit den Nerek und den Tarthenal gemacht haben. Die meisten von ihnen können in ihren früheren Taten keinen Irrtum oder moralischen Fehler erkennen. Die, die es doch tun, sind entweder nicht fähig oder willens, die Methoden in Zweifel zu ziehen – sondern nur die Durchführung –, und so sind sie dazu verdammt, das Entsetzliche zu wiederholen und das Ergebnis – ganz egal, wie es auch aussehen mag – als nichts anderes als eine weitere Prüfung entschlossen durchgehaltener Prinzipien zu sehen. Und selbst wenn das Blut in Strömen um sie herumfloss, würden sie sich um Details kümmern. Man kann die grundsätzlichen Überzeugungen solcher Leute nicht in Frage stellen, denn sie werden nicht darauf hören.«

»Dann wird es Krieg geben«, flüsterte Trull.

»Es herrscht immer Krieg, Bruder«, erwiderte Forcht. »Glaube, Worte und Schwerter: Die Geschichte hallt von ihrem unausweichlichen Zusammenstoß wider.«

»Davon und vom Bersten der Knochen«, sagte Rhulad mit dem Lächeln eines Mannes, der ein Geheimnis hat.

Ein närrischer Einfall, denn das konnte Tomad beim besten Willen nicht übersehen; er beugte sich vor. »Rhulad Sengar, du sprichst wie ein blinder alter Mann, der einen Sack voller Gespenster mit sich herumschleppt. Ich bin versucht, dich quer über den Tisch zu ziehen und dafür zu sorgen, dass die Häme aus deinem Gesicht verschwindet.«

Trull spürte, wie ihm am ganzen Körper der Schweiß ausbrach. Er sah, wie das Blut aus dem Gesicht seines Bruders wich. *Oh, Vater, du fügst ihm eine Wunde zu, die tiefer ist als du dir vorstellen kannst.* Er warf einen Seitenblick auf Mayen und war überrascht, etwas Begieriges in ihren Augen zu sehen, eine gewisse Bosheit und kaum verhüllte Freude.

»Ich bin nicht mehr so jung, Vater«, sagte Rhulad krächzend, »und du noch nicht so alt, als dass ich solche Worte einfach übergehen könnte …«

Tomads Faust krachte auf die Tischplatte und brachte Becher und Teller zum Klappern. »Dann sprich wie ein Mann, Rhulad! Erzähle uns all das schreckliche Wissen, das sich um jeden deiner großspurigen Schritte windet und es die ganze letzte Woche lang getan hat! Oder versuchst du nur, mit deinem weibischen Getue zarte Schenkel zu teilen? Bildest du dir ein, du wärst der erste junge Krieger, der im Gleichschritt mit den Frauen gehen will? Gleichklang ist ein armseliger Weg zur Lust, mein Junge …«

Rhulad war aufgesprungen, sein Gesicht wutverzerrt. »Und mit welcher Hexe soll ich nach deinem Willen ins Bett gehen, Vater? Wem bin ich versprochen? Und in wessen Namen? Du hast mich hier in diesem Dorf angeleint, und dann machst du dich über mich lustig, wenn ich an der Leine zerre.« Er starrte die anderen finster an, zuletzt heftete er den Blick auf Trull. »Wenn der Krieg beginnt, wird Hannan Mosag ein Opfer verkünden. Er muss es tun. Eine Kehle wird aufgeschlitzt werden, und ihr Blut wird sich über den Bug des vordersten Schiffs ergießen. Er wird mich wählen, nicht wahr?«

»Rhulad«, sagte Trull, »so etwas habe ich noch nicht gehört …«

»Er wird es tun! Ich werde zu drei Töchtern ins Bett steigen! Zu Sheltatha Lore, Sukul Ankhadu und Menandore!«

Einem der Sklaven rutschte ein Teller aus den Händen und knallte auf die Tischplatte; die Schalentiere, die darauf gelegen hatten, wurden rundherum verstreut. Als der Sklave die Arme ausstreckte, um das Missgeschick wieder in Ordnung zu bringen, zuckte Uruths Hand vor und packte den Letherii an den Handgelenken. Ein heftiger Ruck drehte die Handflächen nach oben.

Die Haut war heruntergerissen, die Hände waren roh, rot, von Rissen durchzogen und glänzten feucht.

»Was ist das, Udinaas?«, wollte Uruth wissen. Sie stand auf und zog ihn dicht zu sich heran.

»Ich bin gestürzt ...«, keuchte der Letherii.

»Wie kannst du Blut aus deinen Wunden auf unser Essen tropfen lassen? Hast du den Verstand verloren?«

»Herrin!«, wagte ein anderer Sklave sich einzumischen und schob sich nach vorn. »Ich habe ihn vorhin hereinkommen sehen – da hatte er keine solchen Wunden, das schwöre ich!«

»Er ist derjenige, der gegen den Wyrm gekämpft hat«, rief ein anderer und wich von plötzlichem Entsetzen gepackt zurück.

»Udinaas ist besessen!«, kreischte der erste Sklave.

»Ruhe!« Uruth legte Udinaas eine Hand an die Stirn und drückte fest dagegen. Er ächzte vor Schmerzen.

Zauberei umschwirrte den Sklaven. Er begann zu zucken, dann wurden seine Glieder schlaff und er brach zu Uruths Füßen zusammen.

»In ihm ist nichts«, sagte sie, während sie ihre zitternde Hand zurückzog.

»Federhexe, kümmere dich um Uruths Sklaven«, befahl Mayen.

Die junge Letherii schoss nach vorn. Ein weiterer Sklave half ihr, den bewusstlosen Mann wegzuschaffen.

»Ich sehe im Verhalten des Sklaven keine Beleidigung«, fuhr Mayen fort. »Die Wunden waren in der Tat offen, doch er hat ein Stück Stoff dagegengepresst.« Sie streckte eine Hand aus und hob den Teller, um das Stück gebleichtes Leinen zu zeigen, das Udinaas benutzt hatte, um seine Hände zu bedecken.

Uruth gab ein unbestimmtes Geräusch von sich und setzte sich langsam wieder hin. »Dennoch hätte er mir Bescheid sagen müssen. Und für diese Nachlässigkeit muss er bestraft werden.«

»Du hast gerade seinen Verstand vergewaltigt«, erwiderte Mayen. »Reicht das noch nicht?«

Stille.

Die Töchter sollen uns holen, das kommende Jahr dürfte interessant werden. Ein Jahr, wie die Tradition es verlangte, und dann würden Forcht und Mayen ein eigenes Haus beziehen.

Uruth starrte die jüngere Frau einfach nur schweigend an – und dann, sehr zu Trulls Überraschung, nickte sie. »Also gut, Mayen. Du bist heute Abend unser Gast, und so werde ich mich deinen Wünschen fügen.«

Rhulad war die ganze Zeit stehen geblieben, doch jetzt nahm er langsam wieder Platz.

»Rhulad, ich weiß nichts von irgendwelchen Plänen, das alte Blutopfer wieder zum Leben zu erwecken, um einen Krieg zu verkünden«, sagte Tomad. »Hannan Mosag geht nicht so sorglos mit dem Leben seiner Krieger um, auch nicht mit dem der ungebluteten. Ich weiß nicht, wie du auf die Idee gekommen bist, dich könnte ein solches Schicksal erwarten. Vielleicht«, fügte er nach einer kurzen Pause hinzu, »wird sich auf der Reise, die ihr unternehmen werdet, eine Gelegenheit für dich ergeben, ein gebluteter Krieger zu werden und dann voller Stolz neben deinen Brüdern zu stehen. Darum werde ich beten.«

Diese Worte, mit denen er seinem jüngsten Sohn Ruhm wünschte, waren ein eindeutiges Friedensangebot, und Rhulad zeigte eine für ihn alles andere als typische Weisheit, indem er es mit einem einfachen Nicken annahm.

Weder Federhexe noch Udinaas kehrten zurück, aber die übrigen Sklaven erwiesen sich als ausreichend, um während des Essens zu bedienen.

Doch auch nach alledem, was gerade geschehen war, konnte Trull immer noch nicht behaupten, dass er Mayen – Forchts Verlobte – verstand.

Ein stechender Schmerz an der Wange, und er öffnete die Augen.

Sah Federhexes Gesicht über seinem eigenen schweben, ein Gesicht voller Wut. »Du verdammter Idiot«, zischte sie.

Blinzelnd schaute Udinaas sich um. Sie lagen in seiner Schlafnische. Von der anderen Seite des Vorhangs waren die leisen Geräusche eines Mahls und Stimmen zu hören.

Udinaas lächelte.

Federhexe runzelte die Stirn. »Sie ...«

»Ich weiß«, schnitt er ihr das Wort ab. »Und sie hat nichts gefunden.«

Er sah, wie ihre schönen Augen sich weiteten. »Dann ist es also wahr?«

»Muss es wohl sein.«

»Du lügst, Udinaas. Der Wyrm hat sich versteckt. Irgendwie, irgendwo hat er sich vor Uruth versteckt.«

»Warum bist du dir dessen so sicher, Federhexe?«

Sie setzte sich plötzlich zurück. »Das spielt keine Rolle ...«

»Du hast schlimme Träume gehabt, nicht wahr?«

Sie zuckte zusammen, schaute dann weg. »Du bist der Sohn eines Schuldners. Für mich bist du ein Nichts.«

»Und du bist alles für mich, Federhexe.«

»Sei kein Idiot, Udinaas! Genausogut könnte ich eine Ratte aus der Vorratskammer heiraten! Und jetzt sei still, ich muss nachdenken.«

Er setzte sich langsam auf, so dass sich ihre Gesichter erneut sehr nahe waren. »Dazu besteht keine Notwendigkeit«, sagte er. »Ich vertraue dir, und darum werde ich es dir erklären. Sie hat tatsächlich tief in mich hineingeschaut, aber der Wyrm war fort. Es wäre anders gewesen, wenn Uruth meinen Schatten erforscht hätte.«

Sie blinzelte, als sie plötzlich begriff. »Das kann nicht sein«, sagte sie dann und schüttelte den Kopf. »Du bist ein Letherii. Die Gespenster dienen nur den Edur ...«

»Die Gespenster beugen das Knie, weil sie es müssen. Sie sind ebenso Sklaven der Edur, wie wir es sind, Federhexe. Ich habe einen Verbündeten gefunden ...«

»Und was hat er vor, Udinaas?«

Er lächelte erneut, doch dieses Mal war sein Lächeln viel düsterer. »Etwas, das ich sehr gut verstehe. Es geht um das Zurückzahlen von Schulden, Federhexe. In voller Höhe.«

Buch Zwei

Dem Tage entgegen

Wir werden in der Zeit
unserer Jugend gepackt
über die Steine dieser Straße gezerrt
verbraucht und belastet
mit euren Wünschen.
Und unbeschlagene Hufe trappeln zwischen Knochen
um uns an jeden
schicksalhaften Angriff auf jene Hügel
zu erinnern, auf denen ihr
gefrorene Saat
in diese tote Erde gesät habt.
Erde verschlingend
und zähneknirschend
klettern wir so allein in den Himmel
ärgerlich, wie wir sind,
ein Heben von Gliedern
und die eisernen Sterne bersten von euren Fersen
täuschen Dringlichkeit vor
die uns vor eurem wilden Biss warnt.

Schlachtrosse (Söhne an Väter)
Fisher kel Tath

Kapitel Sechs

Der Abtrünnige verbiegt das Schicksal,
wie eine unsichtbare Rüstung
die gehoben wird, um die Klinge abzustumpfen
auf einem Feld, auf dem plötzlich
eine Schlacht tobt, und die Menge
drängelt wild mit ausgestochenen Augen
in der Verlegenheit dieser Ereignisse
Wo dunkle Narren auf Fliesen tanzen
Und der Zufall auf einem Speer
Mit roter Bronze reitet
Um Welten wie Schädel
aufeinander zu spucken
Bis die Meere niederströmen
Um metallumhüllte Hände zu trüben
Das ist also der Abtrünnige
Der jedes Schicksal
Unbeirrbar
Auf die Brust der Menschen führt.

Das Werfen der Fliesen
Ceda Ankaran Qan (im Jahre 1059 von Brands Schlaf)

Der Tarancede-Turm erhob sich auf der südlichen Seite des Hafens von Trate. Er war aus reinem Basalt geschlagen, und wie er sich da – einem krummen Arm gleich – von einer künstlichen Insel aus zerklüfteten Felsen sieben Stockwerke in die Höhe reckte, mangelte es ihm an jeglicher Eleganz oder Schönheit. Von allen Seiten hämmerten die Wellen auf ihn ein, schleuderten Gischt in die Luft. Es gab keine Fenster, keine Türen, doch das oberste Stockwerk war mit einer Reihe von glänzenden Platten aus Obsidian umgeben, jede davon so groß wie ein Mann und fast genauso breit.

Neun ähnliche Türme erhoben sich in den Grenzlanden, doch der Tarancede war der einzige, der über den rauen Meeren des Nordens stand.

Hoch über einem Hafen, der bereits vom Ende des Tages verschluckt worden war, verlieh das Sonnenlicht den Obsidian-Platten einen fahlen Schimmer. Ein Dutzend Fischerboote schaukelte im kabbeligen Wasser jenseits der Bucht, kreuzte vor den Untiefen im Süden. Sie befanden sich ein gutes Stück abseits der normalen Schifffahrtsrouten und schenkten den drei Schiffen, die mit voll geblähten Segeln und von unzähligen kreischenden Möwen umschwärmt im Norden auftauchten und auf den Hafen zusegelten, vermutlich keine Beachtung.

Die Schiffe kamen näher, und vom Hauptpier legte der Leichter eines Lotsen ab, um ihnen entgegenzufahren.

Die drei Ernteschiffe spiegelten sich in den Obsidian-Platten des Turms, glitten in eigenartigen Rucken von einer zur nächsten, und die Möwen um sie herum wirkten wie schmierige weiße Streifen.

Plötzlich wurden die Ruder des Leichters kräftig durchgezogen, so dass das Boot abdrehte.

Schemenhafte Gestalten schwärmten in die Takelage des vorderen Schiffs aus. Der stetige Wind, der die Segel gebläht hatte, erstarb so plötzlich wie ein Atemzug, und die Leinwand hing schlaff herab. Die Gestalten, die über das Deck huschten – und nur entfernt menschenähnlich waren –, schienen davonzutreiben wie schwarze Banner im düsterer werdenden Zwielicht. Unter schrillem Geschrei wichen ihnen die Möwen aus.

Vom Leichter war eine Alarmglocke zu hören. Nicht gleichmäßig. Unharmonisch. Eine Kakophonie der Panik.

Kein Seemann, der jemals gelebt hatte oder jemals leben würde, unterschätzte die hungrigen Tiefen des Meeres. Uralte Geister glitten fernab vom Sonnenlicht auf den Strömungen aus Dunkelheit dahin, wühlten den Schlamm auf, der unter endlosen Schichten gleichgültigen Schweigens die Vergangenheit schluckte. Ihre Macht war gewaltig, ihr Appetit unstillbar. Alles, was von der erleuchteten Welt über ihnen herabkam, sank in ihre Umarmung.

Die Oberfläche der Meere war flüchtig, wie jeder Seemann wusste. Wunderliche kurzlebige Entwürfe auf einer sich unablässig verändernden Schiefertafel, wobei die Lebewesen nichts als Funken waren, die nur allzu leicht von den dämonischen Kräften zerquetscht wurden, die von weit unten heraufsteigen konnten, um sich zu schütteln und damit die ganze Welt auf den Kopf zu stellen.

Opfer waren Beschwichtigungsversuche, ein Flehen, unbemerkt vorüberziehen, ungehindert fliehen zu dürfen. Blut vor dem Bug, tanzende Delphine an steuerbord und ein Mund voll Spucke, um gesegnete Winde zu nutzen. Die linke Hand schrubbt, die rechte trocknet. Wind weht verkehrt herum um die Klampen, zerrt an den sonnengebleichten Fetzen, die an die Ankerkette gebunden sind. Ein gutes Dutzend Gesten, eingebunden in Traditionen und niemals in Frage gestellt – und das alles, um in Frieden durch die Meere zu gleiten.

Niemand begehrte danach, die verwirrten Geister aus jenen vom Wasser zermalmten Tälern emporzurufen, die niemals Licht sahen. Das war schließlich nichts, was man binden konnte. Oder mit dem man einen Handel abschließen konnte. Ihre Herzen schlugen im Gleichklang mit den Mondzyklen, ihre Stimme war der wogende Sturm, und sie konnten ihre Schwingen von Horizont zu Horizont ausbreiten, weiß geäderte Wasserstreifen auftürmen, die alles vor ihnen beiseite wischten.

Unter den Wellen im Hafen von Trate wälzte sich der gebundene Geist mit drei toten Schiffen auf dem Rücken in einem Schwall kalter Strömungen auf das Ufer zu. Die letzten Speere aus Sonnenlicht stachen schräg in sein von Strudeln umwirbeltes Fleisch, und da der gewaltige Druck nachließ, schwoll die Kreatur an, so dass die warmen Wassermassen der Bucht gegen die felsige Küste gedrückt wurden. Fische und Krustentiere der Untiefen wurden zerfetzt und zerschmettert aus dem Wasser geschleudert, was den Möwen und Landkrabben ein unerwartetes Festmahl bescherte.

Der Geist hob die wild dahinrasenden Schiffe auf eine einzige

Woge, die sich immer höher auftürmte, während sie auf das Ufer zustürzte. Die Docks, die noch wenige Augenblicke zuvor von stummen Zuschauern gewimmelt hatten, verwandelten sich in einen Haufen fliehender Gestalten, die Straßen ins Landesinnere waren voll mit in panischer Angst rennenden Männern und Frauen, die schließlich immer langsamer und zu einer keuchenden, alles zermalmenden Menschenmasse wurden. Die Woge torkelte näher und brach dann plötzlich in sich zusammen. Schiffsrümpfe dröhnten im rasenden Herabstürzen, Spieren brachen, und auf dem dritten Schiff barst der Hauptmast in einer Wolke aus Holzsplittern. Schaukelnd und mit Wrackteilen im Schlepptau schossen die Ernteschiffe zwischen die Piers.

Der Geist sammelte den Druck in seinem Innern, baute ihn erneut auf und zog sich aus der Bucht zurück. In seinem Kielwasser blieb nichts als Verwüstung.

Glänzend in seiner Obsidian-Welt, rutschte das erste Schiff krachend gegen einen Pier und kam dann zur Ruhe. Die als weiße Flecken erkennbaren Möwen stürzten sich auf das Deck, um sich endlich über das Festmahl herzumachen. Der Tarancede-Turm hatte alles gesehen, die glatten Fliesen knapp unterhalb seiner Spitze saugten trotz des schwächer werdenden Lichts jede auch noch so winzige Einzelheit des Geschehens auf.

Und in einem Zimmer unter dem alten Palast in der Stadt Letheras weit im Südosten, schaute Ceda Kuru Qan zu. Vor ihm lag eine Fliese, die denen glich, die sich an jenem weit entfernten Turm über dem Hafen von Trate befanden. Als der alte Zauberer auf den gewaltigen schwarzen Schatten starrte, der die Bucht und den größten Teil des Meeresarms ausgefüllt hatte und sich nun langsam zurückzuziehen begann, blinzelte er sich Schweißtropfen aus den Augen und zwang seinen Blick zurück auf die drei Ernteschiffe, die jetzt gegen die Piers rollten.

Die Möwen und die hereinbrechende Dunkelheit machten es schwierig, über die an Deck verstreuten, verdrehten Leichen und die letzten paar davonflackernden Gespenster hinaus etwas zu erkennen.

Doch Kuru Qan hatte genug gesehen.

Fünf Flügel hatte das Ewige Domizil, von denen nur drei fertig waren. Jeder der Letztgenannten bestand aus breiten Gängen mit gewölbten Decken, die mit Blattgold überzogen waren. Zwischen den kunstfertig gearbeiteten Strebebogen zu beiden Seiten befanden sich auf der ganzen Länge Türen, die zu Zimmern führten, welche als Arbeits- und Wohnräume für die Mitglieder des Verwaltungs- und Instandhaltungspersonals des königlichen Haushalts dienen sollten. Die sich zum Zentrum hin erstreckenden Räume würden die Wachen und Rüstkammern beherbergen sowie Geheimtüren, die zu geheimen Durchgängen führten. Diese unterhalb des Oberflächenniveaus gelegenen Gänge umgaben den ganzen Palast, der das eigentliche Herz des Ewigen Domizils bildete.

Im Moment stand in besagten Durchgängen allerdings brusthoch schlammiges Wasser, in dem es von Ratten wimmelte, die keine besonderen Absichten verfolgten, außer sich möglicherweise damit zu vergnügen, hier herumzupaddeln. Drei Schritte von der schlammigen Brühe entfernt stand Brys Beddict auf einem Absatz und beobachtete die erhobenen Köpfe, die im Dämmerlicht vor und zurück schwammen. Bei ihm stand ein über und über mit getrocknetem Schlamm bedeckter Palastingenieur.

»Die Pumpen sind so gut wie nutzlos«, klagte der Mann. »Wir haben es mit großen Schläuchen versucht, wir haben es mit kleinen Schläuchen versucht, es ändert nichts. Sobald der Sog groß genug wird, gerät eine Ratte hinein – oder auch zehn – und verstopft das Ding. Außerdem ist das Einsickern so gleichmäßig wie immer. Obwohl die Lotleute schwören, wir wären hier über dem Plateau.«

»Ich bin sicher, der Ceda wird sich bereit erklären, Eurer Mannschaft einen Magier zuzuteilen.«

»Das würde ich zu schätzen wissen, Finadd. Eigentlich müssen wir nur für eine gewisse Zeit den Zustrom aufhalten, damit wir das Wasser eimerweise herausschaffen und die Rattenfänger runtergehen und die Ratten einsammeln können. Letzte Nacht haben wir Ormly verloren, den besten Rattenfänger des Palasts. Wahrscheinlich ist er ertrunken – der Narr konnte nicht schwimmen. Wenn der Abtrünnige wegschaut, bleibt es uns vielleicht erspart, mehr als ein paar Knochen zu finden. Ratten erkennen einen Rattenfänger, wenn sie ihn vor sich haben, müsst Ihr wissen.«

»Diese Tunnel sind unentbehrlich, um die Sicherheit des Königs zu gewährleisten …«

»Nun, es wird wohl kaum jemand versuchen wollen, sie zu benutzen, solange sie überflutet sind …«

»Sie sollen auch nicht dazu dienen, Assassinen Zutritt zum Palast zu verschaffen«, unterbrach ihn Brys. »Sie sind dazu da, den Wachen zu ermöglichen, rasch und problemlos in jeden Bereich da oben zu gelangen, in dem es Probleme gibt.«

»Ja, ja. Es sollte nur ein Witz sein, Finadd. Natürlich könntet Ihr die schnellsten Schwimmer unter den Wachen auswählen, die Ihr habt – schon gut, schon gut. Besorgt uns einen Magier, der hier herumschnüffeln und uns sagen kann, was los ist, und der dann noch das Wasser aufhält, das hier eindringt, dann werden wir uns um den Rest schon kümmern.«

»Vermutlich«, sagte Brys, »ist dies kein Anzeichen für ein Absacken …«

»Wie bei den anderen Flügeln? Nein, hier ist nichts zusammengesackt – das würden wir sehen. Wie auch immer, es gibt Gerüchte, dass besagte Flügel demnächst aufgemöbelt werden sollen. Ein neues Bauunternehmen hat da unten gearbeitet, ganz in der Nähe. Irgendein Narr hat das umliegende Gelände gekauft. Es geht das Gerücht, sie hätten eine Möglichkeit gefunden, wie man Gebäude wirksam abstützen kann.«

»Tatsächlich? Davon habe ich noch gar nichts gehört.«

»Die Gilden sind nicht gerade glücklich darüber, das ist sicher, weil diese Emporkömmlinge die Unwillkommenen anheuern – die Unzufriedenen, die auf die Liste geraten sind. Allerdings bezahlen sie ihnen weniger als den üblichen Satz – das ist ihre einzige Möglichkeit, nehme ich an. Und solange sie das tun, können die Gilden ihnen nicht einfach den Laden dichtmachen.« Der Ingenieur zuckte die Schultern und begann, Stücke getrockneten Schlamms von seinem Unterarm zu zupfen, wobei er jedesmal zusammenzuckte, wenn er sich Haare mit ausriss. »Sollten die königlichen Architekten natürlich zu dem Schluss kommen, dass Baggs Stützkonstruktion funktioniert, wird die Zukunft dieses Unternehmens mehr als sonnig aussehen.«

Brys, der bisher den Ratten zugesehen hatte, drehte sich langsam zu dem Ingenieur um. »Bagg?«

»Verdammt, ich brauche ein Bad. Seht Euch doch nur meine Fingernägel an. Ja, Baggs Bauunternehmen. Dann muss es doch wohl auch einen Bagg geben, richtig? Warum sollte man den Laden sonst Baggs Bauunternehmen nennen?«

Von unten, von der untersten Stufe her, erklang der Ruf eines Arbeiters, dann ein Schrei. Der Arbeiter kam hektisch zum Absatz hochgekrabbelt, wo er sich umdrehte und auf etwas deutete.

Eine gewaltige Horde Ratten, beinah so breit wie der Gang selbst. Sie bewegten sich wie ein Floß, schoben sich langsam in den Teich aus Laternenlicht und auf die Stufen zu. In ihrer Mitte – und diese Entdeckung entlockte dem Arbeiter einen weiteren Schrei und dem Ingenieur einen Fluch – trieb ein menschlicher Kopf. Blond gefärbte silberne Haare, ein blasses, von tiefen Falten durchfurchtes Gesicht mit einer hohen, breiten Stirn über starr blickenden, eng beieinander stehenden Augen.

Andere Ratten rasten davon, als das Floß gegen die unterste Stufe stieß.

Der Arbeiter keuchte auf. »Hol uns der Abtrünnige, es ist Ormly!«

Die Augen flackerten, dann hob sich der Kopf, zog die ihm nächsten Ratten aus dem Floß mit sich hoch, gefolgt von buckligen Schultern, von denen schimmerndes Wasser strömte. »Wer in der Feste sollte es sonst sein?«, bellte die Erscheinung und verstummte dann, um einen Schleimklumpen hochzuziehen und in das wirbelnde Wasser zu spucken. »Na, wie findet ihr meine Trophäen?«, fragte der Mann und hob die Arme unter dem gewaltigen Umhang aus Ratten. »Schnüre und Schwänze. Sind aber verdammt schwer, wenn sie nass sind, muss man sagen.«

»Wir haben gedacht, du wärst tot«, murmelte der Ingenieur in einem Tonfall, der andeutete, dass es ihm lieber gewesen wäre, wenn dem tatsächlich so wäre.

»Du *hast gedacht*. Du *denkst* ständig, stimmt's, Grum? Vielleicht dies, möglicherweise das, könnte sein, mag sein, sollte sein – hah! Denkst du, diese Ratten würden mir Angst einjagen? Denkst du, ich würde einfach so ertrinken? Bei der einladenden Grube der Feste, ich bin Rattenfänger und nicht irgendein alter Rattenfänger. Sie kennen mich, stimmt. Jede Ratte in dieser verdammten Stadt kennt Ormly den Rattenfänger! Wer ist das da?«

»Finadd Brys Beddict,« stellte sich der Kämpe des Königs selbst vor. »Da habt Ihr aber eine beeindruckende Sammlung von Trophäen zusammengetragen, Rattenfänger.«

Die Augen des Mannes leuchteten auf. »Nicht wahr? Es ist allerdings besser, wenn das Ding schwimmt. Im Augenblick ist es verdammt schwer. Verdammt schwer.«

»Dann klettert am besten darunter heraus«, schlug Brys vor. »Ingenieur Grum, ich glaube, Ormly dem Rattenfänger stehen jetzt wohl eine gute Mahlzeit, viel Wein und eine dienstfreie Nacht zu.«

»Jawohl, Finadd.«

»Und was Eure Bitte angeht, so werde ich mit dem Ceda sprechen.«

»Danke.«

Brys ließ sie auf dem Treppenabsatz stehen. Es kam ihm immer unwahrscheinlicher vor, dass das Ewige Domizil bis zur Geburt des Achten Zeitalters fertig sein würde. In der Bevölkerung schien eine weniger als schwache Begeisterung für die kommenden Feierlichkeiten zu herrschen. Die Geschichte mochte wohl Prophezeiungen über das ruhmreiche Imperium erzählen, das dazu bestimmt war, sich in weniger als einem Jahr – von jetzt an gerechnet – neu zu erheben, aber es gab zur Zeit in der Tat wenig, was die Vorstellung einer Wiedergeburt stützte, weder wirtschaftlich noch militärisch. Wenn überhaupt, herrschte ein leichtes Unbehagen, das sich auf das bevorstehende Treffen mit den Stämmen der Tiste Edur bezog. Risiko und Gelegenheit – die beiden Worte bedeuteten bei den Letherii dasselbe. Trotzdem – Krieg war niemals erfreulich, selbst wenn das Ergebnis bisher immer zufrieden stellend ausgefallen war. Und so führte das Risiko zur Gelegenheit, und an die Besiegten verschwendete man nur noch wenige Gedanken.

Zugegeben, die Stämme der Edur waren jetzt vereinigt. Andererseits waren derartige Bündnisse in der Vergangenheit schon häufiger geschlossen worden, um sich den Zielen der Letherii zu widersetzen, doch kein einziges davon hatte sich als unempfänglich gegenüber spaltenden Strategien erwiesen. Gold hatte wieder und wieder für Verrat gesorgt. Bündnisse zerfielen und der Feind brach zusammen. Wie groß war die Wahrscheinlichkeit, dass es dieses Mal anders sein würde?

Brys wunderte sich über die blinde Selbstzufriedenheit seines eigenen Volkes. Er war sich sicher, dass er sich nicht über die öffentliche Meinung täuschte. Man war nervös, aber nur ein wenig. Die Märkte blieben lebhaft. Und die tagein, tagaus zu beobachtenden sinnlosen Sehnsüchte eines Volkes, dem Besitz alles bedeutete, wurden weiterhin unvermindert ausgelebt.

Innerhalb des Palasts waren die Gefühle allerdings weitaus gemischter. Die Weissagungen des Ceda versprachen Lether eine grundsätzliche Veränderung. Kuru Qan sprach – auf mäandernde, nachdenkliche Weise – von einer Art von Aufsteigen. Eine Verwandlung ... *vom König zum Imperator*, obwohl abzuwarten blieb, wie eine solche Weiterentwicklung sich manifestieren würde. Die Einverleibung der Tiste Edur und ihrer reichen Heimatlande würde tatsächlich neue Lebenskraft erblühen lassen und eine Zeit hektischer Gewinne nach sich ziehen. Der Sieg an sich würde die Rechtschaffenheit Lethers und seiner Lebensweise bestätigen.

Brys tauchte aus dem Zweiten Flügel auf und machte sich auf den Weg hinunter zum Schmalen Kanal. Es war später Vormittag, fast schon Mittag. Zu Beginn dieses Tages hatte er mit den anderen Palastwachen, die dienstfrei hatten, auf dem Gelände hinter den Truppenunterkünften geübt, dann auf der Terasse eines Wirtshauses am Quillas-Kanal gefrühstückt. Er war dankbar für diese kurze Zeit des Alleinseins gewesen, obwohl seine Abwesenheit vom Palast –

die nur gestattet worden war, weil der König die Gemächer der Ersten Konkubine aufgesucht hatte und nicht vor dem Nachmittag zurück erwartet wurde – wie ein unsichtbarer Haltestrick war, der sich mehr und mehr anspannte, bis er sich schließlich genötigt fühlte, wieder zu seinen Pflichten zurückzukehren, indem er das Ewige Domizil aufsuchte und nachsah, ob es irgendeinen Fortschritt gab. Dann ging es zurück zum alten Palast.

Wo er – nachdem er das Haupttor durchschritten und die Große Halle betreten hatte – mitten in einen Aufruhr geriet.

Mit wild hämmerndem Herzen trat Brys zum nächsten Wächter. »Korporal, was ist geschehen?«

Der Soldat salutierte. »Ich bin mir nicht sicher, Finadd. Neuigkeiten aus Trate, vermute ich. Die Edur haben ein paar Seeleute aus Lether abgeschlachtet. Mit übelster Zauberei.«

»Was ist mit dem König?«

»Der hat eine Ratsversammlung einberufen – in zwei Glockenschlägen.«

»Danke, Korporal.«

Brys marschierte tiefer in den Palast hinein, in Richtung der inneren Gemächer. Irgendwo zwischen all den Gefolgsleuten und Boten, die den Hauptkorridor entlangeilten, sah er Kanzler Triban Gnol bei einer Hand voll seiner Anhänger stehen; die Unterhaltung wurde zwar leise geführt, war jedoch überaus lebhaft. Ein Blick aus den dunklen Augen des Mannes flackerte zu Brys, als der Kämpe an ihm vorbeiging, doch seine Lippen hörten nicht auf, sich zu bewegen. Brys sah, dass hinter dem Kanzler der Galan der Königin, Turudal Brizad, lässig an der Wand lehnte, ein einfältiges Grinsen im weichen, fast schon femininen Gesicht.

Brys hatte den Mann immer als merkwürdig beunruhigend empfunden, und das hatte nichts damit zu tun, dass er nur die einzige Aufgabe hatte, Janalls Galan zu sein. Stets war er schweigend präsent, oft auch bei Zusammenkünften, die brisanteste Staatsangelegenheiten betrafen, und seiner wohl einstudierten Gleichgültigkeit zum Trotz, war er dabei stets aufmerksam. Und es war wohl bekannt, dass er sein Bett nicht nur mit der Königin teilte, obwohl die

Frage, ob Janall selbst davon wusste, Gegenstand unzähliger Mutmaßungen am Hof war. Zu seinen Liebhabern, so ging das Gerücht, gehörte angeblich auch Kanzler Triban Gnol.

Eine ziemlich unangenehme Brut, alles in allem.

Die Tür zum Arbeitszimmer des Ersten Eunuchen war geschlossen und wurde von zwei von Nifadas' Rulith bewacht; die hochgewachsenen Leibwächter schleppten nichts von dem Fett mit sich herum, das man normalerweise bei Eunuchen erwartete. Kohlstreifen umgaben ihre Augen, rote Farbe verbreiterte ihre Münder und verzog ihre Gesichter zu einer stets spöttischen Grimasse. Ihre einzigen Waffen waren ein Paar Krummdolche, die in Scheiden unter ihren verschränkten Armen steckten, und wenn sie irgendeine Art von Rüstung trugen, dann war diese unter roten Seidenhemden und lohfarbenen Pantalons gut verborgen. Sie waren barfuß.

Beide nickten und traten beiseite, um Brys vorbeizulassen.

Er zog an der geflochtenen Quaste und konnte schwach die dumpfe Glocke in dem dahinter liegenden Zimmer hören.

Die Tür öffnete sich klickend.

Nifadas war allein; er stand hinter seinem Schreibtisch, auf dem zahllose Schriftrollen und ausgerollte Karten herumlagen. Er hatte dem Eingang den Rücken zugewandt und schien die Wand anzustarren. »Kämpe des Königs. Ich habe Euch erwartet.«

»Es schien mir das Naheliegendste, als Erstes Euch aufzusuchen, Erster Eunuch.«

»Recht so.« Nifadas schwieg ein paar Herzschläge lang, ehe er sagte: »Es gibt Überzeugungen, die die offizielle Religion eines Volkes ausmachen, doch besagte Überzeugungen und besagte Religion sind in Wirklichkeit kaum mehr als eine dünne Goldschicht, gehämmert auf weit ältere Knochen. Kein Volk ist einzigartig oder etwas Besonderes – oder genauer, sollte es zu seinem eigenen Wohl besser nicht sein. Es birgt viele Gefahren, absolute Reinheit für sich in Anspruch zu nehmen, egal ob des Blutes oder der Abstammung. Die wenigsten werden es zugeben, aber Lether ist durch die Minderheiten, die es verschluckt hat, viel reicher geworden – vorausgesetzt, die Verdauung bleibt auf ewig unvollständig.

Wie auch immer es sein mag, Finadd, so muss ich Euch gegenüber doch eine gewisse Unwissenheit eingestehen. Der Palast isoliert diejenigen, die in seinem Innern gefangen sind, und seine Wurzeln ernähren einen nur spärlich. Ich würde gerne etwas über die persönlichen Überzeugungen der Menschen draußen erfahren.«

Brys überlegte einen Moment und fragte dann: »Könnt Ihr Euch ein bisschen genauer erklären, Erster Eunuch?«

Nifadas drehte sich noch immer nicht um. »Im Hinblick auf die Meere. Die Bewohner der Tiefe. Dämonen und alte Götter, Brys.«

»Die Tiste Edur nennen die dunklen Wasser die Sphäre von Galain, der man nachsagt, sie gehöre Verwandten, die in der Dunkelheit zu Hause sind. Die Tarthenal betrachten die Meere als ein einziges Tier mit zahllosen Gliedmaßen, wie ich gehört habe – wozu dann auch die gehören, die als Flüsse und Ströme ins Landesinnere reichen. Die Nerek fürchten sie als ihre Unterwelt, einen Ort, an dem das Ertrinken ewig währt, ein Schicksal, das Verräter und Mörder erwartet.«

»Und die Letherii?«

Brys zuckte die Schultern. »Darüber weiß Kuru Qan mehr als ich, Erster Eunuch. Seeleute fürchten etwas, aber sie verehren nichts. Sie bringen Opfer in der Hoffnung, nicht bemerkt zu werden. Auf den Meeren leiden die Überheblichen, während nur die Demütigen überleben, wobei es allerdings auch heißt, dass der Hunger in den Tiefen gereizt und boshaft wird, wenn die Selbsterniedrigung zu weit getrieben wird. Gezeiten und Strömungen enthüllen Muster, denen man folgen muss, was teilweise die Unmenge an Aberglauben und Ritualen erklärt, derer diejenigen bedürfen, die übers Meer reisen wollen.«

»Und dieser … Hunger in den Tiefen … Hat er keinen Platz bei den Festen?«

»Nicht dass ich wüsste, Erster Eunuch.«

Endlich drehte Nifadas sich um, musterte Brys aus halb geschlossenen Augen. »Findet Ihr das nicht eigenartig, Finadd Beddict? Lether wurde von Kolonisten gegründet, die aus dem Ersten Imperium hierher gekommen sind. Jenes Erste Imperium wurde später vernichtet, das Paradies dem Erdboden gleichgemacht und in eine leblose Wüste verwandelt. Doch im Ersten Imperium wurden zum ersten Mal die Festen entdeckt. Zugegeben, die Leere Feste hat sich als eine spätere Manifestation erwiesen, zumindest was uns betrifft. Müssen wir dann also davon ausgehen, dass noch ältere Überzeugungen überlebt haben und vor all diesen Jahrtausenden in dieses neue Land gebracht wurden? Oder ist es umgekehrt, und jedes Land – mit den angrenzenden Meeren – bringt eine ihm eigene Reihe von Überzeugungen hervor? Wenn das der Fall ist, würden die Schlussfolgerungen über die Existenz körperlicher, unbestreitbarer Götter enorm an Gewicht gewinnen.«

»Aber selbst dann«, sagte Brys, »gibt es noch immer keinen Beweis dafür, dass solche Götter sich auch nur leidlich um menschliche Angelegenheiten scheren. Ich glaube nicht, dass die Seeleute sich den Hunger, von dem ich gesprochen habe, als Gott vorstellen. Wohl eher als Dämon, nehme ich an.«

»Um zu beantworten, was nicht zu beantworten ist – ein Bedürfnis, unter dem wir alle leiden.« Nifadas seufzte. »Finadd, die unabhängigen Robbenjäger wurden alle niedergemacht. Drei ihrer Schiffe haben die Rückreise nach Trate überstanden, bemannt, bis kurz vor den Piers, mit Edur-Gespenstern, doch getragen von Wogen, die mehr als Wogen waren. Ein Dämon, einer von denen, bei denen die Seeleute schwören … Doch es war etwas weitaus Größeres, wie unser Ceda glaubt. Seid Ihr mit den Überzeugungen der Faraed vertraut? Sie haben eine mündliche Überlieferung, und wenn die Aufzählung der Generationen stimmt und nicht einfach nur dichterischer Schein ist, dann reicht diese Überlieferung tatsächlich sehr, sehr weit zurück. Die Schöpfungsmythen der Faraed drehen sich um Ältere Götter. Jeder mit einem Namen und einem Aspekt, ein entzweites Pantheon aus vollkommen ungesunden Persönlichkeiten. Jedenfalls gehört zu ihnen der Ältere Lord der Meere, der Bewohner der Tiefe. Er wird Mael genannt. Überdies kommt Mael in vielen der ältesten Geschichten der Faraed vor. Er ist einst über dieses Land gewandelt, Finadd, als körperliche Manifestation – im Anschluss an das Ende eines Zeitalters.«

»Nach dem Ende eines Zeitalters? Was für ein Zeitalter?«

»Die Zeit vor den Faraed, nehme ich an. Es gibt ... eine Reihe von Widersprüchen und Unklarheiten.«

»Dann nimmt Ceda Kuru Qan an, dass der Dämon, der die Schiffe getragen hat, dieser Mael war?«

»Wenn er es war, dann ist Mael nicht mehr der, der er früher einmal war. Fast hirnlos, ein aufgeblähter Mahlstrom entfesselter Gefühle. Aber nichtsdestotrotz mächtig.«

»Doch die Tiste Edur haben ihn gezähmt?«

Nifadas zog die schmalen Brauen hoch. »Schlagt einen Pfad durch den Wald, und jedes Tier wird ihn benutzen. Ist das dann Kontrolle? In gewisser Weise vielleicht.«

»Hannan Mosag wollte ein Zeichen setzen.«

»Tatsächlich, Finadd, und das ist ihm auch gelungen. Doch ist es ein echtes Zeichen oder nur vorgespielte Tapferkeit?«

Brys schüttelte den Kopf. Auf diese Frage konnte er keine Antwort geben.

Nifadas drehte sich erneut um. »Der König hält dies für eine Angelegenheit von hinreichender Wichtigkeit. Im Moment bereitet der Ceda gerade alles vor. Nichtsdestotrotz verdient Ihr das Recht, gefragt zu werden und nicht einfach einen Befehl zu bekommen.«

»Was soll ich gefragt werden – was soll ich tun, Erster Eunuch?«

Ein schwaches Schulterzucken. »Einen Älteren Gott aufwecken.«

»Da ist viel Bewegung in der Mischung. Ist das von Bedeutung? Ich glaube nicht.« Ceda Kuru Qan schob seine mit Draht zusammengebundenen Linsen ein Stück weiter die Nase hinauf und schaute Brys an. »Dies ist eine Reise des Geistes, Kämpe des Königs, doch für Euch ist das Risiko genauso groß, als würdet Ihr tatsächlich in die Unterwelt reisen. Wenn Euer Geist getötet wird, gibt es keine Rückkehr. Leider ist es absolut unvermeidlich; der König verlangt, dass Ihr das tut.«

»Ich habe nicht angenommen, es würde ungefährlich sein, Ceda. Sagt mir, werde ich meine kämpferischen Fähigkeiten einsetzen können?«

»Das ist nicht bekannt. Aber Ihr seid jung, aufgeweckt und unverwüstlich.« Er wandte sich ab und ließ den Blick über seinen vollgestopften Arbeitstisch schweifen. »Wirklich viel Bewegung. Leider. Damit bleibt nur eine Möglichkeit.« Er streckte die Hand aus und griff nach einem Kelch. Ein kurzes Zögern, ein zweifelnder Blick auf den Inhalt, und dann nahm er einen vorsichtigen Schluck. »Oh! Wie ich vermutet hatte. Die Bewegung in der Mischung ist ausschließlich auf die geronnene Milch zurückzuführen. Brys Beddict, seid Ihr bereit?«

Der Kämpe des Königs zuckte die Schultern.

Kuru Qan nickte. »Ich wollte Euch das trinken lassen.«

»Geronnene Milch wird mir keinen Schaden zufügen«, sagte Brys und nahm den Kelch vom Ceda entgegen. Er stürzte den Inhalt rasch hinunter und stellte den silbernen Becher wieder auf den Tisch. »Wie lange wird es dauern?«

»Was?«

»Bis der Zaubertrank seine Wirkung zeigt.«

»Was für ein Zaubertrank? Kommt mit. Für diese Reise werden wir das Cedarium nutzen.«

Brys folgte dem alten Zauberer aus dem Zimmer. An der Tür warf er noch einmal einen Blick zurück auf den Kelch. Die Mischung hatte nach Zitrone und saurer Ziegenmilch geschmeckt; er konnte bereits spüren, wie sie unheilvoll in seinem Bauch brodelte. »Dann muss ich jetzt also annehmen, dass das, was ich gerade getrunken habe, keinem besonderen Zweck dient?«

»Eine Zwischenmahlzeit. Eines von meinen Experimenten. Ich hatte gehofft, es würde Euch schmecken, aber Eurer Blässe nach zu urteilen, will es mir scheinen, als sei das nicht der Fall.«

»Ich fürchte, Ihr habt Recht.«

»Nun gut, wenn es sich als schädlich erweisen sollte, wird es Euch zweifellos wieder hochkommen.«

»Das zu wissen ist tröstlich, Ceda.«

Der Rest ihres Weges in die Tiefen des Palasts verlief glücklicherweise ohne weitere Vorkommnisse. Ceda Kuru Qan führte Brys in den großen Raum, in dem die Fliesen mit den Festen warteten. »Wir werden eine Fliese der Angelpunkte bei diesem Versuch einsetzen, Kämpe. Dolmen.«

Sie schritten über den schmalen, erhöhten Fußweg zu der im Zentrum gelegenen Scheibe. Unter ihnen erstreckten sich die wuchtigen Fliesen nach allen Seiten.

Das Brodeln in Brys' Magen hatte sich ein wenig gelegt. Er wartete, dass der Ceda etwas sagte.

»Manche Dinge sind wichtig. Andere nicht. Doch alle werden die Aufmerksamkeit eines Sterblichen in Anspruch nehmen. Es ist an uns allen, allzeit achtsam zu sein und so im Aneinanderreihen von Möglichkeiten Weisheit zu erringen. Unser gemeinsames Versagen, Brys Beddict, besteht darin, dass wir durch unsere Gleichgültigkeit zu Möglichkeiten kommen. Der Augenblick befriedigt, die Zukunft kann getrost warten.

Die alten geschichtlichen Daten, die wir aus dem Ersten Imperium mitgebracht haben, erzählen von ähnlichem Versagen. Reiche Häfen an Flussmündungen, die nach drei Jahrhunderten aufgegeben wurden, weil sie verschlammt waren, was wiederum durch die Rodung der Wälder und schlecht erdachte Bewässerungsanlagen verursacht worden war. Häfen, die Ihr heute, wenn Ihr jetzt ihre Ruinen besuchen würdet, mehr als drei Meilen von der gegenwärtigen Küste entfernt fändet. Das Land kriecht zum Meer, so war es schon immer. Trotzdem – was wir Menschen tun, kann diesen Vorgang enorm beschleunigen.

Ist all das von Bedeutung? Nur zum Teil, gebe ich zu. So wie ich notgedrungen viele Dinge zugeben muss, gebe ich auch das zu. Es gibt natürliche Verläufe, die – wenn sie sichtbar werden – geradezu beispielhaft für die schiere Gewaltigkeit der Vorzeit sind. Diese Welt ist weit über die Zeitalter der Menschen hinaus sehr, sehr alt, Brys Beddict.« Kuru Qan winkte.

Brys blickte auf die Stelle, auf die der Ceda gezeigt hatte, und sah die Fliese des Dolmen. Das eingravierte und gemalte Bild zeigte einen einzigen, schräg stehenden Monolithen, der halb in leblosem Lehm begraben war. Der Himmel dahinter war farblos und ohne jedes besondere Merkmal.

»Selbst Meere werden nur geboren, um eines Tages zu sterben«, sagte Kuru Qan. »Doch das Land klammert sich an seine Erinnerungen, und all das, was es erlitten hat, ist in sein Antlitz eingegraben. Umgekehrt wird man in den größten Tiefen des tiefsten Ozeans die Spuren jener Zeit finden, da dieser Ort sich über den Wellen befand. Dieses Wissen werden wir uns zu Nutze machen, Brys.«

»Nifadas hat sich im Hinblick auf meine Aufgabe ziemlich undeutlich ausgedrückt, Ceda. Ich soll Mael aufwecken, vermutlich um den Älteren Gott davon in Kenntnis zu setzen, dass er benutzt wird. Aber ich bin keiner seiner Anhänger, und es gibt auch keinen einzigen – oder keine einzige – Letherii, der oder die von sich etwas anderes behaupten könnte. Warum sollte Mael mir also zuhören?«

»Ich habe keine Ahnung, Brys. Ihr werdet Euch etwas einfallen lassen müssen.«

»Und wenn dieser Gott wirklich und vollkommen gefallen ist, wenn er kaum noch mehr als ein hirnloses Tier ist – was dann?«

Kuru Qans Augen blinzelten hinter den Linsen, doch er sagte nichts.

Brys bewegte sich unbehaglich. »Wenn nur mein Geist diese Reise unternimmt, wie werde ich mich selbst sehen? Kann ich Waffen mitnehmen?«

»Wie Ihr Eure Verteidigung manifestiert, liegt einzig und allein an Euch, Finadd. Ich gehe davon aus, dass Ihr Euch so seht, wie Ihr jetzt seid. Bewaffnet und gerüstet. Alles nur Einbildung, natürlich, aber das ist nicht von Bedeutung. Sollen wir anfangen?«

»Meinetwegen.«

Kuru Qan trat vor, streckte blitzartig einen Arm aus, um Brys am Waffengurt zu packen. Ein wilder, überraschend kräftiger Ruck riss ihn vorwärts, ließ ihn kopfüber über den Rand der Scheibe stürzen. Er schrie überrascht auf, fuchtelte mit den Armen und fiel dann der Fliese des Dolmen entgegen.

»Selbst in den edelsten aller Unterfangen gibt es gelegentlich einen Stolperstein.«

Baggs Augen waren matt, sein zerfurchtes Gesicht ausdruckslos, während er Tehol ohne ein Wort unverwandt anstarrte.

»Außerdem ist es, alles in allem, nur ein kleiner Fehlschlag. Was mich angeht, nun, ich bin mehr als zufrieden. Wirklich. Du hingegen leidest natürlich unter der vollkommen verständlichen Enttäuschung und dem – darf ich es sagen? – etwas angeknacksten Selbstvertrauen, das ein schlecht durchgeführtes Unterfangen mit sich bringt. Die Tat an sich war kein Fehler, das versichere ich dir.« Zum Beweis drehte er sich vor seinem Diener einmal langsam um die eigene Achse. »Siehst du? Die Beine sind tatsächlich gleich lang. Ich werde nicht frieren, ganz egal, wie kühl die Nächte auch sein werden. Zugegeben, wir haben hier keine kühlen Nächte. Schwül ist das beste, was wir hinbekommen, das gebe ich zu, aber was ist schon ein bisschen Schweiß zwischen ... äh ... den Beinen?«

»Diese Grauschattierung und dieser Gelbton sind die schlimmste Kombination, die ich jemals probiert habe, Herr«, sagte Bagg. »Mir wird schon schlecht, wenn ich Euch einfach nur ansehe.«

»Aber was hat das mit meiner Hose zu tun?«

»Sehr wenig, zugegebenermaßen. Mein Interesse gilt natürlich dem Prinzipiellen.«

»Dagegen lässt sich nicht viel sagen. Und jetzt erzähl mir, was du den ganzen Tag gemacht hast ... Und beeil dich, um Mitternacht habe ich eine Verabredung mit einer toten Frau.«

»Es gelingt Euch immer wieder, Herr, mich mit dem Ausmaß Eurer Verzweiflung in Erstaunen zu versetzen.«

»Hat unser bevorzugter Geldverleiher Selbstmord begangen, wie wir es voller Kummer vorausgesehen haben?«

»Vollständig, ohne irgendeinen Haken.«

»Außer demjenigen, an dem er sich angeblich aufgehängt hat?«

»Ganz wie Ihr sagt, aber das war, bevor seine Geschäftsräume tragischerweise ein Raub der Flammen wurden.«

»Hast du irgendetwas darüber gehört, wie Finadd Gerun Eberict auf all das reagiert hat?«

»Eindeutig verzagt, Herr.«

»Aber nicht übermäßig misstrauisch?«

»Wer kann das sagen? Seine Agenten haben Nachforschungen angestellt, aber das Ganze war eher eine Suche nach verborgenen Gewinnen, beziehungweise dem Versuch, einen Verlust wettzumachen und sowas. Allerdings ist kein solches Vermögen aufgetaucht.«

»Und das ist auch besser so. Eberict muss den Verlust vollständig schlucken – nicht, dass es wirklich ein Verlust war, sondern nur ein gescheiterter Versuch, sein Vermögen zu mehren. Seine wichtigsten Kapitalanlagen bleiben schließlich noch intakt. Und jetzt hör auf, blöd zu quatschen, Bagg. Ich muss ein bisschen nachdenken.« Tehol zog seine Hose hoch, zuckte angesichts von Baggs plötzlichem Stirnrunzeln zusammen. »Ich muss wohl abgenommen haben«, murmelte er und fing an, auf und ab zu gehen.

Vier Schritte brachten ihn an den Rand des Dachs. Er drehte sich um und blickte Bagg an. »Was hast du da eigentlich an?«

»Das ist unter Steinmetzen gerade der letzte Schrei.«

»Den Verstaubten Wenigen.«

»Genau.«

»Ein breiter Ledergürtel mit jeder Menge Schlaufen und Taschen.«

Bagg nickte.

»Vermutlich sind diese Schlaufen und Taschen für Werkzeuge und so was gedacht«, fuhr Tehol fort. »Für all die Dinge, die ein Steinmetz gebrauchen könnte.«

»Nun, ich leite das Unternehmen. Ich benutze diese Dinge nicht.«

»Aber du brauchst den Gürtel.«

»Wenn ich ernst genommen werden will, Herr – dann ja.«

»Oh. Klar, das ist natürlich wichtig, oder? Und ordnungsgemäß unter Ausgaben vermerkt, nehme ich an?«

»Natürlich. Das und der hölzerne Hut.«

»Du meinst einen von diesen roten Dingern, die wie Schüsseln aussehen?«

»Stimmt.«

»Und warum hast du ihn dann nicht auf?«

»Im Augenblick arbeite ich nicht. Als einziger Eigentümer von Baggs Bauunternehmen tue ich das sowieso nicht.«

»Und doch hast du dir den Gürtel besorgt.«

»Er hat etwas Tröstliches, Herr. Ich nehme an, so ähnlich muss es sich anfühlen, wenn man einen Schwertgurt trägt. Ein gediegenes Gewicht an der Hüfte zu spüren, hat etwas ungemein Beruhigendes.«

»Als ob du dich ewig mit deiner Ausrüstung duelliertest.«

»Ja, Herr. Seid Ihr fertig mit Nachdenken?«

»Das bin ich.«

»Gut.« Bagg nahm seinen Gürtel ab und warf ihn auf das Dach. »Der macht meine Hüften schief. Ich laufe nur noch im Kreis.«

»Wie wäre es mit etwas Kräutertee?«

»Gerne.«

»Hervorragend.«

Sie starrten sich noch einen Moment lang an, dann nickte Bagg und begab sich zur Leiter. Sobald er Tehol den Rücken zukehrte, zog Letzterer einmal mehr seine Hose hoch. Dabei starrte er auf den Gürtel hinunter, schüttelte jedoch schließlich den Kopf. *Es wäre anmaßend.*

Bagg stieg nach unten und verschwand aus seinem Blickfeld. Tehol ging zu seinem Bett hinüber und ließ sich darauf nieder; das Gestell quietschte. Er starrte zu den düsteren Sternen hinauf. Ein Feiertag näherte sich, der in diesem Fall dem Abtrünnigen gewidmet war, dem auf ewig geheimnisvollen Lieferanten des Zufalls, schicksalhafter Umstände und fehlgeleiteter Triebkräfte. Oder irgendetwas in der Art. Tehol war sich niemals sicher. Er nahm an, die Festen und die Vielzahl ihrer Bewohner waren als verlässliche Möglichkeit erfunden worden, irgendjemandem für im wahrsten Sinne des Wortes *alles Mögliche* die Verantwortung zuzuschieben. Sich der Verantwortung zu entziehen war, wie es schien, eine allgemein verbreitete menschliche Neigung.

Auf jeden Fall würde es riesige, sinnlose Feierlichkeiten geben. Zur Feier von irgendetwas, vielleicht aber auch gar nichts, und gewiss würde alles einbezogen werden. Hektische Wetten an den Sonder-Tauchtagen, bei denen die schlimmsten Verbrecher versuchen würden, wie Schwäne zu schwimmen. Menschen, die gerne gesehen wurden, würden dafür sorgen, dass sie gesehen wurden. Diese Art von Schauspiel war eine gute Gelegenheit für würdige Lässigkeit, und Lässigkeit zeugte von Wohlstand. Und in der Zwischenzeit würden die ans Haus gefesselten Wachen in leeren Anwesen vor sich hingrummeln und auf ihren Posten dösen.

Ein schlurfendes Geräusch aus der Düsternis zu seiner Rechten. Tehol blickte in die besagte Richtung. »Ihr seid früh dran.«

Shurq Elalle trat näher. »Ihr hattet Mitternacht gesagt.«

»Bis dahin dauert es mindestens noch zwei Glockenschläge.«

»Tatsächlich? Oh.«

Tehol setzte sich auf. »Nun, jetzt seid Ihr hier. Es hat keinen Sinn, Euch wieder wegzuschicken. Doch wir werden Selush erst kurz nach Mitternacht aufsuchen.«

»Wir könnten früher gehen.«

»Das könnten wir, aber ich möchte sie lieber nicht beunruhigen. Immerhin hat sie angedeutet, dass sie eine ganze Menge Vorräte braucht.«

»Was macht mich schlimmer als irgendeine andere Leiche?«

»Zum Beispiel leisten andere Leichen keinen Widerstand.«

Die untote Frau kam noch ein bisschen näher. »Warum sollte ich mich genötigt sehen, Widerstand zu leisten? Macht sie mich nicht einfach nur hübsch?«

»Natürlich. Ich wollte einfach nur ein bisschen plaudern. Und wie ist es Euch ergangen, Shurq Elalle?«

»Wie immer.«

»Wie immer. Und was heißt das?«

»Ich war schon besser dran. Andererseits würden viele diese Stetigkeit für eine Tugend halten. Das ist eine außergewöhnliche Hose.«

»Da sind wir uns einig. Leider nicht nach jedermanns Geschmack …«

»Ich habe keinen Geschmack.«

»Oh. Ist das eine Folge Eures derzeitigen Zustands oder ein allgemeines selbstkritisches Eingeständnis?« Die trüben, leblosen Augen, die bisher jeden direkten Blickkontakt vermieden hatten, richteten sich auf Tehol. »Ich habe an das Fest des Abtrünnigen gedacht ... oder, genauer ... an die Nacht.«

Tehol lächelte. »Ihr erahnt meine Absichten, Shurq.«

»Sechzehn Wächter tun die ganze Zeit Dienst, während weitere acht frei haben und sich – spielend oder schlafend – in den Unterkünften aufhalten, die mittels eines einzigen überdachten Gangs von neunzehn Schritt Länge mit dem Hauptgebäude des Anwesens verbunden sind. Alle Außentüren sind zweifach verriegelt. An jeder Ecke des Dachs gibt es ein Kabuff, in dem sich jeweils vier Wachen aufhalten, und sämtliche Fenster sind mit Schutzzaubern gesichert. Die Mauern des Anwesens sind doppelt mannshoch.«

»Das klingt beeindruckend.«

Shurq Elalles Schulterzucken brachte ein Geräusch hervor, das irgendwie nach nassem Leder klang, doch ob es von ihrer Kleidung oder sonstwoher kam, ließ sich nicht bestimmen.

Bagg tauchte wieder auf. Er kam einhändig die Leiter hochgeklettert, balancierte auf der anderen ein Tablett, das aus dem Deckel einer Kiste gemacht war. Auf dem Tablett standen zwei Tonbecher mit dampfendem Inhalt. Bagg schob sich langsam auf das Dach; als er aufblickte und die beiden sah, blieb er bestürzt stehen. »Ich bitte um Entschuldigung. Ich grüße Euch, Shurq Elalle. Möchtet Ihr ein wenig Tee?«

»Mach dich nicht lächerlich.«

»Oh ja. Wie gedankenlos von mir. Ich bitte um Verzeihung.« Bagg trat mit dem Tablett näher.

Tehol nahm seinen Becher und schnüffelte vorsichtig. Dann blickte er seinen Diener stirnrunzelnd an.

Der zuckte die Schultern. »Wir haben keine Kräuter, Herr. Ich musste mir etwas einfallen lassen.«

»Und was ist dir eingefallen? Schaffell?«

Bagg zog die Brauen hoch. »Ihr seid tatsächlich verdammt nah dran. Ich hatte noch ein bisschen Wolle übrig.«

»Von der gelben oder von der grauen?«

»Von der grauen.«

»Nun, dann ist es in Ordnung.« Er trank schlürfend einen Schluck. »Weich.«

»Ja, das war zu vermuten.«

»Wir vergiften uns doch nicht gerade, oder?«

»Nur ein wenig, Herr.«

»Es gibt manchmal Augenblicke«, bemerkte Shurq Elalle, »in denen ich es bedauere, tot zu sein. Allerdings zählt dieser nicht dazu.«

Die beiden Männer beäugten sie nachdenklich, während sie ihren Tee schlürften.

»Im Idealfall«, fuhr sie fort, »würde ich mich jetzt räuspern, um von diesem peinlichen Augenblick abzulenken. Aber ich kann mich nicht noch peinlicher berührt fühlen, als ich es sowieso schon bin. Und außerdem hat es unangenehme Folgen, wenn ich mich räuspere.«

»Oh, aber Selush hat eine Pumpe erfunden«, erwiderte Tehol. »Ihr Einsatz wird allerdings nichts für ... nun, äh, Zartbesaitete sein. Sei's drum, schon bald werdet Ihr Rosenduft verströmen.«

»Und wie will sie das hinkriegen?«

»Mit Rosen, nehme ich an.«

Shurq zog eine schmale Augenbraue hoch. »Soll ich mit getrockneten Blumen ausgestopft werden?«

»Nun, natürlich nicht überall.«

»Mal eine praktische Frage, Tehol Beddict. Wie soll ich mich verstohlen bewegen, wenn ich bei jedem Schritt knistere?«

»Das ist eine gute Frage. Ich schlage vor, Ihr bringt das bei Selush zur Sprache.«

»Zusammen mit allem anderen, wie es scheint. Soll ich mit meinem Bericht über das Anwesen des potenziellen Opfers weitermachen? Ich gehe davon aus, dass Euer Diener vertrauenswürdig ist.«

»Und zwar auf höchst außergewöhnliche Weise«, erwiderte Tehol. »Fahrt fort.«

»Finadd Gerun Eberict wird an den Sonder-Tauchtagen teilnehmen, wo er zum Abschluss Gast bei einer Veranstaltung sein wird, zu der Turudal Brizad ...«

»Der Galan der Königin?«

»Ja. Ich habe ihn einst beraubt.«

»Tatsächlich! Und was habt Ihr ihm genommen?«

»Seine Jungfräulichkeit. Oh, wir waren sehr jung – nun, zumindest er. Das war lange bevor er im Palast getanzt und das Interesse der Königin erweckt hat.«

»Das ist ja mal ein interessantes Detail. Wart Ihr seine große Liebe, wenn Ihr mir eine so persönliche Frage gestattet?«

»Turudal liebt nur einen einzigen Menschen – sich selbst. Wie gesagt, war er der Jüngere und ich die Ältere. Natürlich ist er jetzt älter als ich, was seltsam ist. In gewisser Weise seltsam, zumindest. Wie auch immer, schon damals mangelte es ihm nicht an Männern und Frauen, die ihm nachstellten. Ich nehme an, er glaubte, er hätte mich erobert. Vielleicht tut er das immer noch. Ein perfekter Diebstahl ist ein Diebstahl, bei dem das Opfer völlig glücklich ist und nicht ahnt, dass es bestohlen wurde.«

»Ich würde vermuten«, bemerkte Bagg, »dass Turudal Brizad es nicht bedauert hat, sich Euch auszuliefern.«

»Nichtsdestoweniger«, sagte Shurq Elalle, schwieg einen Moment und fuhr dann fort, »gibt es nichts auf dieser Welt, das nicht gestohlen werden kann.«

»Und während dieser Gedanke um uns herumschwirrt wie das Wollfett in unseren Mägen«, sagte Tehol und stellte seinen Becher ab, »sollten wir beide einen Spaziergang machen, Shurq.«

»Wie weit ist es bis zu Selush?«

»Wir können den Weg verlängern. Danke, mein lieber Bagg, für diese köstliche und einzigartige Erfrischung. Würdest du bitte hier oben sauber machen, ja?«

»Wenn ich Zeit dafür finde.«

Shurq zögerte. »Soll ich die Mauer hinunterklettern und Euch draußen ungesehen folgen?«

Tehol runzelte die Stirn. »Nur, wenn Ihr wollt. Ihr könntet auch einfach die Kapuze hochschlagen und so Anonymität erlangen.«

»Also gut. Ich werde auf der Straße zu Euch stoßen, so dass mich niemand ein Haus verlassen sieht, das ich gar nicht betreten habe.«

»Dann gibt es also immer noch Beobachter, die mir nachspionieren?«

»Vermutlich nicht, aber es zahlt sich immer aus, vorsichtig zu sein.«

»Sehr gut. Wir sehen uns dann also gleich wieder.«

Tehol stieg die Leiter hinunter. Der Raum roch nach Schafsschweiß, und die Hitze vom Herd war schrecklich. Er machte, dass er nach draußen kam, wandte sich nach rechts statt nach links und erreichte eine Stelle, an der sich einst zu inoffiziellen Wohnungen umgebaute Stallungen befunden hatten, die jetzt aber längst von Müll und weggeworfenem Baumaterial übersät waren; die Öffnungen auf der Vorderseite der Gebäude waren mit Ziegeln zugemauert oder hatten – wie die Türen – keinen Riegel mehr.

Shurq Elalle tauchte, die Kapuze tief ins Gesicht gezogen, aus den Schatten auf. »Erzählt mir mehr über diese Selush.«

Sie gingen los, schlängelten sich hintereinander ein schmales Gässchen entlang, um die dahinter liegende Straße zu erreichen. »Eine alte Freundin von Bagg. Einbalsamierer und andere Menschen, die mit den Toten zu tun haben, scheinen fast so eine Art ausgedehnter Familie zu sein. Die sich ständig über Verfahren und Körperteile austauscht. Ich habe den Eindruck, dass es schon eine Kunst für sich ist. Man kann die Geschichte eines Leichnams aus einem großen Haufen von Merkmalen ablesen, wie man eine Schriftrolle liest.«

»Welchen Sinn hat es, eine Liste von Schwächen anzulegen, wenn die Person schon tot ist.«

»Krankhafte Neugier, könnte ich mir vorstellen, oder neugierige Krankhaftigkeit.«

»Versucht Ihr, einen Scherz zu machen?«

»Niemals, Shurq Elalle. In dieser Hinsicht habe ich mir Eure Warnung zu Herzen genommen.«

»Ihr seid sehr gefährlich für mich, Tehol Beddict. Und doch fühle ich mich zu Euch hingezogen, als wärt Ihr eine Art geistiger Weißer Nektar. Ich dürste nach der Spannung, die durch mein Bemühen erzeugt wird, mich nicht allzu sehr erheitern zu lassen.«

»Nun, wenn Selush bei dem, was sie vorhat, erfolgreich ist, wird das mit dem Lachen verbundene Risiko verschwinden, und Ihr könnt ohne Bedenken kichern.«

»Selbst als ich noch am Leben war, habe ich niemals *gekichert*. Und ich erwarte auch nicht, es jetzt zu tun, da ich tot bin. Aber was Ihr vorschlagt, wird zu … einer gewissen Enttäuschung führen. Ein Nachlassen der besagten Spannung, ein Absterben der Funken. Ich fürchte nun, traurig zu werden.«

»Ein Risiko, das man immer eingeht, wenn man erreicht, was man sich wünscht«, sagte Tehol nickend, während sie zum Furchenkanal kamen und ihm zu folgen begannen. »Ich fühle mit Euch, Shurq Elalle. Es ist eine heikle Folge des Erfolgs.«

»Erzählt mir, was Ihr über den alten Turm auf dem verbotenen Gelände hinter dem Palast wisst.«

»Nicht viel. Nur, dass Eure untote Kameradin irgendwo dort wohnt. Das Mädchen.«

»Ja, das tut sie. Ich habe sie Kessel genannt.«

»Wir gehen hier rüber.« Tehol deutete auf eine Fußgängerbrücke. »Bedeutet sie Euch etwas?«

»Das ist nicht leicht zu beantworten. Vielleicht. Es könnte sich herausstellen, dass sie uns allen etwas bedeutet, Tehol Beddict.«

»Oh. Kann ich in dieser Angelegenheit irgendwie helfen?«

»Euer Angebot überrascht mich.«

»Ich bemühe mich, stets ein gewisses Maß an Überraschung zu bieten, Shurq Elalle.«

»Ich versuche, ihre … Geschichte herauszubekommen. Ich glaube, dass sie wichtig ist. In dem alten Turm scheint es in gewisser Weise zu spuken, und dieser Spuk unterhält sich mit Kessel. Er spricht davon, verzweifelt etwas zu brauchen.«

»Was?«

»Menschliches Fleisch.«

»Gute Güte.«

»Jedenfalls ist das der Grund, warum Gerun Eberict alle Spione verliert, die er auf Euch ansetzt.«

Tehol blieb stehen. »Bitte?«

»Kessel tötet sie.«

Steil war die schwarze Felswand, und sie reichte bis hinauf ins Licht. Mit nie nachlassender Wildheit wogten die Strömungen ihre zerfurchte Oberfläche entlang, und alles, was sich an ihr festklammerte, um seine Nahrung aus dem brodelnden Strom zu ziehen, war flach, hatte eine harte Schale und zeichnete sich durch Beharrlichlichkeit aus. Große Flächen reckten sich vom Fuß der Grabenmauer weg, und diese waren bis auf das Grundgestein abgeschliffen. Gewaltige, wirre Inseln aus Geröll, zermalmt und gleichzeitig zusammengehalten durch unvorstellbaren Druck, krochen wie wandernde Leviathane mit den Strömungen des dunklen Wassers über die Oberfläche.

Brys stand auf der Ebene und schaute zu, wie die nächste torkelnde Masse an ihm vorbeirollte. Er wusste, dass er Dinge sah, die kein Sterblicher jemals gesehen hatte, wo natürliche Augen nur Dunkelheit sehen würden, wo der Druck echtes Fleisch, das von der Oberfläche weit über ihm herabgestiegen wäre, längst getötet hätte. Doch hier stand er, für seine eigenen Sinne so wirklich, so körperlich, wie er es im Palast gewesen war. Bekleidet, gerüstet, mit seinem Schwert an der Hüfte. Undeutlich und vage konnte er das eisige Wasser und sein wildes Zerren spüren, doch die Strömungen konnten ihn nicht aus dem Gleichgewicht bringen, ihn nicht von den Beinen reißen. Und die Kälte raubte ihm auch nicht die Kraft.

Er atmete ein, und die Luft war kühl und feucht – es war, wie ihm klar wurde, die Luft des unterirdischen Raums, in dem sich das Cedarium befand.

Diese Erkenntnis ließ sein Herz ruhiger schlagen, und seine Desorientierheit nahm ab.

Ein Gott wohnt an diesem Ort. Er wirkte passend dafür. Urzeitlich, beladen mit Extremen, eine Sphäre roher Gewalt und gewaltiger, aufeinander prallender Naturgewalten.

Ein weiterer Haufen Trümmer watschelte vorbei, und zwischen bleichen, skelettartigen Zweigen und etwas, das anscheinend abgewickelte Seilrollen waren, sah Brys abgeflachte Bruchstücke aus

Metall, von deren Rändern weiße Ranken auszugehen schienen. *Beim Abtrünnigen, dieses Metall, das sind Rüstungen, und diese Ranken sind ...?*

Der Schutt torkelte davon. Und als er es tat, sah Brys etwas dahinter. Unwandelbare, klotzige, senkrechte Umrisse, die sich von der Ebene erhoben.

Er ging auf sie zu.

Dolmen.

Es überstieg jegliches Begriffsvermögen. Es schien unmöglich, dass die Ebene vor ihm einst Luft, Sonnenlicht und trockene Winde gekannt hatte.

Und dann sah er, dass die aufragenden Steine aus dem gleichen Fels bestanden wie die Ebene, dass sie tatsächlich ein Teil dieser Ebene waren, sich wie feste Vorsprünge erhoben. Und als Brys näher kam, entdeckte er, dass Zeichen in ihre Oberfläche geritzt waren, ein ununterbrochener Strang miteinander verbundener Schriftzeichen.

Sechs Dolmen insgesamt, die eine Reihe bildeten, die diagonal von der Kante der Grabenmauer wegstrebte.

Vor dem vordersten Stein blieb er stehen.

Die Schriftzeichen bildeten ein silbernes Muster auf dem schwarzen Stein, und in der unebenen Oberfläche unter den Symbolen sah er die Andeutungen einer Gestalt. Mit vielen Gliedmaßen, einem kleinen, flachen Kopf, fliehender Stirn, einem mächtigen Brauenwulst, der über einer einzelnen Augenhöhle vorragte. Das breite Maul schien aus einer Reihe verlängerter Fühler zu bestehen, die am Ende mit langen, dünnen Fängen protzten; es war geschlossen und bildete eine ineinander verzahnte, stachlige Reihe. Sechs untergliederte Arme, zwei – möglicherweise vier – Beine, kaum sichtbar in dem gewellten schwarzen Stein.

Die Schriftzeichen umhüllten die Gestalt, und Brys hatte den Verdacht, dass sie eine Art Gefängnis bildeten, eine Barriere, die das Auftauchen der Kreatur verhinderte.

In den tief eingeritzten Furchen schien das Silber hin und her zu fließen.

Brys ging um den Dolmen herum und sah andere Gestalten auf den anderen Seiten, von denen sich nicht zwei ähnelten, ein Haufen alptraumhafter, dämonischer Bestien. Nachdem er den ersten Dolmen noch einmal lange angeschaut hatte, ging er weiter zum nächsten stehenden Stein. Und fand noch mehr.

Der vierte Dolmen war anders. Auf einer Seite waren die Schriftzeichen ausgefasert, das Silber ausgeschwemmt, und wo eine Gestalt hätte sein sollen, war eine vielsagende Einbuchtung, die eine massige, grobschlächtige Kreatur mit sich schlängelnden Tentakeln als Gliedmaßen zurückgelassen hatte.

Die stumme leere Vertiefung machte ihn frösteln. Etwas war frei, und Brys glaubte nicht, dass es ein Gott war.

Mael, wo bist du? Sind das hier deine Diener?

Oder deine Trophäen?

Er starrte die Einbuchtung an. Das, was nicht da war, war weitaus bedeutender als das, was vor ihm in die Höhe ragte. *Sie sind verlassen worden*, flüsterte seine Seele. Mael war fort. Diese Welt war den dunklen, reißenden Strömungen und den Herden aus Abfall überlassen worden.

»Du bist gekommen, um noch einen zu holen, nicht wahr?«

Brys wirbelte herum. Zehn Schritt entfernt stand eine große, von einer Rüstung umhüllte Gestalt. Schwarzes, patiniertes Eisen, das mit von Grünspan fleckigen Nieten beschlagen war. Ein großer Helm mit vollständigen Wangenschützern, die bis hinunter zur Kinnlinie reichten; die Brücke von der Nase bis zum Kinn war verstärkt. Die schmalen Augenschlitze waren von Gitternetzen umschlossen, die sich bis unter die Wangenschützer zogen und zerfetzt und steif auf Schultern und Brustpanzer hingen. Entenmuscheln verkrusteten die Gelenke an Armen und Beinen, und die Ausläufer hell gefärbter Pflanzen, die sich an Rissen in der Rüstung festhielten, bewegten sich in der Strömung. Panzerhandschuhe aus sich überlappenden Platten aus makellosem Silber hielten ein Zweihandschwert, dessen Klinge so breit war wie Brys' Hände lang. Die stumpfe Spitze des Schwerts ruhte auf dem Boden. Von den metallumhüllten Händen strömte Blut, wie er jetzt sah.

Der Letherii zog sein eigenes Langschwert. Plötzlich zerrten die brodelnden Strömungen an ihm, als wäre all das, was ihn bisher gegenüber den Verheerungen dieser Welt in der Tiefe immun gemacht hatte, auf einmal verschwunden. Bei jeder Woge zuckte und drehte sich die Klinge in seiner Hand. Um sich gegen eine Waffe zu behaupten, wie sie der Krieger schwang, würde er Schnelligkeit brauchen, und seine wichtigste Taktik würde darin bestehen auszuweichen. Der Letheriistahl seines Langschwerts würde bei einer Parade nicht brechen, seine Arme möglicherweise schon.

Und jetzt stießen ihn die Strömungen herum, kämpften mit dem Schwert in seiner Hand. Es bestand keine Hoffnung, diese Kreatur bekämpfen zu können.

Der Krieger hatte eine Sprache gesprochen, die Brys zwar nicht kannte, die er aber verstanden hatte. »Ob ich gekommen bin, um noch einen zu holen? Ich bin nicht hier, um diese Dämonen aus ihren von Zauberei geschaffenen Käfigen zu befreien.«

Die Erscheinung machte einen Schritt auf ihn zu. »Dämonen? Hier gibt es keine Dämonen. Nur Götter. Vergessene Götter. Du hältst diesen Strang aus Worten für ein Gefängnis?«

»Ich weiß nicht, was ich glauben soll. Ich kenne die Worte nicht, die da geschrieben stehen ...«

»Erinnerung ist Macht. Beschwörung ist Macht – wenn ein Gott namenlos wird, stirbt er. Daher hat Mael ihnen dieses Geschenk angeboten, diese Zuflucht. Ohne ihre Namen verschwinden die Götter. Das Verbrechen, das hier begangen wurde, ist unermesslich. Die Auslöschung der Namen, das Binden eines neuen Namens, die Erschaffung eines Sklaven. Unermesslich, Sterblicher. Als Antwort darauf wurde ich erschaffen, um jene zu bewachen, die noch übrig bleiben. Das ist meine Aufgabe.«

Das Schwert hob sich, und der Krieger kam noch einen weiteren Schritt näher.

Manche Kämpfer fügten ihren Gegnern unsichtbare Wunden zu, noch ehe die Waffen überhaupt gezogen waren. Sie umgab das Versprechen, den Tod zu bringen, wie ein Halbschatten. Es ließ bluten, schwächte den Willen und die Kraft. Brys hatte schon früher Männern und Frauen gegenübergestanden, die über diese angeborene Gabe verfügt hatten. Und er war ihnen mit … Erheiterung begegnet.

Der Wächter vor ihm verhieß solch etwas Todbringendes, und zwar mit spürbarer Macht.

Noch ein schwerer Schritt. Eine Macht, die der des brodelnden Wassers gleichkam. Plötzlich begriff Brys, und er lächelte.

Der von der heftigen Strömung verursachte Mahlstrom hörte auf. Schlagartig waren seine Geschwindigkeit und seine Behendigkeit wieder da.

Das riesige Schwert schlug waagerecht zu. Brys machte einen Satz nach hinten, seine Schwertspitze zuckte in einem abgebremsten Stoß gegen das einzige Ziel in seiner Reichweite nach vorne oben.

Letherii-Stahl glitt zwischen die silbernen Platten des linken Handschuhs und drang tief ein.

Hinter ihnen barst ein Dolmen, und die Erschütterung pflanzte sich zitternd durch das Grundgestein unter ihren Füßen fort. Der Krieger stolperte und führte dann einen Hieb nach unten. Brys warf sich nach hinten, rollte sich über eine Schulter ab und ging anschließend in die Hocke.

Das Schwert des Kriegers hatte sich auf einem Viertel seiner Länge in den Basalt gebohrt und steckte fest.

Brys schoss vorwärts. Er stellte seinen Fuß hinter den Wächter und drückte mit beiden Händen gegen die gepanzerte Brust.

Der Versuch scheiterte, da der Krieger das im Fels steckende Schwert packte und sich daran festhielt.

Brys wirbelte herum und hämmerte seinen rechten Ellenbogen gegen das vom Helm geschützte Gesicht. Schmerz explodierte in seinem Arm, während der Kopf zurückgeworfen wurde; der Letherii beugte sich zur Seite herunter und griff mit der Linken nach seinem Langschwert, das den schnell taub werdenden Fingern der rechten Hand zu entgleiten drohte.

Der Krieger zerrte an seinem eigenen Schwert, doch es rührte sich nicht.

Brys machte erneut einen Satz vorwärts, trat mit seinem linken Stiefel ziemlich tief – etwa eine Handbreit über dem Knöchel – von der Seite gegen das ihm nähere Bein des Wächters.

Altes Eisen gab nach, Knochen brachen.

Der Krieger ging halb zu Boden, hielt sich aber immer noch teilweise aufrecht, indem er sich auf sein Schwert stützte.

Brys wich schnell wieder ein Stück zurück. »Das reicht. Ich möchte nicht noch mehr Götter töten.«

Das von Stahl verborgene Gesicht hob sich, um ihn anzusehen. »Ich bin besiegt. Wir haben versagt.«

Der Letherii musterte den Krieger mehrere Herzschläge lang, dann sagte er: »Das Blut, das aus deinen Händen strömt – stammt es von den hier noch überlebenden Göttern?«

»Die jetzt weniger geworden sind.«

»Können sie dich heilen?«

»Nein. Wir verfügen über nichts mehr.«

»Warum fließt das Blut überhaupt? Was passiert, wenn keines mehr da ist?«

»Es ist Macht. Es raubt den Mut – doch gegen dich hat es versagt. Man erwartete, dass das Blut erschlagener Feinde … Es spielt jetzt keine Rolle mehr.«

»Was ist mit Mael? Könnt ihr von ihm keine Hilfe bekommen?«

»Er hat uns seit Tausenden von Jahren nicht mehr besucht.«

Brys runzelte die Stirn. Kuru Qan hatte gesagt, er solle seinen Instinkten folgen. Ihm gefiel nicht, was hier geschehen war. »Ich würde euch gerne helfen. Daher werde ich dir mein eigenes Blut geben.«

Der Krieger schwieg eine lange Zeit. »Du weißt nicht, was du da anbietest, Sterblicher«, sagte er schließlich.

»Nun, ich habe nicht vor zu sterben. Ich habe vor, diese Prüfung zu überleben. Wird es ausreichen?«

»Das Blut eines sterbenden oder toten Gegners hat Macht. Doch verglichen mit dem Blut eines Sterblichen, der noch lebt, ist diese Macht gering. Ich sage es noch einmal: Du weißt nicht, was du uns da anbietest.«

»Ich habe noch mehr im Sinn, Wächter. Darf ich näher kommen?«

»Wir sind hilflos dir gegenüber.«

»Selbst wenn ich dir helfe, werden wir dein Schwert da nicht mehr herausbekommen. Ich werde dir meins geben. Es ist unzerbrechlich, hat man mir zumindest gesagt. Und ich habe tatsächlich noch nie Letherii-Stahl zerbrechen sehen. Deine zweihändige Waffe ist nur von Nutzen, wenn dein Gegner vor Angst zittert und dadurch müde und schwerfällig wird.«

»Anscheinend.«

Brys war erfreut über den trockenen Tonfall des Kriegers. Auch wenn kein Selbstmitleid in seinen Worten mitgeklungen hatte, als er sein Versagen eingestanden hatte, hätte Brys sie lieber überhaupt nicht gehört. Er packte das Langschwert anders und hielt dem Krieger den Griff entgegen. »Hier.«

»Wenn ich loslasse, werde ich hinfallen.«

»Eine Hand wird reichen.«

Der Wächter ließ mit einer Hand los und griff nach dem Langschwert. »Beim Abgrund, es wiegt so gut wie nichts!«

»Solche Schwerter zu schmieden, ist eine geheime Kunst, die nur meinem Volk bekannt ist. Es wird dich nicht im Stich lassen.«

»Gehst du mit allen Gegnern, die du besiegt hast, so um?«

»Nein. Nur mit denjenigen, denen ich eigentlich gar nichts tun wollte.«

»Sag mir, Sterblicher, giltst du in deiner Welt als guter Schwertkämpfer?«

»Einigermaßen.« Brys nahm den Lederhandschuh von seiner rechten Hand, zog dann seinen Dolch. »Dieser Arm ist immer noch ziemlich taub ...«

»Das freut mich. Obwohl ich mir wünschte, ich könnte von meinem Gesicht dasselbe sagen.«

Brys schnitt sich in die Handfläche, schaute zu, wie das Blut aus dem Schnitt quoll und von der Strömung davongerissen wurde. Er presste seine blutende Hand auf die Linke des Kriegers, die noch immer den Griff des feststeckenden Schwerts umklammerte. Er spürte, wie sein Blut zwischen die silbernen Platten gezogen wurde.

Die Hand des Kriegers drehte sich, um die seine mit einem steinharten Griff zu umfassen. Ein Anspannen der Muskeln, und der Wächter begann sich aufzurichten.

Brys blickte nach unten und sah, dass das zerschmetterte Bein unter schmerzhaft aussehenden Krämpfen heilte und unter dem Gewicht des großen Kriegers wieder stabil wurde.

Ein plötzlicher Schwächeanfall überwältigte ihn.

»Lass meine Hand los«, sagte der Krieger, »sonst wirst du sterben.«

Brys nickte, zog seine Hand weg und stolperte einen Schritt zurück.

»Wirst du es überleben?«

»Ich hoffe es«, keuchte er; in seinem Kopf drehte sich alles. »Und jetzt – bevor ich gehe – sag mir ihre Namen.«

»Was?«

»Ich habe ein gutes Gedächtnis, Wächter. Es wird keine weitere Versklavung geben, solange ich am Leben bin. Und über meinen Tod hinaus werde ich sicherstellen, dass diese Namen nicht vergessen werden …«

»Wir sind sehr alte Götter, Sterblicher. Du riskierst …«

»Meiner Meinung nach habt ihr es verdient, euren Frieden zu finden. Das nächste Mal werdet ihr bereit sein, wenn die Tiste Edur kommen – diejenigen, die hier waren, um einen eurer Verwandten an sich zu ketten. Mein Leben kann eure Kraft stärken, und es wird hoffentlich ausreichen, damit ihr Widerstand leisten könnt.«

Der Wächter richtete sich zu seiner vollen Größe auf. »Das wird es, Sterblicher. Dein Opfer wird nicht vergessen werden.«

»Die Namen! Ich spüre – dass ich verblasse …«

Worte füllten seinen Verstand, eine dröhnende Sturzflut von Namen, die sich wie Brenneisen in sein Gedächtnis brannten. Er schrie auf, denn der Ansturm war groß – unzählige Schichten aus Kummer, Träumen, Leben und Tod, aus unvorstellbaren Sphären und Zivilisationen, die zu Ruinen zerfielen, und dann zu Staub.

Geschichten. *So viele Geschichten – oh, Abtrünniger …*

»Der Abtrünnige möge uns schützen – *was habt Ihr getan*?«

Brys stellte fest, dass er auf dem Rücken lag; unter ihm befand sich ein harter, emaillierter Fußboden. Er öffnete blinzelnd die Augen und sah Kuru Qans runzliges Gesicht über sich.

»Ich konnte Mael nicht finden«, sagte der Kämpe des Königs. Er fühlte sich unglaublich schwach, war kaum in der Lage, den Arm zu heben und die Hand zum Gesicht zu führen.

»Ihr habt kaum noch einen Tropfen Blut in Euch, Finadd. Erzählt mir, was geschehen ist – alles.«

Die Festen lassen mich im Stich ... unendlich viele Geschichten ... »Ich habe herausgefunden, was die Tiste Edur getan haben, Ceda. Ein uralter Gott, seiner Namen beraubt, wurde an einen neuen gebunden. Er dient jetzt den Edur.«

Kuru Qans Augen hinter den dicken Linsen verengten sich. »Seiner Namen beraubt. Ist das von Bedeutung? Vielleicht. Kann einer jener Namen gefunden werden? Wird es dabei helfen können, ihn Hannan Mosags Griff zu entreißen?«

Brys schloss die Augen. Von all den Namen, die er nun mit sich herumtrug – hatte irgendeiner der anderen Götter von der Identität ihres Verwandten gewusst? »Es könnte sein, dass ich ihn habe, Ceda, aber ihn zu finden wird einige Zeit dauern.«

»Ihr kehrt mit Geheimnissen zurück, Finadd Brys Beddict.«

»Und kaum einer Hand voll Antworten.«

Der Ceda lehnte sich zurück. »Ihr braucht Zeit, um Euch wieder zu erholen, mein junger Freund. Etwas zu essen und Wein – und von beidem reichlich. Könnt Ihr aufstehen?«

»Ich werde es versuchen ...«

Der bescheidene Diener Bagg stapfte durch die Dunkelheit von Sherps Letztem Gässchen, das so hieß, weil der arme Sherp hier vor ein paar Jahrzehnten gestorben war. Er war gewissermaßen ein fester Bestandtteil dieser Umgebung gewesen, wie Bagg sich erinnerte. Alt war er gewesen, und halb blind, und hatte pausenlos etwas von einem geheimnisvollen gesprungenen Altar vor sich hingemurmelt, der sich im Lehm unter dem Gässchen verbergen sollte.

Sein zusammengerollter Leichnam war innerhalb eines in den Dreck gekratzten Kreises gefunden worden, inmitten von Abfall und einem halben Dutzend Ratten, denen man den Hals umgedreht hatte. So absonderlich das auch gewesen war, gab es doch nur wenige, die sich etwas daraus machten oder neugierig genug waren, um nach Erklärungen zu suchen. Schließlich starben andauernd Menschen in den Gassen und auf den Straßen.

Bagg vermisste den alten Sherp, selbst nach all diesen Jahren, aber manche Dinge konnten nicht ungeschehen gemacht werden.

Er war davon aufgewacht, dass die Schilfmatte geraschelt hatte, die jetzt als Tür zu Tehols bescheidener Behausung diente. Ein dreckiges Kind, das eine dringende Bitte um Hilfe überbrachte. Das kleine Mädchen hastete jetzt ein paar Schritte vor ihm dahin, drehte sich dann und wann um, um sicherzugehen, dass er ihr immer noch folgte.

Am Ende von Sherps Letztem Gässchen lag eine andere Gasse, die rechtwinklig dazu verlief; zur Linken führte sie hinunter zu einer Doline, die als Ferse des Abtrünnigen bekannt und zu einer Abfallgrube geworden war, zur Rechten endete sie nach fünfzehn Schritt in der Ruine eines Hauses, dessen Dach zum größten Teil eingestürzt war.

Das Kind führte Bagg zu der Ruine.

Ein Teil war noch hoch genug, um darin aufrecht stehen zu können, und in diesem Raum lebte jetzt eine Familie. Es waren Nerek: sechs Kinder und eine Großmutter, die aus dem Norden hergewandert waren, nachdem die Eltern der Kinder am Ruhefieber gestorben waren – was an sich schon eine sinnlose Ungerechtigkeit war, denn Ruhefieber konnte jeder Heiler der Letherii mit Leichtigkeit heilen, vorausgesetzt natürlich, man verfügte über das nötige Kleingeld.

Bagg kannte sie nicht, doch er hatte von ihnen gehört, und offensichtlich hatten sie ihrerseits von den Diensten gehört, die anzubieten er unter gewissen Umständen bereit war – kostenlos.

Eine kleine Hand reckte sich ihm entgegen und schloss sich um die seine, und das Mädchen führte ihn durch den Eingang in einen

Korridor, wo er gezwungen war, unter der durchhängenden Decke durchzukriechen. Drei Schritt weiter und er sah die untere Hälfte der nächsten Tür vor sich und dahinter einen überfüllten Raum.

In dem es nach Tod roch.

Gemurmelte Grußworte und gesenkte Köpfe, als Bagg eintrat, den Blick auf die reglose Gestalt gerichtet, die auf einer blutigen Decke in der Mitte des Raums lag. Nachdem er sie einen Moment gemustert hatte, schaute er auf und suchte den Blick des ältesten Kindes, ein Mädchen von vielleicht zehn oder elf – obwohl sie möglicherweise auch älter sein mochte, durch Unterernährung im Wachstum zurückgeblieben oder aber jünger und aus dem gleichen Grund vorzeitig gealtert. Große harte Augen blickten ihn an.

»Wo habt ihr sie gefunden?«

»Sie hat es bis nach Hause geschafft«, erwiderte das Mädchen mit ausdrucksloser Stimme.

Bagg schaute erneut auf die tote Großmutter hinunter. »Von woher?«

»Von der Verschütteten Runde, hat sie gesagt.«

»Dann hat sie also noch gesprochen, ehe das Leben aus ihr gewichen ist.« Bagg biss die Zähne zusammen. Die Verschüttete Runde war zwei-, dreihundert Schritt entfernt. Die alte Frau musste eine außergewöhnliche Willensstärke besessen haben, wenn sie diese Entfernung mit zwei tödlichen Schwertwunden in der Brust zurückgelegt hatte. »Sie muss einen dringenden Grund gehabt haben, nehme ich an.«

»Uns zu sagen, wer sie getötet hat, ja.«

Statt einfach zu verschwinden, wie es so viele von den Armen tun, und so das Schreckgespenst des böswilligen Verlassenwordenseins heraufzubeschwören – eine Narbe, die man diesen Kindern nicht auch noch zufügen musste.

»Und wer war es?«

»Sie hat die Runde überquert und ist einer kleinen Gruppe über den Weg gelaufen. Sieben Männer und ihr Herr, alle bewaffnet. Der Herr war wütend, hat davon geredet, alle seine Spione würden verschwinden. Unsere Großmutter hat sie um ein bisschen Geld angebettelt. Der Herr hat vor Wut den Verstand verloren und seine Wachen angewiesen, sie zu töten. Und das haben sie getan.«

»Und ist bekannt, wer dieser Herr war?«

»Du wirst sein Gesicht auf frisch geprägten Stummeln finden.«

Oh.

Bagg kniete sich neben die alte Frau. Er legte ihr eine Hand auf die kalte, faltige Stirn und suchte nach den Überresten ihres Lebens. »Urusan von dem Clan, der unter dem Namen die Eule bekannt war. Ihre Kraft stammte aus der Liebe. Der Liebe zu ihren Enkeln. Sie ist fort, aber sie ist nicht weit weg.« Er hob den Kopf und blickte jedes der sechs Kinder an. »Ich höre das Verschieben großer Steine, das knirschende Nachgeben eines Portals, das lange verschlossen war. Da ist kalter Lehm, doch er hat sie nicht aufgenommen.« Er holte tief Luft. »Ich werde diesen Leichnam für eine Nerek-Beerdigung vorbereiten ...«

»Wir würden gerne deinen Segen haben«, sagte das Mädchen.

Bagg zog die Brauen hoch. »Meinen? Ich bin kein Nerek, und ich bin auch kein Priester ...«

»Wir würden gerne deinen Segen haben.«

Der Diener zögerte und seufzte dann. »Wie ihr wollt. Aber sag mir, wie werdet ihr jetzt leben?«

Wie zur Antwort entstand Unruhe am Eingang, dann kam eine große Gestalt in den kleinen Raum getrampelt, schien ihn vollständig auszufüllen. Er war jung, seine Größe und seine Gesichtszüge zeugten von Tarthenal- und Nerek-Blut. Kleine Augen hefteten sich auf Urusans Leichnam, und das ganze Gesicht verdunkelte sich.

»Und wer ist das?«, fragte Bagg. *Ein Verschieben großer Steine – und jetzt dieses ... dieses Beiseiteschieben eines ganzen Gebirges. Was beginnt hier?*

»Unser Vetter«, sagte das Mädchen, deren Augen groß und bewundernd und flehend wurden, wenn sie den jungen Mann anblickte. »Er arbeitet im Hafen. Er heißt Unn. Unn, das hier ist der Mann, der als Bagg bekannt ist. Ein Ankleider der Toten.«

Unns Stimme war so leise, dass sie kaum zu verstehen war. »Wer hat das getan?«

Oh, Finadd Gerun Eberict, bei deinem sinnlosen Blutfest wirst du einen ungebetenen Gast haben, und irgendetwas sagt mir, dass dir das überhaupt nicht gefallen wird.

Selush vom Stinkenden Haus war groß und wohl proportioniert, doch ihr bemerkenswertestes Merkmal waren ihre Haare. Siebenundzwanzig kurze Zöpfe aus dichtem schwarzem Haar, die in alle Richtungen abstanden, jeder um eine Geweihsprosse gewoben, was dazu führte, dass die Zöpfe auf absonderliche Weise verdreht und gewunden waren. Sie war irgendwo zwischen fünfunddreißig und fünfzig Jahre alt, wobei diese Ungewissheit das Ergebnis ihres herausragenden Talents war, Schwachpunkte zu vertuschen. Die violette Farbe ihrer Augen verdankte sie einer ungewöhnlichen Tinte, die von Würmern stammte, die tief im Sand der Strände der südlichen Insel lebten, und ihre Lippen wirkten deshalb so voll und rot, weil sie sie jeden Morgen mit einem schwach giftigen Schlangengift bemalte.

Als sie nun vor Tehol und Shurq Elalle auf der Schwelle ihres bescheidenen und unglücklich benannten Heims stand, war sie in hautenge Seidengewänder gekleidet, die Tehol entgegen seiner eigenen Vorstellungen von Schicklichkeit förmlich dazu einluden, ihre Brustwarzen unter dem güldenen Schimmer näher zu begutachten, so dass es einige Zeit dauerte, ehe er aufblickte und die Bestürzung in ihren Augen bemerkte.

»Ihr seid früh dran! Ich habe Euch noch nicht erwartet. Oh! Jetzt bin ich nervös. Also wirklich, Tehol! Ihr solltet klug genug sein, nicht einfach so etwas Unerwartetes zu tun! Ist das die tote Frau?«

»Wenn nicht«, erwiderte Shurq Elalle, »stecke ich in noch viel größeren Schwierigkeiten, meint Ihr nicht auch?«

Selush trat näher. »Das ist die schlechteste Einbalsamierung, die ich je gesehen habe.«

»Ich wurde nicht einbalsamiert.«

»Oh! Was für eine Ungeheuerlichkeit! Wie seid Ihr gestorben?«

Shurq zog eine leblose Augenbraue hoch. »Ich bin neugierig. Wie oft wird Euch diese Frage von Euren Kunden beantwortet?«

Selush blinzelte. »Dann tretet also ein. Ihr seid so früh dran!«

»Meine Liebe«, sagte Tehol beruhigend, »bis zum Glockenschlag um Mitternacht dauert es keine zweihundert Herzschläge mehr.«

»Eben! Seht Ihr jetzt, wie sehr Ihr mich durcheinander gebracht habt? Schnell, kommt rein, ich muss die Tür zumachen. Da! Oh, die dunklen Straßen sind so erschreckend. Nun, Süße, lasst Euch mal ein bisschen genauer ansehen. Ich fürchte, mein Diener war ungewöhnlich schweigsam.« Sie beugte sich abrupt vor, bis ihre Nase beinahe Shurqs Lippen berührte.

Tehol zuckte zusammen, doch zum Glück bemerkte es keine der beiden Frauen.

»Ihr seid ertrunken.«

»Stimmt.«

»Im Quillas-Kanal. Ein Stück stromabwärts von Schwachwinds Fleischmühlen am letzten Tag eines Sommermonats. In welchem war's denn? Im Monat des Wanderers? Des Beobachters?«

»Im Monat des Verräters.«

»Oh! Dann muss Schwachwind in dem Monat ungewöhnlich gute Geschäfte gemacht haben. Sagt mir, schreien die Leute, wenn sie Euch sehen?«

»Manchmal.«

»Mir geht's genauso.«

»Bekommt Ihr eigentlich häufig Komplimente für Eure Haare?«, fragte Shurq.

»Nie.«

»Nun, das war ein nettes Geplauder«, sagte Tehol hastig. »Leider haben wir nicht die ganze Nacht Zeit …«

»Wie? Aber natürlich haben wir das, dummer Mann«, sagte Selush.

»Ach, richtig. Tut mir Leid. Wie auch immer. Shurq war ein Opfer des Tauchfests und – wie sich herausstellte – eines fortdauernden Fluchs.«

»Ist das nicht immer so?« Selush seufzte und drehte sich um, ging zu dem langen Tisch an der Rückwand des Zimmers.

»Tehol hat etwas von Rosen gesagt«, meinte Shurq, die ihr folgte.

»Rosen? Ach du liebe Zeit! Nein. Zimt und Patschuli, würde ich sagen. Aber zuerst müssen wir etwas gegen den ganzen Moder und das Moos in Euren Nasenlöchern tun. Und dann ist da noch die Uhtuhluh …«

»Die *was*?«, fragten Shurq und Tehol gleichzeitig.

»Sie lebt in heißen Quellen in den Blaurosebergen.« Selush drehte sich um und blickte Shurq mit hochgezogenen Brauen an. »Ein Geheimnis unter Frauen. Ich bin überrascht, dass Ihr noch nie von ihnen gehört habt.«

»Es scheint, als wäre meine Erziehung nicht vollständig gewesen.«

»Nun, eine Uhtuhluh ist eine kleine Kreatur mit einem weichen Körper, die sich durch eine Spalte ernährt, eine Art senkrechten Schlitz, der ihr als Maul dient. Ihre Haut ist mit Flimmerhärchen bedeckt, die die ungewöhnliche Eigenschaft haben, Empfindungen zu übertragen. Diese Flimmerhärchen können in der Haut Wurzeln schlagen …«

»Einen Augenblick«, sagte Tehol entgeistert. »Ihr wollt doch nicht etwa vorschlagen …«

»Die meisten Männer merken den Unterschied überhaupt nicht, aber es erhöht die Lust um ein Vielfaches – zumindest hat man mir das glaubwürdig versichert. Ich habe niemals eine in mein Inneres eingeladen, da die Einpflanzung einer Uhtuhluh eine dauerhafte Sache ist. Und sie … äh … muss ständig gefüttert werden.«

»Wie oft?«, wollte Shurq wissen, und Tehol hörte ein angemessenes Maß an Bestürzung in ihrer Stimme.

»Täglich.«

»Aber Shurqs Nerven sind tot – wie kann sie spüren, was dieses Uttudings spürt?«

»Sie sind nicht tot, Tehol Beddict, sondern einfach nur nicht erweckt. Außerdem wird es nicht lange dauern, und die Flimmerhärchen der Uhtuhluh werden ihren ganzen Körper durchdrungen haben, und je gesünder der Organismus ist, desto strahlender und kraftvoller wirkt ihr schimmerndes Fleisch.«

»Ich verstehe. Und was ist mit meinem Gehirn? Werden diese Wurzeln sich auch in ihm festsetzen?«

»Nun, das können wir nicht zulassen, nein, denn sonst würdet Ihr den Rest Eures Daseins damit verbringen, sabbernd in einem heißen Bad herumzuplantschen. Nein, wir werden Eurem Gehirn ein Gift zuführen – nun, im Grunde kein richtiges Gift, die Absonderungen einer kleinen Kreatur, die sich die heißen Quellen mit der Uhtuhluh teilt. Besagte Absonderungen sind für die Uhtuhluh ungenießbar. Ach, ist die Natur nicht herrlich?«

Mit müden Augen stolperte Bagg ins Haus seines Herrn. Es war kaum noch eine Stunde bis zur Morgendämmerung. Er fühlte sich ausgelaugt; mehr durch den Segen, den er erteilt hatte, als dadurch, den Leichnam der alten Frau für das Begräbnis vorzubereiten. Nachdem er zwei Schritte in den Raum hineingemacht hatte, blieb er stehen.

An der gegenüberliegenden Wand hockte Shand auf dem Fußboden. »Wo ist der elende Kerl, Bagg?«

»Er arbeitet, auch wenn ich mir vorstellen kann, dass Ihr daran zweifelt. Ich habe heute Nacht noch nicht geschlafen und bin daher kein guter Gesprächspartner, Shand …«

»Sollte mich das kümmern? Was arbeitet er? Was tut er, das getan werden muss, wenn der Rest der Welt schläft?«

»Shand, ich …«

»Antworte!«

Bagg ging zu dem Topf, der auf einem Gitter auf dem nun kalten Herd stand. Er tauchte einen Becher in den lauwarmen, eingekochten Tee. »Zwölf Arten von Investitionen, wie unsichtbare Ströme unter Fundamenten, die abtragen, ohne dass das leiseste Zittern zu bemerken ist. Jedes Wirtschaftssystem verfügt über unentbehrliche Säulen, auf denen alles andere ruht, Shand.«

»Mitten in der Nacht kann man keine Geschäfte machen.«

»Diese Art von Geschäften nicht, nein. Aber es gibt Gefahren für unsere Pläne, Shand. Bedrohungen. Und man muss sich ihrer annehmen. Wie auch immer – was macht Ihr eigentlich bei Nacht hier draußen ohne Euren Leibwächter?«

»Ublala? Dieser Esel? Der ist in Rissarhs Bett. Oder in Hejuns.

Nicht in meinem, zumindest heute Nacht nicht. Wir wechseln uns ab.«

Bagg starrte sie im Zwielicht des Raums an. Er trank den letzten Schluck Tee und stellte den Becher ab.

»Stimmt das alles wirklich?«, fragte Shand nach einem kurzen Moment. »Diese Sache mit den Investitionen?«

»Ja.«

»Warum erzählt er uns nichts davon?«

»Weil Eure Investitionen davon getrennt bleiben müssen. Es darf keinerlei Verbindung zwischen ihnen geben. Und kein vergleichbares Muster. Daher solltet Ihr seinen Anweisungen genauestens Folge leisten. Es wird sich schließlich alles finden.«

»Ich hasse Genies.«

»Das ist verständlich. Alles, was er tut, scheint einen zu verwirren, das stimmt. Aber man gewöhnt sich daran.«

»Und wie läuft's mit Baggs Bauunternehmen?«

»Ganz gut.«

»Was hat das Ganze eigentlich für einen Zweck? Einfach nur Geld zu verdienen?«

»Nein. Der Plan ist, den Auftrag für das Ewige Domizil zu bekommen.«

Shand starrte ihn an. »Warum?«

Bagg lächelte.

Desinfizieren, bleichen, scheuern, kämmen. Haut und die Kleider wurden mit wohlriechenden Ölen eingerieben. Alles andere mit konservierenden Ölen. Augen, Nase, Ohren und Mund wurden durch Spülungen gesäubert. Dann war es Zeit für die Pumpe.

Dies war der Augenblick, in dem Tehol nach draußen stolperte, um ein wenig frische Luft zu schnappen.

Im Osten wurde der Himmel bereits hell; die weniger vernünftigen Bewohner der Stadt waren schon auf und begaben sich auf die Straße. Wagen klapperten über Pflastersteine. Irgendwo krähte ein Hahn – doch sein überschwängliches Gekrähe wurde schlagartig abgewürgt. Ein Hund bellte glücklich.

Schritte, die rechts von Tehol Halt machten. »Ihr seid immer noch hier?«

»Oh, Selushs Helfer. Und wie geht es dir an diesem grässlichen Morgen, Padderunt?«

Der alte Mann zog immer ein säuerliches Gesicht, doch bei Tehols höflicher Frage schien es geradezu in ein einziges faltiges Durcheinander zu implodieren. »Wie es mir geht? Ich bin müde! Ich habe nicht geschlafen! So geht's mir, verdammte Schlange! Sind sie immer noch da drin? Das ist vergebliche Liebesmüh, sage ich. Vergebliche Liebesmüh. Genau wie bei Euch, Tehol Beddict. Ich habe Eure Mutter gekannt – was würde sie sagen, wenn sie Euch jetzt sehen könnte?«

»Du hast ihren Leichnam gekannt, du alter Narr. Vorher waren wir dir noch nie begegnet.«

»Glaubt Ihr etwa, sie hätte mir nicht alles über sich erzählt? Glaubt Ihr, ich kann nicht sehen, was es zu sehen gibt? Die Seele im Inneren formt den Körper. Oh ja, sie hat zu mir gesprochen.«

Tehol zog die Brauen hoch. »Die Seele im Innern formt den Körper?« Er starrte auf das runzlige Pflaumengesicht hinunter, das düster zurückstarrte. »Gute Güte.«

»Oh, das ist mal eine beißende Entgegnung, was? Nur zu wahr, da sieht man, was passiert, wenn ein anständiger Mann keinen Schlaf bekommt!«

Ein kleiner Tontopf zerbarst auf den Pflastersteinen zwischen ihnen, gefolgt von einem wütenden Schrei aus einem der Fenster im gegenüberliegenden Gebäude.

»Da!«, rief Padderunt und hielt sich mit einer Hand den Kopf, während er im Kreis herumstolperte. »Ihr macht aus unseren Nachbarn gewalttätige Feinde! Aber Ihr lebt ja auch nicht hier, nicht wahr?«

»Beruhige dich«, sagte Tehol. »Und für den Fall, dass du es vergessen hast: Ich hatte dich einfach nur gefragt, wie es dir heute Morgen geht. Deine Antwort hätte eigentlich genauso geistlos und unbestimmt ausfallen müssen. Wenn ich eine Liste deiner Unpässlichkeiten hätte haben wollen … nun, das wollte ich aber nicht. Wer würde so was schon wollen? Ich hatte eine harmlose, höfliche Antwort erwartet, Padderunt, keine üblen Beschimpfungen.«

»Ach, tatsächlich? Nun, woher hätte ich das wissen sollen? Kommt, hier ganz in der Nähe gibt es einen Ort, an dem es tolle Getreidekuchen gibt. Und Rostlaubtee, der Tote aufwecken kann.«

Die beiden gingen nebeneinander die Straße entlang.

»Hast du es versucht?«, fragte Tehol.

»Was versucht?«

»Tote mit Rostlaubtee aufzuwecken.«

»Es hätte eigentlich klappen müssen.«

»Aber es hat leider nicht geklappt.«

»Es hätte aber klappen müssen. Das Zeug lässt das Herz doppelt so schnell schlagen und sorgt dafür, dass man alles wieder hochbringt, was man im Magen hat.«

»Ich kann es kaum erwarten.«

»Nur bis Ihr Euch daran gewöhnt habt. Außerdem ist es auch ein gutes Mittel gegen Insekten. Spritzt es einfach auf den Fußboden und in Risse und Spalten und so. Ich kann es gar nicht genug empfehlen.«

»Die meisten Menschen rauchen Rostlaub und kochen keinen Tee daraus.«

»Barbaren. Wir sind da. Ihr bezahlt, in Ordnung?«

»Und womit?«

»Dann lass ich es auf Selush anschreiben, was bedeutet, dass Ihr es einfach nur später bezahlen müsst.«

»Gut.«

Shurq Elalle stand vor dem langen, silbernen Spiegel. Instinktiv schätzte sie den Wert des ganzen Silbers, bevor sie sich schließlich auf ihr Spiegelbild konzentrierte. Ihre Haut hatte eine gesunde Blässe, ihre Wangen glühten vor Vitalität. Ihre Haare waren sauber und zum ersten Mal seit vielen Jahren geschnitten worden, und sie dufteten nach einem Hauch von Patschuli. Das Weiße ihrer Augen war klar, und in ihren Pupillen spiegelte sich ein feuchter Schimmer.

Ihre aus verfaultem Leder und Leinen bestehende alte Kleidung war durch schwarze Seide unter einer kurzen, schwarzen Kalbslederjacke ersetzt worden. Ein neuer Waffengürtel, braune Beinlinge und hochschäftige Stiefel. Enge Lederhandschuhe. »Ich sehe aus wie eine Hure.«

»Aber nicht unbedingt wie eine alte Hure, stimmt's?«, sagte Selush.

»Stimmt. Ich werde dein Geld nehmen und dich dann umbringen – so sehe ich aus.«

»Da draußen gibt es eine Menge Männer, die auf so was stehen, müsst Ihr wissen.«

»Umgebracht zu werden?«

»Absolut. Jedenfalls hat er mir überzeugend dargelegt, dass das nicht Euer Beruf war. Obwohl ich vermute, dass Ihr geneigt sein könntet, mal etwas Neues auszuprobieren. Aber mal ganz nebenbei – wie fühlt sich eigentlich die Uhtuhluh an?«

»Hungrig. Kann ich sie nicht mit ... äh ... etwas anderem füttern?«

Selushs Augen schienen Funken zu sprühen. »Experimentieren, das ist der wahre Geist!«

Manche Kommentare, dachte die untote Frau, verdienten keine Antwort.

Shurq Elalle spannte die Muskeln an, die es ihr erlauben würden, Luft zu holen – sie waren lange nicht benutzt worden, und es war ein merkwürdiges Gefühl, ganz schwach und entfernt zu spüren, wie die Luft durch ihre Kehle strich und ihre Brust ausfüllte. Nach der Pumpe hatte es Infusionen gegeben. Die Luft, die sie ausatmete, roch nach Zimt und Myrrhe. Besser als jeden Tag Flussschlamm.

»Eure Arbeit ist annehmbar«, sagte sie.

»Nun, das ist aber eine Erleichterung! Es dämmert gleich, und ich habe Hunger. Sollen wir gleich einmal ausprobieren, wie Ihr Euch macht, meine Liebe? Ich nehme an, Tehol und mein Gehilfe sind in der nächsten Taverne und frühstücken. Lasst uns zu ihnen gehen.«

»Ich dachte, ich sollte nichts essen und trinken?«

»Nein, aber Ihr könnt Eindruck machen und liebäugeln, oder?«

Shurq starrte die Frau an.

Selush lächelte. Dann klimperte sie mit den Wimpern und drehte sich um. »Wo ist mein Schal?«

Kuru Qan war gegangen und mit zwei Helfern zurückgekehrt, die Brys zurück in die Gemächer des Ceda trugen, wo er auf eine Bank gelegt und genötigt wurde, verschiedene Flüssigkeiten zu trinken und etwas zu essen. Trotzdem kehrten seine Kräfte nur langsam zurück, und er lag noch immer flach auf dem Rücken, den Kopf auf einem Kissen, als die Tür sich öffnete und der Erste Eunuch Nifadas den Raum betrat.

Seine kleinen Augen glitzerten, als er auf Brys herunterblickte. »Kämpe des Königs, geht es Euch gut genug, um Euren König zu treffen? Er wird binnen weniger Augenblicke hier sein.«

Brys versuchte angestrengt, sich etwas mehr aufzurichten. »Das ist bedauerlich. Ich bin im Augenblick nicht in der Verfassung, meine Aufgabe …«

»Macht Euch darum keine Sorgen, Finadd. Euer König will sich nur vergewissern, dass Ihr Euch von Eurer Prüfung erholen werdet. In dieser Hinsicht bewegt Ezgara Diskanar aufrichtige Sorge. Bitte, bleibt, wo Ihr seid. Ich habe Euch noch nie so blass gesehen.«

»Etwas hat ihm das Blut ausgesaugt«, meinte Kuru Qan, »aber er will mir nicht sagen, was es war.«

Nifadas schürzte die Lippen, während er Brys musterte. »Ich kann mir nicht vorstellen, dass ein Gott so etwas tun würde.«

»Mael war nicht da, Erster Eunuch«, sagte Brys. »Die Tiste Edur haben etwas anderes gefunden und in ihre Dienste gezwungen.«

»Könnt Ihr uns sagen, was für ein Ding das ist?«

»Ein vergessener Gott – mehr weiß ich auch nicht. Ich weiß nichts über ihn, kenne auch das volle Ausmaß seiner Macht nicht. Er ist alt – älter als der Ozean. Wer auch immer ihn verehrt haben mag, war nicht menschlich.«

Von der Tür her erklang eine Stimme. »Ich gehe viel zu sorglos mit meinen guten Mitarbeitern um. Auch wenn der Abtrünnige mir bis jetzt die schlimmsten Folgen erspart hat, wofür ich ihm überaus dankbar bin.«

Kuru Qan und Nifadas verbeugten sich tief, als Ezgara Diskanar den Raum betrat. Auch wenn der König in seinem sechsten Lebensjahrzehnt war, wirkten seine Gesichtszüge immer noch erstaunlich jugendlich. Er war mittelgroß und eher schlank, und seine Gesten verrieten eine nervöse Energie. Die Knochen unter seinen Gesichtszügen waren klar definiert und etwas unsymmetrisch, wofür ein Zwischenfall mit einem schlecht gelaunten Pferd in seiner Kindheit verantwortlich war. Der rechte Wangenknochen und Brauenbogen waren flacher und saßen etwas höher als ihre Gegenstücke auf der linken Seite, so dass das Auge auf besagter Seite größer und runder wirkte. Es war ein schlecht funktionierendes Auge und hatte die Tendenz, unabhängig abzuschweifen, wenn Ezgara wütend oder müde war. Die Heiler hätten den Schaden in Ordnung bringen können, doch der König hatte es ihnen untersagt – sogar als Kind war er eigensinnig und halsstarrig gewesen und hatte sich nicht im Geringsten um seine äußere Erscheinung geschert.

Ein weiterer Beweis für diese Haltung fand sich in seiner bescheidenen Kleidung, die besser zu einem Bürger auf dem Markt als zu einem König zu passen schien.

Brys schaffte es trotz seiner halb liegenden Positionen, leicht den Kopf zu neigen. »Ich bitte um Entschuldigung, Euer Hoheit.«

»Dessen bedarf es nicht, Finadd«, unterbrach ihn Ezgara Diskanar und wedelte mit einer Hand. »In Wirklichkeit bin ich es, der sich bei Euch entschuldigen muss. Unangenehme Aufgaben, die Euch von Euren offiziellen Tätigkeiten fern halten. Ich habe Eure Loyalität bitter missbraucht, mein junger Kämpe. Und Ihr musstet darunter leiden.«

»Ich werde mich wieder erholen, Majestät.«

Ezgara lächelte und blickte dann die anderen im Raum an. »Nun, dies ist eine mörderische Zusammenkunft, nicht wahr? Wir sollten erleichtert sein, dass mein teures Weib im Moment besinnungslos unter einem erschöpften Galan liegt, so dass selbst die Spione, denen sie am meisten vertraut, es nicht wagen, zu ihr zu gehen und ihr über dieses Treffen zu berichten. Und wenn es dann schließlich doch geschieht, wird es hoffentlich schon viel zu spät sein.«

»Mein König«, meldete sich Nifadas zu Wort, »ich werde der Erste sein, der geht, wenn Ihr gestattet. Die Stunde meiner Abreise aus der Stadt rückt rasch näher, und meine Vorbereitungen sind noch längst nicht abgeschlossen.«

Ezgaras schiefes Lächeln wurde breiter. »Erster Eunuch, Eure Sorgfalt in derartigen Dingen ist legendär, weswegen ich Euren Behauptungen skeptisch gegenüberstehe. Nichtsdestotrotz dürft Ihr Euch entfernen, und wenn auch nur, damit Ihr sicherstellen könnt, dass Eure Spione hellwach sind, wenn *ihre* Spione ihr Bericht erstatten, so dass sie ihrerseits Euch berichten können und Ihr dann mir berichten könnt. Obwohl ich keine Ahnung haben werde, was ich mit diesem Wissen anfangen sollte, angesichts der Tatsache, dass das Ereignis, welches diese Flut von Berichten in Gang setzen wird, kein anderes ist als das, welches sich jetzt gerade hier in diesem Raum ereignet.«

Nifadas verneigte sich. »Bei diesem Tanz darf niemand ruhen, Majestät, wie Ihr sehr wohl wisst.«

Das Lächeln des Königs wurde angespannter. »Das weiß ich tatsächlich nur zu gut, Erster Eunuch. Dann also fort mit Euch.«

Brys sah Nifadas hinterher. Sobald die Tür sich wieder geschlossen hatte, wandte der König sich an Kuru Qan. »Ceda, der Kanzler bringt immer noch Einwände gegen die Teilnahme von Gerun Eberict an der Delegation vor. Seine Argumente sind überzeugend.«

»Er fürchtet um das Leben Eures Sohnes, Eure Hoheit.«

Ezgara nickte. »Und hat die Selbstbeherrschung des Finadd so sehr nachgelassen, dass er meinen Erben tatsächlich ermorden könnte?«

»Man kann nur hoffen, dass dem nicht so ist, Eure Majestät.«

»Könnt Ihr Euch vorstellen, dass meinem Sohn klar ist, welches Risiko er eingeht und dass er daher mit Zurückhaltung und Anstand agieren wird?«

»Prinz Quillas ist über die Gefahren unterrichtet worden«, erwiderte Kuru Qan vorsichtig. »Er hat seine vertrauenswürdigsten Leibwächter um sich geschart, unter dem Befehl von Moroch Nevath.«

»Vermutlich fühlt Moroch sich der Aufgabe gewachsen, das Leben seines Prinzen zu verteidigen.« Bei diesen Worten drehte Ezgara sich um und heftete einen neugierigen Blick auf Brys.

»Moroch ist überaus geschickt, Majestät«, sagte Brys Beddict einen Augenblick später. »Ich würde wetten, dass er Vorkoster vor dem Prinz aufgereiht hat, und Magier, die jede Menge Schutzzauber beherrschen.«

»Was Letzteres betrifft, Eure Hoheit«, sagte Kuru Qan, »so kann ich das bestätigen. Ich habe ein paar begabte Schüler an die Königin verloren.«

»So suchen wir also ein Gleichgewicht der Bedrohung zu erlangen«, sagte Ezagara Diskanar, »und vertrauen auf die Weisheit der Spieler. Sollte allerdings eine Partei sich zum Handeln entscheiden, wird sich die Geschichte schnell entwickeln.«

»Das stimmt, Majestät.«

»Finadd Brys Beddict, ist Moroch Nevath in der Lage, zur Zurückhaltung zu raten?«

»Ich glaube schon, Majestät.«

»Bleibt allerdings noch die Frage,« fuhr Ezgara fort, »ob mein Sohn in der Lage ist, einen solchen Rat anzunehmen.«

Weder der Ceda noch Brys gaben eine Antwort.

Ihr König beäugte sie beide mehrere Herzschläge lang, schließlich richtete er seine Aufmerksamkeit wieder auf Brys. »Ich freue mich auf den Augenblick, da Ihr Euren Dienst wieder antreten könnt, Kämpe, und bin erleichtert, dass Ihr Euch von Euren Abenteuern erholt.«

Ezgara Diskanar verließ das Zimmer. Auf der Türschwelle sagte er, ohne dabei innezuhalten oder sich gar umzudrehen: »Ich glaube, Gerun Eberict wird sein eigenes Gefolge noch etwas verkleinern müssen.«

Die Tür wurde von einem der Diener Kuru Qans geschlossen, so dass die beiden Männer allein zurückblieben. Der Ceda warf Brys einen Blick zu und zuckte dann die Schultern.

»Wenn das Nötige eine unvergängliche Tugend wäre …«, wagte Brys anzumerken.

»Wäre unser König ein Gott«, beendete Kuru Qan den Satz und nickte. »Und auf dieser Grundlage riskieren wir jetzt unser Leben.« Die Linsen, die seine Augen bedeckten, blitzten im Licht auf. »Eine merkwürdige Feststellung zu diesem Zeitpunkt. Äußerst weitblickend, glaube ich. Brys Beddict, werdet Ihr mir jetzt mehr über Eure Reise erzählen?«

»Nur, dass ich versucht habe, ein altes Unrecht wieder gutzumachen und dass in Folge dessen die Tiste Edur nicht mehr in der Lage sein werden, einen weiteren vergessenen Gott zu binden.«

»Dann war es also der Mühe wert.«

»Das hoffe ich.«

»Was sagen die alten Hexen auf dem Marktplatz immer? ›Das Ende der Welt wird mit einem freundlichen Wort angekündigt.‹«

Brys zuckte zusammen.

»Natürlich«, fuhr der Ceda zerstreut fort, »benutzen sie das nur als Entschuldigung, um grob zu neugierigen alten Männern zu sein.«

»Sie haben noch ein anderes Sprichwort, Ceda«, sagte Brys einen Augenblick später. »›Die Wahrheit verbirgt sich in farblosen Gewändern.‹«

»Das sind doch bestimmt nicht die gleichen Hexen? Und wenn doch, sind sie allesamt die größten Lügnerinnen der Welt!«

Brys lächelte bei dem Scherz. Doch in seinem Mund war plötzlich der Geschmack von Asche, und er zitterte innerlich vor einem ersten Hauch von Furcht.

Kapitel Sieben

Ihr seht nichts als Fleisch
in den gewirkten Intrigen
die jeden Tanz besticken
mit Mustern des Aufgehens –
das Ritual unserer Tage
unsere Leben verziert
mit kostbarer Bedeutung
als stünden wir ungeschützt
vor Tischen, schwer mit Mahlzeiten beladen
und Wandbehänge unter der Last
einfacher Taten
sind alles, was uns ruft
und alles, was wir anrufen
als würde blutig angeschwollenes Fleisch
von etwas anderem als Not getrieben.
Doch mein Blick ist nicht so
gesegnet, und was ich sehe
sind Knochen in geisterhafter Bewegung,
die Knochen, welche die
Sklaven sind, und sie weben
die feste Welt unter deinen Füßen
bei jedem Schritt, den du machst.

Sklaven darunter
Fisher kel Tath

Freisprecherin Seren Pedac schaute den Kindern der Edur zu, die unter den geweihten Bäumen spielten. Die Schatten, die sich in der schwarzen Rinde der Stämme wanden, waren ein chaotischer Wirbel aus Bewegung, der die Kinder umgab, ihnen aber nicht die geringste Beachtung schenkte. Aus irgendeinem unbeschreiblichen Grund fand sie das Nebeneinander dieser beiden Dinge entsetzlich.

Vor vielen Jahren hatte sie kleine Nerek inmitten der verstreuten Knochen ihrer Vorfahren spielen sehen, und das hatte sie mehr erschüttert alle Schlachtfelder, die sie je zu Gesicht bekommen hatte. Die Szene jetzt brachte etwas Ähnliches in ihr zum Klingen. Sie war hier, im Dorf des Hexenkönigs, und inmitten all dieser Leute, inmitten all der Bewegung und der Stimmen, die die Luft erfüllten, fühlte sie sich verloren und allein.

Der heilige Hain wurde von einem breiten Gehweg umgeben; der Schlamm war mit zottigen Streifen zerfetzter Rinde bedeckt, und am Rande gab es Baumstämme, die grob zu Bänken geschnitzt worden waren. Zehn Schritt links von Seren saß Hull Beddict, die Unterarme auf den Knien, den Kopf in die Hände gestützt, und starrte zu Boden. Er hatte sich schon einige Zeit weder bewegt noch etwas gesagt, und auch die nüchterne Belanglosigkeit ihrer Grußworte hallte, bis auf einen Hauch von Traurigkeit, der in ihrem Schweigen hing, nicht mehr zwischen ihnen nach.

Abgesehen davon, dass sie ihnen – ebenso wie Buruk dem Bleichen – Unterkünfte bereitgestellt hatten, beachteten die Tiste Edur die beiden Fremden in ihrer Mitte nicht weiter. Das erste Treffen mit Hannan Mosag sollte heute Abend stattfinden, dabei waren sie bereits seit fünf Tagen hier. Normalerweise konnte man mit einer Wartezeit von ein oder zwei Tagen rechnen. Es war offensichtlich, dass der Hexenkönig ihnen mit dieser beispiellosen Verzögerung eine Botschaft zukommen ließ.

Eine weitaus unheilvollere Warnung stellte die Anwesenheit so vieler Edur aus anderen Stämmen dar, die jetzt in diesem Dorf wohnten. Sie hatte Arapay, Merude, Beneda und Sollanta inmitten der heimischen Hiroth gesehen. Die Den-Ratha, die in den nördlichsten Regionen der Edur-Lande lebten, verließen ihr Gebiet nur höchst widerwillig. Doch auch so wurde deutlich genug, dass die Stämme wirklich vereinigt waren, womit eine Tatsache, von der sie bisher nur gehört hatte, auf eine Art und Weise bestätigt wurde, die sie frösteln machte. Die spaltenden Schwächen von früher waren verschwunden. Alles hatte sich verändert.

Die Nerek hatten die Wagen bis dicht an das Gästehaus herangezogen und kauerten sich jetzt darunter; sie hatten Angst davor, das Dorf zu betreten. Die Tiste Edur hatten eine besondere Art, durch diejenigen, die sie für gering erachteten, einfach hindurchzusehen. Dies erschreckte die Nerek in gewisser Weise, als könnte das Gefühl für ihre eigene Existenz durch die Gleichgültigkeit der Edur Schaden nehmen. Seit ihrer Ankunft schienen sie dahinzuwelken; sie waren taub für Buruks Ermahnungen, kaum mehr bereit, etwas zu essen. Seren hatte sich aufgemacht, nach Hull zu suchen, in der Hoffnung, ihn überreden zu können, mit den Nerek zu sprechen.

Als sie ihn fand, kam sie nicht umhin, sich zu fragen, ob er unter einer ähnlichen schwächenden Dunstglocke wie die Nerek hockte. Hull Beddict wirkte alt, als hätte das Ende der Reise einen hohen Preis von ihm gefordert, und dabei warteten noch schwerere Bürden auf ihn.

Seren Pedac wandte den Blick von den spielenden Kindern ab und ging zu der Bank, auf der Hull saß. Männer waren schnell damit bei der Hand, ihre Mauern zu errichten und sie dann starrsinnig zu verteidigen, doch jetzt hatte sie genug. »Die Nerek werden verhungern, wenn du nichts tust.«

Es gab keinerlei Anzeichen, dass er ihre Worte gehört hatte.

»Na toll«, knurrte sie. »Was sind schon ein paar tote Nerek mehr auf deiner Liste?«

Sie hatte ihn wütend machen wollen. Hatte einen Ausbruch erwartet, hatte ihn mit ihren Worten verletzen wollen, und wenn nur, um sich davon zu überzeugen, dass in seinen Adern immer noch Blut floss. Doch auf ihre boshaften Worte hin, hob er nur den Kopf und lächelte sie sanft an. »Seren Pedac, die Nerek erwarten, von den Tiste Edur willkommen geheißen zu werden, genau wie wir – obwohl wir Letherii den seelischen Schaden, den uns die Edur zufügen wollen, weitaus weniger deutlich wahrnehmen. Unsere Haut ist eben ziemlich dick …«

»Das kommt von unserer Fixierung auf unser sogenanntes unfehlbares Schicksal«, antwortete sie. »Was ist damit?«

»Ich hatte angenommen«, sagte er, und sein Lächeln verschwand, »dass die Dicke unseres … Panzers nichts weiter als eine Illusion ist. Große Töne und selbstgerechte Arroganz, die eine tief sitzende Unsicherheit überdecken sollen. Und dass wir in einer dauerhaften Krise leben, da das Schicksal, zu dem wir uns selbst bekennen, viele Masken trägt, von denen keine einzige wirklich passt …«

»Wie sollen sie auch, wenn sie nach einem Idealbild gestaltet wurden, Hull?«

Er zuckte die Schultern und senkte den Blick, schien seine Hände anzustarren. »Aber in vielerlei Hinsicht ist unser Panzer tatsächlich dick. Taub für Zwischentöne, blind für Schattierungen. Deshalb sind wir immer so misstrauisch, wenn es um feinsinnige Dinge geht, besonders, wenn sie von Fremden zur Schau gestellt werden, von Außenseitern.«

»Wir Letherii haben unsere eigenen betrügerischen Spiele«, sagte Seren. »Du malst ein Bild von stümperhaften Narren …«

»Was wir in vielerlei Hinsicht auch sind«, erwiderte er. »Oh, wir vergegenwärtigen uns unsere Ziele klar und deutlich. Aber wir übersehen die Tatsache, dass jeder Schritt, den wir auf diese Ziele zu machen, irgendjemanden zermalmt, irgendwo.«

»Selbst unsere eigenen Leute.«

»Ja, auch das gibt es.« Er erhob sich, und Seren Pedac war einmal mehr beeindruckt von seiner Größe. Ein großer, gebrochener Mann. »Ich werde mich bemühen, die missliche Lage der Nerek zu verbessern. Aber es liegt bei den Tiste Edur, die richtige Antwort zu geben.«

»Sehr gut.« Sie trat zurück und drehte sich um. Die Kinder spielten noch immer inmitten der verlorenen Schatten. Sie hörte, wie Hull davonging, lauschte seinen Schritten, die sich auf den Holzschnitzeln entfernten.

Sehr gut.

Sie begab sich ins Dorf, ging die Hauptstraße entlang, über die Brücke, die durch offene Tore in den inneren Bezirk führte, wo die adligen Hiroth ihre Häuser hatten. Dahinter lag Hannan Mosags Langhaus. Seren Pedac blieb auf der großen Lichtung gleich innerhalb der Palisade stehen. Es waren keine Kinder zu sehen, nur Sklaven, die mit ihren niederen Arbeiten beschäftigt waren, und ein halbes Dutzend Edur, die sich mit einer Vielzahl unterschiedlicher Waffen übten. Keiner nahm Notiz von der Freisprecherin, zumindest nicht erkennbar, obwohl sie sicher war, dass ihre Ankunft heimlich beobachtet worden war und man genau darauf achten würde, wo sie hinging.

Zwei Letherii-Sklaven gingen unweit von ihr vorbei, ein mit Muscheln prall gefülltes Netz zwischen sich. Seren trat zu ihnen.

»Ich möchte mit einer würdigen Dame der Edur sprechen.«

»Sie kommt schon«, antwortete einer der beiden, ohne sie anzublicken.

Seren drehte sich um.

Die Edur, die auf sie zukam, wurde von Bediensteten begleitet. Sie sah jung aus, doch das war bei den Edur schwer zu beurteilen. Und attraktiv, doch das wiederum war nicht ungewöhnlich. Sie trug ein langes Gewand aus mitternachtsblau gefärbter Wolle; Muster aus Goldfäden schmückten die Ärmelaufschläge. Ihre langen, glatten, braunen Haare waren nicht zusammengebunden.

»Freisprecherin«, sagte sie in der Sprache der Edur, »habt Ihr Euch verirrt?«

»Nein, meine Dame. Ich wollte mit Euch sprechen; es geht um die Nerek.«

Schmale Augenbrauen hoben sich in dem herzförmigen Gesicht. »Mit mir?«

»Mit einer Edur«, erwiderte Seren.

»Ach. Und was wünscht Ihr zu sagen?«

»Solange die Edur den Nerek kein förmliches Willkommen gewährt haben, hungern sie und leiden seelische Qualen. Ich wollte Euch bitten, dass Ihr Euch ihrer erbarmt.«

»Ich bin mir sicher, das ist nichts weiter als ein Versehen, Freisprecherin. Findet nicht gerade heute Abend Eure Audienz beim Hexenkönig statt?«

»Ja. Aber das ist keine Gewähr, dass wir in diesem Zusammenhang zu Gästen erklärt werden, oder?«

»Ihr verlangt eine besondere Behandlung?«

»Nicht für uns. Für die Nerek.«

Die Frau musterte sie einige Zeit und sagte dann: »Sagt mir, wenn Ihr wollt, wer oder was sind diese Nerek?«

Ein halbes Dutzend Herzschläge verstrich, während Seren sich krampfhaft bemühte, sich auf diese unerwartete Unwissenheit einzustellen. Unerwartet, sagte sie sich, aber nicht vollkommen überraschend – sie war einfach ihren eigenen Vermutungen zum Opfer gefallen. Es schien, als wäre die Selbstbezogenheit der Letherii nicht einzigartig. Oder, was das anging, ihre Arroganz. »Ich bitte um Entschuldigung, meine Dame ...«

»Ich heiße Mayen.«

»Ich bitte um Entschuldigung, Mayen. Die Nerek sind die Diener von Buruk dem Bleichen. Ihr Status ist dem Eurer Sklaven vergleichbar. Sie gehören zu einem Stamm, der vor einiger Zeit von Lether aufgenommen wurde, und sie arbeiten jetzt für uns, um ihre Schulden zu begleichen.«

»Sich den Letherii anzuschließen hat Schulden zur Folge?«

Seren kniff die Augen zusammen. »Nicht dire..., nicht grundsätzlich, Mayen. Es waren ... außergewöhnliche Umstände.«

»Ja, natürlich. So etwas kommt vor, nicht wahr?« Die Edur führte eine Fingerspitze an die Lippen und schien dann zu einer Entscheidung zu kommen. »Dann bringt mich also zu diesen Nerek, Freisprecherin.«

»Wie bitte? Jetzt gleich?«

»Ja. Je eher ihre Gemüter erleichtert werden, desto besser. Oder habe ich Euch missverstanden?«

»Nein.«

»Für diese bemitleidenswerten Stammesleute wird vermutlich der Segen eines – oder einer – beliebigen Edur ausreichen. Und ich kann nicht erkennen, wie es Einfluss auf die Verhandlungen des Hexenkönigs mit Euch haben könnte. Tatsächlich bin ich mir sicher, dass es das nicht haben wird.« Sie wandte sich an eine ihrer Letherii-Sklavinnen. »Federhexe, sag bitte Uruth Sengar Bescheid, dass ich etwas später kommen werde, aber versichere ihr, dass es nicht lange dauern wird.«

Die junge Frau namens Federhexe verbeugte sich und eilte in Richtung eines Langhauses davon. Seren starrte ihr einen Moment lang hinterher. »Mayen, wenn ich fragen darf, wer hat ihr diesen Namen gegeben?«

»Federhexe? Es ist ein Letherii-Name, oder? Die Letherii, die bei uns als Sklaven und Sklavinnen geboren werden, erhalten ihren Namen von ihrer Mutter. Oder von ihrer Großmutter, wie auch immer es bei Eurem Volk gehandhabt wird. Ich habe mir noch nicht sonderlich viel Gedanken darum gemacht. Wieso?«

Seren zuckte die Schultern. »Es ist ein alter Name, das ist alles. Ich habe ihn schon lange nicht mehr gehört – und wenn, dann nur in geschichtlichen Zusammenhängen.«

»Wollen wir gehen, Freisprecherin?«

Udinaas saß auf einem niedrigen Schemel in der Nähe des Eingangs und schuppte einen Korb getrockneter Fische. Seine Hände waren nass, rot und rissig von der Salzpaste, in die die Fische eingelegt worden waren. Er hatte die Ankunft der Freisprecherin beobachtet, dann Mayens Abstecher mit seinen Blicken verfolgt, und jetzt sah er Federhexe näher kommen. Sie machte ein besorgtes Gesicht.

»Schuldner«, bellte sie ihn an, »ist Uruth da drin?«

»Das ist sie, aber du musst warten.«

»Warum?«

»Sie spricht mit den adligen Witwen. Sie sind schon einige Zeit da, und nein, ich weiß nicht, worum es geht.«

»Und du bildest dir ein, ich hätte dich gefragt?«

»Wie sind deine Träume, Federhexe?«

Sie erbleichte und schaute sich um, als würde sie nach einem anderen Ort Ausschau halten, an dem sie warten könnte. Doch es hatte leicht zu regnen begonnen, und unter dem vorstehenden Dach des Langhauses war man im Trockenen. »Du weißt nichts von meinen Träumen, Schuldner.«

»Wie soll das möglich sein? In ihnen kommst du jede Nacht zu mir. Wir sprechen miteinander, wir beide. Wir streiten. Du verlangst Antworten von mir. Du verfluchst den Ausdruck in meinen Augen. Und schließlich fliehst du.«

Sie sah ihn nicht an. »Du kannst nicht da sein. In meinem Geist«, sagte sie. »Du bist nichts für mich.«

»Wir sind einfach nur Gefallene, Federhexe. Du, ich, die Geister. Wir alle. Wir sind der Staub, der um die Knöchel der Eroberer wirbelt, während sie dem Ruhm entgegenschreiten. Mit der Zeit werden wir von ihrem unablässigen Schlurfen vielleicht so hoch aufgewirbelt, dass wir sie ersticken, aber das ist eine armselige Rache, meinst du nicht auch?«

»Du sprichst nicht mehr, wie du früher gesprochen hast, Udinaas. Ich weiß nicht mehr, wer aus deinem Mund spricht.«

Er schaute nach unten auf seine von Schuppen verschmierten Hände. »Was soll ich darauf antworten? Bin ich unverändert? Wohl kaum. Aber bedeutet das, dass die Veränderungen nicht aus mir kommen? Ich habe für dich gegen die Weiße Krähe gekämpft, Federhexe. Ich habe dich ihrem Griff entrissen, und alles, was du jetzt tust, ist mich zu verfluchen?«

»Glaubst du etwa, es gefällt mir, dass ich dir mein Leben verdanke?«

Er zuckte zusammen, schaffte es aber zu lächeln, als er wieder aufblickte und sie dabei ertappte, wie sie ihn musterte – obwohl sie auch dieses Mal sofort wegschaute. »Oh, jetzt verstehe ich. Du hast festgestellt, dass du mir … etwas schuldest.«

»Falsch«, zischte sie. »Uruth hätte mich gerettet. Du hast überhaupt nichts getan – außer, einen Narren aus dir zu machen.«

»Sie wäre zu spät gekommen, Federhexe. Und du beharrst darauf, mich weiter Schuldner zu nennen, weil du glaubst, wenn du es nur oft genug sagst, würde es deine Schuld …«

»Sei still! Ich will nichts mit dir zu tun haben!«

»Du hast keine andere Wahl. Wenn du allerdings noch ein bisschen lauter sprichst, werden unsere Köpfe bald draußen vor den Wällen auf einer Pike stecken. Was wollte die Freisprecherin von Mayen?«

Sie trat unruhig von einem Bein aufs andere, zögerte kurz und sagte dann: »Ein Willkommen für die Nerek. Sie sterben.«

Udinaas schüttelte den Kopf. »Dieses Geschenk muss der Hexenkönig machen.«

»Das glaubst du, doch Mayen hat angeboten, es an seiner statt zu tun.«

Seine Augen weiteten sich. »Das hat sie getan? Hat sie den Verstand verloren?«

»Leise, du Idiot!« Federhexe kauerte sich ihm gegenüber hin. »Die bevorstehende Hochzeit ist ihr zu Kopf gestiegen. Sie tut, als wäre sie eine Königin und ist unerträglich geworden. Und jetzt will sie die Nerek segnen …«

»Segnen?«

»Das hat sie gesagt, ja. Ich glaube, sogar die Freisprecherin war verblüfft.«

»Seren Pedac, oder?«

Federhexe nickte.

Beide schwiegen einen Moment, dann sagte Udinaas: »Was, glaubst du, wird solch ein Segen bewirken?«

»Wahrscheinlich nichts. Die Nerek sind ein gebrochenes Volk. Ihre Götter sind tot, die Geister ihrer Vorfahren in alle Winde zerstreut. Oh, ein oder zwei Geister mögen vielleicht zur neu geweihten Erde gezogen werden …«

»Das könnte der Segen einer Edur bewirken? Er könnte den Boden weihen?«

»Vielleicht. Ich weiß es nicht. Aber es könnte etwas gebunden werden. Schicksale. Es hängt von der Reinheit von Mayens Geblüt ab, von allem, was sie in ihrem Leben erwartet, davon, ob sie noch …« Federhexe machte eine ärgerliche Geste und presste die Lippen zusammen.

Davon, ob sie noch Jungfrau ist. Aber wieso sollte das in Frage stehen? Sie ist noch nicht verheiratet, und die Edur verstoßen nicht gegen solche Regeln. »Wir beide haben über diese Dinge nicht miteinander gesprochen«, sagte Udinaas. »Ich habe zu dir gesagt, dass du warten musst, denn das wird von mir erwartet. Du hattest keine

Veranlassung anzunehmen, Mayens Botschaft könnte dringend sein. Wir sind Sklaven, Federhexe. Wir denken nicht selbst. Und von den Edur und ihrer Lebensweise wissen wir so gut wie nichts.«

Endlich blickte sie ihm in die Augen. »Ja.« Einen Herzschlag später fuhr sie fort: »Hannan Mosag trifft sich heute Abend mit den Letherii.«

»Ich weiß.«

»Buruk der Bleiche. Seren Pedac. Hull Beddict.«

Udinaas lächelte, doch es war ein freudloses Lächeln. »Sag mir, Federhexe, zu wessen Füßen werden die Fliesen geworfen werden?«

»Von diesen dreien? Das weiß allein der Abtrünnige, Udinaas.« Als hätte sie gespürt, dass sie ihm gegenüber weicher geworden war, machte sie plötzlich ein finsteres Gesicht und stand auf. »Ich werde mich da drüben hinstellen. Und warten.«

»Du hast vor, heute Nacht die Fliesen zu werfen, stimmt's?«

Sie gab es mit einem knappen Nicken zu, dann ging sie zur Ecke des Langhauses hinüber, bis dorthin, wo der stärker werdende Regen fiel.

Udinaas machte sich wieder daran, Fische zu schuppen. Er rief sich die Worte ins Gedächtnis, die er vor ein paar Herzschlägen selbst gesagt hatte. Die Gefallenen. *Wer folgt unseren Fußspuren, frage ich mich? Uns, die wir die Vergessenen sind, die Beeinträchtigten und die Unbeachteten. Auch wenn der Pfad der falsche ist, so wird er doch niemals willentlich gewählt. Die Gefallenen. Warum weint mein Herz um sie? Nicht um sie, sondern um uns, ganz gewiss. Ich werde zu ihnen gezählt. Sklaven, Leibeigene, namenlose Bauern und Arbeiter, die verschwommenen Gesichter in der Menge – nur ein Fleck in der Erinnerung, das Schlurfen von Füßen entlang der seitlichen Durchgänge der Geschichte.*

Kann man stehen bleiben, kann man sich umdrehen und die eigenen Augen zwingen, die Düsternis mit Blicken zu durchdringen? Und dann die Gefallenen sehen? Kann man jemals die Gefallenen sehen? Und wenn dem so ist – was für ein Gefühl kommt dann in diesem Augenblick auf?

Tränen liefen über seine Wangen und tropften auf seine wunden

Hände. Er kannte die Antwort auf diese Frage, sie bohrte sich scharf wie ein Messer tief in sein Inneres. Die Antwort lautete … Erkenntnis.

Hull Beddict trat an Seren Pedacs Seite, als Mayen fortging. Hinter ihnen sprachen die Nerek in ihrer Muttersprache miteinander, raue, harte Worte, angespannt und ungläubig. Regentropfen prasselten zischend in die Kochfeuer.

»Das hätte sie nicht tun sollen«, sagte Hull.

»Nein, hätte sie nicht«, stimmte Seren ihm zu. »Andererseits ist mir immer noch nicht ganz klar, was gerade geschehen ist. Es waren schließlich nur Worte … oder?«

»Sie hat sie nicht zu Gästen erklärt, Seren. Sie hat ihre Ankunft gesegnet.«

Die Freisprecherin warf einen Blick auf die Nerek, runzelte angesichts ihrer nervösen Gesichter die Stirn. »Wovon reden sie?«

»Sie benutzen den alten Dialekt – es sind ein paar Worte aus der Händlersprache dabei, die ich verstehe, aber viele andere verstehe ich nicht.«

»Ich wusste nicht, dass die Nerek zwei Sprachen haben.«

»Ihr Name wird in den Annalen der Ersten Landungen erwähnt«, sagte Hull. »Sie sind das einheimische Volk, dessen Gebiet den ganzen Süden umfasste. Es waren Nerek, die die ersten Schiffe näher kommen sahen. Nerek, die kamen, um die ersten Letherii zu begrüßen, die ihren Fuß auf diesen Kontinent setzten. Nerek, die mit ihnen Handel trieben, die den Kolonisten beibrachten, wie man in diesem Land lebt, die ihnen das Gegenmittel gegen die Hitzefieber gegeben haben. Sie sind schon lange, lange Zeit hier. Zwei Sprachen? Ich bin überrascht, dass es nicht tausend sind.«

»Nun«, sagte Seren Pedac nach einem Augenblick, »zumindest sind ihre Lebensgeister wieder erwacht. Sie werden essen und tun, was Buruk ihnen befiehlt …«

»Ja. Aber ich spüre eine neue Furcht – keine, die sie unfähig macht, aber ein Quell für besorgte Gedanken. Anscheinend begreifen nicht einmal sie die volle Bedeutung dieses Segens.«

»Dies hier war niemals ihr Land, oder?«

»Ich weiß es nicht. Die Edur behaupten natürlich, schon immer hier gewesen zu sein, seit der Zeit, da das Eis sich zum ersten Mal von der Welt zurückgezogen hat.«

»Ach ja, das hatte ich ganz vergessen. Ihr merkwürdiger Schöpfungsmythos. Echsen und Drachen und Eis, und ein verratener Gottkönig.«

Nach einem kurzen Moment warf sie ihm einen Blick zu und stellte fest, dass er sie anstarrte.

»Was ist los, Hull?«

»Woher weißt du diese Dinge? Es hat Jahre gedauert, bis Binadas solche Informationen preisgegeben hat, und dann in Form eines feierlichen Geschenks, nachdem wir uns aneinander gebunden hatten.«

Seren blinzelte. »Ich habe es irgendwo ... gehört. Nehme ich an.« Sie zuckte die Schultern, wischte sich Regenwasser aus dem Gesicht. »Alle haben irgendeinen Schöpfungsmythos. Normalerweise ziemlicher Unsinn. Oder aber tatsächliche Erinnerungen, vollkommen durcheinander geraten und getränkt mit Magie und Wundern.«

»Du tust diese Dinge erstaunlich leicht ab, Freisprecherin.«

»Und was glauben die Nerek?«

»Dass sie alle von einer einzigen Mutter geboren wurden, vor zahllosen Generationen, die das Feuer gestohlen hat und durch die Zeit gewandert ist und nach einer Antwort auf ein Bedürfnis gesucht hat, das sie verzehrt hat – obwohl sie nie herausgefunden hat, was für ein Bedürfnis es eigentlich war. Eines Tages hat sie auf ihrer Reise einen geheiligten Samen mitgenommen und so ein Mädchen geboren. Nach außen hin«, fuhr er fort, »hat sich das Kind kaum von seiner Mutter unterschieden, denn die Heiligkeit war verborgen und ist es bis zum heutigen Tag geblieben. In den Nerek, die die Nachkommen jenes Kindes sind.«

»Und auf diese Weise rechtfertigen die Nerek ihr seltsames Patriarchat.«

»Vielleicht«, räumte Hull ein, »obwohl die weibliche Linie als die reinste angesehen wird.«

»Und hat die Mutter dieser ersten Mutter einen Namen?«

»Oh, du hast die wirre Verschmelzung der beiden bemerkt, als ob es Rollen statt unterschiedlicher Einzelwesen wären. Mädchen, Mutter und Großmutter, ein Voranschreiten durch die Zeit …«

»Das die Plackerei, die man als Ehefrau hat, unberücksichtigt lässt. Weisheit entfaltet sich wie eine Blume auf einem Dunghaufen.«

Er blickte sie scharf an. »Jedenfalls ist sie unter einer Vielzahl verwandter Namen bekannt, was ebenfalls auf Variationen einer einzigen Person hindeutet. Eres, N'eres, Eres'al.«

»Und das ist also der Kern des Ahnenkults der Nerek?«

»Das war er, Seren. Du vergisst, dass ihre Kultur vernichtet worden ist.«

»Kulturen können sterben, Hull, aber die Leute leben weiter – und sie tragen die Saat der Wiedergeburt in sich …«

»Das ist eine Illusion, Seren«, erwiderte er. »Was immer auch daraus geboren wird, ist verdreht, schwach, ein billiger Abklatsch.«

»Selbst der Stein verändert sich. Nichts kann still stehen …«

»Und doch wollen wir das. Oder etwa nicht? Oh, wir sprechen von Fortschritt, doch was wir wirklich wollen, ist das Fortbestehen der Gegenwart. Mit ihren anscheinend nie endenen Exzessen, ihrem gierigen Hunger. Immer die gleichen Regeln, immer das gleiche Spiel.«

Seren Pedac zuckte die Schultern. »Wir haben über die Nerek gesprochen. Eine adlige Frau des Hiroth-Stammes der Tiste Edur hat sie gesegnet …«

»Und dabei wurden bisher nicht einmal wir in aller Form willkommen geheißen.«

Sie zog die Brauen hoch. »Du glaubst, das ist auch wieder eine verdeckte Beleidigung? Von Hannan Mosag selbst angestiftet? Hull, ich glaube, dieses Mal ist deine Phantasie wirklich mit dir durchgegangen.«

»Glaube, was du willst.«

Sie drehte sich um. »Ich gehe spazieren.«

Uruth hatte Mayen an der Brücke abgefangen. Was immer zwischen ihnen ausgetauscht wurde, es geschah rasch und völlig undramatisch – zumindest konnte Udinaas von seinem Platz vor dem Langhaus aus nichts anderes erkennen. Federhexe hatte sich an Uruth gehängt, nachdem sie die Botschaft ihrer Herrin übermittelt hatte, und wartete ein halbes Dutzend Schritt von den beiden Edur entfernt – allerdings nicht so weit weg, dass sie außer Hörweite gewesen wäre. Uruth und Mayen gingen dann, gefolgt von ihren Sklaven und Sklavinnen, nebeneinander zum Langhaus.

Als Udinaas ein leises Lachen hörte, versteifte er sich und kauerte sich auf seinem Schemel zusammen. »Sei still, Verblichener!«, flüsterte er.

»Es gibt Sphären, toter Sklave«, flüsterte das Gespenst, *»in denen Erinnerungen das Vergessen formen und so aus längst vergangenen Zeitaltern eine Welt erschaffen, die so wirklich ist wie diese. Auf diese Weise wird die Zeit besiegt. Der Tod wird besiegt. Und manchmal, Udinaas der Schuldner, treibt solch eine Sphäre nahe heran. Sehr nahe.«*

»Hör auf, ich bitte dich. Ich habe kein Interesse an deinen dummen Rätseln ...«

»Willst du sehen, was ich sehe? Jetzt gleich? Soll ich dir den Schattenschleier schicken, der sich über deine Augen legt und dir die ungesehene Vergangenheit enthüllt?«

»Jetzt nicht ...«

»Zu spät.«

Schichten entfalteten sich vor dem Auge des Sklaven, dünn wie Spinnweben, und das umliegende Dorf schien unter dem Ansturm zusammenzuschrumpfen, verschwommen und farblos zu werden. Udinaas versuchte, sich zu konzentrieren. Die Lichtung war verschwunden; an ihrer Stelle befanden sich jetzt hoch aufragende Bäume und ein Waldboden aus zerknittertem Moos, auf den der Regen in Strömen fiel. Das Meer zu seiner Linken war deutlich näher und schleuderte mit wilder Kraft graue, schäumende Wogen gegen die zerklüfteten schwarzen Felsen am Ufer, so dass die Gischt hoch aufspritzte.

Udinaas schreckte vor der Wildheit dieser Wellen zurück – und im gleichen Augenblick verschwanden sie in Dunkelheit, und vor den Augen des Sklaven entfaltete sich eine andere Szene. Das Meer hatte sich hinter den westlichen Horizont zurückgezogen und von tiefen Gräben durchzogenes Grundgestein zurückgelassen, umringt von steilen Eisklippen. In der kalten Luft hing der Geruch von Verwesung.

Gestalten trotteten an Udinaas vorbei; sie trugen Pelze oder vielleicht auch ihr eigenes dickes Fell in dunklen, gesprenkelten Brauntönen und Schwarz. Sie waren überraschend groß, ihre Körper unproportional wuchtig im Vergleich zu den kleinen Schädeln mit den kräftigen Kiefern. Einer trug einen Gürtel aus geflochtenem Schilf, an dem tote Otter hingen, und alle hatten Seile aus geflochtenem Gras dabei.

Sie waren still, doch Udinaas konnte ihr Entsetzen spüren, als sie etwas am nördlichen Himmel anstarrten.

Der Sklave blinzelte und sah dann, was ihre Aufmerksamkeit erregt hatte.

Ein Berg aus schwarzem Stein, der über niedrigen Hängen aus zerschmettertem Eis in der Luft schwebte. Er trieb näher heran, und Udinaas spürte die Böswilligkeit, die die riesige, unmögliche Erscheinung ausströmte – ein Gefühl, das ganz offensichtlich auch die großen, bepelzten Kreaturen wahrnahmen.

Sie starrten das Ding noch einen Augenblick länger an und ergriffen dann die Flucht. Sie flohen an Udinaas vorbei – und die Szene änderte sich.

Zerschmettertes Grundgestein, pulverisierter Stein, brodelnder Nebel. Zwei große Gestalten erschienen, die eine dritte mit sich schleppten – eine Frau, bewusstlos oder tot, deren lange, offene braune Haare über den Boden schleiften. Udinaas zuckte zusammen, als er eine der beiden anderen Gestalten erkannte – in blendender Rüstung, eisenbeschlagenen Stiefeln, silbernem Umhang, das Gesicht hinter dem Helmvisier verborgen. *Menandore, Schwester Dämmer.* Er wollte fliehen – sie konnte ihn gar nicht übersehen – und stellte fest, dass er sich nicht von der Stelle rühren konnte.

Nun erkannte er auch die andere Frau, das Ebenbild furchtsam geschnitzter Statuen, die halb im Lehmboden vergraben in dem

Wald zurückgelassen worden waren, der das Dorf der Hiroth umgab. Scheckige, graue und schwarze Haut, die ihr hartes Gesicht wie eine Kriegsmaske aussehen ließ. Ein Brustharnisch aus mattem, fleckigem Eisen. Bein- und Armschienen aus Kettengeflecht und Leder, ein Umhang aus Robbenfell, der sich hinter ihr blähte. *Dippel, die wankelmütige Schwester. Sukul Ankhadu.*

Und jetzt wusste er auch, wer die Frau war, die sie mit sich zerrten. Duster, Sheltatha Lore. Scabandaris am meisten geschätzte Tochter, die Beschützerin der Tiste Edur.

Die beiden Frauen blieben stehen und ließen die schlaffen Arme ihrer Schwester los; sie fielen wie tot auf den dreckigen Fels. Zwei Augenpaare schienen Udinaas anzustarren – große, mandelförmige Tiste-Augen.

Menandore sprach als Erste. »Ich hatte nicht erwartet, dich hier zu finden.«

Während Udinaas sich noch bemühte, eine Antwort auf diese Worte zu finden, erklang die Stimme eines Mannes an seiner Seite: »Was habt ihr mit ihr gemacht?«

Der Sklave drehte sich um und sah einen weiteren Tiste, der kaum eine Armlänge von der Stelle entfernt stand, an der Udinaas auf seinem Schemel saß. Er war größer als die Frauen, denen er gegenüberstand, trug eine weiße, emaillierte Rüstung, die blutbespritzt, verschmiert und von Schwerthieben zerkratzt war. Ein zerbrochener Helm hing an seiner rechten Hüfte. Seine Haut war weiß wie Elfenbein. Getrocknetes Blut klebte auf der rechten Seite seines Gesichts, das Muster erinnerte an einen verzweigten Blitz. Ein Feuer hatte den größten Teil seiner Haare weggebrannt, und die Haut seines Schädels war rissig, rot und feucht.

Auf seinen Rücken waren zwei Langschwerter geschlungen; hinter seinen breiten Schultern ragten ihre Griffe und Knäufe empor.

»Nichts, was sie nicht verdient hätte«, beantwortete Menandore die Frage des Tiste.

Die andere Frau bleckte die Zähne. »Unser teurer Onkel hatte ehrgeizige Pläne mit unserer herzallerliebtsten Kusine. Doch ist er gekommen, als sie in ihrer Not nach ihm gerufen hat?«

Der von der Schlacht gezeichnete Mann trat am Standort des Sklaven vorbei; seine Aufmerksamkeit war auf den Körper von Sheltatha Lore gerichtet. »Das ist eine scheußliche Sauerei. Ich möchte meine Hände davon reinwaschen – von allem.«

»Aber das kannst du nicht«, sagte Menandore voll merkwürdiger Schadenfreude. »Schließlich sind wir alle vom Blut der Mutter vergiftet ...«

Bei diesen Worten wirbelte Sukul Ankhadu zu ihrer Schwester herum. »Ihre Töchter haben unter viel Schlimmerem als Gift gelitten! In diesen zerbrochenen Ichs ist keinerlei Ausgewogenheit. Schau uns doch an! Gehässige Schlampen – Tiams kreischende Köpfe bäumen sich immer wieder auf, Generation um Generation!« Sie deutete mit einem Finger auf den Tiste. »Und was ist mit dir, Vater? Da kommt dieser weibliche Alptraum auf fedrigen Schwingen aus dem Dunkel einer anderen Sphäre herangeschwebt, die Beine breit und einladend gespreizt – warst du nicht der allererste, der diese Einladung freudig angenommen hat? Der makellose Osserc, Erster Sohn von Dunkel und Licht, und ach, so edel! Und doch warst du da und hast dein Blut mit dem jener Hure vermischt; sag uns, wann hast du sie zu deiner Schwester erklärt – bevor oder nachdem du sie gefickt hast?«

Falls das Gift in ihren Worten irgendeine Wirkung hatte, war davon äußerlich nichts zu bemerken. Der Mann namens Osserc lächelte einfach nur und blickte weg. »Du solltest nicht so über deine Mutter sprechen, Sukul. Schließlich ist sie bei deiner Geburt gestorben ...«

»Sie ist bei unser aller Geburt gestorben!« Sukul Ankhadus erhobene Hand schloss sich zu einer Faust, die die Luft zu verdrehen schien. »Sie stirbt und wird wiedergeboren. Tiam und ihre Kinder. Tiam und ihre Liebhaber. Ihre tausend Tode, und doch *ändert sich nichts!*«

Menandores Stimme war ruhig, als sie fragte: »Und mit wem hast du dich gestritten, Osserc?«

Osserc machte ein finsteres Gesicht. »Mit Anomander. Dieses Mal hat er mich übertroffen. Wenn man es sich genau überlegt«, fuhr er nach einem kurzen Moment fort, »ist das nicht überraschend. Die Waffe der Wut erweist sich häufig als stärker als die Rüstung der kalten Vernunft.« Er zuckte die Schultern. »Und wenn schon, ich habe ihn lange genug aufgehalten …«

»Um Scabandari Gelegenheit zur Flucht zu verschaffen?«, fragte Menandore. »Warum? Verwandter oder nicht, er hat gezeigt, was er in Wahrheit ist – ein heimtückischer Mörder.«

Osserc zog spöttisch die Brauen hoch und betrachtete die bewusstlose Frau, die zwischen seinen Töchtern auf dem Boden lag. »Dann ist eure Kusine, der ihr offensichtlich eigenhändig ziemlich übel mitgespielt habt, vermutlich nicht tot. Demgemäß möchte ich euch darauf hinweisen, dass Scabandari Silchas Ruin nicht ermordet hat …«

»Das stimmt«, schnappte Sukul. »Er hat etwas viel Schlimmeres getan. Außer natürlich, du hältst es für ein erstrebenswertes Schicksal, eine Ewigkeit lang Schlamm zu fressen.«

»Erspare mir diese Ausbrüche«, sagte Osserc. »Wie du immer wieder gerne anmerkst, liebes Kind, sind Treulosigkeit und Verrat die wertvollsten Charakterzüge unserer weitläufigen Familie. Und wenn es nicht die wertvollsten sind, so doch mit Sicherheit die am weitesten verbreiteten. Wie auch immer, ich bin hier fertig. Was habt ihr mit ihr vor?«

»Wir glauben, dass Silchas sich über Gesellschaft freuen könnte.«

Osserc versteifte sich. »Zwei Aufgestiegene mit Drachenblut in den Adern in der gleichen Erde? Ihr erlegt dem Azath-Haus eine schwere Prüfung auf, Töchter.«

»Wird Scabandari versuchen, sie zu befreien?«, fragte Menandore.

»Scabandari ist nicht in der Verfassung, irgendjemanden zu befreien«, erwiderte Osserc. »Und das gilt auch für ihn selbst.«

Diese Aussage überraschte die beiden Frauen offensichtlich. Nach einer kurzen Pause fragte Menandore: »Wem ist das gelungen?«

Der Tiste zuckte die Schultern. »Spielt das eine Rolle? Scabandaris Dünkel hat ihn dazu verleitet zu glauben, die Götter dieser Welt hätten nicht die Macht, sich ihm entgegenzustellen.« Er unterbrach sich, um seine Töchter forschend anzusehen, fuhr dann fort: »Betrachtet dies als eine Warnung, meine Lieben. Mutter Dunkels *erste* Kinder wurden hervorgebracht, ohne dass ein Erzeuger notwendig gewesen wäre. Und ganz egal, was Anomander auch behauptet – es waren *nicht* die Tiste Andii.«

»Das wussten wir nicht«, sagte Menandore.

»Nun, jetzt wisst ihr es. Seid vorsichtig, Kinder.«

Udinaas schaute zu, wie die große Gestalt davonging, und dann keuchte der Sklave auf, als Ossercs Umrisse verschwammen, sich veränderten, eine neue Gestalt annahmen. Große, glänzende goldene und silberne Schuppen kräuselten sich, als gewaltige Flügel sich ausbreiteten. Ein Aufbranden von Macht, und der riesige Drache war in der Luft.

Sukul Ankhadu und Menandore starrten ihm hinterher, bis der Drache zu einem schimmernden bernsteinfarbenen Pünktchen am finsteren Himmel wurde und schließlich verschwand.

Sukul grunzte. »Ich bin überrascht, dass Anomander ihn nicht getötet hat«, sagte sie.

»Die beiden verbindet etwas, von dem wir nichts wissen, und von dem auch sonst niemand weiß. Da bin ich mir sicher.«

»Vielleicht. Es könnte aber auch etwas viel Einfacheres sein.«

»Und zwar?«

»Sie wollen, dass das Spiel weitergeht«, sagte Sukul mit einem angespannten Lächeln. »Und das Vergnügen würde in der Tat deutlich abnehmen, wenn der eine den anderen einfach töten würde.«

Menandores Blick glitt zu der immer noch reglos daliegenden Sheltatha Lore. »Die hier. Sie hat sich einen der Götter dieser Welt als Liebhaber genommen, oder?«

»Eine gewisse Zeit lang. Und zwei entsetzliche kleine Kinder hervorgebracht.«

»Entsetzlich? Dann sind es also Töchter.«

Sukul nickte. »Und ihr Vater hat das von Anfang an klar und deutlich gesehen, denn er hat ihnen die passenden Namen gegeben.«

»Ach? Und wie heißen sie, Schwester?«

»Missgunst und Bosheit.«

Menandore lächelte. »Dieser Gott – ich glaube, ich hätte große Lust, ihm eines Tages mal zu begegnen.«

»Möglicherweise hätte er etwas gegen das, was wir mit Sheltatha Lore vorhaben. Tatsächlich ist es sogar möglich, dass er in ebendiesem Augenblick unsere Spuren sucht, damit er uns an unserer Rache hindern kann. Demgemäß, wie Osserc zu sagen pflegt, sollten wir uns beeilen.«

Udinaas schaute zu, wie die beiden Frauen in entgegengesetzte Richtungen davongingen, wobei sie ihre bewusstlose Kusine einfach an Ort und Stelle liegen ließen.

Menandore blickte ihre Schwester über die Entfernung hinweg an. »Sheltathas Liebhaber. Dieser Gott – wie heißt er?«

Sukuls Antwort schien aus großer Entfernung zu kommen. »Draconus.«

Dann verwandelten die beiden Frauen sich in Drachen; sie waren fast genauso groß wie Osserc. Der eine getüpfelt, der andere blendend hell.

Die getüpfelte Kreatur schwang sich in die Luft und glitt schräg an Sheltatha Lores Körper heran. Eine mit langen Krallen versehene Klaue griff nach unten und packte die Bewusstlose.

Dann stieg der Drache höher, um sich zu seiner wartenden Schwester zu gesellen. Gemeinsam flogen sie auf und davon. In Richtung Süden.

Die Szene verblasste schnell vor den Augen des Sklaven.

Und wieder einmal saß Udinaas draußen vor dem Langhaus der Sengars, einen halb geschuppten Fisch in seinen roten, rissigen Händen; das Auge starrte mit jenem immer wieder verstörenden Ausdruck geistloser Überraschung zu ihm auf – ein Auge, das er mit geringfügigen Abweichungen den ganzen Morgen und den ganzen Nachmittag wieder und wieder gesehen hatte, und nun, da die Abenddämmerung sich herabsenkte, starrte es ihn erneut an, stumm und bar jeden Lebens. Als wäre das, was er in der Hand hielt, gar kein Fisch gewesen.

Nur Augen. Tote, gefühllose Augen … Doch selbst die Toten klagen an.

»Du hast genug getan, Sklave.«

Udinaas blickte auf.

Uruth und Mayen standen vor ihm. Zwei Frauen aus einem der Tiste-Völker, keine von ihnen gesprenkelt, keine blendend hell. Nur Schatten in schwachen, oberflächlichen Variationen.

Einen Schritt hinter den beiden – aber zwischen ihnen gut zu sehen – stand Federhexe als vorderste der wartenden Sklavinnen. Große Augen, in denen fieberhafte Warnungen zu lesen waren, starrten ihn unverwandt an.

Udinaas verbeugte sich vor Uruth. »Ja, Herrin.«

»Besorg dir Salbe für deine Hände«, sagte Uruth.

»Ich danke Euch, Herrin.«

Die Prozession schritt an ihm vorbei ins Innere des Langhauses.

Udinaas starrte auf den Fisch hinunter. Musterte das Auge noch ein, zwei Herzschläge lang – und grub es dann mit seinem Daumen aus.

Seren Pedac stand im Regen am Strand und schaute auf das sich unablässig bewegende Meer hinaus, dessen Oberfläche der prasselnde Regen in eine stachelige Haut verwandelte, und das grau und spinnenhaarig uferwärts wogte, um sich zischend, fein und widerspenstig an den glatt geschliffenen Steinen zu brechen.

Die Nacht war angebrochen, aus den reichlich vorhandenen Schatten herangekrochen. Die dunklen Stunden lasteten auf ihnen allen, ein Tuch aus Stille, das sich auf das Dorf hinter ihr senkte. Sie dachte über die Letherii-Sklaven nach.

Ihr Volk schien besonders dazu geeignet, sich zu ergeben. Freiheit war ein Altar, den Bittsteller ihr ganzes Leben lang zu erreichen suchten; sie krallten sich an den glatten Fußboden, bis Blut den glänzenden, makellosen Stein bespritzte, doch die Wahrheit war, dass die Freiheit immer außerhalb der Reichweite der Sterblichen blieb. Auch wenn in ihrem Namen jedes Opfer gerechtfertigt wurde. Dessen ungeachtet wusste sie, dass Blasphemie ein schales Verbrechen war. Freiheit war kein Gott, und sollte sie doch einer sein, sollte sie ein den Gläubigen zugewandtes Gesicht haben, dann war ihre Miene spöttisch. Die Ketten der Sklaverei stahlen etwas, das die Betroffenen niemals besessen hatten.

Die Letherii-Sklaven in diesem Dorf schuldeten nichts. Sie dienten erkennbaren Bedürfnissen und wurden mit Essen und Obdach belohnt. Sie konnten heiraten. Kinder in die Welt setzen, die die Schulden ihrer Eltern nicht erben würden. Der Anteil des Tages, der für ihre Arbeiten bestimmt war, nahm nicht ständig zu, fraß nicht mehr und mehr ihrer Lebenszeit auf. Alles in allem erschien ihr der Verlust der Freiheit für diese Verwandten nahezu bedeutungslos.

Ein Kind namens Federhexe. Als wäre eine Hexe aus der fernen Vergangenheit – altmodisch gekleidet, steif und gekünstelt, wie alle veralteten Dinge es anscheinend waren – aus der Geschichte getreten. Die vom Mutterschoß erwählte Werferin der Fliesen, die ihre Kunst der Weissagung im Dienst der Gemeinschaft ausübte und nicht, um Münzen anzuhäufen. Vielleicht hatte der Name bei diesen Sklaven seine Bedeutung verloren. Vielleicht gab es hier keine alten Fliesen mehr, keine ernsten, feierlichen Nächte, in denen Schicksale sich auf einem verschmierten, von Sprüngen durchzogenen Pfad zusammenfanden, das schreckliche Mosaik der Bestimmung vor allen ausgelegt wurde – während ein junges Mädchen dabeisaß und das furchtbare Ritual aus dem Schatten einer Kapuze heraus beobachtete.

Sie hörte das Knirschen von Steinen in der Nähe der Flussmündung; als sie sich umdrehte, sah sie einen männlichen Sklaven, der sich an der Wasserlinie hinhockte. Er stieß seine Hände in das kalte, frische Wasser, als suchte er nach dem Erlass seiner Sünden oder begann eine eisig kalte Flucht.

Neugierig ging Seren Pedac zu ihm hinüber.

Der Blick, den er ihr zuwarf, war zurückhaltend, beinah scheu. »Freisprecherin«, sagte er. »Dies sind bei den Edur bedeutende Stunden. Worte bleiben am besten unausgesprochen.«

»Allerdings sind wir keine Edur«, erwiderte sie. »Oder doch?«

Er zog seine Hände aus dem Wasser, und sie sah, dass sie rot und geschwollen waren. »In diesen Landen strömt Emurlahn aus dem Boden, Freisprecherin.«

»Nichtsdestotrotz sind wir Letherii.«

Sein Grinsen war gequält. »Freisprecherin, ich bin ein Sklave.«

»Ich habe darüber nachgedacht. Über die Sklaverei. Und die Freiheit von Schulden. Wie bewertest du diesen Tausch?«

Er setzte sich hin und schien das klare Wasser zu mustern, das an ihm vorbeiwirbelte; seine Hände tropften. Der Regen hatte aufgehört, und aus dem Wald schoben sich Nebelschwaden heran. »Die Schulden bleiben, Freisprecherin. Sie beherrschen jeden Letherii-Sklaven bei den Edur, doch es sind Schulden, die man niemals zurückzahlen kann.«

Sie starrte entsetzt auf ihn hinunter. »Aber das ist Wahnsinn!«

Er lächelte erneut. »An solchen Dingen werden wir alle gemessen. Warum habt Ihr angenommen, dass bloße Sklaverei daran etwas ändern würde?«

Seren schwieg mehrere Herzschläge lang und musterte den Mann, der an der Wasserlinie hockte. Alles andere als hässlich, doch jetzt, da sie es wusste, konnte sie seine Verschuldung erkennen, die Bürde, die unfehlbar auf ihm lastete – und die Tatsache, dass es für ihn, für jedes Kind, das er zeugen mochte, niemals eine Befreiung von diesem Makel geben würde. Es war brutal. Es war … typisch für die Letherii. »Es gibt da eine Sklavin namens Federhexe«, sagte sie.

Er schien zusammenzuzucken. »Ja, unsere Werferin der Fliesen.«

»Oh. Ich hatte es mir schon gedacht. Wie viele Generationen lebt die Familie dieses Mädchens schon als Sklaven bei den Edur?«

»Vielleicht zwanzig.«

»Doch die Gabe hat sich vererbt? In dieser von Kurald Emurlahn geprägten Welt? Das ist außergewöhnlich.«

»Ist es das?« Er zuckte die Schultern und stand auf. »Heute Abend, wenn Ihr und Eure Begleiter zu Gast bei Hannan Mosag seid, wird Federhexe die Fliesen werfen.«

Unvermittelt durchrann Seren Pedac ein Schauder. Sie holte tief Luft, stieß sie langsam und schwer wieder aus. »Es ist … ein Wagnis, so etwas zu tun.«

»Das ist uns bekannt, Freisprecherin.«

»Ja, ich begreife jetzt, dass dem so ist.«

»Ich muss mich wieder meinen Aufgaben widmen«, sagte er, ohne sie anzublicken.

»Natürlich. Ich hoffe, es hat keine unangenehmen Folgen für dich, dass ich dich aufgehalten habe.«

Er lächelte erneut, sagte jedoch nichts.

Sie schaute ihm hinterher, wie er den Strand entlang davonging.

Buruk der Bleiche stand in seinen Regenumhang gewickelt am Feuer der Nerek. Hull Beddict stand dicht bei ihm, etwas hinter dem Kaufmann, mit hochgeschlagener Kapuze und in sich gekehrt.

Seren trat an Buruks Seite, musterte die sich mühenden Flammen, von denen Rauch aufstieg, der schmierig, ausgedehnt und reglos über ihnen hing. Die Kühle der Nacht war in die Knochen der Freisprecherin gekrochen, und als Reaktion darauf hatten sich ihre Nackenmuskeln verspannt. Hinter ihren Augen begannen sich Kopfschmerzen zusammenzubrauen.

»Seren Pedac«, sagte Buruk seufzend. »Ich bin unpässlich.«

Sie hatte es bereits an seiner schwachen, zittrigen Stimme gehört. »Ihr seid lange und weit gelaufen.«

»Nur um jetzt hier vor diesem kränklichen Feuer auszuharren. Ich bin nicht so dumm, als dass ich nicht über meine Taten Bescheid wüsste.«

Hinter ihnen stieß Hull ein Grunzen aus. »Geht es dabei um Taten, die Ihr bereits begangen habt, Buruk der Bleiche, oder um welche, die noch in der Zukunft liegen?«

»Diese Unterscheidung ist nicht von Bedeutung«, erwiderte der Kaufmann. »Heute Abend«, sagte er und streckte sich, »werden wir von Hannan Mosag zu Gästen erklärt werden. Seid Ihr beide bereit?«

»Diese Formalität«, sagte Seren, »ist das Letzte, auf das es bei unserem Treffen ankommt, Buruk. Der Hexenkönig hat vor, seine Position unzweideutig klar zu machen. Wir werden eine Warnung zu hören bekommen, und man erwartet von uns, dass wir diese Warnung der Delegation übermitteln, wenn sie eintrifft.«

»Auch Absichten sind ohne jeden Belang, Freisprecherin. Ich

hege keinerlei Erwartungen, wohingegen einer von uns dreien von diesen Erwartungen regelrecht verzehrt wird. Wiederholungen von Feststellungen, unheilvolle Ankündigungen – all das wird es bei diesem gefährlichen Besuch geben.« Buruk drehte den Kopf, um Hull Beddict anzublicken. »Ihr denkt immer noch wie ein Kind, nicht wahr? Tonfiguren, die bis zu ihren Knöcheln im Sand versunken sind, eine hier, die andere da, und die einfach nur so herumstehen. Die eine sagt dies, die andere sagt das, und dann greift man nach unten und baut sie entsprechend anders auf. Szenen, Panoramen, starr vor Gewissheit. Armer Hull Beddict, der schon vor so langer Zeit ein Messer ins Herz gestoßen bekam, dass er täglich daran zerren muss, um sich zu vergewissern, dass es immer noch da ist.«

»Wenn Ihr mich als Kind betrachtet«, sagte der große Mann grollend, »dann ist das Euer Fehler, nicht meiner, Buruk.«

»Eine gut gemeinte Warnung«, erwiderte der Kaufmann, »Ihr seid hier nicht unter Kindern.«

Und dann bedeutete Buruk ihnen, ihm zu folgen, und machte sich auf den Weg zur Zitadelle.

Seren, die sich an Hulls Seite gesellte – der Kaufmann war ein halbes Dutzend Schritte voraus und in der Dunkelheit kaum noch zu sehen –, fragte: »Bist du diesem Hannan Mosag schon einmal begegnet?«

»Ich war hier schon früher zu Gast, Seren.«

»Beim Hexenkönig?«

»Nein, im Haushalt der Sengars. Sie stehen dem königlichen Blut sehr nahe; Forcht, der älteste Sohn, ist Hannan Mosags Kriegsmarschall – das ist jetzt nicht sein richtiger Titel, aber er passt ganz gut, um sich ein Bild machen zu können.«

Seren dachte einen Augenblick darüber nach, runzelte dann die Stirn und sagte: »Dann gehst du also davon aus, dass heute Abend Freunde anwesend sein werden.«

»Das hatte ich angenommen, aber so wird es nicht sein. Keiner der Sengars außer Tomad, dem Patriarchen, und seiner Frau ist im Dorf. Die Söhne sind fort.«

»Fort? Wohin?«

Hull schüttelte den Kopf. »Ich weiß es nicht. Es ist ... merkwürdig. Ich nehme aber an, Forcht und seine Brüder werden rechtzeitig zu den Vertragsverhandlungen wieder zurück sein.«

»Weiß der Hexenkönig von den Blutsbanden, die zwischen dir und Binadas Sengar bestehen?«

»Natürlich.«

Buruk der Bleiche hatte die Brücke erreicht, die zum inneren Bezirk führte. Der Dunst hatte sich zu Nebel verdichtet, der die Welt verbarg, die die drei Letherii umgab. Niemand war zu sehen, und außer dem Knirschen ihrer Schritte auf dem kiesigen Pfad war kein Geräusch zu hören. Vor ihnen schälten sich die mächtigen Umrisse der Zitadelle aus dem Nebel.

Der breite, gewölbte Eingang wurde von Feuerschein gespenstisch erhellt.

»Er hat keine Wachen«, murmelte Seren.

»Keine, die man sehen könnte«, erwiderte Hull Beddict.

Buruk stieg die beiden flachen Stufen zu dem Absatz hinauf, blieb kurz stehen, um die Schließe seines Umhangs zu öffnen, und schritt dann ins Innere. Seren und Hull folgten ihm einen Augenblick später.

Die lange Halle war praktisch leer. Der Esstisch war eine weitaus kleinere Version von demjenigen, der normalerweise der Zentralachse des Raums folgend hier stand, wie man an den Abdrücken in dem riesigen Teppich auf dem Holzfußboden erkennen konnte – und der, wie Seren sah, zu ihrer Rechten dicht an die mit Teppichen behängte Wand geschoben worden war.

Der bescheidene Esstisch war fast am anderen Ende des Zimmers quer aufgestellt worden; drei hochlehnige Stühle erwarteten die Letherii auf dieser Seite. Ihnen gegenüber saß der Hexenkönig, der bereits begonnen hatte zu essen. Fünf Edur-Krieger standen reglos hinter Hannan Mosag im Schatten.

Das müssen die K'risnan sein. Zauberer ... Sie sehen so jung aus ...

Der Hexenkönig wartete, bis sie sich ihrer Umhänge entledigt hatten, dann winkte er sie vorwärts und sagte in leidlich gutem Letherii: »Setzt Euch doch bitte zu mir. Ich mag kein kaltes Essen, deshalb bin ich – wie Ihr seht – schon heftig dabei, mir den Bauch zu füllen.«

Buruk der Bleiche verbeugte sich aus der Hüfte heraus. »Ich hätte nicht gedacht, dass wir zu spät sind, Höherer …«

»Das seid Ihr auch nicht, aber ich lege nicht sonderlich viel Wert auf Förmlichkeit. Tatsächlich finde ich reine Höflichkeit oft höchst lästig. Vergebt also diesem König seine Ungeduld, wenn Ihr könnt.«

»Hunger kümmert sich wenig um die Anforderungen der Schicklichkeit, Höherer«, sagte Buruk, während er sich dem Tisch näherte.

»Ich habe darauf vertraut, dass ein Letherii das verstehen würde. Und jetzt«, er stand unvermittelt auf, was die drei Letherii dazu brachte, auf der Stelle stehen zu bleiben, »erkläre ich Buruk den Bleichen, Freisprecherin Seren Pedac und den Wächter Hull Beddict zu meinen Gästen. Setzt Euch doch bitte. Ich verschlinge nur, was meine Köche für mich vorbereitet haben.«

Er hatte eine Stimme, der man zuhören konnte, während Stunden unbemerkt verstrichen und alle Unannehmlichkeiten vergessen waren. Hannan Mosag war, wie Seren klar wurde, ein sehr gefährlicher König.

Buruk der Bleiche setzte sich auf den mittleren Stuhl; Seren nahm sich den zur Linken des Kaufmanns, Hull den zur Rechten. Als sie sich auf den Schwarzholz-Stühlen niederließen, setzte sich auch der Hexenkönig wieder und griff nach einem Kelch. »Wein aus Trate«, sagte er. »Zu Ehren meiner Gäste.«

»Durch friedlichen Handel erlangt, wie ich hoffe«, sagte Buruk.

»Ich fürchte, dem ist leider nicht so«, erwiderte Hannan Mosag; er hob den Kopf, blickte dem Händler beinahe scheu in die Augen und schaute dann wieder weg. »Aber ich bin mir sicher, dass wir hier am Tisch alle nicht besonders zimperlich sind.«

Buruk griff nach seinem Kelch und trank einen Schluck. Er schien nachzudenken und seufzte dann. »Seine Herkunft hat ihn nur ein wenig sauer werden lassen, Höherer.«

Der Hexenkönig runzelte die Stirn. »Ich hatte angenommen, er müsste so schmecken.«

»Das ist nicht weiter verwunderlich, Höherer, wenn man sich erst einmal daran gewöhnt hat.«

»Die Behaglichkeit, die mit der Vertrautheit einhergeht, erweist sich einmal mehr als mächtiger Gebieter, Buruk der Bleiche.«

»Die Letherii lässt Vertrautheit leider häufig ruhelos werden, und daher betrachten sie sie oft als etwas, das die Qualität verringert.«

»Diese Bemerkung ist mir zu kompliziert, Buruk«, sagte Hannan Mosag. »Wir haben noch nicht genug getrunken, um mit Worten zu tanzen – außer natürlich, Ihr habt Euren Durst bereits in Eurer Unterkunft gelöscht. In diesem Fall würde ich mich als benachteiligt betrachten.«

Buruk griff nach einer Scheibe Räucherfisch. »Ich fürchte, ich bin schrecklich nüchtern. Wenn es eine Benachteiligung gibt, dann sind wir es, die darunter leiden.«

»Wie das?«

»Nun, Höherer, Ihr ehrt uns mit blutbesudeltem Wein, eine Geste, die uns ziemlich aus dem Gleichgewicht bringen kann. Außerdem haben wir Nachricht vom Abschlachten unserer Robbenjäger erhalten. Das Blut steht hoch genug, um uns zu ertränken.«

Es schien, als wäre Buruk der Bleiche nicht an verschleierndem Geplänkel interessiert. Eine eigenartige Taktik, dachte Seren und, wie sie annahm, eine, die König Ezgara Diskanar unter den gegebenen Umständen wahrscheinlich nicht gutheißen würde.

»Ich bin mir sicher, die wenigen überlebenden Verwandten der erschlagenen Stoßzähnigen Robben würden Euch zustimmen – schließlich sind sie in jene tödliche Flut mit hineingezerrt worden«, sagte der Hexenkönig nachdenklich.

»Wir haben auch gehört«, fuhr Buruk fort, »dass die Schiffe in den Hafen von Trate zurückgekehrt sind. Die Laderäume, in denen sich die kostbare Fracht hätte befinden müssen, waren unerklärlicherweise leer.«

»Leer? Wie unachtsam.«

Buruk lehnte sich auf seinem Stuhl zurück; er schloss beide Hände um den Kelch, während er den dunklen Inhalt musterte.

Hull Beddict ergriff plötzlich das Wort. »Hexenkönig, ich für meinen Teil verspüre keinen Unwillen angesichts der Reaktion auf jene verräterische Tat. Jene Jäger haben seit langem gültige Abmachungen verletzt und daher ihr Schicksal verdient.«

»Wächter«, sagte Hannan Mosag, und eine neue Ernsthaftigkeit schwang in seiner Stimme mit, »ich bezweifle, dass ihre trauernden Verwandten Euch zustimmen würden. Eure Worte sind kalt. Wenn ich es recht verstehe, spielt der Begriff der Schuld bei Eurem Volk eine beherrschende Rolle. Diese unglücklichen Jäger waren wahrscheinlich *Schuldner*, oder nicht? Und ihre Verzweiflung wurde von Herren ausgenutzt, die ebenso herzlos waren, wie Ihr es gerade gewesen seid.« Er musterte die drei Letherii, die ihm gegenübersaßen. »Bin ich denn der einzige, dem das Kummer bereitet?«

»Die möglichen Folgen jenes Gemetzels versprechen noch viel mehr Kummer, Majestät«, sagte Buruk der Bleiche.

»Ist das denn unausweichlich, Kaufmann?«

Buruk blinzelte.

»Das ist es«, antwortete Hull Beddict und beugte sich auf seinem Stuhl vor. »Hexenkönig, gibt es irgendeinen Zweifel, wen dieser Kummer heimsuchen sollte? Ihr habt von kalten Herren gesprochen, und ja, es ist ihr Blut, das bei diesem Unternehmen hätte vergossen werden sollen. Trotzdem – sie sind nur deshalb die Herren, weil die Schuldner sie als solche akzeptieren. Es ist das Gift des Goldes als Maßstab für alles auf der Welt. Auch wenn diese Erntehelfer verzweifelt waren, Höherer, so sind sie dennoch nicht weniger schuldig. Sie spielen alle das gleiche Spiel.«

»Hull Beddict spricht nur für sich selbst«, sagte Buruk.

»Tun wir das nicht alle?«, fragte Hannan Mosag.

»So wünschenswert das auch wäre, Höherer, so wäre es doch eine Lüge, das zu behaupten – zumindest was mich oder Euch angeht.«

Der Hexenkönig schob seinen Teller beiseite und lehnte sich zurück. »Und was ist mit der Freisprecherin? Sie spricht überhaupt nicht.« Ruhige, sanfte Augen richteten sich auf sie. »Ihr habt diese Männer begleitet, Freisprecherin Seren Pedac.«

»Das habe ich, Höherer«, erwiderte sie, »und damit ist meine Aufgabe erfüllt.«

»Und durch Euer Schweigen versucht Ihr, Euch von allem freizusprechen, was aus diesem Treffen entstehen wird.«

»Das ist die Rolle einer Freisprecherin, Höherer.«

»Im Gegensatz zu der eines – sagen wir, eines Wächters.«

Hull Beddict zuckte zusammen und sagte: »Ich bin schon lange kein Wächter mehr, Höherer.«

»Tatsächlich? Und warum, wenn ich fragen darf, seid Ihr dann hier?«

»Er hat sich freiwillig gemeldet«, antwortete Buruk. »Es war nicht an mir, ihn wegzuschicken.«

»Das stimmt. So wie ich die Sache verstehe, lag diese Art von Verantwortung bei der Freisprecherin.« Hannan Mosag beobachtete sie, wartete.

»Ich habe mich nicht genötigt gefühlt, mich Hull Beddicts Entschluss, uns zu begleiten, zu widersetzen.«

»Ja«, erwiderte der Hexenkönig. »Ist das nicht eigenartig?«

Schweiß prickelte unter ihren feuchten Kleidern. »Erlaubt mir, mich zu verbessern, Höherer. Ich habe nicht geglaubt, dass ich Hull Beddict hätte erfolgreich abweisen können, und mich daher entschlossen, die Illusion meiner Autorität aufrechtzuerhalten.«

Hannan Mosags plötzliches Lächeln war durch und durch entwaffnend. »Eine ehrliche Antwort. Gut gemacht, Freisprecherin. Ihr könnt jetzt gehen.«

Sie stand zittrig auf und verbeugte sich. »Es war mir ein Vergnügen, Euch zu treffen, Hexenkönig.«

»Das Gefühl beruht auf Gegenseitigkeit, Freisprecherin. Wir werden später noch miteinander sprechen, Ihr und ich.«

»Ich bin jederzeit bereit, Höherer.«

Ohne ihren Kameraden in die Augen zu blicken, trat Seren um den Stuhl herum und strebte dem Ausgang zu.

Der Hexenkönig hatte ihr die Bürde verwehrt, Zeugin all dessen zu werden, was sich in dieser Nacht noch zwischen ihm, Hull und Buruk ereignen würde. Auf einer persönlichen Ebene schmerzte es, doch sie wusste, dass es sehr gut möglich war, dass er ihr gerade das Leben gerettet hatte.

Jedenfalls war alles gesagt worden, was gesagt werden musste. Sie fragte sich, ob Hull Beddict das begriffen hatte. Dass dies bei Buruk der Fall war, daran gab es keinen Zweifel.

Wir sind in der Tat schlimm aus dem Gleichgewicht gebracht worden. Hannan Mosag, der Hexenkönig, will Frieden.

Es hatte wieder zu regnen angefangen. Sie zog sich ihren Umhang enger um die Schultern.

Armer Hull.

Jemand schob sich an seine Seite. Udinaas schaute auf und sah Hulad, das vertraute, faltige Gesicht abgespannt, besorgt und blass. »Bist du in Ordnung?«

Hulad zuckte die Schultern. »Ich habe mich gerade daran erinnert, wie es beim letzten Mal war, als sie die Fliesen geworfen hat, Udinaas. Ich bin heute Abend ziemlich am Ende mit meinen Nerven.«

Udinaas sagte nichts. Einigermaßen überrascht stellte er fest, dass er nichts dergleichen verspürte. Er hatte sich verändert, das war klar. Federhexe hatte – wie er gehört hatte – die volle Wucht von Mayens Missfallen zu spüren bekommen. Es schien, als hätte Uruth ihren Zorn über die Segnung der Nerek zwar ruhig und knapp, aber mit deutlichen Worten mitgeteilt. Anschließend hatte Mayen sich mit einer Gerte auf dem Rücken ihrer Sklavin abreagiert.

Wenn es um den Umgang mit Sklaven ging, war so etwas wie Gerechtigkeit natürlich nicht von Bedeutung.

Er schaute zu, wie sie ins Zentrum des freigeräumten Bereichs schritt. Dieses Mal hockten noch mehr Sklaven in der großen Scheune als beim letzten Mal. Zweifellos waren sie von den bedeutungsschwangeren Geschichten über das letzte Werfen der Fliesen angelockt worden. *Das ist fast so gut wie die Tauchtage.*

Federhexe setzte sich auf den festgestampften Fußboden, und alle anderen taten es ihr schnell nach; sie bewegten sich mit einem Eifer, den sie selbst nicht aufbringen konnte, grün und blau geprügelt, wie sie war. Udinaas sah, wie weh ihr jede Bewegung tat, und er fragte sich, inwieweit sie ihm die Schuld an ihrem Leiden gab. Mayen war keine härtere Herrin als die anderen Edur. Schläge waren glücklicherweise selten; machte sich ein Sklave eines unerhörten Verbrechens schuldig, wurde er meist mit einem raschen Tod bestraft. Wenn man einen Sklaven nicht töten wollte, was für einen Sinn hatte es dann, ihn arbeitsunfähig zu machen?

Beim letzten Werfen war es gar nicht zum eigentlichen Zerstreuen der Fliesen gekommen. Die plötzliche Ankunft des Wyrm hatte Federhexe aus der Sphäre der manifestierten Festen gerissen. Udinaas spürte ein erstes erwartungsvolles Zittern in seiner Brust.

Plötzlich herrschte Stille, als Federhexe die Augen schloss und den Kopf senkte; ihr blondes Haar schloss sich wie ein Vorhang vor ihrem Gesicht. Sie erschauerte, holte dann tief und zittrig Luft und blickte mit leeren Augen auf, in denen langsam das Dunkle einer sternenlosen Nacht heraufzog, wie hinter einer Schicht dünner werdenden Nebels, gefolgt von Spiralen aus leuchtendem Licht.

Die Anfänge mit ihrer Maske aus Entsetzen schwappten über sie hinweg, verzerrten ihre Gesichtszüge zu etwas Ursprünglichem und Kaltem. Sie starrte nun, wie Udinaas wusste, in den Abgrund, schwebte in dem gewaltigen Vergessen all dessen, was zwischen den Sternen lag. Es gab noch keine Schöpfer, genausowenig wie die Welten, die sie erschaffen würden.

Und jetzt die Angelpunkte. Feuer, Dolmen und der Abtrünnige. Der Abtrünnige, der den Festen Gestalt verleiht …

»Geht mit mir zu den Festen.«

Die Letherii-Sklaven stießen den lang angehaltenen Atem aus.

»Wir stehen auf Dolmen, und alles ist, wie es sein sollte.« Doch in ihrer Stimme lag eine gewisse Anspannung. *»Zu leben heißt, Krieg gegen den Abgrund zu führen. Wenn wir wachsen, sehen wir uns als Eroberer, wenn wir stillstehen, sehen wir uns als Belagerte, und wenn wir sterben, werden unsere letzten Verteidigungen angegriffen. Das sind die Wahrheiten der Feste des Tiers. Klinge und Knöchelchen, der Krieg, dem wir nicht entfliehen können. Das Alter hat dem Ältesten das Gesicht zerkratzt und die Augen ausgedrückt. Er ist narbig und von Schlachten gezeichnet. Scharteke schnattert mit bitterem Speichel und zuckt in Träumen vom Fliegen. Sehers Mund bewegt sich, doch es ist niemand da, der zuhören könnte. Schamane*

bejammert das Gewebe der Toten auf Feldern voller Knochen, doch er glaubt nicht, dass eines der Muster bleibt, die er aus den zerstreuten Überresten erschafft. Fährtensucher setzt seine Schritte selbstsicher und entschlossen, um darüber hinwegzutäuschen, dass er in die Irre gegangen ist.«

Sie verstummte.

Gedämpftes Gemurmel aus der Menge. Dies war eine kalte Einladung in die Festen.

Abtrünniger, schütze uns, wir stecken in Schwierigkeiten. In schrecklichen Schwierigkeiten.

Hulad zupfte ihn am Arm, deutete zum hinteren Ende der Scheune, wo Schatten lagen, trüb wie schlammiges Wasser. Dort stand eine Gestalt, den Rücken an die von Dreckspritzern übersäte, getünchte Wand gelehnt. Die Freisprecherin. Seren Pedac.

Federhexe blieb stumm, und das Unbehagen wuchs.

Udinaas rappelte sich auf und bahnte sich einen Weg durch die Menge, ohne groß auf die finsteren Blicke der Sklaven zu achten, an denen er sich vorbeischob. Er erreichte die Rückwand und ging an ihr entlang, bis er bei der Freisprecherin war.

»Was ist schief gelaufen?«, fragte sie.

»Ich weiß es nicht …«

Federhexe begann wieder zu sprechen. *»Knochenstange steht nun als Thron da, den niemand besetzen soll, denn seine Form widersetzt sich jetzt der Zähmung. Die Rückenlehne des Throns ist nun gebeugt, die Rippen sind nach unten gezogen, die Schulterblätter steil und schmal. Die Armlehnen, auf denen die Arme eines Herrschers ruhen würden, sind jetzt hoch erhoben, tragen Wolfsgesichter, und in ihren Augen brennt wildes Leben.«* Sie machte ein Pause. *»Die Feste des Tiers hat Zwillingsherrscher gefunden.«*

»Das ist unmöglich«, murmelte Seren Pedac.

»Und vor uns nun … die Feste des Azath. Ihre Steine bluten. Die Erde hebt sich und dampft. Ein lautloser, nie endender Schrei lässt die Zweige der uralten Bäume erzittern. Der Azath wird belagert.«

Stimmen erhoben sich, widersprachen. Die Sklaven bewegten sich unruhig.

»Die Feste des Eises!«, rief Federhexe, warf den Kopf in den Nacken und bleckte die Zähne.

Erneut herrschte Stille; alle Augen waren auf sie gerichtet.

»Gespaltene! Leichen liegen vor der zerstörten Schwelle. Urquall Jaghuthan taezmalas. *Sie sind nicht hier, um den Schaden wieder in Ordnung zu bringen. Sie sind vergessen, und selbst das Eis kann sich an sie und ihre Bedeutung nicht mehr erinnern.«*

»Was für eine Sprache war das?«, fragte Seren Pedac.

»Die Sprache der Jaghut«, erwiderte Udinaas – und klappte dann den Mund zu.

»Wer sind die Jaghut?«

Er zuckte die Schultern. »Die Schöpfer des Eises, Freisprecherin. Es ist nicht wichtig. Sie sind fort.«

Sie packte ihn am Arm und zog ihn zu sich herum. »Woher weißt du das?«

»Die Feste des Drachen«, sagte Federhexe. Ihre Haut glänzte vor Schweiß. »Eleint Tiam purake setoram n'brael buras …«

»Worte in der Drachensprache«, sagte Udinaas, der plötzlich in seinem geheimen Wissen schwelgte. »›Die Kinder der Mutter Tiam, verloren in allem, was sie aufgegeben haben.‹ Mehr oder weniger. Die Poesie geht in der Übersetzung ein wenig verloren …«

»Die Eleint werden alles auf ihrem Weg vernichten, um Rache zu üben«, sagte Federhexe mit krächzender Stimme. *»Wie wir alle es in der langen Nacht erleben werden, die kommen wird. Die Königin liegt tot da und wird sich vielleicht niemals wieder erheben. Der Galan windet sich auf einem Baum und flüstert voller Wahnsinn von der Zeit seiner Befreiung. Der Lebensmann ist verloren, er zieht Ketten in einer Welt, in der zu schreiten bedeutet, fortzudauern, und wo stehen bleiben bedeutet, verschlungen zu werden. Der Ritter schreitet auf seinem eigenen verhängnisvollen Weg entlang, und er wird schon bald die Klinge mit seiner Vergeltung kreuzen. Im Tor tobt wütendes Feuer. Wyrm …«*

Ihr Kopf zuckte zurück, als wäre sie von einer unsichtbaren Hand geschlagen worden; Blut spritzte aus ihrer Nase, ihrem Mund. Sie keuchte und lächelte dann ein blutiges Lächeln. *»Locqui*

Wyrm wartet. Herrin und Schwester tanzen umeinander, jede auf ihrer Seite der Welt. Bluttrinker wartet ebenso, wartet darauf, gefunden zu werden. Pfadformer spürt Fieber in seinem tödlichen Blut und stolpert am Rande des Abgrunds entlang.

So! Die Festen … außer einer.«

»Jemand muss sie aufhalten«, zischte Seren Pedac und ließ Udinaas' Arm los.

Jetzt war es an ihm, sie zu packen und festzuhalten. Sie starrte ihn wütend an und versuchte, sich seinem Griff zu entwinden.

Er zog sie nahe an sich heran. »Dies ist nicht Eure Welt, Freisprecherin. Niemand hat Euch eingeladen. Und jetzt bleibt hier stehen und schweigt … oder geht!«

»In der Leeren Feste …«, Federhexes Lächeln wurde breiter, *»herrscht tatsächlich ein großes Gedränge. Hütet euch vor den Brüdern! Hört zu! Blut webt ein Netz, in dem sich die ganze Welt verfangen wird! Niemand wird entkommen, niemand wird irgendwo Zuflucht finden!«* Ihre rechte Hand zuckte vor, verteilte die alten Fliesen auf dem Fußboden. Von den Dachsparren hoch über ihnen barsten Tauben aus der Düsternis, ein wildes, chaotisches Flügelschlagen. Sie kreisten hektisch, Federn segelten herab.

»Die Beobachter stehen unbeweglich da, als wären sie aus Stein! Ihre Gesichter sind Masken des Entsetzens. Die Gebieterinnen tanzen voller vereiteltem Verlangen.« Ihre Augen waren geschlossen, dennoch deutete sie auf eine Fliese nach der anderen, benannte sie mit rauer, krächzender Stimme. *»Die Wanderer sind durch das Eis gebrochen, und kalte Dunkelheit naht mit ihrer tödlichen Umarmung. Die Schreiter können in dem zunehmenden Strudel, der sie immer weiter zieht, nicht Halt machen. Die Erlöser …«*

»Was sagt sie da?«, wollte Seren Pedac wissen. »Sie hat sie alle zur Mehrzahl gemacht – die Spieler im Innern der Feste des Leeren Throns – aber das ergibt keinen Sinn …«

»… stehen einander gegenüber, und beide sind dem Untergang geweiht, und in einer gebrochenen Spiegelung stehen auch die Verräter da, und das ist es, was uns bevorsteht, was uns allen bevorsteht.« Bei den letzten Worten wurde ihre Stimme immer leiser, und wieder

einmal senkte sich ihr Kinn, ihr Kopf sank nach vorn, das lange Haar fiel herunter und verbarg ihr Gesicht.

Die Tauben über ihren Köpfen drehten noch immer ihre Runden, und das war das einzige Geräusch in der großen Scheune.

»Bewerber um den Leeren Thron«, flüsterte Federhexe mit sorgenvoller Stimme. *»Blut und Wahnsinn …«*

Langsam lockerte Udinaas seinen Griff um Seren Pedacs Arm.

Sie rührte sich nicht, war genauso erstarrt wie alle anderen.

Udinaas grunzte amüsiert und sagte zur Freisprecherin: »Sie hat in letzter Zeit nicht gut geschlafen, müsst Ihr wissen.«

Seren Pedac taumelte nach draußen, in den strömenden kalten Regen. Eine zischende Flut auf den Kieselsteinen des Pfads, winzige Flüsschen, die sich ihren Weg im Sand suchten. Der dahinter liegende Wald sah aus, als würde er von strömenden Fäden und Seilen nach unten gezogen. Ein zorniges Rauschen aus der Richtung, in der der Fluss und das Meer lagen. Als ob die Welt in Schmelzwasser zusammenbrächte.

Sie blinzelte gegen die kalten Tränen an.

Und erinnerte sich an die spielenden Edur-Kinder, das vergängliche Gemurmel von vor tausend Augenblicken, das jetzt in ihrem Verstand bereits so weit zurücklag wie ein Echo von Erinnerungen, die jemand anderem gehörten. An Zeiten, die verwittert und glatt und formlos geworden waren.

Erinnerungen eilten dahin, eilten hinunter zum Meer.

Wie Kinder auf der Flucht.

Kapitel Acht

Wo sind die Tage, die wir einst
so locker in unseren sicheren Händen hielten?
Wann haben diese dahinrasenden Ströme
unergründliche Höhlen unter unseren Füßen ausgewaschen?
Und wie konnte diese Szene wanken und sich verwandeln
um unsere geschickten Lügen gefahrvoll zu machen
An den Orten, an denen sich die Jungen treffen werden
in den Landen unserer stolzen Träume?
Wo sind inmitten all derer hier vor mir
die Gesichter, die ich einst gekannt habe?

In die Mauer gemeißelte Worte
K'ruls Glockenturm, Darujhistan

In der Schlacht, in der Theradas Buhn zum Gebluteten geworden war, hatte ein Säbel der Merude ihm die rechte Wange aufgeschlitzt, den Knochen unter dem Auge zerschmettert und den Oberkiefer durchbohrt, um schließlich in seinem Unterkiefer stecken zu bleiben. Es hatte lange gedauert, bis die schlimme Verletztung verheilt war. Der Faden, der zum Nähen der klaffenden Wunde benutzt worden war, hatte das Fleisch eitern lassen, bis seine Kameraden den Krieger zu einem in der Nähe gelegenen Lager der Hiroth hatten schaffen können, wo eine Heilerin getan hatte, was sie konnte – das Fieber vertreiben, die Knochen zusammenfügen. Das Ergebnis waren eine lange, krumme Narbe inmitten einer zerschrammten Delle auf dieser Wange und ein eine gewisse Leere in Theradas' Augen, die auf unsichtbare Wunden hindeutete, die niemals heilen würden.

Trull Sengar saß mit den anderen fünf Schritt vom Rand des Eisfelds entfernt und beobachtete Theradas, der entlang der verkrusteten Schicht aus Eis und Schnee auf und ab ging. Sein Umhang – ein Fuchspelz mit rötlichen Schwanzspitzen – wehte unruhig im böigen Wind. Die Lande der Arapay lagen nun hinter ihnen, und damit auch die widerwillige Gastfreundschaft dieses unterworfenen Stammes. Die Hiroth-Krieger waren allein, und vor ihnen breitete sich eine weiße, zerschmetterte Landschaft aus.

Sie wirkte leblos, doch die Arapay hatten von nächtlichen Jägern gesprochen, von merkwürdigen, in Felle gehüllten mörderischen Angreifern, die aus der Dunkelheit kamen und schartige Schwerter aus schwarzem Stahl schwangen. Sie nahmen Körperteile als Trophäen, ließen Rümpfe ohne Köpfe und Gliedmaßen zurück. Noch nie war einer von ihnen gefangen genommen worden, und die Leichen der Getöteten wurden niemals dort liegen gelassen, wo sie gefallen waren.

Immerhin neigten sie dazu, nur Edur-Jäger anzugreifen, die paarweise unterwegs waren. Größere Gruppen wurden im Allgemeinen in Ruhe gelassen. Die Arapay nannten sie *Jheck*, was so etwas wie *Aufrecht stehende Wölfe* bedeutete.

»Wir werden beobachtet«, sagte Theradas; wie immer klang seine Stimme belegt und verwaschen.

Forcht Sengar zuckte die Schultern. »Die Eisöde ist nicht so leblos, wie sie scheint. Hasen, Füchse, Höhleneulen, weiße Wölfe, Bären, Aranag …«

»Die Arapay haben von großen Tieren gesprochen«, unterbrach ihn Rhulad. »Mit braunem Fell und Stoßzähnen – wir haben das Elfenbein gesehen …«

»Das war altes Elfenbein, Rhulad«, sagte Forcht. »Das im Eis gefunden wurde. Es ist ziemlich wahrscheinlich, dass es solche Tiere nicht mehr gibt.«

»Die Arapay sagen etwas anderes.«

Theradas grunzte. »Sie leben in Furcht vor der Eisöde, Rhulad, und haben sie deshalb mit alptraumhaften Tieren und Dämonen bevölkert. Es ist so: Wir werden sehen, was wir sehen werden. Seid ihr mit Essen fertig? Wir vergeuden Tageslicht.«

»Ja«, sagte Forcht und stand auf. »Wir sollten weitergehen.«

Rhulad und Midik Buhn begaben sich an die Flanken. Beide trugen Bärenfelle, schwarz, mit silberner Halskrause. Ihre Hände, die in Pelzhandschuhen steckten – ein Geschenk der Arapay – umklammerten lange Speere, die sie als Gehstöcke benutzten, um bei jedem Schritt den festgebackenen Schnee vor ihnen zu prüfen. Theradas übernahm die Spitze, fünfzehn Schritt voraus, so dass Trull, Forcht und Binadas als Hauptgruppe übrig blieben; sie zogen die beiden Schlitten hinter sich her, die mit Lederbeuteln voller Vorräte bepackt waren.

Es hieß, es gäbe weiter draußen in der Ödnis Wasser unter dem Eis – die salzigen Überreste eines Binnenmeers –, und höhlenartige Löcher, verborgen unter einem dünnen Mantel aus Schnee. Der Boden unter ihren Füßen war trügerisch, so dass sie nur langsam vorankamen.

Der Wind fegte über sie hinweg, biss in jedes Fleckchen freie Haut, das er finden konnte, und zwang sie, sich mit aller Kraft gegen seine böigen, kalten Attacken zu stemmen.

Trotz der Pelze, die sie umhüllten, spürte Trull den Schock der plötzlichen Kälte, eine geistlose, gleichgültige Kraft, die dennoch begierig darauf war, sie zu berauben. Die in einem betäubenden Angriff in seine Luftröhre strömte. Und dabei einen schwachen Geruch nach Tod mit sich führte.

Die Edur wickelten sich Wollschals um die Gesichter, ließen nur winzige Schlitze für die Augen. Gespräche wurden schnell aufgegeben, und so schritten sie stumm dahin; selbst das Knirschen ihrer pelzbesetzten Mokassins im Schnee klang gedämpft und wie aus weiter Ferne.

Die Wärme der Sonne und der Wechsel der Jahreszeiten konnten an diesem Ort den Krieg nicht gewinnen. Schnee und Eis wurden vom Wind aufgewirbelt und glitzerten über ihren Köpfen, äfften die Sonne mit doppelten Spiegelbildern nach, was Trull zu der Annahme verleitete, dass der Wind nur knapp über dem Boden wehte, während hoch über ihren Köpfen die schwebenden Eiskristalle unbeweglich dräuten, unempfindlich gegen das Verstreichen der Jahreszeiten – der Jahre.

Er legte den Kopf in den Nacken, um kurz nach oben zu starren, wobei er sich fragte, ob sich in jenem glänzenden, beinahe undurchsichtigen Himmel über ihnen gefrorene Erinnerungen an die Vergangenheit befanden – winzige Bilder, die in jedem einzelnen Eiskristall verschlossen waren und Zeugnis von all dem ablegten, was sich unter ihnen ereignet hatte. Eine Vielzahl von Schicksalen – und manche davon vielleicht sogar aus jener Zeit, als hier noch kein Eis, sondern Meer gewesen war. Hatten vor all den Tausenden von Jahren unbekannte Kreaturen diese Wasser in geheimnisvollen Einbäumen befahren? Würden eines Tages diese Jheck aus ihnen werden?

Die Letherii sprachen von Festen, von jenem merkwürdigen Pantheon der Elemente, und eines davon war die Feste des Eises. Als wäre der Winter durch Zauberei entstanden, als wären Eis und Schnee Werkzeuge der absichtlichen Vernichtung. Etwas von dieser Vorstellung war auch in den Legenden der Edur präsent. Eis, das herabstürzte, um das Land zu stehlen, das mit Tiste-Blut getränkt war, der brutale Diebstahl hart erkämpfter Gebiete als ein Akt der Rache, vielleicht das eisige Erblühen eines Fluchs, der mit dem letzten Atemzug ausgestoßen worden war, als letzter Akt des Widerstands.

Das Gefühl – wenn denn eines existierte – war das alter Feindseligkeit. Das Eis war ein Dieb, der Leben, Land und die gerechte Belohnung raubte. Gebunden in Tod und Blut, ein ewiges Gefängnis. Aus all diesen Gründen verdiente es Hass.

Sie gingen den ganzen Tag lang weiter, drangen langsam aber stetig vor, weiter und weiter durch wirre Felder aus zerbrochenen, hoch aufragenden Eisstücken, die aus der Ferne einfach nur weiß aussahen, beim Näherkommen jedoch zahllose Schattierungen in Grün-, Blau- und Brauntönen aufwiesen. Sie überquerten Flächen aus vom Wind geformtem, festgebackenem Schnee, der ein geriffeltes Muster wie Sand an einem Strand zeigte. Kamen an merkwürdigen Verwerfungslinien vorbei, wo unsichtbare Kräfte das Eis abgeschert und eine Seite über die andere geschoben hatten, wobei quer dazu verlaufende Pfade zermalmt worden waren, als schöbe die feste Welt unter ihnen in ihrer unberechenbaren Wanderung alles vor sich her.

Am späten Nachmittag brachte ein leiser Ruf von Theradas Buhn sie zum Stehen. Trull, der beim Gehen den Blick auf den Boden direkt vor sich gerichtet hatte, schaute bei dem gedämpften Geräusch auf und sah, dass Theradas vor etwas stand und sie mit einer Handbewegung zu sich winkte. Wenige Augenblicke später waren sie an seiner Seite.

Quer zu ihrem Pfad verlief eine mächtige, mindestens fünfzehn Schritt breite Spalte. Die glatten Wände aus Eis erstreckten sich weit nach unten in die Dunkelheit, und aus der Tiefe stieg ein merkwürdiger Geruch auf.

»Salz«, sagte Binadas, nachdem er seinen Gesichtsschutz abgenommen hatte. »Gezeitentümpel.«

Jetzt gesellten sich auch Rhulad und Midik zu ihnen. »Sie scheint von Horizont zu Horizont zu reichen«, sagte Rhulad.

»Der Abbruch sieht frisch aus«, bemerkte Binadas, der sich dicht an die Kante gekauert hatte. »Als ob die Oberfläche schrumpfen würde.«

»Vielleicht hat der Sommer dieser Ödnis doch eine geringfügige Veränderung gebracht«, überlegte Forcht laut. »Wir sind an versiegelten Verwerfungen vorbeigekommen, die ganz gut Überbleibsel, Narben solcher Wunden aus der Vergangenheit sein könnten.«

»Und wie kommen wir auf die andere Seite?«, fragte Midik.

»Ich könnte Schatten von da unten heraufholen«, sagte Binadas und schüttelte dann den Kopf, »aber die Vorstellung bereitet mir Unbehagen. Wenn es hier Geister gibt, könnten sie sich sehr wohl als nicht beherrschbar erweisen. In den Schnee und das Eis sind Schichten von Zauberei eingewoben, und sie heißen Emurlahn nicht willkommen.«

»Holt die Seile heraus«, sagte Forcht.

»Es wird bald dunkel.«

»Wenn es nötig sein sollte, werden wir da unten unser Lager aufschlagen.«

Trull warf Forcht einen raschen Blick zu. »Was ist, wenn die Spalte sich schließt, während wir da unten sind?«

»Ich halte das nicht für besonders wahrscheinlich«, sagte Forcht.

»Außerdem werden wir diese Nacht ungesehen bleiben, verborgen in der Tiefe. Wenn es in diesem Land tatsächlich Tiere geben sollte – auch wenn wir bisher noch nichts gesehen haben, was diese Annahme bestätigt –, dann wäre es mir am liebsten, wir würden jede sich bietende Gelegenheit nutzen, ihnen aus dem Weg zu gehen.«

Nasse Kieselsteine rutschten unter seinen Mokassins weg, als Trull seine Füße auf den Boden setzte und vom Seil zurücktrat. Er schaute sich um, überrascht vom schwachen grünen Schimmer, der um ihn herum herrschte. Sie waren tatsächlich auf einem Meeresboden. Salz hatte das Eis an den Rändern faulen lassen und große Höhlen voller glitzernder Säulen geschaffen. Die Luft war kalt, dick und stank widerlich.

Ein paar Schritt zur Seite hatten Midik und Rhulad ein Bündel Holz aus einem Packsack gezogen und bereiteten ein Kochfeuer vor. Binadas und Forcht beluden die Schlitten neu, um die Taschen mit den Vorräten vom feuchten Grund fern zu halten, und Theradas war losgezogen, um die Höhlen zu erkunden.

Trull ging zu einem seichten Teich und kniete am Rand nieder. Das salzhaltige Wasser wimmelte von winzigen, grauen Garnelen. Entenmuscheln bevölkerten die Wasserlinie.

»Das Eis stirbt.«

Auf Forchts Worte hin stand Trull auf und drehte sich zu seinem Bruder um, der zu ihm getreten war. »Warum sagst du das?«

»Das Salz nagt an seiner Substanz. Ich nehme an, dass wir hier im tiefsten Bereich des alten Meeresgrunds sind. Wo sich das letzte Wasser gesammelt hat und dann langsam verdunstet ist. Die Salzsäulen da drüben sind alles, was noch übrig ist. Wäre das Meeresbecken überall so gewesen wie hier, wäre die Eisdecke längst eingestürzt ...«

»Vielleicht tut sie das auch«, mischte Binadas sich ein, der jetzt ebenfalls zu ihnen trat. »In Jahrtausende währenden Zyklen. Sie stürzt ein, und dann beginnt das Salz seine Arbeit von neuem.«

Trull starrte in die von Zwielicht erfüllte Umgebung. »Ich kann nicht glauben, dass diese Säulen das ganze Eis tragen. Es muss einen

Zyklus geben, wie Binadas ihn gerade beschrieben hat.« Er erhaschte eine Bewegung, und dann tauchte Theradas wieder auf. Trull sah, dass der Krieger sein Schwert in der Hand hielt.

»Da vorne ist ein Pfad«, sagte Theradas. »Und ein Versammlungsplatz. Wir sind nicht die Ersten, die hier heruntergekommen sind.«

Auch Rhulad und Midik gesellten sich zu ihnen. Eine Weile sagte niemand ein Wort.

Schließlich nickte Forcht. »Wie frisch sind die Spuren, Theradas?«

»Ein paar Tage alt.«

»Binadas und Trull, geht mit Theradas zu diesem Versammlungsort. Ich werde mit den Ungebluteten hier bleiben.«

Der Pfad begann zwanzig Schritt von der Spalte entfernt, ein Weg, der von Steinchen und Geröll freigeräumt worden war und sich zwischen den rauen, kristallischen Salzsäulen dahinwand. Unaufhörlich tropfte Schmelzwasser von der verwitternden Decke. Theradas führte sie etwa dreißig Schritt weit bis zu einer Stelle, wo der Pfad am Rand einer großen Fläche endete, die von einer groben, kuppelförmigen Decke überspannt wurde, auf der keine einzige Salzsäule stand.

Fast im Zentrum hockte ein niedriger, missgestalteter, steinerner Altar. Weihgaben lagen rings um ihn herum – größtenteils Muscheln, dazwischen ab und an auch Schnitzereien aus Elfenbein. Doch Trull schenkte diesen Dingen nur flüchtig Beachtung, denn seine Blicke wurden von der hinteren Wand angezogen.

Eine Fläche aus reinem Eis, hundert oder mehr Schritt breit, die leicht schräg überhängend aufragte – eine Wand, in der zahllose Tiere während ihrer panischen Flucht gefangen worden waren, mitten im Sprung erstarrt. Geweihe ragten aus dem Eis, Köpfe und Schultern – immer noch fest und unbeweglich – und hoch erhobene oder nach vorne gereckte Vorderbeine. Matt spiegelte sich das gedämpfte, blaugrüne Licht in frostüberzogenen Augen. Und tiefer im Innern des Eisblocks waren die verschwommenen Umrisse von Aberhunderten weiterer Tiere zu erkennen.

Beinahe betäubt von dem, was er da sah, ging Trull langsam weiter, um den Altar herum; er erwartete beinah, dass die anstürmenden Tiere sich urplötzlich in Bewegung setzten, dass sie weiterstürmten und sie alle unter ihren Hufen zermalmten.

Als er näher kam, sah er unzählige Kadaver am Fuß der Fläche – Tiere, die aus dem zurückweichenden Eis gefallen, aufgetaut und schließlich zu zähflüssigen Lachen zusammengesunken waren.

Ganze Wolken von winzigen schwarzen Fliegen stiegen von den Fleischklumpen und Hautfetzen auf, schwärmten auf Trull zu, als wären sie entschlossen, ihr Festmahl zu verteidigen. Er blieb stehen und wedelte mit den Händen, bis sie sich zerstreuten und zu den verrottenden Kadavern zurückzufliegen begannen. Die Tiere – Karibus – waren auf dem Schnee dahingerannt, auf einer kniehohen, festgetrampelten Schicht auf dem Meeresgrund. Er konnte noch immer das Entsetzen in ihren Augen sehen – und da, hinter einer armdicken Eisschicht verwaschen erkennbar, waren auch der Kopf und die Schultern eines riesigen Wolfs mit silbernem Fell und bernsteinfarbenen Augen, der Schulter an Schulter neben einem Karibu gerannt war. Der Wolf hatte den Kopf hoch erhoben, das Maul aufgerissen, dicht am Nacken seines Opfers. Eckzähne, so lang wie Trulls Daumen glänzten unter zurückgezogenen Lefzen.

Das Drama der Natur. Lebewesen, die der Katastrophe keine Beachtung geschenkt hatten, die von hinten – oder von oben – über sie gekommen war. Die brutale Hand eines Gottes, der ebenso gleichgültig gewesen war wie die Tiere selbst.

Binadas trat an seine Seite. »Dies ist mittels eines Gewirrs geschehen«, sagte er.

Trull nickte. Zauberei. Alles andere ergab keinen Sinn. »Ein Gott.«

»Vielleicht. Aber nicht notwendigerweise, Bruder. Manche Mächte müssen nur entfesselt werden. Dann sprießen sie mit natürlicher Wucht.«

»Die Feste des Eises«, sagte Trull. »So, wie die Letherii sie in ihrem Glauben beschreiben.«

»Die Hand des Beobachters«, sagte Binadas, »der gewartet hat, bis der Krieg vorüber war, ehe er vorgetreten ist und seine Macht entfesselt hat.«

Trull hatte immer gedacht, dass er – was die alten Legenden seines Volkes anging – mehr wusste als die meisten anderen Edur-Krieger. Doch als Binadas' Worte jetzt in seinem Kopf nachhallten, fühlte er sich erbärmlich unwissend. »Wo sind sie hingegangen?«, fragte er. »Diese alten Mächte? Warum leben wir, als wären wir …, als wären wir *allein*?«

Sein Bruder zuckte die Schultern, wie immer war er nicht willens, seine Zurückhaltung aufzugeben, sein achtsames Schweigen zu brechen. »Wir bleiben allein«, sagte er schließlich, »um die Heiligkeit unserer Vergangenheit zu bewahren.«

Trull dachte über diese Worte nach, während sein Blick über die vor ihm liegende Szene wanderte, über diese dunklen, trüben Lebewesen, die ihrem Verhängnis nicht hatten entkommen können, und stellte dann fest: »Unsere so hoch geschätzten Wahrheiten sind verletzlich.«

»Gegenüber Herausforderungen, ja.«

»Und das Salz nagt an dem Eis unter uns, bis die Welt unter unseren Füßen gefährlich dünn wird.«

»Bis das, was gefroren war … auftaut.«

Trull trat noch einen Schritt näher an eines der dahinstürmenden Karibus heran. »Was taut, bricht dann in sich zusammen und fällt zu Boden. Und verrottet, Binadas. Die Vergangenheit ist von Fliegen bedeckt.«

Sein Bruder ging auf den Altar zu und sagte: »Diejenigen, die vor diesem Schrein knien, waren erst vor wenigen Tagen hier.«

»Sie sind nicht auf dem gleichen Weg wie wir hierher gekommen.«

»Nun, es gibt zweifellos noch andere Pfade in diese Unterwelt.«

Trull warf Theradas, an den er sich erst jetzt wieder erinnerte, einen Blick zu. Der Krieger verharrte an der Schwelle, sein Atem stand als Wolke in der Luft.

»Wir sollten zu den anderen zurückkehren«, sagte Binadas. »Wir haben morgen einen langen Weg vor uns.«

Die Nacht verstrich feucht und kühl und begleitet vom Flüstern des unaufhörlich rinnenden Schmelzwassers. Jeder Edur übernahm eine Wache, in Felle gehüllt und die Waffen bereit. Doch in dem matten, schwach lumineszierenden Licht gab es nichts zu sehen. Eis, Wasser und Stein, Tod, hungrige Bewegung und undurchlässige Knochen, ein blindes Triumvirat, das eine eisige Sphäre regierte.

Kurz vor der Dämmerung erhoben sich die Edur, aßen rasch eine Kleinigkeit, dann kletterte Rhulad an den Seilen hoch, wobei er sich den Dornen anvertraute, die sie weiter oben – in zwei Drittel Höhe, wo die Spalte eng genug wurde, um ein Überwechseln zur nördlichen Wand zu ermöglichen – ins Eis getrieben hatten. Als er über jenen Punkt hinaus war, hämmerte Rhulad neue Dornen in das Eis. Kleine Splitter und größere Stückchen regneten einige Zeit lang auf die unten Wartenden herab, dann erscholl von oben ein Ruf. Midik ging zu den Seilen und begann zu klettern, während Trull und Forcht die Vorratspacken an geflochtene Lederschnüre banden. Die Schlitten würden sie als Letztes hochziehen.

»Heute werden wir vorsichtig sein müssen«, sagte Binadas. »Sie werden wissen, dass wir hier waren und ihren Schrein gefunden haben.«

Trull warf ihm einen Blick zu. »Aber wir haben ihn nicht entweiht.«

»Vielleicht reicht allein schon unsere Anwesenheit, Bruder.«

Als alle Edur-Krieger auf der Nordseite des Spalts wieder auf dem Eis standen und die Schlitten neu beladen und bereit waren, war die Sonne bereits über den Horizont geklettert. Der Himmel war klar, und es wehte kein Wind, doch die Luft war bitterkalt. Der glühende Ball der Sonne wurde auf beiden Seiten von kleineren Spielarten seiner selbst flankiert – sie wirkten schärfer und heller als beim letzten Mal, als hätte die Welt über ihnen im Verlauf der gerade vergangenen Nacht sich von der, die sie kannten, in etwas Fremdes und Bedrohliches verwandelt – in etwas, das dem Leben feindlich gesinnt war.

Mit Theradas wieder einmal an der Spitze setzten sie sich in Bewegung.

Eis knirschte unter ihren Füßen, dazu kam das Zischen und Klappern der mit Geweihen eingefassten Schlittenkufen, und ein zischendes Geräusch, das ebenso aus der Nähe wie aus der Ferne zu kommen schien, als wäre die Stille selbst hörbar geworden, ein Geräusch, das – wie Trull schließlich klar wurde – das Rauschen seines eigenen Blutes war, eingewoben in den Rhythmus seiner Atemzüge und seines Herzschlags. Das grelle Licht brannte ihm in den Augen. Seine Lunge schmerzte bei jedem Atemzug.

Die Edur gehörten nicht in diese Landschaft. *Die Feste des Eises. Gefürchtet von den Letherii. Räuber des Lebens – warum hat Hannan Mosag uns hierher geschickt?*

Theradas blieb stehen und drehte sich um. »Wolfsspuren«, sagte er, »schwer genug, um durch die Schneekruste zu brechen.«

Sie erreichten ihn, hielten die Schlitten an. Trull schob das Geschirr von seinen schmerzenden Schultern.

Die Spuren kreuzten ihren Weg, führten weiter nach Westen. Sie waren sehr groß.

»Diese Spuren stammen von einer Kreatur wie derjenigen, die wir letzte Nacht im Eis gesehen haben«, sagte Binadas. »Was jagen sie? Wir haben nichts gesehen.«

Forcht grunzte. »Das hat nicht viel zu bedeuten, Bruder. Wir sind nicht gerade leise Reisende mit diesen Schlitten.«

»Und wenn schon«, erwiderte Binadas. »Herden hinterlassen Spuren. Wir hätten längst auf welche stoßen müssen.«

Sie setzten ihre Reise fort.

Kurz nach Mittag ließ Forcht sie Halt machen, damit sie eine weitere Mahlzeit zu sich nehmen konnten. Die Ebene aus Eis erstreckte sich flach und ohne jegliche Konturen in alle Richtungen.

»Es gibt nichts, worüber wir uns hier draußen Sorgen machen müssten«, sagte Rhulad, der auf einem der Schlitten saß. »Wir können jeden sehen, der kommt – oder alles, *was* kommt. Sag uns, Forcht, wie viel weiter werden wir noch gehen? Wo ist dieses Geschenk, dass wir für Hannan Mosag finden sollen?«

»Noch einen weiteren Tagesmarsch nach Norden«, erwiderte Forcht.

»Wenn es denn tatsächlich ein Geschenk ist«, sagte Trull, »von wem stammt es?«

»Ich weiß es nicht.«

Einige Zeit lang sagte niemand ein Wort.

Trull musterte den harten Schnee zu seinen Füßen, und sein Unbehagen vertiefte sich. Etwas Verhängnisvolles hing in der stillen, eisigen Luft. Dass sie so einsam und allein waren, wirkte plötzlich bedrohlich, dass nichts und niemand um sie herum war, wie ein Versprechen unbekannter Gefahren. Dabei war er hier doch unter seinen Blutsverwandten, unter Hiroth-Kriegern. *Genau.*

Dennoch – warum stinkt dieses Geschenk nach Tod?

Eine weitere Nacht. Die Zelte wurden aufgebaut, Essen gekocht und dann die Wachen eingeteilt. Trull hatte die erste. Den Speer in der Hand schritt er am Rand ihres Lagers entlang, wieder und wieder im Kreis herum, um sich wach zu halten. Das Essen in seinem Bauch machte ihn schläfrig, und die schiere Leere der Eisöde schien eine Macht auszustrahlen, die die Konzentration schwächte. Am Himmel über ihm zogen seltsame, sich verändernde Farben dahin, die in unverbundenen Mustern stärker und schwächer wurden. Er hatte solche Dinge schon zuvor gesehen, in den Landen der Hiroth im tiefsten Winter, doch niemals so deutlich, niemals so blühend, und sie hatten auch nie ein so merkwürdig zischendes Lied von sich gegeben, wie Glasscherben, die unter Schritten zermalmt werden.

Als es an der Zeit war, weckte er Theradas. Der Krieger kam aus seinem Zelt und reckte sich, zupfte seinen Fellumhang zurecht, bis er ihn eng einhüllte, und zog dann sein Schwert. Finster starrte er zu dem lebhaften Nachthimmel hinauf, sagte aber nichts.

Trull kroch ins Zelt. Die Luft im Innern war feucht. An den Zeltwänden hatte sich Eis gebildet, das Landkarten von unbekannten Welten auf den straff gespannten, gewachsten Stoff malte. Von draußen erklangen die gleichmäßigen Schritte von Theradas, der seine Runden drehte. Das beruhigende Geräusch begleitete Trull in den Schlaf.

Zusammenhanglose Träume folgten. Er sah Mayen nackt im Wald, wie sie sich auf einen Mann hinunterließ und sich dann voller hungriger Lust wand. Er stolperte näher heran, versuchte, das Gesicht des Mannes zu sehen, zu entdecken, wer er war – und stellte stattdessen fest, dass er sich verirrt hatte. Der Wald schien ihm völlig fremd, war nicht mehr wiederzuerkennen, ein Gefühl, das er noch nie zuvor empfunden hatte und das ihn zutiefst erschreckte. Zitternd kniete er auf dem weichen Lehmboden, während er von irgendwo etwas weiter weg ihre tierischen, rhythmischen Schreie der Lust hören konnte.

Und Verlangen stieg in ihm auf. Nicht nach Mayen, sondern nach dem, was sie in ihrem wilden Loslassen fand, in dem sie sich ohne Ziel dem Augenblick hingab, der Gegenwart, der Zukunft und der Vergangenheit. Einem Augenblick, in dem nicht an irgendwelche Folgen gedacht wurde. Sein Hunger wurde zu einem Schmerz in seinem Innern, wühlte wie eine abgebrochene Messerspitze in seiner Brust, verletzte ihn mit jedem mühsam eingesogenen Atemzug, und in seinem Traum schrie er auf, als antwortete er Mayen, und er hörte, wie sie lachte, als sie ihn wiedererkannte. Ein Lachen, das ihn einlud, sich ihrer Welt anzuschließen.

Mayen, die Verlobte seines Bruders. Ein losgelöster Teil seines Verstands blieb kühl und ungerührt, betrachtete sich selbst fast schon sarkastisch. Er durchschaute die Natur dieses Netzes, diese Seitenblicke voller Neid und seinen eigenen knospenden Appetit.

Männliche Edur waren langsam in diesen Dingen. Das war der Grund, warum sie sich frühestens ein, oft auch erst zwei Jahrzehnte, nachdem sie erwachsen waren, verlobten und schließlich heirateten. Bei den Frauen der Edur erwachte der weibliche Hunger deutlich früher. Unter den Männern gingen verstohlen geflüsterte Gerüchte um, dass die jungen Frauen oft Gebrauch von den Letherii-Sklaven machten, doch Trull bezweifelte, dass diese Gerüchte der Wahrheit entsprachen. Es schien ihm … unvorstellbar.

Den losgelösten Teil seines Selbsts erheiterte dieser Gedanke, als verspottete er Trulls Naivität.

Er wachte fröstelnd auf, schwach vor Zweifeln und Verwirrung, und lag einige Zeit im bleichen Halblicht, das der Dämmerung vorausging und betrachtete seine Atemwölkchen in der dumpfen Luft des Zelts.

Irgendetwas nagte an ihm, doch es dauerte lange, bis ihm klar wurde, was es war. Er hörte keine Schritte.

Trull kroch aus dem Zelt, stolperte über Schnee und Eis, und richtete sich auf.

Es war Rhulads Wache. Am erloschenen Feuer hockte die zusammengekauerte, vermummte Gestalt seines Bruders mit hochgeschlagener Kapuze und gesenktem Kopf.

Trull ging zu Rhulad hinüber und baute sich hinter ihm auf. Plötzlich packte ihn die Wut, als ihm klar wurde, dass sein Bruder schlief. Er nahm seinen Speer in beide Hände, schwang dann das stumpfe Ende in einer raschen Bewegung herum, die seitlich an Rhulads Kopf endete.

Ein gedämpfter Schlag, der seinen Bruder zur Seite kippen ließ. Rhulad stieß einen durchdringenden Schrei aus, als er auf dem festgetrampelten Schnee landete, dann rollte er sich auf den Rücken, suchte nach seinem Schwert.

Trulls Speerspitze war am Hals seines Bruders. »Du bist während deiner Wache eingeschlafen!«, zischte er.

»Bin ich nicht!«

»Ich habe gesehen, dass du geschlafen hast! Ich bin direkt an dich herangetreten!«

»Ich habe nicht geschlafen!« Rhulad mühte sich auf die Beine, eine Hand seitlich an den Kopf gelegt.

Jetzt kamen auch die anderen aus ihren Zelten. Forcht starrte Trull und Rhulad einen Augenblick lang an, dann wandte er sich den Vorräten zu.

Trull zitterte, sog tief die eisige Luft ein. Einen Moment lang kam ihm in den Sinn, wie unverhältnismäßig wütend er war, doch dieser Gedanke wurde hinweggefegt, als ihm wieder bewusst wurde, in welch große Gefahr Rhulad sie alle mit seinem Verhalten gebracht hatte.

»Wir hatten Besuch«, verkündete Forcht, während er sich aufrichtete und den gefrorenen Boden betrachtete. »Sie haben keine Spuren hinterlassen …«

»Und woher weißt du dann, dass sie überhaupt da waren?«, wollte Rhulad wissen.

»Weil alle unsere Lebensmittel weg sind, Rhulad. Sieht so aus, als müssten wir einige Zeit hungern.«

Theradas fluchte und machte sich daran, das Lager in etwas größerem Abstand zu umkreisen. Er suchte eine Spur.

Sie waren hier. Sie hätten uns alle im Schlaf töten können. Und alles nur, weil Rhulad nicht begreift, was es bedeutet, ein Krieger zu sein. Es gab nichts mehr zu sagen, und alle wussten es.

Alle außer Rhulad. »Ich habe nicht geschlafen! Ich schwöre es! Forcht, du musst mir glauben! Ich habe mich einfach nur einen Moment lang hingesetzt, um meine Beine auszuruhen. Ich habe niemanden gesehen!«

»Das ist nicht überraschend«, knurrte Theradas, »mit geschlossenen Lidern.«

»Ihr glaubt, dass ich lüge, aber das tue ich nicht! Ich sage die Wahrheit, das schwöre ich!«

»Lass es gut sein«, sagte Forcht. »Es ist geschehen. Von jetzt an werden wir die Wachen verdoppeln.«

Rhulad ging zu Midik. »Aber du glaubst mir doch, oder?«

Midik Buhn wandte sich ab. »Es war schon ein Kampf für sich, dich für deine Wache aufzuwecken, Rhulad«, sagte er. Seine Stimme klang traurig und müde.

Rhulad stand da wie erstarrt; der Schmerz über den vermeintlichen Verrat stand ihm klar und deutlich ins Gesicht geschrieben. Seine Lippen wurden dünn, als er die Zähne zusammenbiss und sich langsam abwandte.

Die Scheißkerle waren in unserem Lager. Hannan Mosags Vertrauen in uns …

»Brechen wir die Zelte ab und machen, dass wir loskommen«, sagte Forcht.

Trull stellte fest, dass er immer wieder den Horizont absuchte; das Gefühl der Verwundbarkeit war zeitweise beinah überwältigend. Sie wurden beobachtet, wurden verfolgt. Die Leere der Landschaft war in gewisser Hinsicht eine Lüge. Vielleicht war Zauberei am Werk, aber auch das konnte – durfte – Rhulads Fehler nicht entschuldigen.

Das Vertrauen war dahin, und Trull wusste nur zu gut, dass Rhulads Zukunft von nun an durch den verzweifelten Versuch beherrscht werden würde, es zurückzuerlangen. Ein Fehltritt, und der zukünftige Pfad des Jungen war tief zerfurcht und unvermeidlich. Ein einsamer Weg, von allen Seiten bedrängt, jeder Schritt von unzähligen Zweifeln – ob echten oder eingebildeten, der Unterschied war belanglos geworden – gehemmt.

In allem, was seine Brüder und Freunde taten, würde Rhulad eine ununterbrochene Folge von Anschuldigungen sehen. In jeder Geste, jedem Wort, jedem Blick. Und das wirklich Tragische daran war, dass er damit nicht allzu weit von der Wahrheit entfernt sein würde.

Sie konnten es vor dem Dorf nicht geheim halten. Unabhängig davon, ob es eine Schmach für die Sengars war oder nicht, die Geschichte würde herauskommen, würde mit leisem Hohn von Rivalen und Missgünstigen weiter erzählt werden – und davon gab es mehr als genug, wenn sich eine solche Möglichkeit bot. Was geschehen war, war ein Makel, der sie alle beflecken würde, die ganze Familie Sengar.

Sie setzten ihren Weg fort, nordwärts, durch den leeren Tag.

Spät am Nachmittag entdeckte Theradas ein Stück voraus etwas, und wenige Augenblicke später sahen es auch die anderen. Ein Schimmer reflektierten Sonnenlichts, groß, schmal und rechteckig, der sich aus der flachen Ödnis erhob. Es war schwierig, seine Größe abzuschätzen, aber Trull hatte das Gefühl, dass das Ding wirklich war – und unnatürlich.

»Das ist die Stelle«, sagte Forcht. »Hannan Mosags Träume haben die Wahrheit gesagt. Dort werden wir das Geschenk finden.«

»Dann sollten wir machen, dass wir hinkommen«, sagte Theradas und stapfte los.

Der Sparren vor ihnen wurde stetig größer. Risse durchzogen den Schnee und das Eis unter ihren Füßen, als sie näher kamen, stieg das Gelände allmählich an. Der Splitter war aus der Tiefe aufgestiegen, im Rahmen eines kataklysmischen, plötzlichen Ausbruchs, der wagengroße Eisstücke in die Luft geschleudert hatte, die dann geborsten und zur Seite weggerollt waren. Rechteckige Felsen aus Schlamm, jetzt wieder gefroren und reifbestäubt, waren über den Schnee gerollt und umgaben das Gebiet in einem großen Kreis.

Wie Prismen wirkende Flächen fingen das Sonnenlicht im Innern des Sparrens ein und zerlegten es. Das Eis in dem aufragenden Splitter war rein und klar.

Am Fuß der von Rissen durchzogenen Aufwölbung – immer noch dreißig oder mehr Schritte von dem Sparren entfernt – machte die Gruppe Halt. Trull streifte sich das Zuggeschirr des Schlittens ab, und Binadas tat es ihm gleich.

»Theradas, Midik, ihr bleibt hier und bewacht die Schlitten«, sagte Forcht. »Trull, zieh deinen Speer aus der Schlinge. Binadas, Rhulad, an die Flanken. Los geht's.«

Sie stiegen den Hang hinauf, schlängelten sich dabei zwischen Massen aus Eis und Schlamm hindurch.

Ein fauliger Geruch hing in der Luft, ein Gestank nach alter Verwesung und Salzlake.

Binadas zischte warnend und sagte dann: »Der Geist, den Hannan Mosag aus den Tiefen des Ozeans heraufgerufen hat, war hier, unter dem Eis. Dies ist sein Werk, und die Zauberei klingt noch nach.«

»Emurlahn?«, fragte Trull.

»Nein.«

Sie kamen zum Fuß des Sparrens. Sein Umfang war größer als der von tausend Jahre alten Schwarzholzbäumen. Zahllose verdrehte Flächen stiegen auf verwirrende Weise auf, eine Masse glatter, abgescherter Oberflächen, in denen das rote Licht der untergehenden Sonne dick wie Blut floss.

Forcht deutete darauf. »Da. Das Geschenk.«

Und jetzt konnte auch Trull es sehen. Schwach und dunkel, die verschwommenen Umrisse eines zweihändigen Schwerts mit glockenförmigem Handschutz, die Klinge merkwürdig zerbrochen und fleckig – obwohl dieser Effekt auch der Dicke der es umschließenden Eisschicht geschuldet sein konnte.

»Binadas, webe Emurlahn in Trulls Speer. So viel du kannst – das hier wird viele, viele Schatten beanspruchen.«

Ihr Bruder runzelte die Stirn. »Beanspruchen? Auf welche Weise?«

»Das Eis zu zerschmettern wird sie vernichten. Es braucht Auslöschung, um das Geschenk freizulegen. Und erinnere dich daran – schließe keinesfalls deine ungeschützte Hand um den Griff, wenn die Waffe freigelegt ist. Und halte die Gespenster davon ab, dasselbe zu versuchen, denn versuchen werden sie es. Voll verzweifelter Entschlossenheit.«

»Was für eine Art von Schwert ist das?«, flüsterte Trull.

Forcht antwortete nicht.

»Wenn wir diesen Sparren zerschmettern müssen«, sagte Binadas einen Augenblick später, »dann sollten alle anderen ein bisschen Abstand zu mir und Trull halten.«

»Uns wird nichts geschehen«, sagte Forcht. »In dieser Hinsicht war Hannan Mosags Vision eindeutig.«

»Und wie weit reicht diese Vision, Bruder?«, fragte Trull. »Hat er auch unsere Heimreise gesehen?«

Forcht schüttelte den Kopf. »Nur bis zum Zerschmettern, bis das letzte Stückchen Eis fällt. Nicht weiter.«

»Ich frage mich, warum?«

»Dies ist nicht der rechte Zeitpunkt für Zweifel, Trull«, wies ihn Forcht zurecht.

»Ach, nein? Mir scheint, als wäre dieser Zeitpunkt genau der richtige für Zweifel.«

Seine Brüder blickten ihn an.

Trull schaute weg. »Es fühlt sich falsch an.«

»Hast du deinen Mut verloren?«, schnappte Rhulad. »Wir sind bis hierher gegangen, und jetzt kommst du uns mit deinen Zweifeln?«

»Was für eine Art Waffe ist dieses Geschenk? Wer hat sie gemacht? Wir wissen nichts über das, was wir da gleich befreien werden.«

»Unser Hexenkönig hat uns einen Befehl erteilt«, sagte Forcht, dessen Gesicht sich verdüsterte. »Was sollen wir deiner Meinung nach tun, Trull?«

»Ich weiß es nicht.« Er wandte sich an Binadas. »Gibt es denn keine Möglichkeit, dem Ding sein Geheimnis zu entlocken?«

»Ich nehme an, dass ich mehr wissen werde, wenn wir das Schwert aus dem Eis befreit haben.«

Forcht grunzte. »Dann fang an, Binadas.«

Sie wurden von einem Schrei unterbochen. Theradas hatte ihn ausgestoßen. »Ein Wolf!«, rief er und deutete nach Süden.

Das Tier war mit seinem weißen Fell im Schnee kaum auszumachen, wie es da reglos tausend oder mehr Schritt entfernt stand und sie beobachtete.

»Verliert keine Zeit mehr«, trieb Forcht Binadas an.

Schatten strömten von der Stelle aus, an der Binadas stand, blaue Flecken, die über den Schnee krochen, sich den Schaft des Schwarzholzspeers in Trulls Hand hinaufwanden und schließlich in das glänzende Holz einzusickern schienen. Durch seine dicken Pelzhandschuhe fühlte sich die Waffe nicht anders an als vorher, doch Trull war es, als hörte er etwas neues, ein klagendes Geräusch, das in seinen Knochen nachzuhallen schien. Es fühlte sich an wie Entsetzen.

»Nicht mehr«, keuchte Binadas.

Trull warf seinem Bruder einen Blick zu, sah sein blasses Gesicht, die Schweißtropfen auf seiner Stirn. »Sie widersetzen sich?«

Binadas nickte. »Sie wissen, dass sie sterben werden.«

»Wie können Gespenster sterben?«, wollte Rhulad wissen. »Sind sie nicht schon Geister? Die Geister unserer Vorfahren?«

»Nicht unserer Vorfahren«, erwiderte Binadas, doch er ging nicht weiter darauf ein, sondern gab Trull ein Zeichen. »Führe einen Stoß gegen das Eis, Bruder.«

Trull zögerte. Er warf einen Blick über seine linke Schulter, suchte die Ebene ab, bis er den weit entfernten Wolf fand. Das Tier hielt den Kopf gesenkt und hatte die Beine unter den Körper gezogen.

»Tochter Duster«, flüsterte er, »es wird Zeit anzugreifen.« Unten auf der Ebene machten Theradas und Midik ihre Speere bereit.

»Jetzt, Trull!«

Forchts Gebrüll erschreckte ihn, so dass er beinahe den Speer fallen gelassen hätte. Mit zusammengebissenen Zähnen starrte er erneut auf den Sparren und stieß dann die eiserne Speerspitze gegen das Eis.

Noch während die Waffe vorwärts schnellte, nahm Trull aus den Augenwinkeln an allen Seiten Bewegung wahr, als Gestalten sich direkt aus dem Schnee zu erheben schienen.

Dann zerbarst der Sparren zu blendend weißem Nebel.

Schreie erklangen plötzlich.

Trull spürte ein wildes Zerren an dem Speer in seinen Händen, das Schwarzholz klirrte wie Eisen, als zahllose Gespenster ins Freie gerissen wurden. Ihre Todesschreie hallten durch seinen Schädel. Taumelnd packte er den Speer fester, versuchte, durch die Wolke etwas zu sehen.

Waffen klirrten gegeneinander.

Ein Geweih zuckte auf sein Gesicht zu, jede Sprosse zu einer scharfen Spitze geschliffen, die mit Quarzit bestückt war. Trull wich zurück, brachte den Speerschaft zwischen sich und das Geweih. Hielt es in Schach. Er drehte den Speer, veränderte seinen Griff, und es gelang ihm, den Angreifer zu zwingen, das Geweih loszulassen. Es flog zur Seite davon. Ein aufwärts geführter Hieb mit dem Speer, und Trull spürte, wie die stählerne Spitze durch Haut und Fleisch glitt, an Rippen entlangschrammte, kurz wieder freikam und schließlich hart von unten gegen einen Unterkiefer prallte.

Die Szenerie um ihn herum wurde deutlicher. Sie wurden von Wilden angegriffen – kleinen, tierischen Gestalten, die weiße Felle trugen und deren Gesichter hinter flachen, weißen Masken verborgen waren. Von allen Seiten schwärmten die Jheck heran, schwangen an Klauen erinnernde Geweihe und kurze Stoßspeere mit glitzernden Steinspitzen.

Forcht hielt sich drei vom Leibe, während hinter ihm das Schwert stand, aufrecht und vom Eis befreit, die Spitze in den gefrorenen Boden gerammt. Es schien, als versuchten die Jheck verzweifelt, es zu ergattern.

Trull stieß mit dem Speer nach Forchts nächstem Gegner, und die eiserne Spitze grub sich tief in den Hals des Wilden. Blut spritzte auf und strömte den Speerschaft entlang. Er riss die Waffe gerade noch rechtzeitig los, um den letzten Jheck, tödlich verwundet durch einen Schwerthieb, torkelnd vor Forcht zurückweichen zu sehen.

Noch während Trull herumwirbelte, sah er, wie Binadas unter einer Meute Jheck zu Boden ging. Dann hüllten Schatten die sich windenden Gestalten ein.

Rhulad war nirgendwo zu sehen.

Unten hatten Theradas und Midik den Angriff des Wolfs abgewehrt; von Speeren durchbohrt lag das große Tier auf der Seite. Seine Beine zuckten, während Theradas, den Säbel mit der breiten Klinge in der Hand, an ihn herantrat. Zwei weitere Wölfe näherten sich, und mit ihnen ein halbes Dutzend Jheck.

Ein weiteres gutes Dutzend Wilder kam den Hang herauf.

Trull machte seine Waffe bereit.

Nicht weit von ihm entfernt arbeitete sich Binadas unter einem Haufen Leichen hervor. Er war blutüberströmt und versuchte, seine rechte Seite zu schonen.

»Hinter uns, Binadas«, befahl Forcht. »Trull, an meine linke Seite. Schnell.«

»Wo ist Rhulad?«

Forcht schüttelte den Kopf.

Während Trull sich an die linke Seite seines Bruders begab, musterte er die Leichen, die überall im Schnee verstreut lagen. Doch es waren alles Jheck. Dennoch traf ihn die Überzeugung hart wie ein Schlag gegen die Brust. Sie würden hier alle sterben. Sie würden versagen.

Die Wilden auf dem Hang griffen an.

Geweihe flogen aus ihren Händen, messerscharfe Sprossen blitzten auf, als die tödlichen Waffen auf sie zuschossen.

Trull stieß einen lauten Schrei aus und parierte mit seinem Speer, während er den heranwirbelnden Wurfgeschossen auswich. Eines durchbrach seine Verteidigung, und eine Geweihsprosse verpasste ihm einen tiefen Schnitt ins linke Knie. Er keuchte vor Schmerz auf, spürte, wie das Blut in seinen Beinkleidern nach unten lief. Doch das Bein trug sein Gewicht noch, so dass er aufrecht stehen blieb. Hinter ihren Wurfgeschossen kamen die Jheck herangestürmt.

Ein Dutzend Herzschläge waren die beiden Edur nur damit beschäftigt, sich zu verteidigen, dann fanden sie beinahe gleichzeitig Lücken für Gegenangriffe. Schwert und Speerspitze bohrten sich in Fleisch, und zwei Jheck gingen zu Boden.

Hinter Trull und Forcht ertönte ein Kreischen, und die Wilden schreckten zurück, dann schossen sie wie ein Mann nach rechts –

– als Rhulad in ihre Mitte sprang, das lange Schwert mit dem glockenförmigen Handschutz in den Händen.

Ein wilder Hieb, und der Kopf eines Jheck flog von seinen Schultern und hüpfte und kullerte den Hang hinunter.

Ein weiterer Hieb, eine Blutfontäne.

Forcht und Trull stürmten nebeneinander zu den Kämpfenden hin …

… während sich von allen Seiten Speere in Rhulad bohrten. Er kreischte auf, die blutige Klinge schwankte über seinem Kopf. Dann sackte er zusammen. Ein Stoß warf ihn auf den Rücken; noch immer hielt er das Schwert in den Händen.

Die ihn umgebenden Jheck schossen davon, rannten den Hang hinunter, wobei sie ihre Waffen einfach fallen ließen oder in plötzlicher Panik wegwarfen.

Trull schlitterte über das vom Blut schlüpfrige Eis und erreichte seinen Bruder. Die Wunde in seinem Bein war vergessen, als er sich an Rhulads Seite kniete.

»Sie ziehen sich zurück«, sagte Forcht, zwischen keuchenden Atemzügen, während er sich so hinstellte, dass er Trull und Rhulad abschirmen konnte.

Wie betäubt zog Trull einen Handschuh aus und legte die Hand an Rhulads Hals, suchte seinen Puls.

Binadas wankte herbei und ließ sich gegenüber von Trull in den Schnee sinken. »Wie geht es ihm, Bruder?«

Trull blickte auf und starrte seinen Bruder an, bis auch Binadas aufschaute und ihre Blicke sich trafen.

»Rhulad ist tot«, sagte Trull. Er senkte den Blick wieder und sah nun zum ersten Mal die gewaltigen Wunden im Oberkörper seines Bruders, sah das Blut, das die Pelze tränkte und bereits wieder zu gefrieren begann, roch bitteren Urin und stinkende Fäkalien.

»Theradas und Midik kommen«, sagte Forcht. »Die Jheck sind geflohen.« Dann ging er fort, zur Rückseite der Anhöhe.

Aber das ergibt keinen Sinn. Sie hatten uns. Es waren zu viele. Das ergibt alles überhaupt keinen Sinn. Rhulad. Er ist tot. Unser Bruder ist tot.

Kurze Zeit später kehrte Forcht zurück; er hockte sich neben seinen toten Bruder, streckte sanft die Hand aus – um nach dem Schwert zu greifen. Trull schaute zu, wie sich Forchts Hände über denen von Rhulad schlossen, die immer noch den lederumwickelten Griff umklammerten. Schaute zu, wie Forcht versuchte, die toten Finger zu öffnen.

Und es nicht konnte.

Trull musterte die mörderische Waffe. Die Klinge war tatsächlich gesprenkelt, schien aus poliertem Eisen und schwarzen Splittern eines härteren, glasigeren Materials geschmiedet zu sein; die Oberfläche beider Komponenten war von Rissen durchzogen und uneben. Blutspritzer gefroren hier und da, wie eine sich schnell ausbreitende Fäulnis.

Forcht versuchte, das Schwert freizubekommen.

Doch Rhulad wollte es nicht loslassen.

»Hannan Mosag hat uns gewarnt«, sagte Binadas. »Hat er es nicht getan? Lasst nicht zu, dass euer Fleisch das Geschenk berührt.«

»Aber er ist tot«, flüsterte Trull.

Rasch senkte sich die Abenddämmerung auf sie herab; die Luft wurde kälter.

Theradas und Midik traten zu ihnen. Beide waren verwundet, allerdings keiner von beiden ernsthaft. Stumm starrten sie auf Rhulad hinunter.

Forcht lehnte sich zurück. Anscheinend war er zu einem Entschluss gekommen. Er schwieg noch ein paar Augenblicke lang, zupfte langsam an seinen Handschuhen. Dann richtete er sich auf. »Tragt ihn – mitsamt dem Schwert – runter zu den Schlitten. Wir werden seinen Leichnam und das Schwert zusammen einwickeln. Jetzt ist es an Hannan Mosag, das Geschenk den Händen unseres Bruders zu entreißen.«

Niemand sagte etwas.

Forcht musterte seine Begleiter, einen nach dem anderen. Dann sagte er: »Wir werden heute Nacht marschieren. Ich will, dass wir so schnell wie möglich aus dieser Ödnis herauskommen.« Er blickte noch einmal auf Rhulad hinunter. »Unser Bruder ist ein Gebluteter. Er ist als Krieger der Hiroth gestorben. Er wird die Bestattung eines Helden bekommen, eine, an die sich die Hiroth noch lange erinnern werden.«

Im Gefolge der Betäubung kamen ... andere Dinge. Fragen. Doch welchen Sinn hatten sie? Alle Antworten, die sich finden ließen, waren nichts weiter als Mutmaßungen und hatten ihren Ursprung in einer Unsicherheit, die für zahllose Gifte empfänglich war – jenem Haufen von Zweifeln, die selbst jetzt Trulls Gedanken heimsuchten. Wohin war Rhulad verschwunden? Was hatte er erreichen wollen, als er sich mitten zwischen die Wilden geworfen hatte? Er hatte das Verbot, das Geschenk anzufassen, sehr wohl gehört – und dennoch hatte er es getan.

So viel von dem, was geschehen war, erschien ... sinnlos.

Selbst mit seiner allerletzten Tat versucht Rhulad nicht, den Verlust von Vertrauen wieder gutzumachen, unter dem er gelitten hat. Nein, dieses schmutzige Ende ist keine reine Geste. Forcht hatte ihn einen Helden genannt, doch Trull misstraute den Beweggründen seines Bruders. Ein Sohn von Tomad Sengar hatte versagt, hatte seine Pflicht während der Nachtwache nicht erfüllt. Und nun war er tot, hatte sich geopfert – doch dieses Opfer war durch unbegreifliche Beweggründe befleckt.

Diese Fragen führten Trull nirgendwo hin, sie verblassten zu einer neuen Woge, einer Woge, die ihn krank machte, die qualvolle Krämpfe durch seinen Bauch schickte. Rhulads letzte Tat war mutig gewesen. Zumindest das. Ein überraschender Mut, gerade als Trull angefangen hatte, von seinem Bruder … anders zu denken. *Ich habe an ihm gezweifelt. In jeder Hinsicht habe ich an ihm gezweifelt.*

Ein Gefühl von Schuld raunte seinem Herzen etwas zu – ein Geist und die Stimme eines Geistes –, wuchs ungeheuerlich an, mit krallenbewehrten Händen, die zupackten, immer fester zupackten, bis seine Seele zu schreien begann. Ein durchdringender Schrei, den nur Trull hören konnte, ein Geräusch jedoch, das ihn wahnsinnig zu machen drohte. Und alles durchdrungen von einer noch beherrschenderen Empfindung, einer Leere tief in seinem Innern. Er hatte einen Bruder verloren. Ein Gesicht, das nie wieder lächeln würde, eine Stimme, die er nie wieder hören würde. In immer neuen Schichten legte sich das Gefühl des Verlusts schier endlos unheilvoll und schwer auf ihn und drückte ihn nieder.

Er half Forcht, Rhulad und das Schwert in ein Stück gewachstes Leinen – einen Zeltboden – zu wickeln, hörte wie aus großer Ferne Midiks Weinen, lauschte Binadas' Worten, der Wunden verband und Kraft aus Emurlahn zog, um die Heilung zu beschleunigen. Als die Falten aus steifem Stoff sich über Rhulads Gesicht schlossen, gab Trull ein abgehacktes Keuchen von sich, und er schreckte zurück, als Forcht die Hülle mit Lederriemen festzurrte.

»Es ist geschehen«, murmelte Forcht. »Gegen den Tod kann man nicht ankämpfen, Bruder. Er kommt immer, gleichgültig, wo man sich versteckt, wie fieberhaft man ihm zu entfliehen versucht. Der Tod ist der Schatten eines jeden Sterblichen, sein wahrer Schatten, und die Zeit ist sein Diener, der den Schatten langsam herumdreht, bis das, was sich einst hinter einem erstreckt hat, sich dann vor einem erstreckt.«

»Du hast ihn als Helden bezeichnet.«

»Das habe ich, und es war kein leeres Gerede. Er ist auf die andere Seite des Hangs gegangen – deswegen haben wir ihn nicht gesehen – und hat entdeckt, dass die Jheck sich das Schwert mittels einer List aneignen wollten.«

Trull blickte auf.

»Ich habe selbst Antworten gebraucht, Bruder. Er hat auf der anderen Seite des Hügels zwei Angreifer getötet, doch dabei hat er seine Waffe verloren. Ich nehme an, dass noch mehr Jheck gekommen sind, und so muss Rhulad zu dem Schluss gelangt sein, dass er keine Wahl hatte. Die Jheck wollten das Schwert. Sie hätten ihn töten müssen, um es zu bekommen. Trull, es ist vorbei. Er ist gestorben, geblutet und tapfer. Ich habe die Leichen auf der anderen Seite gesehen, bevor ich zu dir und Binadas zurückgekehrt bin.«

Alle meine Zweifel, das Gift des Misstrauens in all seinen widerlichen Geschmacksrichtungen – hol' mich Tochter Duster –, aber ich habe es in vollen Zügen getrunken.

»Trull, wir brauchen dich und deine Fähigkeiten mit dem Speer in unserem Rücken«, sagte Forcht. »Sowohl Binadas als auch Rhulad werden auf den Schlitten gezogen werden müssen, und das müssen Theradas und ich tun. Midik übernimmt die Spitze.«

Trull blinzelte verwirrt. »Binadas kann nicht gehen?«

»Seine Hüfte ist gebrochen, und er hat nicht mehr genug Kraft, um sich zu heilen.«

Trull richtete sich auf. »Glaubst du, sie werden uns verfolgen?«

»Ja«, sagte Forcht.

Ihre Flucht begann. Die Dunkelheit brach über sie herein und ein Wind kam auf, der den feinkörnigen Schnee hoch aufwirbelte, bis der Himmel selbst grauweiß war und tief über ihren Köpfen zu hängen schien. Die Temperatur fiel noch weiter, wie mit bösartiger Absicht, bis selbst die Pelze, die sie trugen, kaum noch etwas nützten.

Trull schonte sein verwundetes Bein, während er zwanzig Schritt hinter den Schlitten dahintrabte, die im Schneegestöber kaum zu sehen waren. Er hielt den mit gefrorenem Blut überkrusteten Speer in seinen Fäusten – eine Tatsache, derer er sich alle paar Augenblicke vergewisserte, weil seine Finger taub waren, doch auch das ermutigte ihn nicht sonderlich. Der Feind mochte sehr wohl schon überall um ihn herum sein, knapp außerhalb seiner Sichtweite durch die

Dunkelheit stapfen, nur Augenblicke davon entfernt, heranzustürmen.

Er würde keine Zeit zum Reagieren haben, und selbst wenn es ihm gelingen sollte, einen Warnschrei auszustoßen, würde er vom Wind davon gerissen werden, und seine Kameraden würden nichts hören. Und sie würden auch nicht umkehren, um seine Leiche zu holen. Das Geschenk musste überbracht werden.

Trull rannte weiter, suchte pausenlos die Landschaft links und rechts von sich ab, wandte gelegentlich den Kopf, um nach hinten zu blicken, obwohl er nichts als blasses Weiß sah. Der rhythmisch wiederkehrende, stechende Schmerz in seinem Knie durchdrang schneidend eine wachsende, tödliche Mattigkeit, die einsickernde Erschöpfung verlangsamte das Zittern unter seinen Pelzen und zerrte an seinen Gliedern.

Die Ankunft der Morgendämmerung wurde von einem trägen, zögernden Zurückweichen der alles durchdringenden Düsternis angekündigt – die Gewalt des Schneesturms veränderte sich ebensowenig wie die Temperaturen. Trull hatte seine Wachsamkeit aufgegeben. Er rannte einfach nur noch weiter, setzte einen Fuß vor den anderen, seine mit Eis überzogenen Mokassins waren alles, was er noch im Blick hatte. Seine Hände waren in den Handschuhen merkwürdig warm geworden, eine entfernte Wärme, die sich irgendwo hinter seinen Handgelenken sammelte. Irgendetwas daran beunruhigte ihn ein wenig.

Der Hunger war verschwunden, genau wie die Schmerzen in seinem Knie.

Ein prickelndes Unbehagen, und Trull blickte auf.

Die Schlitten waren nirgendwo zu sehen. Keuchend sog er die bittere Luft in die Lunge, verlangsamte seine Schritte, blinzelte, als er versuchte, durch die Eiskristalle in seinen Wimpern zu sehen. Das gedämpfte Tageslicht verblasste. Er war den ganzen Tag lang gerannt, hirnlos wie ein Mühlstein, und eine weitere Nacht war nicht mehr fern. Und er hatte sich verirrt.

Trull ließ den Speer fallen. Er schrie vor Schmerz auf, als er die Arme schwenkte und versuchte, mehr Blut in seine kalten, steifen

Muskeln zu pumpen. Er krümmte seine Finger in den Handschuhen zu Fäusten und war entsetzt, als ihm das kaum gelingen wollte. Die Wärme wurde wärmer, dann heiß, und schließlich brannte es, als hielte er seine Finger in ein Feuer. Er kämpfte gegen die Agonie an, schlug sich mit den Fäusten gegen die Oberschenkel, spannte sie trotz der Wogen aus brennendem Schmerz immer wieder an.

Er war von Weiß umgeben, als wäre die wirkliche Welt weggekratzt worden, als sei sie von Schnee und Wind abgetragen und dem Vergessen überantwortet worden. Entsetzen meldete sich flüsternd in seinem Verstand, denn er spürte, dass er nicht allein war.

Trull hob den Speer wieder auf. Er musterte den wirbelnden Schnee auf allen Seiten. Eine Richtung schien ein wenig dunkler zu sein als alle anderen – Osten –, und er stellte fest, dass er genau nach Westen gerannt war. Dass er der unsichtbaren Sonne gefolgt war. Und jetzt musste er sich nach Süden wenden.

Bis seine Verfolger des Spiels müde wurden.

Er setzte sich wieder in Bewegung.

Hundert Schritt. Er warf einen Blick zurück – und sah zwei Wölfe aus dem wirbelnden Schnee auftauchen. Trull blieb stehen und drehte sich um. Die Tiere verschwanden wieder.

Mit hämmerndem Herzen zog Trull sein Langschwert und rammte es mit der Spitze voran in den festgebackenen Schnee. Dann ging er sechs Schritte zurück und machte seinen Speer bereit.

Sie kamen wieder, und dieses Mal griffen sie an.

Er hatte gerade noch Zeit, seinen Speer auf dem Boden abzustützen und sich auf ein Knie sinken zu lassen, ehe das erste Tier bei ihm war. Der Speerschaft bog sich, als die stählerne Spitze sich genau in das Brustbein bohrte. Der Knochen und das Schwarzholz brachen gleichzeitig, und dann war es, als prallte ein Felsbrocken gegen ihn, der ihn rücklings durch die Luft schleuderte. Er landete auf seiner linken Schulter und rollte sich in einer Wolke aus Schneestaub ab. Während er sich überschlug, erhaschte er einen Blick auf seinen linken Unterarm; von den schwarzen Splittern, die darin steckten, tropfte Blut. Schließlich stieß er gegen sein Langschwert und kam zum Halten.

Trull riss es aus dem Schnee und richtete sich halb auf, während er sich umdrehte.

Eine Masse aus weißem Fell mit weit aufgerissenen schwarzen Lefzen kam rasend schnell auf ihn zu.

Laut aufbrüllend schlug Trull horizontal mit dem Schwert zu und fiel hin, nachdem er den verzweifelten Hieb geführt hatte.

Die stählerne Schneide glitt durch Knochen, erst die einen, dann die anderen.

Der Wolf fiel auf ihn, die Vorderpfoten auf halber Höhe abgetrennt. Blut schoss aus den Stümpfen.

Zähne schlossen sich in schnappendem Wahnsinn um seine Klinge.

Trull trat um sich, bis er sich befreit hatte, und riss dem Wolf das Schwert aus dem Maul. Blut schoss heraus, und eine Zunge fiel auf das verkrustete Eis vor ihm; die Muskeln zuckten, als wäre das Ding lebendig. Er ging in die Hocke und machte dann einen Satz auf das zappelnde Tier zu. Rammte ihm die Schwertspitze in den Hals.

Der Wolf keuchte, trat um sich, als versuchte er zu entkommen, und sackte dann reglos auf dem blutroten Schnee zusammen.

Trull taumelte zurück. Er sah das erste Tier, das noch immer da lag, wo der Speer ihm das Leben geraubt hatte, ehe er zerbrochen war. Hinter dem Kadaver standen drei Jheck-Jäger – die wieder mit dem alles umhüllenden Weiß verschmolzen.

Blut strömte Trulls linken Unterarm hinunter und sammelte sich in seinem Handschuh. Er hob den Arm und drückte ihn sich gegen den Bauch. Die Splitter herauszuziehen würde warten müssen. Keuchend legte er das Schwert aus der Hand und schob seinen linken Unterarm unter den Speergurt. Dann hob er sein Schwert wieder auf und ging weiter.

Nichts als Vergessen auf allen Seiten. Ein Vergessen, in dem Alpträume erblühen konnten, plötzlich und ungehindert, die auf ihn zurasten, so schnell sein von Entsetzen beherrschter Verstand sie zum Leben erwecken vermochte … einen nach dem anderen, in endloser Folge, bis der Tod ihn holte – bis das Weiß hinter seine Augen glitt.

Er torkelte weiter, fragte sich, ob der Kampf tatsächlich stattgefunden hatte, nicht willens, nach unten zu sehen, um sich der Wunden an seinem Arm zu vergewissern – denn er fürchtete, nichts zu sehen. Er konnte unmöglich zwei Wölfe getötet haben. Er konnte sich unmöglich dafür entschieden haben, einfach in die eine Richtung und nicht in eine andere zu schauen, um dem Angriff frontal entgegenzutreten. Er konnte unmöglich sein Schwert genau die richtige Anzahl von Schritten hinter sich in den Schnee gerammt haben, als hätte er vorher gewusst, wie weit der Aufprall ihn nach hinten schleudern würde. Nein, er hatte sich den ganzen Kampf nur eingebildet. Jede andere Erklärung ergab keinerlei Sinn.

Und daher schaute er nach unten.

Unmengen von Splittern ragten wie verdrehte Dornen aus seinem Unterarm. Ein sich schwarz verfärbendes Schwert in seiner rechten Hand; an dem geronnenen Blut in der Nähe der Parierstange klebte ein weißes Fellbüschel. Sein Speer war fort.

Ich habe Fieber. Die Willenskraft meiner Gedanken ist durch meine Augen herausgesickert und verdreht alles, was ich sehe. Selbst die Schmerzen in meiner Schulter sind nichts als Einbildung.

Rasche Schritte hinter ihm.

Mit einem Aufschei wirbelte Trull herum – sein Schwert zischte durch die Luft.

Die Klinge grub sich knapp über dem Ohr seitlich in den Schädel eines Wilden. Knochen brachen, Blut spritzte aus dem Auge und dem Ohr auf dieser Seite. Die Gestalt brach zusammen.

Ein anderer schoss tief gebückt von rechts heran. Trull machte einen Satz rückwärts, wobei er gleichzeitig seine Klinge nach vorn stieß. Er beobachtete – und die Bewegung erschien ihm erschreckend langsam – wie der Jheck seinen Speer drehte, um zu parieren. Beobachtete, wie das Schwert unter dem Hindernis hindurchtauchte, sich dann erneut streckte, um schließlich mit der Spitze voran unter das linke Schlüsselbein des Mannes zu gleiten.

Ein dritter Angreifer zu seiner Linken, der mit der Speerspitze auf Trulls Augen zielte. Er beugte sich nach hinten, drehte sich auf seinem rechten Fuß einmal im Kreis, und führte die Klinge seines

Schwerts sanft über die Kehle des Wilden. Eine rote Flut ergoss sich über die Brust des Jheck.

Trull vollendete seine Drehung und nahm seinen Dauerlauf wieder auf; der Schnee stach ihm in die Augen.

Nichts als Alpträume.

In Wirklichkeit lag er reglos am Boden, und der Schnee deckte ihn langsam zu, während sein Geist immer weiterrannte, vor dieser Lüge floh, dieser leeren Welt, die gar nicht leer war, diesem dichten Weiß, das sich wieder und wieder unvermittelt in Farbe und Bewegung verwandelte.

Angreifer, die aus der Dunkelheit und dem Schneegestöber auftauchten. Augenblicke fiebrigen Kampfes, Funken und das Zischen von Stahl und das Krachen von Holz und Stein. Eine Folge von Überfällen, die kein Ende zu nehmen schien, was Trull davon überzeugte, dass er tatsächlich in einem Alptraum gefangen war, der sich immer weiter in sich zusammenfaltete. Jedesmal tauchten die Jheck zu dritt auf; es waren niemals mehr, und der Hiroth-Krieger begann zu glauben, dass es immer dieselben drei waren, die nur starben, um wieder aufzuerstehen – und so würde es weitergehen, bis sie schließlich Erfolg haben würden, bis sie ihn schließlich töten würden.

Und dennoch kämpfte er weiter, ließ Blut und Leichen auf seinem Weg zurück.

Er rannte, und der Schnee knirschte unter seinen Füßen.

Und dann erstarb der Wind – urplötzlich, wie ein letztes Ausatmen.

Voraus waren Flecken aus dunkler Erde. Er brach durch eine unsichtbare Barriere – zu seiner Rechten schimmerte fahl eine untergehende Sonne, er spürte kühle, feuchte Luft träge dahinfließen, und der Geruch von Schlamm stieg ihm in die Nase.

Und Rufe, Gestalten zu seiner Linken, gut fünfhundert Schritt entfernt. Als Brüder des gleichen Herdes begrüßten die Toten seine Ankunft.

Trull taumelte auf sie zu, während ein freudiges Gefühl in ihm aufwallte. Dann würde er also nicht für immer allein als Geist herumwandern müssen. Nein, Verwandte würden an seiner Seite sein. Forcht und Binadas. Und Rhulad.

Midik Buhn und Theradas kamen ihm entgegengerannt.

Alles Brüder. Meine Brüder …

Das Licht der Sonne flackerte, kräuselte sich wie Wasser, und dann wallte – einer alles verschlingenden Flut gleich – Dunkelheit in ihm auf.

Die Schlitten standen ein Stück zur Seite, ihre Kufen waren im Schlamm begraben. Auf einem lag eine eingewickelte Gestalt, um die Eisbrocken herumgelegt und festgezurrt worden waren. Binadas saß mit geschlossenen Augen aufgestützt auf dem anderen Schlitten; die Schmerzen hatten tiefe Linien in sein Gesicht gegraben.

Trull setzte sich langsam auf. Ihm war schwindlig, und er fühlte sich merkwürdig unbeholfen. Pelze fielen von ihm ab, als er langsam und wacklig aufstand und sich benommen umschaute. Im Westen schimmerte glatt und grau ein See unter einem bedeckten Himmel. Der schwache Wind war warm und feucht.

Ein Feuer war entzündet worden, und darüber war ein magerer Hase aufgespießt; Midik Buhn kümmerte sich um den Braten. Etwas abseits standen Forcht und Theradas, die Gesichter den entfernten Eisfeldern im Osten zugewandt, während sie sich leise unterhielten.

Der Geruch des brutzelnden Fleischs zog Trull ans Feuer. Midik Buhn blickte zu ihm auf und schaute dann schnell weg, als wäre er von etwas beschämt.

Trulls Finger schmerzten heftig, und er hob die Hände, um sie sich anzusehen. Seine Finger waren rot, und überall schälte sich die Haut, aber zumindest hatte er sie nicht an die Kälte verloren. Tatsächlich schien er heil zu sein, obwohl seine Lederrüstung über der Brust und an den Schultern in Fetzen hing. Er konnte sehen, dass das wattierte Unterzeug aufgeschlitzt war und hier und da dunkelrote Flecken hatte, und an diesen Stellen spürte er den Schmerz oberflächlicher Wunden.

Dann waren die zahllosen Angriffe also doch kein Alptraum gewesen. Er wollte sein Schwert überprüfen und stellte fest, dass er keinen Schwertgurt mehr trug. Einen Augenblick später entdeckte er seine Waffe, die an einem Packsack lehnte. Sie war kaum wiederzuerkennen. Die Klinge war verbogen, die Schneide so schartig, dass das Schwert kaum mehr als eine Keule war.

Schritte erklangen hinter ihm, und Trull drehte sich um.

Forcht legte ihm eine Hand auf die Schulter. »Trull Sengar, wir haben nicht damit gerechnet, dich je wiederzusehen. Es war eine tollkühne Taktik, die Jheck von unserer Spur wegzuführen, und sie hat uns das Leben gerettet.« Er nickte in Richtung des Schwerts. »Deine Waffe erzählt die Geschichte. Weißt du, wie viele du besiegt hast?«

Trull schüttelte den Kopf. »Nein. Forcht, ich habe sie nicht absichtlich von euch weggelockt. Ich habe mich im Sturm verirrt.«

Sein Bruder lächelte und sagte nichts.

Trull warf Theradas einen Blick zu. »Ich habe mich verirrt, Theradas Buhn.«

»Das spielt keine Rolle«, erwiderte Theradas brummig.

»Ich dachte, ich wäre tot.« Trull schaute weg und rieb sich das Gesicht. »Ich habe euch gesehen und dachte, ich würde mich im Tode zu euch gesellen. Ich habe erwartet …« Er schüttelte den Kopf. »Rhulad …«

»Er war ein wahrer Krieger, Trull«, sagte Forcht. »Wir haben es geschafft, und jetzt müssen wir weiter. Es sind Arapay hierher unterwegs – Binadas ist es gelungen, ihre Schamanen auf unsere Notlage aufmerksam zu machen. Sie werden unsere Heimreise beschleunigen.«

Trull nickte abwesend. Er starrte zu dem Eisfeld hinüber. Erinnerte sich daran, wie der eisige Boden sich unter seinen Mokassins angefühlt, wie seine Schritte geklungen hatten; erinnerte sich an die Windböen, die zehrende Kälte. Und die entsetzlichen Jheck, stumme Jäger, die eine gefrorene Welt für sich beanspruchten. Sie hatten das Schwert gewollt. Warum?

Wie viele Jheck konnten die Eisfelder ernähren? Wie viele hatten sie getötet? Wie viele Frauen und Kinder würden jetzt trauern? Und hungern?

Wir hätten fünfhundert Mann sein müssen. Dann hätten sie uns einfach in Ruhe gelassen.

»Seht mal, da drüben!«

Bei Midiks Ruf drehte Trull sich um, schaute in die Richtung, in die Midik zeigte. Nach Norden, wo ein Dutzend großer Tiere vom Eis herabkam; sie waren vierbeinig und braun bepelzt, und trugen lange, geschwungene Stoßzähne beiderseits einer dicken, gekrümmten Schnauze.

Gewichtig und majestätisch stapften die Kreaturen auf den See zu.

Dies ist nicht unsere Welt.

Ein Schwert wartete im nicht nachlassenden Griff einer Leiche, die von gewachster Leinwand umhüllt und mit Eis umgeben war. Eine Waffe, die mit der unerbittlichen Umarmung der Kälte vertraut war. Sie gehörte nicht in Hannan Mosags Hände.

Es sei denn, der Hexenkönig hatte sich verändert.

Und vielleicht hat er das auch.

»Komm und iss etwas, Trull Sengar«, rief sein Bruder hinter ihm.

Schwestern, habt Erbarmen mit uns, mit der Art und Weise, wie wir einfach immer weiter und weiter machen. Ich wünschte, wir wären alle dort hinten, in der Eisöde gestorben. Ich wünschte, wir hätten versagt.

Kapitel Neun

Du magst auf diese Art geschrieben sein
in Stränge gesponnen, in Fäden genäht
Blut gewoben zu dem Kind, das du einst warst
hingekauert im Schoß der Nacht
Und die Dämonen außerhalb deines Augenwinkels
strömen herab
in einem Wirbel spinnenartiger Glieder,
und sie verschnüren dich eng
um dich später zu fressen.
Du magst auf diese Art geschrieben sein
sinnlos niedergestochen am Straßenrand
aufgelauert auf dem dunklen Pfad
und die Erinnerungen außerhalb deines Augenwinkels
nähren sich am Schlamm
grässliche Flüssigkeiten rinnen
aus unglaubwürdiger Vergangenheit
und all dem, was gewesen sein mag.
Du würdest auf diese Weise geschrieben sein
könntest du den Kadaver zerbrechen
und einmal mehr das Kind entfalten
das du einst warst.

Aufgelauert
Wrathen Urut

An den Strand gespült, nackt und grau, lag der junge Mann reglos im Sand. Seine braunen Haare waren ein wirres Durcheinander, in das auch Zweige und Tangfäden verwoben waren. Schuppige Vögel stolzierten um den Körper herum.

Sie stoben auseinander, als Withal näher kam und erhoben sich flügelschlagend in die Luft. Als kurz darauf drei schwarze Naechts vom Grasstreifen heruntersprangen, kreischten die Vögel auf und wirbelten aufs Wasser hinaus.

Withal ging neben der Gestalt in die Hocke und musterte sie einen Moment lang, dann streckte er einen Arm aus und rollte sie auf den Rücken.

»Wach auf, Junge.«

Augen wurden aufgerissen, Augen, in denen überraschtes Entsetzen und Schmerz zu lesen waren. Der Mund öffnete sich, der Nacken reckte sich, und durchdringende Schreie stiegen in die Luft. Der junge Mann wand sich in Krämpfen, seine Beine bewegten sich zuckend über den Sand, und er riss sich mit den Händen an den Haaren.

Withal blieb einfach hocken und wartete.

Die Schreie wurden heiser, wurden allmählich von Schluchzern abgelöst. Die Krämpfe ließen nach, wurden zu Wogen des Erschauerns, und schließlich rollte sich der junge Mann langsam im Sand zusammen.

»Es wird leichter, so hofft man«, murmelte Withal.

Der Kopf wandte sich ihm zu; große, feuchte Augen richteten sich auf Withal. »Was ... Wo ...«

»Das sind die beiden Fragen, die ich am wenigsten beantworten kann, mein Junge. Lass es uns daher mit den leichteren versuchen. Ich heiße Withal und stamme aus der Dritten Stadt der Meckros. Du bist hier – wo immer hier auch sein mag –, weil mein Herr es so will.« Er richtete sich ächzend auf. »Kannst du aufstehen? Er erwartet dich im Landesinnern – es ist nicht weit.«

Der Blick wanderte von ihm weg zu den drei Naechts am Rand des Grasstreifens. »Was sind das für Dinger? Was macht der eine da?«

»Das sind Bhoka'ral. Naechts. Nenne sie, wie du willst. So wie ich. Derjenige, der das Nest baut, ist Pule, ein junges Männchen. Für das Nest da hat er fast eine Woche gebraucht – sieh nur, wie besessen er davon ist, wie er hier und da Zweige zurechtrückt, Tang hineinflicht, immer wieder mit kritischem Blick darum herumgeht. Das ältere Männchen, das da drüben steht und Pule beobachtet, ist Rind. Er ist ziemlich übermütig, wie du sehen wirst. Das Weibchen, das sich da auf dem Felsen putzt, ist Mape. Du bist zu einem ziemlich günstigen Zeitpunkt angekommen, mein Junge. Schau nur.«

Der Nestbauer – Pule – zog sich ganz allmählich von dem komplizierten Gebilde am Rand des Grünstreifens zurück; sein schwarzer Schwanz zuckte von einer Seite zur anderen, sein Kopf bewegte sich auf und ab. Fünfzehn Schritte vom Nest entfernt setzte er sich plötzlich hin, verschränkte die Arme und schien angelegentlich den farblosen Himmel zu mustern.

Das Weibchen – Mape – hörte auf, sich zu putzen, verharrte einen Augenblick und schlenderte dann beiläufig auf das Nest zu.

Pule wurde ganz starr, auch wenn er sich sichtlich bemühte, weiterhin zum Himmel hochzustarren.

Als Mape das Nest erreichte, zögerte sie kurz – und griff dann an. Treibholz, Gräser und Zweige flogen in alle Richtungen. Binnen weniger Augenblicke war das Nest in einem Ausbruch wilder Raserei zerstört, und Mape hockte sich in die Überreste und urinierte.

Ganz in der Nähe wälzte sich Rind auf dem Boden und lachte sich halb tot.

Pule sackte offensichtlich niedergeschlagen in sich zusammen.

»Das ist schon so oft passiert, dass ich keine Lust mehr habe, mitzuzählen«, sagte Withal seufzend.

»Wie kommt es, dass du meine Sprache sprichst?«

»Ich konnte sie schon vorher ein bisschen, von den Händlern. Mein Herr hat diese Kenntnisse, wie es scheint, verbessert. Ein Geschenk, könnte man sagen; eines aus einer ganzen Reihe von Geschenken, um die ich nicht gebeten habe – um kein einziges davon. Ich fürchte«, fuhr er fort, »du wirst das bald ähnlich sehen, mein Junge. Wir sollten machen, dass wir loskommen.«

Withal schaute zu, wie der junge Mann sich auf die Beine mühte. »Du bist groß«, bemerkte er, »aber ich habe schon größere gesehen.«

Erneut zeichneten sich Schmerzen auf dem Gesicht des Jungen

ab, und er beugte sich vornüber. Withal trat zu ihm und stützte ihn, ehe er umkippte.

»Es sind Geisterschmerzen, mein Junge. Geisterschmerzen und Geisterangst. Kämpfe dagegen an.«

»Nein! Sie sind echt! Sie sind *echt*, du Scheißkerl!«

Withal musste sich anstrengen, als der Junge mit seinem vollen Gewicht in seine Arme sank. »Genug jetzt. Es ist gut. Steh auf!«

»Nein, es ist nicht gut! Ich *sterbe*!«

»Hoch jetzt, verdammt noch mal!«

Ein grobes Schütteln, dann stieß Withal ihn weg.

Der Junge stolperte, richtete sich langsam auf, atmete tief und rau. Er begann zu zittern. »Es ist so kalt …«

»Beim Atem des Vermummten, mein Junge, es ist glühend heiß. Und es wird jeden Tag heißer.«

Die Arme um den Oberkörper geschlungen, betrachtete der junge Mann Withal. »Wie lange … lebst du schon hier?«

»Länger als es mir lieb ist. Manche Entscheidungen liegen nicht im eigenen Ermessen. Nicht in deinem, nicht in meinem. Komm jetzt, unser Herr verliert sonst die Geduld. Folge mir.«

Der Junge stolperte hinter ihm her. »Du hast ›unser‹ Herr gesagt.«

»Habe ich das?«

»Wo sind meine Kleider? Wo sind meine – nein, ist nicht wichtig –, es schmerzt, sich zu erinnern. Ist nicht wichtig.«

Sie erreichten den Grasstreifen; verwitterte Gräser zerrten an ihren Beinen, als sie sich auf den Weg ins Landesinnere machten. Die Naechts schlossen sich ihnen an. Sie trotteten und hüpften, johlten und schnaubten, während sie mit ihnen Schritt hielten.

Zweihundert Schritte voraus kauerte ein zerfetztes Zelt aus verblichener, fleckiger Leinwand auf dem Boden. Dichte graubraune Rauchwolken trieben aus dem weit offen stehenden Eingang, wo der größte Teil der einen Seite zurückgeschlagen worden war, um einen Blick ins Innere freizugeben.

Wo eine vermummte Gestalt saß.

»Das ist er?«, fragte der Junge. »Das ist dein Herr? Dann bist du also ein Sklave?«

»Ich diene ihm«, erwiderte Withal, »aber ich bin nicht sein *Eigentum.*«

»Wer ist er?«

Withal warf einen Blick zurück. »Er ist ein Gott.« Er bemerkte den ungläubigen Gesichtsausdruck des Jungen und lächelte schief. »Einer, der schon bessere Tage gesehen hat.«

Die Naechts blieben stehen und kauerten sich zu dritt eng aneinander.

Ein paar letzte Schritte über verwitterten Boden, dann trat Withal zur Seite. »Ich habe ihn am Strand gefunden«, sagte er zu der sitzenden Gestalt, »wenige Augenblicke vor den Echsenmöwen.«

Die Dunkelheit verbarg die Gesichtszüge des Verkrüppelten Gottes, wie es immer der Fall war, wenn Withal zu ihm zitiert wurde. Der Rauch aus dem Kohlebecken erfüllte das Zelt, quoll aus dem Eingang und wehte mit der sanften Brise davon. Eine knorrige dünne Hand tauchte aus den Falten eines Ärmels auf, als der Gott winkte. »Komm näher«, krächzte er. »Setz dich.«

»Du bist nicht mein Gott«, sagte der Junge.

»Setz dich hin. Ich bin weder kleinlich noch allzu feinfühlig, junger Krieger.«

Withal sah, dass der junge Bursche zögerte; schließlich setzte er sich aber doch auf den Boden, verschränkte die Beine und schlang die Arme um den zitternden Oberkörper. »Es ist kalt.«

»Ein paar Felle für unseren Gast, Withal.«

»Felle? Wir haben keine …« Er unterbrach sich, als er das Bündel Bärenfelle sah, das neben ihm aufgestapelt war. Er hob es auf und warf es dem jungen Burschen zu.

Der Verkrüppelte Gott streute ein paar Samen über die glühenden Kohlen. Prasselnde Geräusche, dann noch mehr Rauch. »*Frieden.* Wärme dich auf, Krieger, während ich dir vom Frieden erzähle. Geschichte ist unfehlbar, und selbst der unaufmerksamste Sterbliche kann sie verstehen, wenn sie sich nur oft genug wiederholt. Betrachtest du Frieden als wenig mehr als die Abwesenheit von Krieg? Oberflächlich betrachtet ist er vielleicht genau das. Doch lass mich die typischen Eigenschaften von Frieden beschreiben, mein junger

Freund. Eine alles durchdringende Betäubung der Sinne, eine Dekadenz, die die Kultur heimsucht, weil Letztere zunehmend von niederer Unterhaltung besessen ist. Die höchsten Tugenden – Ehre, Loyalität, Opferbereitschaft – werden als kitschige Ikonen hochgehalten, als Währung für die billigsten Mühen. Je länger der Friede andauert, desto häufiger werden diese Worte gebraucht, und desto schwächer werden sie. Gefühlsduselei durchdringt das tägliche Leben. Alles wird eine Nachäffung seiner selbst, und der Geist wird … ruhelos.«

Der Verkrüppelte Gott machte eine Pause, um rasselnd Atem zu schöpfen. »Ist dies eine außergewöhnlich pessimistische Sichtweise? Erlaube mir, mit meiner Beschreibung dessen, was auf eine Periode des Friedens folgt, fortzufahren. Alte Krieger sitzen in Gasthäusern, erzählen Geschichten von einer kraftvollen Jugend, von ihrer Vergangenheit, als alles einfacher und klarer war. Sie sind dem Verfall um sie herum gegenüber nicht blind, sie sind gegen den Verlust des ihnen gebührenden Respekts nicht immun – des Respekts für all das, was sie für ihren König, ihr Land, ihre Mitbürger gegeben haben.

Die Jungen dürfen nicht dem Vergessen preisgegeben werden. Es gibt immer Feinde jenseits der Grenze, und wenn es keine echten gibt, dann müssen sie erschaffen werden. Alte Verbrechen, die aus der gleichgültigen Erde gegraben werden. Kränkungen und offene Beleidigungen, oder Gerüchte darüber. Eine plötzlich wahrgenommene Bedrohung, wo vorher keine war. Die Gründe spielen keine Rolle – alles, was eine Rolle spielt, ist, dass aus Frieden Krieg wird, und wenn die Reise erst einmal begonnen hat, ist ihr Schwung rasch unwiderstehlich.

Die alten Krieger sind zufrieden. Die Jungen brennen vor Eifer. Der König fürchtet sich, doch er ist von heimischer Drangsal erlöst. Die Armee holt ihr Öl und ihre Wetzsteine hervor. In den Schmieden glüht geschmolzenes Eisen, die Ambosse klingen wie Tempelglocken. Kornhändler und Waffenschmiede und Tuchhändler und Pferdehändler und zahllose andere Versorger lächeln zufrieden angesichts der Aussicht auf neuen Reichtum. Eine neue Energie erfasst das Königreich, und die wenigen Stimmen, die noch Einwände erheben, werden rasch zum Schweigen gebracht. Anklagen wegen Verrat und Massenhinrichtungen überzeugen die Zweifler schnell.«

Der Verkrüppelte Gott spreizte die Hände. »Frieden, mein junger Krieger, wird aus Erleichterung geboren, in Erschöpfung ertragen und stirbt an falschen Erinnerungen. Falschen? Ach, vielleicht bin ich zu zynisch. Vielleicht bin ich zu alt, habe zu viel gesehen. Gibt es so etwas wie Ehre, Loyalität und Opferbereitschaft tatsächlich? Was verwandelt sie in leere Worte, in Worte, die durch ihren übermäßigen Gebrauch jeglichen Wert verloren haben? Wie lauten die Regeln, nach denen das Gefüge des Geistes aufgebaut ist, und die die Zivilisation wiederholt verdreht und verspottet?«

Er veränderte seine Haltung leicht, und Withal spürte, dass der Gott ihn anschaute. »Withal aus der Dritten Stadt. Du hast in Kriegen gefochten. Du hast Waffen geschmiedet. Du hast Mut und Opferbereitschaft gesehen. Was sagst du zu alledem?«

»Nichts«, erwiderte Withal.

Abgehacktes Gelächter. »Du fürchtest, mich zu verärgern, ja? Dazu besteht kein Grund. Ich gebe dir die Erlaubnis zu sagen, was du denkst.«

»Ich habe selbst in einer Menge Gasthäusern gesessen«, sagte Withal, »zusammen mit meinen Kameraden, die Veteranen waren wie ich. Vielleicht waren wir einfach eine erlesene Gruppe, die noch nicht so blind vor lauter Gefühlsduselei war, dass sie einer Zeit des Schreckens und Entsetzens sehnsüchtig nachgetrauert hätte. Haben wir versucht, die Tage unserer Jugend zu verlängern? Nein. Haben wir vom Krieg gesprochen? Nicht, wenn wir es vermeiden konnten, und wir haben uns viel Mühe gegeben, es zu vermeiden.«

»Warum?«

»Warum? Weil die Gesichter zurückkommen. Junge Gesichter, eines nach dem anderen. Ein aufflackernder Augenblick des Lebens – und eine Ewigkeit des Todes, da, in unseren Gedanken. Weil Loyalität nichts ist, worüber man spricht, und Ehre ertragen werden muss. Weil Mut überlebt werden muss. Diese Tugenden, Angeketteter, gedeihen im Schweigen.«

»In der Tat«, krächzte der Gott und beugte sich vor. »Doch wie sie in Friedenszeiten wuchern! Wieder und wieder wird mit ihnen geprahlt, als ob allein die feierliche Verkündigung dem Sprecher eben diese Qualitäten verleihen würde. Lassen sie dich nicht jedes Mal, wenn du sie hörst, zusammenzucken? Drehen sie dir nicht den Magen um, drücken sie dir nicht die Kehle zu? Spürst du nicht, wie sich eine Wut aufbaut ...«

»Doch«, knurrte Withal, »wenn ich höre, wie sie benutzt werden, um ein Volk einmal mehr in den Krieg zu treiben.«

Der Verkrüppelte Gott schwieg einen Augenblick, dann lehnte er sich zurück und wischte Withals Worte mit einer lässigen Handbewegung beiseite. Er richtete seine Aufmerksamkeit auf den jungen Krieger. »Ich habe von Frieden als Fluch gesprochen. Ein Gift, das den Geist schwächt. Sag mir, Krieger, hast du Blut vergossen?«

Der Junge zuckte unter seinen Fellen zusammen. Ein Zittern lief über sein Gesicht. Erst Schmerz – dann Furcht. »Ob ich Blut vergossen habe? Vergossen wurde es, so viel davon – überall. Ich habe nicht – ich kann nicht – oh, Töchter, holt mich ...«

»Aber nein«, zischte der Verkrüppelte Gott, »nicht die Töchter. *Ich habe dich geholt.* Dich erwählt. Weil dein König mich verraten hat! Dein König hat nach der Macht gehungert, die ich ihm geboten habe, aber nicht, um zu erobern. Nein, er hat einfach nur versucht, sich und sein Volk unangreifbar zu machen.« Missgestaltete Finger krümmten sich zu Fäusten. *»Das ist nicht genug!«*

Der Verkrüppelte Gott schien unter seinen zerfetzten Decken von Krämpfen geschüttelt zu werden; er hustete schrecklich.

Einige Zeit später hörten die abgehackten Geräusche auf. Weitere Samen flogen in die glühenden Kohlen, und noch mehr Rauch stieg auf. »Ich habe dich erwählt, Rhulad Sengar, für mein Geschenk. Erinnerst du dich?«

Der junge Krieger zitterte; seine Lippen waren merkwürdig blau, und über sein Gesicht zog nacheinander eine ganze Reihe bedeutungsschwerer Gefühle; das letzte schließlich war das nackte Grauen. Er nickte. »Ich bin gestorben.«

»Nun«, murmelte der Verkrüppelte Gott, »jedes Geschenk hat

seinen Preis. In diesem Schwert sind Mächte verborgen, Rhulad Sengar. Unvorstellbare Mächte. Aber sie fügen sich nur widerwillig. Du musst für sie bezahlen. Im Kampf. Mit dem Tod. Nein, in dieser Angelegenheit sollte ich mich präzise ausdrücken. Mit *deinem* Tod, Rhulad Sengar.«

Eine Geste, und das fleckige Schwert war in der Hand des Verkrüppelten Gottes. Er schleuderte es vor dem jungen Krieger zu Boden. »Dein erster Tod hat stattgefunden, und als Folge davon haben deine Fähigkeiten – deine Kräfte – zu sprießen begonnen. Doch das ist erst der Anfang. Nimm deine Waffe, Rhulad Sengar. Wird dein nächster Tod für dich leichter zu ertragen sein? Vermutlich nicht. Mit der Zeit, vielleicht …«

Withal musterte den entsetzten Ausdruck im Gesicht des jungen Kriegers, und sah darunter einen Schimmer von … *Ehrgeiz.*

Vermummter, wende dich nicht ab.

Ein langer, erstarrter Augenblick, in dem Withal den Ehrgeiz wie Flammen in den Augen des Tiste Edur aufflackern sah.

Oh. Der Verkrüppelte Gott hat gut gewählt. Und du kannst es nicht leugnen, Withal – du steckst da mit drin. Ziemlich tief.

Eine Rauchwolke stieg auf, wirbelte herum, machte Withal genau in dem Augenblick vorübergehend blind, da Rhulad Sengar nach dem Schwert griff.

War das etwa die Barmherzigkeit eines Gottes? Er war nicht überzeugt davon.

In vier Tagen würde die Delegation der Letherii eintreffen. Zwei Nächte waren vergangen, seit der Hexenkönig Seren, Hull und Buruk den Bleichen zu sich an seine Festtafel geladen hatte. Buruk war gehobener Stimmung, eine Entwicklung, die Seren Pedac nicht überrascht hatte. Kaufleute, deren Interessen sich auf Weisheit gründeten, bevorzugten langfristige Geschäfte, statt auf spekulative Unternehmungen zu setzen. Natürlich gab es auch Aasgeier unter den Händlern, die nach Streit hungerten und häufig von solcher Zwietracht profitierten, doch Buruk der Bleiche gehörte nicht dazu.

Im Gegensatz zu den Wünschen derjenigen zu Hause in Letheras, die Buruk zwangsverpflichtet hatten, wollte der Händler keinen Krieg. Und so hatte sich nach Hannan Mosags Mitteilung, dass die Edur Frieden wollten, der Aufruhr in Buruks Seele gelegt. Die Sache lag jetzt nicht mehr in seinen Händen.

Wenn der Hexenkönig Frieden wollte, stand ihm ein harter Kampf bevor. Doch Seren Pedacs Vertrauen in Hannan Mosag war gewachsen. Der Anführer der Edur verfügte über Schlauheit und Flexibilität. Bei den Verhandlungen würde es keine Machenschaften geben und kein Verrat würde in das Gewebe großzügiger Versprechen geflochten werden.

Eine Last war von ihren Schultern genommen worden, und das Einzige, was ihre Erleichterung trübte, war der Gedanke an Hull Beddict. Ihm war klar geworden, dass seinen Wünschen nicht entsprochen werden würde. Zumindest nicht von Hannan Mosag. Wenn Hull also tatsächlich seinen Krieg haben wollte, würde er notwendigerweise von den Letherii ausgehen müssen. Und daher würde er – wenn er diesem Pfad folgen wollte – seine Loyalität nach außen hin ändern müssen. Er würde nicht mehr auf der Seite der Tiste Edur stehen, sondern sich zumindest mit einem Teil der Letherii-Delegation zusammenschließen müssen – einer Gruppe, die durch Verrat und unverminderte Gier geprägt wurde.

Hull hatte das Dorf verlassen und war jetzt irgendwo draußen im Wald. Sie wusste, dass er rechtzeitig zum Beginn der Verhandlungen zurückkehren würde, aber vermutlich nicht vorher. Sie beneidete ihn nicht um den Zwiespalt, in dem er steckte.

Mit erneuerter Tatkraft entschloss sich Buruk der Bleiche, sich um den Verkauf seiner Waren zu kümmern, und um das zu tun, musste er eine Freisprecherin bei sich haben. Drei Nerek folgten ihnen, als sie zu den Schmieden gingen; jeder der drei trug einen Eisenbarren.

Seit dem Festmahl im Langhaus des Hexenkönigs hatte es unablässig geregnet. Überall auf den gepflasterten Straßen flossen kleine Rinnsale und größere Ströme. Im Umkreis der Schmieden hingen beißende Wolken tief über dem Dorf und überzogen die aus Holz und Stein bestehenden Wände mit öligem Ruß. In schwere Regenumhänge gehüllte Sklaven waren überall in den engen Durchgängen zwischen den Mauern der Innenhöfe unterwegs.

Seren führte Buruk und seine Diener zu einem flachen, steinernen Gebäude mit hohen, an Schlitze erinnernden Fenstern; der Eingang befand sich drei Stufen über dem Boden und wurde von Schwarzholzsäulen flankiert, die so bearbeitet waren, dass sie wie gehämmerte, mit Nieten und Dellen übersäte Bronze aussahen. Die Tür bestand aus Schwarzholz mit Einlegearbeiten aus Silber und schwarzem Eisen in Form einer archaischen, stilisierten Schrift, von der Seren vermutete, dass sie auch schattengewirkte Bannzauber enthielt.

Sie wandte sich an Buruk. »Ich muss zunächst allein eintreten, um mit den …«

Die Tür wurde so heftig aufgerissen, dass sie einen Schreck bekam; drei Edur eilten heraus und schoben sich an ihr vorbei. Sie starrte ihnen hinterher, verwundert über ihre angespannten Mienen. Furcht flatterte wie ein Schmetterling in ihrem Bauch. »Schickt die Nerek wieder zurück«, sagte sie zu Buruk. »Da ist etwas geschehen.«

Der Händler widersprach ihr nicht. Er winkte, und die drei Nerek eilten davon.

Statt das Gildenhaus zu betreten, begaben sich Seren und Buruk zur Hauptstraße, wobei sie immer mehr Edur sahen, die aus Gebäuden und Seitensträßchen auftauchten und sich entlang des Zugangs zum Viertel der Adligen aufstellten. Niemand sprach.

»Was geht hier vor, Freisprecherin?«

Sie schüttelte den Kopf. »Das hier ist ein guter Platz.« Sie hatten einen ausreichend freien Blick mindestens zweihundert Schritt die Straße entlang, und Seren sah, dass in der Ferne eine kleine Gruppe aufgetaucht war. Sie zählte fünf Edur-Krieger, von denen einer humpelte und sich auf einen Stab stützte. Zwei andere zogen jeder einen Schlitten über die nassen Steine der Straße. Ein vierter ging ein kleines Stück vor den anderen her.

»Ist das nicht Binadas Sengar?«, fragte Buruk. »Der mit dem Stock, meine ich.«

Seren nickte. Er sah aus, als hätte er Schmerzen und wirkte erschöpft; offenbar hatte man bereits mehrfach versucht, ihn mittels Magie zu heilen. Der Krieger, der vorneweg marschierte, war offensichtlich ein Verwandter von Binadas. Dies war dann also die Rückkehr der Gruppe, die Hannan Mosag ausgeschickt hatte.

Und jetzt sah sie die eingewickelte Gestalt, die auf einem der Schlitten festgebunden war – Felle über Eisblöcken, von denen es pausenlos tropfte. Eine mehr als unheilvolle Gestalt. Unverkennbar.

»Sie bringen eine Leiche mit«, flüsterte Buruk.

Wo waren sie gewesen? Diese gebündelten Pelze – also im Norden. Aber da oben gibt es nichts; nichts als Eis. Was hat der Hexenkönig von ihnen verlangt?

Plötzlich fielen ihr aus unerklärlichen Gründen Federhexes Weissagungen wieder ein, und das Frösteln, das bis in ihre Knochen reichte, wurde stärker. »Kommt mit«, sagte sie ruhig. »Zum inneren Bezirk. Ich möchte sehen, was geschieht.« Sie schob sich aus der Menge und setzte sich in Bewegung.

»Wenn sie uns denn zusehen lassen«, murmelte Buruk und beeilte sich, sie einzuholen.

»Wir halten uns im Hintergrund und sagen nichts«, wies sie ihn an. »Es ist ziemlich wahrscheinlich, dass sie alle viel zu beschäftigt sein werden, um groß auf uns zu achten.«

»Mir gefällt das alles nicht, Freisprecherin. Ganz und gar nicht.«

Sie teilte seine Angst, aber sie sagte nichts.

Sie überquerten die Brücke ein gutes Stück vor den Heimkehrern, obwohl offensichtlich war, dass die Nachricht ihnen vorausgeeilt war. Die adligen Familien waren alle draußen auf dem großen inneren Hof versammelt und warteten reglos im Regen. Zuvorderst standen Tomad und Uruth, und um die beiden Edur und ihre Sklaven war respektvoll Platz gelassen worden.

»Es ist einer der Sengar-Brüder«, sagte Seren Pedac leise.

Buruk hörte sie. »Auch Tomad Sengar hatte einst Anspruch auf den Thron; er war ein Rivale von Hannan Mosag«, murmelte er. »Ich frage mich, wie er das aufnehmen wird.«

Sie warf ihm einen Blick zu. »Woher wisst Ihr das?«

»Ich habe recht genaue Anweisungen erhalten, Freisprecherin. Das sollte Euch, wenn man alles in Betracht zieht, eigentlich nicht überraschen.«

Die Heimkehrer hatten die Brücke erreicht.

»Oh.« Buruk seufzte. »Der Hexenkönig und seine K'risnan sind aus der Zitadelle gekommen.«

Udinaas stand einen Schritt hinter Uruth zu ihrer Rechten; Regen rann ihm übers Gesicht.

Rhulad Sengar war tot.

Ihn berührte diese Tatsache nicht sonderlich. Ein junger Edur, der versessen auf Gewalt war – von denen gab es jede Menge, und einer mehr oder weniger, das änderte nichts. Dass er ein Sengar war, garantierte praktisch dafür, dass Udinaas die Aufgabe erhalten würde, den Leichnam anzukleiden. Er freute sich nicht gerade darauf.

Drei Tage würde das Ritual dauern, wenn man die Nachtwache und das Beflecken des Fleisches miteinbezog. In Gedanken spielte er auf eine losgelöste Weise Möglichkeiten durch, während der Regen ihm in den Kragen rann und sich zweifellos in seiner Kapuze sammelte, die über den Kopf zu ziehen er sich nicht die Mühe gemacht hatte. Wenn Rhulad ungeblutet geblieben war, würden es Kupfermünzen sein, und Steinscheiben, um die Augen zu bedecken. War er ein Gebluteter und im Kampf getötet worden, würden wahrscheinlich Goldmünzen benutzt werden. Letherii-Münzen größtenteils. Genug, um als Lösegeld für einen Fürsten zu dienen. Eine übertriebene Verschwendung, über die nachzudenken er merkwürdig köstlich fand.

Doch auch so konnte er bereits den Geruch von verbranntem Fleisch riechen.

Er schaute zu, wie die Gruppe die Brücke überquerte; Forcht zog den Schlitten mit Rhulads eingewickeltem Leichnam. Binadas hinkte ziemlich schlimm – er musste beträchtliche Verletzungen erlitten haben, sonst hätte die magische Heilung, der er bestimmt bereits unterzogen worden war, deutlich mehr bewirken müssen. Theradas und Midik Buhn. Und Trull Sengar an der Spitze. Ohne den Speer, den er sonst immer dabeihatte. *Also hat es tatsächlich einen Kampf gegeben.*

»Udinaas, hast du deine Utensilien?«, fragte Uruth mit belegter Stimme.

»Ja, Herrin, das habe ich«, antwortete er und legte eine Hand auf die Ledertasche, die an einem Riemen von seiner linken Schulter hing.

»Gut. Wir werden keine Zeit verlieren. Du wirst den Leichnam ankleiden. Niemand sonst.«

»Ja, Herrin. Die Kohlen sind bereits entzündet worden.«

»Du bist ein gewissenhafter Sklave, Udinaas«, sagte sie. »Ich freue mich, dich in meinem Haushalt zu haben.«

Dieses Eingeständnis verwirrte und beunruhigte ihn so sehr, dass er nur mühsam der Versuchung widerstehen konnte, sie anzublicken. *Und wenn du das Wyrmblut in meinen Adern gefunden hättest, hättest du mir ohne nachzudenken das Genick brechen lassen.* »Ich danke Euch, Herrin.«

»Er ist als gebluteter Krieger gestorben«, sagte Tomad. »Ich sehe es an Forchts stolzem Gesichtsausdruck.«

Der Hexenkönig und seine fünf Zauberlehrlinge traten vor, um die Gruppe abzufangen, als sie auf dieser Seite der Brücke ankam. Udinaas hörte Uruths empörtes Keuchen.

Tomad streckte eine Hand aus, um sie zu beruhigen. »Es muss einen Grund dafür geben«, sagte er. »Komm, wir wollen uns zu ihnen gesellen.«

Da es keinen Befehl gab zurückzubleiben, schlossen sich Udinaas und die anderen Sklaven Tomad und Uruth an, als diese zu ihren Söhnen schritten.

Hannan Mosag und seine K'risnan erreichten die Heimkehrer zuerst. Der Hexenkönig und Forcht Sengar wechselten leise Worte. Eine Frage, eine Antwort, und Hannan Mosag schien zu taumeln. Wie ein Mann drängten sich die fünf Zauberer dicht um ihn, doch ihre Blicke waren auf Rhulads eingewickelte Gestalt gerichtet, und

Udinaas sah eine Mischung aus Bestürzung, Angst und Beunruhigung auf ihren jungen Gesichtern.

Forchts Blick schweifte vom Hexenkönig zu seinem Vater, als Tomads Gruppe bei ihnen anlangte. »Ich habe dich enttäuscht, Vater«, sagte er. »Dein jüngster Sohn ist tot.«

»Er hält das Geschenk fest«, stieß Hannan Mosag hervor; sein Tonfall war auf erscheckende Weise anklagend. »Ich brauche es, aber er hält es fest. Waren meine Anweisungen etwa nicht eindeutig, Forcht Sengar?«

Das Gesicht des Kriegers verdüsterte sich. »Wir wurden angegriffen, Hexenkönig. Von den Jheck. Ich glaube, du weißt, wer und was sie sind ...«

»Ich weiß es nicht«, brummte Tomad.

Binadas ergriff das Wort. »Es sind Wechselgänger, Vater. Sie können die Gestalt von Wölfen annehmen. Sie hatten wollten Anspruch auf das Schwert erheben ...«

»Was für ein Schwert?«, fragte Uruth. »Was ...«

»Genug!«, schrie Hannan Mosag.

»Hexenkönig«, sagte Tomad Sengar und trat einen Schritt vor, »Rhulad ist tot. Du kannst dir dein Geschenk nehmen ...«

»So einfach ist das nicht«, unterbrach ihn Forcht. »Rhulad hält das Schwert noch immer fest – ich kann seine Finger nicht vom Griff lösen.«

»Dann müssen sie eben abgetrennt werden«, sagte Hannan Mosag.

Uruth stieß ein empörtes Zischen aus und schüttelte den Kopf. »Nein, Hexenkönig. Du darfst unseren Sohn nicht einfach so verstümmeln. Forcht, ist Rhulad als gebluteter Krieger gestorben?«

»Das ist er.«

»Dann sind die Verbote umso schwerwiegender«, sagte sie zu Hannan Mosag und verschränkte die Arme.

»Ich *brauche* dieses Schwert!«

In der unheilvollen Stille, die diesem Ausbruch folgte, sprach Trull Sengar zum ersten Mal. »Hexenkönig. Rhulads Leichnam ist noch immer gefroren. Es könnte sein, dass sein Griff um das

Schwert sich lockert, wenn er auftaut. Auf jeden Fall scheint klar zu sein, dass diese Angelegenheit einer ruhigen, vernünftigen Unterredung bedarf. Es könnte sich am Ende erweisen, dass wir im Hinblick auf unsere einander widerstreitenden Wünsche zu einer Übereinkunft finden können.« Er blickte seinen Vater und seine Mutter an. »Wir hatten die Aufgabe – und wir hatten sie vom Hexenkönig persönlich –, ein Geschenk zu beschaffen, und bei diesem Geschenk handelt es sich um das Schwert, das Rhulad jetzt festhält. Mutter, wir müssen zu Ende bringen, was uns auferlegt wurde. Das Schwert muss in Hannan Mosags Hände gelegt werden.«

In Uruths Stimme schwangen Schock und Entsetzen mit, als sie antwortete: »Du würdest deinem toten Bruder die Hände abschneiden? Bist du wirklich mein Sohn? Ich würde …«

Ihr Ehemann unterbrach sie mit einer heftigen Geste. »Trull, ich verstehe, wie schwierig diese Situation ist, und ich stimme dir zu, dass wir jedwede Entscheidung zunächst einmal zurückstellen sollten. Hexenkönig, Rhulads Leichnam muss vorbereitet werden. Dies kann geschehen, ohne dass den Händen besondere Aufmerksamkeit geschenkt wird. Wir haben also noch etwas Zeit. Stimmst du darin mit mir überein?«

Hannan Mosag antwortete mit einem kurzen Nicken.

Trull näherte sich Udinaas, und der Sklave konnte die Erschöpfung des Kriegers sehen, genauso wie das alte Blut aus zahllosen Wunden unter seiner zerfetzten Rüstung. »Kümmere dich um den Leichnam«, sagte er ruhig. »Bring ihn zum Haus der Toten, wie es auch mit allen anderen geschehen würde. Erwarte aber nicht, dass die Witwen am Ritual teilnehmen – damit müssen wir warten, bis gewisse Dinge geklärt sind.«

»Ja, Herr«, erwiderte Udinaas.

Er drehte sich um und suchte Hulad und einen weiteren seiner Mitsklaven aus. »Helft mir mit den Zugseilen des Schlittens. In feierlichem Einklang, wie immer.«

Die beiden Männer, die er angesprochen hatte, fürchteten sich ganz offensichtlich. Diese Art von offenem Konflikt hatte es bei den Edur des Hiroth-Stammes noch nie zuvor gegeben. Sie schienen am Rande einer Panik, auch wenn Udinaas' Worte sie etwas beruhigten. Jedes Ritual hatte ein paar sinnvolle Aspekte, und Selbstbeherrschung war einer der wichtigsten.

Udinaas ging an den Edur vorbei und führte seine beiden Begleiter zum Schlitten.

Der gewachste Zeltstoff, mit dem das Eis umhüllt war, hatte das Schmelzen verlangsamt, auch wenn die Stücke darunter deutlich geschrumpft und die Kanten abgerundet und milchig weiß waren.

Forcht reichte Udinaas das Geschirr. Die beiden anderen Sklaven halfen ihm, und gemeinsam begannen sie, den Schlitten auf das große, hölzerne Gebäude zuzuziehen, in dem die Leichname der Edur für die Bestattung vorbereitet wurden. Niemand hielt sie auf.

Seren Pedac packte Buruk am Arm und begann, ihn mit sich zurück in Richtung der Brücke zu ziehen. Er warf ihr einen wilden Blick zu, sagte jedoch klugerweise nichts.

Sie konnten sich nicht ungesehen davonmachen, und Seren spürte den Schweiß in ihrem Genick und auf ihrem Rücken prickeln, als sie den Händler zurück zu dem für die Gäste vorgesehenen Lagerplatz führte. Niemand sprach sie an, doch ihre Anwesenheit war zweifellos bemerkt worden. Die Folgen, die sich daraus ergaben, würden so lange unbestimmt bleiben, bis der Konflikt, den sie beobachtet hatten, gelöst war.

Die Nerek hatten die Plane eines Wagens wie ein Vordach aufgespannt, um den kleinen Herd zu schützen, den sie ununterbrochen am Brennen hielten. Sie huschten davon, sobald Buruk und Seren ankamen, und verschwanden schnell in ihren Zelten.

»Das sieht nach richtigem Ärger aus«, murmelte Buruk, während er sich näher an das Feuer schob und die Hände ausstreckte. »Der Hexenkönig war tief erschüttert, und mir gefällt dieses Gerede von einem Geschenk nicht. Ein Schwert? Irgendein Schwert, ja? Ein Geschenk von wem? Doch bestimmt kein Bündnis mit den Jheck …«

»Nein«, stimmte Seren ihm zu. »Nicht in Anbetracht der Tatsache, dass sie gegen die Jheck gekämpft haben. Aber da draußen ist sonst nichts, Buruk. Überhaupt nichts.«

Sie rief sich noch einmal die Szene auf der anderen Seite der Brücke ins Gedächtnis. Forchts Bruder – nicht Binadas, der andere, der zur Vernunft geraten hatte, er ... interessierte sie. Natürlich war er körperlich anziehend. Das waren die meisten Edur. Aber da war noch mehr. Da war ... Intelligenz. Und Schmerz. Seren machte ein finsteres Gesicht. Immer fühlte sie sich zu denjenigen hingezogen, die Verletzungen erlitten hatten.

»Ein Schwert«, sinnierte Buruk, während er in die Flammen starrte, »das so wertvoll ist, dass Hannan Mosag darüber nachdenkt, den Leichnam eines gebluteten Kriegers zu verstümmeln.«

»Findet Ihr das nicht auch merkwürdig?«, fragte Seren. »Ein Leichnam, der ein Schwert so fest umklammert hält, das nicht einmal Forcht Sengar seinen Griff lösen kann?«

»Vielleicht ist er gefroren?«

»Vom Augenblicks seines Todes an?«

Er ächzte. »Vermutlich nicht, aber möglicherweise hat es einige Zeit gedauert, bis seine Brüder ihn erreicht haben.«

»Also mindestens einen Tag, wenn nicht gar noch länger. Zugegeben, wir kennen die Umstände nicht, aber das erscheint mir doch ziemlich unwahrscheinlich, oder?«

»Ja.« Buruk zuckte die Schultern. »Eine verdammte Edur-Bestattung. Das wird den Hexenkönig nicht gerade in gute Stimmung versetzen. Die Delegation wird zum völlig falschen Zeitpunkt hier eintreffen.«

»Das glaube ich nicht«, sagte Seren Pedac. »Die Edur sind von dieser Sache aus dem Gleichgewicht gebracht worden. Vor allem Hannan Mosag. Wenn sie nicht rasch eine Lösung finden, werden wir bei einem gespaltenen Volk zu Gast sein.«

Ein schnelles, bitteres Lächeln. »Wir?«

»Wir Letherii, Buruk. Ich gehöre nicht zur Delegation. Genauso wenig wie Ihr, wenn man es genau nimmt.«

»Genauso wenig wie Hull Beddict«, fügte er hinzu. »Doch irgendetwas sagt mir, dass wir hoffnungslos in diesem Netz gefangen sind, egal, ob es das Licht des Tages sieht oder in die Tiefe sinkt.«

Sie sagte nichts. Denn natürlich hatte er Recht.

Der Schlitten glitt leicht über das nasse Stroh, und Udinaas hob einen Stiefel, um ihn neben der steinernen Plattform anzuhalten. Ohne ein Wort zu wechseln, begannen die drei Sklaven die Riemen zu lösen und sie unter dem Leichnam herauszuziehen. Dann wurde die Plane abgenommen. Die Eisstücke ruhten auf einer in Zeltstoff gewickelten Gestalt, deren Umrisse man unschwer erkennen konnte, und alle drei Sklaven sahen zur gleichen Zeit, dass Rhulads Mund sich im Tod geöffnet hatte, als stieße er einen stummen, nie endenden Schrei aus.

Hulad wich zurück. »Der Abtrünnige schütze uns«, zischte er.

»Das ist nichts Besonderes, Hulad«, sagte Udinaas. »Ihr beide könnt jetzt gehen, aber zieht vorher noch die Kiste hierher, die da drüben auf den Rollen steht.«

»Dann also Goldmünzen?«

»Ich nehme es an«, erwiderte Udinaas. »Rhulad ist als gebluteter Krieger gestorben. Er war von adligem Blut. Daher muss es Gold sein.«

»Was für eine Verschwendung«, sagte Hulad.

Irim, der andere Sklave, grinste und sagte: »Wenn die Edur erobert werden, sollten wir drei ein Unternehmen gründen, um die Grabhügel auszuplündern.« Er und Hulad zogen die Kiste neben den Schlitten.

Die Kohlen glühten rot, die Eisenplatte war schwarz vor Hitze.

Udinaas lächelte. »In den Hügelgräbern gibt es Schutzzauber, Irim. Und außerdem werden sie von Schattengespenstern bewacht.«

»Dann heuern wir einen Magier an, der sie unwirksam machen kann. Die Schattengespenster werden nicht mehr da sein, genau wie die verdammten Edur. Nichts als modernde Knochen. Ich träume immer wieder von diesem Tag.«

Udinaas warf dem alten Mann einen Blick zu. »Und wie schlimm bist du verschuldet, Irim?«

Das Grinsen verblasste. »Das ist es ja gerade. Ich wäre in der Lage, die Schuld abzulösen. Für meine drei Enkel, die immer noch in Trate sind. Die Schuld ablösen, Udinaas. Träumst du nicht auch davon?«

»Manche Schuld kann nicht mit Gold abgelöst werden, Irim. Meine Träume kreisen nicht um Wohlstand.«

»Nein.« Irims Grinsen kehrte zurück. »Du willst einfach nur das Herz eines Mädchens erobern, das so hoch über dir steht, dass du noch nicht einmal den Hauch einer Hoffnung haben kannst, dass dir das jemals gelingt, beim Abtrünnigen. Armer Udinaas, es ist so traurig, dass wir alle den Kopf schütteln.«

»Ihr schüttelt ihn vermutlich weniger aus Traurigkeit, sondern eher aus Mitleid«, sagte Udinaas schulterzuckend. »Das ist nah genug. Ihr könnt gehen.«

»Der Gestank hängt sogar jetzt schon in der Luft«, sagte Hulad. »Wie kannst du das nur ertragen, Udinaas?«

»Gebt Uruth Bescheid, dass ich angefangen habe.«

Es war nicht der richtige Zeitpunkt, um allein zu sein, doch Trull Sengar stellte fest, dass er genau das war. Die Erkenntnis traf ihn unvermittelt, und er musste blinzeln, als er sich langsam seine Umgebung ins Bewusstsein rief. Er war im Langhaus, dem Ort seiner Geburt, und stand vor dem zentralen Balken mit der vorstehenden Schwertklinge. Die Hitze aus dem Herd schien nicht in der Lage zu sein, bis zu seinen Knochen durchzudringen. Seine Kleider waren klamm.

Er hatte die anderen draußen zurückgelassen, wo sie immer noch schweigend ihre Willenskräfte maßen. Der Hexenkönig und seine Bedürfnisse gegen Tomad und Uruth und ihr Beharren auf einen angemessenen Umgang mit einem toten gebluteten Krieger – einem Krieger, der ihr eigener Sohn war. Durch diesen Konflikt konnte Hannan Mosag seine Autorität bei den Tiste Edur verlieren.

Der Hexenkönig hätte Zurückhaltung beweisen müssen. Man hätte still und leise mit dieser Angelegenheit umgehen können, ohne dass sonst irgendjemand etwas davon mitbekommen hätte. Wie schwer kann es sein, den Händen eines toten Mannes ein Schwert zu entreißen? Und wenn Zauberei im Spiel war – und dem schien offenbar so –, dann war Hannan Mosag in seinem Element. Außerdem hatte er noch seine K'risnan. Sie hätten etwas tun können. Und wenn nicht – *dann schneidet ihm die Finger ab*. Ein Leichnam beherbergte keinen Geist mehr. Der Tod hatte die Verbindung durchtrennt. Trull konnte gegenüber dem kalten Körper unter den Eisblöcken nichts empfinden. Das war nicht mehr Rhulad, nein, ganz und gar nicht.

Doch jetzt bestand keine Möglichkeit mehr, irgendetwas heimlich zu tun. Der Streit war beobachtet worden, und im Einklang mit den Traditionen musste das dann auch bei der Lösung der Fall sein.

Und … spielt irgendetwas davon eine Rolle?

Ich habe Rhulad nicht getraut. Schon lange bevor er während seiner Wache versagt hat. Das ist die Wahrheit. Ich hatte … Zweifel.

Seine Gedanken brachten ihn nicht weiter. Qual strömte wie eine Flutwelle durch ihn hindurch, brennend wie Säure. Als hätte er seinen eigenen Dämon aufgeweckt, ungeschlacht und hungrig, und könnte nur noch zusehen, wie er an seiner Seele fraß. Nagendes Bedauern und begierige Schuld, Gewissensbisse als nie endendes Festmahl.

Wir sind jetzt dazu verdammt, wieder und wieder Antwort auf seinen Tod zu geben. Zahllose Antworten, um die einzige Frage seines Lebens damit voll zu stopfen. Ist es also unser Schicksal, unter dem Druck all dessen zu leiden, was man niemals erfahren wird?

Auch Fremde waren dabei gewesen, hatten die Szene beobachtet. Diese Erkenntnis brach plötzlich, mit schockierender Wucht über ihn herein. Ein Kaufmann und seine Freisprecherin. Besucher aus Lether. Vorab geschickte Spione der Verhandlungsdelegation.

Hannan Mosags Verhalten war in so vielerlei Hinsicht ein schrecklicher Irrtum. Trulls hohe Meinung vom Hexenkönig war beschädigt, ja, besudelt worden, und er sehnte sich zurück nach der Welt, wie sie noch vor einem Monat gewesen war. Bevor all diese Fehler und Schwächen entlarvt worden waren.

Als ich durch den Wald gestapft bin und meine Gedanken um die Dringlichkeit der schlechten Nachrichten kreisten. Einen Speer hatte er hinter sich zurückgelassen, die eiserne Spitze tief in der Brust eines Letherii vergraben. Bleierne Füße hatten ihn durch die Schatten getragen, seine Mokassins dumpfe Geräusche auf dem gesprenkelten Pfad erzeugt. Das Gefühl, gerade etwas übersehen zu haben, ein Vorzeichen nicht beachtet zu haben. Wie wenn man ein Zimmer betritt, das jemand anders gerade verlassen hatte, wenn auch in seinem Fall das Zimmer eine Waldkathedrale gewesen war, das geheiligte Land der Hiroth, und er hatte keine Anzeichen gesehen, die seinen Verdacht, dass jemand kurz vor ihm dort durchgekommen wäre, erhärtet hätten.

Und genau dieses Gefühl hatte er jetzt auch wieder. Sie hatten kummervolle Ereignisse durchlebt, und keiner von ihnen hatte auf ihre Bedeutung, auf die in ihnen verborgenen Wahrheiten geachtet. Zu überleben hatte so hohe Anforderungen an sie gestellt, dass sie gewissen Dingen gegenüber sorglos gewesen waren.

Eine kalte Woge der Gewissheit stieg in Trull Sengar auf, und so sicher, als würde ein Messer in seinem Herzen stecken, wusste er plötzlich, dass etwas Schreckliches geschehen würde.

Er stand allein im Langhaus.

Starrte auf den Mittelpfosten und das verbogene Schwert.

Und konnte sich nicht bewegen.

Rhulad Sengars Leichnam war gefroren. Eine blassgraue Gestalt mit steifen Gliedern, die auf der Steinplattform lag. Den Kopf zurückgeworfen, die Augen zugepresst, den Mund weit geöffnet, als würde er um einen Atemzug ringen, den er nie gefunden hatte. Die Hände des Kriegers waren um den Griff eines merkwürdigen, gefleckten Schwerts mit gerader Klinge geschlossen; sie waren mit Reif überzogen und trugen schwarze Flecke aus getrocknetem Blut.

Udinaas hatte die Nase und die Ohren mit Wachs gefüllt.

Er hielt die Zange, wartete darauf, dass die erste Goldmünze auf der eisernen Platte über den Kohlen die optimale Temperatur erreichte. Er hatte eine Münze auf die Platte gelegt, dann, zwanzig Herzschläge später, eine zweite. Die Anweisungen, wie die Münzen bei adligen, gebluteten Kriegern platziert werden mussten, waren präzise, und ebenso war genau festgelegt, wie lange das gesamte Ritual dauern durfte. Auf Udinaas wartete eine Zeitspanne voll betäubender Wiederholung und Erschöpfung.

Doch ein Sklave konnte zu jeder Aufgabe gezwungen werden. Es gab harte Wahrheiten, die nur in der Verunglimpfung des eigenen Geistes zu finden waren, falls man geneigt war, nach ihnen zu suchen. *Sollte zum Beispiel ein Mann es nötig haben, sich vor sich selbst zu rechtfertigen. Bevor er, sagen wir mal, einen Mord oder irgendwelche anderen scheußlichen Taten begeht.*

Nehmen wir zum Beispiel diesen Leichnam. Ein junger Mann, dessen Körper jetzt eine Verkündigung des Todes ist. Die Edur benutzen Münzen. Wir Letherii benutzen Leintuch, Blei und Stein. In beiden Fällen haben wir das gleiche Bedürfnis: die schreckliche Abwesenheit zu verdecken, zu tarnen und zu verbergen, die in diesem reglosen Gesicht geschrieben steht.

Ob offen oder geschlossen – es fing immer mit den Augen an.

Udinaas packte den Rand der Letherii-Münze mit der Zange. Diese ersten beiden mussten ein bisschen kühler als die anderen sein, andernfalls würden die Augen hinter den Lidern bersten. Er war einmal Zeuge eines solchen Vorfalls geworden, als er bei einem älteren Sklaven gelernt hatte, der allmählich sein Zeitgefühl verloren hatte. Ein Sprotzeln, dann eine Fontäne aus lebloser Flüssigkeit, übelriechend und faulig trübe, eine Münze, die viel zu tief in die Augenhöhle sank, aufzischender Dampf und verschmorende, geschwärzte Haut.

Er drehte sich auf dem Hocker um, achtete sorgsam darauf, die Münze nicht fallen zu lassen, und beugte sich über Rhulads Gesicht. Senkte die heiße, goldene Scheibe.

Ein leises Brutzeln, als die Haut des Augenlids schmolz, alle Feuchtigkeit aus ihr herausgezogen wurde, so dass sie sich um die Münze straffte. Und sie festhielt.

Er wiederholte den Vorgang mit der zweiten Münze.

Die Hitze im Raum begann den Leichnam aufzutauen, und während Udinaas Münzen auf den Oberkörper legte, erschrak er ständig wegen irgendwelcher Bewegungen. Der gekrümmte Rücken, der sich senkte, ein Ellbogen, von dem ein leises Geräusch ausging, Schmelzwasserrinnsale, die über die Steinplatte krochen und seitlich heruntertropften, als würde der Leichnam jetzt weinen.

Der Gestank nach verbranntem Fleisch hing schwer in der heißen, feuchten Luft. Rhulad Sengars Leichnam machte eine Verwandlung durch, erlangte eine schimmernde Rüstung, wurde zu etwas anderem als einem Tiste Edur. In Udinaas' Gedanken hörte er auf, als ein Wesen zu existieren, das einst gelebt hatte; die Arbeit, die vor dem Sklaven lag, erschien ihm wenig anders als die, ein Netz zu flicken.

Von der Brust zum Unterleib. Jede Speerwunde wurde mit Lehm und Öl ausgefüllt, mit Goldmünzen umgeben und schließlich versiegelt. Das Becken, die Oberschenkel, die Knie, die Schienbeine, die Knöchel, die Oberseite der Füße. Die Schultern, die Oberarme, die Ellbogen, die Unterarme.

Einhundertdreiundsechzig Münzen.

Udinaas wischte sich den Schweiß aus den Augen, dann stand er auf und ging mit schmerzenden Gliedern zu dem Kessel hinüber, der das geschmolzene Wachs enthielt. Er hatte keine Ahnung, wie viel Zeit vergangen war. Der Gestank verhinderte, dass sein Hunger allzu groß wurde, doch er hatte das Loch in seinem Magen schon ein halbes Dutzend Mal mit kühlem Wasser gefüllt. Draußen regnete es noch immer; die Tropfen prasselten auf das Dach, wirbelten jenseits der Mauern über den Boden. Ein Dorf, in dem getrauert wurde – niemand würde ihn stören, solange er dieses Gebäude nicht verließ.

Es wäre ihm lieber gewesen, wenn ein halbes Dutzend Edur-Witwen das Auslegen der Münzen übernommen und er an seinem üblichen Platz am Feuer gestanden hätte. Das letzte Mal, dass er das Ritual ganz allein vollzogen hatte, war bei Uruths Vater gewesen, der in einer Schlacht gegen die Arapay getötet worden war. Damals war er jünger gewesen, und das ganze Unterfangen und seine Rolle dabei hatten ihn in Ehrfurcht versetzt.

Udinaas hängte den Handgriff in den Kessel ein, hob ihn vom Herd und trug ihn vorsichtig zurück zu dem Leichnam. Eine dicke Schicht über die Vorderseite und die Flanken des Leichnams. Das Wachs kurz abkühlen lassen – nicht zu lange, denn sonst würde es splittern, wenn er den Leichnam herumdrehte –, und dann würde er wieder mit den Goldmünzen weitermachen.

Udinaas gönnte sich eine kurze Pause; noch immer stand er neben dem toten Tiste Edur. »Ach, Rhulad«, seufzte er, »jetzt könntest du erst so richtig vor den Frauen angeben, was?«

»Das Trauern hat begonnen.«

Trull zuckte zusammen, drehte sich um und stellte fest, dass sein Bruder neben ihm stand. »Was? Oh. Was ist denn nun entschieden worden?«

»Nichts.« Sein Bruder drehte sich um und ging zum Herd. Sein Gesicht verzerrte sich, während er die niedrigen Flammen betrachtete. »Der Hexenkönig behauptet, unsere Bemühungen seien ein Fehlschlag gewesen. Was noch schlimmer ist – er glaubt, wir hätten ihn verraten. Er verbirgt diesen Verdacht gut, aber ich kann es doch erkennen.«

Trull schwieg einen Augenblick; dann murmelte er: »Ich frage mich, wann der Verrat begonnen hat. Und mit wem.«

»Du hast von Anfang an deine Zweifel gehabt, was dieses ›Geschenk‹ angeht.«

»Jetzt habe ich sogar noch mehr Zweifel. Ein Schwert, dass seinen Zugriff auf einen toten Krieger nicht aufgibt. Was ist das für eine Waffe, Forcht? Welche Art von Zauberei tobt in ihrem Innern?« Er blickte seinen Bruder an. »Hast du dir die Klinge einmal genau angesehen? Oh, sie ist mit großem Können gemacht, aber im Stahl sind ... Bruchstücke eingeschlossen. Stücke irgendeines anderen Metalls, das dem Schmieden widerstanden hat. Jeder Lehrling eines Schwertschmieds könnte dir sagen, dass so eine Klinge beim ersten Hieb zerspringen wird.«

»Das hätte die Zauberei, mit der die Klinge ausgestattet ist, zweifellos verhindert«, erwiderte Forcht.

»Nun«, seufzte Trull Sengar, »dann wird Rhulads Leichnam also gerade vorbereitet.«

»Ja, es hat angefangen. Der Hexenkönig hat sich mit unseren Eltern in sein Langhaus zurückgezogen. Allen anderen ist es verboten, dort einzutreten. Es werden ... Verhandlungen stattfinden.«

»Mit dem Ziel, dass unsere Eltern einwilligen, ihrem jüngsten

Sohn die Hände abtrennen zu lassen – was wird er ihnen als Gegenleistung anbieten?«

»Ich weiß es nicht. Die Entscheidung wird natürlich öffentlich verkündet werden. In der Zwischenzeit sind wir auf uns gestellt.«

»Wo ist Binadas?«

Forcht zuckte die Schultern. »Die Heiler haben ihn mitgenommen. Es wird Tage dauern, bis wir ihn wiedersehen. Magier sind nicht leicht zu heilen, besonders, wenn es um gebrochene Knochen geht. Die Arapay, die sich um ihn gekümmert haben, haben gesagt, dass mehr als zwanzig Knochenstücke lose in seinem Fleisch liegen. Und die müssen alle zurück an den richtigen Platz gebracht und geheilt werden. Muskeln und Sehnen müssen wieder miteinander verbunden, Blutgefäße versiegelt und geronnenes Blut entfernt werden.«

Trull ging zu einer Bank an der Wand, setzte sich und barg den Kopf in den Händen. Die ganze Reise erschien ihm jetzt unwirklich, abgesehen von den Wunden an seinem Körper und den Schäden an seiner Rüstung – und der schrecklichen Tatsache, dass im Haus der Toten eine Leiche lag, die nun für die Bestattung gekleidet wurde.

Die Jheck waren Wechselgänger gewesen. Das hatte er nicht erfasst. Die Wölfe ...

Wechselgänger zu sein war ein Geschenk, das Vater Schatten und den Seinen gehörte. Es gehörte zum Himmel, zu Kreaturen von gewaltiger Macht. Dass primitive, unwissende Barbaren eine Gabe von solch wunderbarer, heiliger Macht besitzen sollten, ergab keinen Sinn.

Wechselgänger. Es schien jetzt ... schmutzig. Eine Waffe, die so wild und weltlich war wie eine Axt mit schartiger Klinge. Er konnte nicht verstehen, wie so etwas möglich war.

»Eine schwere Prüfung erwartet uns, Bruder.«

Trull blinzelte zu Forcht hoch. »Du spürst es auch. Etwas kommt, stimmt's?«

»Ich bin dieses ... dieses Gefühl nicht gewohnt. Dieses Gefühl von Hilflosigkeit. Keine Ahnung zu haben.« Er rieb sich das Gesicht, als wollte er versuchen, Muskeln, Blut und Knochen die richtigen Worte zu entlocken. Als kämpfte all das, was in ihm wartete, ständig vergeblich und verzweifelt darum, eine Stimme zu finden, die andere hören konnten.

Eine Woge aus Mitgefühl schwappte durch Trull hindurch, und er senkte den Blick, wollte nicht länger mit ansehen, wie unbehaglich sein Bruder sich fühlte. »Mir geht es genauso«, sagte er, obwohl diese Aussage nicht ganz stimmte. Für ihn war das Gefühl der Hilflosigkeit nichts Ungewohntes; doch mit manchen Gefühlen lernte man zu leben. Er hatte keine von Forchts natürlichen, körperlichen Fähigkeiten, nichts von der Leichtigkeit seines Bruders. Es schien, als bestünde sein einziges echtes Talent darin, schonungslos zu beobachten – und das in Verbindung mit einer düsteren Vorstellungskraft. »Wir sollten dafür sorgen, dass wir ein bisschen Schlaf bekommen«, fügte er hinzu. »In Augenblicken wie diesen kann man es sich nicht erlauben, erschöpft zu sein. Es wird nichts angekündigt werden, ohne dass wir dabei sind.«

»Das stimmt, Bruder.« Forcht zögerte, dann streckte er einen Arm aus und legte Trull eine Hand auf die Schulter. »Ich wollte, du stündest immer an meiner Seite, und sei es nur, um mich vor dem Stolpern zu bewahren.« Forcht zog die Hand wieder weg und begab sich zu den Schlafzimmern im hinteren Teil des Langhauses.

Trull starrte ihm hinterher, benommen von diesem Geständnis. Er konnte es kaum glauben. *Hat er jetzt das Gleiche getan wie ich – einfach ein paar Worte gesagt, um mich zu trösten?*

Theradas hatte ihm erzählt, dass sie Kampfgeräusche gehört hatten; wieder und immer wieder waren diese Geräusche trotz Wind und Schneetreiben zu ihnen gedrungen. Sie hatten tierische Schmerzensschreie gehört, und Wolfsgeheul, das von tödlicher Verzweiflung kündete. Sie hatten gehört, wie er die Jheck von ihrer Spur weggeführt hatte. Hatten es gehört, bis die Entfernung ihnen jegliches Wissen über sein Schicksal geraubt hatte. Und dann hatten sie auf die Ankunft des Feindes gewartet – der nie gekommen war.

Trull hatte die meisten dieser Scharmützel bereits vergessen; in seiner Erinnerung waren sie alle zu einem einzigen Kampf verschmolzen, einem chaotischen Alptraum, in dem die Zeit keine Bedeutung mehr hatte, eingehüllt in den Dunstschleier des Schneetreibens, der von einem sich im Kreis drehenden Wind gedehnt und zerrissen wurde und sich immer enger um ihn wickelte. Gebunden und getragen, als wäre er grundverschieden, getrennt von der Welt. *Werden so die grässlichsten Augenblicke der Vergangenheit bewahrt? Trifft diese schmerzerfüllte Abspaltung jeden von uns ... Überlebenden?* Das Gräberfeld des eigenen Geistes, mit einem Pfad, der sich zwischen den Erdhügeln hindurchwindet, die die schweren Steine ebenso verbergen wie die Höhlen der Dunkelheit mit ihren blutbemalten Wänden und vom Feuer geschwärzten Schlusssteinen – das Kielwasser eines Lebens, verloren unter einem grauen Himmel. Einmal gegangen, konnte dieser Pfad nie mehr beschritten werden. Man konnte nur zurückblicken und Entsetzen verspüren angesichts der Weite und der zügellosen Anhäufung von immer neuen Grabhügeln. Mehr und immer noch mehr.

Er stand auf und begab sich zu seinem Schlafplatz. Er war müde von dem Gedanken an diejenigen, die von den Edur verehrt wurden und Zehntausende von Jahren gelebt hatten, müde von dem grenzenlosen Entsetzen angesichts all dessen, was hinter ihnen lag, der endlosen Straße von Taten und Bedauern, den Knochen und Lebewesen, die nun Staub und ein Bett für die verrosteten Überreste aus Metall waren. Nichts weiter, denn die Bürde, die ein Leben tragen konnte, war begrenzt, denn das Leben konnte nur voranschreiten, immer nur voranschreiten, wobei dieses Voranschreiten nur wenig mehr erreichte als den Staub hinter sich aufzuwirbeln.

Mit einem Gefühl von Kummer, den die Verzeiflung bitter gemacht hatte, ließ Trull sich auf die dünn gepolsterte Matratze hinabsinken, legte sich auf den Rücken und schloss die Augen.

Eine Handlung, die nur dazu diente, seine Phantasie zu entfesseln, so dass Bild um Bild zum Leben erwachte und seinen Kopf mit stummen, aber untröstlichen Schreien füllte.

Er wich vor dem Angriff zurück, und wie ein Krieger, der sinnlos herumstolperte, bevor er unbarmherzig zuschlug, stürzte er rücklings in seinen Geist und überließ sich dem Vergessen.

Die Gestalt auf der Steinplatte sah aus wie eine Schicht aus Gold in einem Gebirgsbach, ein unscharfes Schimmern, das vor seinen Augen verschwamm. Udinaas lehnte sich zurück; jetzt erst spürte er die bleierne Schwere seiner erschöpften Muskeln, die sich wie Ketten um seine Knochen schlangen. Der Gestank von verbranntem Fleisch hatte seine Lunge gezeichnet, die Innenseite seines Brustkorbs ausgekleidet und tödliches Gift in seine Adern geträufelt. Sein Körper fühlte sich an wie von Unrat besudelt.

Er starrte nach unten auf den goldbesetzten Rücken Rhulad Sengars. Das Wachs, das die Gestalt umhüllte, war abgekühlt und wurde mit jedem Augenblick undurchsichtiger.

Reichtum gehört den Toten – zumindest muss es für einen wie mich so sein. Außerhalb meiner Reichweite. Er überdachte diese Vorstellungen, die Art und Weise, wie sie durch den Nebel in seinem Verstand trieben. Schulden und Armut. Die Grenzen, die das Leben der meisten Menschen bestimmten. Nur ein kleiner Teil aller Letherii verfügte über Reichtümer, konnte sich Ausschweifungen hingeben. Die Welt dieser Menschen war eine abgesonderte Welt, ein unsichtbares Paradies, das von Interessen und Belangen eingerahmt wurde, die allen anderen unbekannt waren.

Udinaas runzelte die Stirn, seltsam berührt von seinen eigenen Gefühlen. Er verspürte keinen Neid. Nur Trauer über all das, was außerhalb seiner Reichweite lag, und auch immer dort liegen würde. Auf eigenartige Weise kamen ihm mittlerweile die reichen Letherii genauso fern und fremd vor wie die Edur. Er war von ihnen getrennt, und die Kluft war ebenso scharf und absolut wie die hier vor ihm – die zwischen seinem eigenen mitgenommenen Selbst und der goldumhüllten Leiche. Die Lebenden und die Toten, die freudlosen Bewegungen seines Körpers und die vollkommene Reglosigkeit von Rhulad Sengar.

Er bereitete sich auf seine letzte Aufgabe vor, ehe er den Raum verlassen konnte. Das Wachs war mittlerweile hart genug, um den Leichnam umdrehen zu können. Wenn Rhulads Eltern dieses Haus betraten, würden sie erwarten, ihren Sohn auf dem Rücken liegen zu sehen, praktisch unkenntlich gemacht durch die Münzen und das Wachs. In einen Sarkophag verwandelt, der bereits weit entfernt war und sich auf die Reise in die Schattenwelt begeben hatte.

Der Abtrünnige soll mich holen, habe ich überhaupt noch genug Kraft dafür?

Man hatte den Leichnam auf hölzerne Paddel mit geschwungenen Griffen gerollt, die an einem einzigen Hebel befestigt waren. Ein vierfüßiger Firstbalken war kreuzweise unter dem Hebel angebracht und bildete den Angelpunkt. Udinaas richtete sich auf und begab sich zu dem Hebel, nahm das Schwarzholz in beide Hände und ließ das Gewicht seines Oberkörpers darauf sinken. Er zögerte, senkte den Kopf, bis seine Stirn auf den Unterarmen ruhte.

Das Schattengespenst schwieg; schon seit Tagen hatte er nicht einmal mehr das leiseste Flüstern vernommen. Das Blut des Wyrm schlief. Er war allein.

Während der gesamten Prozedur hatte er damit gerechnet, unterbrochen zu werden. Damit, dass Hannan Mosag und seine K'risnan in den Raum gestürmt kamen. Um Rhulad die Finger – oder auch die ganzen Hände – abzutrennen. Da Udinaas keine gegenteiligen Anweisungen erhalten hatte, hatte er auch das Schwert mit Wachs umhüllt, leicht angewinkelt, da es bis zu den Oberschenkeln der Leiche reichte.

Er holte tief Luft und drückte dann den Hebel nach unten. Was den Leichnam ein Stückchen anhob. Risse im Wachs platzten auf, ein verrücktes Netz aus Linien, aber das war zu erwarten gewesen. Und leicht zu beheben. Udinaas drückte fester, schaute zu, wie der Leichnam sich zu drehen begann, auf der Seite zu liegen kam. Das Gewicht des Schwerts besiegte das Wachs, das die Klinge umhüllte, die Spitze sank klickend nach unten auf die steinerne Plattform und zog die Arme mit. Udinaas fluchte leise vor sich hin, blinzelte sich den Schweiß aus den Augen. Plattengroße Wachsstücke waren abgefallen. Doch zumindest waren die Münzen an ihrem Platz geblieben, wie er erleichtert feststellte.

Er befestigte einen Riemen an dem Hebel, um ihn in dieser Position zu halten, begab sich dann zu dem Leichnam. Während er das Schwert zurechtrückte, schob er das schwere Gewicht in kleinen

Stückchen immer weiter, bis sich das Gleichgewicht verschob und der Leichnam auf seinen Rücken plumpste.

Udinaas wartete, bis er wieder zu Atem gekommen war. Eine weitere Wachsschicht war nötig, um den Schaden in Ordnung zu bringen. Dann konnte er diesen Alptraum endlich taumelnd hinter sich lassen.

Ein Sklave brauchte nicht zu denken. Er hatte schließlich Aufgaben zu erfüllen. Zu viele Gedanken krochen durch ihn hindurch, störten seine Konzentration.

Er wankte zum Herd, um den Kessel mit dem Wachs zu holen.

Hinter ihm erklang ein merkwürdiges, knackendes Geräusch. Udinaas drehte sich um. Er musterte den Leichnam, suchte nach der Stelle, wo das Wachs gesprungen war. Da, entlang des Kiefers; über dem Mund hatte sich eine breite Spalte gebildet. Er erinnerte sich an das verzerrte Gesicht, das er gesehen hatte, als die Umhüllung abgenommen worden war. Möglicherweise musste er die Lippen zusammennähen.

Er nahm den Kessel und trat wieder an den Leichnam heran.

Er sah, wie der Kopf nach hinten ruckte.

Ein rasselnder Atemzug.

Und dann schrie der Leichnam auf.

Aus dem Nichts schälte sich langsam eine Szene heraus, und Trull Sengar fand sich einmal mehr inmitten von böigen Winden und dahintreibendem Schnee wieder. Er war umgeben von einem Ring aus dunklen, verschwommenen Gestalten. Bernsteinfarben glühende Augen waren auf ihn gerichtet, Trull griff nach seinem Schwert – und stellte fest, dass die Scheide leer war.

Die Jheck hatten ihn schließlich gefunden, und dieses Mal würde es kein Entkommen für ihn geben. Trull wirbelte herum, und dann noch einmal, während die riesigen Wölfe sich näher schoben. Das Heulen des Windes erfüllte seine Ohren.

Er tastete nach einem Dolch – nach irgendetwas –, doch er konnte nichts finden. Seine Hände waren taub vor Kälte, der wirbelnde Schnee brannte in seinen Augen.

Sie kamen jetzt näher, rückten von allen Seiten heran. Trulls Herz hämmerte. Entsetzen erfüllte ihn, füllte ihn ganz aus, wie ein Ertrinkender von tödlichem Wasser gefüllt wurde, vom Schock des Leugnens, vom plötzlichen Verlust seiner ganzen Kraft und mit ihr jeglichen Willens.

Die Wölfe griffen an.

Kiefer schlossen sich um seine Arme und Beine, Fänge bohrten sich durch seine Haut. Er wurde von der Wucht des Angriffs zu Boden gerissen. Ein Wolf schloss das Maul um seinen Nacken. Grässliche mahlende Bewegungen kauten sich durch den Muskel. Knochen brachen. Plötzlich hatte er einen Schwall Blut und Galle im Mund. Er sackte in sich zusammen, war sogar unfähig, sich noch zusammenzurollen, während die Tiere an seinen Armen und Beinen zerrten und ihn in den Bauch bissen.

Er konnte nichts hören außer dem Heulen des Windes, das immer schriller wurde.

Trull schlug die Augen auf. Er lag ausgestreckt auf seiner Schlafmatte, durch seine Muskeln wogten Wellen aus Schmerz – und eine geisterhafte Erinnerung an scharfe Zähne.

Und er hörte einen Schrei.

Forcht tauchte im Eingang auf; seine Augen waren rot gerändert, und er blinzelte verwundert. »Trull?«

»Es kommt von draußen«, erwiderte er und mühte sich schwerfällig auf die Beine.

Sie gingen hinaus und sahen Gestalten hin und her rennen, aber alles sammelte sich beim Haus der Toten.

»Was ist da los?«

Trull schüttelte zur Antwort den Kopf. »Vielleicht Udinaas …«

Sie setzten sich in Bewegung.

Zwei Sklaven torkelten aus dem Eingang des Gebäudes und stürzten in panischer Angst davon; einer schrie die ganze Zeit wirres Zeug.

Die Brüder beschleunigten ihre Schritte.

Trull sah die Freisprecherin der Letherii und ihren Kaufmann auf der Brücke; Gestalten rannten an ihnen vorbei, während sie langsam, zögernd näher kamen.

Die Schreie hatten nicht aufgehört. Schmerz klang aus diesen Schreien, Schmerz und Entsetzen. Das Geräusch, das sich Atemzug um Atemzug erneuerte, ließ Trull das Blut in den Adern gefrieren. Er konnte beinah …

Mayen stand im Eingang, in der weit geöffneten Tür. Hinter ihr war die Sklavin namens Federhexe.

Keine der beiden Frauen bewegte sich.

Forcht und Trull erreichten sie.

Federhexes Kopf fuhr herum. In ihren Augen loderte der Wahnsinn, als sie erst Trull und dann Forcht anstarrte.

Forcht trat an die Seite seiner Verlobten. Er starrte ins Innere des Hauses, und sein Gesicht verzerrte sich bei jedem Schrei. »Mayen«, sagte er, »sorge dafür, dass alle anderen draußen bleiben. Außer Tomad und Uruth und dem Hexenkönig, wenn sie kommen. Trull …« Er sprach den Namen beinahe flehentlich aus.

Mayen trat zur Seite, und Trull schob sich weiter vor.

Seite an Seite betraten sie das Haus der Toten.

Ein Etwas, eine zusammengekauerte Gestalt, von Wachs umgeben wie von einer sich schälenden Haut, die das Glänzen von Goldmünzen enthüllte, hockte am Fuß der steinernen Plattform, den Kopf gesenkt, die Stirn auf den Knien, die Arme um die Schienbeine geschlungen. Doch die Gestalt hielt noch immer das Schwert. Ein Etwas, eine zusammengekauerte Gestalt, die pausenlos Schreie ausstieß.

Udinaas, der Sklave, stand nicht weit von ihr entfernt. Er hatte einen Kessel mit Wachs in der Hand gehalten. Der lag jetzt zwei Schritte links von dem Letherii auf der Seite und das Wachs hatte sich über Zweige und Stroh ergossen.

Udinaas murmelte leise vor sich hin. Besänftigende Worte, die die Schreie untermalten. Vorsichtig näherte er sich der Gestalt, Schritt für Schritt.

Forcht wollte weitergehen, doch Trull packte ihn am Oberarm und hielt ihn fest. Er hatte etwas in diesen Schreien gehört. Sie hatten begonnen, auf die leisen, besänftigenden Worte des Sklaven zu reagieren – widerstrebend zunächst, doch allmählich leiser werdend; und sie klangen jetzt flehender. Wurden wieder und wieder von Schauern reinster Verzweiflung erstickt. Und die ganze Zeit sprach Udinaas weiter.

Schwester segne uns, das ist Rhulad. Mein Bruder.

Der tot war.

Der Sklave kauerte sich langsam vor die entsetzliche Gestalt, und Trull konnte jetzt seine Worte verstehen, als er sagte: »Vor Euren Augen sind Münzen, Rhulad Sengar. Deshalb könnt Ihr nichts sehen. Ich werde sie wegnehmen. Eure Brüder sind hier. Forcht und Trull. Sie sind hier.«

Jetzt brachen die Schreie ab, und an ihre Stelle trat ein hilfloses Weinen.

Trull starrte weiter auf die Szene, als Udinaas etwas tat, was er nicht für möglich gehalten hätte. Der Sklave streckte die Arme aus und nahm Rhulads Kopf in die Hände, wie eine Mutter es mit einem untröstlichen Kind tun mochte. Zärtlich und doch bestimmt hob er den Kopf von den Knien.

Von Forcht kam ein schluchzendes Geräusch, das schnell wieder abbrach, doch Trull spürte, wie sein Bruder zitterte.

Das Gesicht – oh, Vater Schatten, das Gesicht.

Eine wahnsinnige Maske aus Wachs, zersprungen und vernarbt. Und darunter Goldmünzen, mit dem Fleisch verschmolzen – nicht eine hatte ihren Platz verlassen – wie die Schuppenglieder einer Rüstung um den angespannten Kiefer, den weit aufgerissenen Mund herum angeordnet.

Udinaas beugte sich noch weiter vor und sagte Rhulad leise etwas ins Ohr.

Worte, die mit einem Schauder beantwortet wurden, einem Krampf, der die Münzen zum Klicken brachte; das Geräusch war hörbar, obwohl es durch das Wachs gedämpft wurde. Ein Fuß kratzte über die Bodenfliesen, die die Plattform umgaben, wurde dichter herangezogen.

Forcht zuckte in Trulls Griff, doch Trull hielt ihn weiter fest, hielt seinen Bruder zurück, als Udinaas an seinen Gürtel griff und ein Arbeitsmesser herauszog.

Ein rhythmisches, fast schon musikalisches Flüstern. Der Sklave hob das Messer. Setzte die Klinge knapp unterhalb der Spitze am Rand der Münze an, die Rhulads linkes Auge bedeckte.

Das Gesicht zuckte, aber Udinaas legte seinen rechten Arm darum, wie in einer Umarmung, beugte sich noch näher heran, murmelte dabei unablässig weiter. Druck mit der Schneide, eine winzige Bewegung, und dann ein Aufblitzen, als die Münze sich löste. Einen Augenblick später fiel sie zu Boden.

Das Auge war geschlossen, das Gewebe darum herum zerfetzt und rot. Rhulad musste versucht haben, es zu öffnen, denn Udinaas legte zwei Finger auf das Lid, und Trull sah, dass er den Kopf schüttelte, während er etwas sagte und es dann noch einmal wiederholte.

Ein merkwürdiges Zucken von Rhulads Kopf. Es dauerte einen Moment, bis Trull begriff, dass das ein Nicken gewesen war.

Udinaas nahm jetzt das Messer in die andere Hand, setzte die Schneide an Rhulads rechtem Auge an.

Von draußen drangen die Geräusche einer großen Menschenmenge herein, doch Trull drehte sich nicht um. Er konnte den Blick nicht von dem Letherii und seinem Bruder abwenden.

Er war tot. Daran hatte es keinen Zweifel gegeben. Nicht den geringsten.

Der Sklave, der einen Tag und eine Nacht an Rhulad gearbeitet hatte, der tödliche Wunden mit Wachs gefüllt und Münzen in kaltes Fleisch gebrannt hatte, der dann gesehen hatte, wie sein Schützling wieder zum Leben erwacht war, kniete jetzt vor dem Edur; seine Stimme hielt den Wahnsinn im Zaum, seine Stimme – und seine Hände – führten Rhulad ins Leben zurück.

Ein Letherii-Sklave.

Vater Schatten, wer sind wir, dass wir so etwas tun?

Die Münze löste sich.

Trull zog Forcht mit sich, während er näher herantrat. Er sprach nicht. Noch nicht.

Udinaas steckte das Messer wieder in die Scheide. Er lehnte sich zurück, zog auch eine Hand weg und legte sie auf Rhulads linke Schulter. Dann drehte der Sklave sich um und blickte zu Trull auf.

»Er ist noch nicht bereit zu sprechen. Das Schreien hat ihn erschöpft, was von dem Gewicht der Münzen kommt, die seine Brust umhüllen.« Udinaas stand halb auf, wollte weggehen, doch Rhulads linker Arm raschelte, die Hand löste sich vom Schwertgriff, Münzen klickten, als Finger herumtasteten, schließlich den Arm des Sklaven fanden. Und festhielten.

Udinaas lächelte beinahe – und zum ersten Mal sah Trull die Erschöpfung des Mannes, sah ihm an, was er durchgemacht hatte – und setzte sich erneut. »Eure Brüder, Rhulad«, sagte er. »Trull und Forcht. Sie sind jetzt hier, und sie werden sich um Euch kümmern. Ich bin nichts als ein Sklave …«

Zwei Münzen fielen zu Boden, als Rhulad seinen Griff verstärkte.

»Du wirst hier bleiben, Udinaas«, sagte Trull. »Unser Bruder braucht dich. Wir brauchen dich.«

Der Letherii nickte. »Wie Ihr wollt, Herr. Es ist nur … Ich bin erschöpft. I-ich dämmere immer wieder weg und wache vom Klang meiner eigenen Stimme wieder auf.« Er schüttelte hilflos den Kopf. »Ich weiß nicht einmal mehr, was ich zu Eurem Bruder gesagt habe …«

»Es spielt keine Rolle«, unterbrach ihn Forcht. »Was du getan hast …« Seine Worte verebbten, und einen Augenblick lang sah es so aus, als würde sein Gesicht zusammenschrumpeln. Trull sah, wie sich die Halsmuskeln seines Bruders anspannten, dann schloss Forcht kurz die Augen, holte tief Luft – und war wieder er selbst. Er schüttelte den Kopf, war jedoch nicht in der Lage zu sprechen.

Trull hockte sich neben Udinaas und Rhulad. »Ich verstehe, Udinaas. Du brauchst Ruhe. Aber bleib noch ein Weilchen hier, wenn du kannst.«

Der Sklave nickte.

Trull richtete den Blick jetzt auf seinen Bruder, musterte Rhulads zerstörtes Gesicht. Die Augen waren noch immer geschlossen – doch hinter ihnen war Bewegung. »Rhulad. Ich bin es, Trull. Hör mir zu, mein Bruder. Lass deine Augen fürs Erste zu. Wir müssen dies – diese Rüstung – von dir runterbekommen …«

Bei diesen Worten schüttelte Rhulad den Kopf.

»Es sind Bestattungsmünzen, Rhulad …«

»J-ja. Ich … weiß.«

Die Worte klangen rau und schwer, der Atem wurde aus einer zusammengeschnürten Brust ausgestoßen.

Trull zögerte einen Moment und sagte dann: »Udinaas war hier bei dir, ganz allein hat er dich vorbereitet …«

»Ja.«

»Er ist erschöpft, mein Bruder.«

»Ja. Sag Mutter. Ich will. Ich will ihn.«

»Natürlich. Aber lass ihn jetzt bitte gehen …«

Die Hand ließ den Arm des Sklaven los, knallte hart und offenbar gefühllos auf den Fußboden. Die andere Hand, die noch immer das Schwert hielt, zuckte plötzlich.

Und ein grässliches Lächeln erschien auf Rhulads Gesicht. »Ja. Ich halte es immer noch fest. Das hier. Das hat er gemeint.«

Trull wich ein wenig zurück.

Udinaas krabbelte ein kleines Stück zur Seite, lehnte sich gegen die Truhe mit den Münzen. Er zog sich hoch, und für einen kurzen Augenblick wirkten seine Umrisse wie ein Spiegelbild von Rhulads Gestalt. Kurz bevor er das Gesicht abwandte, konnte Trull erkennen, wie sich die Spuren seiner Qualen darauf abzeichneten.

Erschöpft oder nicht, alles, was Udinaas Frieden und Ruhe hätte schenken können, war zehntausend Schritte entfernt – Trull konnte es sehen, konnte diese entsetzliche Tatsache jetzt verstehen. Rhulad hatte den Sklaven gehabt, aber wen hatte Udinaas?

Nicht gerade ein typischer Gedanke für einen Edur.

Doch nichts – *nichts* – war, wie es sein sollte. Trull stand auf und begab sich zu Forcht. Er dachte einen Augenblick nach und drehte sich dann zum Eingang um. Dort stand noch immer Mayen, und an ihrer Seite die Letherii Federhexe. Trull winkte der Sklavin, deutete auf die Stelle, an der Udinaas kauerte.

Er sah, wie sich ihr Gesicht entsetzt verzerrte. Sah, wie sie den Kopf schüttelte.

Dann rannte sie weg.

Trull verzog das Gesicht zu einer Grimasse.

Ein Aufruhr am Eingang, und Mayen verschwand aus seinem Blickfeld.

Tomad und Uruth tauchten auf.

Noch während sie sich langsam in den Raum schoben, erschien hinter ihnen Hannan Mosag.

Oh. Oh nein. Das Schwert. Das verdammte Schwert …

Kapitel Zehn

Weiße Blüten wirbeln und kreisen auf ihrem Weg
hinab in die unergründliche See.
Die Frau und ihr Korb, ihre Hand blitzend rot
die in schneller sanfter Bewegung diese reinen
  Schwingen
verstreut, damit sie einen Augenblick im Wind
  schweben können.
Sie steht da, eine verlassene Göttin, die den Flug
  gebiert,
der scheitert und auf die breite Brust des Flusses
  stürzt.
Ein Korb voller Vögel, bestimmt dazu zu ertrinken.
Sieh sie weinen im verzerrten Schatten der Stadt,
ihre Hand ein entkörperlichtes Ding,
mit schmutzigen Klauen und unaufhörlich sich
  wiederholend
bringt sie den Tod, und in ihren Augen
steht das Entsetzen über das Leben.

Lady Elassara von Trate
Cormor Fural

Donnergrollen und das schwere Trommeln der Regentropfen auf dem Dach. Der Sturm folgte dem Flusslauf und zerrte den Rand eines sich auftürmenden Wolkengebirges über Letheras. Unzeitgemäß und unwillkommen, machte das Wetter den einzigen Raum von Tehols Behausung schwül und dampfig. Es gab jetzt zwei Hocker mehr als früher. Bagg hatte sie aus einem Abfallhaufen gefischt. Auf einem der beiden saß Ublala Pung und weinte.

Was er jetzt schon mehr als einen Glockenschlag lang ohne jede Unterbrechung getan hatte; immer wieder wurde seine mächtige Gestalt von Schluchzern erschüttert, die den Hocker bedrohlich knirschen ließen.

In der Mitte des kleinen Raums ging Tehol auf und ab.

Platschende Schritte von draußen, dann wurde der Vorhang vor dem Eingang beiseite geschoben, und Bagg stapfte herein. Wasser rann an ihm hinunter. Er hustete. »Was brennt da im Herd?«

Tehol zuckte die Schultern. »Was auch immer daneben aufgestapelt war natürlich.«

»Aber das war Euer Regenhut. Ich habe ihn selbst geflochten, eigenhändig.«

»Ein Regenhut? In diese Schilfteile waren verfaulte Fische eingewickelt ...«

»Das ist der Gestank, in Ordnung.« Bagg nickte, wischte sich über die Augen. »Wie auch immer, verfault ist ein relativer Begriff, Herr.«

»Tatsächlich?«

»Die Faraed halten es für eine Delikatesse.«

»Du wolltest einfach nur, dass ich nach Fisch rieche.«

»Immer noch besser Ihr als das ganze Haus«, sagte Bagg und warf einen Blick auf Ublala. »Was ist denn mit dem los?«

»Ich habe keine Ahnung«, erwiderte Tehol. »Also, was gibt's Neues?«

»Ich habe sie gefunden.«

»Großartig.«

»Aber wir werden hingehen und sie holen müssen.«

»Wir müssen nach draußen?«

»Ja.«

»In den Regen?«

»Ja.«

»Nun«, sagte Tehol und fing wieder an, auf und ab zu gegen, »das alles gefällt mir nicht. Zu gefährlich.«

»Gefährlich?«

»Wie? Ja. Gefährlich. Ich könnte nass werden. Vor allem jetzt, wo ich keinen Regenhut mehr habe.«

»Und wessen Fehler ist das, frage ich mich?«

»Er hat schon gequalmt, weil er so nah am Herd gelegen hat. Ich bin nur ganz leicht mit dem Zeh drangekommen, und schon ist er in Flammen aufgegangen.«

»Ich wollte ihn trocknen.«

Tehol hielt mitten im Schritt inne, musterte Bagg kurz, und setzte dann sein Auf- und Abwandern fort. »Es ist ein Sturm«, sagte er einen Augenblick später. »Stürme ziehen vorüber. Ich brauche einen Grund, um die Sache hinauszuzögern.«

»Ja, Herr.«

Tehol drehte sich um und ging auf Ublala Pung zu. »Höchst verehrter Leibwächter, was ist los?«

Rot geränderte Augen starrten zu ihm auf. »Ihr seid nicht daran interessiert. Nicht so richtig. Niemand ist es.«

»Natürlich bin ich daran interessiert. Bagg, ich bin doch daran interessiert, oder nicht? Es liegt in meiner Natur, interessiert zu sein, oder?«

»Absolut, Herr. Meistens.«

»Es sind die Frauen, Ublala, stimmt's? Ich weiß es.«

Der große Mann brachte ein klägliches Nicken zustande.

»Kämpfen sie um dich?«

Er schüttelte den Kopf.

»Hast du dich in eine von ihnen verliebt?«

»Das ist es ja gerade. Ich hatte nicht einmal die Möglichkeit dazu.«

Tehol warf Bagg einen Blick zu, musterte dann wieder Ublala. »Du hattest nicht einmal die Möglichkeit dazu. Was für eine seltsame Bemerkung. Könntest du das ein bisschen genauer ausführen?«

»Es ist nicht anständig, das ist es. Nicht anständig. Ihr werdet es nicht verstehen. Ihr habt dieses Problem nicht. Ich meine, was bin ich? Bin ich denn nichts weiter als ein Spielzeug? Nur weil ich einen großen …«

»Warte mal einen Augenblick«, unterbrach ihn Tehol. »Nur, um zu sehen, ob ich dich richtig verstehe, Ublala. Du hast das Gefühl, dass sie dich nur benutzen. Dass sie nur an deinem … äh … deinen

Attributen interessiert sind. Alles, was sie von dir wollen, ist Sex. Keine Verpflichtungen, nicht einmal Loyalität. Es reicht ihnen, sich abwechselnd mit dir zu vergnügen, sie nehmen keine Rücksicht auf deine Gefühle, dein sensibles Wesen. Wahrscheinlich wollen sie hinterher nicht einmal kuscheln oder ein bisschen reden, richtig?«

Ublala nickte.

»Und das alles führt dazu, dass du dich elend fühlst?«

Ublala nickte erneut, schniefte. Er hatte die Unterlippe vorgeschoben, und die Mundwinkel seines breiten Mundes waren heruntergezogen; in seiner rechten Wange zuckte ein Muskel.

Tehol starrte ihn noch einen Augenblick lang an, dann warf er die Arme in die Luft. »Ublala! Verstehst du denn nicht? Du bist im Paradies eines jeden Mannes! Wovon wir anderen nur träumen können!«

»Aber ich will mehr!«

»Nein! Das willst du nicht! Vertraue mir! Bagg, stimmst du mir nicht zu? Sag es ihm!«

Bagg runzelte die Stirn und sagte: »Es ist so, wie Tehol sagt, Ublala. Zugegebenermaßen ist dies eine traurige Wahrheit und, ebenfalls zugegebenermaßen, liegt es in der Natur unseres Herrn, in traurigen Wahrheiten zu schwelgen, was vielen als ungewöhnlich, ja sogar ungesund erscheinen könnte ...«

»Vielen Dank für die Bestätigung, Bagg«, unterbrach ihn Tehol mit finsterem Blick. »Geh und mach sauber, ja?« Er wandte sich wieder an Ublala. »Du bist auf dem Gipfel männlicher Errungenschaften, mein Freund – warte! Hast du gesagt, es sei ein Problem, das ich nicht habe? Wie hast du das gemeint?«

Ublala blinzelte. »Was? Äh, seid Ihr auch auf diesem Gipfel oder wie immer Ihr es genannt habt – seid Ihr da auch?«

Bagg prustete. »Da ist er schon seit Wochen nicht mehr gewesen.«

»Nun, das reicht!« Tehol stürmte zum Herd und holte heraus, was noch von dem geflochtenen Schilf übrig war. Er trat die Flammen aus, hob dann das angesengte Ding auf und setzte es sich auf den Kopf. »In Ordnung, Bagg, lass uns gehen und sie holen. Und was diesen hirnlosen Riesen angeht, so kann er von mir aus allein hier rumhängen und Trübsal blasen. Wie viele Beleidigungen soll ein sensibler Mann wie ich ertragen?«

Dünne Rauchfäden stiegen von dem Schilf auf Tehols Kopf auf.

»Das da oben wird gleich wieder in Flammen aufgehen, Herr.«

»Dann hat der Regen doch etwas Gutes, nicht wahr? Also los.«

Draußen in dem schmalen Durchgang strömte das Wasser knöcheltief in Richtung des verstopften Abflusses am hinteren Ende, wo sich allmählich ein kleiner See bildete. Mit Bagg einen halben Schritt vorneweg durchquerten sie platschend die wirbelnde Wasserfläche, deren Oberfläche durch die unaufhörlich niederprasselnden Regentropfen pockennarbig aussah.

»Ihr solltet Ublala gegenüber ein bisschen mitfühlender sein, Herr«, sagte Bagg über die Schulter. »Er ist ein sehr unglücklicher Mann.«

»Mitgefühl gebührt den Kleingliedrigen, Bagg. Um Ublala raufen sich drei sabbernde Frauen, hast du das vergessen?«

»Das ist ein ziemlich widerliches Bild.«

»Du bist schon zu lange zu alt, mein lieber Diener. Sabbern an sich ist nichts Widerliches.« Er machte eine kurze Pause und fuhr dann fort: »Nun gut, vielleicht doch. Aber müssen wir eigentlich über Sex sprechen? Das Thema weckt nostalgische Gefühle in mir.«

»Das möge der Abtrünnige verhüten.«

»Also – wo ist sie?«

»In einem Bordell.«

»Oh. Nun, das ist wirklich Mitleid erregend.«

»Eher so etwas wie eine neu erworbene, rasende Sucht, Herr. Je mehr sie sie füttert, desto hungriger wird sie.«

Sie überquerten die Turol-Allee und begaben sich ins Prostituiertenviertel. Der Regen ließ nach, die letzten Ausläufer der Sturmfront glitten über ihnen am Himmel dahin. »Nun«, bemerkte Tehol mit einem kritischen Unterton, »das ist kein wünschenswerter Zustand für eine meiner am höchsten geschätzten Angestellten. Vor allem, da ihre Sucht ihren gut aussehenden, eleganten Auftraggeber nicht mit einschließt. Irgendetwas sagt mir, dass eigentlich ich hätte in der Ecke sitzen und weinen müssen, und nicht Ublala.«

»Es könnte doch einfach sein, dass Shurq Geschäft und Vergnügen nicht vermischen will.«

»Bagg, du hast mir erzählt, sie sei in einem Bordell.«

»Oh. Richtig. Tut mir Leid.«

»Jetzt fühle ich mich wirklich elend. Heute Morgen habe ich mich nicht elend gefühlt. Wenn das so weitergeht, werde ich heute Abend noch mit einem Beutel voller Münzen um den Hals im Kanal schwimmen.«

»Da sind wir.«

Sie standen vor einem schmalen, dreistöckigen Wohnhaus, das im Vergleich zu den angrenzenden Gebäuden ein bisschen zurückgesetzt stand und ein paar Jahrhunderte älter als alles andere in dieser Straße aussah. An der Vorderseite prangten zwei rechteckige Säulen aus rauchblauem Marmor, umgeben von einer mit Schnitzereien versehenen Fassade. Die als Bas-Relief gestalteten Felder wurden von ineinander verschlungenen, sich in einer Massenorgie windenden und eindeutig weiblichen Dämonen bevölkert, und auf den Säulen hockten steinerne Wasserspeier, die ihre gewaltigen Brüste einladend hochreckten.

Tehol schaute Bagg an. »Das hier ist der Tempel. Sie ist im Tempel?«

»Überrascht Euch das?«

»Ich kann es mir nicht einmal leisten, hier auch nur über die Schwelle zu treten. Selbst Königin Janall kommt nur ein paar Mal im Jahr her. Eine Jahresmitgliedschaft kostet zehntausend Stummel ... habe ich gehört ... gerüchteweise. Von irgendjemandem. Vor langer, langer Zeit.«

»Matrone Delisp ist offensichtlich sehr erfreut über ihre neueste Errungenschaft.«

»Darauf würde ich wetten. Also – wie holen wir Shurq Elalle da raus, vor allem, da sie ganz offensichtlich ist, wo sie sein möchte, und die Matrone mindestens dreißig Schläger in ihren Diensten hat, die wahrscheinlich versuchen werden, uns aufzuhalten? Sollten wir uns einfach darein fügen, dass die Sache verloren ist, und uns wieder davonmachen?«

Bagg zuckte die Schultern. »Das zu entscheiden ist an Euch, Herr.«

»Gut.« Tehol dachte nach. »Ich würde zumindest gerne kurz mit ihr sprechen.«

»Das ist vermutlich alles, was Ihr Euch leisten könnt.«

»Mach dich nicht lächerlich, Bagg. Sie lässt sich nicht nach Worten bezahlen ... oder doch?«

»Sie könnte sich genauso gut fürs Ansehen bezahlen lassen, Herr. Unsere tote Diebin ist erblüht ...«

»Das hat sie nur mir zu verdanken! Wer hat für ihre Generalüberholung gesorgt? Oder für die Reparaturmaßnahmen im Trockendock, die neue Farbschicht? Wir hatten eine Abmachung ...«

»Erzählt es ihr, Herr, nicht mir. Mir ist sehr wohl bekannt, dass Ihr alles Erdenkliche tut, um Eure eigenen absonderlichen Gelüste zu befriedigen.«

»Ich werde dich nicht einmal fragen, was du damit meinst, Bagg. Es klingt schmutzig, und mein schmutziges Ich geht nur mich etwas an.«

»So ist es, Herr, so ist es. Wie gut, dass Ihr nicht von der nostalgischen Sorte seid.«

Tehol starrte Bagg einen Moment lang düster an, dann wandte er seine Aufmerksamkeit erneut dem Tempel zu. Das älteste Bordell im ganzen Land. Einige sagten, es hätte schon hier gestanden, lange bevor die Stadt darum herum in die Höhe geschossen sei, und in der Tat war die Stadt gerade wegen des Bordells entstanden. Das ergab nicht allzu viel Sinn, doch das war bei vielen Dingen so, wenn es um die Liebe und ihre vielen trügerischen, aber verführerischen Schattierungen ging. Er legte den Kopf in den Nacken, um die Wasserspeier zu mustern, wobei ihm der verkohlte Schilfhut herunterrutschte und mit einem Platschen auf den Pflastersteinen landete. »Nun, damit ist der Fall erledigt. Entweder ich bleibe hier stehen und meine Haare werden nass oder ich gehe hinein.«

»Soweit ich es beurteilen kann, Herr, war mein Regenhut ein tragischer Fehlschlag, ganz egal, wie man es betrachtet.«

»Deine überkritische Natur macht dich fertig, Bagg. Folge mir!«

Mit der Entschlossenheit eines Eigentümers stieg Tehol die Stufen hinauf. Als er auf dem oberen Absatz ankam, schwang die Vordertür auf, und im Türrahmen erschien ein großer Mann mit Kapuze und Wappenrock, der eine gewaltige doppelklingige Axt in den behandschuhten Fäusten hielt.

Tehol blieb entsetzt stehen; Bagg, der noch eine Stufe weiter unten war, stolperte von hinten gegen ihn.

»Entschuldigt«, brachte Tehol heraus, während er zur Seite trat und Bagg dabei mitzog. »Seid Ihr auf dem Weg zu einer Enthauptung?« Er winkte den Mann vorbei.

Im Schatten der Kapuze glitzerten kleine Augen. »Ich danke Euch, mein Herr«, sagte der Mann mit krächzender Stimme. »Ihr seid höchst liebenswürdig.« Er trat auf den Treppenabsatz hinaus und blieb dann stehen. »Es regnet.«

»Aber es hört jeden Moment auf, jede Wette. Könnt Ihr den blauen Himmel da drüben sehen?«

Der Riese mit der Axt schaute Tehol an. »Falls Euch irgendjemand fragt, mein Herr, so habt Ihr mich hier nie gesehen.«

»Ihr habt mein Wort.«

»Ihr seid zu gütig.« Er wandte sich wieder der Straße zu und stieg dann vorsichtig die Stufen hinunter.

»Uuh«, sagte er, als er auf die Straße trat, »es ist nass! Uuh!«

Tehol und Bagg schauten ihm hinterher, wie er vornübergebeugt im Zickzack davonhastete, um den tieferen Pfützen auszuweichen.

Bagg seufzte. »Ich muss zugeben, dass sein plötzliches Auftauchen mich bis ins Mark erschreckt hat.«

Tehol musterte seinen Diener. »Tatsächlich? Armer Bagg, du musst unbedingt etwas für deine Nerven tun. Und jetzt komm. Du hast nichts zu befürchten, solange du bei mir bist.«

Sie betraten den Tempel.

Und Tehol blieb erneut stehen, so plötzlich wie beim ersten Mal, als eine Messerspitze knapp unter seinem rechten Auge seine Wange berührte. Hektisch blinzelte er. Bagg schaffte es, ebenfalls rechtzeitig stehen zu bleiben und nicht in seinen Herrn zu rennen. Tehol war ihm dafür so dankbar, dass ihm die Knie weich wurden.

Dicht an seinem Ohr murmelte eine süße weibliche Stimme: »Ihr seid nicht verkleidet, mein Herr. Und das bedeutet – nun, wir wissen beide, was das bedeutet, oder?«

»Ich bin wegen meiner Tochter gekommen ...«

»Also das ist wirklich in höchstem Maße geschmacklos. Solche verdrehten, krankhaften Begierden können wir hier überhaupt nicht leiden ...«

»Ich habt mich falsch verstanden – verständlicherweise, natürlich, wollte ich sagen. Ich meinte, ich bin gekommen, um sie zurückzuholen, ehe es zu spät ist.«

»Wie heißt sie?«

»Shurq Elalle.«

»Nun, es ist zu spät.«

»Ihr meint, weil sie tot ist? Das weiß ich. Es geht um ihre Vorfahren, versteht Ihr, sie wollen, dass sie nach Hause kommt, in die Krypta. Sie vermissen sie schrecklich, und ein paar von ihnen werden allmählich beunruhigend wütend. Geister können eine Menge Ärger machen – nicht nur Euch und diesem Etablissement hier, sondern auch mir. Begreift Ihr, in welch misslicher Lage ich mich befinde?«

Die Messerspitze wurde zurückgezogen, und eine kleine, geschmeidige Frau trat um ihn herum, so dass sie nun vor ihm stand. Eng anliegende Seidengewänder in Rosttönen, ein breiter Seidengürtel, der um ihre schmale Taille geschlungen war, Pantoffeln mit nach oben gerichteten Spitzen an ihren winzigen Füßen. Ein süßes, herzförmiges Gesicht mit seltsam übergroßen Augen, die sie jetzt ein wenig zusammenkniff. »Seid Ihr fertig?«

Tehol lächelte verlegen. »Ihr müsst so was ziemlich oft hören. Tut mir Leid. Seid Ihr zufällig Matrone Delisp?«

Sie drehte sich um. »Folgt mir. Ich hasse diesen Raum.«

Zum ersten Mal schaute er sich um. Zwei Schritte breit, vier lang, eine Tür am hinteren Ende, die Wände hinter üppigen Gobelins verborgen, auf denen zahllose Paarungen aller Art dargestellt waren. »Wirkt ziemlich einladend«, sagte er, während er der Frau zu der Tür folgte.

»Es ist der verbrauchte Geruch.«

»Verbraucht? Oh ja.«

»Gerüche des … Bedauerns. Ich hasse diesen Geruch. Ich hasse alles, was damit zu tun hat.« Sie öffnete die Tür und schlüpfte hindurch.

Tehol und Bagg beeilten sich, ihr zu folgen.

Das Zimmer dahinter wurde von einer steilen Treppe beherrscht, die einen Schritt hinter der Tür begann. Die Frau führte sie um die Treppe herum in ein plüschiges Wartezimmer mit dick gepolsterten Sofas an den Seitenwänden und einem einzelnen Stuhl mit hoher Lehne vor der hinteren Wand. Sie ging direkt zu diesem Stuhl und setzte sich. »Setzt Euch. Und jetzt – was soll dieses Gerede von Geistern? Ach, ist nicht so wichtig. Ihr wart wie alt, als Ihr Shurq Elalle gezeugt habt – zehn? Kein Wunder, dass sie nie von Euch gesprochen hat. Nicht einmal, als sie noch am Leben war. Sagt mir, wart Ihr enttäuscht, als sie sich für eine Karriere als Diebin entschieden hat?«

»Aus Eurem Tonfall schließe ich, dass Ihr die Wahrhaftigkeit meiner Aussagen anzweifelt«, sagte Tehol.

»Welche Frage hat mich verraten?«

»Aber ich bin nicht ganz so unwissend, wie Ihr glaubt, versteht Ihr? Daher meine Verkleidung.«

Sie blinzelte. »Eure Verkleidung ist es, als ein Mann in den frühen Dreißigern zu erscheinen, mit einer nassen, schlecht gefertigten Woll…«

Bagg setzte sich aufrechter hin. »Schlecht gefertigt? Jetzt haltet aber mal …«

Tehol stieß seinem Diener kräftig den Ellbogen in die Rippen. Bagg ächzte und sank in sich zusammen.

»Das stimmt«, sagte Tehol.

»Dann habt Ihr also viel Geld für Zauberei ausgegeben. Wie alt seid Ihr wirklich?«

»Neunundsechzig … meine Liebe.«

»Ich bin beeindruckt. Nun denn – Ihr habt von Geistern gesprochen?«

»Ich fürchte, so ist es, verehrte Dame. Schreckliche Geister. Rachsüchtige Geister, die sich auf kein vernünftiges Gespräch einlassen wollen. Bis jetzt ist es mir gelungen, sie in der Familiengruft einzusperren, aber früher oder später werden sie herauskommen. Und sie werden durch die Straßen ziehen und sich austoben – und ich fürchte, das wird dann für alle Bürger Letheras' eine Nacht des Grauens werden –, bis sie schließlich hierher kommen. Und dann ... nun ja, allein schon der Gedanke daran jagt mir einen kalten Schauer über den Rücken.«

»So wie mir jetzt schon ein kalter Schauer über den Rücken läuft, wenn auch aus ganz anderen Gründen. Aber es stimmt, wir haben hier zweifellos ein Dilemma. Mein ganz spezielles Dilemma ist allerdings eines, mit dem ich mich zugegebenerweise schon ein ganzes Weilchen plage.«

»Ach?«

»Glücklicherweise sieht es aus, als würdet Ihr mir eine Lösung bieten.«

»Ich bin entzückt.«

Die Frau beugte sich vor. »Oberstes Stockwerk – da oben ist nur ein Zimmer. Sorgt dafür, dass diese verdammte Dämonin von hier verschwindet! Und zwar bevor mir meine anderen Mädchen bei lebendigem Leib die Haut abziehen.«

Die Stufen waren steil, aber gut ausgetreten, das hölzerne Geländer unter ihren Händen ein ununterbrochenes Wogen von liebevoll geschnitzten Brüsten, blank poliert und eingeölt von unzähligen schweißnassen Handflächen. Sie begegneten unterwegs niemandem und waren ein bisschen außer Atem, als sie oben ankamen – natürlich nur, weil die Treppe so steil war, sagte sich Tehol, als er vor der Tür kurz stehen blieb und sich die Hände an seiner nassen Hose abwischte.

Bagg war an seiner Seite, und keuchte mit gesenktem Kopf: »Hol mich der Abtrünnige, womit haben sie das Holz eingerieben?«

»Ich habe keine Ahnung«, gab Tehol zu, »aber ich kann mich kaum noch auf den Beinen halten.«

»Vielleicht sollten wir uns einen Augenblick ausruhen«, schlug Bagg vor und wischte sich den Schweiß aus dem Gesicht.

»Das ist eine gute Idee. Lass uns das tun.«

Wenig später richtete Tehol sich ächzend wieder auf und nickte Bagg zu. Dessen Antwort bestand in einer Grimasse. Tehol hob eine Hand und klopfte an die schwere Holztür.

»Herein«, erklang es gedämpft.

Tehol öffnete die Tür und trat in den Raum. Hinter ihm zischte Bagg: »Hol mich der Abtrünnige, seht Euch nur all diese Brüste an!«

Die Täfelung an Wänden und Decke nahm das Motiv auf, das auf dem hölzernen Geländer draußen begonnen hatte, ein zügelloses Wuchern, ein Exzess von Brüsten. Sogar der Fußboden unter den dicken Teppichen war uneben.

»Eine einzigartige Besessenheit …«, begann Tehol und wurde unterbochen.

»Oh«, erklang eine Stimme aus dem breiten Bett vor ihnen, »Ihr seid es.«

Tehol räusperte sich. »Shurq Elalle.«

»Wenn Ihr gekommen seid, um meine Dienste in Anspruch zu nehmen«, sagte sie, »dann erleichtert es Euch vielleicht zu hören, dass die große Axt des Scharfrichters ein jämmerlicher Ersatz war.«

»Es regnet, und er ist nass geworden«, sagte Bagg.

Tehol warf ihm über die Schulter einen Blick zu. »Und was hat das für eine Bedeutung?«

»Keine Ahnung, aber ich dachte, Ihr wüsstet es.«

»Ich werde hier nicht weggehen«, sagte Shurq Elalle. »Falls Ihr deswegen gekommen seid.«

»Ihr müsst aber«, entgegnete Tehol. »Die Matrone besteht darauf.«

Sie setzte sich in ihrem Bett etwas aufrechter hin. »Es sind die verdammten Kühe da unten, stimmt's? Ich habe ihnen alle Kunden weggenommen, und sie wollen, dass ich verschwinde!«

»Ich nehme es an.« Tehol zuckte die Schultern. »Aber das ist nicht besonders überraschend, nicht wahr? Hört zu, Shurq, wir hatten eine Abmachung, erinnert Ihr Euch?«

Ihr Gesicht verdüsterte sich. »Dann soll ich mich also ehrenhaft verhalten? In Ordnung, aber ich habe ein Problem hinsichtlich gewisser Gelüste ...«

»Ich wünschte, ich könnte Euch helfen.«

Sie zog die Augenbrauen hoch.

»Oh, ich meinte – ich meine –, ach, ich habe keine Ahnung, was ich meine.« Er verstummte einen Augenblick, dann hellte sich sein Gesicht auf. »Aber ich werde Euch Ublala vorstellen, einen unglücklichen Leibwächter, der sich nach einer gewissen ... Bindung sehnt.«

Sie zog die Augenbrauen noch ein wenig mehr hoch.

»Nun, warum nicht? Ihr müsst ihm ja nicht erzählen, dass Ihr tot seid! Er wird es niemals merken, da bin ich mir sicher! Und was Eure Gelüste angeht – ich glaube nicht, dass das in diesem Fall ein Problem darstellen wird. Zwar gibt es da drei Frauen, die ziemlich aufgebracht sein werden, aber darum werde ich mich kümmern. Seht Ihr, das ist eine hervorragende Lösung, Shurq.«

»Ich könnte mir vorstellen, einen Versuch zu wagen, aber ich verspreche Euch nichts. Und jetzt geht bitte vor die Tür, damit ich mich anziehen kann.«

Tehol und Bagg wechselten einen Blick und kamen dann ihrer Aufforderung nach, indem sie sanft die Tür hinter sich zuzogen.

Bagg betrachtete seinen Herrn nachdenklich. »Ich bin überaus beeindruckt«, sagte er nach einem kurzen Augenblick. »Ich dachte wirklich, dies wäre eine Situation, für die es keine Lösung gibt. Herr, meine Bewunderung für Euch wächst wie ein ...«

»Hör auf, das Geländer anzustarren, Bagg.«

»Oh, äh, ja. Ihr habt Recht.«

Matrone Delisp wartete am Fußende der Treppe auf sie. Als sie Shurq Elalle sah, die einen Schritt hinter Bagg ging, verzog sich ihr Gesicht voller Abscheu. »Der Abtrünnige segne Euch, Tehol Beddict. Ihr habt etwas gut bei mir.«

Tehol seufzte. »Ich hatte vorhin schon das Gefühl, Ihr hättet mir meine Geschichte nicht ganz geglaubt.«

»Es war die wollene Hose«, erwiderte sie. »Ich habe gehört, dass buchstäblich jeder sie sich inzwischen machen lässt.«

Tehol warf Bagg einen finsteren Blick zu, doch der Diener zog nur die Brauen hoch. »Nicht bei mir, Herr«, sagte er. »Das wäre treulos. Seid versichert, dass die Hosen, die alle anderen tragen, sich als armselige Nachahmungen erweisen werden.«

»Vielleicht habe ich mich auch nur als Tehol Beddict verkleidet, Matrone Delisp«, sagte Tehol. »Das wäre doch ziemlich schlau, oder?«

»Zu schlau für Euch.«

»Nun, da habt Ihr nicht Unrecht.«

»Wie auch immer – wollt Ihr nun, dass ich in Eurer Schuld stehe oder nicht?«

Shurq Elalle schob sich an Bagg vorbei. »Ich mag es nicht, wenn man mich nicht beachtet. Ihr nehmt alle keine Notiz von mir – gerade so, als wäre ich …«

»Tot?«, fragte Delisp.

»Ich wollte nur klarstellen, aus welchem Grund ich dieses Haus verlasse, und der ist, dass auch ich Tehol Beddict etwas schuldig bin. Ich mag tot sein, aber ich bin nicht ehrlos. Wie auch immer, Delisp, ich glaube, Ihr schuldet mir eine ziemlich beträchtliche Summe, die ich jetzt gerne haben möchte. Ich meine mich an sechzig Prozent zu erinnern …«

»Wozu braucht Ihr all das Geld?«, wollte die Matrone wissen. »Wie viele Arten von Kleidung für Sex-Assassinen gibt es? Wie viele Bündel reiner Gewürze braucht Ihr, um frisch zu bleiben? Nein, wartet, ich will die Antwort gar nicht wissen. Sechzig Prozent. Schön. Aber ich werde ein, zwei Tage brauchen – so viel Geld habe ich nicht hier. Wohin soll ich es bringen lassen?«

»Zu Tehol Beddicts Haus, das wäre in Ordnung.«

»Halt, halt«, wehrte sich Tehol. »Ich kann nicht gewährleisten …«

»Ich habe vor«, unterbrach ihn Shurq, »es schnell auszugeben.«

»Oh. In Ordnung, aber glücklich bin ich nicht darüber. Das gibt zu viel Kommen und Gehen. Das wird jede Menge Argwohn erregen …«

»Hört auf damit, das Geländer anzustarren, Herr.«

»Bei den Träumen des Abtrünnigen! Lasst uns von hier verschwinden.«

Der Sturm war vorüber. Regenwasser floss noch immer die Straßen entlang, aber die Menschen wagten sich wieder nach draußen. Es war später Nachmittag. Shurq Elalle blieb am Fuß der Tempelstufen stehen. »Ich werde Euch heute Nacht wieder auf Eurem Dach besuchen, Tehol Beddict. Um Mitternacht.«

»Was ist mit Ublala Pung?«

»Ich muss zugeben, dass ich meine Zweifel habe.«

»Shurq Elalle. Ublala Pung hat einen Auftritt beim Tauchfest überlebt. Er hat den Kanal durchquert, indem er auf dem Grund entlanggegangen ist. Ihr beide habt eine Menge gemeinsam, wenn man es genau betrachtet.«

»Außerdem ist er von der Natur überreichlich ausgestattet worden«, fügte Bagg hinzu.

Tehol schnitt ihm eine Grimasse. »Du bist geschmacklos, Bagg.«

»Bringt ihn heute Nacht aufs Dach«, sagte Shurq Elalle.

»Dies ist eine Verschwörung, die zum Ziel hat, dass ich mich elend fühlen soll, stimmt's? Verschwindet, alle beide. Ich gehe ein bisschen spazieren. Bagg, wenn du nach Hause kommst, mach ein bisschen sauber. Es wird nicht lange dauern, und Shand wird angestürmt kommen. Sag ihr, dass ich morgen wegen einer wichtigen geschäftlichen Angelegenheit vorbeischauen werde.«

»Was für eine wichtige geschäftliche Angelegenheit?«

»Keine Ahnung. Ich werde mir etwas ausdenken. Du hast andere Dinge, um die du dir Sorgen machen solltest – wie sieht's eigentlich mit der Arbeit an den Fundamenten aus?«

»Wächst.«

»Dann finde eine Lösung.«

»Ihr habt mich missverstanden, Herr. Wir liegen genau im Plan.«

»Ich habe dich nicht missverstanden. Das war Absicht. Und jetzt werde ich losgehen, um irgendwo eine vernünftigere Unterhaltung zu finden.« Er drehte sich um, um ein letztes Wort mit Shurq zu wechseln, doch sie war fort. »Verdammte Diebin. Mach weiter, Bagg. Warte – was gibt es zum Abendessen?«

»Bananenblätter.«

»Keine faulen, hoffe ich.«

»Natürlich nicht, Herr.«

»Und was ist dann mit ihnen?«

»Ich konnte nicht herausbekommen, was ursprünglich in ihnen eingepackt war, – was, wenn man länger darüber nachdenkt, vermutlich eine gute Sache ist.«

»Wie schaffen wir es nur, von diesem Zeug zu leben?«

»Eine gute Frage, Herr. Es ist in der Tat rätselhaft.«

Tehol musterte seinen Diener mehrere Herzschläge lang, dann schickte er ihn mit einem Wink weg.

Bagg ging nach rechts, daher wandte Tehol sich nach links. Die Luft wurde zwar allmählich wieder wärmer, war nach dem Regen jedoch immer noch frisch. Nasse Hunde schnüffelten an dem Abfall in den Pfützen herum. Katzen jagten die Schaben, die aus der Kanalisation heraufgekommen waren. Ein Bettler, der ein Stückchen Seife gefunden hatte, stand nackt unter einem Wasserstrahl, der aus einer gesprungenen Traufe rann, und werkelte mit trübem Seifenschaum herum, während er ein Klagelied sang, das vor hundert Jahren allgemein beliebt gewesen war. Hausbewohner nutzten den unerwarteten Niederschlag und leerten Nachttöpfe aus den Fenstern, statt sie ein paar Dutzend Schritte weit zum nächsten öffentlichen Abfallloch zu tragen. Das Ergebnis war, dass in einigen Pfützen Dinge herumschwammen und die Ströme in den Rinnen kleine besudelte Inselchen mit sich trugen, die sich da und dort zu kleinen, summenden Flößen verbanden, die gelb-braunen Schleim absonderten.

Wirklich ein schöner Abend in Letheras, dachte Tehol; prüfend sog er kurz die Luft ein, ehe er einen tiefen Atemzug tat und die Luft mit einem zufriedenen Seufzen wieder ausstieß. Er ging die Straße entlang, bis er zum Quillas-Kanal kam, folgte dann diesem bis zum Fluss. Zu seiner Rechten erhob sich ein Wald aus Masten – Fischerboote, die vertäut worden waren, um das Ende des Sturms abzuwarten. Planen wurden beiseite gezogen, und überall platschte es, da die Mannschaften fieberhaft Wasser schöpften, um noch hinaus aufs offene Meer zu kommen, ehe das Tageslicht verblasste. Nahe einer Mole fischten ein halbes Dutzend Angehörige der Stadtgarde eine Leiche aus dem schlammigen Wasser, während eine Zuschauermenge den Männern mit den Hakenstangen kluge Ratschläge zurief. Über ihnen kreisten die Möwen.

Tehol kam in Sichtweite des alten Palasts, nahm dann eine Seitenstraße, die vom Kanal wegführte, ging immer weiter auf einer gewundenen, wirren Route, bis er zu dem Gelände mit den Türmen kam. Staubschwaden machten die Luft körnig, als Tehol die niedrige, zusammengefallene Mauer erreichte und über den kleinen, unebenen Hof auf den einen, mitgenommenen Turm starrte, der sich in seiner Bauweise ganz eindeutig von allen anderen unterschied, denn er war rechteckig und nicht rund.

Die merkwürdigen dreieckigen Fenster waren dunkel, von toten Weinranken überwuchert. Die etwas zurückgesetzte, mit schwarzen Flecken übersäte hölzerne Tür war von Schatten verhüllt. Tehol fragte sich, wie so eine Tür überlebt haben konnte – normales Holz wäre schon vor Jahrhunderten zu Staub zerfallen.

Er konnte niemanden in dem Hof sehen. »Kessel! Kind, bist du da?«

Eine kleine, verwahrloste Gestalt trat hinter einem Baum hervor.

Überrascht sagte Tehol: »Das war ein guter Trick, Schätzchen.«

Sie kam näher. »Da ist ein Künstler. Ein Maler. Er kommt, um den Turm zu malen. Er will mich auch malen, aber ich bleibe hinter den Bäumen. Das macht ihn sehr wütend. Du bist der Mann, der auf dem Dach seines Hauses schläft. Viele Leute versuchen, dich auszuspionieren.«

»Ja, ich weiß. Shurq hat mir erzählt, dass du … äh … dich um die Spione kümmerst.«

»Sie hat gesagt, du könntest vielleicht mithelfen herauszufinden, wer ich war.«

Er musterte sie. »Hast du Shurq in letzter Zeit gesehen?«

»Nur einmal. Sie war völlig zurechtgemacht. Ich habe sie kaum erkannt.«

»Nun, Schätzchen, wir könnten dafür sorgen, dass das auch mit dir gemacht wird, wenn du willst.«

Ein Stirnrunzeln erschien auf dem schmutzigen, von Schimmelpilzen gesprenkelten Gesicht. »Warum?«

»Warum? Damit du nicht mehr so auffällst, schätze ich. Würde es dir nicht gefallen, so auszusehen wie Shurq jetzt?«

»Gefallen?«

»Denkst du zumindest einmal darüber nach?«

»In Ordnung. Du siehst freundlich aus. Du siehst aus, als ob ich dich mögen könnte. Ich mag nicht viele Leute, aber dich könnte ich mögen. Darf ich Vater zu dir sagen? Shurq ist meine Mutter. Eigentlich ist sie nicht meine Mutter, aber ich nenne sie so. Ich bin auch auf der Suche nach Brüdern und Schwestern.« Sie machte eine kurze Pause und fragte dann: »Kannst du mir helfen?«

»Ich werde es versuchen, Kessel. Shurq hat mir erzählt, dass der Turm mit dir spricht.«

»Nicht mit Worten. Es sind nur Gedanken. Gefühle. Er hat Angst. Da ist jemand im Boden, der helfen wird. Wenn er erst einmal frei ist, wird er uns helfen. Er ist mein Onkel. Aber die Bösen machen mir Angst.«

»Die Bösen? Wer ist das? Sind die auch im Boden?«

Sie nickte.

»Besteht die Möglichkeit, dass sie herauskommen, bevor dein Onkel es tut?«

»Wenn sie das schaffen, werden sie uns alle vernichten. Mich, Onkel und den Turm. Das haben sie gesagt. Und dass sie alle anderen befreien werden.«

»Und sind die anderen auch böse?«

Sie zuckte die Schultern. »Sie reden nicht viel. Außer einer. Sie sagt, sie würde mich zur Imperatrix machen. Ich wäre gerne Imperatrix.«

»Nun, der würde ich nicht trauen. Das ist nur meine Meinung, Kessel, aber solche Versprechen sind immer verdächtig.«

»Das sagt Shurq auch. Aber sie klingt sehr nett. Sie will mir viele Süßigkeiten und all so was geben.«

»Sei vorsichtig, Schätzchen.«

»Träumst du manchmal von Drachen, Vater?«

»Von Drachen?«

Sie zuckte noch einmal die Schultern und drehte sich um. »Es wird dunkel«, sagte sie über die Schulter. »Ich muss jemanden töten ... Vielleicht diesen Künstler ...«

Turudal Brizad, der Galan von Königin Janall, lehnte an der Wand, während Brys Beddict mit seinen Schülern ein letztes Mal Gegenangriffe übte.

Es war nicht ungewöhnlich, dass Zuschauer da waren, während er mit der Garde des Königs übte, dennoch war Brys etwas überrascht gewesen, unter ihnen auch Turudal Brizad zu entdecken. Meist waren die Zuschauer nämlich Menschen, die selbst mit den Waffen umzugehen verstanden, die er bei den Übungen einsetzte. Der Galan war für seine Trägheit wohl bekannt, ein Vorrecht, das in den Tagen von Brys' Großvater bei einem jungen, gesunden Letherii nicht geduldet worden wäre. Damals waren vier Jahre Militärdienst vorgeschrieben gewesen, sobald ein junger Mann das siebzehnte Lebensjahr erreicht hatte. In jenen Tagen hatte es viele Bedrohungen von außen gegeben. Blaurose im Norden, die unabhängigen, aufsässigen Stadtstaaten des Archipels in der Drachensee sowie die verschiedenen Stämme der östlichen Ebenen hatten Lether bedrängt. Letztere waren durch einen der Eroberungsversuche des fernen Kolanse, die sich in gewissen Zeitabständen wiederholten, gegen die Vorposten getrieben worden.

Mittlerweile war Blaurose König Ezgara Diskanar tributpflichtig, die Stadtstaaten waren zermalmt worden – so gründlich, dass heutzutage kaum noch eine Hand voll Ziegenhirten und Fischer auf den Inseln lebten –, und Kolanse war in Folge eines Bürgerkriegs vor ein paar Jahrzehnten nur noch mit sich beschäftigt.

Brys hatte Schwierigkeiten, sich ein Leben als Erwachsener vorzustellen, in dem er im wahrsten Sinne des Wortes *unfähig* war, sich selbst zu verteidigen, doch genau dies war bei Turudal Brizad der Fall. Tatsächlich hatte der Galan sogar die Meinung vertreten, dass er nichts weiter als ein Vorbote, Wegbereiter einer Zeit war, in der das Soldatspielen ausschließlich Schuldnern und Menschen mit unzulänglichen geistigen Fähigkeiten überlassen würde. Obwohl Brys anfangs – nachdem ihm Brizads Worte zugetragen worden waren – nichts als Spott für diese Idee übrig gehabt hatte, geriet seine Ungläubigkeit allmählich ins Wanken. Das Militär der Letherii war noch immer stark, doch es war zunehmend an wirtschaftliche Gegebenheiten gebunden. Jeder Feldzug bot eine Möglichkeit, Wohlstand zu erlangen. Und von der Zivilbevölkerung, von den Händlern, Kaufleuten und all denen, die den zahllosen Bedürfnissen einer zivilisierten Gesellschaft dienten, machten sich nur noch wenige die Mühe, sich irgendwelchen Kampf- oder Waffenübungen zu unterziehen. Ein Hauch von Verachtung hatte sich in die Blicke gestohlen, mit denen sie Soldaten betrachteten.

Natürlich nur, bis sie uns brauchen. Oder bis sie eine Möglichkeit entdecken, durch unsere Taten Gewinne zu erzielen.

Er beendete die Übung und verweilte dann noch ein wenig, um zu sehen, wer von den Gardisten den Raum verließ und wer auf eigene Faust weitermachte. Die meisten blieben, und Brys war erfreut. Die beiden, die den Raum verlassen hatten, waren – wie er wusste – die Spione der Königin in der Leibwache. Ironischerweise wussten das auch alle anderen.

Brys schob sein Schwert in die Scheide und trat zu Turudal Brizad. »Galan?«

Ein beiläufiges Nicken. »Finadd.«

»Wusstet Ihr nicht, was Ihr mit Euch anfangen sollt? Ich kann mich nicht erinnern, Euch jemals zuvor hier gesehen zu haben.«

»Der Palast wirkt merkwürdig leer, meint Ihr nicht auch?«

»Nun«, wagte Brys zu antworten, »es gibt sicherlich weniger Geschrei.«

Turudal Brizad lächelte. »Der Prinz ist noch jung, Finadd. Da sollte man sich über einen gewissen Überschwang nicht wundern. Der Kanzler würde sich gerne mit Euch unterhalten, wenn es Euch passt. Soweit ich weiß, habt Ihr Euch von Eurer geheimnisvollen schweren Prüfung wieder vollständig erholt?«

»Die Heiler des Königs waren so tüchtig wie immer, Galan. Danke der Nachfrage. Warum wünscht der Kanzler mit mir zu sprechen?«

Brizad zuckte die Schultern. »Ich bin niemand, der solche Fragen stellt. In dieser Angelegenheit bin ich nichts weiter als ein Bote, Finadd.«

Brys musterte ihn einen Augenblick und nickte dann einfach. »Ich nehme Triban Gnolls Einladung an. In einem Glockenschlag?«

»Das sollte genügen. Lasst uns um unser aller Heil willen hoffen, dass dies nicht eine Ausweitung der Fehde zwischen dem Kanzler und dem Ceda bedeutet.«

Brys war überrascht. »Zwischen den beiden herrscht eine Fehde? Davon hatte ich noch gar nichts gehört. Ich meine, abgesehen von dem – nun, ja – dem üblichen Aufeinandertreffen gegensätzlicher Ansichten.« Er überlegte ein Weilchen und fügte dann hinzu: »Ich teile Eure Besorgnis, Galan.«

»Kommt es Euch manchmal auch so vor, als würde Frieden zu einem Übermaß an Streitereien führen?«

»Nein, denn Eure Feststellung ist absurd. Das Gegenteil von Frieden ist Krieg, und Krieg ist eine extreme Form von Streit. Eurer Behauptung zufolge besteht das Leben aus einem Hin und Her zwischen Streit in Friedenszeiten und Streit in Kriegszeiten.«

»Nun, dann ist sie nicht vollkommen absurd«, sagte Turudal Brizad. »Wir leben in einem Zustand von anhaltendem Stress. Sowohl im Innern als auch in der Welt draußen.« Er zuckte die Schultern. »Wir mögen davon sprechen, dass wir uns nach Harmonie sehnen, doch in unseren Seelen brennt das Verlangen nach Missklang.«

»Falls Eure Seele sich Sorgen macht, Galan«, sagte Brys, »dann verbergt Ihr das gut.«

»An dieser Fähigkeit mangelt es niemandem hier, Finadd.«

Brys legte den Kopf schief. »Ich bin nicht geneigt, Streitereien zu frönen. Ich stelle fest, dass ich noch immer nicht mir Eurer Prämisse übereinstimme. Wie auch immer, ich muss jetzt gehen, Galan.«

Auf dem Weg in seine Gemächer dachte Brys über Turudal Brizads Worte nach. Es war gut möglich, dass eine Warnung darin verborgen war, doch abgesehen von dem offensichtlichen Hinweis darauf, dass nicht alles war, wie es schien – und im Palast wurde das als gegeben hingenommen –, konnte er die Feinheiten der Absichten des Galans nicht durchschauen.

Stress war ein Teil des Bauplans des Geistes, nahm Brys an. Abhängig von der persönlichen Perspektive und dem Farbton, in dem man die Welt sah – Dinge, die sowohl durch die Natur als auch die Erziehung geformt wurden. Vielleicht erzeugte der Lebenskampf auf einer grundsätzlichen Ebene tatsächlich eine gewisse Art von Stress, doch das war nicht dasselbe wie ein Streit, den ein reger Geist heraufbeschwören konnte – mit seinen unzähligen Stürmen aus Wünschen, Gefühlen, Sorgen und Ängsten, seinem unbarmherzigen Zwiegespräch mit dem Tod.

Brys war schon vor langer Zeit klar geworden, was ihn zur Kampfkunst hingezogen hatte. Die kriegerische Welt, vom Duell bis zur Kriegführung, war eine von Natur aus vereinfachte, das Zwiegespräch einfach und geradeheraus. Drohungen, Abkommen und Übereinkünfte wurden durch die Länge von Letherii-Stahl gebannt. Selbstdisziplin erlegte einem ein gewisses Maß an Kontrolle über das eigene Schicksal auf, was im Gegenzug dazu diente, die schädigenden Auswirkungen des Stress zu verringern. Dies umso mehr, wenn dem Ausübenden klar wurde, dass, wenn er kämpfte und alles andere fehlschlug, der Tod den blinden Zufall nutzte und man daher keine andere Möglichkeit hatte, als die Folgen hinzunehmen, wie brutal sie auch sein mochten. Einfache Ideen, über die man in seiner Freizeit nachdenken konnte, wenn man wollte – jedoch niemals, wenn man mit blanker, tanzender Klinge einem Feind gegenüber stand.

Physikalische Gesetze brachten eindeutig definierte Einschränkungen mit sich und führten zu einer klaren Vorhersehbarkeit, mit der Brys sehr zufrieden war – sie vermochte ihm jene Struktur zu liefern, um die herum er sein Leben aufbauen konnte.

Turudal Brizads Leben war weit weniger gewiss. Sein Körper und dessen Anziehungskraft auf andere war sein einziger Vorzug, und keine noch so große Sorgfalt konnte die Jahre aufhalten, die ihn bedrohten. Zugegeben, man konnte alchemistische und magische Mittel aufbieten, die aushalfen, doch die dunkle Flut ließ sich nur widerwillig auf einen Handel ein, denn sie folgte ihren eigenen Gesetzen, und diese Gesetze waren unabänderlich. Und, was noch schlimmer war, Brizads Erfolg wurde durch die Launen anderer bestimmt. So professionell er alles auch angehen mochte – jeder seiner Partner war potenziell ein unergründlicher Quell empfindlicher Gefühle, sehnte sich möglicherweise danach, ihn zu fassen zu bekommen und ihn zu umgarnen. Nach außen hin gab es natürlich Regeln. Schließlich war er ein Galan. Die Königin hatte bereits einen Ehemann. Der Kanzler war an alte Gesetze gebunden, die ihm eine offizielle Beziehung mit einem Mann oder einer Frau verwehrten. Turudal Brizad verfügte im Grunde genommen über keinerlei Rechte; die Kinder, die er vielleicht zeugte, wären namenlos und besäßen keinerlei politischen Einfluss – ja, es wurde von der Königin verlangt, dafür zu sorgen, dass solche Schwangerschaften gar nicht erst auftraten, und bis jetzt hatte sie sich an dieses Gebot gehalten.

Doch es ging das Gerücht, dass Janall Brizad ihr Herz geschenkt hatte. Und dass Triban Gnol möglicherweise das Gleiche getan hatte – was zur Folge haben konnte, dass das alte Bündnis zwischen Königin und Kanzler zerbrach. Sollte dem tatsächlich so sein, dann war Turudal Brizad zum unglücklichen Angelpunkt geworden. Kein Wunder, dass der Mann unter Stress litt.

Doch wo lagen die persönlichen Ziele des Galans? Hatte auch er sein Herz verschenkt – und wenn ja, an wen?

Brys betrat sein Zimmer. Er legte Schwertgurt und Rüstung ab und zog dann seine schweißnasse Unterkleidung aus. Anschließend rieb er sich mit parfümiertem Öl ein, das er danach mit einem hölzernen Spatel wieder abschabte. Danach kleidet er sich wieder an und entschied sich dabei für seine offizielle Rüstung. Er tauschte das schwerere Übungsschwert gegen sein normales Langschwert aus und schob es in die Scheide an seiner Hüfte. Ein letzter Augenblick, in dem er die Habseligkeiten seiner bescheidenen Behausung musterte, wobei er das Paar Messer bemerkte, das sich nicht an der richtigen Stelle auf dem Regal über dem Bett befand. Ein Hinweis darauf, dass einmal mehr ein Spion sein Zimmer durchsucht hatte. Keiner jedoch, der so sorglos gewesen wäre, die Messer an der falschen Stelle zurückzulassen – das hatte derjenige getan, der dem Spion nachspioniert hatte, um Brys wissen zu lassen, dass wieder einmal nach wer weiß was gesucht worden war – was in letzter Zeit einmal in der Woche der Fall war.

Er rückte die Messer zurück an die richtige Stelle und verließ den Raum.

»Herein.«

Brys trat ein und blieb dann stehen, um seinen Blick durch das überfüllte, voll gestopfte Zimmer schweifen zu lassen.

»Hier drüben, Kämpe des Königs.«

Er folgte dem Klang der Stimme und erhaschte schließlich einen Blick auf den Ceda, der in einem Harnisch aus an der Decke befestigten Lederriemen schwebte – mit dem Kopf nach unten und ungefähr mannshoch über dem Fußboden. Kuru Qan trug einen merkwürdigen Metallhelm mit einer Vielzahl von Linsen, die an einem mit Schlitzen versehenen Gestell vor seinen Augen befestigt waren. Auf dem Fußboden lag eine altertümliche, vergilbte Karte.

»Ich habe nicht viel Zeit, Ceda«, sagte Brys. »Der Kanzler hat mich gebeten, in Kürze bei ihm zu erscheinen. Was tut Ihr da?«

»Ist es wichtig, mein Junge?«

»Dass ich es erfahre? Wohl kaum. Ich war einfach nur neugierig.«

»Nein. Die Aufforderung des Kanzlers.«

»Ich bin mir nicht sicher. Anscheinend betrachtet man mich zunehmend als eine Art zentrale Figur in einem Spiel, das ich nicht kenne. Schließlich fragt mich der König in Staatsangelegenheiten nur selten um Rat, wofür ich ihm immerwährend dankbar bin, da ich keinen Wert darauf lege, mich in solche Überlegungen hineinziehen zu lassen. Deshalb habe ich keine Möglichkeit, die Meinung unseres Königs zu beeinflussen, und das will ich auch gar nicht.«

»Mit diesem Hilfsmittel«, sagte Kuru Qan, »beweise ich, dass die Welt rund ist.«

»Tatsächlich? Haben das nicht schon die frühen Kolonisten aus dem Ersten Imperium auf einleuchtende Weise bewiesen? Schließlich haben sie die Welt umsegelt.«

»Oh, aber das war mehr ein physikalischer Beweis als ein theoretischer. Ich wollte dieselbe Tatsache mittels Hypothese und Theorie bestimmen.«

»Um die Wahrhaftigkeit dieser Methoden zu überprüfen?«

»Oh nein. Besagte Wahrhaftigkeit ist bereits gegeben. Nein, mein Junge, ich versuche die Wahrhaftigkeit des physikalischen Beweises zu bestätigen. Wer kann letztlich dem trauen, was das Auge wahrnimmt? Wenn allerdings der mathematische Beweis solche praktischen Beobachtungen unterstützt, führt uns das irgendwie weiter.«

Brys blickte sich um. »Wo sind Eure Helfer?«

»Ich habe sie zum Königlichen Linsenmacher geschickt, um noch mehr Linsen zu holen.«

»Wann war das?«

»Irgendwann heute Morgen, glaube ich. Ja, gleich nach dem Frühstück.«

»Dann hängt Ihr hier also schon den ganzen Tag.«

»Und drehe mich hierhin und dahin, ohne eigenes Wollen. Es gibt Kräfte, mein Junge, unsichtbare Kräfte, die in jedem Augenblick unserer Existenz an uns zerren. Kräfte, die – wie ich nun glaube – miteinander im Widerstreit liegen.«

»Im Widerstreit? Auf welche Weise?«

»Der Boden unter uns übt einen Zwang aus, was sich darin zeigt, dass mir das Blut ins Gesicht läuft, ich eine Leichtigkeit in meinem Hinterkopf spüre, und unsichtbare Hände mich nach unten ziehen wollen – ich habe ganz wunderbare Halluzinationen gehabt. Doch es gibt auch eine gegensätzliche, schwächere Kraft, die an mir zerrt – eine andere Welt, eine, die am Himmel um diese hier herumwandert …«

»Der Mond?«

»In Wirklichkeit sind es mindestens vier Monde, mein Junge, aber die anderen sind nicht nur sehr weit weg, sondern auch für immer davon ausgeschlossen, das Sonnenlicht zu reflektieren. Es ist sehr schwierig, sie zu sehen, obwohl frühe Schriften darauf hindeuten, dass dem nicht immer so war. Die Gründe für ihr Verblassen sind bis jetzt noch nicht bekannt, obwohl ich vermute, dass die Größe unserer eigenen Welt etwas damit zu tun hat. Andererseits könnte es sein, dass sie gar nicht weiter weg sind, sondern in Wirklichkeit viel näher, jedoch sehr klein. Im Verhältnis gesehen.«

Brys betrachtete die Karte auf dem Fußboden. »Das ist das Original, stimmt's? Welche neuen Einblicke habt Ihr durch all die Linsen erhalten?«

»Ist das eine wichtige Frage? Wahrscheinlich, aber nur indirekt. Ich hatte die Karte in den Händen, mein Junge, aber dann ist sie heruntergefallen. Nichtsdestotrotz bin ich mit einer Einsicht belohnt worden. Die Kontinente waren einst alle miteinander verbunden. Welche Kräfte, muss man sich daher fragen, haben sie auseinander gezogen? Wer hat das Ersuchen des Kanzlers überbracht?«

»Was? Oh, Turudal Brizad.«

»Ach ja. So ein fehlgeleiteter, gequälter Bursche. Man kann so viel Leid in seinen Augen sehen, oder zumindest in seiner Haltung.«

»Kann man das?«

»Und was hat er gesagt?«

»Er hat von einer Fehde zwischen Euch und dem Kanzler gesprochen. Einer ... äh, einer neuen Fehde.«

»Gibt es eine? Das ist das erste Mal, dass ich davon höre.«

»Oh. Dann gibt es also gar keine.«

»Nein, nein, mein Junge, ich bin mir sicher, dass es eine gibt. Seid so gut und findet für mich etwas darüber heraus, ja?«

Brys nickte. »Natürlich, Ceda. Wenn ich kann. Ist das alles, was Ihr mir raten wollt?«

»Ja.«

»Gut. Kann ich Euch zumindest herunterhelfen?«

»Nein, ganz und gar nicht, mein Junge. Wer weiß, wie viele Einsichten ich noch erlangen werde?«

»Ihr könntet auch Gliedmaßen verlieren oder bewusstlos werden.«

»Ich habe meine Gliedmaßen noch?«

Brys trat direkt unter den Ceda und schob seine linke Schulter unter Kuru Qans Hüfte. »Ich werde die Riemen lösen.«

»Seid versichert, dass ich Euch auch so glaube, mein Junge.«

»Außerdem habe ich vor, ein Wörtchen mit Euren Helfern zu sprechen, sobald ich beim Kanzler fertig bin.«

»Geht sachte mit ihnen um. Sie sind schrecklich vergesslich.«

»Tja, ich glaube nicht, dass sie mich nach dem heutigen Tag noch vergessen werden.«

Mit hinter dem Rücken verschränkten Händen stapfte Triban Gnol auf und ab. »Wie sieht es mit der Bereitschaft des Militärs aus, Finadd?«

Brys runzelte die Stirn. »Preda Unnutal Hebaz wäre besser dafür gerüstet, Euch diese Frage zu beantworten, Kanzler.«

»Sie ist im Augenblick unpässlich, deshalb wollte ich Euch fragen.«

Sie waren allein im Amtszimmer des Kanzlers. Draußen warteten zwei Wachen. Votivkerzen verströmten den Geruch seltener Gewürze aus Kolanse und verliehen dem Raum dadurch eine Atmosphäre, die an etwas Religiöses grenzte. *Ein Tempel aus Goldmünzen und dieser Mann hier ist der Hohepriester …* »Es gibt ein Mandat, demzufolge die Armee und die Seestreitkräfte in einem gewissen Grad der Bereitschaft gehalten werden müssen, Kanzler. Die Vorräte und die Lagerräume reichen für einen ganzjährigen Feldzug. Wie Ihr wisst, ist mit den Lieferanten vertraglich vereinbart, dass in Konfliktzeiten die Bedürfnisse des Militärs Vorrang gegenüber denen aller anderen Kunden haben. Diese Verträge bestehen natürlich fort, und sie werden streng eingehalten.«

»Ja, ja, Finadd. Aber ich will die Meinung eines Soldaten hören. Sind die Soldaten des Königs bereit und in der Lage, in den Krieg zu ziehen?«

»Ich glaube es, Kanzler.«

Triban Gnol blieb stehen und starrte Brys aus seinen glitzernden Augen an. »Ich werde Euch darauf festnageln, Finadd.«

»Ich hätte es nicht gewagt, eine Meinung zu äußern, wenn ich nicht bereit wäre, dazu zu stehen, Kanzler.«

Ein plötzliches Lächeln. »Hervorragend. Sagt mir, habt Ihr Euch schon eine Frau genommen? Ich glaube nicht, obwohl ich bezweifle, dass es in unserem Adel ein Mädchen gibt, das auch nur einen Augenblick zögern würde. Es gibt viele Vermächtnisse, mit denen man leben muss, Finadd, und die Art und Weise, wie man damit umgeht, bestimmt die Eigenschaften des Lebens eines Mannes oder einer Frau.«

»Es tut mir Leid, Kanzler. Worauf wollt Ihr hinaus?«

»Die Geschichte Eurer Familie ist wohl bekannt, Finadd, und ich bringe Euch – und auch Euren unglücklichen Brüdern – eine Menge Sympathie entgegen. Vor allem Hull, um den ich mir in Anbetracht seiner Vorliebe, sich in kritische Angelegenheiten einzumischen, die ihn ganz und gar nichts angehen, ernsthaft Sorgen mache. Ich muss zugeben, dass ich mir um sein Wohl Sorgen mache, denn ich will nicht, dass Ihr und Eure Verwandten Kummer erleidet.«

»Es will mir scheinen, Kanzler, dass Ihr zu großzügig bei der Anfertigung Eurer Liste der Sorgen seid. Und was Vermächtnisse angeht – nun, die sind meine Sache, wie Ihr zweifellos einsehen werdet. Und wenn Ihr meine Meinung in dieser Sache hören wollt: Ich meine, dass Ihr Hull in dieser Angelegenheit viel zu viel Macht ...«

»Glaubt Ihr, ich wollte Euch eine verschleierte Warnung übermitteln?« Gnol wedelte abfällig mit einer Hand und begann dann wieder, auf und ab zu gehen. »Es beleidigt mich, dass Ihr mir eine solche Grobheit zutraut. Warnt ein Robbenjäger die Robbe vor dem Netz, das sich um sie herum schließt? Wohl kaum. Nein, Finadd, ich bin fertig mit Euch. Seid versichert, dass ich keine weiteren Sympathien an Euch und Eure Brüder verschwenden werde.«

»Ich bin erleichtert, das zu hören«, sagte Brys.

Ein giftiger Blick. »Schließt bitte die Tür hinter Euch, wenn Ihr hinausgeht, Finadd.«

»Natürlich, Kanzler.«

Als Brys draußen den Korridor entlangschritt, seufzte er. Er hatte es nicht geschafft, irgendetwas über die angebliche Fehde zwischen Gnol und Kuru Qan zu erfahren. Es schien, als hätte er nichts erreicht, außer dafür zu sorgen, auf der Liste der Widersacher des Kanzlers zu erscheinen.

Ein zweiter, tieferer Seufzer.

Er hatte nichts von Hulls unerschütterlicher Entschlossenheit. Nichts von Tehols Gerissenheit. Er konnte nur ganz gut mit dem Schwert umgehen. Und welchen Wert hatte das, wenn seine Angreifer Schmeicheleien und Drohungen einsetzten? Und versuchten, ihm Wunden zuzufügen, die die Zeit nicht heilen konnte?

Widerstrebend machte er sich klar, dass er Rat brauchte.

Was ein weiteres Duell bedeutete, dieses Mal mit seinem eigenen Bruder.

Zumindest wollte Tehol niemanden verwunden. *Der Abtrünnige segne ihn, er scheint überhaupt keine Wünsche zu haben.*

»Was ich mir wünsche«, sagte Tehol mit finsterem Gesicht, »ist eine Mahlzeit, die wirklich mit richtiger Nahrung beginnt. Es ist eine Art Grundvoraussetzung, dass das, was man essen muss, einen tatsächlich auf der grundlegendsten Stufe erhält.« Er hob eines der dunklen, schlaffen Blätter hoch, betrachtete es einen Moment lang eingehend und schob es sich dann in den Mund. Während er darauf herumkaute, starrte er Bagg düster an.

»Es gibt Affen, Herr, für die Bananenblätter einen unentbehrlicher Bestandteil ihrer Ernährung darstellen.«

»Tatsächlich? Und – sind sie schon ausgestorben?«

»Ich weiß es nicht. Ich habe nur die Geschichte eines Seemanns wiedergegeben, die ich einmal in einer Kneipe gehört habe.«

»Das war ein Säufer und ein Lügner.«

»Oh, dann habt Ihr ihn also gekannt?«

Tehol blickte sich um. »Wo ist Ublala? Ich brauche ihn hier – schließlich sollte Shurq Elalle beurteilen, ob er …«

»Lang genug ist?«

»Es wert ist. Also, wo ist er?

»Auf dem Dach. Er grämt sich.«

»Oh. Auf dem Dach ist gut. Dass er sich grämt, ist nicht gut. Was meinst du, braucht er noch eine Standpauke?«

»Von Euch, Herr? Nein.«

»Gib mir bitte noch ein paar Blätter. Und knausere nicht mit der Soße, oder was immer das ist.«

»Ihr habt schon wieder Recht.«

»Was immer das ist? Du weißt es nicht?«

»Nein, Herr. Es ist einfach ausgelaufen. Vielleicht aus den Blättern, vielleicht aus etwas anderem. Es erinnert mich an ...«

»Gerbereien?«

»Ja, genau, das ist es. Gut gemacht.«

Tehol wurde bleich und stellte langsam seine Schale ab. »Ich hatte gerade einen Gedanken.«

Baggs Augen weiteten sich und auch er stellte seine Schale ab. »Bitte, Herr, verfolgt diesen Gedanken nicht weiter.«

»Kommt schon zurück.«

»Der Gedanke?«

»Nein, das Abendessen.« Er stand plötzlich auf. »Zeit für ein bisschen frische Luft.«

»Habt Ihr etwas dagegen, wenn ich Euch begleite?«

»Ganz und gar nicht, Bagg. Offensichtlich hast du dir beim Zubereiten dieser Mahlzeit große Mühe gegeben, jede Vorstellung zu unterdrücken, die vielleicht aufgekommen wäre. Mir ist klar, dass du durch diese Anstrengung sehr erschöpft sein musst. Und wenn du es nicht bist, so solltest du es doch im Grunde sein.«

Sie drehten sich um, als sie ein Geräusch von der Gasse draußen hörten, dann wurde der Vorhang vor dem Eingang beiseite gewischt.

»Oh, Shand, wir haben uns schon gefragt, wann Ihr wohl hier auftauchen würdet!«

»Ihr seid ein Lügner und ein Dieb, Tehol Beddict.«

»Und das ist der Mann, mit dem ich Umgang habe«, murmelte Bagg.

Rissarh und Hejun folgten Shand, die in den kleinen Raum gestürmt kam.

Tehol wich zur hinteren Wand zurück, was nicht annähernd weit genug war. »Selbstverständlich bin ich beeindruckt«, sagte er.

Shand blieb stehen. »Wovon?«

Er sah, dass sie die Fäuste geballt hatte. »Nun, von Eurer Energie natürlich. Und im gleichen Augenblick wird mir bewusst, dass ich es nachlässigerweise versäumt habe, Eure bewundernswerten Energien in die richtigen Bahnen zu lenken, Shand. Mir ist jetzt vollkommen klar, dass Ihr – und das gilt natürlich für Euch drei – eine direktere Beteiligung an unserem ruchlosen Unternehmen wünscht.«

»Er macht es schon wieder«, knurrte Rissarh.

»Wir sollten ihn auf der Stelle windelweich prügeln«, fügte Hejun hinzu. »Sieh nur, was er getan hat. Shand, vor nicht einmal einem Glockenschlag hast du gesagt ...«

»Schweige über das, was ich gesagt habe«, unterbrach sie Shand. »Direkte Beteiligung habt Ihr gesagt, Tehol. Endlich. Das wurde aber auch Zeit. Und keine Spielchen mehr, Ihr schlüpfriger elender Kerl. Sprecht und rettet Euer Leben.«

»Natürlich«, sagte Tehol und lächelte. »Bitte, macht es Euch bequem ...«

»Es ist uns bequem genug. Legt los.«

»Nun, Ihr seht nicht aus, als hättet Ihr es wirklich ...«

»Tehol.«

»Wie Ihr wollt. Ich werde Euch eine Liste mit Namen geben, die Ihr Euch einprägen müsst. Horul Esterrict, von Oliven-Fracht, Mirrik Stumpf, der Älteste der Stumpfs, Eigentümer von Stumpfs Letherii-Stahl und Stumpfs Waffen. Bückling Fäule, der Getreide-Magnat von Fort Beben. Sein Bruder Purist, der Bierbrauer. Erudinaas, Königin der Rostlaub-Plantagen von Dissens. Dann die Finanziers Bruck Stiffen, Horul Rinnesict, Grate Chivez aus Letheras, Hepar der Gefällige von Trate, die Schuldverschreibungshalter Druz Thennict, Pralit Peff, Barrakta Ilk, Uster Taran und Lystry Maullict, alle aus Letheras. Tharav der Verborgene aus Zimmer Elf von Chobors Mietshaus in der Robbenstraße in Trate. Habt Ihr alle?«

Shands Augen waren glasig geworden. »Gibt es noch mehr?«

»Ein Dutzend oder so.«

»Ihr wollt, dass sie getötet werden?«, fragte Hejun.

»Beim Abtrünnigen, nein! Ich will, dass Ihr anfangt, Anteile an ihren Unternehmen zu erwerben. Unter einer Vielzahl verschiedener Namen, natürlich. Versucht, neunundvierzig Prozent zu bekommen. Wenn wir das geschafft haben, werden wir in der Lage sein, sie im Handstreich zu übernehmen. Ziel ist natürlich, die Unternehmen zu kontrollieren, doch das wird nur durch überfallartiges Handeln zu erreichen sein, und da spielt der richtige Zeitpunkt eine besonders wichtige Rolle. Jedenfalls, wenn Ihr das alles getan habt – die Anteile erworben, meine ich –, tut nichts weiter, sondern verhaltet Euch still und kommt wieder hierher.«

»Und wie sollen wir das alles finanzieren?«, wollte Shand wissen.

»Oh«, sagte Tehol und wedelte mit einer Hand, »wir sind gut bei Kasse. Das Geld, das ich in Eurem Auftrag investiert habe, wirft eine Menge Gewinn ab. Die Zeit ist gekommen, es einzusetzen.«

»Wie viel Gewinn?«

»Mehr als genug ...«

»Wie viel?«

»Nun, ich habe es noch nicht gezählt ...«

»Ungefähr eine Spitze«, sagte Bagg.

»Bei der Gnade des Abtrünnigen!« Shand starrte Tehol an. »Aber ich habe nie gesehen, dass Ihr irgendetwas getan hättet!«

»Hättet Ihr etwas gesehen, Shand, dann wäre ich nicht vorsichtig genug gewesen. Nun, am besten wäre es, wenn wir einfach mit den Namen anfangen, die ich Euch gegeben habe. Die nächste Liste kann dann später kommen. Nun, ich habe heute Nacht noch ein paar Treffen geplant ...«

»Was für Treffen?«

»Oh, dies und das. Und, bitte, ich flehe Euch an – stürmt hier nicht mehr durch die Vordertür herein. Früher oder später wird das zwangsläufig bemerkt werden, und das könnte sich als ungünstig erweisen.«

»Was habt Ihr beide gegessen?«, fragte Rissarh plötzlich und rümpfte die Nase.

»Dies und das«, erwiderte Bagg.

»Kommt«, wandte Shand sich an ihre Kameradinnen, »lasst uns nach Hause gehen. Vielleicht taucht Ublala ja auf.«

»Ich bin sicher, das wird er«, sagte Tehol, während er die drei Frauen lächelnd zum Eingang geleitete. »Und jetzt schlaft ein bisschen. Ihr habt arbeitsreiche Tage vor Euch.«

Hejun drehte sich halb um. »Oliven-Fracht – Horul wie?«

Shand packte sie am Arm und zog sie mit sich in die Gasse.

Immer noch lächelnd rückte Tehol den Vorhang zurecht, bis er wieder den Eingang verdeckte. Dann drehte er sich um. »Das ist ja nochmal gut gegangen.«

»Rissarh hatte ein Messer«, sagte Bagg. »Hinterm Handgelenk.«

»Ja? Hinterm Handgelenk?«

»Ja, Herr.«

Tehol ging zur Leiter. »Ich vertraue darauf, dass du deine eigenen Messer ebenfalls bei der Hand hattest.«

»Ich habe keine Messer.«

Tehol machte Halt, eine Hand auf der nächsten Sprosse. »Was? Wo sind unsere Waffen?«

»Wir haben keine Waffen, Herr.«

»Nicht mal eine einzige? Hatten wir jemals welche?«

»Nein. Ein paar hölzerne Löffel ...«

»Und – kannst du mit ihnen umgehen?«

»Sehr gut.«

»Nun, dann ist es ja in Ordnung. Kommst du?«

»Sofort, Herr.«

»Gut. Und vergiss nicht aufzuräumen. Hier sieht's wirklich schrecklich aus.«

»Wenn ich Zeit dafür finde.«

Ublala Pung lag mit dem Gesicht nach unten in der Nähe des Betts auf dem Dach.

»Ublala«, sagte Tehol, als er zu ihm trat. »Stimmt etwas nicht?«

»Nein.« Das Wort klang gedämpft.

»Was machst du da unten?«

»Nichts.«

»Also, wir werden gleich einen Gast haben, der dich gern kennenlernen würde.«

»Das ist schön.«

»Es könnte sich für dich lohnen, wenn du dich bemühen würdest, einen guten Eindruck zu machen«, sagte Tehol.

»In Ordnung.«

»Wenn du so da liegen bleibst, könnte sich das allerdings als etwas schwierig erweisen, Ublala. Ich muss zugeben, dass ich im ersten Moment, als ich hier hochgekommen bin, dachte, du wärest tot.« Er machte eine Pause und dachte nach – und plötzlich hellte sich sein Gesicht auf. »Aber wenn ich es recht bedenke, wäre das ja vielleicht gar nicht so schlecht ...«

Ein Stiefelscharren von der Seite her, dann trat Shurq Elalle aus den Schatten. »Ist er das?«

»Ihr seid früh dran«, sagte Tehol.

»Bin ich das? Oh. Nun, wartet Ihr auf einen Nekromanten, damit der ihn wiederbelebt oder so was?«

»Das würde ich tun, wenn er tot wäre. Ublala, wenn du bitte aufstehen würdest. Ich möchte dir gerne Shurq Elalle vorstellen ...«

»Ist das die Tote?«, fragte er, ohne sich zu bewegen. »Die Diebin, die ertrunken ist?«

»Und schon wirfst du mir etwas vor«, erwiderte Shurq. Ihre Stimme klang verzagt.

»So weit sind wir noch nicht«, sagte Tehol. »Ublala, steh auf. Shurq hat Bedürfnisse. Du kannst sie erfüllen – und im Gegenzug werden Shand, Rissarh und Hejun dich in Ruhe lassen ...«

»Warum sollten sie?«, wollte Ublala wissen.

»Weil Shurq es ihnen klar machen wird.«

»Werde ich das?«

»Hört zu«, sagte Tehol erschöpft. »Keiner von Euch beiden trägt im Moment zum Gelingen dieses Treffens bei. Auf die Beine, Ublala.«

»Das wird nicht nötig sein«, mischte Shurq sich ein. »Rollt ihn einfach auf den Rücken.«

»Oh, gut, das ist sehr nett. Grob, aber nett.« Tehol hockte sich seitlich neben Ublala, schob seine Hände unter den großen Mann und versuchte, ihn hochzuheben. Seine Füße rutschten weg. Er ächzte, keuchte, versuchte es wieder und wieder, doch ohne großen Erfolg.

»Hört auf damit«, sagte Shurq in einem eigenartigen Tonfall. »Ihr bringt mich sonst zum Lachen. Und jetzt zu lachen, würde ganz schön teuer werden.«

Tehol, der halb über Ublala hing, starrte zu ihr hoch. »Teuer?«

»Die ganzen Gewürze, natürlich. Sag mir, Ublala, was hast du gesehen, als du am Grund des Kanals entlanggegangen bist?«

»Schlamm.«

»Was noch?«

»Plunder.«

»Was noch? Worauf bist du gelaufen?«

»Leichen. Knochen. Krabben und Krebse. Alte Netze. Kaputte Töpfe, Möbel ...«

»Möbel?«, fragte Tehol. »Brauchbare Möbel?«

»Also, da war ein Stuhl. Aber ich habe mich nicht draufgesetzt.«

»Leichen«, sagte Shurq. »Ja. Viele Leichen. Wie tief war der Kanal ursprünglich?«

Mittlerweile hatte sich auch Bagg zu ihnen gesellt, und bei dieser Frage blickte Tehol seinen Diener an. »Nun? Du musst es wissen. Schließlich bist du doch ein Ingenieur und so.«

»Aber ich tue doch nur so, als wäre ich ein Ingenieur«, erklärte ihm Bagg.

»Dann tu jetzt so, als wüsstest du die Antwort auf Shurqs Frage!«

»Es hieß immer, sieben große Männer könnten übereinander auf ihren Schultern stehen, und der Letzte könnte dann mit ausgestreckten Armen an die Wasseroberfläche reichen. Große Handelsschiffe konnten den Kanal auf seiner ganzen Länge befahren.«

»Ich war nicht weit von der Oberfläche weg«, sagte Ublala und drehte sich um, ohne auf Tehol zu achten, der aufschrie, als er mit einem dumpfen Rums auf die Seite fiel. »Ich konnte sie fast erreichen«, fügte er hinzu. Er stand jetzt aufrecht und strich sich über den Körper.

»Das ist eine Menge Abfall«, kommentierte Bagg.

»Ich lüge nicht«, sagte Ublala.

»Das habe ich auch nicht gesagt.«

»Also«, fragte Shurq, »wer bringt all diese Menschen um?«

»Das ist nicht wichtig«, entgegnete Tehol, der sich wieder aufgerappelt hatte. »Shurq Elalle, gestattet mir, Euch Ublala Pung vorzustellen. So ein Kanalspaziergang des Nachts ist wunderbar, nicht wahr. Nein, ich meine nicht, im Kanal. An ihm entlang, um mal etwas anderes zu machen. Wirklich geradezu perfekt für einen Spaziergang ...«

»Ich habe vor, Gerun Eberícts Anwesen auszurauben«, sagte Shurq zu Ublala. »Aber es gibt außen herum Wächter, um die man sich kümmern müsste. Kannst du für ein bisschen Ablenkung sorgen, Ublala Pung?«

Der große Mann kratzte sich am Kinn. »Ich weiß nicht. Ich habe nichts gegen sie ...«

»Sie mögen dich nicht.«

»Tatsächlich? Warum?«

»Es gibt keinen Grund. Sie tun es einfach nicht.«

»Dann mag ich sie auch nicht.«

»Das sagst du jetzt, aber ich habe noch keinen Beweis dafür gesehen.«

»Ihr wollt einen Beweis? Gut. Lasst uns gehen.«

Shurq hängte sich bei Ublala ein und führte ihn zum hinteren Ende des Dachs. »Wir müssen zu dem Dach da drüben springen«, sagte sie. »Ich glaube nicht, dass du das tun kannst, Ublala. Zumindest nicht geräuschlos.«

»Natürlich kann ich das. Ich werde Euch zeigen, dass ich es kann.«

»Wir werden sehen ...«

Tehol starrte ihnen hinterher und drehte sich dann zu Bagg um.

Der Diener zuckte die Schultern. »Das ist die Komplexität des männlichen Geistes, Herr.«

Der Regen, der früher an diesem Tag gefallen war, hatte die Nachtluft angenehm abgekühlt. Brys Beddict verließ den Palast durch eine Seitenpforte und begab sich auf Umwegen zum Haus seines Bruders. Obwohl es schon fast Mitternacht war, waren viele Menschen auf der Straße.

Er hatte sich in diesem überfüllten, schmutzigen Irrgarten namens Letheras nie sonderlich wohl gefühlt. Meist verbarg sich das Antlitz des Wohlstands, so dass nur das verwüstete Gesicht der Armut zu sehen war, und das war manchmal beinah überwältigend. Noch unterhalb der Schuldner standen die Verlorenen, diejenigen, die vollkommen aufgegeben hatten, und unter ihnen fanden sich nicht nur Flüchtlinge annektierter Stämme, sondern auch Letherii – mehr als er es sich vorgestellt hatte. Trotz des explosionsartigen Wachstums, das das Königreich antrieb, schien es, als würde ein immer größer werdender Teil der Bevölkerung zurückgelassen, und das war beunruhigend.

An welchem Punkt in der Geschichte Letheras', fragte er sich, war zügellose Gier zur Tugend geworden? Der Grad der dafür notwendigen Selbstrechtfertigung war in seiner tautologischen Komplexität schwindelerregend, und es schien, als stellte die Sprache selbst den stärksten Schild gegen den gesunden Menschenverstand dar.

Man kann diese Menschen nicht alle zurücklassen. Sie stehen außerhalb der stetigen Aufregung und Lust, der hektischen Anhäufung. Sie stehen außerhalb und können nur zusehen – mit wachsender Verzweiflung und zunehmendem Neid. Was geschieht, wenn Wut an die Stelle der Hilflosigkeit tritt?

Das Militär füllte sich zunehmend mit jenen aus den untersten Klassen. Die Aussicht auf eine Ausbildung, ein annehmbares Einkommen und einen vollen Bauch sorgten für entsprechende Anreize, doch diese Soldaten waren nicht besonders angetan von der Zivilisation, die zu verteidigen sie geschworen hatten. Sicher, viele traten ins Militär ein, weil sie von Beute träumten, von Reichtum, den man Feinden stehlen konnte, und von möglichem Ruhm. Doch solche Reichtümer gab es nur bei Angriffskriegen – oder genauer gesagt: bei erfolgreich verlaufenden Angriffskriegen. Was würde geschehen, wenn dieses Heer sich plötzlich in einer Verteidigungsposition befand? *Sie werden kämpfen, um ihr Zuhause und diejenigen, die sie lieben, zu verteidigen. Natürlich werden sie das. Es gibt nicht den geringsten Grund zur Sorge, oder?*

Er bog in die Gasse ab, die zu Tehols Haus führte, und hörte von irgendwo hinter dem heruntergekommenen Mietshaus einen heftigen Streit. Dinge kamen in einer Kakophonie aus scheppernden Geräuschen, die mit einem schrillen Kreischen endete, von irgendwo oben heruntergeflogen.

Brys zögerte. Von dieser Gasse aus konnte er die Quelle der Geräusche nicht erreichen, doch von Tehols Dach aus würde er vielleicht einen Blick auf die gegenüberliegende Straße werfen können. Er ging weiter.

Mit dem Knauf seines Messers klopfte Brys an den Türrahmen. Es kam keine Antwort. Er schob den Vorhang beiseite und spähte ins Innere. Eine einzelne, flackernde Öllampe, ein schwacher Feuerschein vom Herd, und Stimmen, die von oben, vom Dach herunterdrangen.

Brys trat ein und kletterte die wacklige Leiter hinauf.

Als er oben auf dem Dach ankam, sah er Tehol und seinen Diener am hinteren Ende stehen. Sie schauten nach unten – wahrscheinlich beobachteten sie den Streit, der noch immer im Gange war.

»Tehol«, rief Brys und trat näher. »Ist das eine Angelenheit für die Stadtgarde?«

Sein Bruder drehte sich um und schüttelte den Kopf. »Ich glaube nicht, Bruder. Es kann nur noch wenige Augenblicke dauern, bis die Sache sich erledigt hat. Meinst du nicht auch, Bagg?«

»Ich glaube schon, denn er ist schon fast draußen und die alte Frau hat gleich nichts mehr, womit sie werfen könnte.«

Brys trat zu ihnen und schaute nach unten. Ein großer Mann war eifrig damit beschäftigt, sich aus einem Haufen staubigen Gerölls zu winden; er duckte sich immer dann, wenn wieder eines der Geschosse angesegelt kam, die die alte Frau im Türrahmen des Mietshauses nach ihm warf.

»Was ist passiert?«, fragte Brys.

»Einer meiner Mitarbeiter ist von diesem Dach hier auf das da drüben gesprungen«, sagte Tehol. »Ich gehe davon aus, dass er sogar ziemlich unauffällig gelandet ist. Doch dann hat leider das Dach nachgegeben. Wie du sehen kannst, ist er ein großer Mann.«

Der unglückliche Mitarbeiter hatte sich schließlich aus dem Schutthaufen befreit. Es zeigte sich, dass er bei seiner Landung den größten Teil der Wand mit sich gerissen hatte. Es war ein Wunder, dass er unverletzt zu sein schien. »Warum ist er von deinem Dach gesprungen, Tehol?«

»Er ist herausgefordert worden.«

»Von dir?«

»Oh nein, ich würde so etwas niemals tun.«

»Wer dann? Doch bestimmt nicht dein Diener, oder?«

»Ich? Ganz gewiss nicht, Finadd«, sprudelte Bagg heraus.

»Es war ein anderer Gast«, erklärte Tehol. »Der inzwischen gegangen ist, wenn auch nicht besonders weit weg, wie ich vermute. Irgendwo in den Schatten wird sie auf den teuren Ublala warten.«

»Ublala? Ublala Pung? Oh ja, jetzt erkenne ich ihn. Ein Mitarbeiter? Tehol, der Mann ist ein Verbrecher ...«

»Der seine Unschuld im Kanal bewiesen hat ...«

»Das hatte nichts mit Unschuld zu tun«, gab Brys zurück. »Das war reine Sturheit.«

»Eine Willenskraft, die der Abtrünnige bestimmt geschwächt hätte, wenn Ublala tatsächlich der Verbrechen schuldig gewesen wäre, derer man ihn angeklagt hat.«

»Tehol, also wirklich ...«

Sein Bruder blickte ihn mit hochgezogenen Brauen an. »Willst du, ein Soldat des Königs, etwa unser Justizsystem in den Dreck ziehen?«

»Tehol, der König selbst zieht das Justizsystem in den Dreck.«

»Nichtsdestotrotz, Brys – ach, mal ganz nebenbei, was tust du eigentlich hier?«

»Ich bin gekommen, um deinen Rat einzuholen.«

»Oh. Nun, sollen wir uns in eine etwas abgeschiedenere Ecke meines Dachs zurückziehen? Komm mit – die Ecke dahinten ist ideal.«

»Wäre es unten nicht besser?«

»Tja, das wäre es, wenn Bagg sich die Mühe gemacht hätte aufzuräumen. Doch so, wie es aussieht, herrscht in meinem Heim ein inaktzeptables Durcheinander. Ich kann mich da unten nicht konzentrieren, nicht mal für einen Augenblick. Mein Magen dreht sich um bei dem Gedanken an …«

»Das wird das Abendessen sein«, sagte Bagg hinter ihnen.

Die Brüder drehten sich um und sahen ihn an.

Bagg winkte ihnen verlegen zu. »Ich werde dann mal runtergehen.«

Sie schauten ihm nach, als er durch die Dachluke verschwand.

Brys räusperte sich. »Im Palast gibt es verschiedene Gruppierungen. Und Intrigen. Und es scheint, als wollten bestimmte Leute mich in diese Intrigen verwickeln, während ich nichts anderes möchte, als meinem König gegenüber loyal bleiben.«

»Ach, und einige dieser Gruppierungen stehen dem König nicht ganz so loyal gegenüber?«

»Nicht auf eine Weise, die sich beweisen ließe. Es ist eher eine Frage der Auslegung dessen, was dem König und den Interessen des Köngreichs am meisten nützt.«

»Oh. Aber das sind zwei ganz verschiedene Dinge. Die Interessen des Königs auf der einen Seite, die Interessen des Königreichs auf der anderen. Zumindest nehme ich an, dass sie es so sehen – und wer weiß, sie könnten Recht damit haben.«

»Sie könnten, Tehol – aber ich habe meine Zweifel.«

Tehol verschränkte die Arme und blickte auf die Stadt hinaus. »Also«, sagte er, »da gibt es die Gruppe der Königin, zu der Prinz Quillas, Kanzler Triban Gnol und der Erste Galan Turudal Brizad gehören. Habe ich irgendjemanden vergessen?«

Brys starrte seinen Bruder an. Er schüttelte den Kopf. »Ein paar Offiziere und Wachen, ein paar Spione.«

»Und dann haben wir die Gruppe des Königs. Ceda Kuru Qan, der Erste Eunuch Nifadas, Preda Unnutal Hebaz und eventuell noch die Erste Konkubine Nisall. Und du natürlich.«

»Aber ich möchte nicht zu irgendeiner Gruppe …«

»Du bist der Kämpe des Königs, Brys. So wie ich es sehe, hast du nicht gerade die Wahl.«

»Tehol, ich bin miserabel in solchen Intrigenspielen.«

»Dann sag nichts. Sag niemals irgendetwas.«

»Was soll das bringen?«

»Sie werden zu der Überzeugung kommen, dass du klüger bist als sie. Oder, was noch schrecklicher wäre, dass du alles weißt. Du kannst all ihre Fassaden durchschauen …«

»Aber ich kann sie nicht durchschauen, Tehol. Und deshalb bin ich auch nicht klüger.«

»Natürlich bist du das. Du musst es einfach nur wie ein Duell betrachten. Ja, behandle alles, als wäre es ein Duell. Mit Finten, Paraden, sich freimachen – das ganze komplizierte Zeugs.«

»Das sagst du so leicht.«

Sie schwiegen beide, starrten über die dunkle Stadt. Öllampen beleuchteten die Promenaden entlang der Kanäle, doch das Wasser selbst wand sich, schwarz wie Tinte, wie ein Streifen des Vergessens zwischen den flachen, klotzigen Gebäuden hindurch. Andere Lichter bewegten sich die Straßen entlang, getragen von Menschen, die ihren Aufgaben nachgingen. Trotzdem war Dunkelheit der alles beherrschende Eindruck.

Brys starrte zur nächstliegenden Stufe hinauf, schaute zu, wie ein paar Laternen den Brückenbogen entlangglitten wie winzige Monde. »Ich habe über Hull nachgedacht«, sagte er nach einiger Zeit.

»Ich würde mir nicht viel Hoffnung machen, was ihn angeht«, sagte Tehol. »Die Wünsche unseres Bruders haben nichts mit Selbsterhaltung zu tun. Ich glaube, er ist davon überzeugt, dass er bald sterben wird.«

Brys nickte.

»Und wenn er kann«, fuhr Tehol fort, »wird er dabei so viel wie möglich von Lether mit in den Untergang reißen. Schon allein aus diesem Grund wird ihn jemand aufhalten. Auf endgültige Weise.«

»Und von mir wird man erwarten, dass ich mich an seinen Mördern räche«, sagte Brys.

»Nicht notwendigerweise«, meinte Tehol. »Deine Loyalität gilt schließlich zuallererst deinem König.«

»Und hebt die gegenüber meiner Familie auf?«

»Nun ja.«

»Wenn ich nichts tue, wird man mir das als Feigheit auslegen. Aber was noch schlimmer ist – ich glaube nicht, dass ich Hulls Mördern gegenüberstehen könnte, ohne nach meinem Schwert zu greifen.«

»Es könnte aber sein, dass du genau das tun musst, Brys. Ich hingegen«, fügte Tehol hinzu, »werde nicht allzu sehr von solchen Verboten eingeengt.«

Brys musterte seinen Bruder mehrere Herzschläge lang. »Du würdest Hull rächen?«

»Worauf du dich verlassen kannst.«

Jetzt endlich lächelte Brys.

Tehol warf ihm einen Blick zu und nickte. »Das ist perfekt, Bruder. Setze genau dieses Lächeln auf, wenn du ihnen gegenüberstehst. Es wird ihre Herzen mit purem Entsetzen erfüllen.«

Brys seufzte und richtete den Blick wieder auf die Stadt. »Äußerlich scheinen wir drei so unterschiedlich zu sein.«

»Das sind wir auch«, erwiderte Tehol. »Es geht um Methoden, und wir beschreiten jeder für sich einzigartige Wege. Gleichzeitig müssen wir leider alle mit dem gleichen Vermächtnis leben, einem besonders unangenehmen Erbe.« Er zuckte die Schultern und zog seine rutschende Hose hoch. »Drei Steine in einem Strom. Alle dem gleichen dahinrauschenden Wasser ausgesetzt, und doch ist jeder – abhängig von seiner Beschaffenheit – anders geformt.«

»Und wer von uns ist aus Sandstein?«

»Hull. Er ist bei weitem am stärksten zermürbt, Brys. Du, du bist Basalt.«

»Und du, Tehol?«

»Vielleicht eine Mischung aus beidem, was zu einem auf höchst traurige Weise missgestalteten Ergebnis geführt hat. Aber ich kann damit leben.«

»Vielleicht kannst du das tatsächlich«, bemerkte Brys, »aber was ist mit uns anderen?«

»Es gibt da eine Sache, bei der du mir helfen könntest, Bruder.«

»Ach?«

»Vermutlich gibt es im Palast Chronisten, die unklare Informationen aufzeichnen. Menschen, die verschiedene Begebenheiten und Entwicklungen und all solche Dinge verfolgen.«

»Davon gibt es eine wahre Armee, Tehol.«

»Tatsächlich. Also, könntest du für mich ein paar vorsichtige Erkundigungen einholen?«

»Worüber?«

»Menschen, die in Letheras verschwinden. Die jährlichen Zahlen, irgendwas in der Richtung.«

»Wenn du möchtest. Warum?«

»Im Augenblick bin ich einfach nur neugierig.«

»Was hast du vor, Tehol?«

»Dies und das.«

Brys verzog das Gesicht zu einer Grimasse. »Sei vorsichtig.«

»Das bin ich. Riechst du das? Bagg kocht Tee.«

»Das riecht aber nicht wie Tee.«

»Ja, stimmt, er steckt voller Überraschungen. Lass uns runtergehen. Ich für meinen Teil bin sehr durstig.«

Shurq Elalle schaute zu, wie Ublala Pung sich auf die beiden Wachen stürzte, die gerade um die Ecke der äußeren Mauer des Anwesens gekommen waren. Sie hatten noch Zeit, erschreckt aufzublicken, ehe er zuschlug. Der Hieb zermalmte dem Ersten den Kiefer und landete dann krachend an der Schläfe des Zweiten. Beide brachen zusammen. Ublala hielt kurz inne, um auf die beiden hinunterzublicken, dann machte er sich auf die Suche nach weiteren Opfern.

Shurq trat aus dem Schatten und näherte sich der Mauer. Schutzzauber waren in den ockergelben Stein geritzt, doch sie wusste, sie würden nur auf das Eindringen einer lebenden Person reagieren. Auf Körperwärme, feuchte Atemzüge, Herzklopfen. Jene, die auf Bewegung ansprachen, waren weitaus teurer und würden dem Haupthaus vorbehalten sein.

Sie erreichte die Mauer, machte kurz Halt, um sich noch ein letztes Mal umzusehen, dann kletterte sie schnell an ihr hoch.

Die Mauerkrone war mit rasiermesserscharfen, stählernen Scherben gespickt, die sich tief in die verstärkte Wattierung ihrer Handschuhe gruben. Als sie sich hochzog, bohrten sich die Scherben durch die Lederschichten und in ihre Handflächen, so dass sie noch mehr Halt fand. Sie würde die Schnittwunden später zunähen, um zu verhindern, dass Fusseln hineinkamen oder Insekten oder irgendwelche anderen Kreaturen, die vielleicht versuchen würden, sich in den Löchern häuslich niederzulassen.

Den Oberkörper auf die Arme gestützt, musterte sie den hinter der Mauer liegenden Hof. Sie konnte niemanden sehen und wuchtete sich über die Mauer, indem sie sich auf den Händen drehte und sich dann an der Innenseite hinunterließ. Sie hebelte ihre linke Hand aus den Eisenspitzen und packte die Kante, um das Gleiche dann mit der rechten zu tun. Von den Scherben befreit, kletterte sie schnell nach unten und kauerte sich in die Schatten.

Irgendwo da vorn, zwischen ihr und ihrem Ziel, befanden sich Dutzende von Wachen. Männer – aber nein, daran durfte sie nicht denken, jetzt nicht. Später, mit Ublala. Unglücklicherweise verstand der hirnlose Gast in ihrem Inneren nichts vom Wert der Vorfreude. Er kannte nur Hunger, und Hunger musste gestillt werden. Es lag in der Natur der Dinge, die lebten, dachte sie, im Unterschied zu denen, die tot waren. Drängende Bedürfnisse, Unzufriedenheit, die Last der Gelüste. Das hatte sie alles vergessen.

Vier Wächter standen am Eingang des Hauses, jeweils einer links und rechts der doppelflügeligen Tür, und die anderen beiden seitlich der breiten Stufen. Sie sahen gelangweilt aus. Es gab Fenster im Hauptgeschoss, doch sie waren alle mit Läden verschlossen. Im nächsten Stockwerk gab es Balkone – die schmalen Türen dort oben würden mit Schutzzaubern versehen sein. Das oberste Stockwerk bestand aus drei Räumen mit A-förmigen, nach vorn hinausgehenden Gauben, deren spitze Dächer steil und mit Schieferziegeln bedeckt waren. Hinter diesen Vorsprüngen war das Dach des Anwesens flach und mit einer niedrigen Mauer umgeben und beherbergte einen wahren Wald aus Topfpflanzen und gestutzten Bäumen. Und verborgenen Wächtern.

Alles in allem scheinbar unüberwindlich.

Genau, wie sie es mochte.

Sie machte sich zum nächsten Nebengebäude auf, einem Werkstattschuppen mit einem schrägen Dach, das dem Hof zugewandt war. Vorsichtige, lautlose Schritte, dann ließ sie sich an der nächsten Wand des Schuppens nieder. Und wartete.

Ein lautes Pochen am vorderen Tor.

Die vier Wachen am Eingang des Hauptgebäudes reckten sich, wechselten Blicke. Mindestens acht ihrer Kameraden patrouillierten in der Straße und der Gasse jenseits der Mauer. Für einen Gast war es zu spät, und außerdem war ihr Herr, Gerun Eberict, nicht zu Hause. Doch vielleicht hatte er einen Boten geschickt. Andererseits hätten sie dann von der Patrouille ein Zeichen bekommen. Sie konnte sehen, wie sie zu dem Schluss kamen, dass hier etwas Ungewöhnliches vor sich ging.

Die beiden Wächter am Fuß der Treppe setzten sich, die Hände an den Griffen ihrer Schwerter, in Richtung Tor in Bewegung.

Als die beiden Männer ungefähr die Hälfte der Strecke hinter sich gebracht hatten, hörte das Pochen auf. Sie wurden langsamer, zogen ihre Waffen.

Noch zwei Schritte bis zum Tor.

Die massiven Doppeltüren barsten nach innen und begruben die beiden Wachen unter zerschlagenem Holz und Bronze. Ublala wurde von seinem eigenen Schwung über die flach auf dem Boden liegenden Türflügel und die beiden darunter eingeklemmten Männer hinweggetragen.

Vom oberen Ende der Treppe erklangen Alarmrufe, dann stürmten die letzten beiden Wächter auf den Riesen zu.

»Ich habe nie einem von euch etwas getan!«, brüllte Ublala; zumindest dachte Shurq, dass er das gesagt hatte – Zorn und Entrüstung verwischten seine Worte, während er auf die beiden Wächter losging.

Ein kurzer Augenblick der Sorge – schließlich war ihr Komplize unbewaffnet.

Schwerter zischten durch die Luft. Ublala schien gegen die flache

Seite zu schlagen, und eines der Schwerter flog sich überschlagend durch die Luft. Das andere bohrte sich in die Pflastersteine zu Füßen des Riesen. Ein Rückhandschlag wirbelte den näheren der beiden Männer herum und holte ihn von den Füßen. Der letzte Wächter schrie und stolperte rückwärts. Ublala streckte eine Hand aus, packte ihn am rechten Arm und zog ihn dicht zu sich heran.

Shurq hörte: »Der ganze Kies ist greußlich und feucht!«

Oder auch: »Ich bin nicht fies und scheußlich zu euch!«

Der Wächter wurde ebenfalls von den Füßen gerissen und geschüttelt, das Scheppern seiner Rüstung begleitete die wirre Behauptung. Der unglückliche Mann erschlaffte, seine Arme und Beine zuckten. Ublala ließ ihn zu Boden fallen und schaute sich um.

Von beiden Seiten des Hauptgebäudes her strömten Wachen auf ihn zu.

Er grunzte erschreckt, drehte sich um und rannte zurück zum gähnend leeren Eingang.

Shurq warf einen Blick zum Dach hinauf. Da oben standen vier Gestalten, die zu dem fliehenden Riesen herunterblickten. Zwei von ihnen machten ihre Speere bereit.

Doch Ublala war bereits durch die Toreinfahrt hindurch.

Shurq wich ein Stück zurück, glitt um die Rückseite des Schuppens herum und schoss über die schmale freie Fläche hinüber zur Mauer des Hauptgebäudes. Sie lief zur Eingangstreppe, auf den Absatz und schlüpfte durch den unbewachten Vordereingang. Draußen hörte sie jemanden Befehle rufen – eine Nachhut sollte den Hof halten, doch ganz offensichtlich hatte sich niemand umgedreht und die Vordertür im Auge behalten.

Shurq stellte fest, dass sie sich in einem Empfangssaal befand. Die Wände waren mit Fresken bedeckt, die Geruns verzweifelte Bemühungen zeigten, König Ezgara Diskanar gegen die Attentäter zu verteidigen. Sie blieb kurz stehen und zog ein Messer, um Geruns männliches, verzerrtes, triumphierendes Gesicht mit einem Schnurrbart zu versehen, dann ging sie durch einen Bogengang in einen großen Raum, der wie ein Thronsaal gestaltet war, obwohl der Thron – eine reich verzierte Scheußlichkeit mit hoher Lehne – einfach nur am Kopfende eines langen Tischs postiert war, und nicht auf einem erhöhten Podest stand.

Türen in jeder Ecke des Raums, jede mit einem kunstvoll gearbeiteten Rahmen versehen. Eine fünfte schmale Tür war am hinteren Ende in die Wand eingelassen, wahrscheinlich lag dahinter einer der Gänge, die die Sklaven und Bediensteten benutzten.

Es bestand kein Zweifel darüber, dass die Bewohner des Hauses inzwischen alle wach waren. Doch da sie Diener waren, da sie allesamt Schuldner waren, würden sie sich unter ihren Schlafkojen verstecken, so lange der Tumult andauerte.

Sie machte sich zu jener letzten Tür auf. Der Gang dahinter war schmal und kaum beleuchtet. Links und rechts gab es Zellen, die mit einem Vorhang vom Gang abgetrennt waren. Die armseligen Unterkünfte des Dienstpersonals. Unter keinem der Vorhänge schimmerte Licht hervor, doch Shurq hörte aus einer der Zellen – etwa den halben Gang hinunter – ein schlurfendes Geräusch, und aus einer etwas näher liegenden Zelle auf der linken Seite drang ein unterdrücktes Keuchen.

Sie schloss ihre Hand um den Griff des Messers, das sie sich an den linken Arm geschnallt hatte, und drückte die stumpfe Seite der Klinge fest gegen die Scheide, während sie es zog. Noch mehr erschreckte Atemzüge. Ein entsetzter Aufschrei.

Mit langsamen Schritten ging sie den schmalen Gang entlang, blieb dann und wann stehen, doch niemals lange genug, um jemandem einen Schrei zu entlocken, bis sie zu einer T-förmigen Kreuzung kam. Zur Rechten gelangte man in die Küche, zur Linken befand sich ein Treppenhaus, das sowohl nach oben wie auch hinunter in den unterirdisch gelegenen Keller führte. Shurq drehte sich um und musterte den Gang, den sie gerade verlassen hatte. Mit so tiefer Stimme, wie es ihr möglich war, zischte sie: »Schlaft weiter. Hab nur mal 'ne Runde gedreht. Es ist niemand hier, meine Süßen. Entspannt euch.«

»Wer ist da?«, fragte eine Stimme.

»Wen kümmert das?«, antwortete eine andere. »Wie er schon gesagt hat, Prist, schlaf weiter.«

Doch Prist war hartnäckig. »Es is' nur, dass ich die Stimme nich' erkannt hab ...«

»Na klar«, konterte der andere. »Und eigentlich bis' du auch gar kein Gärtner, sondern 'n echter Held, stimmt's, Prist?«

»Ich sag doch nur, dass ...«

Shurq ging zurück und blieb vor Prists Vorhang stehen.

Sie hörte, dass der Mann sich bewegte, doch er sagte nichts.

Sie schob das schmutzige Leinen zur Seite und schlüpfte in den engen Raum. Er stank nach Kot und Dung. In der Dunkelheit konnte sie gerade noch eine große Gestalt ausmachen, die an der Rückwand kauerte und die Decke bis zum Kinn hochgezogen hatte.

»Oh Prist«, murmelte Shurq – ihre Worte eher ein Hauch als ein Flüstern – und trat noch einen Schritt näher, »kannst du eigentlich auch mal still sein? Das will ich doch hoffen, denn ich habe vor, ein bisschen Zeit mit dir zu verbringen. Aber mach dir keine Sorgen«, fügte sie hinzu, während sie ihre Gürtelschnalle öffnete, »es wird dir Spaß machen.«

Zwei Glockenschläge später hob Shurq ihren Kopf vom muskulösen Arm des Gärtners und konzentrierte sich darauf, trotz seines lauten Schnarchens etwas von draußen zu hören. Der arme Kerl war ziemlich schnell ausgelaugt und erschöpft gewesen – sie hoffte, dass das bei Ublala nicht der Fall sein würde –, und sein anschließendes Gewinsel und Gejammer hatte sie als widerlich empfunden. Als die schwachen Echos der Glockenschläge schließlich verklangen, senkte sich eine gediegene Stille herab.

Bereits kurz nachdem Shurq in Prists Schlafzelle geschlüpft war, waren die Wachen zurückgekehrt. Sie waren laut gewesen, hatten Mutmaßungen angestellt und sich gestritten, was alles darauf hindeutete, dass Ublala die Flucht gelungen war; dass die Männer aber auch die Dienste des hauseigenen Heilers in Anspruch genommen hatten, schien darauf hinzudeuten, dass es noch ein paar Zusammenstöße gegeben hatte. Seitdem hatte sich die Lage wieder beruhigt. Das Anwesen war flüchtig durchsucht worden; die Unterkünfte der Dienerschaft waren allerdings nicht in diese Aktion einbezogen worden, was bedeutete, dass die Wachen nicht auf die Idee gekommen waren, dass der Angriff als Ablenkung gedient hatte, um jemandem Zutritt zum Anwesen zu verschaffen. Sie waren ziemlich sorglos. Ein Zeichen für einen traurigen Mangel an Vorstellungsvermögen. Wie sie es alles in allem erwartet hatte. Ein anmaßender Dienstherr bewirkte genau dies. Eigene Gedanken waren gefährlich, denn sie prallten unausweichlich mit Geruns ungeheuerlichem Ego zusammen.

Shurq schlüpfte aus Prists erschöpfter, kindlicher Umarmung und stand lautlos auf, um sich anzuziehen und ihre Ausrüstung anzulegen. Gerun hatte bestimmt ein Arbeitszimmer, das sich an seine privaten Gemächer anschloss. Männer wie Gerun hatten immer ein Arbeitszimmer. Es befriedigte ihr Verlangen nach Legitimität.

Die Verteidigungseinrichtungen würden höchst raffiniert sein, die magischen Schilde teuer und meisterhaft. Jedoch nicht kompliziert genug, um einen Finadd zu verwirren. Entsprechend schlicht würden auch die Mechanismen sein, mit denen man sie ausschalten konnte. Was man natürlich noch bedenken musste, war die Tatsache, dass Gerun nicht da war. Wahrscheinlich gab es zusätzliche Schutzzauber, die nicht so einfach außer Kraft gesetzt werden konnten. Sie nahm an, dass sie sich hauptsächlich auf lebende Wesen bezogen, denn alle anderen wurden viel leichter zufällig ausgelöst.

Lautlos trat sie wieder auf den Gang hinaus. Schlafgeräusche, sonst nichts. Zufrieden begab Shurq sich zu der T-Kreuzung und wandte sich nach links. Als sie die Treppe hinaufstieg, achtete sie sorgfältig darauf, ihren Fuß immer nur dort aufzusetzen, wo die Fugen die Wahrscheinlichkeit eines verräterischen Knarrens verringerten.

Ohne Probleme erreichte Shurq den ersten Absatz, trat dicht an die Tür heran und verharrte. Reglos. Ein Stolperdraht verlief zwischen Tür und Rahmen, wahrscheinlich vom letzten Diener, der hier durchgekommen war, angebracht. Manchmal funktionierten die einfachsten Alarmvorrichtungen, wo kompliziertere versagten, und sei es auch nur, weil der Dieb mit etwas viel Komplizierterem gerechnet hatte. Sie löste den Mechanismus und betätigte den Riegel.

Und kam in einen weiteren Durchgang für die Bediensteten, der parallel zum offiziellen Korridor verlaufen musste, wenn man davon ausging, dass Geruns Anwesen auf typische Weise erbaut war. Sie fand die einzelne Tür genau da, wo sie sie erwartet hatte, am hinteren Ende auf der rechten Seite. Ein weiterer Stolperdraht musste gelöst werden, dann trat sie hindurch. Der Korridor war unbeleuchtet, was ziemlich klug war. Drei Türen an der gegenüberliegenden Wand; aus den Räumen dahinter drang keinerlei Lichtschein.

Sie war sich ziemlich sicher, dass sie Gerun Eberictsprivate Gemächer gefunden hatte. In der Düsternis kaum zu erkennen waren ein paar geheimnisvolle Zeichen, die auf die nächste Tür gemalt waren.

Shurq schob sich näher heran, um die Symbole genauer zu betrachten.

Und erstarrte, als eine dumpfe Stimme aus dem Korridor erklang. »Es war Unvermögen. Sagt er zumindest. Und jetzt soll ich es wieder gutmachen.«

Sie drehte sich langsam um. Eine sitzende Gestalt, zurückgelehnt, die Beine von sich gestreckt, den Kopf zu einer Seite geneigt.

»Du bist tot«, sagte der Mann.

»Ist das ein Versprechen oder eine Feststellung?«

»Einfach etwas, das wir gemeinsam haben«, antwortete er. »So was passiert mir nicht oft, nicht mehr.«

»Ich weiß genau, wie du dich fühlst. Dann lässt Gerun dich also hier seine Gemächer bewachen.«

»Das ist meine Buße.«

»Für deine Unfähigkeit.«

»Ja. Gerun wirft keine Leute hinaus, musst du wissen. Er tötet sie, und dann vergräbt er sie entweder oder er behält sie noch eine Weile, je nachdem, wie wütend er ist. Ich nehme an, er wird mich schließlich doch noch begraben.«

»Ohne deine Seele freizulassen?«

»Nun, diesen Teil vergisst er häufig.«

»Ich bin hier, um ihm alles zu stehlen, was er besitzt.«

»Wenn du lebendig wärst, würde ich dich natürlich auf irgendeine scheußliche, entsetzliche Weise töten. Ich würde von diesem

Stuhl aufstehen, mit schlurfenden Füßen und ausgestreckten Armen, während meine Hände nach der Luft greifen. Ich würde unmenschliche Geräusche von mir geben und ächzen und zischen, als lechzte ich danach, meine Zähne in deine Kehle zu schlagen.«

»Das würde gewiss ausreichen, einen Dieb abzuschrecken. Einen lebenden, heißt das.«

»Das würde es, und ich würde es vermutlich sogar genießen.«

»Aber ich lebe nicht, oder?«

»Nein. Aber ich habe eine Frage an dich – eine sehr wichtige Frage.«

»In Ordnung. Frage.«

»Warum siehst du so gut aus, wenn du doch tot bist? Wer hat dir die Haare geschnitten? Warum verfaulst du nicht langsam, so wie ich? Bist du mit Kräutern oder so was ausgestopft? Bist du geschminkt? Warum ist das Weiße in deinen Augen so weiß? Warum glänzen deine Lippen so?«

Shurq schwieg einen Moment, dann sagte sie: »Ist das deine eine Frage?«

»Ja.«

»Wenn du willst, kann ich dich mit den Leuten bekannt machen, die für meine Erneuerung verantwortlich sind. Ich bin sicher, sie können das auch mit dir machen.«

»Tatsächlich? Einschließlich einer Maniküre?«

»Absolut.«

»Wie sieht es damit aus, meine Zähne spitz zuzufeilen? Du weißt schon, damit sie besonders scharf und schaurig aussehen.«

»Nun, ich weiß nicht, wie schaurig du schon mit einer neuen Frisur und perfekten Nägeln, dazu noch geschminkt und mit glänzenden Lippen aussehen würdest.«

»Aber scharfe Zähne? Glaubst du nicht, dass scharfe Zähne die Leute erschrecken werden?«

»Warum dann nicht noch ein bisschen mehr? Die meisten Menschen haben Angst vor verwesenden Dingen, vor allem, was vor Ungeziefer wimmelt und stinkt wie ein frisch ausgehobenes Grab. Fänge – und zu Krallen geschnittene Fingernägel.«

»Das gefällt mir. Ja, mir gefällt, wie du denkst.«

»Es ist mir ein Vergnügen. Und jetzt – muss ich mir wegen dieser Schutzzauber Sorgen machen?«

»Nein. Besser gesagt, ich kann dir zeigen, wo die ganzen Mechanismen für die Alarmvorrichtungen sind.«

»Wird dich das denn nicht verraten?«

»Mich verraten? Wieso – ich gehe natürlich mit dir. Vorausgesetzt, dass du uns beide hier herausbringen kannst.«

»Oh, ich verstehe. Ich bin sicher, dass wir das hinbekommen werden. Wie heißt du eigentlich?«

»Harlest Eberict.«

Shurq legte den Kopf schief. »Oh. Aber du bist schon vor zehn Jahren gestorben – behauptet zumindest dein Bruder.«

»Zehn Jahre? Das ist alles?«

»Ich glaube, er hat gesagt, du wärst die Treppe runtergefallen. Oder so was Ähnliches.«

»Die Treppe runtergefallen. Oder vom Balkon geworfen worden. Vielleicht auch beides.«

»Und was hast du getan oder nicht getan, um eine solche Strafe zu verdienen?«

»Ich kann mich nicht erinnern. Nur, dass ich unfähig war.«

»Das war lange bevor Gerun dem König das Leben gerettet hat. Wie konnte er die Magie bezahlen, die notwendig war, um deine Seele an deinen Körper zu binden?«

»Ich glaube, er hat von jemandem, der ihm etwas schuldete, einen Gefallen eingefordert.«

Shurq drehte sich wieder zur Tür um. »Führt die da in sein Arbeitszimmer?«

»Nein, die führt ins Liebeszimmer. Du willst die da drüben.«

»Besteht die Gefahr, dass irgendjemand unser Gespräch hören kann, Harlest?«

»Nein. Die Wände sind sehr dick.«

»Eine letzte Sache noch«, sagte Shurq und beäugte Harlest. »Warum hat sich Gerun nicht mittels Magie deiner Loyalität versichert?«

Das bleiche, fleckige Gesicht verriet Überraschung. »Na ja, wir sind schließlich Brüder!«

Nachdem sie sämtliche Alarmvorrichtungen ausgeschaltet hatten, standen die beiden Untoten in Finadd Gerun Ebericts Arbeitszimmer.

»Richtiges Geld gibt es hier kaum«, sagte Harlest. »Es sind größtenteils Besitzurkunden. Er hat seinen Reichtum breit gestreut, um ihn zu schützen.«

»Das ist sehr klug. Wo ist sein Siegel?«

»Auf dem Schreibtisch.«

»Das wiederum ist sehr unklug. Tu mir einen Gefallen und such diese Urkunden zusammen.« Sie trat an den Schreibtisch und sammelte das schwere, verzierte Siegel und die dicken Wachsscheiben ein, die daneben aufgestapelt waren. »Hat dieses Wachs eine besondere Farbe?«

»Oh ja. Er hat ein Vermögen dafür bezahlt.« Harlest war zu einer Wand gegangen und schob einen großen Gobelin beiseite, hinter dem sich ein in das Mauerwerk eingelassenes Schränkchen befand. Er löste ein paar Stolperdrähte und öffnete die kleine Tür. In dem Schränkchen befanden sich stapelweise zusammengerollte Dokumente und ein kleines, mit Juwelen besetztes Kästchen.

»Was ist in dem Kästchen?«, fragte Shurq.

Harlest hob es heraus und warf es Shurq zu. »Sein Bargeld. Wie ich gesagt habe, er hat nie viel davon hier.«

Sie untersuchte den Verschluss. Befriedigt, dass keine tödliche Falle damit verbunden war, schob sie ihn zu einer Seite und schlug den Deckel zurück. »Nicht viel? Harlest, dieses Ding ist voller Diamanten.«

Der Angesprochene trat zu ihr, die Arme voller Schriftrollen. »Tatsächlich?«

»Er hat anscheinend ein paar seiner Anteile ausgelöst.«

»Das muss er wohl. Ich frage mich nur, warum?«

»Um etwas damit zu machen, was sehr teuer ist«, erwiderte sie. »Na und, dann wird er eben ohne auskommen müssen.«

»Gerun wird so was von wütend sein«, meinte Harlest und wiegte den Kopf. »Er wird durchdrehen. Er wird anfangen, uns zu jagen, und er wird erst aufgeben, wenn er uns gefunden hat.«

»Und was dann? Will er uns foltern? Wir spüren keine Schmerzen. Uns umbringen? Wir sind schon tot ...«

»Er wird sich sein Geld zurückholen ...«

»Das kann er nicht, wenn es nicht mehr da ist.«

Harlest runzelte die Stirn.

Lächelnd klappte Shurq das Kästchen zu und schob den Riegel wieder vor. »Es ist ja nicht so, als könnten wir beide – du und ich – es irgendwie gebrauchen, nicht wahr? Nein, dies ist genauso wie Gerun den Balkon oder die Treppe runterzuwerfen – nur eben finanziell und nicht körperlich.«

»Na ja, er ist immerhin mein Bruder.«

»Der dich umgebracht hat – und es damit noch nicht hat gut sein lassen.«

»Das stimmt.«

»So, wir werden über den Balkon rausgehen. Ich habe einen Kameraden, der gleich das nächste Ablenkungsmanöver anfangen wird. Kommst du mit mir, Harlest?«

»Kann ich wirklich die Fänge bekommen?«

»Das verspreche ich dir.«

»In Ordnung. Gehen wir.«

Es war nicht mehr lange bis zur Morgendämmerung, und die Erde dampfte. Kessel saß auf einer buckligen Wurzel und schaute zu, wie ein einzelnes Bein langsam im Mulch verschwand. Der Mann hatte einen Stiefel beim Kampf verloren, und sie sah, wie seine Zehen einen Augenblick bevor sie von der dunklen Erde verschluckt wurden zuckten.

Er hatte tapfer gekämpft, doch nachdem sein Unterkiefer abgerissen worden war und seine Kehle sich langsam mit Blut gefüllt hatte, hatte es nicht mehr lange gedauert. Kessel leckte sich die Finger.

Es war gut, dass der Baum immer noch hungrig war.

Die Bösen hatten angefangen, unter der Erde zu jagen, und sie zerfetzten und zerrissen und töteten alles, was schwach war. Schon bald würde nur noch eine Hand voll übrig sein, doch das würden dann die schlimmsten sein. Und dann würden sie herauskommen.

Sie freute sich nicht darauf. Und heute Nacht war es besonders schwierig gewesen, in den Straßen ein geeignetes Opfer zu finden – jemanden mit unangenehmen Gedanken, der aus Gründen, die nicht nett waren, irgendwo war, wo er nicht hingehörte.

Es war tatsächlich schwieriger geworden, wurde ihr klar. Sie lehnte sich zurück und strich sich mit ihren blutbefleckten Fingern durch das verfilzte Haar und fragte sich, wohin all die Verbrecher und Spione wohl verschwunden sein mochten. Es war merkwürdig – und es war beunruhigend.

Und ihr Freund – derjenige, der unter dem ältesten Baum begraben war – hatte ihr erzählt, dass er gefangen war. Er kam nicht weiter, nicht einmal, wenn sie ihm half. Doch es war mehr Hilfe unterwegs, obwohl er sich nicht sicher war, ob diese Hilfe rechtzeitig eintreffen würde.

Sie dachte über den Mann nach, der letzte Nacht vorbeigekommen war, um mit ihr zu sprechen. Tehol. Er schien ganz nett zu sein. Sie hoffte, er würde sie wieder einmal besuchen. Vielleicht wüsste er ja, was zu tun war – sie drehte sich auf der Wurzel um und starrte zu dem rechteckigen Turm empor –, ja, vielleicht würde er ja wissen, was zu tun war, nun, da der Turm tot war.

Kapitel Elf

Verblasste Segel wandern über den Horizont
So weit, weit weg, dass der schreckliche
Text verblasst
Der auf die bewährte Leinwand geschrieben ist.

Ich weiß, dass die Worte meine sind
Dass es meine sind
Diese Spuren, die die Bestie
Meiner Anwesenheit hinterlassen hat.

Damals, früher und jetzt, später
Und in all den Zeiten dazwischen
Wurden jene fernen Segel
Von sinnlosen Winden dahingetrieben

Die selbst jetzt, in diesem Moment
Mein steinhartes Selbst umkreisen
Und der Sand von Tränen, die ich nie vergossen
Beißt mir in den Augen.

Verblasste Segel, die schwanken, als würden sie
Über den gekrümmten Rand der Welt gehoben
Und ich, ich gehe zugrunde an der Frage
Ob sie sich nähern oder fliehen

Sich nähern oder fliehen ungebetene Zeiten
In jenem Bauch, der geschwollen ist
Von bisher ungehörten Schreien
Und weit und so weit und weg.

Diese blinde Sehnsucht
Isbarath (von der Küste)

Er fühlte sich zum Ufer hingezogen, als wäre in dem Haufen ungeschriebener Wahrheiten in einer sterblichen Seele eine Erkenntnis darüber zu finden, was es bedeutete, am Rande des Festlands zu stehen und auf das unergründliche Unbekannte hinauszustarren – auf das Meer. Der nachgiebige Sand und die Steine unter seinen Füßen flüsterten von Unsicherheit, gekrächzte Versprechen von Auflösung und Erosion all dessen, was einst einmal fest gewesen war.

In der Welt fanden sich all die offenkundigen Symbole, die als Spiegelung des menschlichen Geistes dienten, und in dem anschließenden Zwiegespräch stieß man auf alle Bedeutungen, alle Farbtöne und Gerüche, eine Legion, die sich den Blicken preisgab. Es blieb demjenigen überlassen, der sie erkannte, zu entscheiden, ob er erkennen oder leugnen wollte.

Udinaas saß auf einem halb begrabenen Baumstumpf, und die heranrauschende Gischt zupfte an seinen Mokassins. Er war nicht blind, und es gab keine Hoffnung auf ein Leugnen. Er sah das Meer als das, was es war, die aufgelösten Erinnerungen der Vergangenheit, bezeugt in der Gegenwart und fruchtbarer Brennstoff für die Zukunft. Das Antlitz der Zeit selbst. Er sah die Gezeiten in ihrem unveränderlichen Säuseln, ihr gewaltiges Rauschen, als wären sie Blut vom kalten Herzmond, ein gleichmäßiger – und darum messbarer – Puls der Zeit. Gezeiten, die niemand beherrschen konnte.

Jedes Jahr wurde einer der Letherii-Sklaven, die bis zur Brust im Wasser standen und Netze auswarfen, von einem Sog ergriffen und hinaus aufs Meer gespült. Einige wurden später von den Wellen zurückgebracht, leblos und aufgedunsen und angefressen von den Krabben. Zu anderen Zeiten schwemmten die Gezeiten Leichen und Kadaver von unbekannten Katastrophen heran, und die Trümmer von Schiffen. Vom Leben zum Tod – wieder und wieder überbrachte die riesige Wüste aus Wasser jenseits des Ufers die gleiche Botschaft.

Vor Erschöpfung zusammengekauert saß er da, den Blick auf die Wogen gerichtet, die sich am weiter draußen gelegenen Riff brachen, auf das rollende weiße Band, das im Rhythmus eines Herzschlags wieder und wieder hereinkam, während von allen Seiten Wogen voller Bedeutung heranrasten. Am grauen, schweren Himmel. In den laut schallenden Rufen der Möwen. Im Nieselregen, der von einem stöhnenden Wind herangetragen wurde. Dem unsicheren Sand, der unter seinen voll gesogenen Mokassins wegrutschte. Enden und Anfänge, der Rand der bekannten Welt.

Sie war aus dem Haus der Toten gestürmt und fortgelaufen. Die junge Frau, der er sein Herz zu Füßen gelegt hatte. In der Hoffnung, dass sie einen Blick darauf werfen würde; oder – der Abtrünnige sollte ihn holen – dass sie es vielleicht sogar aufheben und verschlingen würde wie ein grinsendes Tier. Alles, alles, nur nicht … *weglaufen.*

Er war im Haus der Toten bewusstlos geworden – *oh, hat das irgendeine Bedeutung?* – und hinausgetragen worden, vermutlich zu seiner Koje im Langhaus der Sengars. Dort war er später aufgewacht; wie lange er bewusstlos gewesen war, wusste er nicht, denn er war allein gewesen. Kein einziger anderer Sklave außer ihm war mehr im ganzen Gebäude gewesen. Es war auch kein Essen vorbereitet, genausowenig wie schmutziges Geschirr oder ein anderer Hinweis auf ein noch nicht lange zurückliegendes Mahl zu sehen gewesen war. Der Herd war ein Hügel aus weißer Asche über ein paar glimmenden Kohlen. Draußen herrschte – abgesehen von der schwachen Stimme des Windes und dem in der Nähe zu hörenden Tröpfeln von Regenwasser – Stille.

Mit benebeltem Kopf hatte er schließlich langsam und unbeholfen das Feuer wieder in Gang gebracht. Dann hatte er sich einen Regenumhang gesucht und war ins Freie gegangen. Da er in der Nähe niemanden entdecken konnte, war er hinunter zum Ufer gegangen. Um hinaus auf das leere, aufgeblähte Meer zu starren und hoch zum leeren, aufgeblähten Himmel. Ganz zerschlagen von der Stille und ihrem heulenden Wind und den Schreien der Möwen und dem spritzenden Regen. Allein am Strand, inmitten dieser lärmenden Legion.

Der tote Krieger, der am Leben war.

Die Letherii-Priesterin, die geflohen war, als ein Mann ihres Volkes sie gebeten hatte, ihm Trost und Unterstützung zu gewähren.

Udinaas vermutete, dass die Edur sich jetzt alle in der Zitadelle des Hexenkönigs versammelten. Dass dort ein schrecklicher Kampf tobte – ein Kampf der Willen –, und in seiner Mitte wie eine in endlosen Zyklen sturmumtoste Insel die monströse Gestalt Rhulad Sengars stand, der sich aus dem Haus der Toten erhoben hatte. In Gold gerüstet, in Wachs gekleidet, wahrscheinlich angesichts all des Gewichts unfähig zu gehen – zumindest so lange, bis man die Münzen entfernte.

Bis Udinaas' Kunst ... ungeschehen gemacht wurde.

Es würde schmerzhaft werden. Unerträglich schmerzhaft, doch es musste getan werden, und zwar bald. Bevor Fleisch und Haut die Münzen überwucherten.

Rhulad war kein Leichnam, und er war auch nicht untot, denn ein Untoter würde nicht schreien. Nein, er lebte wieder. Mit wachen Nerven und brennendem Geist. Gefangen in einem Gefängnis aus Gold.

Genau wie ich es einst war. Wie jeder Letherii gefangen ist. Oh, Rhulad Sengar ist Gestalt gewordene Poesie, doch ihre Worte sind für die Letherii bestimmt, nicht für die Edur.

Nur eine Bedeutung passte nicht in diese grässliche Reihe, und das war eine, die ihm keine Ruhe lassen wollte. Rhulad würde wahnsinnig werden. Daran hegte Udinaas nicht den geringsten Zweifel. Rhulad war gestorben, nur um in einen Körper zurückzukehren, der ihm nicht mehr gehörte, einen Körper, der dem Wald und den Blättern und dem Grabhügel gehörte. Was für eine Art Reise war das gewesen? Wer hatte den Pfad geöffnet – und warum?

Es ist das Schwert. Es muss das Schwert sein. Das Schwert, das sich geweigert hat, seine Hände freizugeben. Weil es mit Rhulad Sengar noch nicht fertig war. Der Tod bedeutet dem Schwert nichts. Es ist noch nicht fertig.

Ein Geschenk, das – wie es schien – für Hannan Mosag gedacht gewesen war. Doch von wem kam es?

Aber Hannan Mosag wird dieses Schwert nicht bekommen. Es hat statt dessen Anspruch auf Rhulad erhoben. Und dieses Schwert schwebt jetzt mit all seiner Macht über dem Hexenkönig.

Dies konnte das Bündnis der Stämme auseinander reißen. Konnte Hannan Mosag und seine K'risnan stürzen. Es sei denn, Rhulad Sengar unterwarf sich der Autorität des Hexenkönigs.

Was weitaus weniger problematisch gewesen wäre, wenn Forcht oder Trull an Rhulads Stelle wären. Vielleicht sogar Binadas. Aber nein, das Schwert hatte sich Rhulad ausgesucht, den Ungebluteten, der so begierig gewesen war, in den Krieg zu ziehen, einen Jugendlichen mit unerforschlichen Augen und Rebellion in der Seele. Möglicherweise war er gebrochen, aber Udinaas glaubte nicht daran. *Ich habe ihn zurückbringen und seine Schreie zum Verstummen bringen können. Ihm einen Aufschub vor dem Wahnsinn verschaffen können, in dem er sich sammeln und sich all das in Erinnerung rufen konnte, was er einmal gewesen war.*

Udinaas beschlich der Gedanke, dass er vielleicht einen Fehler begangen hatte. Vielleicht wäre es eine größere Gnade gewesen, Rhulads raschen Sturz in den Wahnsinn nicht aufzuhalten.

Und jetzt will er mich als seinen Sklaven.

Schaumiges Wasser wirbelte um seine Knöchel. Die Flut kam.

»Wir könnten genauso gut in einem Geisterdorf sein«, bemerkte Buruk der Bleiche, während er mit der Zehenspitze ein Holzscheit näher ans Feuer schob; Dampf stieg von der feuchten Rinde auf, und er verzog das Gesicht zu einer Grimasse.

Seren Pedac starrte ihn noch einen Moment lang an, dann zuckte sie die Schultern und griff nach dem zerbeulten Kochkessel, der auf einem flachen Stein nahe der Flammen stand. Als sie ihren Becher füllte, konnte sie durch ihre Lederhandschuhe spüren, wie heiß der Griff des Kessels war. Der Tee war dickflüssig geworden, doch das kümmerte sie nicht, während sie einen Schluck von der bitteren Flüssigkeit nahm. Zumindest war er warm.

»Wie lange wird das noch so weitergehen?«

»Zügelt Eure Ungeduld, Buruk«, riet Seren dem Händler. »Es wird gewiss keine befriedigende Lösung für diese ganze Geschichte geben – vorausgesetzt, dass *überhaupt* eine Lösung möglich ist. Wir haben ihn mit eigenen Augen gesehen. Einen toten Mann, der wieder auferstanden ist – der allerdings zu spät wieder auferstanden ist.«

»Dann sollte Hannan Mosag dem Burschen einfach den Kopf abschlagen, und damit wäre die Sache dann erledigt.«

Sie antwortete nicht. In gewisser Hinsicht hatte Buruk Recht. Verbote und Traditionen reichten nur bis zu einem ganz bestimmten Punkt, und das, was da geschehen war, war noch niemals zuvor geschehen – konnte noch niemals zuvor geschehen sein. Sie hatten zugesehen, wie die beiden Sengars ihren Bruder durch den Eingang nach draußen gezerrt hatten – diese mit Gliedmaßen versehene Masse aus Wachs und Gold, die Rhulad gewesen war. Rote, verschwollene Narben anstelle der Augen, ein Kopf, der sich kurz gehoben hatte, um blind in den grauen Himmel hinaufzustarren, ehe er wieder herabgesunken war. Zöpfe, mit Wachs versiegelt, die wie Streifen eines zerfetzten Segels herunterhingen. Speichelfäden, die aus seinem offen stehenden Mund troffen, als sie ihn zur Zitadelle getragen hatten.

Edur hatten sich auf der Brücke versammelt. Am gegenüberliegenden Ufer, auf der Dorfseite, und sie waren auch aus den anderen Langhäusern der adligen Familien gekommen, die die Zitadelle umgaben. Hunderte von Edur, und noch mehr Letherii-Sklaven, die Zeugen geworden waren, stumm und gelähmt vor Entsetzen. Sie hatte gesehen, dass die meisten Edur danach in die Zitadelle gegangen waren. Die Sklaven schienen einfach verschwunden zu sein.

Seren vermutete, dass Federhexe die Fliesen warf – wahrscheinlich an einem weniger leicht zugänglichen Ort als jener großen Scheune, in der sie beim letzten Mal das Ritual vollzogen hatte. Zumindest war niemand dort gewesen, als sie nachgesehen hatte.

Und jetzt kroch die Zeit träge dahin. Buruks Lager und die Nerek, die zusammengekauert in ihren Zelten hockten, hatten sich in eine Insel im Nebel verwandelt – eine Insel inmitten des Unbekannten.

Sie fragte sich, wo Hull wohl hingegangen sein mochte. Es gab Ruinen im Wald und Gerüchte über seltsame Artefakte mehrere Tagesreisen im Nordosten – manche von ihnen sollten gewaltig sein und große Areale umfassen. Dieser Wald war so alt, dass sein Boden mit Geschichte getränkt war. Zerstörung und Auflösung beendeten jede Runde des Zyklus, und der Zusammenbruch lieferte der erschöpften Welt die mannigfaltigen Teile, aus denen neue Ganzheit erlangt werden konnte.

Doch Heilung wurde nur dem Land zuteil. Jenen, die in diesem Land lebten, war sie nicht garantiert. Die einzelnen Arten endeten, das letzte Exemplar einer besonderen Tierart, der letzte Angehörige einer besonderen Rasse, jeder von ihnen lebte eine gewisse Zeit allein. Bis sich eben diese Augen das allerletzte Mal schlossen.

Seren war bestrebt, an dieser Sicht der Dinge festzuhalten. Sie trachtete verzweifelt nach der ruhigen Weisheit, die sie versprach, nach dem Frieden, der zu einem erweiterten Blickwinkel gehörte. Wenn die Entfernung groß genug war, konnte selbst eine Gebirgskette flach wirken, waren die Täler zwischen den einzelnen Gipfeln nicht mehr zu erkennen. Auf dieselbe Weise konnte man auch Leben und Tod, die Gipfel und Täler der Sterblichkeit, einebnen. Wenn sie so dachte, konnte sie ihre drohende Panik leichter im Zaum halten.

Und das wurde immer wichtiger.

»Und wo im Namen des Abtrünnigen bleibt die Delegation?«, fragte Buruk.

»Sie müssen die ganze Strecke von Trate aus vor dem Wind halsen«, sagte Seren. »Sie kommen schon noch.«

»Mir wäre es lieber, sie wären gekommen, bevor das alles angefangen hat.«

»Fürchtet Ihr, Rhulad könnte eine Gefahr für die Verhandlungen darstellen?«

Buruk starrte weiter unverwandt in die Flammen. »Es war das Schwert ... das Schwert hat ihn wiederbelebt«, sagte er leise. »Oder derjenige – wer auch immer das sein mag –, der es geschaffen und den Edur geschickt hat. Habt Ihr einen Blick auf die Klinge geworfen? Sie ist fleckig. Ich musste unwillkürlich an eine der Töchter denken, die sie verehren – die getüpfelte, wie heißt sie nochmal?«

»Sukul Ankhadu.«

»Vielleicht gibt es sie ja wirklich. Eine Göttin der Edur …«

»Dann ist es ein zweifelhaftes Geschenk, denn die Edur betrachten Sukul Ankhadu als eine launische Kreatur – und fürchten sie. Sie verehren Vater Schatten und Tochter Duster, Sheltatha Lore. Und für das tägliche Leben mehr die Letztere als den Ersteren.« Seren trank den Tee aus und füllte den Zinnbecher erneut. »Sukul Ankhadu. Ich könnte mir vorstellen, dass das möglich ist, obwohl ich mich an keine einzige Geschichte erinnern kann, in der sich die Götter und Göttinnen der Edur auf so direkte Weise manifestiert hätten. Es ist mir immer eher wie Verehrung der Ahnen vorgekommen – die Gründer der Stämme, die dann in den Stand von Heiligen erhoben wurden, irgendwas in der Art.« Sie trank einen Schluck und verzog das Gesicht.

»Das Zeug wird Euch Löcher in den Bauch brennen, Freisprecherin.«

»Zu spät, Buruk.«

»Nun, wenn es nicht Ankhadu war, wer dann? Das Schwert muss schließlich irgendwoher gekommen sein.«

»Ich weiß es nicht.«

»Und es klingt auch nicht so, als ob es Euch sonderlich kümmern würde. Diese Teilnahmslosigkeit passt nicht zu Euch, Freisprecherin.«

»Das ist keine Teilnahmslosigkeit, Buruk, das ist Klugheit. Ich bin überrascht, dass Ihr den Unterschied nicht erkennen könnt.«

»Ist es Klugheit, das Leben aus Euren Augen zu nehmen und die Schärfe aus Euren Gedanken? Ist es Klugheit, die Euch gleichgültig gegenüber dem alptraumhaften Wunder macht, dessen Zeugen wir gestern geworden sind?«

»Ganz recht. Was sollte es denn sonst sein?«

»Vielleicht Verzweiflung?«

»Und was habe ich, das der Verzweiflung würdig wäre?«

»Ich bin wohl kaum der richtige Mann, um diese Frage zu beantworten.«

»Das stimmt …«

»Aber ich werde es dennoch versuchen.« Er holte eine Feldflasche aus der Tasche, zog den Stöpsel und setzte sie an. Zwei schnelle Schlucke, dann seufzte er und lehnte sich zurück. »Es ist mir aufgefallen, dass Ihr ein empfindsamer Mensch seid, Freisprecherin, was vermutlich für jemanden mit Eurer Aufgabe von Vorteil ist. Aber Ihr seid nicht in der Lage, das Geschäftliche von allem anderen zu trennen. Empfindsamkeit ist im Grunde eine alles durchdringende Art von Verletzlichkeit. Sie macht es anderen leicht, Euch wehzutun, sie sorgt dafür, dass die Narben, die Ihr tragt, sich schon beim kleinsten Stich wieder öffnen und erneut bluten.« Er nahm einen weiteren Schluck; der hochprozentige, mit weißem Nektar vermischte Alkohol ließ sein Gesicht allmählich schlaff werden, und als er weitersprach, war auch seine Aussprache nicht mehr so deutlich wie zuvor. »Hull Beddict. Er hat Euch weggestoßen, aber Ihr kennt ihn zu gut. Er stürmt blindlings voran. In ein Schicksal, das er sich selbst erwählt hat, und es wird ihn entweder umbringen oder zerstören. Ihr wollt irgendetwas dagegen tun, ihn vielleicht sogar aufhalten, aber Ihr könnt es nicht. Ihr wisst nicht, wie Ihr das anstellen sollt, und das betrachtet Ihr als Euer Versagen. Euren Fehler. Eine Schwäche. Und daher habt Ihr Euch entschieden, nicht ihn für das Schicksal verantwortlich zu machen, das ihm zustoßen wird, sondern Euch selbst. Und warum auch nicht? Es ist einfacher so.«

Irgendwann im Verlauf von Buruks Vortrag hatte sie beschlossen, auf den bitteren Bodensatz in dem Becher zu starren, den sie in den Händen hielt. Jetzt wanderten ihre Blicke über den angeschlagenen Rand zu ihren Daumen und Fingern, die von fleckigem, rissigem Leder umhüllt waren. Die abgeflachten Ballen waren glänzend und dunkel, die Nähte ausgefranst, die Knöchel gedehnt und knorrig. Irgendwo da drinnen waren Haut, Fleisch, Muskeln, Sehnen und Schwielen. Und Knochen. Hände waren so außerordentliche Werkzeuge, dachte sie. Werkzeuge und Waffen, ungeschickt oder gewandt, taub oder empfindsam. Bei Stammesjägern konnten sie sprechen, ein Wirbel aus Gesten, beredt in der Stille. Aber schmecken konnten sie nicht. Oder hören. Oder weinen. Aus all diesen Gründen töteten sie so leicht.

Während vom Mund Laute ausgingen, die so geformt waren, dass ihre Bedeutung erkennbar war – Leidenschaft, Schönheit, blendende Klarheit. Oder getrübt und leise schneidend, mörderisch und böse. Manchmal alles zugleich. Sprache war Krieg, weitreichender als alle Schwerter, Speere und Zauberei. Das Selbst, das einen Kampf gegen alle anderen führte. Grenzen verordnete, verteidigte, Ausfälle und Durchbrüche ausführte, Schlachtfelder voller Leichen, die verfaulten wie herabgefallene Früchte. Worte, die im wilden Getümmel stets nach Verbündeten, nach einer Wahrscheinlichkeit suchten, die festen Regeln unterworfen war.

Und ihr wurde klar, dass sie müde war. Sie war all dieser Dinge müde. Frieden herrschte in der Stille, innen wie außen, in Abgeschiedenheit und Erschöpfung.

»Warum sagt Ihr nichts, Freisprecherin?«

Er saß allein da, ohne ein Wort zu sagen, einen Bärenfellumhang um die Schultern gelegt, das Schwert mit der Spitze nach unten zwischen seinen goldumkleideten Füßen, die lange, streifige Klinge und das Heft mit dem glockenförmigen Handschutz vor sich. Irgendwie hatte er es geschafft, die Augen zu öffnen, und in den verschleierten Schatten unter seiner Stirn war ein Glitzern zu sehen, eingerahmt von wachsbedeckten Zöpfen. Seine Atemzüge wurden von einem leisen Rasseln begleitet, das einzige Geräusch, das in dem großen Raum nach dem langen, gestelzten Wortwechsel zwischen Tomad Sengar und Hannan Mosag noch zu hören war.

Das letzte Wort war verklungen, und geblieben war ein Gefühl tief empfundener Hilflosigkeit. Kein einziger der aberhundert anwesenden Edur rührte sich oder sagte etwas.

Tomad konnte nichts mehr im Namen seines Sohns vorbringen. Irgendeine schleichende Macht hatte seine Autorität gestohlen, und diese Macht ging, wie Trull voller Grauen klar wurde, von der sitzenden Gestalt im schwarzen Pelz und glänzenden Gold aus, von den Augen, die in den dunklen Höhlen glitzerten. Von dem reglosen Schwert.

Der Hexenkönig, der auf dem Podest in der Mitte des Raumes stand, hatte seinen harten Blick langsam von Tomad zu Rhulad schweifen lassen, und hielt seinen Blick immer noch unverwandt, berechnend und kalt auf Letzteren gerichtet.

Das Schwert musste übergeben werden. Hannan Mosag hatte sie ausgeschickt, es zu holen, und diese Aufgabe konnte erst dann als erfüllt betrachtet werden, wenn Rhulad es in die Hände des Hexenkönigs gelegt hatte. Bis zu diesem Augenblick würden Forcht, Binadas, Trull und Theradas und Midik Buhn in Unehre verbleiben.

Es fiel jetzt Rhulad zu, diese Geste endlich zu machen, diese zerfetzte Wunde zu heilen.

Doch der rührte sich nicht.

Trull war sich nicht einmal sicher, ob sein Bruder in Anbetracht des schrecklichen Gewichts, das auf seiner Brust lastete, überhaupt sprechen konnte. Es hatte den Anschein, als fiele es ihm schwer, Luft zu holen, so gequält und angestrengt klangen seine Atemzüge. Es war schon außergewöhnlich, dass Rhulad seine Arme und die Hände am Griff des Schwerts halten konnte. Der geschmeidige, bewegliche junge Mann war zu etwas Ungeschlachtem, Tierischem geworden.

Die Luft in der Halle war feucht und ranzig. Der Geruch von Angst und nur mühsam unterdrückter Panik vermischte sich mit dem Rauch der Fackeln und des Herdfeuers. Draußen regnete es unablässig, und der Wind brachte die dicken Bohlen der Außenwände zum Knarren.

Das rasselnde Atmen hörte auf, und dann sagte eine dünne, gebrochene Stimme: »Das Schwert gehört mir.«

In Hannan Mosags Augen glomm ein Funke der Furcht. »Das geht nicht, Rhulad Sengar.«

»Es gehört mir. Er hat es mir gegeben. Er hat gesagt, ich wäre derjenige, nicht du. Denn du warst schwach.«

Der Hexenkönig schreckte zurück, als hätte man ihn ins Gesicht geschlagen.

Wer? Trull schaute Forcht fragend an. Ihre Blicke trafen sich, und Forcht schüttelte den Kopf.

Ihr Vater wandte sich jetzt Rhulad zu. Auf seinem Gesicht spiegelten sich alle Arten von Gefühlen, und es sah aus, als würde er hier, vor ihren Augen, binnen weniger Herzschläge um Jahrhunderte altern. »Wer hat dir dieses Schwert gegeben, Rhulad?«, fragte er schließlich.

So etwas Ähnliches wie ein Lächeln. »Derjenige, der jetzt über uns herrscht, Vater. Derjenige, mit dem Hannan Mosag einen Pakt geschlossen hat. Nein, es ist keiner unserer verlorenen Vorfahren. Sondern ein neuer ... Verbündeter.«

»Es steht dir nicht zu, über diese Dinge zu sprechen«, fuhr ihn der Hexenkönig an. Seine Stimme zitterte vor Wut. »Der Pakt war ...«

»War etwas, das du verraten wolltest, Hannan Mosag«, unterbrach Rhulad ihn wild. Er beugte sich vor, um an seinen Händen vorbeizublicken, die immer noch um den Griff des Schwerts geschlossen waren. »Aber das ist nicht die Art der Edur, oder? Du wolltest uns führen, doch man kann dir nicht trauen. Hexenkönig, es ist Zeit für einen Wechsel.«

Trull schaute zu, wie Rhulad sich schwankend aufrichtete. Und dastand, im Gleichgewicht und sicher, mit geradem Rücken und hocherhobenem Kopf. Der Bärenfellumhang war zurückgeschlagen, so dass man die geriffelten Münzen sehen konnte. Die goldene Maske, die jetzt Rhulads Gesicht war, verzerrte sich. »Das Schwert gehört mir, Hannan Mosag! Ich bin ihm gewachsen. Du bist es nicht. Sprich, wenn du allen hier das Geheimnis dieser Waffe enthüllen willst. Enthülle die älteste aller Lügen! Sprich, Hexenkönig!«

»Das tue ich nicht.«

Ein raschelnder Schritt vorwärts. »Dann ... *knie nieder.*«

»Rhulad!«

»Sei still, Vater! Knie vor mir nieder, Hannan Mosag, und gelobe deine *Brüderlichkeit*. Glaube nicht, dass ich dich einfach beiseite stoßen werde, denn ich brauche dich. Wir alle brauchen dich. Dich und deine K'risnan.«

»Du brauchst mich?« Hannan Mosags Gesicht war verzerrt, als litte er körperliche Schmerzen.

Rhulad drehte sich um. Seine glitzernden Augen richteten sich nacheinander auf seine drei Brüder. »Tretet vor, meine Brüder, und gelobt mir Treue. Ich bin die Zukunft der Edur. Theradas Buhn. Midik Buhn. Tretet vor und nennt mich euren Bruder. Bindet euch an mich. Macht erwartet uns alle, eine Macht, die ihr euch jetzt noch nicht vorstellen könnt. Kommt. Ich bin Rhulad, der jüngste Sohn von Tomad Sengar. Im Kampf zum Gebluteten geworden, und *ich habe den Tod kennen gelernt!*«

Abrupt drehte er sich um. Die Schwertspitze kratzte über den Fußboden. »Den Tod«, murmelte er, als würde er mit sich selbst sprechen. »Vertrauen ist eine Illusion. Die Welt ist nicht, wie sie zu sein scheint. Wir sind Narren, wir alle. So viel ... Dummheit.« Im gleichen leisen Tonfall fuhr er fort. »Knie vor mir nieder, Hannan Mosag. Es ist nicht so schwer zu verzichten, nicht wahr? Wir werden Macht kennen lernen. Wir werden wieder sein, was wir einst waren, was wir sein sollten. Knie nieder, Hexenkönig, und empfange meinen Segen.«

Der Kopf hob sich erneut, ein Aufblitzen von Gold im Zwielicht. »Binadas. Du hast Schmerzen, eine Wunde, die nicht heilen will. Komm her, und ich werde dich von diesen Schmerzen erlösen. Ich werde den Schaden in Ordnung bringen.«

Binadas runzelte die Stirn. »Du hast keine Ahnung von Zauberei, Rhulad ...«

»Komm her!« Der Schrei echote durch die weite Halle.

Binadas zuckte zusammen, dann hinkte er nach vorn. Rhulads goldene Hand schoss vor, seine Finger strichen über die Brust seines Bruders. Es war nur eine ganz schwache Berührung, doch Binadas taumelte zurück. Forcht eilte zu ihm, um ihn zu stützen. Mit weit aufgerissenen Augen fing sich Binadas. Er sagte nichts, doch als er sich aufrichtete, war klar, dass die Schmerzen in seiner Hüfte verschwunden waren. Ein Beben schüttelte ihn.

»So«, sagte Rhulad flüsternd. »Kommt, meine Brüder. Es ist an der Zeit.«

Trull räusperte sich. Er musste sprechen. Er musste seine Fragen stellen, musste aussprechen, was sonst niemand aussprechen würde. »Wir haben gesehen, dass du tot warst.«

»Und ich bin zurückgekehrt.«

»Durch die Macht des Schwerts, das du in den Händen hältst, Rhulad? Warum sollte dieser Verbündete den Edur so etwas geben?

Was hofft dieser Verbündete zu gewinnen? Mein Bruder, die Stämme sind vereint worden. Wir haben Frieden erlangt …«

»Du bist der Schwächste von uns, Trull. Deine Worte verraten dich. Wir sind Tiste Edur. Hast du vergessen, was das bedeutet? Ich glaube, das hast du.« Er schaute sich um. »Ich glaube, ihr alle habt das vergessen. Sechs armselige Stämme, sechs armselige Könige. Hannan Mosag hatte größeren Ehrgeiz. Einen Ehrgeiz, der ausgereicht hat, um zu erobern. Er war notwendig, aber er kann nicht erreichen, was jetzt kommen muss.«

Trull konnte den Bruder, den er kannte, in Rhulads Worten erkennen, doch in ihnen schwang auch noch etwas Anderes mit, etwas Neues war mit ihnen verflochten. Wie seltsame, giftige Wurzeln – war dies die Stimme der Macht?

Ein dumpfes Klicken von aneinander stoßenden Münzen, als Rhulad die schweigende Menge jenseits des inneren Kreises anblickte. »Die Edur haben ihre Bestimmung aus den Augen verloren. Der Hexenkönig würde euch von dem abbringen, was sein muss. Meine Brüder und Schwestern – ihr alle, die ihr hier steht, seid das für mich, das und noch mehr. Ich werde eure Stimme sein. Euer Wille. Die Tiste Edur sind über Könige und Hexenkönige hinausgewachsen. Auf uns wartet das, was wir einst besessen, aber schon vor langer Zeit verloren haben. Wovon ich spreche, meine Brüder und Schwestern? Ich werde euch die Antwort geben. *Von einem Imperium.*«

Trull starrte Rhulad an. Ein Imperium. Und in jedem Imperium … gibt es einen Imperator.

Kniet nieder, hatte Rhulas befohlen. Dem Hexenkönig. Allen, die hier waren. Tiste Edur knien nicht vor bloßen Königen …

»Du willst Imperator sein, Rhulad?«, fragte Forcht.

Sein Bruder drehte sich herum, um ihn anzublicken, und breitete in einer missbilligenden Geste die Arme aus. »Bringt mein Anblick dich dazu, dich voller Entsetzen abzuwenden, Forcht? Voller Abscheu? Aber hat denn dieser Sklave nicht gut gearbeitet? Bin ich nicht etwas Schönes?«

In seinem Tonfall schwang ein Hauch von Hysterie mit.

Forcht antwortete nicht.

Rhulad lächelte und fuhr fort: »Ich sollte euch sagen, dass das Gewicht nicht mehr an mir zerrt. Ich fühle mich ... von jeglicher Last befreit. Ja, mein Bruder, ich bin erfreut. Oh, entsetzt dich das? Warum? Kannst du meinen Reichtum nicht sehen? Meine Rüstung? Bin ich nicht das kühne Wunschbild eines Edur-Kriegers?«

»Ich bin mir nicht sicher«, antwortete Forcht, »was ich hier vor mir sehe. Ist das wirklich Rhulad, der in diesem Körper haust?«

»Stirb, Forcht, und kämpfe dich den Weg zurück. Und dann frage dich, ob dich diese Reise nicht verändert hat.«

»Bist du bei unseren Vorfahren gewesen?«, fragte Forcht.

Rhulads Antwort bestand in einem Lachen, einem brutalen Lachen. Er schwang das Schwert durch die Luft, drehte die Klinge in einem wilden Gruß und offenbarte dabei eine Anmut im Umgang mit der Waffe, die Trull noch nie zuvor bei ihm gesehen hatte. »Unsere Vorfahren! Stolze Geister. Sie standen zu Zehntausenden da. Brüllten mir ihr Willkommen entgegen! Ich war ein gebluteter Verwandter, war würdig, mich zu ihnen zu gesellen, um unsere kostbaren Erinnerungen zu verteidigen. Gegen dieses Übermaß an Gleichgültigkeit. Oh ja, Forcht, es war eine so *ruhmreiche* Zeit.«

»Ich höre in deinem Tonfall, dass du alles ablehnst, was uns teuer ist, Rhulad. Du würdest unsere Überzeugungen leugnen ...«

»Und wer von euch kann mir widersprechen?«

»Die Schattengespenster ...«

»Sind Tiste Andii, mein Bruder. Sklaven unseres Willens. Und eines will ich dir sagen: Diejenigen, die uns dienen, sind durch unsere Hand gestorben.«

»Und wo sind dann unsere Vorfahren?«

»Wo?« Rhulads Stimme war kaum noch ein Krächzen. »Tja, wo? Nirgendwo, mein Bruder. Sie sind nirgendwo. Unsere Seelen fliehen aus unseren Körpern, fliehen von dieser Welt, denn wir gehören nicht hierher. Wir haben niemals hierher gehört.«

»Dann wirst du uns also nach Hause führen, Rhulad?«

Die Augen blitzten auf. »Du bist weise, mein Bruder. Ich wusste, dass du die Antwort als Erster finden würdest.«

»Und warum verlangst du von uns, dass wir vor dir niederknien?«

Rhulad neigte den Kopf zur Seite. »Ich möchte, dass ihr euch dieser neuen Bestimmung verpflichtet. Einer Bestimmung, der ich die Tiste Edur entgegenführen werde.«

»Du wirst uns nach Hause bringen.«

»Das werde ich.«

Forcht trat vor, sank auf ein Knie und beugte den Kopf. »Führe uns nach Hause, Imperator.«

In seinem Geist hörte Trull ein Geräusch.

Wie ein Rückgrat, das bricht.

Und er drehte sich wie so viele andere um und sah Hannan Mosag und seinen Kader aus Zauberern, wurde Zeuge, wie der Hexenkönig von seinem Podest heruntertrat. Sah zu, wie er vor Rhulad niederkniete, vor dem Imperator der Tiste Edur.

Wie ein Rückgrat, das bricht.

Das Wasser zerrte an seinen Schienbeinen und wirbelte um taub gewordenes Fleisch, so dass Udinaas Mühe hatte, stehen zu bleiben. Die Wellen brachten ihn ins Wanken, wenn sie gegen ihn stießen. Und draußen in der Bucht – Schiffe. Insgesamt vier, die sich durch den Nebel schoben, ihre dunklen Rümpfe krochen wie wandernde Leviathane über das graue Wasser, lange Ruder krabbelten durch die Dünung. Er konnte ein vielfältiges gedämpftes Knarren hören und das Platschen der hölzernen Ruderblätter im Wasser. Sah auf den Decks in Kapuzenumhänge gehüllte Gestalten, die durch die Entfernung klein wirkten. Die Delegation war eingetroffen.

Er fühlte sich, als stünde er auf Nägeln aus Eis, deren zackige Spitzen bis zu seinen Knien getrieben worden waren. Er glaubte nicht, dass er in der Lage sein würde zu gehen. Tatsächlich stand er kurz davor umzufallen, vornüber in das schäumende Wasser zu stürzen. Es wäre so leicht – die Unterströmung würde ihn hinausziehen, Kälte seine Lunge fluten, Schwärze durch seinen Verstand strömen. Bis es, in vollkommener Übereinstimmung mit seiner Bereitschaft aufzugeben, vorbei sein würde.

Klauen gruben sich in seine Schultern, rissen ihn zappelnd aus den Wogen. Krallen drangen durch seinen Regenumhang und bohrten sich in sein Fleisch. Zu verblüfft, um zu schreien, spürte er, wie er durch die Luft getragen wurde. Seine Beine zuckten hilflos in einem Sprühnebel aus Wasser.

Und dann wurde er fünfzehn Schritt oberhalb der Flutlinie auf eine Schicht nasser Steine geworfen.

Was auch immer ihn aus dem Wasser gezogen hatte, war fort, auch wenn seine Brust und die Stellen, an denen die Krallen ihn gepackt gehabt hatten, immer noch wie Feuer brannten. In merkwürdiger Hilflosigkeit strampelnd drehte Udinaas sich schließlich um, so dass er auf dem Rücken lag, und starrte zum farblosen Himmel hinauf. Der Regen prasselte auf sein Gesicht.

Locqui Wyrm. Ich nehme an, du wolltest nicht, dass ich sterbe.

Er hob einen Arm und befühlte den Stoff des Regenumhangs. Keine Löcher. Gut. Er hätte auch nicht gewusst, wie er das hätte erklären sollen.

Das Gefühl kehrte in seine Unterschenkel zurück. Nass und zitternd rappelte er sich auf Hände und Knie auf. Was Rhulad betraf, so konnte es für ihn keine Lösung geben – so einfach war das. Der Hexenkönig würde ihn töten müssen. *Vorausgesetzt, es geht überhaupt.*

Er würde ihn töten müssen oder sich ihm ergeben müssen. Und was könnte Hannan Mosag dazu bringen, sich zu ergeben? Einem gerade erst gebluteten jungen Hündchen? Nein, hackt ihm die Hände ab, schlagt ihm den Kopf ab, und zermalmt ihn. Und verbrennt die Reste zu Asche. Zerstört die Monstrosität, denn Rhulad war wahrhaftig ein Monster.

Schritte auf den Steinen hinter ihm. Udinaas kauerte sich hin, blinzelte, um das Regenwasser aus den Augen zu bekommen. Er schaute auf, als Hulad in sein Blickfeld trat.

»Udinaas, was machst du hier?«

»Hat sie die Fliesen geworfen, Hulad? Hat sie es getan?«

»Sie hat es versucht.«

»Sie hat es *versucht*?«

»Es hat nicht geklappt, Udinaas. Die Festen waren verschlossen, sie konnte nichts erkennen. Sie hatte Angst. Ich habe sie noch nie so verängstigt gesehen.«

»Was ist sonst noch passiert?«

»Ich weiß es nicht. Die Edur sind immer noch in der Zitadelle.«

»Sie können doch nicht alle in der Zitadelle sein.«

»Nein, nur die Adligen. Die anderen sind in ihren Häusern. Für den Augenblick haben sie ihre Sklaven verscheucht. Die meisten von uns wussten nicht, wo sie hinsollten. Sie haben sich einfach im Wald verkrochen, sind völlig durchnässt. Und es scheint kein Ende in Sicht zu sein.« Er streckte einen Arm aus und half Udinaas beim Aufstehen. »Lass uns zum Langhaus gehen. Du musst dich trocknen und aufwärmen.«

Udinaas ließ sich von Hulad zum Langhaus der Sengars zurückführen. »Hast du die Schiffe gesehen, Hulad?«, fragte er, als sie unterwegs waren. »Hast du sie gesehen?«

»Ja. Sie haben Boote zu Wasser gelassen, aber es scheint kein Begrüßungskomitee zu geben.«

»Ich frage mich, was sie davon halten werden?«

Hulad antwortete nicht.

Sie betraten das Langhaus. Plötzliche Wärme, das Prasseln der Flammen als einziges Geräusch. Hulad half ihm, den Regenumhang abzulegen. Plötzlich keuchte er auf und zog an Udinaas Hemd.

»Wo hast du die denn her?«

Udinaas starrte mit gerunzelter Stirn auf die beinahe schwarzen blauen Flecken, die sich dort befanden, wo die Krallen des Wyrm ihn gepackt hatten. »Ich weiß es nicht.«

»Diese Flecken erinnern mich irgendwie an Federhexes Wunden, die ihr dieser Dämon beigebracht hat. Ja, es sieht genauso aus. Udinaas, was geschieht mit dir?«

»Nichts. Ich gehe schlafen.«

Hulad sagte nichts mehr, während Udinaas quer durch den Hauptraum in Richtung seiner Koje davonging.

Im Kampf gegen die ablandige Strömung schoben sich die drei Leichter näher ans Südufer des Flusses. In jedem Boot saßen ungefähr ein Dutzend Letherii, die meisten davon Leibwachen in voller Rüstung mit geschlossenen Visieren.

Seren folgte Buruk dem Bleichen in vier Schritt Abstand hinunter zum Strand. Anscheinend würden sie – zumindest für den Anfang – das einzige Willkommenskomitee sein. »Was wollt Ihr ihnen erzählen?«, fragte Seren.

Buruk drehte sich zu ihr um; Regen tropfte vom Rand seiner Kapuze. »Ich hatte eigentlich gehofft, dass Ihr etwas sagen würdet.«

Sie glaubte ihm kein Wort, wusste jedoch sein Bemühen zu schätzen. »Ich weiß nicht einmal genau, wie das Protokoll für einen solchen Fall aussieht. Nifadas leitet die Delegation, aber außer ihm ist auch noch der Prinz da. Wen soll ich zuerst begrüßen?«

Buruk zuckte die Schultern. »Denjenigen, der sich wahrscheinlich am meisten beleidigt fühlen würde, solltet Ihr Euch zuerst vor dem anderen verbeugen.«

»Immer unter der Vorausseztung«, erwiderte sie, »dass ich nicht vorhabe, jemanden bewusst zu beleidigen.«

»Nun, das wäre natürlich etwas anderes. Aber denkt daran, Freisprecherin, Ihr solltet eigentlich neutral sein.«

»Vielleicht sollte ich mich vor der Stelle genau zwischen den beiden verneigen.«

»Woraufhin beide zu dem Schluss kommen werden, dass Ihr den Verstand verloren habt.«

»Der aber zumindest unparteiisch ist.«

»Oh, da ist Euer Humor ja wieder, Freisprecherin. Das ist schon viel besser. Die Verzweiflung weicht der Erwartung.«

Sie erreichten den Strand, stellten sich nebeneinander auf und beobachteten, wie die Leichter sich näherten. Der Regen hatte sich anscheinend genau diesen Augenblick ausgesucht, um noch stärker zu fallen, ein stetig zunehmender Niederschlag, der auf die Steine herabpasselte und zischend in das von Strömungen und Gezeiten aufgewühlte Wasser fiel. Die Leichter verschwammen hinter einer grauen Wand, verschwanden beinah ganz und tauchten dann plötzlich wieder auf; der erste knirschte und ruckte, als er auf Grund lief. Ruder hoben sich und wurden wieder gesenkt, als die Mannschaft sie an Bord verstaute. Soldaten sprangen ins niedrige Wasser und kletterten an den Strand. Einer der Männer kam auf Buruk und Seren zu. Sein Gesicht – oder zumindest das, was davon unter dem Visier und dem Nasenschutz zu sehen war – war grimmig.

»Ich bin Finadd Moroch Nevath aus der Garde des Prinzen. Wo sind die Edur?«

Moroch schien Seren anzublicken, daher übernahm sie es zu antworten. »In der Zitadelle, Finadd. Es ist … etwas geschehen.«

»Im Namen des Abtrünnigen, was hat das zu bedeuten?«

Hinter dem Finadd und den übrigen Soldaten wurde Prinz Quillas Diskanar von einigen Bediensteten über die Wellen hinweg zum Strand getragen. Der Erste Eunuch Nifadas hatte sich jeglicher derartiger Unterstützung enthalten und watete an den Strand.

»Es ist ziemlich kompliziert«, sagte Seren. »Buruks Lager – unser Gastlager – ist gleich auf der anderen Seite der Brücke. Dort können wir Schutz vor dem Regen suchen …«

»Kümmert Euch nicht um den Regen«, bellte Moroch. Dann drehte er sich um und salutierte, als Quillas Diskanar im Schutz eines vierspitzigen Schirms, der von zwei Dienern hochgehalten wurde, zu Buruk und Seren herangeschritten kam. »Mein Prinz«, sagte der Finadd knurrend, »es hat den Anschein, als hätten die Tiste Edur sich genau diesen Augenblick ausgesucht, um sich mit anderen Dingen zu beschäftigen.«

»Das ist wohl kaum ein verheißungsvoller Beginn«, stieß Quillas hervor. Dann wandte er sich mit einem höhnischen Lächeln an Seren Pedac. »Freisprecherin. Hat sich Hull Beddict entschlossen, ausnahmsweise einmal klug zu sein, und dieses Dorf verlassen?«

Sie blinzelte und versuchte, sich ihre Besorgnis angesichts der Tatsache, dass sich bereits eine der ersten Fragen um Hull drehte, nicht anmerken zu lassen. *Fürchten sie ihn so sehr?* »Er ist in der Nähe, mein Prinz.«

»Ich habe vor, ihm zu verbieten, an den Beratungen teilzunehmen, Freisprecherin.«

»Ich glaube«, sagte sie langsam, »er ist bereits eingeladen worden – vom Hexenkönig.«

»Ach ja? Und wird Hull nun für die Edur sprechen?«

Jetzt meldete sich zum ersten Mal Buruk zu Wort. »Mein Prinz, das ist eine Frage, auf die wir alle gern eine Antwort hätten.«

Quillas richtete seine Aufmerksamkeit nun auf ihn. »Ihr seid der Kaufmann aus Trate.«

»Ich bin Buruk der Bleiche.« Bei diesen Worten verbeugte er sich tief – und hatte anschließend Mühe, sich wieder aufzurichten.

»Ein betrunkener Kaufmann obendrein.«

Seren räusperte sich. »Ihr seid überraschend hier angekommen, mein Prinz. Die Edur haben sich seit eineinhalb Tagen in die Zitadelle zurückgezogen. Wir konnten nichts anderes tun als warten.«

Der Erste Eunuch war einen Schritt hinter Quillas stehen geblieben und richtete die kleinen, glitzernden Augen auf die Zitadelle; er schien nicht sonderlich interessiert an ihrem Gespräch zu sein. Eine ebenso gleichgültige Haltung brachte er anscheinend dem Regen entgegen, der ihm auf die Kapuze und die von einem Umhang bedeckten Schultern trommelte. Seren kam der Gedanke, dass hier eine andere Art von Macht herrschte – und stillschweigend verlor Prinz Quillas Diskanar erheblich an Bedeutung.

Den Beweis für die Richtigkeit ihrer Überlegungen erhielt sie unvermmittelt, als der Prinz sich zu Nifadas umdrehte und ihn fragte: »Was haltet Ihr von alledem, Erster Eunuch?«

Ausdruckslose Augen richteten sich auf Quillas. »Mein Prinz, wir sind in einem kritischen Augenblick hier eingetroffen. Die Freisprecherin und der Kaufmann wissen etwas darüber, und daher müssen wir ihre Erklärungen abwarten.«

»In der Tat«, sagte Quillas. »Freisprecherin, unterrichtet uns über das, was vorgefallen ist.«

Während du unter deinem Schirm stehst und wir völlig durchnässt werden und uns hier einen abfrieren. »Natürlich, mein Prinz. Der Hexenkönig hat eine Gruppe von Kriegern in die Eisige Einöde geschickt, um etwas zu holen – ein Schwert, wie sich im Nachhinein herausgestellt hat. Die Krieger wurden allerdings von Jheck-Wechselgängern überfallen. Einer der Krieger, der besagtes Schwert geschwungen hat, wurde getötet. Die anderen haben seinen Leichnam mit zurückgebracht, damit er bestattet werden kann, aber der Leichnam wollte das Schwert, das er noch immer in den Händen hielt, nicht loslassen. Der Hexenkönig war über diese Tatsache aufs Höchste erregt und hat offen und unzweideutig Anspruch auf die Waffe erhoben. Es hat einen öffentlichen Zusammenstoß zwischen ihm und dem Vater des toten Kriegers gegeben.«

»Warum haben sie dem Leichnam nicht einfach die Finger abgetrennt?«, wollte Quillas Diskanar mit gleichermaßen verächtlich wie ungläubig hochgezogenen Augenbrauen wissen.

»Weil die Edur einem gefallenen Krieger aus Gründen der Tradition Unverletzlichkeit gewähren«, erwiderte Nifadas lakonisch und übertrieben geduldig. »Bitte fahrt fort, Freisprecherin. Kaum zu glauben, dass sie noch nicht aus dieser Sackgasse herausgefunden haben.«

Sie nickte. »Das war erst der Anfang, und in der Tat ist das Ganze weiterhin strittig geblieben. Denn der Leichnam ist wieder ins Leben zurückgekehrt.«

Quillas schnaubte. »Was für eine Art von Scherz soll denn das sein, Freisprecherin?«

»Es ist kein Scherz«, mischte sich Buruk der Bleiche ein. »Mein Prinz, wir haben ihn mit eigenen Augen gesehen. Er war am Leben. Und diese Tatsache wurde durch seine Schreie verkündet, schreckliche Schreie, denn er war bereits gekleidet word…«

»Gekleidet?«, wiederholte der Prinz und blickte sich fragend um.

Die Augen des Ersten Eunuchen hatten sich geweitet. »Wie weit war man gekommen, Kaufmann Buruk?«

»Die Münzen waren schon an Ort und Stelle, Erster Eunuch. Und auch das Wachs.«

»Der Abtrünnige schütze uns«, flüsterte Nifadas. »Und dieses Schwert – er will es nicht hergeben?«

Seren schüttelte den Kopf. »Das wissen wir nicht, Erster Eunuch.«

»Wenn Ihr mir bitte die Waffe beschreiben würdet, Freisprecherin.«

»Ein zweihändiger Griff, aber eine schmale Klinge. Irgendeine

Legierung, aber eine, die nicht so recht verschmelzen wollte. Zum Teil Eisen, dazu noch irgendein schwarzes Metall, das in Form länglicher Splitter enthalten ist.«

»Und wo kommt es her? Gibt Euch der Stil irgendwelche Anhaltspunkte?«

»Nicht viele, Erster Eunuch. Der glockenförmige Handschutz hat eine gewisse Ähnlichkeit mit der Zieh-Dreh-Technik der Meckros ...«

»Die Meckros?«, fragte Quillas. »Diese Händler aus den schwimmenden Städten?«

»Ja, obwohl das Muster dieses Glockenschutzes so gearbeitet wurde, dass es den Gliedern einer Kette ähnelt.«

Buruk blickte sie mit einem gequälten Gesichtsausdruck an. »Ihr habt scharfe Augen, Freisprecherin. Ich habe nichts weiter als ein Schwert gesehen.«

»Ich würde vorschlagen, dass wir uns ins Lager dieses Kaufmanns zurückziehen«, sagte Nifadas.

Quillas stieß ein Zischen aus. »Ihr wollt diese Beleidigung einfach so hinnehmen, Erster Eunuch?«

»Es hat keine Beleidigung stattgefunden«, erwiderte Nifadas glatt, während er an dem Prinzen vorbeiging und sich bei der vollkommen überraschten Seren Pedac unterhakte. »Begleitet mich, bitte, Freisprecherin.«

»Natürlich, Erster Eunuch.«

Die Übrigen hatten keine andere Wahl, als hinter ihnen her zu stapfen.

Nifadas ging schnell. Nach etwa einem Dutzend Schritten fragte er in ruhigem Plauderton: »Ist Hull Beddict Zeuge all dieser Vorgänge geworden?«

»Nein. Zumindest glaube ich das nicht. Er ist schon einige Zeit fort.«

»Aber er wird zurückkehren.«

»Ja.«

»Ich habe den größten Teil meiner Wachen an Bord der *Über alle Grenzen* zurückgelassen, darunter auch Finadd Gerun Eberict.«

»Gerun – oh.«

»In der Tat. Was meint Ihr, wäre es von Vorteil, wenn ich nach ihm schicken lassen würde?«

»Ich ... ich bin mir nicht sicher, Erster Eunuch. Es hängt davon ab, nehme ich an, was er für Euch tun soll.«

»Nun, vielleicht ein, zwei Worte mit Hull wechseln, wenn der zurückkehrt?«

»Ist der Finadd ein Mann mit Überzeugungskraft?«

»Nein, das kann man nicht sagen ... zumindest nicht, was seine Persönlichkeit angeht ...«

Sie nickte und versuchte, ein Schaudern zu unterdrücken – vergebens, wie sich herausstellte.

»Ihr fröstelt, Freisprecherin?«

»Das ist der Regen.«

»Natürlich. Ich vertraue darauf, dass Buruks Bedienstete ein Feuer in Gang halten?«

»Mit fast schon übergroßem Eifer.«

»Nun, ich bezweifle, dass irgendjemand sich beklagen wird. Ich nehme an, Buruk und Ihr seid schon einige Zeit hier und wartet.«

»Ja, einige Zeit. Wir hatten eine Audienz beim Hexenkönig, aber im Einklang mit meinen Obliegenheiten bin ich gegangen, ehe etwas von Bedeutung zur Sprache kam. Und weder Buruk noch Hull haben mir etwas von dem erzählt, was nach meinem Weggang besprochen wurde.«

»Hull ist deshalb hergekommen, nicht wahr?« Er blickte sie an, und ein schwaches Lächeln huschte über sein Gesicht. »Und Euch ist nichts Bedeutungsvolles mitgeteilt worden, Freisprecherin? Ich muss gestehen, dass es mir schwer fällt, das zu glauben.«

Seren Pedac zögerte.

»Freisprecherin«, sagte Nifadas leise, »was diese Angelegenheit angeht, so besteht das Privileg der Neutralität nicht mehr. Also entscheidet Euch.«

»Das ist es nicht, Erster Eunuch«, sagte sie und wusste, dass sie nicht die Wahrheit sagte. »Ich hege die Befürchtung, der Standpunkt, den der Hexenkönig damals vertreten hat – wie auch immer er ausgesehen haben mag –, könnte nicht mehr von Bedeutung sein.« Sie warf ihm einen Blick zu. »Ich glaube nicht, dass Rhulad das Schwert übergeben wird.«

»Rhulad. Was könnt Ihr mir über diesen Rhulad sagen?«

»Er ist der jüngste Sohn der Sengars, einer adligen Familie.«

»Die Sengars? Der älteste Sohn heißt Forcht, oder? Der Kommandant der Edur-Krieger. Dann ist er also von berühmtem Blut.«

»Ja. Ein anderer Bruder ist Binadas, der mit Hull Beddict Blutsbrüderschaft geschlossen hat.«

»Interessant. Ich fange allmählich an, die Komplexität dessen, was uns erwartet, zu erahnen, Freisprecherin.«

Und ich, wie es aussieht, auch. Denn ich habe anscheinend meine Wahl getroffen.

Als ob Nifadas mir eine andere Möglichkeit gelassen hätte, während ich hier Arm in Arm mit ihm, dem Ersten Eunuchen von Letheṛ, zum Lager gehe ...

»Wach auf, Udinaas.«

Lider glitten von schmerzenden, brennenden Augen. Udinaas starrte zu der winkligen Wand über sich hoch. »Nein. Ich muss schlafen ...«

»Nicht so laut. Und tun musst du nur eines, du Narr: zur Zitadelle gehen.«

»Warum? Sie werden mir die Kehle durchschneiden, wenn ich mich da hinein...«

»Nein, das werden sie nicht tun. Rhulad wird das nicht zulassen, denn du bist jetzt sein Sklave – seiner ganz allein. Sie müssen benachrichtigt werden. Die Delegation der Letherii wartet.«

»Lass mich in Ruhe, Verblichener.«

»Der Imperator der Tiste Edur will dich. Jetzt sofort.«

»In Ordnung. Und weiß er es?«

»Noch nicht.«

»Wie ich es mir gedacht habe.« Er schloss erneut die Augen. »Geh weg, Gespenst.«

»Der Wyrm und ich sind uns in dieser Hinsicht einig, Udinaas.

Du musst in den Vordergrund treten. Du musst dich für Rhulad unersetzlich machen. Sag mir, willst du Federhexe oder nicht?«

Udinaas blinzelte und setzte sich auf. »Was?«

»Geh jetzt, und du wirst sehen, was geschieht.«

»Erst, wenn du mir das genauer erklärt hast, Verblichener.«

»Das werde ich nicht tun, Sklave. Geh zur Zitadelle. Diene dem Imperator der Edur.«

Udinaas schob die Decken beiseite und griff nach seinen durchweichten Mokassins. »Warum lasst ihr alle mich eigentlich nicht einfach in Ruhe?«

»Sie hat dich vergewaltigt, Udinaas. Sie hat deinen Samen genommen. Warum hat sie das getan?«

Er erstarrte, den einen Mokassin schon am Fuß, den anderen noch in der Hand. »Menandore.«

»Das Miststück hat Pläne, oh ja, das hat sie. Und sie bringt weder den Edur noch den Andii Zuneigung entgegen, nein, sie ganz bestimmt nicht.«

»Was hat das mit allem anderen zu tun?«

Das Gespenst antwortete nicht.

Udinaas rieb sich über das Gesicht, dann zog er den zweiten Mokassin an und band die durchnässten Lederriemen. »Ich bin ein Sklave, Verblichener. Sklaven erhalten keine anderen Sklaven, und das wäre die einzige Möglichkeit, wie ich Federhexe bekommen könnte. Es sei denn, du hättest vor, von ihrem Verstand Besitz zu ergreifen und ihren Willen zu beeinflussen. Aber dann wäre Federhexe nicht mehr Federhexe, nicht wahr?«

»Du schreibst mir Fähigkeiten zu, die ich nicht besitze.«

»Nur um dir die Absurdität deines Versprechens zu verdeutlichen, Verblichener. Und jetzt sei still. Ich gehe ja schon.« Er stand auf und wankte aus seiner Nische. Hulad kauerte vor dem Herd und wärmte einen Eintopf oder Suppe auf.

»Du hast mit dir selbst gesprochen, Udinaas. Das solltest du nicht tun.«

»Das sage ich mir auch immer«, erwiderte er, während er zur Tür ging und sich für unterwegs noch einen Regenumhang mitnahm.

Der Regen draußen war die reinste Sintflut. Er konnte kaum die Schiffe ausmachen, die in der Bucht vor Anker lagen. Am Strand waren Gestalten. Soldaten.

Er schlug die Kapuze hoch und machte sich auf den Weg zur Zitadelle, die einst dem Hexenkönig gehört hatte.

Diene dem Imperator der Edur. Und wo wirst du dein Volk hin führen, Rhulad Sengar?

Die Schattengespenster, die den Eingang bewachten, rührten sich nicht, um sich dem Letherii entgegenzustellen, als er die Stufen hinaufschritt. Mit beiden Händen stieß er die Türflügel auf und trat begleitet von einer Regenbö ein. *Kommt schon, ihr verdammten Edur. Zieht mir ein Messer über die Kehle. Stoßt es mir in die Brust.* Im Empfangszimmer waren keine Wachen, und der Vorhang vor dem Durchgang zur Halle war zugezogen.

Er schüttelte seinen Regenumhang aus und ging weiter.

Zum Vorhang. Schob ihn beiseite.

Und sah die Edur knien. Sie alle knieten vor der schimmernden Gestalt Rhulad Sengars, der auf dem Podest stand, das Schwert in der einen Hand hoch über den Kopf erhoben. Um seine Schultern hing der Bärenfellumhang, sein Gesicht war eine geriffelte Maske aus Gold, die seine tiefen Augenhöhlen umgab.

Dann war er also nicht blind. Und nicht verkrüppelt. Und wenn dies alles Wahnsinn war, so war es ein Gift, das jetzt in dichten Strömen durch die Halle waberte.

Udinaas spürte, wie sich die Augen des Imperators auf ihn richteten, so fühlbar wie Krallen, die sich in seinen Verstand gruben. »Komm näher, Sklave«, sagte Rhulad. Seine Stimme war rau.

Köpfe hoben und drehten sich, als Udinaas sich durch die Menge schlängelte und vorsichtig die Stufen hinunterstieg. Der Letherii schaute in keines der Gesichter, sein Blick war ausschließlich auf Rhulad Sengar gerichtet. Aus dem Augenwinkel heraus sah er Hannan Mosag, der mit gesenktem Kopf auf dem Boden kniete; hinter ihm kauerten seine K'risnan in der gleichen unterwürfigen Haltung.

»Sprich, Udinaas.«

»Die Delegation ist angekommen, Imperator.«

»Wir sind aneinander gebunden, Udinaas, nicht wahr? Sklave und Herr. Du hast meine Rufe gehört.«

»Das habe ich, Herr.« Es fiel ihm immer leichter, zu lügen, stellte er fest.

»Die Delegation wartet im Lager des Kaufmanns. Führe sie zu uns, Udinaas.«

»Wie Ihr befehlt.« Er verbeugte sich und begann dann mit dem mühsamen Unterfangen, rückwärts schreitend den Raum zu verlassen.

»Dazu besteht keine Notwendigkeit, Udinaas. Ich fühle mich durch den Anblick des Rückens eines Mannes nicht beleidigt. Geh und sage ihnen, dass der Herrscher der Edur sie nun empfangen wird.«

Udinaas drehte sich um und verließ die Halle.

Wieder hinaus in den Regen. Über die Brücke. Die Einsamkeit mochte zum Nachdenken einladen, doch Udinaas lehnte die Einladung ab. Der Nebel der Welt dahinter spiegelte sich in seinem eigenen Geist. Er war ein Sklave. Sklave taten, was man ihnen befahl.

Holzrauch trieb ihm entgegen; er quoll unter einem breiten, in der Nähe der Wagen des Kaufmanns aufgespannten Schutzdach heraus. Gestalten standen darunter. Freisprecherin Seren Pedac drehte sich um und entdeckte ihn als Erste. *Ja. In ihr steckt mehr, als ihr bewusst ist. Die Geister mögen sie, sie schweben um sie herum wie Motten um eine Kerzenflamme. Und sie sieht sie nicht einmal.* Er sah, wie sie etwas sagte, und dann drehten sich auch die anderen zu ihm um.

Udinaas blieb mit gesenktem Blick einen Schritt vor der Plane stehen. »Der Herrscher der Edur bittet Euch, zu seiner Zitadelle zu kommen.«

Einer der Soldaten stieß ein Knurren aus. »Du stehst vor deinem Prinzen, Letherii«, sagte er. »Auf die Knie, oder ich werde dir den Kopf von den Schultern trennen.«

»Dann zieht Euer Schwert«, erwiderte Udinaas. »Mein Herr ist ein Tiste Edur.«

»Er ist nichts«, sagte der teuer gekleidete junge Mann an der Seite des Soldaten. Er wedelte mit einer Hand. »Jetzt werden wir also endlich eingeladen. Erster Eunuch, wollt Ihr uns anführen?«

Der große, schwere Mann, dessen Gesicht so düster wie seine Kleidung war, trat zu Udinaas in den Regen hinaus. »Freisprecherin, bitte begleitet uns.«

Seren Pedac nickte. Sie zog sich die Kapuze ihres Umhangs über den Kopf und gesellte sich zum Ersten Eunuchen.

Udinaas führte sie zurück über die Brücke. Der Wind hatte aufgefrischt und verwandelte den Regen in beißende Streifen, die über ihren Weg peitschten. Er ging weiter, an den Langhäusern der Adligen vorbei und auf die Stufen zu.

Schattengespenster wogten vor der Tür.

Udinaas blickte Prinz Quillas Diskanar an. »Prinz, Eure Leibwächter sind hier nicht willkommen.«

Der junge Mann warf ihm einen finsteren Blick zu. »Wartet hier mit Euren Männern, Finadd.«

Moroch Nevath grunzte und ließ seine Männer dann zu beiden Seiten des Eingangs fächerförmig Position beziehen.

Die Gespenster wichen zurück und machten einen Korridor zu der Doppeltür frei.

Udinaas trat vor und stieß sie auf, begab sich nach drinnen und drehte sich um. Einen Schritt hinter ihm kamen Nifadas und die Freisprecherin, während der Prinz mit düsterer Miene ein wenig hinterherhing.

Der Erste Eunuch starrte stirnrunzelnd auf den Vorhang am hinteren Ende des Raums. »Der Thronsaal ist voller adliger Edur? Und warum höre ich dann nichts?«

»Sie erwarten Eure Ankunft«, sagte Udinaas. »Der Herrscher der Tiste Edur steht auf dem Podest in der Mitte der Halle. Seine Erscheinung wird Euch überraschen …«

»Sklave«, sagte Quillas, und er sprach das Wort verächtlich aus, »wir gehen nicht davon aus, dass die Verhandlungen unverzüglich beginnen werden. Wir werden jetzt einfach nur zu Gästen erklärt werden …«

»Dafür kann ich nicht garantieren«, unterbrach Udinaas ihn ruhig. »Ich würde Euch raten, mit allem zu rechnen.«

»Aber das ist absurd ...«

»Lasst es uns also einfach herausfinden«, sagte der Erste Eunuch.

Der Prinz war es nicht gewohnt, ständig unterbrochen zu werden. Sein Gesicht lief rot an.

Freisprecherin Seren Pedac mischte sich ein. »Udinaas, aus deinen Worten schließe ich, dass Hannan Mosag vom Thron gestoßen wurde.«

»Ja.«

»Und Rhulad Sengar hat sich zum neuen König der Tiste Edur erklärt.«

»Nein, Freisprecherin, zum Imperator.«

Ein halbes Dutzend Herzschläge lang herrschte Stille, dann schnaubte der Prinz ungläubig. »Von was für einem Imperium? Einem aus sechs Stämmen von ... Robbenjägern? Dieser Narr ist verrückt geworden.«

»Es ist eine Sache, sich selbst zum Imperator zu erklären«, sagte Nifadas langsam, »aber es ist etwas ganz anderes, den Adel der Edur dazu zu bringen, vor einem solchen Anspruch das Knie zu beugen. Udinaas, haben sie das getan?«

»Das haben sie, Erster Eunuch.«

»Das ist ... erstaunlich.«

»Und was ist mit Hannan Mosag?«, fragte Seren.

»Auch er hat das Knie gebeugt und Loyalität geschworen, Freisprecherin.«

Erneut sagte mehrere Herzschläge lang niemand ein Wort.

Schließlich nickte der Erste Eunuch Udinaas zu und sagte: »Danke. Ich bin jetzt bereit, dem Imperator gegenüberzutreten.«

Udinaas nickte und begab sich zu dem Vorhang. Nachdem er ihn beiseite gezogen hatte, trat er hindurch und in den dahinter liegenden Raum. Die Adligen hatten sich ein Stück zur Seite bewegt und eine Gasse freigelassen, die hinunter zum zentralen Podest führte. Alle standen. Auf dem Podest stützte sich Rhulad Sengar auf sein Schwert. Seine Bewegungen hatten dafür gesorgt, dass ein paar

Münzen von ihm abgefallen waren und gesprenkelte Flecken aus verbrannter Haut freigegeben hatten. Die Feuchtigkeit, die Hitze und die Öllampen machten die Luft neblig und gespenstisch. Udinaas versuchte, den Anblick so wahrzunehmen, als wäre er ein Fremder, und er war entsetzt, wie roh und barbarisch das alles wirkte. *Das hier ist ein gefallenes Volk.*

Das sich wieder neu erheben wird.

Der Erste Eunuch und die Freisprecherin erschienen auf der Schwelle, und Nifadas trat nach links zur Seite, um Platz für Prinz Qillas Diskanar zu machen.

Udinaas hob die Stimme. »Imperator. Der Erste Eunuch Nifadas und Prinz Quillas Diskanar. Die Delegation der Letherii.«

»Tretet vor«, erklang die mit krächzender Stimme vorgetragene Aufforderung des Imperators. »Ich bin Rhulad Sengar, und ich erkläre Euch zu Gästen des Imperiums der Tiste Edur.«

Nifadas neigte den Kopf. »Wir danken Eurer Hoheit für das Willkommen.«

»Der König der Letherii wünscht, einen offiziellen Staatsvertrag mit uns zu schließen«, sagte Rhulad. Er zuckte die Schultern. »Ich hatte bisher immer den Eindruck, wir hätten längst einen. Und während wir ihn in Ehren halten, tut Euer Volk das nicht. Welchen Sinn sollte dann also eine neue Übereinkunft haben?«

Als der Erste Eunuch zu einer Antwort ansetzte, trat Quillas vor. »Ihr habt den Ertrag einer Robbenjagd beschlagnahmt. So sei es. Solche Dinge können nicht rückgängig gemacht werden, nicht wahr? Allerdings erhebt sich da die Frage der Bezahlung.«

Udinaas lächelte. Er brauchte nicht aufzublicken, um die entsetzten Gesichter der versammelten Adligen vor sich zu sehen.

»Was diese Angelegenheit betrifft«, erwiderte Rhulad nach einer kurzen Pause, »so wird Hannan Mosag für die Edur sprechen.«

Udinaas schaute auf und sah, wie der ehemalige Hexenkönig vortrat und sich vor das Podest stellte. Sein Gesicht war ausdruckslos. »Prinz, Ihr werdet erklären müssen, wie Ihr Letherii zu der Vorstellung gekommen seid, wir würden Euch etwas schulden. Die Robbenjagd war unrechtmäßig – oder wollt Ihr das leugnen?«

»Wir stellen nicht in Abrede – nein, Nifadas, jetzt spreche ich. Wie ich gerade schon gesagt habe, Hannan Mosag, stellen wir nicht in Abrede, dass die Robbenjagd unrechtmäßig war. Doch ihre Unrechtmäßigkeit widerlegt keinesfalls, dass sie tatsächlich stattgefunden hat. Und die Ernte jener Jagd, die die Letherii durchgeführt haben, ist nun in Händen der Edur. Wie Ihr Euch vielleicht erinnern werdet, ist im gegenwärtigen Vertrag ein vereinbarter Marktwert für Stoßzähnige Robben festgelegt, und wir erwarten, dass Ihr den entsprechenden Preis begleicht.«

»Welch außerordentliche Logik, Prinz«, sagte Hannan Mosag. Seine Stimme war ein sanftes Knurren.

»Glücklicherweise«, fuhr Quillas fort, »sind wir zu einem gütlichen Vergleich bereit.«

»Ach, tatsächlich?«

Udinaas fragte sich, warum Nifadas nichts sagte. Die Tatsache, dass der Erste Eunuch sich nicht einmischte, konnte nur als stillschweigende Loyalität gegenüber dem Prinzen und der Position, für die Letzterer eintrat, gedeutet werden.

»Zu einem gütlichen Vergleich, ja. Die Schulden werden Euch erlassen, wenn Ihr uns dafür Land abtretet. Genauer gesagt den Rest der Halbinsel von Trate, die, wie wir beide wissen, nur zu bestimmten Zeiten genutzt wird – nämlich nur dann, wenn Eure Leute sich zum Fischfang begeben und dort ihre Lager aufschlagen. Natürlich würde es Euch nicht verboten werden, weiterhin solche Lager zu benutzen. Sie werden auch in Zukunft für Euch verfügbar sein – gegen einen bescheidenen Anteil an Eurem Fang.«

»Wie es im Augenblick aussieht«, sagte Hannan Mosag, »stehen wir schon zu Beginn dieser Verhandlungen in Eurer Schuld.«

»Ja.«

»Wobei sich alles auf die Annahme gründet, dass wir den gestohlenen Ertrag der Robbenjagd besitzen.«

»Nun, natürlich …«

»Aber wir besitzen ihn nicht, Prinz Quillas Diskanar.«

»Was? Aber Ihr müsst ihn haben!«

»Ihr seid herzlich eingeladen, höchstpersönlich unseren Lagerhäusern einen Besuch abzustatten«, fuhr Hannan Mosag sachlich fort. »Wir haben die Jäger bestraft, wie es unser Recht war. Aber wir haben ihre Beute nicht zurückgeholt.«

»Als die Schiffe in Trate angekommen sind, waren ihre Laderäume leer!«

»Vielleicht haben sie sich – um schneller zu werden – ihrer Last entledigt, als sie vor unserem Zorn geflohen sind? Allerdings ohne Erfolg, wie sich herausgestellt hat.« Der Prinz starrte ihn einfach nur an, und Hannan Mosag fuhr fort. »Daher stehen wir nicht in Eurer Schuld. Ihr hingegen steht in unserer Schuld. In Höhe des Marktwerts der erbeuteten Stoßzähnigen Robben. Wir sind im Augenblick noch etwas unentschlossen, welche Art von Entschädigung wir von Euch fordern werden. Schließlich bedeutet uns Geld nicht viel.«

»Wir haben Geschenke mitgebracht!«, rief Quillas.

»Für die Ihr uns hinterher bezahlen lassen werdet. Mit Zinsen. Wir sind mit der Vorgehensweise vertraut, Prinz, nach der Eure kulturelle Eroberung benachbarter Stämme abläuft. Dass die Situation jetzt genau andersherum ist, sichert Euch unser Mitgefühl – doch wie pflegt Ihr immer zu sagen: Geschäft ist Geschäft.«

Jetzt endlich meldete sich Nifadas zu Wort. »Anscheinend gibt es eine ganze Menge, worüber wir beide nachdenken sollten, Imperator. Doch leider war unsere Reise lang und ermüdend. Vielleicht könntet Ihr uns gestatten, uns für einige Zeit zurückzuziehen, und dieses Treffen am morgigen Tag fortzusetzen?«

»Das ist eine hervorragende Idee«, sagte Rhulad. Die Münzen auf seinem Gesicht bewegten sich, als er lächelte. »Udinaas, geleite die Delegation zum Gästehaus. Dann komm hierher zurück. Auf uns wartet eine lange Nacht.«

Der Prinz stand da wie eine Marionette, der man die Fäden durchtrennt hatte. Die Freisprecherin und der Erste Eunuch hingegen machten einen gelassenen Eindruck.

Und wenn schon. Es sieht aus, als wären wir alle hier nur Marionetten …

Trull Sengar schaute zu, wie der Sklave die Freisprecherin und die Delegation aus der Halle führte. Die Welt war nicht einfach in sich zusammengefallen, sie war geborsten, und vor seinen Augen sah er die kantigen Stückchen, einen Raum, der von Rissen und Sprüngen durchzogen war – tausend Scherben, die zahllose Spiegelbilder trugen. Gesichter von Edur, zersprengte Mengen, Rauch. Wirre Bewegungen, ein fiebriges Murmeln, das helle Schimmern von Gold und ein Schwert, das genauso fleckig und bruchstückhaft war wie alles andere in Sichtweite.

Wie ein wahnsinniges Mosaik, das von der Hand eines Verrückten langsam wieder zusammengesetzt wurde. Er wusste nicht, wo er hingehörte, wohin er passte. *Bruder eines Imperators. Das da drüben ist Rhulad und ist es auch wieder nicht. Ich kenne ihn nicht. Und ich kenne ihn nur allzu gut, und – die Tochter soll mich holen – das macht mir am meisten Angst.*

Hannan Mosag hatte sich leise mit Rhulad unterhalten und dabei ein Wohlbehagen an seiner neuen Rolle vermittelt, das – wie Trull wusste – die hier versammelten Zeugen beruhigen sollte. Trull fragte sich, was es den Hexenkönig wohl kosten mochte.

Ein Nicken und eine knappe Geste mit der Hand, und Hannan Mosag war entlassen. Er begab sich wieder zu seinen K'risnan. Auf Rhulads Anweisungen hin wurde ein großer Stuhl zum Podest getragen, und der Imperator setzte sich; Trull konnte erkennen, wie erschöpft sein Bruder war. Es würde einige Zeit dauern, die Kraft zu erlangen, die notwendig war, um das gewaltige, schreckliche Gewicht längere Zeit zu tragen. Der Imperator lehnte den Kopf zurück und ließ den Blick über seine Adligen schweifen. Seine Aufmerksamkeit brachte die Menge schnell zum Schweigen.

»Ich habe den Tod kennen gelernt«, sagte Rhulad mit rauer Stimme. »Ich bin zurückgekehrt, aber ich bin nicht mehr der ungeblutete Krieger, den Ihr gesehen habt, ehe wir in die Eisöde aufgebrochen sind. Ich bin zurückgekehrt, um euch an unsere Bestimmung zu erinnern. Um euch zu führen.« Dann schwieg er, als müsste er sich von seiner kurzen Ansprache erholen. Es dauerte ein Dutzend Herzschläge, bis er weitersprach. »Forcht, mein Bruder, tritt vor.«

Forcht tat, wie ihm geheißen, und blieb beim inneren Ring vor dem Podest stehen.

Rhulad starrte auf ihn hinunter, und auf einmal sah Trull Hunger in seinen brüchigen Augen.

»Du bist nur Hannan Mosag untergeordnet, Forcht, und deiner Loyalität bedarf ich am meisten.«

Forcht schien ein wenig außer Fassung zu sein, als müsste diese Tatsache nun ganz und gar nicht in Frage gestellt werden.

Der Sklave Udinaas war mittlerweile zurückgekehrt, hielt sich jedoch im Hintergrund und beobachtete lediglich aus rotgeränderten Augen, was gerade geschah. Trull wunderte sich über die plötzliche Gründlichkeit, mit der der Letherii seinen Blick umherschweifen ließ.

»Was verlangst du von mir, Imperator?«, fragte Forcht.

»Ein Geschenk, mein Bruder.«

»Alles, was ich besitze, gehört dir ...«

»Stehst du auch wirklich zu dieser Aussage, Forcht?«, wollte Rhulad wissen und beugte sich auf seinem Stuhl vor.

»Wenn dem nicht so wäre, würde ich sie nicht machen.«

Oh. Nein, Rhulad ... Nein ...

»Der Imperator«, sagte Rhulad und lehnte sich wieder zurück, »braucht eine Imperatrix.«

Forcht verstand – und wurde totenbleich.

»Eine Ehefrau. Forcht Sengar, wirst du mir eine Ehefrau schenken?«

Du grotesker Bastard – Trull machte einen Schritt nach vorn.

Rhulads Hand zuckte vor, um ihm Einhalt zu gebieten. »Sei vorsichtig, Trull. Das hier geht dich nichts an.« Er bleckte fleckige Zähne. »*Es ging dich nie etwas an.*«

»Musst du die, die dir folgen wollen, erst zerbrechen?«, fragte Trull.

»Kein Wort mehr!«, kreischte Rhulad. »Noch ein einziges Wort, Trull, und ich lasse dir bei lebendigem Leib die Haut abziehen!«

Trull wich angesichts dieser Heftigkeit zurück; er war wie betäubt und schwieg.

Eine Münze fiel auf das Podest, als Rhulad eine Hand an sein Gesicht hob und versuchte, ein übermächtiges Gefühl wegzukratzen, dann riss er die Hand wieder herunter, hielt sie vor sich hin und sah zu, wie sie sich zur Faust ballte. »Töte mich. Das ist alles, was du tun musst. Für deinen Beweis. Ja, töte mich. Töte mich aufs Neue.« Die glitzernden Augen richteten sich fest auf Trull. »Du hast gewusst, dass ich allein war, dass ich allein den hinteren Hang bewacht habe. Du hast es gewusst, Trull – und du hast mich meinem Schicksal überlassen.«

»Was? Ich habe nichts dergleichen gewusst, Rhulad ...«

»Keine weiteren Lügen, mein Bruder. Forcht, schenke mir deine Verlobte. Gib mir Mayen. Würdest du dich zwischen sie und den Rang einer Imperatrix stellen? Sag mir, bist du so selbstsüchtig?«

Es war so widerwärtig, als würde er Messer in Forchts Körper stoßen, eines nach dem anderen. Als würde er seinen Körper zerstückeln. Das, so begriff Trull jetzt, das war Rhulad. Das Kind und sein viehischer Hunger, seine bösartigen Gelüste. *Sag uns, bist du so selbstsüchtig?*

»Sie gehört dir, Imperator.«

Worte, aus denen jegliches Leben gewichen war, Worte, die in sich selbst ein Geschenk an jemanden waren, der den Tod kennen gelernt hatte. Wobei Rhulad allerdings nicht über den feinsinnigen Verstand verfügte, das zu begreifen.

Stattdessen verzog sich sein Gesicht unter den Münzen zu einem breiten, schadenfrohen Lächeln. Seine Blicke wanderten zu der Stelle in der Menge, an der die unverheirateten Maiden standen. »Mayen«, rief er. »Es ist geschehen. Komm her. Komm zu deinem Imperator.«

Groß und königlich trat die junge Frau vor, als hätte sie diesen Augenblick schon tausend Mal durchgespielt.

Aber das ist nicht möglich.

Sie warf Forcht im Vorbeigehen nicht einen Blick zu und blieb schließlich, das Gesicht auf die Menge gerichtet, links vom Stuhl stehen. Rhulad streckte auf eine Weise, die gleichermaßen selbstgefällig wie vertraulich war, die Hand aus, und sie ergriff sie.

Diese letzte Geste traf Forcht wie ein wirklicher Hieb gegen die Brust. Er wich einen Schritt zurück.

»Ich danke dir für dein Geschenk, Forcht«, sagte Rhulad. »Ich bin mir deiner Loyalität gewiss und stolz darauf, dich meinen Bruder zu nennen. Du, Binadas, Midik Buhn, Theradas Buhn, Hannan Mosag ... und«, sein Blick veränderte sich, »Trull natürlich. Meine engsten Brüder. Wir sind durch das Blut unserer Vorfahren aneinander gebunden ...«

Er sprach weiter, doch Trull hörte nicht mehr zu. Seine Augen waren auf Mayens Gesicht gerichtet. Auf das Entsetzen, das dort geschrieben stand, und das sie nicht verbergen konnte. In Gedanken schrie Trull laut auf. *Forcht! Sieh doch, mein Bruder! Sie wollte diesen Verrat nicht! Sieh doch!*

Mit einiger Anstrengung wandte er den Blick von Mayen ab und sah, dass Forcht es auch gesehen hatte. Dass er gesehen hatte, was auch alle Anwesenden sehen konnten – alle außer Rhulad.

Es rettete sie alle. Erlösung für die Verzweifelten. Sie zeigte ihnen, dass manche Wahrheiten nicht zerstört werden konnten, dass selbst dieses wahnsinnige *Ding* auf seinem Thron die den Tiste Edur innewohnende Ehre nicht zermalmen konnte. Und in ihrem Gesicht stand noch ein anderes Versprechen. Sie würde seine Übeltaten erdulden, weil sie keine andere Wahl hatte. Ein Versprechen, das zugleich auch eine Lektion für alle Anwesenden war. *Haltet aus. Erduldet. Lebt, wie ihr jetzt leben müsst. Eines Tages wird darauf reagiert werden.*

Doch in Trull stiegen neue Fragen auf. Wer konnte darauf reagieren? Was wartete in der Welt jenseits der Grenzen ihres Wissens, das ausreichend ungeheuerlich war, um diese Monstrosität herauszufordern? Und wie lange würden sie warten müssen? *Wir waren ein gefallenes Volk, und der Imperator verkündet, dass wir wieder emporsteigen werden. Er ist wahnsinnig, denn wir steigen nicht empor. Wir fallen – und ich fürchte, dieser Abstieg wird kein Ende finden.*

Bis jemand auf die richtige Weise reagieren würde.

Rhulad hatte aufgehört zu sprechen, als sei ihm bewusst geworden, dass unter seinen Anhängern etwas vor sich ging – etwas, das nichts mit ihm und seiner neugefundenen Macht zu tun hatte. Plötzlich erhob er sich von seinem Stuhl. »Diese Versammlung ist beendet. Hannan Mosag, du und deine K'risnan, ihr werdet hier bei mir und der Imperatrix bleiben, denn wir haben viel zu besprechen. Udinaas, bring Mayen ihre Sklaven, damit für ihre Bedürfnisse gesorgt wird. Ihr anderen – geht jetzt. Verkündet die Neuigkeit vom Aufstieg des neuen Imperiums der Edur. Und jetzt kümmert euch um eure Waffen, meine Brüder und Schwestern …«

Oh bitte – möge doch bitte irgendjemand auf das hier reagieren.

Ein Dutzend Schritte von der Zitadelle entfernt schälte sich eine Gestalt aus dem Regen und stand schließlich vor Udinaas.

Die Freisprecherin.

»Was hat er getan?«

Udinaas musterte sie ein, zwei Herzschläge lang, dann zuckte er die Schultern. »Er hat seinem Bruder die Verlobte gestohlen. Wir haben jetzt eine Imperatrix, und sie tut sich schwer damit, ein tapferes Gesicht zu machen.«

»Die Edur sind überwältigt worden«, sagte Seren Pedac. »Und ein Tyrann sitzt auf dem Thron.«

Udinaas zögerte kurz und meinte schließlich: »Sagt dies dem Ersten Eunuchen: Ihr müsst Euch auf einen Krieg vorbereiten.«

Sie zeigte sich bei seinen Worten nicht überrascht; stattdessen ließ eine schwere Müdigkeit ihre Augen matt werden. Sie drehte sich um und war binnen kürzester Zeit im strömenden Regen verschwunden.

Oh ja, ich bin tatsächlich ein Überbringer guter Nachrichten. Und jetzt ist Federhexe an der Reihe …

Regen rauschte vom Himmel herab, machte blind und war blind, war gleichgültig und unbekümmert, aber darüber hinaus hatte er keinerlei Bedeutung. Wie sollte er auch? Es war einfach nur Regen, der aus den Legionen trauernder Wolken herabfiel. Und der heulende Wind war der Atem der Naturgesetze, hoch droben in den Bergen geboren – oder weit draußen auf dem offenen Meer. Seine Stimme verhieß überhaupt nichts.

In leblosem Wetter konnte man keine Bedeutung finden, so wenig wie im Vor und und Zurück der Gezeiten oder im Kielwasser der sich wandelnden Jahreszeiten.

Man konnte allerdings auch im Leben und im Tod keine Bedeutung finden.

Der Tyrann war in Gold gekleidet, und die Zukunft roch nach Blut.

Es bedeutete nichts.

Dramatis Personae

Die Tiste Edur

Tomad Sengar – Patriarch der Familie Sengar
Uruth – Matriarchin der Familie Sengar
Forcht Sengar – ihr ältester Sohn, Waffenmeister der Stämme
Trull Sengar – ihr zweiter Sohn
Binadas Sengar – ihr dritter Sohn
Rhulad Sengar – ihr vierter und jüngster Sohn
Mayen – Forchts Verlobte
Hannan Mosag – Hexenkönig des Bundes der Sechs Stämme
Theradas Buhn – ältester Sohn der Familie Buhn
Midik Buhn – zweiter Sohn

Letherii-Sklaven bei den Tiste Edur

Udinaas
Federhexe
Hulad

Die Letherii

Im Palast

Ezgara Diskanar – König von Letheras
Janall – Königin von Letheras
Quillas Diskanar – Prinz und Erbe
Unnutal Hebaz – Preda (Kommandantin) der Armee der Letherii
Brys Beddict – Finadd (Hauptmann) und Kämpe des Königs, der jüngste der Gebrüder Beddict

Moroch Nevath – ein Finadd, Leibwächter von Prinz Quillas Diskanar
Kuru Qan – Ceda (Zauberer) des Königs
Nisall – die Erste Konkubine des Königs
Turudal Brizad – Erster Galan der Königin
Nifadas – Erster Eunuch
Gerun Eberict – Finadd in der Königlichen Garde
Triban Gnol – Kanzler

Im Norden

Buruk der Bleiche – ein Kaufmann
Seren Pedac – Freisprecherin für Buruk den Bleichen
Hull Beddict – Wächter im Norden, ältester der Gebrüder Beddict

In der Stadt Letheras

Tehol Beddict – ein Bürger der Hauptstadt, mittlerer der Gebrüder Beddict
Hejun – eine Angestellte von Tehol
Rissarh – eine Angestellte von Tehol
Shand – eine Angestellte von Tehol
Chalas – ein Wächter
Biri – ein Händler
Huldo – ein Gastwirt
Bagg – Tehols Diener
Ublala Pung – ein Krimineller
Harlest – Wächter eines Anwesens
Ormly – Meisterrattenfänger
Kessel – ein Kind
Shurq Elalle – eine Diebin
Selush – eine Kostümiererin der Toten
Padderunt – Gehilfe von Selush
Urul – Oberster Servierer in Huldos Taverne
Zöllchen – ein Bürger

Hulbat – ein Bürger
Turbl – ein Bürger
Unn – ein Mischling und Mittelloser
Delisp – Matrone des Tempelbordells
Prist – ein Gärtner

Andere

Withal – ein Waffenschmied der Meckros
Rind – ein Naecht
Maep – eine Naecht
Puul – ein Naecht
Silchas Ruin – ein Tiste Andii, Wechselgänger und Eleint
Scabandari Blutauge – ein Tiste Edur, Wechselgänger und Eleint
Gothos – ein Jaghut

Glossar

Titel bei den Letherii

Freisprecher/in: eine mit Gesetzeskraft versehene Position als Führer/in im Umgang mit anderen Völkern
Atri-Preda: Militärkommandant, der eine Stadt verwaltet
Ceda: Titel des Magiers des Königs
Finadd: militärischer Rang, entspricht einem Hauptmann
Preda: militärischer Rang, entspricht einem Kommandanten oder General
Wächter: die Stimmes des Königs bei der ersten Kontaktaufnahme mit anderen Völkern
Der Königliche Freibrief: ein Titel, der seinen Besitzer von jedem Schuldspruch wegen verbrecherischer Handlungen entbindet

Orte & Gebiete im Königreich Lether:

Burl-Platz: ein Platz in Letheras
Das Cedarium: der beherrschende Satz Fliesen (siehe Die Festen)
Culstraße: eine Straße in Letheras
Unterer Markt: ein Viertel in Letheras
Das Ewige Domizil: der neue, im Bau befindliche Palast in Letheras
Huldos Taverne: ein Restaurant in Letheras
Lether: das Königreich und seine Protektorate
Letheras: die Hauptstadt von Lether
Kaufmannsburse: Bezeichnung für die Börse in Lether
Proviantmeister-Viertel: ein Viertel in Letheras
Quillas-Kanal: einer der Hauptkanäle von Letheras
Rattenfängergilde: eine geheimnisvolle Gilde, die in ganz Lether aktiv ist

Rilds: ein Restaurant in Letheras
Sherps Letztes Gässchen: eine kleine Gasse in Letheras
Sulanbrücke: eine Brücke in Letheras
Tarancede-Turm: ein Wachturm im Hafen von Trate
Tempelschule: eine Erziehungsanstalt in Letheras
Der Tempel: ein gehobenes Bordell in Letheras
Urums Pfandhaus: ein Unternehmen in Letheras
Schwachwinds Fleischmühlen: ein Schlachthaus in Letheras

Städte, Dörfer und Forts der Letherii

Ahl
Brans Feste
Zaum
Kargo
Desden
Dissens
Dresh
Fenthing
Fort der Ersten Jungfrau
Ersterlang
Fünfspitz
Fort Triller
Gedry
Haness
Hochfort
Letheras
Hoeft
Bergmannsrinne
Alt-Gedur
Alt-Katter
Fort der Zweiten Jungfrau
Thetil
Fort der Dritten Jungfrau
Pfading

Trate
Truss

Protektorate der Letherii

Blaurose
Karn
Korshenn
Pilott
Pockennarbeninseln

Benachbarte Königreiche

Kolanse

Bezeichnungen und Redewendungen der Letherii

Blaufassonstahl: eine früher verwendete Methode der Eisenlegierung
Stummel: am weitesten verbreitete Einheit des in Lether gebräuchlichen Geldes
Letherstahl/Letheriistahl: eine geheime Methode der Eisenlegierung
Höhen: die Münzen der Reichen von Lether
Wolfsfisch: ein großer, im Fluss Lether und den Kanälen von Letheras beheimateter Raubfisch
Uhtuhluh: eine primitive, aber einzigartige Meereskreatur aus Blaurose
Spitzen: die Münzen der Stinkreichen von Lether
(Die) Siebte Schließung: eine prophezeite Wiedergeburt
(Die) Verschleierten Schwestern des Leeren Throns: Erzieherinnen
Bürschchen: kleinste Einheit der Währung von Letheras
Ruhefieber: ein häufig auftretendes, heilbares Fieber
Stoßzahn-Milch: ein alkoholisches Getränk

Orte und Namen der Tiste Edur

Arapay: unterworfener, am weitesten östlich lebender Stamm der Tiste Edur
Beneda: unterworfener Stamm der Tiste Edur
Calach-Bänke: Küstenregion, in der die Stoßzähnigen Robben ihre Jungen bekommen
Den-Ratha: unterworfener, am weitesten nördlich lebender Stamm der Tiste Edur
Hasanafoerde: ein Meeresarm, auf den die Tiste Edur Anspruch erheben
Hiroth: vorherrschender Stamm der Tiste Edur
Kaschanfoerde: ein Meeresarm, auf den die Tiste Edur Anspruch erheben
Knarri: Schiffstyp, der zum Fisch- und Walfang benutzt wird
K'orthan: Langschiff, das für Überfälle benutzt wird
K'risnan: der Zauberer-Kader des Hexenkönigs
Merude: unterworfener Stamm der Tiste Edur
Morokbaum: ein Baum mit blauem Laub, der beim Bestattungsritual der Tiste Edur eine Rolle spielt
Sollanta: unterworfener Stamm der Tiste Edur
Steinschüssel: eine natürliche Senke am Fuß einer Schlucht nördlich des Hauptdorfs der Hiroth

Andere Namen, Titel und Bezeichnungen

(Die) Eres'al: die Geistergöttin der Nerek
Faraed: ein assimiliertes Volk in Lether
Fent: ein assimiliertes Volk in Lether
Jheck: ein Stamm des Nordens
Meckros: eine Zivilisation mit schwimmenden Städten
Naechts: von den Jaghut gezüchtete Unterart der Bhoka'rala
Nerek: ein assimiliertes Volk in Lether
Tarthenal: ein assimiliertes Volk in Lether

Mythos (Letherii, Edur und andere)

Kilmandaros: eine Ältere Göttin
Mael: ein Älterer Gott
Menandore (Verräterin, Dämmer)
Scabandari Blutauge (Vater Schatten, Emurlahnis)
Sheltatha Lore (Tochter Duster)
Silchas Ruin (Der Verräter)
Sukul Ankhadu (Die Launische, Dippel)

Die Festen

Die Fliesen

Die Feste des Tiers

Knochenstange
Ältester
Scharteke
Seher
Schamane
Jäger
Fährtensucher

Die Feste des Azath

Herzstein
Hüter
Portal
Pfad
Steinmetz
Gruft
Gast
Hügelgrab
Wurzel
Mauer

Die Feste der Drachen

Königin
Galan
Lehensmann
Ritter
Tor
Wyrm
Herrin
Bluttrinker
Pfadformer

Die Feste des Eises

Eisthron
Schreiter
Jägerin
Former
Träger
Kind
Samen

Die Leere Feste

Der Leere Thron
Wanderer
Gebieterin
Beobachter
Schreiter
Erlöser
Verräter

Die Angelpunkte (neutral)

Gestaltfinder
Die Meute
Der Abtrünnige
Axt
Krähe (Weiße Krähe)
Feuer
Dolmen
Klinge
Knöchelchen

BLANVALET

R.A. SALVATORE • DIE VERGESSENEN WELTEN

Das mitreißende Epos von Krieg und Frieden, Freundschaft und Verrat, Liebe und Magie.

Die silbernen Ströme
24551

Der gesprungene Kristall
24549

Brüder des Dunkels
24706

Kristall der Finsternis
24931

BLANVALET

Suzanne Frank bei BLANVALET

»Suzanne Frank hat ein unglaubliches Gespür für Menschen, Mythen und Legenden!«
Diana Gabaldon

35776